W0059543

MERIDIANE

Aus aller Welt

Band 48

Ismail Kadare

Der Raub des königlichen Schlafs

Kleine Romane und Erzählungen

Aus dem Albanischen von Joachim Röhm

AMMANN VERLAG

Die Übersetzungen der kurzen Romane
und Erzählungen folgen der
Werkausgabe Ismail Kadares, erschienen bei
Librairie Arthème Fayard, Paris.

Die Übersetzung wurde gefördert
vom Literarischen Colloquium Berlin
mit Mitteln der Stiftung Pro Helvetia
und durch ein Arbeitsstipendium des
Deutschen Literaturfonds e.V.

Erste Auflage
© 2008 by Ammann Verlag & Co., Zürich
www.ammann.ch
Alle deutschsprachigen Rechte vorbehalten
L'Église Sainte-Sophie: © 1994 Librairie Arthème Fayard, Paris
Le Firman aveugle, L'Abolition de metier d'imprecateur,
Les Adieux du mal, Le Vol du sommeil royal:
© 1995 Librairie Arthème Fayard, Paris
Le Concours de beauté masculine aux cimes maudites:
© 1996 Librairie Arthème Fayard, Paris
L'Aigle: © 2000 Librairie Arthème Fayard, Paris
Le Chevalier au faucon, Histoire de l'Union des Écrivains,
L'Envol du migrateur: © 2004 Librairie Arthème Fayard, Paris
La Fille d'Agamemnon: © 2003 Librairie Arthème Fayard, Paris
All rights reserved
Satz: Gaby Michel, Hamburg
Druck und Bindung: CPI – Clausen & Bosse, Leck
ISBN 978-3-250-60048-0

Die Abschaffung des Berufsstands der Verwünscher

Wäre zu einem anderen Zeitpunkt bekanntgeworden, daß der Berufsstand der Verwünscher vor der Abschaffung stehe, so hätte die Nachricht bestimmt einen tieferen Eindruck hinterlassen, sowohl im Kreis der erschreckten Betroffenen, also der Verwünscher samt ihren Angehörigen und Bekannten, als auch bei den Beifallklatschern, sprich den unverbesserlichen Liberalen, notorischen Unruhestiftern und überhaupt dem ganzen Haufen verantwortungsloser Elemente, die sich bei jeder außer Kraft gesetzten Vorschrift, jeder Abschaffung die Hände gerieben hätten, selbst wenn es um das ehrenwerte Bäckerhandwerk gegangen wäre. Doch war dies eine Zeit tiefgreifender, das ganze Reich einschließender Reformen, und die Ohren der Leute waren mittlerweile an die tägliche Verkündung von Dekreten und Gesetzen gewöhnt, die auf die komplette Erneuerung des Staatsapparates, des Steuersystems, des Kriegswesens und so fort abzielten, so daß auch die je nach Blickwinkel gute oder schlechte Nachricht von der Abschaffung eines der ehrwürdigsten Gewerbe in dem jahrhundertealten Staat auf ziemliche Gleichgültigkeit stieß.

Viele hielten diesen Schritt für einen unverzichtbaren Bestandteil der Maßnahmen zur Instandsetzung des in die Jahre gekommenen Staates, vor allem aber der aktuellen Annäherung an Europa, die, das war klar, über kurz oder lang spürbare Auswirkungen auf das gesamte Reichsgebäude haben würde. Tatsächlich wirkte das stumme Verwünschen, also der traditionelle, allein unter Einsatz der Handflächen ausgeübte böse Zauber, äußerst hinterwäldlerisch, wenn man berücksichtigte, daß inzwischen in der Hauptstadt die ersten Zeitungen erschienen waren und der Staat seine Geheimdienste, Botschaften und diplomatischen Empfänge nach europäischem Vorbild organisierte, ganz zu schweigen von der Einführung bis dahin gänzlich unbekannter Verfahren wie der Intoxikation, alles Anleihen bei der verfluchten Christenwelt.

Es hieß, der Großwesir habe wegen der Verwünscher den ganzen Winter über in ständigem Ringen mit dem Scheich ul-Islam gelegen. Seit wieder ein Vertreter der Familie Köprülü den Posten des Regierungschefs innehatte, rechnete man in religiösen und militärischen Kreisen mit allen möglichen Infamien. Auch früher schon hatten die Köprülü in diesem Amt dem Stand der Verwünscher nicht nur schweren Schaden zugefügt, sondern ihn an den Rand der Auslöschung gebracht. An ihren eigensinnigen Anstrengungen lag es, daß die Zahl der Berufsverflucher inzwischen so weit verringert worden war, daß es nur noch in Wohnzentren mit mehr als fünftausend Einwohnern einen von ihnen gab, bei den Landtruppen nur noch einen pro Armeestab, bei der Flotte nur noch einen pro Admiralsschiff, gar nicht zu reden von der Aufhebung des Rechts auf eine einheitliche Dienstkleidung und den beträchtlichen Gehaltskürzungen, bis hin zu dem auf offiziellen Empfängen deutlich wahrnehmbaren Rangverlust des Oberstaatsverwünschers. Doch das alles waren kleine Fische im Vergleich zu der nun erfolgenden Schlußattacke der Köprülü, die es tatsächlich geschafft hatten, den Souverän zur völligen Abschaffung des Berufsstands zu bewegen.

Die Gleichgültigkeit gegenüber dem soeben erlassenen Dekret hielt allerdings nicht lange an. Als in der zweiten Dezemberwoche aus allen Teilen des Reiches Verwünscher in die Hauptstadt strömten, von denen die meisten vielleicht ahnten, die wenigsten jedoch wußten, weshalb man sie herbestellt hatte, verkehrte sich die allgemeine Indifferenz zunehmend in Beklemmung. Die in Kaleschen, Postkutschen und allen möglichen anderen Transportmitteln (den erstbesten, die sie hatten finden können) eintreffenden Verwünscher bewirkten, daß in kaum einer Herberge der Hauptstadt noch ein Schlafplatz frei war. Man sprach von zwölftausend, manchmal auch fünfzehntausend, doch wußte niemand eine genaue Zahl, und auch der Grund der Invasion lag im Dunkeln. Überwiegend wurde davon ausgegangen, es gehe bei der Wanderbewegung wie üblich um die Überbringung einer die Zukunft des Berufsstands betreffenden Eingabe oder Beschwerde an den Souverän. Als dann bekannt wurde, daß die Verwünscher nicht aus eigenem Antrieb gekommen, sondern zur Teilnahme an einer Massenversammlung mit dem Großwesir herbeizitiert worden waren, legte sich die Sorge der Bürger keineswegs, sondern wuchs eher noch. Am Donnerstag, dem Vortag der Versammlung, schlug die Beklommenheit in pure Angst um. Solche Massen von Berufszauberern in einer einzigen Stadt... War das wirklich nötig?

Die Menschen erwachten nun schlagartig aus ihrer fahrlässigen Indolenz. Mußte eine solch bedrohliche Ansammlung von Fluchkundigen wirklich sein, konnte man die blöde Veranstaltung nicht anderswo durchführen, oder wenigstens in kleinerem Kreis, oder mit jedem Betroffenen einzeln, in der Stadt, in der er wohnte und verwünschte? Was, wenn sie in ihrem Zorn alles verfluchten?

Wie eine Regenwand zog die Angst über allen Wohnvierteln der Hauptstadt auf. Im Zentrum, hieß es, sei die Kutsche des Oberstaatsverwünschers mit dem Wappen der Großen Kaiserlichen Fluchhand auf den Türen bei wiederholten Fahr- ten zwischen dem Sitz des Scheichs ul-Islam und dem Sultans- palast beobachtet worden. Offenbar hatte er noch Hoffnung, die Maßnahme im letzten Augenblick abwenden oder wenig- stens abschwächen zu können.

Die Versammlung zur Verkündung des Dekrets fand auf dem alten Pferdehof des königlichen Palastes statt. Es war bitterkalt. Mit finsteren Mienen hörten viele tausend Verwünscher dem Großwesir zu. Die meisten hatten noch verquollene Augen von der ungemütlichen Nacht in einer unbeheizten Herbergsstube, und ein paar von den älteren waren in den traditionellen Dienst- gewändern erschienen, verschossenen Umhängen, auf denen das Zeichen der Fluchhand kaum noch zu erkennen war. In die- sem Aufzug sahen sie bereits jetzt wie Bettler aus.

Zu Beginn der Versammlung hatten sie mit ihren Blicken das Kortege des Großwesirs vergeblich nach ihrem Meister, dem Oberstaatsverwünscher, durchforscht. In den kurzen Mo- menten bis zum Beginn der Ansprache des Wesirs gingen Gerüchte durch die Reihen: der Oberverwünscher sei gegen Mitternacht, als sein letzter verzweifelter Versuch, das Dekret aufzuhalten, gescheitert war, verrückt geworden oder habe so- gar Selbstmord begangen. Andere hielten flüsternd dagegen, der Großmeister der Gestenverwünschung sei keineswegs dem Wahnsinn verfallen oder durch eigene Hand zu Tode gekom- men, sondern zum Botschafter in Wien ernannt worden.

Der Großwesir faßte sich relativ kurz. Er lobte die bedeu- tenden Anstrengungen zahlloser bekannter und namenloser Verwünscher, die im Verlauf der Jahrhunderte zur Stärkung des osmanischen Staates beigetragen hatten. Vor vielen hundert

Jahren, sagte er, hat der einfache Soldat Shahin, schwer verwundet im Sand der Kysylkum-Wüste liegend, seine Handflächen den anstürmenden Mongolen entgegengereckt und sie dann jäh nach vorne fallen lassen, wodurch mehr Unordnung in den feindlichen Reihen entstand als durch den schlimmsten Hagelsturm. Aus dieser seinerzeit zum ersten Mal zielgerichtet eingesetzten Handbewegung entwickelte sich später die klassische Verwünschungsgeste und das Gestenverwünschen als solches, also ein wichtiges Symbol beziehungsweise Institut unseres großen Staates.

Dann führte der Großwesir die Objekte berühmt gewordener Verwünschungen an: die Balkangebirge im 13. Jahrhundert, das vor dem Fall stehende Konstantinopel, ganz Europa im Jahr 1377, Polen, Kruja, die Hauptstadt Albaniens, die Steppen der Krim, das Mittelmeer, auf dem die christliche Flotte herangesegelt kam, die Außenministerkonferenz in Paris zehn Jahre zuvor (heimlich), Nordgriechenland, der Winter 1641 und so fort. Dazu kamen Abertausende von verwünschten Bauwerken, Burgen, Brücken, feindlichen Schützengräben und Stacheldrahtverhauen, aber auch Botschafter, Regierungsbanketts und dergleichen. Alle diese Verwünschungen hatten den Sieg der Waffen und der Geisteskraft des osmanischen Menschen einfacher gemacht.

An dieser Stelle legte der Großwesir eine kurze Pause ein. Er holte tief Luft, und alle begriffen, daß der nun folgende Teil der Rede Kälte und Verzweiflung unter sie bringen würde. Und so war es auch. Die bis dahin klare und gut verständliche Ansprache des Wesirs trübte sich plötzlich wie ein Winternachmittag. Die Sätze wurden kompliziert, verschlungen, strotzten von Fremdworten, und dennoch vermochten die Zuhörer aus dem Wortwust herauszuhören, was sie bisher nicht hatten wahrhaben wollen: daß es um ihren Berufsstand endgültig geschehen war.

Keiner konnte sich noch auf die Begründung der Maßnahme konzentrieren. Einige schauten unverwandt ihre Hände
an, andere eher verstohlen, aber in allen Blicken lag die Frage:
Was sollen wir nun mit euch anfangen? Den meisten wurde
wohl auf einmal bewußt, daß diese Hände zu keiner echten
Arbeit taugten und daß es zu spät war, noch etwas Anständiges zu lernen. Zauberwerkzeuge, mehr waren diese Körperteile
in ihrem Falle nicht. Manche haderten zum ersten Mal mit
ihrem Beruf und sich selber, weil sie sich auf ihn eingelassen
und sogar eine Menge darin investiert, alle möglichen Tricks
und Teufeleien unternommen hatten, um ihn nicht wieder zu
verlieren, und auch mit dem Staat, der ihnen nun die Droge
wegnahm, von der er sie abhängig gemacht hatte.

Wirklich, wie sollten sie jetzt ihre Kinder satt bekommen?

Der Großwesir schien ihre Gedanken lesen zu können,
denn er gab in zwei kurzen Sätzen Antwort auf ihre angstvolle
Frage. Der fürsorgliche osmanische Staat, der selbst den kleinsten ihm geleisteten Dienst nicht vergaß und nie jemand ungerecht behandelte, hatte auch dies bedacht. Ohne Rücksicht auf
ihr Lebensalter würden sämtliche Verwünscher von nun an die
übliche Beamtenrente beziehen.

Der Wesir schwieg erneut, brachte dann aber, als wolle er
das erleichterte Aufatmen im Saal nicht überhandnehmen lassen, seine Ansprache schnell mit schroffer Stimme und deutlich
drohendem Unterton zu Ende. Keiner möge glauben, der Staat
werde Gerüchtemacherei und die kleinste Nörgelei über das soeben erlassene Dekret dulden. Die Exverwünscher (mein Gott,
wie dieses vom Wesir gerade erst erfundene Wort klang!) sollten sich umgehend auf den möglicherweise langen Heimweg in

ihre Heimatstädte, -dörfer und -provinzen machen, ohne das Geschehene irgend jemand, nicht einmal sich selbst gegenüber in Frage zu stellen, in vollem Vertrauen darauf, daß der Staat die einzig vernünftige Entscheidung getroffen hatte.

Dies war der Schlußsatz des Großwesirs, nach dem er sich unverzüglich zur rechten Tür wandte und mit seinem Anhang den Saal verließ, ohne noch jemand eines Blickes zu würdigen.

Die auswärtigen Verwünscher reisten noch am gleichen Nach-mittag, mit dem erstbesten Verkehrsmittel, das sie fanden, wie-der aus der Hauptstadt ab, so wie sie auch gekommen waren. Es herrschte trübes Wetter, ständige Regenschauer und die schlammverschmierten Räder der Postkutschen, für die sich viele entschieden hatten, machten den Abschied noch bedrük-kender. Die alten Umhänge mit der Schwurhand, von denen sich manche auch jetzt nicht hatten trennen können, wirkten im Dämmerlicht des zu Ende gehenden Tages noch verblichener, fast wie Gespensterkleider.

Trotz ihrer Erleichterung verspürten die Hauptstädter beim Anblick der erschöpften und bekümmerten Gesichter der Ab-reisenden auch ein gewisses Mitleid. In den folgenden Tagen wurde vor allem in den Ämtern noch oft über sie geredet, dann verstummten die Gespräche allmählich. Sie lebten wieder auf, als man kurze Zeit glaubte, unter den nun bestehenden Ver-hältnissen werde etwas Neues, Zeitgemäßeres die Fluchhand ersetzen, und sogar anhand von Skizzen allerlei Details disku-tierte, bis man einsah, daß es sich nur um Gerüchte handelte. Damit war das Thema Fluchhand und Verwünscher erledigt, und die erste Staubschicht des Vergessens begann sich darüber-zulegen.

SCHÖNHEITSKONKURRENZ FÜR MÄNNER
AUF DEN VERWÜNSCHTEN ALMEN

I

Das Café Kursaal schloß gewöhnlich spät, vor allem samstags, dennoch vergewisserte sich Gaspër Cara mit einem besorgten, fast ängstlichen Blick in die Saalecke, daß die beiden letzten Gäste tatsächlich noch keine Anstalten zum Gehen machten. Seine irrationale Angst davor, in einem Nachtlokal der letzte zu sein (sie stammte vermutlich aus seiner Kindheit, als er vom Vater im Speisesaal eines Gasthauses lange allein gelassen worden war), nahm im Kursaal wegen der hämischen Blicke eines der Kellner noch schlimmere Formen an. Der zweite Ober indessen verhielt sich liebenswürdig wie stets und war sogar ohne besondere Aufforderung zum Nachschauen in den Pokersaal gegangen.

»Ich glaube, sie hören gerade auf«, sagte er mit gedämpfter Stimme, als er zurückkam.

»Danke, Zef«, antwortete Gaspër mit gleicher Lautstärke. »Ich würde den Doktor bestimmt nicht zu so später Stunde belästigen, wenn es mir nicht wirklich schlecht ginge.«

Er erwog, noch einige Symptome zu benennen, Schwindelanfälle oder schwache Knie vielleicht, doch der boshafte Blick des ersten Kellners drüben dämpfte sein Erläuterungsbedürfnis nachhaltig. Mein Gott, der soll mich in Ruhe lassen, dachte Gaspër, schließlich bin ich nicht aussätzig.

Die Befürchtung, der Arzt werde ihm womöglich übelneh﹣
men, daß er ihn mitten in der Nacht in Anspruch nahm, ließ
ihm das Herz vollends in die Hose rutschen, und vielleicht wäre
er aufgestanden und gegangen, hätte nicht in diesem Augen﹣
blick jemand den kastanienbraunen Wollvorhang zwischen Po﹣
kerraum und Café zur Seite gezogen.

Der Arzt wirkte heiter. Die lächelnden Augen, vor allem
aber der sich fröhlich über seiner Pfeife kräuselnde Rauch zeig﹣
ten, daß er zu den Siegern der Partie gehörte. Gaspër Cara war﹣
tete, bis der Doktor sich von seinen Mitspielern verabschiedet
hatte, und trat erst grüßend an ihn heran, als er sich beim Hin﹣
ausgehen den Borsalino aufsetzte.

Gut gelaunt unterbrach der Arzt Gaspërs Entschuldigungs﹣
bemühungen.

»Hör zu, mein Lieber, als ob ... also, wenn ich jemand
wäre, der sich vor den Klatschmäulern fürchtet, dann würde
ich vielleicht ärgerlich reagieren, aber das bin ich nicht, wie du
weißt, deshalb kannst du ganz ruhig sein. Wie sieht es bei dir
aus? Ich meine innerlich, sind da immer noch die ganzen see﹣
lischen Probleme, die Zweifel, das Leiden unter der Selbst﹣
entäußerung?«

Am liebsten hätte ihm Gaspër Cara aus Dankbarkeit die
Hände geküßt. Der Arzt war der einzige Mensch, dem er das
Herz geöffnet und von seinen Bedrängnissen erzählt hatte. An﹣
ders als befürchtet waren ihm gelehrte Ratschläge für den rich﹣
tigen Umgang mit seiner Veranlagung erspart geblieben. Der
Doktor hatte vielmehr mit sichtlichem Mitgefühl einfach zu﹣
gehört.

Auch jetzt spürte er, daß der Blick seines Gesprächspartners
milde war, obgleich er ihn nur gelegentlich streifte.

»Ich habe die Ballade vom Zuchthaus zu Reading für dich

besorgt«, sagte dieser, ohne die Pfeife aus dem Mund zu nehmen. »Gestern las ich sie und mußte an dich denken. Wenn
man bedenkt, daß man Oscar Wilde in einem zivilisierten
Land wie England erbarmungslos durch den Schmutz gezogen
und schließlich sogar eingekerkert hat, was soll man dann hier
auf dem Balkan erwarten.«

Gaspër Cara konnte nur mit Mühe die Tränen unterdrücken.

»Das ist sehr freundlich«, sagte er leise. Er wußte selbst nicht
genau, ob er das besorgte Buch meinte oder einfach nur Dankbarkeit bekunden wollte.

Im fahlen Mondlicht wirkten die Kastanienbäume an der
Hauptstraße wie mit Reif überzogen.

»Ich wollte deshalb schon von hier weggehen«, sagte Gaspër
Cara. »Doch dann wurde mir klar, daß es anderswo auch nicht
viel besser ist.«

»Na ja, schlimmer als in Albanien kann es jedenfalls nirgends sein.«

Gaspër Cara holte tief Luft.

»Schon, aber trotzdem ... hier in Albanien ... Ich habe
heute abend eigentlich nur deshalb auf Sie gewartet, weil ich
Ihnen etwas Seltsames erzählen möchte.«

Der Arzt nahm die Pfeife aus dem Mund.

»Etwas Neues von Lalë Krosi? Oder ein Straferlaß für ...
Du machst mich neugierig.«

Wie üblich sprach der Arzt Gaspër mit Du an, während
dieser ihn siezte.

»Es ist etwas Bedeutsameres, viel Bedeutsameres«, antwortete Gaspër Cara.

Man merkte, daß er über das Thema, von dem er dem Arzt
berichten wollte, vorher lange nachgedacht hatte. Dennoch ent-

14

schied er sich im letzten Augenblick, die zurechtgelegten Worte durch schlichtere zu ersetzen. Trotzdem blieb das, was der Doktor zu hören bekam, mehr als erstaunlich.

»Eine Schönheitskonkurrenz für Männer mitten in den Bergen? Entschuldige, das hört sich doch sehr nach Märchen an...«

»Es ist aber wahr, Doktor, glauben Sie mir. Als man es mir erzählte, war ich erst ziemlich ärgerlich, weil ich mir veralbert vorkam, aber als ich dann Genaueres erfuhr...«

»Hm«, machte der andere und klopfte die Pfeife an der fla-chen Hand aus. »Daß bei den Hochländern im Norden vor allem von den Männern großen Wert auf Aussehen und Klei-dung gelegt wird, weiß ich, aber das hier ist wirklich schwer zu glauben.«

»Man hat sich sogar schon einen Namen ausgedacht.«

»Da bin ich aber wirklich neugierig. Der Begriff ›Konkur-renz‹ dürfte ja bei den Hochländern kaum in Gebrauch sein.«

»Stimmt. Sie nennen es Wettprangen.«

Der Arzt brach in lautes Gelächter aus. Dann schüttelte er mehrfach den Kopf, nahm die Tabaksdose und begann seine Pfeife neu zu stopfen.

»Wettprangen«, wiederholte er. »Wirklich, ein hübsches Wort. Vor etwa zwei Jahren las ich in einer Zeitschrift, der Papst habe, ich glaube, es war im siebzehnten Jahrhundert, eine Bulle gegen die albanischen Frauen erlassen. Darin sei den ka-tholischen Hochländerinnen mit Exkommunikation gedroht worden, wenn sie nicht endlich von ihrer Putzsucht abließen. Was allerdings ihre Männer angeht...«

»Aber, haben Sie nicht eben selber angedeutet, daß die al-banischen Männer womöglich eitler und gefallsüchtiger sind als die Frauen?« unterbrach ihn Gaspër Cara zaghaft.

Der Arzt lächelte.

»Ach, daher weht der Wind«, sagte er. »Ich verstehe schon, mein Junge, ich verstehe sogar sehr gut«, fuhr er dann mit nachdenklicher Stimme fort. »Ich versuche gerade nachzuvollziehen, was diese Nachricht wohl für dich bedeutet. Eine Botschaft, ein Zeichen vielleicht? Ein Fünkchen Hoffnung? Ich meine, wenn nicht direkt Akzeptanz, so doch wenigstens ein bißchen mehr Toleranz.«

»Sie sind ein guter Mensch«, sagte der junge Mann mit gerührter Stimme.

»Na ja, ich bin Arzt, Gaspër. Sicher habe ich in Albanien keine moderne, nach dem letzten Schrei der Technik eingerichtete Praxis, aber dafür ist man hier mit dem menschlichen Leid in seiner nacktesten und oft tragischsten Form konfrontiert. Das hat mich vielleicht ein wenig sensibler gemacht.«

»Irgendwie ist bei mir... ein Knoten aufgegangen... etwas ist mir klarer geworden...«

Gaspër sprach langsam und stockend. Offenbar versuchte er Gedanken in Worte zu fassen, die noch nicht richtig Form angenommen hatten.

»Ja, Sie haben schon recht, ein Zeichen vielleicht... ein langgehegter Traum... Und dann, weil es auch noch aus den Bergen kommt...«

»Ich möchte dich wirklich nicht betrüben«, unterbrach ihn der Arzt, »aber vielleicht vor einer Enttäuschung bewahren. Du solltest nicht vergessen, daß in diesen Regionen die ›Liebe gleichen Leibs‹, wie Homosexualität im Kanun genannt wird, noch eine Todsünde ist.«

»Ich weiß«, antwortete Gaspër.

»Außerdem halte ich es für sehr fraglich, daß diese Männerkonkurrenz, dieses Wettprangen, tatsächlich auf eine, sagen wir, großzügigere Einstellung der Öffentlichkeit schließen läßt, wie wir alle, nicht nur ihr, die Geächteten, sie uns schon lange erhoffen.«

»Geächtete«, seufzte Gaspër. »Das kommt von ›Acht‹, wenn ich mich nicht irre.«

»Ja, sicher«, erwiderte der Arzt. »Das bedeutete ursprünglich ›Ausschluß aus der Gemeinschaft‹. Ich habe übrigens irgendwo gelesen, daß die Worte ›djalë‹, Jüngling, und ›djall‹, Teufel, im Albanischen auf die gleiche Wurzel zurückgehen: Absonderung, Ausschluß.«

Wieder konnte Gaspër Cara einen tiefen Seufzer nicht unterdrücken.

»Sie fragen sich, ob diese Männerkonkurrenz wirklich etwas mit ... uns zu tun hat. Darüber habe ich mir lange den Kopf zerbrochen, das dürfen Sie mir glauben. Vielleicht besteht ja kein direkter Zusammenhang, aber es ist auf jeden Fall ein leiser Widerhall uralter Zustände, ein Zeichen der Sehnsucht nach einer Zeit, als man dies alles noch nicht für eine Verfehlung hielt.«

»Na ja, wenn man es so sehen will«, meinte der Arzt.

»Es könnte doch sein, daß der Wettbewerb weniger eine Erfindung von heute als die Wiederbelebung eines uralten Rituals ist«, fuhr Gaspër Cara fort. »Wenn bei den alten Griechen solche Dinge ganz normal waren, weshalb dürfen wir dann nicht vermuten, daß ihre Zeitgenossen und Nachbarn, also unsere illyrischen Vorfahren, ebenfalls daran Gefallen fanden.«

Beim Sprechen nestelte der junge Mann nervös am Kragen seines schwarzen Gehrocks neuester Mode, wie sie eben erst in den Schaufenstern der albanischen Hauptstadt aufgetaucht war. Er merkte wohl, daß der Doktor sich anschickte, ihn erneut zu unterbrechen, und verstummte unsicher.

Nach kurzem Schweigen ergriff der Arzt wieder das Wort. »Entschuldige, wenn ich noch einmal zu meinen anfänglich geäußerten Zweifeln zurückkehre. Bist du dir wirklich sicher, daß dieser Wettbewerb stattfinden wird? Möglicherweise hast du etwas falsch verstanden, oder das ganze war nur ein Scherz.«

»Ganz sicher«, antwortete Gaspër. »Es gibt zwar noch keine offizielle Ankündigung und auch keine endgültige Bezeich, nung, aber es steht auf jeden Fall fest, daß es sich um eine Schönheitskonkurrenz für Männer handeln wird. Die großen Zeitungen der Hauptstadt sind informiert. Ich habe das ganze von einem Gesellschaftsredakteur. Man hat bei der Presse be, reits mit den Vorbereitungen begonnen, und auch die Fotogra, fen machen sich bereit.«

»Erstaunlich«, meinte der Doktor und zündete seine Pfeife wieder an. Wahrscheinlich war es der weiße Seidenschal, der Gaspër Caras Gesicht im flackernden Streichholzlicht so bleich erscheinen ließ.

»Vielleicht messe ich dem ganzen einfach viel zuviel Be, deutung bei«, sagte der junge Mann. »In einem bin ich mir im, merhin sicher: Dieser Lichtschimmer, der aus tiefster Vergan, genheit zu uns dringt, dieser Traum, diese Seelenwanderung, wenn das Wort hier angebracht ist, bewegt mich außerordent, lich. Vielleicht ist es übertrieben, aber ich möchte darin eine wenn auch noch so vage Regung des Gewissens sehen, eine Art unbestimmter Reue für die jahrhundertelange Unbarmherzig, keit ... Ich glaube, Sie wohnen hier. Herzlichen Dank, Dok, tor, und entschuldigen Sie bitte, wenn ich wieder einmal zuviel geredet habe.«

»O nein, es war mir eine Freude. Gute Nacht, Gaspër.«

Im Licht des Mondes sah das Gesicht des jungen Mannes blaß und sehr schön aus.

Ein echter Narziß, dachte der Doktor, als er die Treppe zum Haus hinaufging. Dann drehte er sich plötzlich um und rief:

»Gaspër, was ich noch fragen wollte: Du hast doch nicht etwa die Absicht, dort hinzugehen?«

»Aber natürlich!« Die Antwort kam wie aus der Pistole geschossen.

Der Arzt wollte noch etwas sagen, zum Beispiel »Sei wenigstens vorsichtig!«, verzichtete aber auf weitere Äußerungen, weil die schwarze Pelerine bereits davonwallte.

Er schaute dem dunklen Flattern eine Weile lang nach, das den Träger des Kleidungsstücks nicht nur vor jeglicher Gefährdung zu schützen schien, sondern ihm sogar eine Ausstrahlung von Drohung und Unheil verlieh.

Gabriel, der Erzengel des Todes, dachte der Doktor und verspürte auf einmal eine undeutliche Angst.

2

Das Gerücht, man plane einen Schönheitswettbewerb für Männer, war bereits seit Anfang März im Umlauf, doch es breitete sich nur sehr langsam aus, zum einen, weil denen, die es herumtrugen, der eisige Wind stets von vorn ins Gesicht zu blasen schien, vor allem aber, weil sie eine gewisse Scheu vor dem Thema nicht überwinden konnten. Man empfand es als irritierend, irgendwie frivol oder gar sündhaft, und wenn es endlich doch von der Zunge war, blieb ein flaues Gefühl im Magen zurück. Das hatte wahrscheinlich auch mit dem Verschwinden zweier Boten zu tun, denen die Verteilung der Einladungen oblag; eine Lawine begrub sie so tief unter sich, daß ihre Leichen erst nach der Schneeschmelze, als das ganze Un-

terfangen bereits Geschichte war, aufgefunden wurden. In ihren eisesstarren, vom Tod nicht angetasteten Augen war die
freudige Erwartung der Anfangszeit, als das Ereignis erst ein
schwaches Licht vorausgeworfen hatte, gleichsam kristallisiert.

Am Anfang war alles noch recht trübe und in Wolken
gehüllt gewesen, als stammte die Idee für die ungewöhnliche
Veranstaltung direkt vom Himmel. Man reagierte überrascht,
mit spöttischem Lächeln, allerlei Scherzen und anzüglichen
Bemerkungen, und natürlich wurde auch der Verdacht geäußert, es gehe in Wirklichkeit nicht um einen Schönheitswettbewerb, sondern um etwas ganz anderes. Eine Geheimversamm-
lung zum Beispiel. Und von da fehlte nur noch ein kleiner
Schritt bis zu einer Verschwörung gegen den König.

Einige klapprige Greise, die sich noch an weit zurückliegende Geschehnisse erinnern konnten oder solches wenigstens
vorgaben, runzelten bedeutungsvoll die Stirn und ließen den
Blick zu Boden sinken, um endlich die Augen fest zu schließen
(vermutlich wären sie sogar bereit gewesen, sich ihre Sehwerkzeuge ganz auszureißen, wenn absolute Blindheit es ihnen er-
möglicht hätte, tiefer in den Brunnen der Zeit hinabzutauchen).
Aus dem Jahr 1729, erklärten sie sodann, sei dergleichen schon
einmal vermeldet worden, wenn es sich damals auch nur um die
Neuauflage eines Vorgangs aus dem Jahr 1602 gehandelt habe,
der seinerseits der letzte Abglanz eines noch ferneren Ereignis-
ses lange vor dem Einbruch der türkischen Nacht im Vaterland
der Arber gewesen sei. Nun gut, aber wie war das genau gewesen, konnte man wirklich von einem Schönheitswettbewerb für
Männer sprechen? Um einen Wettbewerb, eine Ausscheidung
oder Auslese hatte es sich gehandelt, daran bestand kein Zweifel,
aber ob das ganze ungerüsteten Männern gegolten hatte, Männern unter Waffen oder womöglich sogar bewaffneten Männern

zu Pferde, das konnte keiner richtig sagen. Mehrheitlich war man allerdings der Meinung, der Wettbewerb sei nur Bestandteil einer weit umfänglicheren Feierlichkeit gewesen.

Erhärtet wurde die Mutmaßung, hinter dem Wettstreit habe sich etwas ganz anderes verborgen, durch eine Information aus Shkodra. Im Archiv der Franziskaner war ein Schriftstück aus dem Jahr 1729 gefunden worden, ein Bericht des Konsuls der Republik Venedig. Es hätten sich die schönsten Männer des Berglands von Hochshkodra im Weiler Bajza eingefunden, damit man den wohlansehnlichsten unter ihnen erküre, und volle drei Monate seien ins Land gegangen, ehe des Türken Späher endlich in Argwohn gefallen, eigentlich möcht sich ganz andre Absicht hinter der Zusammenkunft versteckt haben.

Der Verdacht hatte sich vornehmlich an der äußeren Erscheinung des Schönheitskönigs entzündet, die sich bei näherer Betrachtung doch als recht gewöhnlich erwies. Für die Spione aus Shkodra brachen harte Zeiten an. Ihre Vorsteher wurden zum Wesir zitiert, wo die fürchterlichsten Beschimpfungen auf sie niedergingen, ehe man sie mit Fußtritten aus der Hinterpforte der Festung trieb, durch welche sonst die Wachoffiziere in der Morgendämmerung ihre Hürlein hinausließen. Ihrerseits luden die Angstgepeinigten den angehäuften Zorn auf die eigenen Untergebenen ab, und da ihnen Kränkungen allein (selbst jene, in denen die Mütter der Armen vorkamen) wie üblich viel zu milde dünkten, griffen sie gleich zu den Knuten. Erbarmungslos prügelnd, brüllten sie: Dämliche Arschgesichter, das hat euch wohl noch gefallen, daß der Kerl nicht gerade hübsch war, wie? Auf die Idee, eure Spatzenhirne einzuschalten, um den Grund herauszufinden, seid ihr natürlich nicht gekommen! Und um womöglich sogar Verdacht zu schöpfen, dazu seid ihr sowieso viel zu blöde!

Nach einer Woche tröpfelten in den Amtsstuben der Geheimpolizei die ersten Auskünfte herein. Man leitete sie an den Wesir weiter, der unverzüglich per Eilkurier einen Bericht nach Stambul schickte. Darin wurde der Sieger genau beschrieben, an dem wahrhaftig nichts zu finden war, was die Wahl gerechtfertigt hätte: sein allenfalls mittelgroßer, eher schmächtiger Wuchs, die seltsam geformte Nase und insbesondere die schon reichlich gelichteten Haare standen in völligem Widerspruch zum Idealbild männlicher Schönheit. Es dränge sich deshalb, so der Wesir in seinem Schreiben, der Verdacht auf, unter dem Deckmantel des Schönheitswettbewerbs habe die Versammlung etwas ganz anderes getan, nämlich einen militärischen Anführer bestimmt.

Wieder eine Woche später traf aus der Hauptstadt eine Heerschar zusätzlicher Spione ein, von denen die meisten gerade erst von der Geheimdienstschule abgegangen waren. Neben den üblichen Tarnungen, Zigeuner, blinder Wandersänger und Bettelbruder, kamen auch Marketenderinnen, Käsegroßhändler, Epileptiker oder auch englische Aristokratinnen vor, welche das Bestreben, die Vielfalt menschlicher Rassen zu erkunden, in die große weite Welt gelockt hatte.

Alle strömten auf die Bergesalmen, und nachdem sie diese drei Monate lang kreuz und quer durchstreift hatten, war die bevorstehende Erhebung aufgedeckt. Man ließ die Anführer einschließlich ihres Obersten in eine Falle tappen und brachte letzteren mit verhülltem Haupt geradewegs zum Wesir.

Wenn du schon nicht schön bist, soll der Wesir geäußert haben, als man sich anschickte, das Tuch wegzuziehen, dann sag uns wenigstens, was du wirklich bist.

Es war noch viel schlimmer, als man aus den ersten Meldungen der Kundschafter hatte schließen können. Der Mensch litt nicht bloß unter einem Mangel an Ansehnlichkeit, man mußte ihn geradezu als häßlich bezeichnen. Sein Gesicht, in dem wäßrige Augen tief eingesunken lagen, war mit Pocken‚ narben übersät, und die fahle Farbe seiner Haare ließ deren spärlichen Wuchs noch auffälliger wirken.

Der Wesir betrachtete den Mann nachdenklich, während er die Perlen seiner Gebetskette durch die Finger gleiten ließ. Man brachte die pflichtvergessenen Spione, die seinerzeit den Wett‚ bewerb ohne nachfolgende Warnmeldungen überwacht hatten, und peitschte sie vor seinen und des mit Ketten gefesselten Man‚ nes Augen aus. Sie schworen Stein und Bein, es handele sich keinesfalls um den gleichen Gesellen. Vielleicht habe der Sieger wirklich nicht gut genug ausgesehen, um den Lorbeerkranz zu verdienen, aber so häßlich wie dieser Kerl hier sei er auf keinen Fall gewesen, denn sonst wäre ihnen gewiß sofort ein Licht auf‚ gegangen, und sie hätten Alarm geschlagen. Nein, Wesir, das war er nicht, der Allmächtige sei unser Zeuge.

Aus spöttischen Augen schaute der gefesselte Fremde zu, wie die Knuten niedersausten. Der Wesir saß immer noch nachdenklich da.

Warst du es nun oder warst du es nicht? fragte er schließlich den Gebundenen. Und als nicht sofort eine Antwort kam, setzte er noch hinzu: Du solltest wenigstens ein bißchen Mit‚ leid mit den armen Lumpen haben, die deinetwegen verprügelt werden.

Da antwortete der Mann: Ich war es, Wesir. Aber sie haben trotzdem keine Schuld. Weißt du, damals, als man mich zum Anführer ernannte, sah ich noch besser aus. Der ganze Verdruß danach ist nicht ohne Spuren an mir vorbeigegangen.

In ziemlich höhnischem Ton beantwortete er die Fragen des Wesirs. Es täte ihm schrecklich leid, daß es mit dem Aufstand nicht geklappt habe. Das sei der einzige Kummer, der ihn beim Abschied vom Leben drücke.

Die weiteren Ermittlungen und die durch Folter erzwungenen Aussagen seiner Kameraden ergaben, daß man bei dem Wettbewerb versucht hatte, die Pockennarben zu überschminken und sein Haar fülliger erscheinen zu lassen, also den künftigen Anführer herzurichten wie eine Braut zum Hochzeitsfest.

Im Festungshof, wo auch das erste Verhör stattgefunden hatte, hängten sie ihn auf. Der Überlieferung nach sank, als man ihm die Schlinge um den Hals legte, plötzlich eine so große Schönheit auf ihn herab, daß sich der Wesir ein paarmal verwundert die Augen rieb.

Dies alles stand im Bericht des Konsuls, und auch, daß sich auf dem Grabstein unter dem Namen des Verstorbenen keine Erwähnung von dem Aufstand finde, dessen Anführer er nicht mehr habe werden können, dafür aber die Worte zu lesen seien: Dem schönsten Mann des Hochlands im bitteren Jahr 1729!

3

Mitte März war auf der ganzen nördlichen Hochebene von nichts anderem mehr die Rede. Zu den Spekulationen über den neuerlichen Wettbewerb, die anders als der dunkel dröhnende Nachhall der früheren Veranstaltung leicht wie Nebel und leise raschelnd wie Seide daherkamen, gesellte sich das Gerücht, eine der Prinzessinnen beabsichtige nach uraltem Brauch, sich in den Bergen, also im Herzen der Nation, ihren prinzlichen Gemahl zu erwählen.

Neben die rosenroten Zukunftsträume drängten sich gelegentlich auch reichlich unvernünftige, einen neuen Balkankrieg

oder den möglichen Wiederanschluß Kosovas betreffende Ah-
nungen.

All dies geisterte über das große Plateau, beladen mit namenlosen Kümmernissen, der blendenden Weiße des Schnees
und der Sorge über die Verspätung der Mandelblüte, die wie oft
in solchen Fällen als tragisch empfunden wurde.

Derweilen herrschte unter den eiligst aus der Hauptstadt angereisten Kundschaftern des Königs Frustration. Sie begriffen
nicht, was sich vor ihren Augen abspielte, und die Informationen, die sie zusammentrugen, widersprachen sich völlig.

Die Bannerherren von Leka und Kruma waren verstimmt.
Auch in Luma herrschte Irritation. Was sollte das für ein Wettbewerb sein, und weshalb wollte man ihn ausgerechnet in diesem Frühjahr abhalten? Wer auf diesen lächerlichen Einfall gekommen war, ließ sich nicht mehr ermitteln. Erst verdächtigte
man die Frauen von Gromsiqe, doch schnell stellte sich heraus,
daß der Weiblichkeit nicht der geringste Vorwurf zu machen
war. In Gucia hatte ein Greis, ehe er seine Seele aushauchte,
noch ein Vermächtnis hinterlassen: Die Männer des Hochlands
stellten immer weniger dar, klagte er, sie vernachlässigten ihre
Kleidung, achteten nicht auf ihr Äußeres und ließen sich überhaupt gehen. »Veranstaltet einen Schönheitswettbewerb«, laute-
ten seine letzten Worte, »ehe es zu spät ist.«

An Kreuzwegen und in Gasthöfen wurden auch noch andere Fragen debattiert. Wo sollte der Wettbewerb stattfinden,
wer bestimmte die Jury und nach welchen Gesichtspunkten
wurden die Kandidaten ausgewählt?

Allmählich legte sich der Wirbel, und als erstes wurde klar,
daß Frauenzimmer auf keinen Fall etwas mitzureden haben
würden, weder die Damen von Shkodra noch die Tschengis
von Tirana, die sich in der Männerwelt auskannten wie in ihren

Handtaschen. Selbst die Prinzessinnen durften nicht auf die Berücksichtigung ihrer Flausen hoffen. Ihr seid vielleicht königlichen Bluts, herzlichen Glückwunsch, bestimmt gibt es einen Prinzen für euch, aber beim Wettbewerb der Männer habt ihr nichts zu suchen.

Die Oberhäupter der Banner sahen darin keinen Grund, erleichtert zu sein. Sie zeigten deutlich, daß ihnen die ganze Geschichte gegen den Strich ging, wagten allerdings auch keinen offenen Widerspruch, weil sie nicht als mißgünstig erscheinen wollten. Ein Mann, der sich durch sein ansehnliches Äußeres einen Namen verschafft hatte, zog stets den Zorn der Stammesführer auf sich. Ruhe kehrte erst wieder ein, wenn dem von der Natur Begünstigten ein Tort widerfuhr, zum Beispiel seine glatte Haut durch eine Krankheit verunstaltet wurde oder, was für einen Mann der Berge viel wahrscheinlicher war, ihn ein gewaltsamer Tod ereilte. Trost vermochte den Würdenträgern nur die Tatsache zu verschaffen, daß sich diesmal eine Einzelperson den Kranz verdiente und nicht wie gewöhnlich zahlreiche Männer am Ruhm beteiligt waren. Einer allein konnte viel leichter vom Postament gestoßen werden.

Die allerletzte Hoffnung, daß es sich vielleicht doch bloß um die verstörende Wirkung überschießender Frühlingsgefühle handelte, zerstob, als der Schauplatz des Wettbewerbs bekanntgegeben wurde: das Dorf Lugjet e Epërme, das geschlossener war als andere Siedlungen im Hochland und zudem als einzige Ortschaft zwei Gasthäuser besaß. Als Austragungszeit wurde die letzte Aprilwoche bestimmt.

Bald folgten weitere Einzelheiten: die Zusammensetzung der Jury, die Regeln und, was das wichtigste war, die Teilnahmebedingungen. Auf den Altersrahmen hatte man sich schnell verständigt: von neunzehn bis neunundneunzig Jahren. Einzelne Stimmen hatten für eine offene Obergrenze plädiert, doch ließ man den Vorschlag rasch wieder fallen, weil man sich nicht mit Gevatter Tod anlegen wollte. Dagegen war anfänglich recht umstritten, ob auch die Männer aus den Fluchttürmen zum Wettbewerb zugelassen werden sollten. Die einen hielten ihre Teilnahme für unangemessen, um so mehr, als dazu ein besonderes Ehrenwort erlassen werden mußte, wogegen den anderen ein Ausschluß unredlich erschienen wäre. Schließlich sind sie die Blüte des ganzen Männergeschlechts, hatte der Sprecher des Turms von Orosh nach sicherem Vernehmen erklärt, als man ihn wie in solchen Fällen üblich zu Rate zog. Ihnen die Teilnahme nicht zu erlauben bedeutet einen Frevel gegen den Kanun.

Schließlich billigte die Jury die Teilnahme auch von Fluchtturmbewohnern, ohne allerdings über das Ehrenwort hinaus, das ihnen freies Geleit garantierte, Begünstigungen zu gewähren. Egal, ob der Schatten des Todes auf ihn fällt, entweder ist ein Mann schön, oder er ist es nicht, meinte einer der Richter. Was die blasse Hautfarbe der Betroffenen infolge langer Abgeschiedenheit von der Sonne betraf, vertrat man die Meinung, die Strahlung des Himmelgestirns sei vernachlässigbar, da sie die Schönheit eines Menschen sowohl zu steigern als auch zu beeinträchtigen vermöge.

4

Zuerst entfaltete der Himmel nach dem Winter seine ganze Pracht, als ob der Wettbewerb dort oben stattfinden solle. Innerhalb von drei Tagen klarte er auf, worauf ihn vorübergehend dichter Nebel verschluckte, aus dem er jedoch in noch strahlenderem Blau hervortrat.

Wie immer dauerte es länger, bis sich die Erde erwärmt hatte. Derweil befanden sich die schönen Männer bereits auf dem Weg nach Lugjet e Epërme, die meisten allein. Eine bis dahin ungekannte Angst ließ sie Wege meiden, auf denen sie Mitbewerbern hätten begegnen können. Auch vor den gelegentlich auftauchenden Kirchtürmen graute ihnen.

Aus dem Fluchtturm von Agripa e Keqe kam Prenk Curri herausgeschwankt wie ein Betrunkener. Seine Knie waren weich, seine Augen fast blind vom gleißenden Tageslicht. Seine erste Regung war, sofort wieder umzukehren, doch hinter der Tür des Turms bildeten die Kameraden eine unüberwindliche Mauer. Die ganze Nacht über hatten sie auf ihn eingeredet, um ihn zur Teilnahme am Wettbewerb zu bewegen. Aber ich bin doch überhaupt nicht schön, sagte er, ich bin ein häßlicher Kerl. Sie würdigten seine Bescheidenheit, bevor sie mit ihren Lobeshymnen fortfuhren. Keine Frage, du bist der schönste Jüngling weit und breit, sagten sie, die Bannerherren und Kapitäne werden vor Neid erblassen, an ihren Fingernägeln kauen, sich vor Kummer betrinken, und die Mädchen im ganzen Hochland werden beim Gedanken an dich nachts in ihren Betten seufzen. Und was habe ich davon? antwortete er. Ich muß mich hier verkriechen, selbst wenn ich gut aussehen würde, es nützte mir überhaupt nichts! Ich bin zur Dunkelheit verdammt, lebendig begraben. Das kann man nie wissen, antworteten seine Kameraden. Eines Tages passiert da draußen vielleicht etwas, und du bist wieder frei ... Soll vielleicht ein anderer an meiner Stelle sterben und ich nur herauskommen, um wieder zu töten? Nein danke, dann bleibe ich lieber hier.

Doch sie ließen nicht locker. In schmeichelndem Ton redeten sie auf ihn ein, wie man einen Säugling in den Schlaf lullt: Also, es heißt, des Königs jüngere Schwester hat sich zum

Wettbewerb angesagt, sie will dort ihren Prinzen fürs Leben finden, und du heißt schließlich Prenk, was im alten Albanisch »Prinz« bedeutete, bist also gewissermaßen vom Schicksal für diesen Tag auserwählt worden. Wenn du gewinnst, heiratet sie dich bestimmt und nimmt dich mit in die ferne Hauptstadt.

Er schüttelte bloß den Kopf, um das ganze Gerede loszuwerden. Was ist nur mit euch los? preßte er hervor. Hört endlich auf, mich verrückt zu machen und euch selbst dazu. Es kann euch doch egal sein, ob ich gehe, ihr hockt trotzdem weiter hier in der Dunkelheit... Mein Gott, was soll der ganze Unsinn?

Zum ersten Mal fiel ihnen keine Antwort ein. Ihre Augen blickten ins Leere. Es brachte ihnen tatsächlich nichts, keinen Vorteil, keine Hoffnung, allenfalls die Genugtuung, aus der Finsternis, in der sie sich wie blinde Fledermäuse verkrochen hatten, einen Lichtstrahl in die Welt hinaussenden zu können.

Und außerdem, wie soll das gehen mit meinen ungeschnittenen Fingernägeln, dem dreckigen Hemd und meinen Haaren, die seit einer halben Ewigkeit keinen Kamm mehr gesehen haben?

Ach was, du findest unterwegs bestimmt eine klare Quelle, in der du dich anschauen, waschen und kämmen kannst.

Schließlich hatten sie ihn praktisch hinausgeworfen auf die Gasse, wo das Unkraut aus dem Pflaster wuchs, und unsicher wie ein frisch aus dem Käfig entlassener Vogel machte er seine ersten Schritte.

Noch nie hatte in Lugjet e Epërme ein solcher Trubel geherrscht. Die Hochländer, die an Fremde nicht gewöhnt waren,
verfolgten die auswärtigen Besucher, die sich zwischen den beiden Gasthäusern, der Kirche und dem Fuß eines Felsabsturzes
ergingen, mit interessierten Blicken.

Was die Neugier der Einheimischen betraf, liefen die Gäste
aus der Hauptstadt anfänglich sogar den Bewerbern um die
Schönheitskrone den Rang ab. Natürlich hatten sich auch Fo-
toreporter der bedeutendsten Blätter eingefunden. Eine der Zeitungen, der »Albanesische Anzeiger«, hatte in Ermangelung
einer Mode- und Schönheitsbeilage zunächst den Redakteur
des Gesellschaftsteils entsandt, wenig später aber aus irgendwel-
chen Gründen, vielleicht, weil man der eigenen Entscheidung
nicht traute, zusätzlich noch einen weiteren Journalisten abge-
stellt, der sonst für die Kriminalberichterstattung verantwortlich zeichnete.

Xhilda, Besitzerin eines Friseurgeschäfts, das als verkapp-
tes Bordell verschrien war, der berühmte Fotograf Marubi aus
Shkodra sowie der englische Hilfskonsul, ein Amateurethno-
loge, gehörten zu den prominenten Gästen. Dazu kamen
Freunde der Journalisten, Mitglieder des Vereins »Albanische
Gärung« und alle möglichen Tagediebe, nicht zu vergessen die
Schar der traurigen jungen Männer, die aus der Langeweile der
Hauptstadt ausgebrochen waren, um nach neuen Ergötzungen
zu suchen.

Die Ansässigen bemühten sich zwar redlich, ihr Staunen zu
verbergen, wurden aber gelegentlicher neugieriger Blicke auf
diese Leute nicht Herr, in deren Augen weder der Schrecken
der Lawinen noch der Kummer des ungerächten Blutes Spuren

hinterlassen hatte, dafür aber ein ganz ungewohntes Funkeln zu entdecken war.

Nach zwei Tagen ging das Interesse für die Auswärtigen zurück und konzentrierte sich angemessenerweise auf die Bewerber der Schönheitskonkurrenz. Da diese sich im Fokus der Aufmerksamkeit gleich zweier Gruppen befanden, der Einheimischen und der angereisten Städter, mußten sie sich bemühen, doppelt unbeteiligt zu wirken. In ihren schönen Trachten schritten sie langbeinig dahin, ständig verfolgt von den Fotoreportern, einer lärmenden Kinderschar und natürlich auch den prüfenden Blicken der Jurymitglieder.

Die Zusammensetzung des Preisgerichts war geheimgehalten worden. Niemand kannte auch das gewählte Verfahren. Es hieß, die Juroren überprüften von den schmalen Schießscharten der Wehrtürme aus mit Ferngläsern die äußere Erscheinung, den Gang und das Benehmen der Kandidaten. Zudem lauschten sie bei den Festessen, welche die vornehmen Familien allabendlich für die ortsfremden Gäste ausrichteten, den Gesprächen, um sich der Geistesgaben und des maßvollen Urteils der Kandidaten zu vergewissern.

An den beiden ersten Tagen hatte man vergeblich darauf gewartet, daß sich die Wettbewerber im Hauptraum einer der beiden Herbergen einfänden, den ein Grammophon mit den Klängen des Tango Jalousie füllte. Schließlich fand man sich jedoch damit ab, daß eine solche Versammlung nicht vorgesehen war, zumal es ja auch klar und deutlich geheißen hatte, dies sei kein Frauenkränzchen, sondern ein Männerwettstreit, in den jeder so hineinzugehen habe wie in den Hinterhalt oder Tod, also allein.

Befreit von der drückenden Aufmerksamkeit der ersten Tage verhielten sich die Bewerber immer ungezwungener, einige rangen sich gelegentlich sogar ein Lächeln ab. Es gab zwei Sorten von ihnen: die einen waren aus den Weilern des Hochlands gekommen, die anderen aus den Fluchttürmen. Die Journalisten bezogen aus diesem Umstand die Inspiration für poetische Höhenflüge, was zu Wendungen wie »Wesen von hinter dem Mond«, »Gespenster auf Urlaub« oder »Fürsten des Schattenreichs« führte. Einer, der Polizeiberichterstatter des »Albanesischen Anzeigers«, verstieg sich gar dazu, von »den Infernalischen« zu sprechen, womit er sich den Zorn der Allgemeinheit zuzog.

Tatsächlich bestand ein beträchtlicher Unterschied zwischen den Insassen der Fluchttürme und den anderen Bewerbern (fast hätte man von unterschiedlichen Rassen sprechen können), nicht nur wegen ihres dramatischen Schicksals, das sie natürlich besonders attraktiv machte, sondern auch wegen ihrer Gesichtsfarbe und ihrem Gang. Ihre Haut war durch den Ausschluß des Tageslichts ungewöhnlich bleich, und das ständige Sitzen während des Eingeschlossenseins hatte Folgen für die Kniesehnen gehabt, so daß ihre Schritte unsicher, schlingernd und schlecht auf den Untergrund abgestimmt wirkten.

Um die Wochenmitte wurde klar, daß der Wettbewerb bereits in vollem Gange war. Jetzt konnte man nur noch auf den krönenden Abschluß, die Preisverleihung, warten. Ein anderer, allerdings wesentlich bescheidenerer Höhepunkt würde es sein, wenn die Jury am Schlußtag ihr Inkognito lüftete.

Im Neuen Gasthaus erschallte derweilen weiter das Grammophon, und oft mußte sich Xhilda, nachdem sie vergeblich um einen Partner geworben hatte, zu den traurigen Klängen des Tangos allein im Tanze drehen.

Völlig im dunkeln blieben die Kriterien, die man bei der Vergabe des Siegerkranzes anzulegen gedachte. Die meisten

waren fest überzeugt, am Ende müsse das äußere Erscheinungsbild entscheiden, doch eine Minderheit ließ sich trotz der Bezeichnung »Schönheitskonkurrenz« nicht von der Meinung abbringen, der den Augen verborgene Teil, also die Intelligenz
und vor allem das beim ernsten Gespräch im Männergemach
geäußerte Urteil des Kandidaten werde den Ausschlag geben.
Eine gewichtige Rolle spielten fraglos auch das Auftreten und
die Taten des Bewerbers, vor allem auch, welchen Stutzens er
sich bedient hatte, um vergossenes Blut zu rächen, eines prächtigen oder eines eher unansehnlichen.

Nachdem sich bei ihnen der Streß der ersten Tage ein wenig gelegt hatte, setzten die Spione des Königs ihre Nachforschungen fort. Es war höchste Zeit, hinter die geheimen Ziele
des Wettbewerbs zu kommen. Wenn es welche gab.

Noch ein anderer forschte in großer Anspannung (Hoffnung mischte sich darin mit vorauseilender Enttäuschung über
die Unerfüllbarkeit des gehegten Traums) nach eventuellen
Hintergründen der Festlichkeit: Gaspër Cara. Er war gemeinsam mit dem Redakteur des »Albanesischen Anzeigers« angereist und schritt nun, unvermeidlich Aufsehen erregend, im
schwarzen Überrock mit schneeweißem, originell geschlungenem Seidenschal versonnen durch das Dorf.

Bei Windstößen bauschte sich der Überzieher, wodurch
Gaspërs Gang ein wenig schlingernd wirkte und der unsicheren Fortbewegungsweise der Fürsten des Schattenreichs glich,
deren Knie sich von dem langen Kauern im Halbdunkel der
Türme noch nicht wieder erholt hatten.

Gegen Ende der Woche stieg die Spannung deutlich an.
Das Publikum teilte sich in Anhängergruppen, und es verdichtete sich das Gerücht, die königlichen Schwestern träfen noch
rechtzeitig zur Preisverleihung am Abschlußtag im Ort ein.

33

Erst rechnete man mit allen dreien, dann nur noch mit der jüngsten, bis sich schließlich erwies, daß nicht nur keine der Prinzessinnen, sondern überhaupt niemand vom Königshof den Anlaß mit seiner Teilnahme zu ehren gedachte.

6

Das Preisfieber füllte bis zu einem gewissen Grad das Vakuum, das durch das Fernbleiben der Königsschwestern entstanden war.

Ein großer roter Webteppich, den man auf der Veranda des Neuen Gasthauses aufgehängt hatte, zeigte den Leuten, daß dort der Sieger verkündet werden sollte.

Irgend jemand hatte endlich auch das Grammophon mit einer neuen Schallplatte bestückt, so daß nun anstelle des melancholischen Tangos der Radetzkymarsch erscholl.

Da der genaue Zeitpunkt der Preisverleihung weiterhin unbekannt war, tröpfelten die Zuschauer bereits seit den frühen Morgenstunden vor dem Wirtshaus ein. Trotz aller gespielten Gleichgültigkeit merkte man, daß sich auch die Kandidaten von der Aufregung hatten anstecken lassen. Sie standen in kleinen Gruppen, meist jedoch allein herum, erkennbar an einer roten Nelke am Kragenaufschlag.

Gaspër Cara musterte sie aufmerksam. Nach vielen vergeblichen Versuchen gelang es ihm schließlich, einen Blick des besonders bleichen Jünglings einzufangen, der in Gedanken versunken ein wenig abseits stand. Ungewißheit plagte den Gast aus der Hauptstadt, und aus seinen Augen sprachen widerstreitende Empfindungen, Bitte und Bewunderung, Forderung, Drohung und Schmerz. Sie verdichteten sich und machten sei-

34

nen Blick scharf wie einen Meißel, als vermöge er nur so die Schicht aus hartem Glas über den Pupillen des Hochländers zu durchdringen. Nein, nicht, hätte er fast laut aufgeschrien, als er merkte, daß dieser wegschaute. Es war eine wilde Aufwallung, in der sich so schattenhaft wie unvernünftig und unerklärlich Empörung und tödliche Warnung mischten.

»Wer mag wohl dieser junge Mann dort rechts sein?« fragte er den neben ihm stehenden Redakteur.

»Ich habe keine Ahnung«, antwortete dieser. »Aber seiner Hautfarbe nach kommt er wahrscheinlich aus einem der Fluchttürme.«

Der Journalist fragte jemand anderen, und beide unterhielten sich daraufhin mit einer dritten Person.

»Es stimmt, er gehört zu ihnen«, wandte er sich dann wieder Gaspër zu. »Sein Name ist Prenk Curri, und man zählt ihn zu den aussichtsreichsten Kandidaten. Angeblich hat das Preisgericht die ganze Nacht hindurch getagt.«

Gaspër Cafa schlug den Kragen seiner Pelerine hoch, da ihm der Wind auf einmal kälter zu wehen schien.

Die Jury ließ auf sich warten. Kurz vor Mittag flackerte ein letzter vager Hoffnungsschimmer auf, die Prinzessinnen würden sich vielleicht doch noch einfinden, aber er erlosch sogleich wieder. Ferner Donner ließ die Anwesenden sich umdrehen und Ausschau halten, indessen waren nirgends Anzeichen eines Gewitters zu entdecken, und es begann auch nicht zu regnen.

Endlich, in den frühen Nachmittagsstunden, präsentierten sich die Preisrichter. Allenthalben herrschte verblüfftes Kopfschütteln, weil sich erwies, daß die meisten sich die ganze Zeit unter den Zuschauern aufgehalten hatten, und schwer nachvollziehbar war, wann sie sich zu ihren geheimen Beratungen getroffen hatten. Mit dem Fotografen Marubi und dem Vikar war fest gerechnet worden, doch die Vorstellung aller anderen war von erstaunten Ausrufen im Publikum begleitet.

Die Bekanntgabe der Entscheidung, das Erscheinen des Siegers auf der Gasthausveranda, wo ihn alle sehen konnten, die feierliche Beglückwünschung, die Salutschüsse, das Festbankett zu den Klängen des Grammophons und Xhildas Tanzeinlage mit dem englischen Hilfskonsul, alles war wie im Märchen.

Am frühen Abend begann sich das Dorf allmählich zu leeren. Als erste gingen die enttäuschten Mitbewerber, nachdem sie sich erbost die Nelken vom Hemd gerissen und auf den Boden geworfen hatten. Danach reisten die Besucher aus der Hauptstadt ab, einige Zeit später die Gäste aus dem näher gelegenen Shkodra und schließlich die Hochländer aus den benachbarten Dörfern. Am schwersten fiel es den Spionen, sich loszureißen. Erst als sich die Erkenntnis, daß hinter dem »Wettprangen« samt Preisgericht und Gewinner keinerlei Geheimnis lauerte, zur Endgültigkeit verfestigt hatte, traten sie den Heimweg an.

Den Sieger Prenk Curri geleitete man bis zu den Grenzen seines Banners. Erst hatte man darauf gedrungen, ihm auch noch bis zu seinem Wohnort Gesellschaft leisten zu dürfen, doch er wollte lieber alleine gehen, schließlich stand er unter dem Ehrenwort des Gastfreunds und durfte deshalb ganz unbesorgt sein.

Ein gutes Stück Wegs war sein Kopf ganz leer, sein Gehirn gleichsam gelähmt von allem, was auf ihn eingestürmt war. Erst die Überraschung, als er seinen Namen hatte nennen hören, dann die viele Glückwünsche und die ganzen Fragen der Zeitungsleute, die für ihn nicht sehr aufrichtig geklungen hatten. Das lag jetzt hinter ihm, und auch die Grammophonmu-

sik, die ihm recht auf die Nerven gegangen war, oder die gif-
tigen Blicke einiger Mitbewerber, und er kam sich wieder viel
freier vor.

Als er dann am Kuckucksloch vorbei war und der Weg auf
einmal wieder endlos erschien, merkte er, wie ihn eine Art
Rausch ergriff. So etwas hatte er noch nie erlebt. Er war also
schön. Und obendrein der schönste Mann der Berge ... Das
hatte er den ganzen Nachmittag über sagen hören, aber erst jetzt
begriff er so richtig, was es bedeutete. Seit diesem Mittag war er
berühmt, und dieser Ruhm breitete sich schneller aus als der
Nebel um ihn herum. Vielleicht würde man sogar von den Hü-
geln herunter laut seinen Namen rufen, wie wenn die Ankunft
des königlichen Amtsboten bekanntzugeben war, der Erlaß
einer Blutschuld oder der Preis für ihre Abgeltung. Oheee ... so
hört, ihr Männer, Prenk Curri heißt der schönste Mann des
Hochlands ... Oheee ...

Er stellte sich vor, wie man in den steinernen Türmen die
Neuigkeit aufnehmen würde, und ging dabei unwillkürlich
schneller. Wer ist gestorben, mein Junge? fragten die schwer-
hörigen Greise bestimmt ihre Neffen, und diese antworteten:
Niemand ist gestorben, Onkel, nur, es ist jetzt ein sehr schöner
Mann erschienen, überhaupt der schönste von allen, und er
heißt Prenk ...

Eine ganze Weile beschäftigte ihn diese Frage, vor allem,
was die Männer wohl sagen würden, seine Kameraden aus dem
Fluchtturm, die bestimmt ungeduldig auf ihn warteten, aber
auch die restliche Männerwelt der Berge. Dann fielen ihm auch
die Mädchen und Frauen ein, aber weil er noch nie Gelegenheit gehabt hatte, mit dem weiblichen Geschlecht nähere Bekanntschaft zu schließen, blieb das Bild ein wenig blaß. Er
kannte ja nicht die Wörter, mit denen sie sich über die Männer

ihrer Träume unterhielten. In den unbehaglichen Nächten im Fluchtturm, wenn der trockene, kalte Nordwind, den sie Murrlan nannten, um das Gemäuer pfiff, hatte er viele Geschichten über sie gehört, besonders über den süßen Schlitz zwischen ihren Schenkeln, der feucht wurde, wenn ihn ein Mann berührte. Allerdings wurde fast nie erwähnt, was Frauen geäußert hatten, als seien sie alle stumm.

Er hörte Flügelrauschen oder das ferne Ächzen eines Astes und drehte sich um. Sein Auge erhaschte drüben am Buchenwäldchen einen kurzen Blick auf etwas, was eine menschliche Gestalt sein mochte oder doch eher ein wehender Umhang, wie ihn der junge Mensch mit den müden Augen beim Wettbewerb getragen hatte.

Das ist doch nicht möglich, dachte er und schaute noch einmal hin, aber am Buchenhain war nichts mehr zu entdecken. Da haben mir meine Augen wohl einen Streich gespielt, sagte er sich und ging schneller.

Oheee, so hört, Prenk Curri, Rrok Curris Sohn, wurde zum stattlichsten Mann des Hochlands erwählt, oheee...

Er mußte lächeln bei dem Gedanken, daß der Nebel die langgezogenen Rufe von einem Berghang zum nächsten noch wattiger und pappiger klingen ließ. Das Lächeln hielt auch den Worten seines Großvaters stand, die ihm plötzlich einfielen: Sei bloß nicht allzusehr auf Ruhm erpicht, mein Junge, er ist gefährlich wie eine Schlange. Doch er saß ja im Fluchtturm, da gab es für niemand Grund zur Mißgunst. Außer seinen Kameraden und den steinernen Wänden des Turms bekam ihn keiner zu Gesicht. Die Söhne der Bannerherren würden, wenn sie sich auf der Männerwiese tummelten oder sonntags vor der Kirche die Mädchen neckten, froh sein, daß er nicht da war.

Ihr dürft euch gerne brüsten, dachte er, von mir habt ihr nichts zu befürchten. Die Vorstellung, wie sie mit wehenden Locken herumstolzierten, machte ihn eher traurig als verdrossen.

So legte er ein Stück Wegs zurück. Vielleicht hätte ihn die plötzliche Erkenntnis, daß man ihn, den künftig Unsichtbaren, wenigstens als stattlich in Erinnerung behalten würde, ein wenig getröstet, wenn sie nicht so schnell an seinem Bewußtsein vorübergehuscht wäre.

Wieso er sich schon wieder umdrehte, wußte er selbst nicht. Diesmal war die menschliche Gestalt, die er kurz zu sehen glaubte, allerdings nicht mehr in einen dunklen Umhang gehüllt.

Er rieb sich die Schläfen. Irgend etwas stimmte nicht mit ihm. Schließlich konnte es unmöglich sein, daß der zufällige Wanderer, oder der neugierige Verfolger, oder der Wächter, der ihn unauffällig bis zur Grenze des Nachbarbanners begleiten sollte, sich ihm in unterschiedlicher Erscheinung zeigte.

Daß er müde und erschöpft war, ließ sich nicht leugnen. Aber das war bei der Anspannung während der ganzen Woche, besonders aber am letzten Tag mit all den Glückwünschen, der ständigen Fotografiererei und den aufdringlichen Fragen der Zeitungsleute auch kein Wunder.

Er griff nach dem Gewehrgurt. Als ihm einfiel, daß er durch das allgemeine Ehrenwort geschützt war, atmete er auf, fuhr jedoch liebkosend über den Lauf, bis er das Visier berührte. So hatte er im Traum eine Frau gestreichelt. Seiner Büchse, dieser treuen Gefährtin, war nicht weniger als seinem Aussehen, seinen Locken, seinen Augen und der regelmäßigen Form seiner Nase zu verdanken, daß er den Siegerkranz gewonnen hatte. Weder Marubi in seiner Festansprache noch all die anderen, die nach ihm das Wort ergriffen, hatten vergessen, neben seiner äußeren Erscheinung und seinem ziemlichen Verhalten auch die schöne Büchse zu erwähnen, die er abgefeuert hatte, als der Kanun es verlangte.

Also richtete er die zärtlichen Worte, die einer Frau zu sagen ihm bisher verwehrt gewesen war, an die Waffe: Meine Schöne, meine Süße, meine Getreue!

Zu seinem Erstaunen drückte ihn nun, da er der Schönste war, der Kummer, über den er mit seinen Kameraden im Unglück vor allem in den langen Nächten des Heiligenmonats oft gesprochen hatte, also durch die Turmhaft vom Umgang mit Frauen ausgeschlossen zu sein, nicht mehr gar so sehr. Schlimmer war, daß er nicht auf die Männerwiese gehen oder einem Hilferuf folgen oder einfach am Ostersonntag unter den schwelenden Blicken der Leute durch den Weiler schlendern konnte.

Bestimmt war es sogar besser, daß ihn der Fluchtturm nun vor der Verbindung mit einer gewöhnlichen Frau bewahrte, wäre doch sonst womöglich der Kranz des Erwählten befleckt worden. Schließlich hatten er und seine Mitbewerber in all den Tagen und Nächten des Wettprangens von den Prinzessinnen träumen dürfen, deren Eintreffen tuschelnd angekündigt worden war. Ja, und dann dieser Abend, als nach dem Mahl einer der Auswärtigen, er kam aus der Hauptstadt, von einem Schönheitswettbewerb für Jungfrauen gesprochen hatte, und sie alle in schallendes Gelächter ausgebrochen waren. Ein Wettprangen für Weibsbilder? Etwas Unmöglicheres, Unsinnigeres und Verwerflicheres ließ sich auf dieser Welt gar nicht denken. Da waren sie alle einer Meinung, und von dem ganzen Gewieher schwollen ihnen die Halsadern, sie mußten um Wasser bitten und sich die Brust besprengen, um den ins Stocken geratenen Atem wieder in Gang zu bringen.

Es war wirklich besser, sich zu zügeln. Allerdings, wenn plötzlich eine Bergfee aufgetaucht wäre, wer weiß...

Fast ängstlich schob er den Gedanken weg. Das war ein alter Traum. In Winternächten erzählte man sich an den Feuerstellen oft von Liebschaften zwischen Männern oder Burschen und Bergfeen, das hatte er selbst gehört. Doch solche Fälle kamen selten vor, vielleicht einmal in zwanzig oder dreißig Jahren. Außerdem waren sie sehr gefährlich.

Nun, Elfen und Feen gab es überall, und konnte es nicht sein, daß er als Schönheitskönig ihre Neugier weckte? Rasch streckte er den Rücken und fuhr sich mit den Fingern durchs Haar. Dann, angetrieben von der gleichen Regung, schaute er sich um und sah ihn wieder.

Teufel noch mal, dachte er und langte nach dem Büchsengurt. Wenn ihn seine Augen nicht trogen und es wirklich dieser schamlose Kerl war, der ihm vor allem am letzten Tag ständig nachgestellt hatte, dieser Hauptstädter mit den verwirrten Augen, die einmal kalt waren wie Eis und dann wieder Funken sprühten wie Feuerstein, er wußte nicht, ob er sich dann noch beherrschen konnte...

Wieder schaute er sich um, diesmal ganz vorsichtig, um den anderen zu überraschen, doch nichts war zu sehen. Bestimmt habe ich das kalte Fieber, dachte er.

Langsamer gehend, suchte er mit den Augen die strauchbedeckten Hügel nach dem zweiten Verfolger ab, dem Mann aus den Bergen. Verächtlich lachte er vor sich hin: Sollte er sich vor diesem Jüngelchen aus der Stadt fürchten?

Er ist beunruhigt, dachte Gaspër Cara, der ihn aus zweihundert Schritten Abstand beobachtete. Offenbar suchte Prenk nach seinem heimlichen Bewacher. Aber da das Banner bereits hinter ihnen lag, war dieser wohl umgekehrt.

41

Jetzt sind nur noch wir beide übrig, sagte Gaspër laut und griff nach dem Revolver unter seiner Pelerine.

Der einzelne Maulbeerbaum am Wegesrand sagte Prenk, daß er schon fast am Kalten Weiher angelangt war, den als Spiegel zu benutzen ihm seine Gefährten beim Abschied geraten hatten.

Es war, als sei er einem alten Bekannten begegnet. So schob er die Trugbilder weg und marschierte mit frischem Schwung voran. Es war verlockend, sich nun als Schönheitskönig wieder über die blanke Oberfläche zu beugen. Das klare Wasser hatte ihm Glück gebracht, er fühlte sich ihm nahe. Andererseits drängte es ihn, so schnell wie möglich im Fluchtturm Bericht zu erstatten, loszuwerden, was ihm die ganzen Tage über im Kopf herumgegangen war.

Du möchtest also zum Weiher, um dich darin anzuschauen, dachte Gaspër Cara. Vorsicht, Narziß!

Sie gingen nun hintereinander her. So wie sie sich fortbewegten, der eine wegen seiner Kniesehnen, der andere mit dem sich blähenden Umhang, hätte ein unbeteiligter Beobachter sie wahrscheinlich für Vertreter einer fremden Rasse gehalten.

Wir sind ganz allein, und du wirst mir meine Frage beantworten, Narziß, fuhr Gaspër Cara, immer noch die Hand am Revolver, mit seinem Selbstgespräch fort. Schließlich verlangte er nichts Unmögliches, bloß einen Hinweis auf die Botschaft, die der andere, ob er es wollte oder nicht, nun einmal in sich trug. Ein Zeichen der Hoffnung...

Prenk blieb am Weiher stehen, dann beugte er sich darüber und schaute hinein. Wie auf dem Herweg, als er noch der namenlose Insasse irgendeines Fluchtturms im weiten Bergland gewesen war, schien die durchscheinende Oberfläche seine Nähe zu spüren und begann zu zittern. Und in dem Zittern zeichneten sich erst verschwommen, dann klarer seine Locken, Augen und Lippen ab.

Zwanzig Schritte entfernt fiel Gaspër Cara, der ebenfalls innegehalten hatte, auf die Knie. Kalter Schweiß trat auf seine Stirn, und er bekreuzigte sich. Jesus Christus, bewahre mich vor der Sünde, stammelte er. Und so du mich nicht bewahrst, vergib mir.

Die letzten Worte klangen klagend, fast zornig. Als er aufstand, verschleierten immer noch Tränen seine Augen. Schwankend bewegte er sich auf den Weiher zu, und erst, als er fast angelangt war, stellte er fest, daß der andere nicht mehr am Rand stand. Verwirrt schaute er sich um, doch weder auf dem Weg noch weiter entfernt war etwas zu sehen. Dann atmete er erleichtert auf. Da war er ja, direkt am Weiher, nur hatte er sich hingelegt, um auszuruhen.

Gaspërs Herz schlug so heftig, daß er meinte, es hören zu können. Dann kehrte ringsum Stille ein. Die Augen fest auf den jungen Hochländer gerichtet, machte er sich auf den Weg zu dem hübschen Platz am Ufer des klaren Teiches, an dem dieser sich ausgestreckt hatte, ganz entspannt und friedlich, frei von rohem Männertum und fiebriger Gewalt. Sogar sein Gewehr hatte er aus der Hand gelegt, sich zum ersten Mal getrennt von dem kalten Werkzeug, das er die ganze Woche über gehütet hatte wie ein eifersüchtiger Bräutigam.

Das war es, das geheime Zeichen, das Gaspër Cara den ganzen Tag über gesucht hatte, das manchmal kurz aufgeblitzt und sofort wieder erloschen war. Doch nun lag alles offen und verlockend vor ihm.

O Herr, gib, daß wir uns verstehen, schickte er erneut ein Stoßgebet zum Himmel. Es schloß eine ganze Generation von Einsamen und Verlorenen auf dieser harten Welt ein.

Prenk, sprach er vor sich hin, während er mit leichten Schritten vorwärts ging. Hör mir zu, mein Prinz...

Der Ruhende hatte den Kopf auf den Arm gestützt und schaute träumend in den Himmel.

Prenk, sagte Gaspër mit sanfter Stimme, ganz leise, als fürchte er, ihn aufzuwecken.

7

Die Zeitungen der Hauptstadt meldeten die mysteriöse Ermordung des Schönheitskönigs der Berge in der gleichen Ausgabe wie seine vier Stunden vorher erfolgte Krönung. Man entschuldigte sich bei den Lesern dafür, daß unter den gegebenen Umständen ihre Neugier nicht weiter befriedigt werden konnte, versprach aber Wiedergutmachung für den nächsten Morgen.

Am folgenden Tag nahm die Berichterstattung über den Mord in den Bergen in der Presse tatsächlich drei Viertel des Platzes ein. Es gab Fotografien des strahlenden Siegers und gewöhnlich gleich darunter eine Aufnahme des am Teichufer hingestreckten leblosen Körpers. Neben einer eingehenden Berichterstattung über den Ablauf des letzten Wettbewerbstags und seinen blutigen Epilog fanden sich Interviews mit Mitgliedern des Preisgerichts, dem Bezirkskommandanten der Gendarmerie sowie Mutmaßungen über den Urheber des Verbrechens. Ein Fall von Blutrache konnte ausgeschlossen werden, nicht nur, weil die Sippe, der Prenk Curri Blut schuldete, unverzüglich bekanntgegeben hatte, für den Mord nicht verantwortlich zu sein, verbunden mit dem Angebot, im Falle gegenteiliger Beweise die im Gewohnheitsrecht vorgesehene Höchststrafe auf sich zu nehmen, also die Vertreibung aus dem Banner mit Sack

44

und Pack für vier Generationen, sondern auch schon deshalb, weil die Tat nicht mit dem Gewehr verübt worden war und folglich vor dem Kanun keine Gültigkeit besaß. Bei dieser Gelegenheit lernten die erschütterten Bürger der Hauptstadt, denen eine innige Kenntnis der alten Sitten und Gebräuche bisher gefehlt hatte, was ein erlaubter Totschlag war und was nicht, und daß ein Meucheltod wie der hier erlittene, nämlich mit einem Stein erschlagen zu werden, in der betreffenden Gegend als höchst schimpflich galt, wie auch die dafür übliche Bezeichnung bewies: Zigeuner- oder Bankertmord.

Noch den ganzen Rest der Woche befaßten sich die Blätter ausführlich mit dem Rätsel, und da dieses nach wie vor seiner Aufklärung harrte, versuchten Artikel betrachtenden oder philosophischen Charakters Hinweise zu liefern:

Wenn man schon meint, auf den Verwünschten Almen eine Schönheitskonkurrenz durchführen zu müssen, braucht man sich über eine solche Tragödie wahrhaftig nicht zu wundern. Oder: Jede Krone hat ihren Preis.

Die Nachricht von der Verhaftung eines jungen Mannes namens Gaspër Cara erregte weniger Aufsehen, als zu erwarten gewesen war, weil die Leute schlicht und einfach nicht glauben mochten, ein junger Stutzer aus der Hauptstadt sei geeignet für die Hauptrolle bei dieser Geschichte. Er hatte zwar ohne weiteres eingeräumt, dem Opfer ein gutes Stück Wegs nachgegangen zu sein, und (ohne Rücksicht auf eine womöglich frivole Auslegung seiner Worte) noch nicht einmal verhehlt, durch Verehrung für den stattlichen Mann dazu veranlaßt worden zu sein, doch reichte dies, also die Verfolgung, keineswegs aus, um ihn als Mörder zu überführen. Um so mehr, als ein Revolver, der bei ihm gefunden worden war, die Ermittler nach anfänglicher Zuversicht recht schnell in Verzweiflung gestürzt hatte:

45

Die Waffe war offensichtlich nie abgefeuert worden, was dem Beschuldigten als wichtiges Verteidigungsargument dienen konnte. Eine Tötung mit bloßen Händen, etwa im Verlauf einer körperlichen Auseinandersetzung, erschien indessen höchst unwahrscheinlich, wenn man den im Vergleich zur kräftigen Statur des Hochländers eher zarten Wuchs des Hauptstädters in Erwägung zog.

Gleichwohl schafften es die Anwälte nicht, Gaspër Cara freizubekommen, obwohl die Opposition erwartungsgemäß zugunsten des Inhaftierten intervenierte, indem sie den staatlichen Organen ihr eklatantes Unvermögen vorhielt, das Verbrechen aufzuklären. Den ganzen Sommer über saß Gaspër im Gefängnis. Er befand sich noch immer dort, als die Creme der Gesellschaft am Ende der Ferienzeit von den Stränden in Durrës in die Hauptstadt zurückkehrte, die aktuellste Haartuchmode für das Tennisspiel, diverse freizügige Fotos und (genau wie im vergangenen Sommer) die letzten Gerüchte über eine angeblich bevorstehende Verlobung des Königs im Gepäck.

Zusammen mit der heißen Jahreszeit schien auch die tragische Episode der Schönheitskonkurrenz für Männer ein Ende gefunden zu haben. Die ganze Geschichte wirkte bereits uralt, wie ein Popanz aus der Vergangenheit, der zurückgekommen war, um die Leute von heute das Gruseln zu lehren. Doch dann platzte zur allgemeinen Sensation ausgerechnet in der ersten Septemberwoche, als die neue Sitzungsperiode des Parlaments begann, das Verbrechen auf den Verwünschten Alpen wieder in die Schlagzeilen. Der wahre Mörder des Schönheitskönigs war entdeckt worden, Gaspër Cara durfte das Gefängnis verlassen, weigerte sich aber strikt, irgendwelche Interviews zu geben, die Forderung nach einer Amtsenthebung des General-

staatsanwalts wurde laut, und all das reichte aus, um die herbst
liche Welt in der kleinen königlichen Hauptstadt aus den Fugen
geraten zu lassen.

Es war die mit Prenk Curris Familie in einer Blutfehde lie
gende Sippe, die, um jeglichen Verdacht, bei seiner Ermordung
doch die Finger im Spiel gehabt zu haben, schon im Keim zu
ersticken, das Unmögliche tat und die Wahrheit ans Licht
brachte. Den ganzen Sommer über waren die Söhne und En
kel des Hauses, unterstützt von der gesamten männlichen Ver
wandtschaft, durch das Hochland gezogen, von Banner zu Ban
ner, bis man in einem Wirtshaus drunten im Tiefland von
Shkodra eher zufällig die Spur des Täters gefunden hatte. Es
war ein gedungener Mörder, einer von denen, die sich anheuern
ließen, um für andere, vor allem für Familien, in denen es keine
Männer mehr gab, Leute umzubringen.

Nachdem sie ihn ergriffen und tage< und nächtelang im
Keller des Turms festgehalten hatten, war der Täter endlich be
reit, alles preiszugeben: zu welchen Bedingungen und welchem
Lohn man ihn in Dienst genommen hatte und natürlich auch,
wer der Auftraggeber gewesen war, nämlich ein Bannerherr aus
Kruma.

Diesem gutaussehenden und auf seine Erscheinung unge
mein stolzen Mann hatte die Nachricht von dem Wettprangen
viele schlaflose Nächte bereitet. Er erwog zuerst eine Teil
nahme, rückte dann jedoch aus Angst, womöglich den Sieg zu
verfehlen, von dem Plan wieder ab. Nach der Veranstaltung
fand er seine Ruhe erst wieder, als ein Mörder gedungen war,
um das Leben des Schönheitskönigs zu verkürzen.

Die Zeitungen handelten das Thema ausführlich und mehr
fach ab, allerdings ohne je den Namen des inkriminierten Ban
nerherrn zu erwähnen, was die Opposition zur Erneuerung ih<

res alten Vorwurfs an den Staat veranlaßte, er übe Zensur aus, wann immer ihm nahestehende Familien in ein Verbrechen ver‍wickelt waren.

Überschattet von einem sehr, sehr fernen Tod (für manche lagen die Verwünschten Almen, wo – wie man inzwischen mehr glaubte als wußte – das Ereignis wohl stattgefunden hatte, weiter weg als die Nachbarstaaten), begann der Spätherbst also mit politischem Hader und dunklen Verdächtigungen. Gaspër Cara mied weiterhin die Öffentlichkeit, bis der Doktor eines Nachts, als er wie üblich aus dem Pokerzimmer kam, plötzlich mit einem Laut des Staunens die bekannte Pelerine erblickte.

Wie vor ein paar Monaten gingen sie durch die verlassenen Straßen. Noch bevor er die Frage beantwortete, wie es ihm denn im Gefängnis ergangen sei, reichte Gaspër Cara dem Arzt das Buch von Oscar Wilde.

»Ach, schau an ... die Ballade vom Zuchthaus zu Read‍ing ... das hatte ich fast schon vergessen ...«

Im Licht der Gaslaterne betrachtete der Arzt fast verwun‍dert den Umschlag.

»Mein armer Freund, du hast mir im Gefängnis bestimmt oft vorgeworfen, ich hätte dir mit dem Gedicht Unglück ge‍bracht. Die Tage und Nächte in der Zelle müssen eine Qual für dich gewesen sein. Wenn man unschuldig eingesperrt ist ...«

Gaspër Cara hob den Kopf.

»Das stimmt nicht«, sagte er leise. »Ich war schuldig. Und so fühle ich mich noch immer.«

Der Arzt schaute ihn einmal, zweimal an, lächelte vor sich hin, wurde wieder ernst, lächelte noch einmal betrübt und stopfte dann seine Pfeife.

»Obwohl mir ein anderer zuvorkam, ich hätte trotzdem der Mörder sein können«, sagte Gaspër mit ruhiger Stimme.

»Aha«, meinte der Arzt. »Unerwiderte Liebe auf den ersten Blick?«

»Nein, es war etwas... Allgemeineres.«

Nun brach es aus ihm heraus, und was er sagte, klang noch ein wenig exaltierter als sonst. Nicht ihn wollte ich umbringen, nein, sondern meine Enttäuschung. Plötzlich war alle Hoffnung verschwunden...

Er berichtete von der Anspannung, die während der ganzen Wettbewerbstage geherrscht hatte, den Tangoklängen, Xhilda, dem würdevollen Schreiten der stattlichen Bewerber... Es war ein unter der Oberfläche verborgenes Muster, nach dem ich suchte, Doktor, aber nicht allein... Wie einige sich bewegten, wie Männlichkeit hinter physische Schönheit zurücktrat, es dann aber zu bereuen schien und ungezügelt hervorstürzte und im letzten Moment wieder Herrschaft über die äußere Erscheinung erlangte. Aber gar nicht so sehr dies habe ihn fasziniert, sondern vielmehr die Ausstrahlung auf die Menge, die Schwingungen zwischen beiden Polen... Das Warten auf das Urteil des Preisgerichts sei wirklich qualvoll gewesen... Und als Marubi dann mit unnatürlich erhobener, ganz gleichförmiger Stimme den Namen des Siegers bekanntgab, da konnte der junge Mann aus der Hauptstadt spüren, wie ein höllischer Glanz in seine Augen trat, die schon die ganze Zeit an Prenks Gesicht gehangen hatten.

»Nun red schon weiter, was passierte dann?« sagte der Arzt, weil Gaspër schwieg. »Erzähl mir den Rest.«

Gaspër Cara rieb ein paarmal seine Schläfen, als befinde sich, was er noch zu sagen hatte, dort, eine schmerzhafte Ablagerung, die er vergeblich mit den Fingern wegzuwischen versuchte.

Mit leiser Stimme berichtete er von seiner alptraumartigen

Wanderung. Gelegentlich erblickte ich meinen Doppelgänger, diesen anderen Mann, der ihn ebenfalls verfolgte und den ich für seinen heimlichen Behüter hielt. Alles war so vieldeutig, rutschte weg, sobald man es zu fassen versuchte. Hundertmal ging ich in Gedanken zu ihm hin, fiel auf die Knie, drohte und flehte um Mitleid, und jedesmal stand vor meinem inneren Auge ein anderer. Er lockte und stieß gleichzeitig ab, weckte Hoffnung, um sie sofort wieder zu ersticken.

Ich stöhnte und warnte, Vorsicht, so spielt man nicht mit einem Kummer, der nicht wenige Männer seit Jahrhunderten drückt. Dann bat und schmeichelte ich wieder. Schönheitskönig, weihe mich ein in deine Botschaft. Wer, wenn nicht du, könnte mit der heimlichen Seite von allem in Berührung gekommen sein? Du hast in den Augen der Jurymitglieder gelesen. In dir haben sie der Zukunft etwas übermittelt, und sei es noch so dunkel und verschwommen. Gib dein Geheimnis preis, Prenk.

So sind wir hintereinander hergegangen, bis er zu dem Teich kam und sich darüberbeugte, um hineinzuschauen.

Ich wußte nicht, was größer war, der Wunsch, ihn zu umarmen, oder das Bedürfnis, ihn zu töten, und beides verschmolz miteinander, so sehr, daß die rote Nelke, die im Wasser trieb, mir seine Wunde zu sein schien, oder besser gesagt, ein Abbild davon in Form einer leuchtendroten Blume, das sich nicht schlüssig war, ob es sich in eine Wunde zurückverwandeln oder bleiben sollte, was es war ... die Nelke der Teilnehmer am Wettbewerb.

Und dann, mit Schritten, die leichter und leichter wurden, als trügen ihn Wolken, näherte sich Gaspër Cara dem Körper, der ihm auf einmal leblos erschien. Ich habe ihn getötet, dachte er ohne Erstaunen. Er hob sogar den Kopf und horchte auf das

Echo des Schusses, um dann, weil von den Berghängen nichts zurückkam, an der Revolvermündung zu schnuppern.

Eine Weile lang hielt er die Augen geschlossen, und als er sie wieder öffnete, sah er auf dem Teich wirklich die rote Nelke schwimmen. Die Blume des Todes schaukelte leicht auf der Wasseroberfläche, ein gutes Stück vom Körper ihres Besitzers entfernt, als ob sie nichts mit diesem zu tun hätte.

Leise, wie bei einem Schlafenden, rief Gaspër Cara: Mein Prinz!

Dann drehte er sich erneut zum Teich um, sah die schaukelnde Nelke und stieß in einer letzten Aufwallung von Hoffnung die gleichen Worte noch einmal hervor.

Als nach dem dritten Ruf der gläserne Ausdruck noch immer nicht aus den Augen des Liegenden gewichen war, entdeckte Gaspër Cara endlich den blutigen Stein... Neben dem Toten kniend, suchte er in seinen Pupillen lange nach dem erstarrten Abglanz des letzten Lebensaugenblicks, von dem man immer sprechen hörte. Doch er fand nur kaltes, endloses Nichtverstehen.

DIE GROSSE MAUER

Der Aufseher Zhong

Nun sind auch die Barbaren durch... Ein vernehmlicher Seufzer begleitete diese Worte meines Gehilfen, der weiter in die Richtung starrte, in der die letzten ihrer Pferde vielleicht noch nicht verschwunden waren, und mir ging durch den Kopf, daß es wohl nirgends im gewaltigen China, in den Weilern auf gar keinen Fall, doch in den großen Städten ebensowenig, ja selbst in der Hauptstadt nicht, wo man sich besser auskennt als in den Provinzen... nun also, ich meine, daß es wahrscheinlich in ganz China niemand gibt, der uns glauben würde, daß es für die Nomaden, auch wenn es sich bloß um eine Abordnung handelte, so einfach sein könnte, die Große Mauer zu passieren, nicht mehr als den Kommentar »Nun sind auch die Barbaren durch...« und jenen Seufzer bewirkend, der wohl auf die Ahnung zurückging, einen bitteren Verlust erlitten zu haben.

Seit Jahrzehnten herrscht hier Stille, doch ist die Mauer in der Vorstellung aller Untertanen unseres Reiches untrennbar mit den Nomaden aus dem Norden verbunden, wobei sich, um es genauer zu bestimmen, beide stets in rohem Streit befinden, Speere und Pech aufeinander schleudern oder sich die Augen und Haupthaare beziehungsweise, wo es um die Mauer geht, Steine ausreißen.

Aber das ist nicht weiter erstaunlich, wenn man bedenkt,

daß sich die Leute überhaupt ein ganz falsches Bild von ihr machen. Dies betrifft nicht nur das vermeintlich Heroische, sondern auch Erscheinungsbild und Höhe. An manchen Stellen,
etwa hier bei uns, ist die Mauer tatsächlich so gewaltig hoch,
daß es einem schwindelt, wenn man hinunterschaut, doch die
wenigsten wissen, daß der größte Teil von ihr recht schlecht
erhalten ist. Ja, durch die Vernachlässigung und weil die Bewohner der Umgebung Steine aus ihr stehlen, überragt sie
manchmal kaum einen Menschen zu Pferde, ganz zu schweigen von jenen Abschnitten, wo sie die Bezeichnung Mauer eigentlich gar nicht verdient, weil nur da und dort ein paar Steine
ausgelegt sind, offenbar Markierungen aus der frühesten Phase
des Projekts, das dann aus irgendeinem Grunde nicht weiter-
geführt wurde. Als Kriechtier, das sich kaum vom Morast ab-
hebt, erreicht sie schließlich die Wüste Gobi, von der sie natürlich sogleich verschluckt wird.

Der Blick meines Gehilfen war leer, ein Merkmal jener
Menschen, die ständig ins Weite zu schauen gezwungen sind.

»Wir müssen nun neue Befehle abwarten«, kam ich seiner
Frage zuvor.

Vor Abschluß der Verhandlungen mit der offiziellen Abordnung der Nomaden war damit kaum zu rechnen, wenn es
überhaupt neue Befehle geben würde.

Wir geduldeten uns den ganzen Sommer, und auch noch,
als dieser sich seinem Ende entgegenneigte und der Kaiser samt
seinen Ministern gewiß aus der Erholung zurückgekehrt war.
Doch selbst mit den Winden und dem Schnee des Winters kam
kein Befehl.

Wie immer in solchen Fällen, traf er ein, als wir längst alle
Hoffnung aufgegeben hatten. Oder vielmehr sein Phantom. Ich
nenne es so, weil wir bereits vor der Ankunft der kaiserlichen

Postkutsche Bescheid wußten, und zwar durch die Bewohner der Weiler und Wehrsiedlungen entlang der Mauer. Sie verließen ihre Häuser und Hütten und zogen sich in die Höhlen der nahe gelegenen Berge zurück, wie es stets geschah, wenn sie, auf welchem Weg auch immer, Kunde von einer neuerlichen Instandsetzung der Mauer erhielten.

Fraglos war ihr Verhalten klug, denn durch die Flucht entgingen sie wenigstens den Knuten der Beamten und schlimmeren Strafen. Oft habe ich mir vergeblich überlegt, wie sie darauf kamen, für ihre Häuser und Höfe Steine aus der Mauer zu brechen, obwohl sie doch wußten, daß man sie ihnen eines Tages wieder wegnehmen würde.

Wie man hört, wiederholt sich die Geschichte seit Jahrhunderten: so, wie man einen Pullover aufzieht, um aus der Wolle einen Schal zu stricken, der irgendwann wieder zum Pullover wird, so wechselten die Steine zwischen Mauer und Häusern hin und her. Manchmal sind sie von Rauch geschwärzt, was natürlich die Phantasie von Touristen und ausländischen Botschaftern entflammt, obwohl es sich keineswegs um Spuren heroischer Kriege handelt, sondern nur um den Ruß einer kümmerlichen Herdstelle, auf der das karge Mahl eines namenlosen Bauern gekocht worden ist.

Ab dem Mittag, an dem wir feststellten, daß sich die nahe gelegenen Ortschaften leerten, wußten wir, daß überall im großen China eine Ausbesserung der Mauer angekündigt worden war.

Obwohl diese Maßnahme für eine Verschärfung der politischen Lage sprach, mußte dies nicht unbedingt Krieg bedeuten. Instandsetzungen gab es viel häufiger als Kriege, so häufig, daß man den Begriff als Beinamen oder Spitznamen für die Mauer hätte verwenden können. Von einer höheren Warte aus betrachtet, handelte es sich eigentlich nicht um eine feste Mauer, sondern um eine Erneuerung in Permanenz. So war sie angeblich sogar entstanden, nämlich auf dem Wege der Wiederherstellung einer älteren Mauer, die auf eine noch ältere Mauer zurückging, und so weiter. Die ursprüngliche Mauer, so wurde behauptet, habe sich im Zentrum des Staates befunden und sei mit jeder Erneuerung weiter nach außen gerückt, bis schließlich die Grenzen erreicht worden seien, wo sie den geeigneten Untergrund gefunden und wie ein Baum Wurzeln geschlagen habe, um am Ende eine die ganze Welt beeindruckende Gestalt zu gewinnen.

Für manche war die Mauer ohne Nomaden gar nicht denkbar, doch selbst sie waren sich gelegentlich unsicher, ob die Nomaden wirklich den Grund zum Bau der Mauer geliefert hatten oder ob sie nicht durch diese womöglich erst angelockt worden waren.

Hätten wir nicht mit eigenen Augen die Abordnung der Barbaren vorbeireiten sehen, und zwar gleich zweimal, auf dem Hinweg und bei der Rückkehr, wären wir vielleicht wie ein allerdings sehr kleiner Kreis von Leuten ebenfalls der Meinung gewesen, die jüngste Krise sei auf innere, wie üblich direkt im Zentrum des Staates zu suchende Ursachen zurückzuführen. Triefend vor Selbstgefälligkeit ob des Besitzes der Wahrheit inmitten eines Ozeans von Lügen hätten wir die langen Winterabende mit Spekulationen über den Fortgang der Ereignisse zugebracht, über die Palastintrigen, die manchmal so verwickelt waren, daß selbst in der Wolle gefärbte Ränkeschmiede sie nicht durchschauten, über die Eifersuchtsanfälle der Damen, denen zu abendlicher Stunde so mancher Spiegel zum Opfer fiel, und so weiter, immer die gleiche Leier.

Doch alles hatte sich vor unseren Augen abgespielt, die

Nomaden waren unter uns vorbeigezogen, und wir konnten uns sogar noch gut an ihre mit bunten Bändern geschmückten Kleider und das Klappern der Hufe erinnern, nicht zu vergessen den von einem tiefen Seufzer begleiteten Ausspruch meines Gehilfen (»Nun sind auch die Barbaren durch...«) und seinen völlig leeren Blick.

In jedem anderen Fall hätten wir wenigstens so getan, als gäbe es noch etwas zu diskutieren, doch diesmal ahnten wir, daß dies nicht angebracht gewesen wäre, so langweilig die Winternächte auch sein mochten. Spekulationen darüber, daß eventuell etwas anderes als die Barbaren den Staat in Alarmzustand versetzt hatte, waren jedenfalls nicht das geeignete Mittel, sie zu beleben.

Angst nähert sich aus dem Norden. Niemand stellt mehr in Frage, daß die zunehmende Anspannung auf die äußere Gefahr zurückzuführen ist. Es geht nur noch darum, wann der Krieg ausbricht.

Zwar sind die ersten Maurer bereits eingetroffen, doch lassen die meisten noch auf sich warten. Angeblich soll es sich um zwanzigtausend handeln, aber es werden auch höhere Zahlen genannt. Uns steht fraglos die größte Instandsetzungsaktion seit Jahrhunderten bevor.

Die Wildente weckt mit ihrem Schrei die unendliche Leere... Dieser Vers eines Dichters, an dessen Namen ich mich nicht erinnere, fiel mir gestern ein, als ich meinen Blick nach Norden schweifen ließ.

Schon seit geraumer Zeit quält mich diese Leere mehr als alles andere. Wie behauptet wird, haben die Nomaden inzwischen nur noch einen Anführer, der sich als Nachfolger des Dschingis Khan fühlt und danach trachtet, aus dem wilden

Gewimmel in der staubigen Einöde einen richtigen Staat zu machen. Viel ist noch nicht über ihn bekannt, außer daß er hinkt. Vor seinem Namen ist also die Kunde von seiner Ver, krüppelung eingetroffen.

Seit ein paar Tagen tauchen Nomadenhaufen wie Dohlen, schwärme aus dem Nebel auf und verschwinden wieder darin. Vermutlich wollen sie wissen, wie die Reparaturarbeiten von, statten gehen. Ich glaube, daß die Mauer, die wir als lebensnot, wendig empfinden, sowenig in ihre Vorstellungswelt paßt wie die nördliche Leere in unsere, so daß sie ebenfalls mit Verwir, rung darauf reagieren.

Der Nomade Kutluk

Reite zu, so heißt man mich, und schau genau hin, aber da ist alles gleich, und es gibt kein End, immer bloß Steine, obenein, ander und unteneinander und nebeneinander, mit Speis ver, pappt, und ich reite und reite, und sie tun sich nicht rühren und sind immer gleich wie dieser schuftige Schnee, als wir am Ende des Hundsjahrs den Toktamisch durch Sibirien gehetzt und unser großmächtiger Khan Timur zu uns gesprochen: Haltet aus, Männer, so ist er nun mal, der Schnee, gibt sich kalt wie diese gezierten Hürchen, bloß, am Ende nützt ihm das nichts, er muß schmelzen und zerfließen. Der Steinhaufen hier ist viel schlimmer, weil, er wird nicht weich und tut auch nicht schmelzen, bloß den Weg versperrt er mir. Ich möcht schreien darob, das will mir nicht in den Kopf, warum unser Khan nicht einfach uns befiehlt, das Steinding wegzuräumen, alles plattzumachen wie damals auf dem Feld von Tschubuk, als wir uns den Sultan Bayazit Yildrim schnappten und uns der Khan ein Sendschreiben zukommen ließ, Yarlig sagen wir dazu: Lob euch, die ihr den Blitz gefangen, macht nichts, daß ihr den Himmel noch nicht in Ketten geworfen habt, denn dazu wird es auch noch kommen. Und dann in Aksehir, im trächtigen Jahr, dem Tigerjahr, als wir die Leut lebendig begruben, eingezwercht wie im Mutterleib, und unser großmächtiger Khan sprach: So sie unschuldig sind, wie der Zauberer Katshi wohl meint, wird die Erde, die mehr kann als die Menschen, sie wieder gebären aus ihrem Bauch. Ach, schöne Zeiten waren das. Aber dann hat unser Khan keinen Yarlig mehr geschickt, daß wir alles dem Erdboden gleichmachen sollen, und wenn sich unsere Oberhäupter zum Kurultai versammeln, dann sagen sie, das, was man Städte heißt, sind nichts wie Särge, und wenn ihr erst einmal darinnen steckt, dann kommt ihr nie mehr heraus. Und wir warten und warten, aber der Yarlig zum Niederreißen will einfach nicht kommen, immer nur dieser eine einzige Befehl, der so langweilig ist wie die verdammten Steine: Reite zu, Nomade, und halte die Augen offen!

Der Aufseher Zhong

Wie es scheint, ist die Instandsetzung im ganzen nordwestlichen Abschnitt der Mauer in vollem Gange. Woche um Woche treffen neue Maurer ein, viele Tausend an der Zahl, fröhlich die bunten Fahnen und Wimpel ihrer Provinzen schwenkend, welche darum wetteifern, wer die größte Zahl von Freiwilligen aufbietet. Aber Truppenbewegungen sind nirgends zu erkennen. Noch immer tauchen Späher der Nomaden am Horizont auf, doch wegen des dichten Winternebels sind sie nicht mehr richtig zu erkennen. Manchmal sieht man das Pferd, manchmal den Reiter, manchmal auch nur ein Stück von einem der beiden, so daß man an Verstümmelte denkt, die ein verrückter Wind von irgendeinem Schlachtfeld herbeigewirbelt hat.

Was da vor sich geht, ist ein echtes Rätsel. Oberflächlich betrachtet, wirkt es wie ein Spiel zwischen den Parteien, eine Kraftprobe in demonstrativer Gleichgültigkeit. Doch bei bedächtiger Erwägung erkennt man, daß vieles sich der Logik entzieht.

Zum ersten Mal, denke ich, haben sich Mauer und Hauptstadt voneinander gelöst. Ich selbst bin stets von einer beständigen Verbindung zwischen beiden ausgegangen, nicht nur während meiner Tätigkeit in der Hauptstadt, sondern womöglich noch mehr nach meinem Dienstantritt hier an der Mauer, gar nicht zu reden von ganz früher, als ich erst ein winzig kleiner Beamter in einem tibetanischen Tal war. Daß sie aufeinander Einfluß nahmen wie der Mond auf Ebbe und Flut, wußte ich schon immer. Hier lernte ich dazu, daß die Mauer die Macht hatte, die Lage der Hauptstadt zu verändern, sie anzusaugen oder wegzuschieben, während umgekehrt die Hauptstadt der Mauer nichts anhaben konnte. Höchstenfalls konnte sie versuchen, sich von der Mauer fernzuhalten wie eine Fliege vom Spinnennetz oder wie ein ängstliches Kind an sie anzuschmiegen. Mehr aber auch nicht.

All die Verlegungen der Hauptstadt Chinas in den letzten zwei Jahrhunderten, in den Süden des Landes, möglichst weit weg von der Mauer wie im Falle Nankings oder möglichst nahe an sie heran wie bei Peking, das nun bereits zum dritten Mal unsere Hauptstadt ist, erklärte sich mir aus der Anziehungs- beziehungsweise Abstoßungskraft des alten Walls.

In den letzten Tagen habe ich so lange wie vergeblich über die augenblicklichen Vorgänge nachgedacht. Fast scheint es mir, als sei es zu diesem Niedergang, wenn die Bezeichnung zutrifft, eben wegen der Nähe zur Hauptstadt gekommen. Es könnte keine so rasche Aufeinanderfolge sich widersprechender Befehle geben, wenn die Hauptstadt, sagen wir, vier oder fünf Monate entfernt wäre, so daß die zweite Kutsche mit dem neuen, den ersten aufhebenden Befehl entweder nicht imstande wäre, die früher gestartete einzuholen, oder infolge überhöhter Geschwindigkeit und Panik umstürzte, oder beide verunglück-ten, wodurch... Und so weiter.

Gestern abend hatte ich eine Unterhaltung mit meinem Ge-hilfen, die (wie häufig nach Momenten, die uns viel bedeuten, obwohl wir dies vor den anderen zu verbergen trachten) in be-haglicher Trägheit dahinplätscherte. Mein Gehilfe hielt es für wahrscheinlich, daß die Mauer auch dann unverrückbar an ihrem Platz verharrte, wenn nicht nur die Hauptstadt, sondern ganz China den Ort wechselten. Eigentlich gilt das schon jetzt, setzte er faul hinzu. Schließlich war China, wie wir uns noch einmal vergegenwärtigten, in den über tausend Jahren des Be-stehens der Mauer mehrmals über sie hinausgewachsen, um sich dann bald wieder hinter ihr zu verkriechen und sie einsam und ohne Sinn in den grauen Steppen zurückzulassen.

Ich mußte an meine Mutter denken, der man als Kind ein Kupferarmband angelegt hatte, das im Lauf der Zeit in ihr Fleisch einwuchs. So war auch die Mauer manchmal zu eng oder zu weit für China gewesen. Seit ein paar Jahren paßte sie ihm wieder, doch was die Zukunft bringen würde, wußte kei-ner... Jedesmal, wenn ich meine Mutter besucht hatte, waren wir auf das Armband zu sprechen gekommen. Geradezu zwanghaft verfolgte mich die Frage, was wohl geschehen wäre, wenn man es ihr nicht rechtzeitig entfernt hätte, was so weit ging, daß ich es (Gott hab sie selig) klappernd an ihrem skelettierten Arm baumeln sah... Wenn man dieses Bild nun auf die Mauer und China übertrug... Das überflüssige Klapperding an einem verwesten Leichnam... Ich schüttelte den Kopf, um den aberwitzigen Gedanken zu vertreiben.

Die Nacht war sternenlos, doch im fahlen Mondlicht wirkte alles so erstarrt, daß man glauben mochte, morgen in der Frühe werde jeder von allem ablassen, und die Nomaden, die Vögel, selbst die Staaten würden so erschöpft sein, daß sie weiter wie tot nebeneinander dahindämmerten.

Am Ende erfuhren wir den Namen des Herrschers der Nomaden doch noch: er wurde Timur Lang, also Timur der Lahme genannt. Er hat wohl einen großen Krieg gegen die osmanischen Türken und ihren König Bayazit geführt, den sie in ihrer Sprache Yildrim nannten, was »Blitz« bedeutet, und nachdem Timur ihn gefangen hatte, schleppte er ihn kreuz und quer durch die weiten Steppen. Nun scheint er sich uns zuwenden zu wollen. Damit wird alles klar: der Befehl zur Instandsetzung der Mauer genauso wie die zeitweilige Ruhe, die wir (wie immer, wenn staatliche Dinge nicht gleich durchschaubar sind) vorschnell für rätselhaft erklärten. Solange er mit den osmanischen Türken beschäftigt war, stellte der schreckliche Hinkefuß keine Gefahr für uns dar. Doch jetzt...

Ein Kurier, der auf dem Rückweg von einem Auftrag bei uns übernachtete, brachte eine beunruhigende Nachricht mit. Nach Westen hin, nur ein paar hundert Schritte vor unserer Mauer, haben die Barbaren einen Turm errichtet, aber nicht aus Steinen, sondern aus Schädeln.

Der Schädelturm, so wie er uns beschrieben wurde, ist nicht besonders stattlich, etwa sieben Menschenleiber hoch, und militärisch gesehen wertlos, doch die Drohung, die von ihm aus-

geht, übertrifft jene von hundert Trutzburgen. Wir versammelten Soldaten und Maurer, um ihnen klarzumachen, daß dieser
Turm gegenüber unserer Mauer nur eine Vogelscheuche war
(der Vergleich drängte sich angesichts der ihn umflatternden
Krähen auf), erreichten aber das Gegenteil: sogleich verbreitete
sich selbst unter den Soldaten ein Hauch von Schrecken. Noch
nie hat man mir so viele Briefe in die Hauptstadt mitgegeben,
sagte der Kurier, wobei er mit der flachen Hand auf seine Le-
dertasche schlug. Die meisten stammten wohl von Offiziers-
frauen, die sich bei ihren aristokratischen Freundinnen über unerträgliche Kopfschmerzen oder dergleichen beklagten, was als
flehentliche Bitte an diese zu verstehen war, sich für eine rasche
Versetzung ihrer plötzlich frontmüden Gatten zu verwenden.

Die böse Ausstrahlung des Schädelturms sei so stark gewesen, meinte der Kurier weiter, daß zum ersten Mal in seinem
Leben die Mauer irgendwie... abgezehrt auf ihn gewirkt habe,
wodurch er veranlaßt worden sei, in einem Stoßgebet den Himmel zu bitten, einen raschen Abschluß der gerade noch zur
rechten Zeit begonnenen Instandsetzung zu ermöglichen.

Als er Abschied nahm, blieb ich in drückender Sorge
zurück. Obwohl wir uns nicht darüber unterhielten, nahmen
meine Gefährten und ich die Schäden an der Mauer, all die
Risse und leprösen Flecken nun anders wahr. Der alte Spruch,
man käme nicht mit dem Kopf durch die Wand, den man uns
in der Schule eingeprügelt habe, stimme nicht mehr, sagte mein
Gehilfe, als der Kurier davongefahren war. Offensichtlich seien
gegen diese Mauer gerade Köpfe besonders wirksam.

Es gibt nicht die geringsten Truppenbewegungen an der
Grenze. Ein starkes Erdbeben hat alles durchgerüttelt, doch der
Mauer, die inzwischen an solche Attacken gewöhnt ist, konnte

es nichts anhaben. Höchstens, daß sie danach in noch tieferes Schweigen versunken ist ... Ich habe den Eindruck, daß die Instandsetzung schlampig durchgeführt wird, gerade soweit, wie nötig ist, um den Schein zu wahren. Einen Tag vor dem Erdbeben stürzte der Beobachtungsturm zu unserer Rechten bereits zum zweiten Mal gleich nach der Reparatur wieder ein. Manchmal könnte man denken, im kaiserlichen Palast herrsche Verrat. Mein Gehilfe vertritt eine andere Meinung. Seiner Überzeugung nach ist man in der Hauptstadt so sehr dem Laster und der bloßen Ergötzung verfallen, daß kaum noch jemand etwas von den Nomaden und der Grenze wissen möchte. Gestern behauptete er, nach dem, was zu hören sei, habe man eine neue Art von Spiegeln erfunden, die das männliche Glied auf mehr als das Doppelte vergrößerten und von den Damen in ihren Schlafzimmern angebracht würden, um die Liebeslust zu steigern.

Der einzige Trost ist, daß sich jenseits der Mauer ebenfalls nichts rührt, außer daß der scharfe Wind gelegentlich einen Späher vorbeiweht. Ab und zu tauchen kleine Gruppen zerlumpter türkischer Soldaten auf. Als dieses Ende Herbst zum ersten Mal geschah, waren unsere Kundschafter äußerst beunruhigt, weil zunächst nicht ausgeschlossen werden konnte, daß wir es mit Nomadensoldaten zu tun hätten, die sich als zersprengte Türken nur tarnten, doch als Spione unter sie geschickt wurden, erwies sich, daß es sich tatsächlich um Überreste der auf dem Feld von Tschubuk vernichteten osmanischen Armee handelte.

Schon lange irren sie nun an der Grenze entlang. Die meisten sind schon ziemlich alt. Nächtens lassen sie Erinnerungen an weit entfernte Gebiete mit schrecklichen Namen aufleben, wo sie einmal gekämpft haben, und natürlich kommt darin oft

ihr Sultan Bayazit vor, dessen Angedenken sie wie einen erloschenen Blitz durch die Steppe schleppen.

Mehrmals haben sie uns gebeten, bei der Ausbesserung der
Mauer mitarbeiten zu dürfen, und als der rechte Wachturm zum
zweiten Mal eingestürzt war, drängte einer von ihnen sogar darauf, zu mir vorgelassen zu werden. In holprigem Chinesisch berichtete er von einer Brücke, die er in einem ungeheuer weit entfernten Land gesehen habe. In ihr Fundament sei ein Mensch
eingemauert gewesen. Immer wieder beteuerte er, den Einge-
mauerten selbst gesehen zu haben, wobei er mit dem Zeigefinger aufgeregt auf seine Augen wies, und verlangte schließlich
sogar nach einem Stück Papier, um das Bauwerk aufzuzeich-
nen. So klein diese Brücke auch gewesen sei, es habe eines Opfers bedurft, damit sie nicht immer wieder einstürzte, erklärte er.
Wie könne dann eine so riesige Mauer wie die unsrige ohne ein
solches Opfer Bestand haben?

Nach ein paar Tagen kam er mit dem gleichen Anliegen
wieder, und diesmal fertigte er tatsächlich eine Zeichnung der
Brücke an. Das Kreuz, erklärte er, bezeichne die Stelle, an der
sich der Geopferte befinde. Als ich mich erkundigte, weshalb
sie auf dem Kopf stehe, wurde er leichenblaß. Ich weiß nicht,
antwortete er zögernd. Vielleicht, weil sie so aussah, wenn man
auf das Wasser schaute... Vorletzte Nacht habe ich von ihr geträumt, da sah sie so aus.

Als er gegangen war, betrachtete ich die seltsame Skizze.

Ich starrte so lange auf die Brücke, bis alles zu flirren und
zu flimmern begann. Vielleicht kam es mir auch nur so vor,
weil der Türke gesagt hatte, das Spiegelbild auf der Wasseroberfläche sei ihm am besten in Erinnerung. Was ich vor Augen hatte, war gewissermaßen der Blickwinkel des Wassers auf
die Brücke, unvergleichlich allen anderen Blickwinkeln, wie

der Türke meinte, etwa jenes der Menschen oder der Erde. Das Wasser habe das Opfer, die Einmauerung verlangt, also das Todesurteil über ein menschliches Wesen gesprochen. So wenigstens sei es der Legende zu entnehmen.

Wenn das Mondlicht spät in der Nacht schräg auf die Mauersteine fiel, zauberte es an manchen Stellen menschliche Gesichter hervor. Verwünschter Türke, schimpfte ich vor mich hin, denn er war meiner Meinung nach schuld an dieser Sinnestäuschung. Ob wohl die guten und schlechten Nachrichten auch so um die Welt gehen, auf dem Kopf stehend wie die Brücke? überlegte ich mir. Vielleicht hatten vor langer Zeit, vor vielen hundert oder sogar tausend Jahren, die Völker untereinander auf die gleiche Weise ihre Zeichen vorausgeschickt, bevor dann die offiziellen Abordnungen mit Briefen und Siegeln aus schwarzem Wachs eintrafen.

Der Nomade Kutluk

Unsere Anführer sind wieder im Kurultai zusammengesessen, der Yarlig von Timur Khan war gekommen, in dem es geheißen hat, daß wir auf keinen Fall hinüber sollen, weil dort bloß die Niederlage auf uns wartet, aber je mehr sie auch sagen, nein, bleib da, rühr dich nicht vom Fleck, desto größer wird mein Begehren, erst recht nach drüben zu gehen, die Städte zu sehen und die Weiber, die im blanken Glas zu vielen werden, die zum Kleid nichts wie einen Wind haben, den man Seide heißt, und die Lustspalten unten an ihren Leibern sollen süßer sein als wie Honigseim, nur, diese Hündin von Stein will mich nicht lassen, drücket mich, mein Messer will ich in sie stoßen, obgleich ich weiß, daß es ihr nichts anhaben möchte, wo doch schon die Erdbebung dies nicht hat können. Ach, als die beiden, die bebende Erde und das Steinding, vor ein paar Tagen miteinander rangen, da schrie ich laut, wirf sie nieder, wer außer dir kann sie in den sandigen Boden reißen, doch hat es nichts genützt, sie hat der Erderschütterung standgehalten, sie erstickt, und als ich sah, wie diese sich winden tat im letzten Kampf und Krampf wie eine gemetzelte Büffelkuh und dann den Geist aufgab, ach, wie eng wurd mir da ums Herz, so wie damals in der Steppe Bekpak-Dala, wo ich zum Kommandanten Abaga sagte, am liebsten würd ich schreien, und er mir sagte, das hier heißt Bekpak-Dala, Hungersteppe, auch wenn du glaubst, dein Bauch sei voll, so wird der Hunger der anderen auf dich kommen, deshalb mach schneller, Kerl, reit zu... So sagen sie immer, mach schneller, Kerl, reit zu, ruh dich nicht aus, Sohn der Steppe, aber das Steinding läßt mich nicht durch, reibt sich an meinem Roß, zerrt an seinen Knochen, und mich, den Reiter, saugt sein tödlicher Mörtel an, macht, ich weiß nicht wie, mein Gesicht so weiß wie Wachs, die Kraft verläßt mich, ich zergeh... Aaah...

Der Aufseher Zhong

Schwerfällig, als seien sie jählings gealtert, schleppen sich die Tage dahin. Wir haben uns von dem Schock, den wir am Wochenende erlitten, noch nicht erholt.

Als seine Kutsche vor unserem Turm hielt und er zu uns sagte, ich bin von der 22. Direktion, zuständig für Musik, nun ja, da blieb mein Herz fast stehen. Ich fragte ihn, was das denn sei, diese zweiundzwanzigste Direktion, und ob sie ernsthaft vorhätten, für die Soldaten und die Maurer Konzerte oder

Opern zu geben. Dies veranlaßte ihn zu stürmischem Gelächter, und als er wieder Luft bekam, erklärte er, seine Direktion
befasse sich schon seit Jahren nicht mehr mit solchen Dingen.

Die folgenden Ausführungen waren derart sonderbar, daß
mein Gehilfe ihn unterbrach, um sich in flehentlichem Ton zu
erkundigen: Ist das alles wirklich wahr, oder treibst du deinen
Scherz mit uns, Mensch?

Zwar hatten wir bereits davon reden hören, daß im Lauf
der Zeit die Bestimmung mancher Direktionen und hoher Behörden eine wesentlich andere geworden war, obwohl sie ihren
alten Namen behalten hatten, aber welche Ausmaße dies offenbar erreicht hatte, war für uns schwer zu glauben. So kümmerte
sich die Marinedirektion vorwiegend um die Beschaffung von
Kräutern zur Steigerung der Manneskraft des Kaisers, wohingegen die Flotte vom Obereunuchen des Palastes kommandiert
wurde. Aber das ist ja noch nicht alles... So rede schon, drangen wir neugierig auf ihn ein. Nun ja, wißt ihr, mit was sich
die Direktion für Kupferbergbau und verhüttung beschäftigt?
Und wer die Außenpolitik macht? Oder den Hoch und Monumentalbau unter sich hat?

Wir saßen mit offenem Mund da, und er, sichtlich zufrieden
mit der erzielten Wirkung, beantwortete wenigstens eine der
Fragen, die er uns hingeworfen hatte wie einem Hund seinen
Knochen. Zuständig für den Inlandsgeheimdienst und die Kastration künftiger Eunuchen war die Zentralbibliothek. Bei dieser Information senkte er geheimnisvoll die Stimme. Ehe wir
uns von der Überraschung hatten erholen können, weihte er
uns bereits darin ein, daß der Clan der Eunuchen in letzter Zeit
zu bedrohlichem Einfluß im kaiserlichen Palast gelangt war.
Ihm zufolge mußte man befürchten, daß er demnächst vollends
die Macht in China an sich reißen würde, man also bald wohl

vom Reich der himmlischen Verschneidung und nicht mehr der Mitte zu sprechen habe...

Er brach in ein so langes wie schallendes Gelächter aus, doch dann trübte sich plötzlich sein Blick. Ihr lacht, sagte er dann zu uns, weil ihr keine Ahnung habt, wie schrecklich das ist. Wir hatten durchaus nicht gelacht, im Gegenteil, wir saßen da wie begossene Pudel. Dennoch begannen seine nachfolgenden Sätze alle mit den Worten »Ihr lacht, aber...« Seiner Überzeugung nach lachten wir bloß, weil wir zu dumm waren, um das Unheil in seinem ganzen Ausmaß zu erfassen. Weil wir nämlich nicht wußten, daß die Zerstörung des Geschlechtsorgans beim Mann den Machthunger verzehnfachte. Und so ging es weiter.

Beim Abendessen, bei dem er eine Menge trank, und erst recht danach verführten ihn sein hauptstädtisches Überlegenheitsgefühl und der Drang, uns zu beeindrucken, schließlich dazu, uns in die schrecklichsten aller Geheimnisse einzuweihen. Gewiß, er war ein furchtbares Plappermaul, aber es lohnte sich dennoch, ihm zuzuhören, denn man merkte sofort, daß er sich auskannte. Als wir die Bedrohung aus dem Norden ansprachen, fiel sein Gelächter noch lauter aus als sonst. Krieg gegen die Nomaden? Was seid ihr doch naiv, ihr Beamtenseelen! Ihr wollt mir doch nicht erzählen, daß ihr diesen ganzen Quatsch glaubt? Instandsetzung der Mauer, sicher, aber mit Krieg hat das überhaupt nichts zu tun. Ganz im Gegenteil, das war der wichtigste Punkt im geheimen Friedensabkommen mit den Barbaren. Was schaut ihr mich so betreten an? Die Barbaren waren es, die auf der Reparatur bestanden.

O nein! stieß mein Gehilfe hervor und griff sich an die Stirn.

Unser Gast sprach weiter, doch nun in ruhigerem Ton.

Natürlich hatte China einst mit dem Bau der Mauer begonnen, um sich vor den Nomaden zu schützen, aber das waren andere Zeiten gewesen.

Inzwischen ist so manches in Bewegung gekommen, fuhr er fort. Keine Frage, China hat lange Zeit in Angst vor den Barbaren gelebt, und möglicherweise wird es eines Tages wieder so sein. Aber man darf nicht vergessen, daß es auch Phasen gab, in denen die Furcht der Barbaren vor China überwog. Das ist auch jetzt wieder der Fall. Die Barbaren fürchten China. Deshalb verlangen sie mit Nachdruck, daß wir die Mauer in Ordnung bringen.

Aber das ergibt doch keinen Sinn, warf mein Gehilfe ein. Wieso soll man von einem Staat, vor dem man Angst hat, ausgerechnet die Verstärkung seiner Wehranlagen verlangen?

Meine Güte, rief unser Gast, nur Geduld, Leute! Ich will es euch ja gerade erklären... Ihr schaut mich ungläubig an aus euren Kinderaugen, ihr quakt mir dazwischen wie die Enteriche, weil euch der Schlüssel zu des Rätsels Lösung fehlt... Es ist Angst. Eine Art Angst auf jeden Fall. Und nun hört mir genau zu: auf chinesisch benützt man vielleicht das gleiche Wort dafür, aber Chinas Angst und die Angst der Barbaren haben gar nichts miteinander zu tun. China fürchtet die rohe Zerstörungskraft der Barbaren, diese hingegen den dekadenten Einfluß von Chinas stolzen Palästen, schönen Damen, glänzender Seide, den sie als genauso lebensgefährlich empfinden wie wir ihre Lanzen und den Staub der Steppen, aus denen sie kommen. Deshalb hat das Mütterchen hier, unsere liebe Mauer, abwechselnd beiden Seiten gedient. Im Augenblick profitieren wieder einmal die Nomaden...

Ich hätte ihn gerne Betrüger, Spitzbube, Aufschneider gescholten, konnte mich aber der ernüchternden Erkenntnis nicht

entziehen, daß sich alles, was er vorbrachte, einleuchtend anhörte. Ich kannte mich ein wenig aus in Chinas Geschichte
und mußte an die Eroberung durch Dschingis Khan denken,
der seine eigenen Leute auf unseren Kaiserthron gesetzt, sie
dann aber immer wieder angegriffen hatte, weil sie aus seiner
Sicht... schwach geworden waren. Vor ein paar Jahren war es
dem Minister Jiang Shen schlecht bekommen, daß er sich nach
einem Abendessen unter Freunden zu der Behauptung hatte
hinreißen lassen, die ganze Ming-Dynastie, zumindest aber die
letzten vier Generationen seien eigentlich mongolisch.

Die Barbaren hatten also die Instandsetzung der Mauer verlangt... Timur, der offenbar klüger war als seine Vorgänger,
hielt die Eroberung Chinas für so sinnlos wie unmöglich. Was
das schartige chinesische Schwert verlor, eroberte die chinesische Seide zurück. So hatte er sich entschieden, lieber die
Grenze abzudichten als anzugreifen. Ich verstand nun, weshalb
nach dem Besuch seiner Abordnung auf beiden Seiten der
Mauer Ruhe eingekehrt war. Was wir in unserer Gedanken-
losigkeit zum Rätsel erklärt oder als panische Scheu vor penis-
vergrößernden Spiegeln gedeutet hatten, war in Wirklichkeit
eine Auswirkung des beiderseitigen Abkommens.

Ich verbrachte eine schlaflose Nacht, weil die Gedanken
in meinem Kopf nur so herumwirbelten. Wir neigten augen-
scheinlich dazu, die Vernunft der Staaten zu unter- oder zu
überschätzen. Gespräche, die ich mit durchreisenden Beamten
geführt hatte, gewannen plötzlich eine ganz andere Bedeutung.
Der Geist des Dschingis Khan verblasse allmählich, war immer wieder zu hören gewesen, wenn jemand von einer geheimen Mission im Norden zurückkam. Wir hatten bloß gleichgültig die Schultern gezuckt. Was spielte es schon für eine
Rolle, ob die Barbaren sich nun ein bißchen zahmer oder ein

bißchen wilder gebärdeten. Man wurde ohnehin nicht schlau aus dem, was sie taten. Genausogut hätte man versuchen können, den Flug der Dohlen zu deuten. Nun aber erkannte ich, daß wir die Berichte besser doch hätten ernst nehmen sollen. Draußen in den grauen Steppen geht etwas vor, und je länger ich darüber nachdenke, desto bedrohlicher wird das Gefühl. Die Welt verändert sich. Offensichtlich hat es mit dem Nomadentum bald ein Ende. Ausgerechnet Timur, den eine Laune des Himmels verkrüppelt hat, ist gekommen, um unter neuen Vorzeichen Stabilität herzustellen. Er hat die barbarischen Völkerhorden an eine einzige Religion gebunden, den Islam, und versucht nun, sie in den Grenzen eines Staates seßhaft zu machen. Es sieht so aus, als sei es mit dem sinnlosen Hinundhergerenne der Völker auf dieser Welt mehr oder weniger vorbei, doch ob dies zu ihrem Vor- oder Nachteil ist, läßt sich schwer sagen, weil man nicht weiß, ob die unterdrückte Barbarei weniger gefährlich ist als die offene... In meinen Augen ist Timur so etwas wie ein in Asien eingerammter Pflock, um den die Wandervölker kreisen, ohne auf seinen Appell, die verrückte Jagd endlich einzustellen, hören zu wollen.

In jener Nacht sah ich durch eine Schießscharte hinaus auf die Mauer, die vom hellen Mondlicht in zwei Teile geschnitten wurde. Ich überlegte mir, was in Timur vorgegangen sein mochte, als man ihm zum ersten Mal eine Zeichnung der Mauer zeigte. Wahrscheinlich hatte er zuerst wütend gerufen: Weg mit ihr, macht sie dem Erdboden gleich, Gras soll über sie wachsen, keine Spur von ihr darf bleiben. Doch dann fand er zum nüchternen Urteil zurück und begriff, daß diese Mauer ein Geschenk des Himmels war, das ihm half, seinen harten, klösterlichen Staat vor der Zerstörungsmacht der milden Winde zu schützen...

Als er sich am nächsten Morgen bei Tagesanbruch anschickte, seine Kutsche zu besteigen, wollte ich ihn noch fragen, was es mit dieser zweiundzwanzigsten Direktion für Musik eigentlich auf sich habe, doch irgend etwas hinderte mich daran. Mehr als Höflichkeit war es wohl die Angst vor einer weiteren bösen Überraschung. Brich dir den Hals, fluchte mein Gehilfe der Kutsche hinterher, die gerade quietschend zwischen zwei steinigen Erhebungen verschwand. Wie betäubt starrten wir auf die Landschaft vor uns. Der Anblick war uns bis zum Überdruß vertraut, doch nun erkannten wir ihn kaum wieder. Wir hatten unserem Besucher sämtliches Unheil dieser Welt an den Hals gewünscht, mußten uns nun aber eingestehen, daß wir seiner (vorweggenommenen) Rache nicht entgehen konnten. Alles, was wir geglaubt hatten, war plötzlich auf den Kopf gestellt.

Das fing bei der Mauer an. Nur scheinbar hatte sie fest und unerschütterlich dagestanden, während alles zu ihren Füßen wankte und sich bewegte, die Grenzen, die Zeiten, die Bündnisse, das ewige chinesische Reich überhaupt. In Wahrheit galt das Gegenteil. Sie war die Wankelmütige. Treuloser als eine Dirne, unsteter als die Wolken zog sich ihr steinerner Riesenleib über viele tausend Li hin, ein einziger Trug, denn innen war alles nur Luft.

Die Betäubung ließ uns den ganzen Tag nicht los. Wir begriffen, wie sehr wir mit ihr verwachsen waren, und verwünschten sie für ihren Verrat, doch dies machte unsere Seelenpein nur noch schlimmer. Daß die Mauer wahrscheinlich eines Tages wieder China dienen würde, wie der Fremde glaubte, und daß ihre wahre Stärke vermutlich in ihrer Anpassungsfähigkeit lag, weil sie anders, unbeweglich, vermutlich längst nicht mehr bestanden hätte, war letztlich ein schwacher Trost.

Wenn ich morgens meinen Blick über das reifbedeckte

Land schweifen ließ, befiel mich Schmerz. Fraglos würde sie uns alle überleben, hier noch grau und unbegreiflich stehen, wenn die Menschheit verschwunden war, grünspanig am Leichnam Chinas haften wie damals der Reif am Arm meiner Mutter, die nun schon seit vielen Jahren unter der Erde lag.

Aus unserer Lähmung riß uns erst der Tod eines Kund‚ schafters der Nomaden direkt an der Mauer. Jeden Tag galop‚ pierte er näher an die Mauer heran, bis er eines Nachts wie ein blinder Vogel daran zerschellte.

Sogleich, ein Befehl war dazu nicht nötig, stellten wir uns darauf ein, vor einer Kommission, ob nun von uns oder den Barbaren, Bericht zu erstatten. Als wir die Blutflecken unter‚ suchten, die sich über einige Dutzend Schritte hinweg an der Mauer entlangzogen (offenbar war der Reiter verwundet noch ein ganzes Stück weitergaloppiert), mußte ich an die Ge‚ schichte mit der Brücke denken, die angeblich ein Opfer gefor‚ dert hatte, und erschrak. War da womöglich ein Zusammen‚ hang?

Meine Gedanken kehrten zurück zu den Zeichen, die aus großer Ferne zu uns kamen, zur Wanderung der Vorahnungen und natürlich zu dem mysteriösen Spiegelbild der Brücke. Doch dies war nur einer von Hunderten von Fällen, in denen wir diese Welt falsch, nämlich verkehrt herum wahrnahmen.

Der Geist des Nomaden Kutluk

Nun, da ich hier bin und kein Pferd und auch keinen Vogel oder dergleichen mehr brauche, um den Ort zu wechseln, weil mir ein Windhauch oder, wenn gerade kein Lüftlein weht, selbst ein kleiner Strahl vom Mondlicht genügt, nun also, da ich mich im Jenseits befinde, verwundert mich noch mehr als die Leibesträgheit und Unbeweglichkeit der dortigen Menschen die hoffnungslose Begrenztheit ihres Denkens.

Sie ist fraglos verantwortlich für die gänzlich oberflächliche Beurteilung der Dinge. Nehmen wir nur die chinesische Mauer, eine der Nichtigkeiten, mit denen ich leider zu tun hatte. Auf der Erde hält man sie für etwas Großes, Bedeutendes, während sie doch in Wahrheit nur ein lächerliches Hürdlein ist, vor allem, wenn man sie mit einer echten Barriere wie der Muttermauer vergleicht, in der alltäglichen Sprache auch Mauer des Todes genannt, welche das Diesseits vom Reich der Schatten scheidet. Wer einmal vor ihr steht, wird sogleich erkennen, daß die Mauern und alles andere Trennungswerk auf der Erde ihr nur kümmerlich nachgebildet sind.

So gut wie auf ein Pferd kann ich hier auf fremde Sprachen, Schulen und all das verzichten, was man als Zivilisation bezeichnet.

Geister brauchen nichts davon, um einander zu verstehen.

Während der Momente, in denen ich, nachdem ich meinen elenden Leib an Chinas Wall wie einen alten Fetzen abgestreift hatte, grauenhaft mich überschlagend in den Abgrund stürzte, saugte ich Erkenntnisse in mich auf, die ich auf der Erde in Tausenden von Jahren nicht hätte gewinnen können. Die Klugwerdung durch Schrecken läßt hinter sich, was sämtliche Zivilisationen und Akademien zusammen leisten können, und ich denke mir, dies ist der wesentliche, wenn nicht einzige Grund dafür, daß man uns verbietet, auch nur für kurze Zeit dorthin zurückzukehren. Die Oberen fürchten wohl, daß uns ein paar Wochen des Aufenthalts auf dem Planeten genügen würden, um uns zu seinen Herrschern zu erheben, und diese Vorstellung gefällt ihnen überhaupt nicht.

Obgleich wir uns mit einem spöttischen Lächeln an unser Herumvagabundieren, den ständigen Hader, die Raufereien und sogenannten Kriege auf der Erde zu erinnern pflegen, haben die meisten Geister erstaunlicherweise Sehnsucht und würden wenigstens für kurze Zeit gerne dorthin zurückkehren. Einige drängt es, ihre Mörder der Gerechtigkeit zuzuführen oder staatliche und andere Geheimnisse, die sie mit sich genommen haben, zur Kenntnis zu bringen, doch die meisten haben tatsächlich bloß Heimweh. Vielleicht mischt sich in das Bedürfnis, seine Angehörigen wiederzusehen, auch die Verlockung, dort wenigstens etwas anklingen zu lassen von der bunten Regenbogenwelt, die wir hier gesehen haben.

Alle zehntausend oder fünfzehntausend Jahre pflegt sich das Gerücht zu verbreiten, der Übergang nach drüben solle gestattet werden, und schon macht sich die Masse der Geister auf den Weg zur Großen Mauer. Ihre Türme ragen düster in den reglosen Himmel. Die Wächter, heißt es, seien blind. Man kann stets nur in einer Richtung passieren, von hier nach dort, das gibt es nicht.

Trotzdem belebt jedes Getuschel, die Mauer sei nun in beiden Richtungen durchlässig, unsere Hoffnung neu. Viele brechen in Tränen aus. So lange, sagen sie, warten wir nun schon darauf, unseren Lieben wiederzubegegnen oder einen Tempel aufzusuchen, um unser Gewissen zu erleichtern, und manche beteuern gar, ganze Völker sehnten sich nach ihnen. Zum Beleg der Dringlichkeit schwenken sie Einladungen sowie Bescheinigungen, daß jemand für ihre Rückkehr bürgt. Diese Schreiben tragen Siegel königlicher Akademien, heiliger Stellen und gelegentlich auch reichlich mysteriöser Einrichtungen. Doch für niemand öffnen sich die Tore.

Die Geister geraten in Zorn und lärmen, ihr aufgeregtes

Geschrei steigt zu den Türmen hinauf. Das ist ja wie auf der Erde, rufen sie, die gleiche Borniertheit und Herzlosigkeit...

Wir, die wir schon mit Mauern und anderen Grenzbefestigungen zu tun hatten, vertrauen darauf, daß man uns in Fragen des Übergangs Zugeständnisse macht, und halten uns deshalb ein wenig abseits. Einige weisen Schußverletzungen vor und zeigen ihr vom Stacheldraht oder den Staketenzäunen ausländischer Botschaften zerfetztes Fleisch. Doch die Hoffnung, das reiche aus, um die Wächter milde zu stimmen, verpufft schnell. Niemand kann Entgegenkommen erwarten.

Wenn die anderen sehen, daß auch wir kein Gehör finden, verläßt sie vollends der Mut. Müden Schritts gehen sie in Gruppen davon, mit einem Funken Hoffnung, daß die Gesetze vielleicht doch eines Tages liberalisiert werden. Und in Erwartung des nächsten Gerüchts...

Einmal machte man mich in dem wartenden Haufen auf jemand aufmerksam. Sein Name war Jesus Christus. Seinetwegen, hieß es, würden seit ewigen Zeiten alle möglichen Eingaben gemacht. Wenn man von den Hymnen ausgeht, die ihm dargebracht werden, und die vielen Kathedralen sieht, deren Kuppeln sein Zeichen tragen, muß man zu dem Schluß kommen, daß niemand von uns auf der Erde sehnlicher erwartet wird als er.

Dennoch wird man wohl sagen müssen, daß auch für ihn keinerlei Hoffnung besteht. Wenn er mit den anderen zusammen auf die Mauer zuläuft, zeigt er die Wundmale vor, die ihm von der Kreuzigung geblieben sind, aber die Wachposten stellen sich blind. Oder sie haben, wie stets vermutet worden ist, tatsächlich keine Augen.

Der Aufbruch des Storchs

I

Es war einer jener grauen Nachmittage, die nicht die geringste Abwechslung versprechen, und dann begegnete ich in der Pinienstraße auch noch R.P., einem der verdrießlichsten Menschen, die man sich denken kann. Er kam mir auf dem gegenüberliegenden Trottoir entgegen, und die enge Straße machte ein Ausweichen selbst in seiner unhöflichsten Form unmöglich. Es wäre sicher taktvoller gewesen, von weitem »Ich hasse dich, du Ekel!« zu rufen, als vorzugaukeln, ich hätte ihn nicht gesehen.

Aber es blieb gar keine Zeit für solche Erwägungen, denn widerlich grinsend wie immer, verließ er seinen Gehsteig und kam quer über die Straße auf mich zu.

So groß ist das Unglück nun auch wieder nicht, sagte ich mir. Du mußt nur mechanisch, idiotisch dein »Wie geht es dir, wie läuft es so?« herunterleiern, dann ist die Tortur vorbei, und jeder geht seiner Wege.

»Wie geht es dir, wie läuft es so?« fragte er und streckte mir die Hand hin.

Widerwärtiges Subjekt, dachte ich. Daß du dich überhaupt auf die Straße wagst! Kapier endlich, daß du allen nur auf die Nerven gehst. Das ist doch wahrlich nicht zuviel verlangt.

»Wie geht es dir, wie läuft es so?« gab ich mit demonstrativer Gleichgültigkeit zurück.

»Alles beim Alten! Und du?«

»Das Übliche! Was macht die Arbeit?«

Verbrecher, hätte ich am liebsten gebrüllt. Ausgerechnet an einem deprimierenden Tag wie diesem, an dem ich dringend eine Aufmunterung gebraucht hätte, schickte ihn mir eine ungünstige Fügung des Schicksals über den Weg.

»Also dann, auf Wiedersehen«, sagte ich, um einen gleich‍gültigen Ton bemüht. Ein Wunder, daß mir kein »Auf Nim‍merwiedersehen!« herausrutschte.

»Auf Wiedersehen«, antwortete er und streckte mir wieder die Hand hin, nach deren schlaffem Druck mir fast ein erleich‍tertes »Uff!« entfahren wäre.

Ich war bereits einige Schritte gegangen, als ich hinter mir seine Stimme hörte. Es war wie ein Schlag in den Rücken. Wie konnte man nur so aufdringlich sein? Ich drehte mich um. Offenbar war mein Gesicht zu einer Grimasse verzerrt, denn er fragte:

»Was hast du?«

»Sag mir lieber, was du hast?«

Es hörte sich fast an wie ein Schrei, doch er fuhr mit seiner ewig grinsenden Miene fort:

»Fast hätte ich es vergessen. Hast du schon von Lasgush Poradecis Liebesaffäre gehört?«

»Wie?«

Meine Stimme klang so brüchig, daß er fragte:

»Was?«

»Wie, was?« fragte ich zurück.

Jeder von uns stieß noch ein paarmal dieses »Was?« hervor. Es war wie bei zwei Passanten, die sich beim Ausweichen auf dem Gehweg ständig in die Quere kommen. Schließlich ge‍lang es ihm, den Knoten zu lösen.

»Was gibt es da groß zu verstehen? Eine Liebesaffäre eben. Eine Weibergeschichte, wie man so sagt.«

Liebesaffäre, Weibergeschichte, dachte ich. Am liebsten hätte ich ihn angebrüllt: Nun reicht es aber, du rettungsloser Fall! Daß du es wagst, solche Dinge überhaupt in den Mund zu nehmen! Und auch noch ausgerechnet in einem Winter wie diesem...

Dann merkte ich, wie mein Zorn plötzlich verrauchte. Es war, als entfernte man abrupt die Stahlarmierung aus einem Betongebäude. Der leiseste Windstoß hätte mich vor seine Füße geworfen.

Er stand über beide Backen grinsend vor mir auf dem Gehweg. Offensichtlich war ihm sein später Triumph bewußt.

»Jetzt macht es dir doch Eindruck, was? Kein Wunder, wenn ein Achtzigjähriger...«

Ich schaute ihn bohrend an. Vielleicht erwartete er, ich würde ihm entweder eine Ohrfeige versetzen oder vor ihm auf die Knie fallen, um ihm für die jahrelange Mißachtung Abbitte zu leisten, oder beides, so daß wir schließlich bei der Polizei oder in der Psychiatrie landeten.

Doch nichts von dem geschah, dafür etwas ganz anderes, durch und durch Unwahrscheinliches, das absolut Verrückteste, auf das mein Gehirn überhaupt kommen konnte.

In fast schmeichlerischem Ton fragte ich ihn:

»Gehen wir einen Kaffee trinken?«

Er riß die Augen auf. Ich schaute zur Seite, um das jähe Leuchten darin nicht sehen zu müssen. Mit Sicherheit hatte ihn seit Jahren niemand mehr eingeladen. Nicht nur seine Arbeitskollegen gingen ihm aus dem Weg, sondern auch seine ehemaligen Kommilitonen, denen er im Kummer um den Verlust ihrer Freundinnen beigestanden, beträchtliche Summen geliehen

und Blumen ins Krankenhaus geschickt hatte, die Säufer, denen jeder Trinkkumpan recht war, seine Vettern zweiten Gra-
des, sämtliche Jugendfreunde und schließlich sogar jene, die einen nie oder doch als allerletzte verließen: die Onaniergenossen
sonntags im Stadtwald...

Ich hingegen lud ihn nicht nur ein, sondern hatte sogar seinen Ellbogen ergriffen, um ihn ins nächste Café zu lotsen, als
fürchtete ich, er könne mir entkommen.

2

Als ich das Café verließ, hatten sich der Winternachmittag, der
Himmel, die Straße und ich selbst verändert. »Es ist schon erstaunlich, welchen Eindruck das auf dich macht.« R.P., dem
dieser Satz wichtig genug gewesen war, um ihn gleich mehrfach
auszusprechen, kam mir plötzlich wie ein ganz normales Wesen vor, als habe er in Sekundenschnelle die Entwicklung vom
Neandertaler zum Menschen der Neuzeit hinter sich gebracht.
»Ich hätte nicht geglaubt, daß es solchen Eindruck auf dich
macht.«

Der Begriff »Eindruck machen« war eine viel zu blasse Be-
schreibung meiner Reaktion auf etwas, das mich mit jedem
Augenblick mehr faszinierte, berauschte, erschütterte. Nun, da
ich mich von R.P. verabschiedet hatte, ergriff mich auf dem
Gehweg des Boulevards eine regelrechte Woge der Erregung.
Lasgush Poradeci hat sich auf eine Liebesaffäre eingelassen...
Ich murmelte diese Worte, die in den Klang von Glocken
gehüllt schienen, ständig vor mich hin.

»Komisch, sonst hast du dir aus solchen Gerüchten doch nie
etwas gemacht.« Normalerweise hätte ich R.P. für diesen Satz

wahrscheinlich angebrüllt: Du wagst es, das erste göttliche Ereignis, dessen wir seit Jahren teilhaftig werden, als »Gerücht«
zu bezeichnen! Doch zu soviel Zorn fehlte mir die Kraft. Was
ich eben gehört hatte, war ein Zeichen des Himmels, kein
Zweifel! Unwillkürlich schaute ich hinauf zu den reglosen
Wolken des Nachmittags, die mir bis eben noch als gewissermaßen amtliches Symbol der Stagnation erschienen waren.

3

Ich hatte Lasgush Poradeci stets verehrt, und zwar auf eine
ganz besondere Weise. In die Liebe zu ihm mischten sich
Schmerz und Zorn, alles in einem weit über das Alltägliche
hinausgehenden, fast mystischen Ausmaß.

Fast noch mehr als seine wunderbaren Verse bezauberte
mich die inzwischen untergegangene Zeit, die er verkörperte.
Sie war nicht leicht zu definieren, weder Republik noch Königreich, noch Vorphase der Befreiungsbestrebungen, sondern eine
andere, die diesen Epochen innegewohnt oder auch niemals
wirklich existiert haben mochte. Vielleicht der sehnsüchtige
Traum von etwas Verflossenem, Unwiederbringlichem, Un-
möglichem.

Seit Jahren gab es ihn und gab es ihn nicht. Man hatten ihn
ausgeschlossen, bei keiner Feierlichkeit war er anwesend. Aber
wahrscheinlich vermißte man ihn gerade bei den festlichen
Höhepunkten am meisten. Er selbst und alles, was sich mit ihm
verband, war von anderer Art, allumfassend und zart wie die
Klage von Ikonen...

Man hatte etwas Unentbehrliches preisgegeben, den Traum
mit Füßen getreten. Er, der große Abwesende, schien aus unse-

ren grell erleuchteten Versammlungsräumen den maßvollen Goldglanz der alten Lüster fortgenommen zu haben, um seinen Sarkophag damit zu schmücken.

Inzwischen war er weit weg. Wir konnten ihn von seiner Reise nicht mehr zurückholen ... Sein Sarg aus Bronze und Gold entfernte sich immer mehr von den abscheulichen Plenar-sälen voll nackter Worte und Niedertracht, in denen wir unsere Tage zubrachten. Doch mit sich selbst begrub er etwas von uns allen.

Es war, wie wenn man einen Tempel im Wasser verschwin-den sieht, und verzweifelt fragten wir uns, ob der Abschied des Poeten tatsächlich unwiderruflich war. Vielleicht gab es ja noch eine Möglichkeit, ihn aufzuhalten, nicht um seiner, sondern um unserer Rettung willen.

In Wahrheit wußten wir alle, daß es nichts mehr zu ändern gab, denn er war überzählig in dieser Zeit. Und wir konnten uns des bitteren Gefühls nicht erwehren, daß eigentlich auch wir hier nichts zu suchen hatten, obwohl wir bereit waren, mit Zähnen und Klauen um unseren Platz zu kämpfen.

Albanien war dabei, einen Goldschatz zu verlieren ... Auf einmal aber, obwohl wir schon alle Hoffnung aufgegeben hat-ten, wurde wieder über den Dichter geredet, schüttelte der Traum seine funkelnde Mähne. Er, der zur hämischen Freude einiger und zu unserem Kummer für tot erklärt worden war, hatte urplötzlich ein Lebenszeichen von sich gegeben, und zwar ein so außergewöhnliches, daß wir anderen daneben mausetot wirkten. Er hatte etwas getan, das eines Poeten würdig war, dem Zeitgeist völlig widersprach, den unverbesserlichen Kava-lier zeigte und gerade deshalb den Doktrinären der Bezirkspar-teikomitees, Plenartagungen und Kongressen als verwerflich gelten mußte.

In einem Provinznest, in dem der Sitz des Parteikomitees noch erdrückender wirkte als anderswo, als Achtzigjähriger vor aller Augen eine Liebesbeziehung einzugehen ... Ich fühlte mich ins Albanien des dreizehnten Jahrhunderts zurückversetzt, als noch ein adliger Geist geherrscht hatte, und hörte es von allen der mittlerweile verschwundenen Kathedralen läuten.

Rächte er sich dafür, daß man ihn vergessen hatte? Oder übte er Revanche für den alltäglichen Sumpf, die Ödnis der obligatorischen Versammlungen, die stupiden Regeln des sozialistischen Realismus, die endlosen Tagungen des Zentralkomitees mit ihren Aufrufen zur Umerziehung der Schriftsteller, zur Hinwendung an das angeblich wahre Leben, zur Erfüllung der Pflichten gegenüber der Partei, zur Einfachheit und Militanz?

In meinem Kopf entstand ein chaotisches Knäuel von Erinnerungen an Schriftstellertreffen während der Zeit der chinesisch-kulturrevolutionären Verirrung, in denen es Beleidigungen und, nach demütigenden Selbstkritiken, reichlich Beschlüsse zur Zwangsverbringung zwecks Umerziehung durch körperliche Arbeit bei der Aushebung von Kanälen gehagelt hatte. Phrasen wie »Einfach müssen wir sein, einfach, einfach, einfach...« klangen mir in den Ohren. Die Hemden der Künstler waren damals immer zerknitterter geworden, an ihren Hälsen seltsam geformte Falten erschienen. Man konnte auf den ersten Blick erkennen, welche durch Alter oder Krankheit und welche durch die sengende Sonne auf den Feldern der landwirtschaftlichen Genossenschaften hervorgerufen waren.

Der ranzige Geruch der Versammlungen, die man zur Abrechnung mit »liberalen Autoren« einberufen hatte, hing noch lange in den Räumen des Schriftstellerverbands. Am deprimierendsten waren jene, bei denen alles unwahr und unecht war, von den vermeintlichen Fehlern der Autoren bis zum betont finsteren Gesicht des jedesmal anwesenden Politbüromitglieds. Eine neue Rasse von Sitzungen zeichnete sich ab, bei denen zum Beispiel jemand erst scharf kritisiert und gleich danach auf einen hohen Posten befördert wurde oder sonst etwas völlig Abstruses geschah.

Außer nackter Angst erfuhr man bei den besonders dramatisch verlaufenden Zusammenkünften immerhin auch etwas wie echte Betroffenheit, während bei den gewöhnlichen alles verlogen oder doppelt verlogen war (die eine Lüge verbarg sich in einer anderen, so daß auch noch Schutz bestand, wenn die Schale der ersten zerbrach) und die Wüste unendlich, so daß man ringsum nur aufgewirbelten Sand entdeckte.

Zu einer dieser Versammlungen war auch Lasgush Poradeci erschienen. Mit seinem altmodischen schwarzen Anzug und dem breitrandigen Borsalino im Stil der dreißiger Jahre sah er aus, als sei er direkt dem Sarg entstiegen.

Er nahm hinten in einer Ecke des Saales Platz, ohne angesprochen zu werden. Offenbar erkannten ihn seine Nachbarn gar nicht, und überdies konzentrierte sich die ganze Aufmerksamkeit auf die beiden künftigen Märtyrer B. R. und T. K. Ihre Kühnheit war in der Hauptstadt die ganze Woche über das Thema aller Tuscheleien gewesen. Mit ihren Äußerungen über den positiven Helden in der Literatur hatten sie sich zumindest für den jetzigen Zeitpunkt zu weit vorgewagt, um so mehr, als sie vor ein paar Jahren wegen ihrer Auffassung von der Rolle des Wetters in der Kunst des Sozialistischen Realismus schon einmal des Abweichlertums bezichtigt worden waren.

Auf jeden Fall, so rühmte man sie hinter vorgehaltener Hand, haben sie eine Menge Mut bewiesen, daran läßt sich nicht deuteln. Aber schließlich sind die Poeten für ihre Waghalsigkeit bekannt!

Dieses Getuschel hatte Lasgush Poradeci dazu veranlaßt, seinen alten Sonntagsanzug anzuziehen und hierherzukommen.

Im Saal herrschte absolute Stille. Die beiden Delinquenten trugen dramatische Mienen zur Schau, und ihre Wangen waren leicht gerötet, während das anwesende Politbüromitglied beim Anhören ihrer Selbstkritik so streng blickte wie beim letzten Mal, wenn nicht sogar noch strenger. Wir, Genossen, werden niemals davon ablassen, uns mit ganzer Kraft für den positiven Helden einzusetzen, unser Fehler aber war, daß wir nicht klar genug zum Ausdruck brachten, um was es uns geht. Wir wollten eigentlich nur auf gelegentliche Nachlässigkeiten bei seiner Gestaltung hinweisen, zum Beispiel, wenn nicht aufgezeigt wird, daß menschliche Schwächen wie übertriebene Gutgläubigkeit unserer großen Sache auch schaden können. Und was das Wetter in unseren Romanen anbelangt, wofür wir ja vor sieben Jahren kritisiert worden sind, so treten wir unverändert und mit aller Macht für die Vorherrschaft des Frühlingsklimas über den Nebel und insbesondere den Regen ein...

Erste Anzeichen der Besänftigung in den Zügen des Politbüromitglieds lösten im Saal eine Welle der Rührung aus. Wahrhaftig, wie großherzig unsere geliebte Partei ist!

Schon jetzt stand fest, daß die beiden verlorenen Söhne nach Abschluß der Versammlung Glückwünsche würden entgegennehmen dürfen: Bravo, ihr habt für die Kunst eine Menge riskiert, aber natürlich hat die Partei eure Motive verstanden, so wie schon damals vor sieben Jahren, als ihr ein bißchen über die Stränge geschlagen (nun ja, das ist halt der berühmte Poetenübermut) und der Meinung gewesen seid, ein kleines Wölkchen, ein in der lauen Brise treibendes Nebelschwädchen würde den sozialistischen Himmel glaubhafter erscheinen lassen. Und bei einer künftigen Versammlung, wenn das dramatische Ereignis von heute nur noch Geschichte wäre, würde das inzwischen bereits ein wenig ergraute Politbüromitglied den beiden wahrscheinlich auf die Schulter klopfen und sagen: Wißt ihr noch, wie ihr damals die Rebellen gespielt habt? Und sie würden erröten und mit einem verschämten Lächeln antworten: Na ja, was jung ist, muß sich erst die Hörner abstoßen, wie man so sagt, Genosse R.

Lasgush Poradeci erlebte das versöhnliche Ende der Versammlung nicht mehr mit. Bereits nach den ersten Worten der Selbstkritik war er so unbemerkt wie bei seiner Ankunft aufgestanden, um in seinen Sarkophag zurückzukehren.

Beim Weggehen murmelte er wahrscheinlich keine Verwünschungen, sondern betete für uns und die anderen verlorenen Seelen. Man hielt ihn seit Jahren für tot, doch das galt bestimmt auch umgekehrt. Ein kalter Mond brachte die Quarzsplitter in der Wüste zum Glitzern, wo sonst alles, sogar die Fehler, ohne Leben war.

Dies war sein letzter öffentlicher Auftritt. Lange hofften wir darauf, er werde sich noch einmal zeigen, ohne zu überlegen, ob wir dies überhaupt verdienten. Wie ein solches Wiedererscheinen hätte stattfinden können, war bei allem Nachdenken nicht herauszufinden, denn keine der Regeln unseres eigenen Lebens mit seinen ganzen Verdrießlichkeiten, literarischen Schüttelfrösten, routinierten Spielchen, Skandälchen, drohenden Fesseln galt für ihn. Daß er spätestens seit der geschilderten Versammlung nichts mehr von uns erwartete, stand fest. Die Frage war nur, ob uns noch das Recht zustand, etwas von ihm zu erwarten.

Wir mußten uns lange gedulden. Dann plötzlich, am Tag

der absoluten Stummheit und Finsternis, an unserem *Untag,* zeigte er sich gnädig mit uns und beschloß aus Mitleid, uns ein Geschenk zu machen, das größte, auf das man bei einem Toten hoffen konnte: eine Liebesaffäre.

4

Wir hatten bereits unseren zweiten Kaffee ausgetrunken, als R. P. zum vierten oder vielleicht sogar fünften Mal zu mir sagte:

»Es ist schon komisch, welchen Eindruck das auf dich macht. Wirklich komisch.«

Am liebsten hätte ich ihn angeschrien: Für dich ist das also nichts Besonderes, du Fisch, du Ameise? Du hast gar nicht gemerkt, daß du auf einen Diamanten gestoßen bist, Dummkopf, Null, Alptraum!

Doch mehr als das Gespenst eines Gebrülls brachte ich nicht zustande. Mein Zorn auf ihn hatte rostige Stellen bekommen, ja, ich war fast schon bereit, ihm Dankbarkeit zu bezeugen. Ihm zu erklären, was hier stattfand: Der große Storch nahm Abschied mit einem Geschenk. Daß Lasgush ein jahrelanges Versprechen seiner Gedichte eingelöst hatte und von den Toten auferstanden war. Daß wir guten Grund gehabt hätten, zusammen das Halleluja zu singen.

Dann schnitt Zweifel schmerzhaft in meine Begeisterung.

»Stimmt, du hast mich verblüfft«, sagte ich, »aber bist du dir auch ganz sicher?«

»Natürlich«, antwortete er.

»Es ist wirklich keine der üblichen Spinnereien?«

Sein verwirrter Blick ließ fast das Blut in meinen Adern erstarren. Hör zu, wollte ich schreien, du kannst, wenn du willst, alle in den Wahnsinn treiben mit deiner degoutanten Art, aber du hast kein Recht...

»Hör zu«, sagte ich statt dessen und griff nach seiner Hand, »weißt du zufällig... ich meine... wie ist denn der Name der Frau?«

Er kniff die Augen zusammen.

»Der Name? Also, ich glaube... ja, Ana G., so heißt sie wohl.«

»Ana G.«, wiederholte ich.

Ich murmelte den Namen noch dreimal vor mich hin. Bei dieser Geschichte hatte alles literarische Qualität, selbst der Name der geheimnisvollen Geliebten.

Grienend schaute er auf seine Kaffeetasse. Offenbar konnte er kaum fassen, daß ihn das Schicksal endlich belohnte, und war doch ein wenig verdrossen, daß er so lange hatte darauf warten müssen.

Wahrscheinlich träumte er seit Jahren von dieser Gelegenheit zur Rache.

Das machte mich wieder unsicher. Zwar hatte seine Rache, wenn er denn darauf aus war, keine rechten Konturen, trotzdem entstand in mir das Gefühl, es gebe nur einen wirksamen Schutz dagegen: wenn ich auf der Stelle aufstand und wegging, vor ihm floh wie seine Fakultätskollegen, die Trinkkumpane suchenden Säufer, die Lustmolche sonntags im Stadtwald...

Ich mußte weg, ehe es zu spät war, durfte ihm keine Chance lassen, den rächenden Stoß zu führen. Weiter auf mich einzureden. Ich wollte überhaupt nichts mehr hören.

Ich mußte los, ehe ich noch jemand anderem über den Weg lief, mich sofort aufmachen in den kleinen Luftkurort, wo...

Er öffnete den Mund, wollte etwas sagen, vielleicht einen Satz zu Ende bringen. Oder noch eines dieser mörderischen

»Was gibt es denn sonst noch so?« von sich geben. Nein, dachte ich, dann rief ich laut »Nein!« und sprang auf. Der kalt gewordene Kaffee schwappte über den Tassenrand.

Als ich mich umdrehte, sah ich, daß er mir verblüfft nachstarrte, verlassen wie immer. Doch für Mitleid war keine Zeit. Ich hatte nur einen Gedanken: mich so schnell wie möglich auf den Weg an den Ort des Wunders zu machen…

5

Die Fahrt nach Pogradec war lang und verdrießlich. Der Bus hielt immer wieder in Städtchen, die benommen in der Hitze dalagen. Auf dem Gehsteig vor dem jeweils einzigen Café oder Friseurgeschäft, an dessen Scheiben stets mit großen Lettern Parolen wie »Arbeit, Erziehung, Wachsamkeit« prangten, blieben Passanten stehen und schauten dem Bus aus der Hauptstadt mit starrem Blick nach.

Je weiter wir kamen, desto häufiger wurden die Polizeikontrollen. Mein Sitznachbar stieß mich mit dem Ellbogen an und wies mit dem Kinn auf zwei Polizisten am Straßenrand.

»Schon wieder!« sagte ich und schaute ihn an, in der Hoffnung, wenigstens einen Hauch meines Mißmuts über die vielen Fahrtunterbrechungen in der sengenden Hitze bei ihm wiederzufinden. Doch zu meiner Verblüffung lag so etwas wie ein Schleier der Bewunderung über seinen Augen. Er beugte sich zu mir herüber (gerade, daß er sich nicht anlehnte) und sagte:

»*Der Große* macht wie jeden Sommer Ferien in Pogradec.«

»Ach«, entgegnete ich, »deshalb die ganzen…«

Im beglückenden Gefühl, sein Geheimnis teilen zu dürfen, nickte er begeistert mit dem Kopf.

»Was für eine Freude, wenn man ihn jeden Sommer bei sich haben darf«, seufzte er verträumt.

»Keine Frage«, antwortete ich.

Gottlob hatte einer der Polizisten inzwischen den Bus bestiegen, um die Personalausweise zu kontrollieren.

Dann fuhr der Bus weiter, und um mir eine Fortsetzung der Konversation zu ersparen, tat ich so, als döste ich vor mich hin. Ich mußte die ganze Zeit daran denken, daß die beiden sich nun im gleichen Städtchen aufhielten, er, der große Abwesende, halb Vergessene, fast schon in einen Geist Verwandelte, und der andere, Allgegenwärtige, von unzähligen Wänden Herabblickende, dessen Weisheiten in großen Lettern aus Farbe, Gras, Steinen und bei großen Sportveranstaltungen sogar Menschenleibern überall prangten.

»Wieder eine Kontrolle«, meinte mein Nachbar. Ohne die Augen zu öffnen, griff ich in die Innentasche meines Sakkos, um den Personalausweis hervorzuholen. Mein Nachbar, dessen Gesicht immer noch vor Bewunderung strahlte, hatte ihn bereits geöffnet in der Hand, Foto und Name gut erkennbar, um dem Polizisten die Arbeit leichter zu machen. Doch dieser hielt soviel Eifer offenbar für übertrieben oder sogar verdächtig. Er nahm den Personalausweis an sich, klappte ihn zu, befeuchtete seine Fingerspitzen mit Speichel und blätterte ihn dann nach Polizistenart durch.

Er prüfte jede Seite genau, wobei er aus den Augenwinkeln forschende Blicke auf meinen Mitreisenden warf, der immer kleiner wurde. Auf seinem Gesicht spiegelten sich Schmerz und Verwirrung, dann kamen ein schwacher Ausdruck von Protest und ein hilfesuchendes Lächeln dazu: »Weshalb meint er, an mir zweifeln zu müssen?« Es war ein echtes kleines Drama, und zwar das absurdeste, das ich je miterlebt hatte.

Dann war die Kontrolle endlich vorüber, der Bus ruckte an, und draußen vor der staubbedeckten Scheibe sah ich ein letztes Mal den Polizisten, der immer noch voll Zweifel und lächerlich erbost meinen Nachbarn anstarrte.

Eine Weile lang amüsierte ich mich über den Vorfall, dann gab ich mir einen Ruck. Schon seit einer halben Stunde ließ ich mir nun von diesen Holzköpfen ihre Narreteien aufnötigen, anstatt mich mit wichtigeren Dingen zu beschäftigen. Zum Beispiel mit der Frage, wie Ana G. wohl die Fahrt erlebt hatte, die ich nun unternahm, wie sie bei den Kontrollen das Täschchen mit dem kleinen öffnete, um ihren Personalausweis hervorzuholen, wie sodann die sorgfältig manikürten Hände mit den blaßlackierten Nägeln (eine Maniküre, so kalt wie der nicht mehr ferne Tod) die Tasche wieder schlossen, und all dies mit den fließenden Bewegungen einer mit der Sünde wohlvertrauten Frau.

Zwischen zwei kahlen Höhenzügen in den Hinterhalt geraten, bot die Autostraße einen kummervollen Anblick. Mit jeder Kurve stöhnte der Motor des Busses lauter, und der Benzingestank wurde immer unerträglicher. Hier in der Gegend hatte er es wahrscheinlich geschafft, den Duft des von Ana G. sorgsam gewählten, vielleicht bei einer alten Dame ausgeliehenen und bereits bei anderen Affären in einer anderen Epoche zum Einsatz gekommenen Parfüms vollends zu ersticken.

Die mit jämmerlichen Sträuchern bedeckten Hügelketten wollten kein Ende nehmen. Und ausgerechnet hier gab es eine weitere Kontrolle. Diesmal befanden sich die Polizisten in Begleitung eines Zivilisten, sicheres Zeichen dafür, daß es langsam ernst wurde. Daß die Reisenden dies wußten, bewies die Grabesstille, die plötzlich im Bus herrschte. Mein Nachbar zeigte ängstlich seinen Personalausweis vor, doch konzentrierte sich diesmal die gesamte Aufmerksamkeit der Polizisten auf mich. Die Augen des Zivilisten funkelten. Offenbar war er vorbereitet.

Warum fahren Sie nach Pogradec?

Ich war völlig überrumpelt. Andere konnten sagen: »Ich mache Urlaub am See« oder »Meine Tochter ist dort Lehrerin« oder »Ein Todesfall in der Familie«. Mir wäre es leichter gefallen, die kompliziertesten Zusammenhänge zu erklären, als Antwort auf diese einfache Frage zu geben.

Sie wissen also nicht, was sie dort wollen, sagte er mit einem spöttischen Lächeln. Ich hatte wohl unwillkürlich mit den Schultern gezuckt.

Mein Nachbar rutschte ungeduldig auf dem Sitz hin und her. Offenbar konnte er es gar nicht erwarten, seine Motive darlegen zu dürfen. Mein gelähmtes Gehirn war unfähig, auch nur die fadenscheinigste Ausrede zu produzieren, ganz zu schweigen von einer schlüssigen Begründung.

Die Mitreisenden starrten zu uns herüber. Da versuchte tatsächlich jemand, der Polizei weiszumachen, er wisse nicht, weshalb er in diesem Bus saß. Wenn das nicht verdächtig war!

In dem immer bohrender werdenden Blick des Mannes von der Staatssicherheit schwamm schon die nächste Frage. Kennen Sie eine Ana G.?

Nun war die Katze aus dem Sack.

In meinem Gehirn löste sich etwas, und die Erstarrung verwandelte sich in hektische Aktivität. Da hatten wir es also. R.P., dieser widerliche Schleicher, auf den alle heruntergeschaut hatten, war ein gefährlicher Agent provocateur. Jahrelang hatte er uns angeschwärzt, in die Falle gelockt und sich dabei in Fäustchen gelacht.

Aber wie war es ihm gelungen, mich so schnell zu denunzieren?

Ich wußte, was nun kommen würde. Glauben Sie wirklich, wir hätten nicht mitbekommen, was sich da abspielt? Sehr seltsam, daß diese Ana G. ausgerechnet im Sommer nach Pogradec reiste, wenn der Führer dort Ferien macht. Glaubt ihr ernsthaft, wir hätten diese lächerliche Geschichte mit dem Besuch bei Lasgush Poradeci so einfach geschluckt?

Die habt ihr euch doch selbst ausgedacht, wollte ich erwidern, so wie alles andere auch, den Aufstand der Schriftsteller, die angebliche Sabotage im Erdölsektor... Doch er ließ mich gar nicht zu Wort kommen: Wir wissen, was ihr vorhabt.

Wir stritten uns. Eine Weile ging es hin und her, wir... ihr... Er machte keinen Hehl mehr daraus, daß man Ana G. im Verdacht hatte, etwas gegen den großen Chef im Schilde zu führen. Einen Augenblick lang sah ich ihre lackierten Fingernägel vor mir, diesmal rot wie Blut.

Und Sie waren naiv genug, zu glauben, es sei ihr um den Dichter gegangen? Das würde euch so gefallen, diese Gedichteschmierer auf eine Ebene mit dem Führer zu stellen.

Er sah es so: Anstatt in den Luftkurort zu reisen, um wie Hunderte ehrlicher Bürger, die viele Tage oder sogar ihre ganzen Sommerferien dafür opferten, den Führer wenigstens aus gebührendem Abstand bewundern zu können, war ich auf die Liebeskapriolen eines verrückten Poeten angesprungen und hatte sie lächerlicherweise sogar als Himmelszeichen betrachtet.

Einen Moment lang ging in meinem Kopf alles durcheinander. Ich verstand nicht, was er meinte. Daß es Ana G. in seinen Augen nicht um den Poeten, sondern um den Führer gegangen war, keine Frage. Aber hatte sie sich diesem nur an den Hals werfen oder ihn umbringen wollen?

Dieser Mensch hat nicht alle Tassen im Schrank, dachte ich. Gleich wird er behaupten, das sei das gleiche.

Daß Frauen, wenn sie zu Männern gingen, meistens an bei-des dachten, war für mich keine Frage. Aber daß ein stures Polizistenhirn imstande war, derart delikate Zusammenhänge zu begreifen, das wollte mir nicht in den Sinn.

Seltsamerweise wirkte er nun nicht mehr so bedrohlich wie vorher, als er den Bus bestiegen hatte. Er schien dies zu fühlen, denn er warf mir einen unsicheren, fast flehentlichen Blick zu: Bitte, hab noch ein Weilchen Respekt vor mir ... ich meine Angst. Wenigstens, bis wir aus dieser Einöde heraus sind.

Ich verspürte eine gewisse Neigung, ihn anzuschreien: Ich weiß doch, was du willst! Du wirfst mir vor, daß ich das Ben-zin aus den staatlichen Raffinerien verunglimpfe und mich über das Versprechen der Erdölwerktätigen, zu Ehren des 8. Partei-tags den Plan überzuerfüllen, lustig mache. Und natürlich hast du vor, es in deinem Bericht zu erwähnen: *Zwischen Kilometer 137 und 141 bezichtigte er den Benzingeruch, den Duft des Parfüms von Ana G. zu ersticken, was er auf abartige Weise ersichtlich bedauerte.*

Aber inzwischen war er mir eigentlich egal. Meine Gedan-ken wandten sich der Stadt im Norden zu, von der aus Ana G. mit dem Bus nach Pogradec aufgebrochen war. Ich stellte mir vor, wie sie sich vor einem alten Spiegel mit Bronzerahmen par-fümierte, neben dem die streng blickende Ikone eines ganz an-deren Glaubens hing.

Meine Gleichgültigkeit gab dem Polizisten den Rest, und ein heftiges Rütteln des Busses reichte aus, um ihn sich in Luft auflösen zu lassen. Ich schreckte aus dem Schlaf auf.

Wir waren immer noch auf der gleichen verdrießlichen Straße mit den schiefen Kilometersteinen unterwegs. Einer da-von, den man nach einem Zusammenprall versehentlich ver-kehrt herum wieder eingesetzt hatte, brachte mich zum Lachen. Nicht nur, daß aus 147 nun 741 geworden war, wodurch die

Strecke auf einmal die fünffache Länge hatte, auch die Richtung stimmte nicht mehr, was die Ermittlungen erheblich erschwerte.

Wir fuhren in eine weitere Ortschaft ein. Überall hingen verblichene Plakate, die neben Aufrufen zur Staatstreue, zur Wachsamkeit gegenüber Saboteuren und zur Pflege der proletarischen Moral tatsächlich auch Versprechungen von Werktätigen zu Ehren des 8. Parteitags enthielten. *Ana G. verspricht ewige Liebe…*

Ich schüttelte den Kopf, um den letzten Rest von Schläfrigkeit zu vertreiben. Erst kürzlich hatte ich gelesen, daß man sich beim Dösen das Genick brechen konnte, wenn das Fahrzeug plötzlich bremste.

6

Wir kamen am Nachmittag in Pogradec an. Wie immer, wenn man nach der langen Busfahrt dort eintraf, wirkte das Städtchen besonders verschlafen. Es war bereits heißer als sonst um diese Jahreszeit, doch die Touristensaison hatte noch nicht begonnen.

Ich nahm mir ein Zimmer im Hotel und spazierte dann eine Weile durch die einzige größere Straße. Im grellen Sonnenlicht wirkten die Schaufenster der Geschäfte noch armseliger als sonst. Die Scheiben waren wie üblich mit Parolen bemalt, ja, es war sogar noch schlimmer als vor zwei Jahren, als ich meinen Urlaub hier verbracht hatte. Männerhosen und Kurzwaren. Parteitreue und Wachsamkeit. Shampoo.

Vor dem Eingang zum Sitz des Parteikomitees erzählten sich zwei gelangweilte Polizisten schlüpfrige Witze.

Das Provinznest erstickte in Hitze. Jagdverein. Barbierge,
schäft. Erziehungszentrum für den VI. Bezirk. Keinerlei Hin,
weis auf das Wunder. Auf den Aprilabend, an dem Ana G.
hier…

Der Verdacht, die ganze Geschichte sei womöglich ein Pro,
dukt der Phantasie, wie sie in Kleinstädten gerne üppige Blü,
ten treibt, schlich sich tückisch zurück in mein Gehirn. Nicht,
daß R. P. (ich brauchte eine Weile, um den üblen Geschmack,
den sein Name in meinem Mund hervorrief, wieder loszuwer,
den) wissentlich gelogen hatte, aber ungewöhnliche Gerüchte
haben ihre Quellen wie die großen Flüsse meistens in weiter
Ferne. Ich hätte es in diesem Fall vorgezogen, mir den Ursprung
an einer weniger verdrießlichen Stelle vorzustellen, am Ufer ei,
nes kristallklaren Bergsees zum Beispiel oder hoch oben im Ge,
birge, wo die Lawinen geboren werden, aber die kalte Vernunft
sprach dagegen. Von den Almen kamen andere Phantasiege,
bilde herab. Dieses Gerücht war ersichtlich hier entstanden, in,
mitten der hoffnungslosen Langeweile eines Provinznests, in
dessen kahlen Büros Frauen mit Kurzhaarfrisur energisch nach
dem Telefonhörer griffen, um in noch energischerem Ton zu
verkünden: Genosse Gafur hat eine dringende Versammlung
einberufen. Und auf dem städtischen Postamt gingen nie Lie,
besbriefe ein, weil jedermann wußte, daß alle Umschläge ge,
öffnet wurden.

Ich warf einen Blick auf die häßlichen Neubauten und be,
griff vollends, was für eine ungeheuer exotische und skandalöse
Erscheinung Ana G. hier sein mußte.

Nur kam ich nicht dahinter, ob die hungrige Stadt in ihrem
Selbstmitleid Ana G. für sich erfunden oder ob Lasgush Pora,
deci, weil er nicht über die Möglichkeit verfügte, dem Städt,
chen nach dem Beispiel vieler berühmter Albaner eine Kapelle

96

oder einen Brunnen zu spenden oder seine gräßliche Architek-
tur zu verändern, sie als Geschenk oder Strafe hierhergebracht
hatte. Niemand konnte das wissen.

7

Ich wußte, in welcher Straße der Poet wohnte, und kannte auch
sein eigenartiges Haus, das alle nur den *Turm* nannten. Doch
hatte ich Hemmungen, einfach hinzugehen. Ohne lange zu
überlegen, schlug ich statt dessen den Weg zum Seeufer ein. Ich
hatte das Gefühl, mich am See, dem er einige seiner schönsten
Gedichte gewidmet hatte, einer seelischen Reinigung unterzie-
hen zu müssen, bevor ich mich zu ihm wagen durfte. So ging
ich dahin, vorbei an den Pappeln vor dem altehrwürdigen Touristenhotel und dem über und über mit Moos bewachsenen Hof
des mittelalterlichen Klosters, das seit Jahren als Käselager benutzt wurde...

Meine Wanderung dauerte fast zwei Stunden. Die gekräu-
selte Oberfläche des Sees funkelte smaragden, gleichsam der
Widerschein von Geschmeide, das auf dem Grund verborgen
lag, um eines Tages hervorgeholt und wieder verwendet zu werden. Den halb eingestürzten Kirchturm des Klosters schien die
Wunde, die durch den Raub der Glocke gerissen worden war,
noch immer zu schmerzen. Ein trauriger, in seinem Ausmaß
und seinen Konturen unbestimmter Friede hatte von mir Besitz
ergriffen, und ich merkte, daß ich nun bereit war, zu ihm zu
gehen. Als ich den Platz vor dem Gebäude des Parteikomitees
überquerte, hörte ich meinen Namen rufen. Noch vor kurzem
wäre ich froh gewesen, ein bekanntes Gesicht zu sehen, doch
jetzt wollte ich in Ruhe gelassen werden.

Es war der Spielleiter des hiesigen Puppentheaters, den ich zwei Jahre zuvor bei meinem Urlaub hier kennengelernt hatte.

Nach den üblichen Begrüßungsfloskeln (lange nicht gesehen, was hat dich hergeführt) trat ein unangenehmes Schweigen ein.

»Und, gibt es etwas Neues?« machte ich einen zweiten Anlauf, und zwar in genau dem Ton, den ich bei anderen am wenigsten ausstehen konnte.

Er lächelte.

»Und bei dir? Das hier ist die Provinz, da passiert nie etwas. Die Neuigkeiten kommen von euch.«

Er war, wie er mir später gestand, überrascht, daß ich überhaupt etwas von ihm erwartete, während ich erneut von quälenden Zweifeln befallen wurde. Es gab allem Anschein nach gar keine Liebesaffäre des Dichters, keine Ana G., keinen Bronzespiegel und kein Parfum aus einer anderen Zeit. Es gab nur Hitze und Benzingestank, der tagelang nicht aus den Kleidern wich. Und natürlich Gelöbnisse zu Ehren bevorstehender Parteitage.

»Du fragst, was bei uns los ist? Also, das wundert mich schon. Warum glaubt jemand aus der Hauptstadt, er müsse ausgerechnet in dieser Einöde nach Neuigkeiten zu suchen? Was haben wir armen Wichte schon zu bieten? Hier ist alles langweilig und belanglos... Na ja, kürzlich hat Lasgush der Teufel geritten.«

»Ach?«

Er machte eine wegwerfende Handbewegung. Offensichtlich schien ihm das Ereignis kaum der Erwähnung wert.

Bei anderer Gelegenheit wäre ich ihm wahrscheinlich an die Kehle gefahren (Wie wagst du es, du Puppenhanswurst, so von dem Dichter zu reden!), doch diesmal überfiel mich nichts als freudige Erregung. Befreit von der Last des Zweifels, wäre ich ihm am liebsten um den Hals gefallen.

Er konnte gar nicht aufhören, keckernd zu lachen und den Kopf zu schütteln.

»Du hast also auch davon gehört? Es ist sogar bis zu euch durchgedrungen!«

Das Kopfschütteln wurde noch heftiger.

»Das ist doch eine Schande. Er hat uns alle lächerlich gemacht.«

»Wieso soll das eine Schande sein?« entgegnete ich. »Ganz im Gegenteil.«

Er starrte mich unverwandt an.

»Das hat Gjergj, unser Bühnenbildner, du kennst ihn vielleicht, auch gemeint. Wir sind darüber in Streit geraten.«

»Nein, ich finde überhaupt nicht, daß das eine Schande ist«, fuhr ich fort. »Wir können uns sogar geehrt fühlen... ich meine, wir... Kulturschaffenden.«

»O Gott«, rief er, »genau wie Gjergj!«

»Solange so etwas bei euch passieren kann, seid ihr das Zentrum, auf jeden Fall aber keine Einöde, verstehst du!«

Sein Blick wurde immer verwunderter. Er konnte gar nicht fassen, daß ich der gleichen Meinung war wie sein Mitarbeiter Gjergj.

Weil ich das wahre Motiv meiner Bewunderung für Lasgush unmöglich nennen konnte, schloß ich mich notgedrungen der Argumentation des Bühnenbildners an. Ich wußte halbwegs Bescheid über die Kaffeehausgespräche frustrierter Künstler in der Provinz. Es kränkte sie, daß die lokale Parteibürokratie ihnen nicht genug Wertschätzung entgegenbrachte und sie überhaupt nur zum Einsatz kamen, wenn zu staatlichen Feiertagen ein Festkonzert gegeben und das Städtchen geschmückt werden mußte. Deshalb tranken sie sich mit ein paar Gläsern Kognak den Mut an, ein wenig Dampf abzulassen, und riefen sehnsüchtige Erinnerungen an ihre bedeutenden Vorgänger wach, denen Fürsten und Frauen die gebührende Anerkennung nicht versagt hatten. Unweigerlich landeten sie an diesen zigarettenrauchgeschwängerten Nachmittagen beim gnadenlos ausgelutschten Thema Liebe, die wegen ihrer reanimierenden Kraft für einen Künstler unverzichtbar war, vor allem im Herbst des Lebens. Die Gemüter erhitzten sich immer mehr, und das ganze kulminierte endlich in der abgedroschensten aller Phrasen, auf die man nur mit Gebrüll oder unverzüglicher Flucht reagieren konnte: Sag mir bitte, wer zu Shakespeares Lebzeiten Kulturminister gewesen ist!

Ich konnte nicht glauben, daß der Bühnenbildner Gjergj über diese Grenze hinausgegangen war. Was ich empfand, ahnte er höchstens verschwommen, und wenn er die »reanimierenden Kraft der Kunst« und das Erbe von Goethe, Tizian und all den anderen beschwor, so ging es ihm vor allem darum, einen kleinen Farbfleck in seinen grauen Alltag zu bringen.

»Ich mache dich mit Gjergj bekannt, er wird dir gefallen«, meinte der Regisseur.

»Im Augenblick bin ich eher an ihr interessiert«, antwortete ich. Ein paar Augenblicke lang war mir selbst genausowenig klar wie ihm, was ich mit »ihr« gemeint hatte: die Liebesaffäre des Dichters oder die Frau, die daran beteiligt gewesen war, Ana.

Es ging um beide, und alles andere hing davon ab.

Er fing an zu berichten. Nun sprach er nicht mehr davon, daß Lasgush Poradeci der Teufel geritten habe, sondern begnügte sich mit dem hauptstädtischen Begriff *Skandal,* doch als er sah, daß ich immer noch die Lippen kräuselte, gab er auch diesen auf und ging zum nüchternen Wort *Geschichte* über. Die Geschichte hatte also im April begonnen, als die aus einer katholischen Stadt im Norden des Landes angereiste Ana G. anfing, stundenlang im Haus des Poeten zu verweilen und auch abends nicht herauskam. Man begann, von einer Liebesaffäre zu tuscheln, und so wenig wahrscheinlich dies wegen des bereits sehr fortgeschrittenen Alters des Dichters auch klang, ließ der Ruf, den er sich in jüngeren Jahren erworben hatte, das ganze doch nicht völlig unglaubwürdig erscheinen. Dieser Zustand – daß die Leute, die seit Jahren nichts mehr getrennt hatte, durch den Glauben beziehungsweise Unglauben in zwei große Gruppen geteilt waren – hätte nach Aussage des Bühnenbildners Gjergj wahrscheinlich bis zum Tode des Poeten und darüber hinaus weiterbestanden, wäre nicht plötzlich ein unwiderlegbares Beweismittel aufgetaucht, das von der Hand des Poeten selbst stammte. Es handelte sich um ein fünfzig oder sechzig Seiten starkes Heft, das den Titel *Die Besuche von Fräulein Ana G. in meinem Turm* trug. Darin war alles beschrieben: die Zusammenkünfte mit Ana, die Gespräche der beiden, die Augenblicke der Liebe, die Heiratspläne.

»Woher kam denn das Heft?«

»Also…«, sagte er. »Also, es gab da… wie soll ich es ausdrücken… eine Schweinerei. Zwei zugezogene Nachbarn, die Lasgush einmal in der Woche bei den Hausarbeiten halfen, stahlen es.«

»Und er?«

»Ach, er ist so in sich selbst versunken, daß er es wohl gar nicht bemerkte. Vielleicht hat er die Aufzeichnungen überhaupt schon vergessen.«

»Das heißt, das Heft existiert außerhalb seines Hauses?«

Er nickte und sagte mit einem prüfenden Blick auf mich:

»Ich könnte es dir besorgen, wenn du versprichst, mir keine Scherereien zu bereiten. Zum Beispiel, indem du herumbrüllst: kleinmütige, niederträchtige Bande.«

»Versprochen.«

»Gibst du mir dein Ehrenwort?«

»Ja, natürlich.«

Er grinste zufrieden.

»Du wirst sehen, auch wir Provinzler sind manchmal zu etwas gut... In einer Stunde hast du das Heft.«

8

Eine Stunde später hielt ich es tatsächlich in der Hand, fein und zart wie alle großen Wunder. Die eigenwillige kleine Handschrift kannte ich bereits von den Faksimiles, die in den schön gestalteten alten Ausgaben seiner Gedichte abgedruckt waren. *Die Besuche von Fräulein Ana G. in meinem Turm.* Ich las die Überschrift immer wieder und merkte dabei, wie ungeheuer stark meine Zweifel gewesen waren. Aber alles hatte sich als wahr erwiesen. Ich war fasziniert... Seit Jahren suchte man in Albanien erfolglos nach Erdöl. Bedrängt von wirtschaftlichen Sorgen, vertrauten die Menschen auf großspurige Parolen: es seien neue Chromlagerstätten entdeckt worden, Westdeutschland werde dem Land Kredite geben, die Bank von England endlich die seit dem Ende des Zweiten Weltkriegs zurückgehaltenen albanischen Goldreserven herausrücken... Nichts davon stimmte. Doch von dem einzigen Schatz, der im Land zu entdecken gewesen war, hatte niemand etwas gewußt.

Das alles ging mir durch den Sinn, als ich mich für das Abendessen im wenig einladenden Speisesaal des Hotels fertig machte. Die Mitglieder einer Volleyballmannschaft, die an einer der ständigen »Olympiaden« teilnahm, verzehrten schmatzend ihre Mahlzeit. Ein Stück abseits warteten ein paar mürrisch aussehende Männer, deren Kleidung sie als Mitarbeiter des Innenministeriums auswies, auf den Kellner. In meinem Kopf gingen vor kurzem gelesene Sätze und Bilder herum. Das Wunder wirkte nach.

9

Nach dem Essen ging ich hinauf in mein Zimmer. Eine Weile lag ich auf dem Bett, dann trat ich auf den Balkon hinaus. Die düstere Wasseroberfläche des Sees wirkte so bedrohlich wie stets in mondlosen Nächten. In seiner unglaublichen Schwärze schien sich das strahlende Blau vorzubereiten, in dem er sich am nächsten Morgen darbieten würde. Es hieß, die UNESCO habe vor, den See unter Schutz zu stellen. Aber kein europäisches Pen-Zentrum hatte sich je den Kopf über Lasgush Poradeci zerbrochen.

Mir war kalt, und ich ging ins Zimmer zurück, ohne die unter dem Eindruck des dunklen Sees entstandene Erstarrung ablegen zu können. Der schwarze Anzug und Borsalino bei Lasgush Poradecis letztem Auftritt hatte auf die Anwesenden eine ähnliche Wirkung ausgeübt. Unter diesem ausladenden Hut hatte sein Gehirn vielleicht die schönsten Verse entworfen. Die Gedanken an Ana G. nicht zu vergessen.

Ich stellte sie mir wieder in dem verlotterten Überlandbus vor, doch nun war mir genug Muße gegeben, um das wirkliche Geschehen von dem zu trennen, was nur in meiner Vorstellung existiert hatte. Eine Novelle fiel mir ein, die ich vor langer Zeit in Moskau gelesen hatte. Es ging darin um ein sowjetisches Mädchen, das sich in den toten Aleksander Blok verliebte. So wird es auch bei dir sein, dachte ich, später. Das stand außer Frage, doch würde er nie davon erfahren, sowenig wie der See um die Verse wußte, die der Dichter ihm gewidmet hatte.

Du mußtest dich beeilen, um ihn noch einmal lebend zu sehen, Schwan aus dem Norden, Ana G., dachte ich. Später einmal, wenn es uns nicht mehr gibt, wird alles leichter sein. Immerhin hattest du die großartige Idee, noch rechtzeitig zu ihm zu gehen...

10

Ehe ich anklopfte, betrachtete ich lange den Turm. Ich versuchte, mir Ana G. bei ihrer Ankunft vorzustellen. Ich malte mir aus, wie sie an der Tür zögerte und die Wimpern niederschlug, wie es von Frauen erwartet wird, die sich an einen ungebührlichen Ort begeben, wie sie dann die Tür öffnete und mit leichten Schritten die hölzerne Treppe hinaufstieg... Sorgsam darauf bedacht, dem Schatten, den sie auf dieser Treppe hinterlassen haben mochte, keinen Schaden zuzufügen, ging ich hinauf, aber dennoch rasch, um ein übermäßiges Knarren der Stufen zu vermeiden.

Lasgush erkannte mich sofort. Das Lächeln auf seinen Lippen war das gleiche wie im vergangenen Jahr, doch kälter, oder es erschien mir wenigstens so, weil ich womöglich den Klischees der Künstlercafés erlegen war und nach verjüngenden Spuren der Liebe in seinen Zügen suchte. Doch er hatte offenbar auch mit diesem Klischee gebrochen. Wenn die Liebe sich in diesem Gesicht überhaupt widerspiegelte, dann durch

Kälte. Diese war von höherer Art, glatt wie Marmor, doch mit Rissen auf den Wangen und Sprüngen in den Augen. Es war wie bei geborstenem Glas, hinter dem ein im Schädel gefangenes, blendend helles Licht immer wieder gefährlich aufblitzte.

»Danke für den Besuch«, sagte er, ohne sich von der Wandbank zu erheben.

Hinter ihm befand sich das Fenster, durch das man die Äste eines Apfelbaums erblickte. Ich war sehr achtsam, denn auf keinen Fall wollte ich durch ein unbedachtes Wort diese Welt aus Kristall zerstören. Aber noch mehr Angst hatte ich vor den üblichen routinierten Phrasen: Wie steht es um die Gesundheit...

»Ich muß mich bedanken, daß Sie mich empfangen«, antwortete ich. Ich wollte auf keinen Fall pathetisch werden, aber mir lag daran, ihm mitzuteilen, daß er das Wertvollste war, das wir besaßen, und wie sehr wir uns freuten, ihn noch unter uns zu haben

Es war noch nie leicht gewesen, mit ihm ins Gespräch zu kommen. Doch während ich beim letzten Mal darauf hatte achten müssen, das schwache Kerzenflämmchen nicht auszublasen, galt es nun, seine olympische Eisesstarre vor dem ordinären Schmelzen zu bewahren.

Wie sollte ich ihm sagen, daß sich, obwohl seine Bücher noch immer verboten waren, obwohl er seit jener elenden Versammlung überall gefehlt hatte, die Gedanken der Menschen ihm immer häufiger zuwandten. Ich bemühte mich verzweifelt, unter mehreren Sätzen, die alle mit einem *obwohl* begannen, den besten herauszufinden, als er, als sei er Gedankenleser, meine Qualen gnädig beendete:

»Die Dichter formen bekanntlich die Nation. Die anderen, ich meine jene, die uns regieren«, er machte eine kurze Hand-

bewegung dorthin, wo er sie zu vermuten schien, »denken immer an uns, auch wenn sie so tun, als existierten wir gar nicht:
Was würde Lasgush dazu sagen? Was würden die Poeten sagen?«

»Genauso ist es«, antwortete ich.

Eine Weile lang betrachtete er, das Haupt wiegend, seine
Hände. Das eisige Lächeln schaffte es nicht, den Kopfbewe-
gungen zu folgen, so daß es manchmal im Leeren hängenblieb.

»Sie tun so, als existierten wir gar nicht, dabei denken sie
ständig an uns«, wiederholte er langsam. »Angefangen bei diesem... ihrem Vorsitzenden... Überhaupt, was macht er, lebt
er noch, oder ist er schon gestorben?«

Ich war verblüfft. Der Führer des Landes war allgegenwär-
tig, seine Bilder prangten an allen Wänden, in Buden und
Buchhandlungen, begleitet von der unvermeidlichen Parole »Es
lebe der Genosse..., er lebe...«, und nun diese Frage des in die
Vergessenheit gedrängten Poeten, über den sich die Bürokra-
ten aller Ebenen, den Führer eingeschlossen, voller Häme und
Mißgunst, vor allem aber Ignoranz das Maul zerrissen: Ha,
ha, was macht er wohl, lebt er überhaupt noch, oder ist er schon
tot?

Obwohl er gute zehn Jahre älter war als der Führer, erschien
ihm die Frage natürlich. Nicht Rachsucht sprach daraus, sondern Verachtung.

Budj poljegtsche s poetom, sudarj! Sei maßvoller, o Herrscher, mit dem Dichter!

Dieser russische Vers, an dessen Schöpfer ich mich nicht
erinnern konnte, fiel mir plötzlich ein, und er klang wie eine
Warnung, nicht an mein Gegenüber, sondern an ihn, den *anderen*: Hüte dich!

Er war mit dem Dichter äußerst übel umgesprungen, und

was das Schlimmste war: Weil er nicht wagte, ihn offen anzugehen, hatte er ihm in seiner mediokrem Neid entsprungenen Rachsucht heimtückisch Schaden zugefügt.

Hinter Lasgush Poradeci wiegten sich die Zweige des Apfelbaums im Wind. An einem anderen Tag, und wenn er nicht diese Äußerung getan hätte, wäre ich vielleicht versucht gewesen, die Unterhaltung auf das Thema Liebe zu bringen, was bei ihm in der Regel nicht allzu schwer war. Und wäre er nicht darauf eingegangen, hätte ich vermutet, die Affäre mit Ana G. sei ihm inzwischen entfallen, er habe dieses großartige, verwegene Abenteuer aufgegeben, um dessentwillen ich mich vor ihm verbeugte, und ihn im Namen aller albanischen Schriftsteller angefleht, die Mission zu vollenden. Meister, ewiger Ritter, bitte, erfüllen Sie uns diesen Wunsch... *um unsrer lieben Erde willen.* Doch an diesem Vormittag verblaßte alles vor seiner grandiosen Frage. Innerer Schmerz gab seinem Blick Klarheit.

»Kannst du dich an die Stelle bei Homer erinnern, wo die Sonne in ihrem Zorn dem Tyrannen Zeus droht?« fragte er mich. *»Hinab in die Hölle steig ich, die Toten allein zu erleuchten.«*

Sein Lächeln wurde noch frostiger.

»Welch gewaltige Drohung! Die Sonne will ihren Platz am Himmel verlassen, sich von den Lebenden abwenden, um zu den Toten zu gehen, die sie nicht brauchen. Das ist der große Umsturz, das Ende der Welt, die Apokalypse... So etwas steht einem Dichter zu Gesicht, nicht neckische Gaukeleien zur Ergötzung kleiner Fräuleins.«

Er schaute mich unverwandt an. Seine Augen waren wie zersprungenes Eis, es schien unmöglich, ihrem unerbittlichen Blick auszuweichen. Eine Weile lang schwiegen wir, dann fuhr er fort: »Was ich von dir gelesen habe, zeigt mir, daß du ebenfalls auf dem Weg hinab zu den Toten bist...«

Mit fiel ein Stein vom Herzen. Es war, als hätte man mir eben meine Begnadigung mitgeteilt.

11

Der Nachmittag war aschgrau, hohl, und meiner Vorstellungskraft fiel es schwer, ihn mit etwas zu füllen. Ich ging eine Weile unter den Pappeln vor dem alten Hotel und im Hof des aufgegebenen Klosters umher, stand lange am Ufer, über dem die Vögel (die einzigen Wesen, die es in dieser Stadt eilig zu haben schienen) aufgeregt zwitschernd umherflatterten, und begann dann durch die Straßen zu schlendern, wobei ich mir überlegte, in welchen Geschäften Ana G. bei ihren Besuchen wohl für ihn eingekauft hatte...

Auf den Bänken vor den Hoftoren saßen die greisen Gefährten seiner Jugend, alte Baumstümpfe, auf deren verwitterter Oberfläche die Spuren sengender Blitze kaum noch zu erkennen waren, und starrten hinaus auf den See. Weil sie so selten redeten, hatten sie das Sprechen fast verlernt, so daß sich *Skandal* bei ihnen wie *Schkandull* anhörte, mit der Betonung auf der ersten Silbe wie im alten Albanisch. Das Wort schloß wie ein Schildkrötenpanzer alles ein, was sie von der Begegnung ihres alten Freundes mit dem sommerlichen Schwan hielten, der ihm das letzte bißchen Verstand geraubt hatte. Herrje, dieser Lasgush war eine Schande für alle!

Meine Füße trugen mich wieder zum kiesbedeckten Seeufer. Schon seltsam, daß alle drei, der kleine Kurort, der See und der Poet, den gleichen Namen trugen. Vor vielen Jahren, nach Abschluß seines Studiums, war der junge Llazar Gusho von Graz hierher zurückgekehrt und hatte den alten Streit unter den Einheimischen, wer wem den Namen gegeben hatte, die Stadt dem See oder umgekehrt, um einen neuen Gesichtspunkt bereichert.

12

Straße des Ersten Mai. Sieg-des-Sozialismus-Park. Platz der Helden der Revolution. Enver-Hoxha-Boulevard.

Der Abend überraschte mich auf der Suche nach Straßen, die es verdient gehabt hätten, nach ihm und natürlich auch Ana G. benannt zu werden.

Drüben an dem Uferstück, wo der Führer seine Villen hatte, funkelte Licht. Der Turm des Dichters befand sich von mir aus gesehen in der Gegenrichtung. Seit Jahren verbrachten beide den Sommer in der gleichen Stadt, ohne jemals zusammengetroffen zu sein. In den Führervillen gingen die Besucher ein und aus, Funktionäre und Aktivisten der Partei, Kriegsveteranen, greise Heldenmütter, verdiente Künstler, nur er, der bedeutendste unter den albanischen Poeten, war niemals eingeladen worden.

Wahrscheinlich war das verrückte Gebaren des Dichters an einem der Abende dort Tischgespräch gewesen, aufgebracht von einem der Gäste, der damit dem Führer gefallen wollte. Dieser hatte sich gewiß äußerst erheitert gezeigt, ha, ha, ha, bis plötzlich zum allgemeinen Erstaunen ein dunkler Vorhang vor das Lachen in seinen Augen gefallen war. Er hatte fest geglaubt, den anderen in die Vereinsamung gedrängt und damit um sein Leben gebracht zu haben. Nun erwies sich das Gegenteil. Drohend stieß er hervor: Was ist das für eine Ana G., schlafen denn die Genossen der Staatssicherheit im Norden? Wo sind die

Dossiers, laufen die Nachforschungen, gibt es Straßenkontrollen? Doch es war zu spät. Der Tod warf bereits seinen Schatten voraus. Nur durch ihn, wie die Nacht durch die Sterne, konnte er selbst von der Finsternis erlöst werden. Die letzte Liebe des Poeten, diese Blume des Todes, war ein Schutzschild, und darin bestand ihr Sinn...

Am Tisch konnte niemand verstehen, was den Führer quälte. Dieser ahnte, daß er den Poeten nur unter Kontrolle hatte, solange dieser am Leben war, nicht darüber hinaus. Doch gerade am Tod konnte er ihn am wenigsten hindern...

Budj poljegtsche s poetom, sudarj! Doch wenn der Herrscher aufgefordert wurde, maßvoller mit dem Dichter umzugehen, was sagte man dann in der Stunde des Gerichts zum Poeten? Sei maßvoller, o Dichter, mit dem Herrscher? O nein, das wäre lächerlich gewesen...

Die Besuche des Herrschers H. in meinem Turm... Diese Aufzeichnungen würde es nie geben, also war der andere, der Herrscher, verloren.

Ich konnte nicht wegschauen von dem fernen Lichterfunkeln. In Tirana ging die Gerichtsverhandlung gegen Familienangehörige seines einstmals von ihm selbst zum Nachfolger erkorenen Rivalen weiter. Jemand hatte mir erzählt, daß er sich abends die Videoaufzeichnungen bringen ließ und sie sich zusammen mit seiner Frau und den erwachsenen Kindern samt ihren Ehepartnern vorführen ließ. Lachend und scherzend schaute man zu, wie die Menschen, mit denen man vor gar nicht langer Zeit noch gemeinsam die Ferien verbracht hatte, in Handschellen und mit geschorenen Köpfen gedemütigt und verhöhnt wurden.

13

Dies war vielleicht der letzte Sommer, den die drei Namens,
vettern – die Stadt, der See und der Dichter – gemeinsam ver,
brachten. Mit dem Schutz des Sees würde sich fürderhin die
UNESCO befassen. Die Geschicke der Stadt lagen im unge,
wissen. Der Poet aber hatte gezeigt, daß er zum Abschied be,
reit war. Alles paßte zusammen, die leichenkalte Farbe von
Ana G.s Nagellack, die Unruhe des Führers und die große
Drohung des Dichters.

Es war spät, vielleicht schon Mitternacht, als ein Gäßchen
mich auf eine kleine Wiese hinausführte. Es war kühl, der
Himmel ein Abgrund und die Sterne unendlich weit entfernt.
Bestimmt sammelten sich hier im Herbst die Störche, um ihre
lange Reise anzutreten.

Es schwang sich auf der letzte große Storch mit wehem Herz.

Wohin führt dich dein Weg, großer Storch, dachte ich, und
wo läßt du uns zurück, mit wehem Herz?

Die Kirche zur Heiligen Weisheit

Wandbild

I

Die Wesire wurden nach ihrer Stellung geweckt. Obgleich sie noch nie so nahe beieinander übernachtet hatten (das Zelt des Kriegsministers klebte fast am Zelt des Außenministers, das sich immerhin zwei Schritte vom Zelt des Großwesirs entfernt befand, was den Rangunterschied augenfällig machte), wurde wie in jedem perfekt organisierten Staat erwartet, daß sie sich entsprechend ihrem Platz in der Hierarchie vom Nachtlager erhoben. Doch heute war der 30. Mai, der Himmel atemberaubend blau und die meisten außerdem überzeugt, daß mit Konstantinopel die letzte Bastion der Christenheit gefallen sei, so daß die Nachricht, der Großwesir sei bereits aufgestanden, während sie sich noch im Bett räkelten, nicht gar so lebensbedrohlich wirkte. Zwar waren einige, wie es sich gehörte, sofort auf die Beine gesprungen, doch gab es andere, die sich auch ohne Verwundung auf die andere Seite gedreht und noch ein wenig weitergeschlafen hatten. Ja, es wurde sogar gemunkelt, der Direktor des Palasts der Träume habe den Boten seines Nachbarn, des Schatzministers, grob angefahren: Geh mir nicht auf die Nerven mit deinem Geschrei!

Erst als man vernahm, nun sei auch der Sultan aufgewacht, kam alles ins Wanken wie bei einem Erdbeben. Aufeinander-

folgend erhoben sie sich, dunkle Tränensäcke unter den blutun‐
terlaufenen Augen, nachdem sie nur mit Mühe die Ketten des
Schlafs abgestreift hatten; manch einer wollte sich das Blut ab‐
wischen, mit dem er sich im Traum neuerlich befleckt zu haben
glaubte; am Ende schauten sie einander verwundert an, weil sie
kaum begreifen konnten, wie sie es aus diesen Höhlen heraus‐
geschafft hatten, und sagten: O Gott, was war dies nur für ein
bleierner Schlaf! Ein paar suchten nach Ausreden, schließlich
hätten sie seit zwei Monaten kein Auge zugetan, und gerne
wurde auch das Wort benutzt, der Schlaf sei des Todes Bruder.
Wenige schließlich seufzten in der Gewißheit, auch die letzte
Probe glücklich bestanden zu haben: O je, fast hätte es uns doch
noch erwischt.

Der Himmel strahlte vergnügt, und Recken, die einen Tag
zurück an den höllischen Mauern ohne jedes Bedenken ihr
Leben riskiert hatten, fürchteten nun plötzlich, sich am Zeltge‐
stänge einen Kratzer zu holen, verjagten eine Wespe, belächel‐
ten sich selbst wegen dieser übertriebenen Ängstlichkeit, bis in
ihrem Bewußtsein in vollem Umfang und strahlend die Er‐
kenntnis anlangte, daß sie in einer neuen Zeit erwacht waren,
einer komplett neuen Zeit, wo das Leben einen tausendmal hö‐
heren Wert hatte als bisher.

In der Ferne, in der eroberten Stadt, hörte man die Soldaten
lärmen, die sich nunmehr in der dreißigsten Stunde des Plün‐
derns und der Ausschweifung befanden.

Also noch weitere zweiundvierzig Stunden, dachte der Ar‐
chitekt Gjaur. Er lag zwischen Schlafen und Wachen ausge‐
streckt auf seinem harten Bett. Ein paar Bilder, aus denen man
ohne Mühe einen Traum hätte bauen können, der dann ebenso
leicht wieder eingestürzt wäre, trieben hinter seinen geschlosse‐
nen Lidern umher. Er überlegte, welche Gebäude wohl schon

zerstört worden waren und was in den zweiundvierzig Stunden, die von den drei Tagen, für welche man die Stadt in die Willkür der Soldaten gegeben hatte, übrigblieben, noch in Schutt und Asche gelegt werden würde. Sie hatten sich mehr versprochen, die Soldaten sowohl wie auch ihre Befehlshaber, vielleicht nicht eine ganze Woche, aber auf jeden Fall fünf Tage, doch direkt aus dem Zelt des Sultans war der Befehl gekommen: Drei Tage, nach altem Brauch, und keine Stunde mehr.

Draußen trappelten geschwinde Hufe, ein Pferd wurde mit Mühe zum Stehen gebracht, ein Reiter sprang ab, dann ertönte seine Stimme: Ist dies das Zelt des Architekten Gjaur? Er möge sich sogleich beim Sultan einfinden!

Des Baumeisters Wächter erschien mit entsetzter Miene.

»Archon, Architekt Efendi, der Herrscher verlangt nach dir.«

»Ich hab's gehört«, antwortete der Angesprochene und erhob sich von seinem Lager. Eilig kleidete er sich an, warf den weißen Umhang mit dem Zeichen des Heeresbaumeisters am Kragen um die Schultern und machte sich auf den Weg.

Schon von weitem war der Grund seiner Einbestellung zu erkennen. Aus allen Richtungen eilten, gefolgt von ihren Wächtern, die Würdenträger und hohen Kommandeure zu dem großen Platz vor dem königlichen Zelt. Genaueres erfuhr er dort: Man wollte sich im Triumphzug nach Konstantinopel hineinbegeben.

Grüßend nickte er nach allen Seiten. Noch nie war so viel Fröhlichkeit zu spüren gewesen. Es schien, als habe man nach all dem Schrecken endlich das Paradies erreicht.

Schließlich trat der Sultan aus seinem Zelt. Er sagte, in die Ferne weisend, etwas zum Großwesir. Offenbar war er es selbst und nicht sein Doppelgänger.

In langem Zug stieg man, als die Meerenge überwunden war, von den Schiffen und ordnete sich am anderen Ufer, wo die Pferde bereitstanden, neu. In der Ferne funkelte die Kuppel der Kirche zur Heiligen Weisheit in der Sonne. Noch ragte darüber das Kreuz. Der Würdenträger Mienen waren besorgt: Gedachte der Sultan gar, das Bauwerk zu betreten, solange es noch das verfluchte Zeichen trug?

Der Architekt ging wie auf Wolken. Wohl hatte er davon geträumt, einmal seinen Fuß in die größte Kirche der Welt setzen zu dürfen, doch war es ihm so undenkbar erschienen wie die irdische Unsterblichkeit. Schneller, dachte er, seid nicht so säumig. Zunehmend bedrängte ihn das Gefühl, die Kirche werde, ehe sie noch hingelangt, zusammenstürzen oder sich in Luft auflösen.

Die Spitze des Zuges war derweilen am Kirchentor eingetroffen. Die Reiter erhoben sich in den Sätteln, um besser sehen zu können, was vorne geschah. »Sie treten ein, nun sind sie drinnen«, hörte man rufen. Die Wesire stiegen von ihren Pferden, einige wandten sich mit entsetzten Gesichtern um, als erwögen sie, eilig die Flucht zu ergreifen. Nach und nach zog die Kirche alle in sich hinein. »Vergib mir, o Herr«, sagte der Architekt, als er über die Schwelle trat.

Auf einmal wurden sein Kopf und Körper nach oben gesaugt. Ein unvorstellbares, mit schmerzlichem Jubel durchmischtes Leuchten kam von der Kuppel. Dem Architekten war, als löse er sich auf. Die Muskeln, Sehnen, Gelenke seines Leibs, alles zerging in Windeseile. Plötzlich befand er sich im Mittelpunkt des Universums. Daß das Licht, das sich in den Mauern eines Bauwerks gefangen fand, dichter und unermeßlicher sein konnte als das draußen frei waltende, wäre ihm niemals in den Sinn gekommen. Dieses Leuchten war so beschaf-

fen, daß der Mensch darin zerfiel, um wie in einem himmlischen Fieber entkörpert in den Strom der Unendlichkeit hineingeworfen zu werden.

Der Architekt bemerkte, daß alle unter Schock standen. In
ihren Augen war das Weiße zu sehen, man spürte, wie sie sich
abmühten, die Nacht in sich niederzuringen, die Finsternis und
das Chaos, und daß sie dabei mehr Qual empfanden als unter
der Folter.

Er versuchte, vom Gesicht des Sultans abzulesen, wie dieser
entscheiden würde. In den Altarräumen funkelte wehmütig das
Gold. Christus und seine Mutter blickten traurig herab, ja sogar die beiden Kaiser, die vor ihnen auf den Knien lagen, trugen bekümmerte Mienen zur Schau. Von der letzten Messe am
Vortag roch es noch nach Kerzen und Weihrauch.

Der Sultan schaute erneut hinauf zu dem unerträglichen
Licht, das aus der Kuppel herabdrang. Gjaur, der Architekt,
ahnte seine Worte: Dies schamlose Gleißen sei ausgemerzt. Es
verblasse! Sogleich!

2

Als sei, was der Sultan dem Großwesir ins Ohr geflüstert hatte,
bereits zu der draußen versammelten Menge gedrungen, trug
diese überall herum: Die Kirche, scheint es, wird geschleift.

Noch ehe der Herrscher das Gebäude verlassen hatte, eilten
die Boten geschwind wie ein Regensturm in alle Richtungen
davon, um den Befehl weiterzugeben.

Auf der Schwelle verweilend, schaute sich der Architekt
noch einmal um. Einen Atemzug lang dünkte ihn, die Ab-
brucharbeiter warteten nur darauf, bis die letzten Würdenträger

das Gebäude verlassen hatten, um mit dem Zerstörungswerk zu beginnen, und ihn befiel die kalte Lust, noch einmal hineinzugehen, um zuzuschauen, wie das himmlische Strahlen zertrümmert wurde.

Draußen lag das Alltagslicht verschlissen wie ein tausendmal gewaschenes Gewand über der Stadt. In der Ferne waren der Lärm von berstenden Türen und die Schreie gepeinigter Weiber zu hören. Er dankte dem Herrn, der ihm die Gnade erwiesen hatte, das schönste Bauwerk der Welt zu betrachten, ehe es dem Erdboden gleichgemacht wurde.

Er hörte ein dumpfes Schlagen und Tönen und schloß die Augen, weil er glaubte, die Arbeiter hätten sich bereits ans Werk gemacht, doch es war bloß ein Reiter, der neben ihm niederbrach, als sei er von hoch oben herabgestürzt. Der Sultan befahl ihn zu sich, sogleich, und nicht mit den anderen, sondern allein.

Als er eintrat, verstummte man. Noch nie war er Sultan Mehmet so nahe gekommen. Es drängte ihn zu bitten: Wenigstens zur Zerstörung bestimmt nicht mich, mein Herrscher. Doch er brachte den Satz nicht über die Lippen.

Mehmet II. schaute ihn an. In seinen Augen lag so etwas wie Überraschung und in den Winkeln ein kleines Lächeln. Dann wandte er den Blick ab und sagte:

»Ich habe von dir gehört.«

In dem Lächeln schimmerte Neugier und sogar ein Widerschein von Furcht mit. Wieder wollte der Architekt sagen: Könnt ihr nicht einen anderen dafür finden?

»Alle warten auf meinen Befehl, die Hagia Sophia zu zerstören«, sagte der Sultan. »Die Kanoniere stehen mit brennender Lunte bereit, die Arbeiter mit ihren Hämmern, und die Fässer mit Naphta und Schwefel sind auch schon herangeschafft. Wahrscheinlich hast auch du, Baumeister, bereits Vorbereitungen getroffen.«

Der Blick aus den zusammengekniffenen Augen des Sultans war nicht auf das Gesicht des Architekten gerichtet, sondern auf einen Punkt weiter unten, etwa in der Mitte des Leibs.

»Nun, ihr seid also alle gerüstet...«

Ich nicht, dachte der Architekt. Der Herr sei mein Zeuge.

Der Sultan lächelte nun wirklich.

»Doch ich muß euch enttäuschen«, sagte er leise. »Es wird nicht geschehen, was ihr euch wünscht. Sondern das Gegenteil.«

Der Architekt wollte seinen Ohren nicht trauen, denn der Sultan erklärte ihm folgendes: Er habe soeben angeordnet, das Plündern und die Exzesse der Soldaten zu unterdrücken, obgleich man erst die Hälfte der dreitägigen Frist hinter sich habe, schließlich seien sie Türken und keine Griechen, die eroberte Städte in Blut erstickten und dem Erdboden gleichmachten. Konstantinopel werde er zur Hauptstadt seines Reichs erheben, und die Hagia Sophia, von der man sage, sie sei der Mittelpunkt der Welt, wolle er nicht nur erhalten, sondern gar noch prächtiger machen.

Der Architekt vermochte keine Freude zu empfinden. Seine Gliedmaßen fühlten sich kalt an, und noch kälter seine Seele. Wie könnte man die Heilige Weisheit noch prächtiger machen, o Gott, sprach es in ihm.

»Dazu habe ich dich ausersehen«, erklärte der Sultan.

Er wies mit dem Finger auf den Rumpf des Architekten, als stünde dessen Gegenwart im Zweifel.

Und warum? drängte es Gjaur zu fragen. Warum hast du gerade mich dafür ausersehen, hoher Herr?

»Also, wie ich bereits sagte, ich werde die Hagia Sophia

weder schleifen noch verbrennen«, sprach der König weiter, »sondern noch prächtiger gestalten.«

»Nein!«

Es war zu spät, das Wörtlein ließ sich nicht wieder einfangen. Alle verdrehten die Köpfe, als flatterte es durch den Saal wie ein verletzter Vogel.

»Man kann die Hagia Sophia nicht prächtiger machen, Hoheit«, sagte der Architekt.

Der Sultan lächelte. Der Architekt war der einzige, der ihn nach Giaurenart »Hoheit« oder »hoher Herr« nannte. Doch das gefiel ihm.

»Doch, man kann, Giaur«, sagte er. »Ich werde aus der Kirche zur Heiligen Weisheit eine Moschee machen. Und du, der die Kühnheit besitzt, mir ein Nein entgegenzuhalten, wirst das Werk vollbringen.«

Alle rechneten damit, der Baumeister werde auf die Knie sinken, um Vergebung für das leichtsinnig ausgesprochene Nein zu erflehen, ein zweites Nein hinzufügen und daraufhin sterben, seine Dankbarkeit für das erwiesene Vertrauen beteuern, »Mach mit mir, was du willst!« rufen, »Ich kann es nicht tun!«, sich Bedenkzeit erbitten, Geld verlangen, den Tod. Doch nichts davon geschah, er stand nur wie versteinert da, und kreidebleich.

»Ich habe dich auserwählt, weil du der Fähigste bist ... und am besten dazu geeignet«, sprach der Sultan. »Als einziger stehst du dazwischen ... bist weder Christ noch Moslem ... und, wie man mir sagte, auch sonst dazwischen ... weder Mann noch Weib ...«

Das Gesicht des Architekten war weißer als Kalk. Wieder hingen die Augen des Sultans an seiner Leibesmitte.

»Zwitter gelten uns als heilig«, fuhr dieser mit müder

Stimme fort. »Deshalb vertraue ich dir den Mittelpunkt der Welt an.«

Das waren seine letzten Worte, eine Entgegnung wartete er nicht ab. Vielmehr wandte er sich um und ging, gefolgt von seinen Wächtern, aus dem Saal.

3

Tagelang wanderte er um die Kirche herum. Neugierige Zuschauer, Spione, die über jeden seiner Schritte Meldung machten, des Sultans geheime Abgesandte — niemand begriff, was er da tat. Nicht ein einziges Mal hatte er das Bauwerk betreten, er umrundete es nur, als beschäftige er sich nicht mit diesem selbst, sondern mit seinem Schatten. So war dann auch in den Rapporten zu lesen: Man könnte meinen, er zeichne den Schatten der Kirche nach.

Und es stimmte, es erforschte tatsächlich den Schatten, an dem sich seiner Meinung nach ein Gebäude am besten erfühlen ließ, sein Gewicht und seine Ängste mit inbegriffen.

Zweimal ereilte ihn bei seinen Gängen die Fallsucht. Einer seiner Wächter, der sich zugleich in der Heilkunst auskannte, hielt ihm das Haupt, damit er sich nicht versehre, doch nicht ohne seinem Gefährten durch ein Zeichen zu bedeuten, er möge die Stelle des Falls vermerken, da ihm dünkte, dies werde hernach von Nutzen sein.

Der Baumeister selber spürte wohl die Blicke, die ihm neugierig, gehässig oder argwöhnisch nachgingen. Es gab nicht nur solche, die es kaum erwarten konnten, bis endlich des Tempels Seele ausgetauscht war, sondern auch andere, die ihn lieber zerstört als in eine Moschee verwandelt gesehen hätten und dafür

Stoßgebete zum Himmel schickten, und noch andere, die unschlüssig waren, ob man sich über den Erhalt freuen oder den Wechselbalg betrauern sollte.

Einer der vom Sultan eigens entsandten Beobachter äußerte die Meinung, der Architekt vollbringe während seines rastlosen Umhergeisterns nichts anderes, als in sich selbst etwas niederzureißen, um es danach neu zu erbauen, in anderen Worten, er plane sein künftiges Verrichten.

Am Morgen des Tages, an dem er die Kirche zu betreten gedachte, nahm er ein ausgedehntes Bad. Den Blick zum Himmel gewandt, betete er lange. Es war, als böte er Gott seinen nackten Leib als Pfand und Zeugnis an. So innig sein Gebet war, es wohnten darin auch Zorn und finstere Drohung. Sei mir gnädig, wandte er sich an den Herrn, doch stieß er die Worte in so grimmigem Ton hervor, als bedeuteten sie: Wehe, du mischst dich ein!

In dem silbernen Spiegel war sein bleicher, fast durchsichtiger Leib, der Farbe nach zwischen Weiß und wächsernem Braun wie zwischen Himmel und Erde, mit blauen Adern, in denen man das Blut, das von Norden nach Süden und von Osten nach Westen strömte, fast sich bewegen sehen konnte.

Zwitter, murmelte er das Wort, das der Sultan gebraucht hatte, vor sich hin, den Blick auf sein Geschlecht gerichtet, das einer frisch entsprungenen Knospe glich, unschlüssig zwischen weiblicher und männlicher Ausbildung verharrte, darüber ein farbloser Hauch von Schamhaar. Nicht umsonst war er im Monat September geboren, auch Scheiding genannt, und zwar am dreiundzwanzigsten Tag, der vielerorts als Gleichnacht bezeichnet wurde. »Auch sonst dazwischen...« Ein Blick auf seinen Unterleib hatte diese Worte des Sultans begleitet. Ein Zweiseitiger, nein: einer, der keiner Seite zugehörig war.

Er betete erneut, und wieder wohnte seinem Flehen heftige Erregung inne. Der flaumige Schatten über seinem Geschlecht schien, immer dunkler werdend, jeden Augenblick einen Tanz beginnen zu wollen.

Vor dem Ankleiden stellte er sich vor, wie das Licht, mit dem er sich zu verständigen hoffte, nach dem Betreten der Kirche auf ihn herabströmen würde, und vertrauensvoll richtete er an das Leuchten die Worte: Laß mich in dir vergehen.

Er wollte weinen und wunderte sich, als ein Lachen daraus wurde. Ihm war eine Freiheit gegeben, derer er nicht bedurfte. Der Gedanke, sie zu verlieren, war ohne Schrecken für ihn, weil er wußte, daß sie dadurch nur größer werden konnte. Doch auch dann hätte er nichts mit ihr anzufangen gewußt.

Nein, er brauchte sie nicht. Es sei denn … Ja, vielleicht eines fernen Tages… bei seiner Hochzeit mit… sich selbst.

4

Jene, die sich anfangs über den wunderlichen Bauplatz, der rund um die Kirche herum entstanden war, erheitert hatten, besannen sich schnell und fanden sogar Grund zur Beschwerde. Daß es dergleichen noch nie gegeben hatte, stand außer Zweifel, denn hier wurde Unerhörtes vollbracht, etwas, das weder Aufbau war noch Niederreißen, vielleicht eine Mischung daraus oder nichts davon, aber mit beidem vergleichbar oder irgendwie dazwischen.

Jedenfalls wurde ein Bauwerk weder errichtet noch abgebrochen. Was es gab, war nicht Burg noch Mauer, keine Pyramide und auch nicht das Trugbild eines wandernden Turms. Nichts davon war es, vielleicht aber die Verknüpfung von allem zusammen mit einem Erdbeben, das neunhundert Jahre zuvor den Ort getroffen hatte und dessen Erfahrung sich nun in beiderlei Hinsicht als nützlich erwies. Am ehesten war man geneigt, an die von Chinesen und Barbaren gemeinsam erbaute Mauer zu denken, oder an eine Festung, die Angreifern und Verteidigern gleichermaßen diente, oder an das (wegen der jüngsten Ansprachen des Sultans in der soeben eroberten Stadt zum Tagesgespräch gewordene) hölzerne Pferd, bei dem sich kaum sagen ließ, wer erfolgreicher davon Gebrauch gemacht hatte: die Griechen gegen die Trojaner oder die Trojaner hernach gegen die Griechen.

Nachdenklich ließ der Architekt seinen Blick über die Kalkgruben, Mörtelwannen, Steinstapel, Sandhaufen und quietschend heran- und wegrollenden Karren schweifen. Er hatte die Kirche von allen Seiten umzingelt, um sich ihrer listig zu bemächtigen, ganz mählich, gleichsam im Schlaf. Endlich war er vom Himmel in den Stand versetzt worden, in Harmonie mit seiner Natur etwas zu vollbringen. Was er ihr antat, würde sie an ihm bewirken: niedergebrochen und wiederaufgebaut zu werden, und nie würde man wissen, wer gesiegt und wer verloren hatte, so wie ihm selbst ewig unerforschlich blieb, welche der beiden Triebkräfte in seinem Leib die Oberhand besaß: das Männliche oder das Weibliche.

Der Prüfung eines solchen Wechsels war fraglos kein anderes Gebäude auf der Welt je unterworfen worden. Daß er mit einem Schlag das Christentum aus ihm herausreißen würde, glaubte er nicht, viel eher hoffte er, das erste Haus daraus zu machen, in dem die beiden größten Religionen der Erde unter einem Dach zusammenwohnten.

Er erforschte den Kalk, der manchenorts von innen zu leuchten schien, an anderen Stellen aber trübe verfärbt war.

Sein Geschäft, soviel stand fest, ließ sich nicht einfach an. Es war, als wohnten zwei Seelen in einem Leib.

Es gab, vor allem, wenn die Fallsucht sich ankündigte, winzige Momente voll zersprungenen Lichts, in denen ein erkenntnisreicher Kontakt mit den Erdbeben zu gelingen schien, die sie, die Kirche, einst beschädigt hatten. Doch währten diese Augenblicke nur kurz, während die Benommenheit nach den Anfällen ihn lange außer Gefecht setzte.

Die Gipsbrühe, mit der die Gesichter Christi und der Heiligen Maria übertüncht werden sollten, stand in großen Holzbottichen bereit. Doch es war ihm nicht eilig damit. Er hatte die Umgestaltung damit begonnen, in allen vier Ecken Suren aus dem Koran kunstvoll auf die Wände malen zu lassen, und die Arbeit war noch in vollem Gange. Auch hatte er bereits den Ort gefunden, an dem sich das Minarett erheben würde, und der Gebetsplatz des Sultans war ebenfalls festgelegt. Recht schwierig war es dagegen, die Ausrichtung des Bauwerks nach Jerusalem, die jedermann sofort ins Auge fiel, zu verwischen und durch die Ausrichtung nach Mekka zu ersetzen.

An jedem Wochenende ließ sich der Sultan über den Stand der Arbeit Bericht erstatten. An dem Tag, an dem das Kreuz auf der Kuppel durch den bronzenen Halbmond ersetzt werden sollte, erschien der Großwesir persönlich. Alle standen in gespannter Erwartung da, als die sichelförmige Figur an Flaschenzügen aus dem Abgrund emporstieg, in den zuvor das Kreuz hinabgesunken war, doch nichts Besonderes geschah. Ein paar gleichgültige Sonnenstrahlen konnten den neuen Gast, der ohne Zaudern auf den Himmel zugegangen war, allenfalls zu einem schwachen Funkeln bewegen. Dagegen tauchte der endlich aufgegangene Mond seinen Doppelgänger in eiskaltes Licht.

5

Sorgfältig führten sie die gipsgetränkten Bürsten über die Gesichter Christi und seiner Mutter hinweg. Doch die Gipsschicht war zu dünn, so daß nach dem Trocknen erst die Dornenkrone den Vorhang zerriß, bevor auch die Kreuzigungsmale und schließlich alle anderen Einzelheiten wieder sichtbar wurden.

Mit betretenen Mienen kamen die Handwerker zu ihm: Sollten sie den Gips dicker anrühren? Der Architekt entschied sich für das Gegenteil: Er ließ die Mischung noch verdünnen, als gelte es, sie dem Himmel ähnlich zu machen.

Nun schauten Christus und die Jungfrau Maria durch einen Gipsschleier auf alle herab. Die Spitzel schafften es, mit ihren Briefen bis zum Sultan durchzudringen. Als man den Architekten eiligst einbestellte, wußte er, was ihn erwartete. Das Geschrei »Gjaur, Verräter, undankbarer Wicht!« ließ er gleichgültig wie ein Leichnam über sich ergehen. Der einzige Unterschied war, daß er dabei stand.

Als ihm Gelegenheit gegeben wurde, sich zu äußern, war seine Klarlegung kurz und bemessen. Dies sei die einzige Möglichkeit, das Bild zu überdecken. Ganz eingeschlossen hinter dem Gips, entfalte die christliche Geistigkeit noch stärker ihre Macht. Sie sei da, er spüre sie ganz tief in jedem Stein. Auf keinen Fall dürfe man sie roh ersticken. Nur so, in der halben Freiheit, die er ihr lasse, werde sie auf natürlichem Weg verbleichen.

Wie immer triumphierte er. Doch verspürte er, in die Kirche zurückgekehrt, keinerlei Freude. Lange prüfte er den Gips in den Bottichen, der so neblig dünn war, daß sich, wenn auch nur flach und fahl, sein Gesicht darin spiegelte. Es glich einer Maske. Gefesselt von dem Anblick, verharrte er geraume Zeit.

So vielleicht wurde das Bild des Menschen irgendwo im Buch der Welt bleibend bewahrt.

Wie jedesmal, durchschritt er eine Weile lang die Kirche kreuz und quer. Einige der Säulen gehörten inzwischen zwei Religionen an. Desgleichen der linke Teil der Kuppel. Dreizehn der vierzig Fenster wackelten. Die Kirche zog sich langsam zurück. Es war, als wollte sie aufgeben, doch während des Rückzugs ging sie unvermutet wieder zum Angriff über. Er verhielt sich ebenso. Er erduldete ihre Listen, ja, es war ihm sogar schwer, sie sich ohne diese vorzustellen. Manchmal gab er sich Mutmaßungen über ihre Zukunft hin. Der neue Geist, der sie durchwehte, was würde er bewirken? Würde er sie jäh altern lassen, verjüngen oder unsterblich machen? Für die meisten, wie hätte man es anders erwarten können, war der Wechsel ein Triumph des Islam. Ein anderer, kleinerer Teil erblickte darin das Gegenteil, den Widerstand des Christentums. Und ganz wenige entdeckten etwas Neues darin, eine Botschaft: die Überwindung der Unmöglichkeit. Diese Entdeckung entsetzte sie, ruhelos wanderten sie in ihren Häusern umher, zogen sich Säcke über den Kopf, um dem Denken zu entgehen, und als sie merkten, daß die Gedanken hierdurch nur noch gefährlicher wurden, taten sie tage- und nächtelang kein Auge zu, ja, sie schoren sich sogar das Haupthaar, aus Angst, Fetzchen von Zweifel könnten sich darin verfangen. Am Ende begriffen sie, daß alles vergebens und dem Zweifel nicht beizukommen war, daß demnach die Frage weiter Bestand hatte, ob die im gleichen Kerker eingesperrten Glaubenslehren beide überleben oder beide umkommen würden.

Von den Steppen begann ein trockener Wind heranzutosen, der noch mehr Verstörung bewirkte. Manchmal glaubte man, das Jaulen des türkischen Grauwolfs herauszuhören, der das

alte Totem der Osmanen ist, doch niemand verstand, was diese
gedehnte Klage bedeuten sollte.

Ruhelos ging der Architekt zwischen dem Altar und dem
Gebetsplatz des Sultans hin und her. Die Säulen trotzten dem
heulenden Wind mit Schweigen. Die dritte, vierte, die siebte,
weinende, von der es hieß, sie habe dem Kaiser das Kopfweh
genommen, wenn er die Stirn dagegenpreßte, die zwölfte, deren
oberer Teil ein Geheimnis barg, die vierzehnte, in der, wie man
glaubte, die Gewissenspein einer hohen Dame Freistatt gefunden hatte, dann eine neben der anderen und schließlich, voll
Grimm, die letzte.

Es ist noch Zeit, dachte er, während seine Schritte immer
rascher wurden. Gewiß, er hatte noch Zeit, sie besser kennenzulernen, ehe er sich entschied... sie niederzureißen oder vor
ihnen auf die Knie zu fallen.

6

Das erste islamische Gebet wurde am Freitag gesprochen. Der
Sultan ließ sich an seinem Platz nieder, abgesondert von den
anderen, die auf der Galerie eine Reihe bildeten. Mit gezoge-
nem Schwert las der Imam aus dem Koran vor, was bedeuten
sollte, daß man entschlossen war, den in blutigem Kampf er-
langten Tempel mit Blut auch zu verteidigen.

Kein einziges Mal hob der Sultan den Blick zur Kuppel
empor, damit nicht der falsche Eindruck entstünde, er habe im
Sinn, sie abreißen zu lassen.

»Allah ist groß!« Der Ruf aus vielen hundert Lungen hallte
lange wider, bis er allenthalben abgekühlt niedersank.

Nach dem Gebet blieb der Sultan nebst einigen Wesiren

und seinen Wächtern zurück. Daß er an Kopfschmerzen gelit/
ten hätte, war ihm nicht anzusehen, dennoch ging er zu der be/
rühmten weinenden Säule und preßte die Stirn dagegen.

Sein Gefolge war verwirrt: Sollte man bei aller Verwunde/
rung so tun, als ob nichts geschehen sei, oder gleich den Leib/
arzt rufen?

Gemächlich verstrich die Zeit, und der Großwesir blickte
immer besorgter drein. Die Wächter standen da wie versteinert.
Der Sultan hatte die Augen halb geschlossen, so daß man mei/
nen mochte, er sei eingeschlafen. Nur eine seiner Schultern, die
rechte, zuckte zweimal. Dann löste sich, wie von einem Schlag
getroffen, nicht nur die Stirn, sondern der ganze Körper mit
einem Ruck von der Säule. Die Knöchel der um die Dolch/
scheide gekrampften rechten Hand waren weiß, wie alle sahen.
Manche schlossen nicht aus, daß ihnen ein entsetztes »Ah!« ent/
schlüpft war, obwohl niemand etwas vernommen hatte. Der
Sultan murmelte etwas vor sich hin, zog den Dolch jedoch
nicht aus der Scheide. Vielmehr ließ er diese los und griff sich
an die Stirn.

Als der Leibarzt herbeigeeilt kam, wandte der Sultan der
Säule jäh den Rücken zu und ging, ohne jemand anzuschauen,
hinaus.

Der Architekt Gjaur war nun allein. Das Gemurmel, das
der Troß mit dem Rascheln der Gewänder hinter sich herge/
zogen hatte, klang ihm noch im Ohr. Dieses tückische Ding...
hat nach dem König geschlagen...

Er begab sich zu der Säule, auf der sich unscharf ein feuch/
ter Eindruck abzeichnete, und betrachtete diesen forschend.
Dann schloß er eine Weile die Augen und hoffte, als er sie wie/
der aufschlug, in den schwachen Umrissen etwas erkennen zu
können. Aber der Fleck war wie zuvor, ein wenig tiefer viel/

leicht, mit einer ausgefransten Linie quer hindurch. Er beugte sich vor, legte seine Stirn gegen die Säule und wartete. Sie war kalt. Aber es kam eine Antwort auf den Druck seines Kopfes, ein leichtes Pochen, das immer deutlicher zu spüren war. Sprich mit mir, dachte der Architekt und preßte sich mit dem ganzen Körper gegen die Säule. Gib mir ein Zeichen, wenn du kannst.

7

Es stimmt nicht, daß ich den Sultan schlagen wollte. Alles war eine Ausgeburt seines Gehirns. Als er seine Stirn gegen mich drückte, spürte ich sofort die Ähnlichkeit mit den anderen. Diese Rasse, die sich königlich nennt, ist mir inzwischen zur Genüge vertraut. Seit neunhundert Jahren stehe ich hier, und in dieser langen Zeit haben Dutzende von byzantinischen Kaisern ihre Köpfe auf die gleiche Weise gegen mich gepreßt wie der Türkenkönig, weil sie glaubten, so ihre Schmerzen loszuwer-den. In Wahrheit verschafften sie sich ganz andere Erleichte-rung. Ihre Ängste kenne ich nun genau. Was sich in ihnen als erster Zweifel regte, durchlief als Zittern meinen Körper, wor-auf sich bald neue, doppelt so finstere dazugesellten, und so ging es fort. Abscheu, den sie für Liebe nahmen, aufkeimende Übel-taten, schrecklich gähnende Leere. Und dann der einsame Blitz des späten Herbstes, im Traum erblickt neben den wurmstichi-gen Brillanten der Krone.

Unbeschwerter gingen sie von mir weg, doch auch beim nächsten Mal barsten ihre Adern fast vom darin wallenden Gift. Immer öfter kamen sie und klammerten sich, auf das Un-mögliche hoffend, an mich wie ein Ertrinkender ans rettende Tau.

Ich sage dir dies nicht, weil du es verlangtest, weil du ein Zeichen von mir wolltest. (Ach, darauf drangen alle!) Nein, der Grund ist nur... du bist anders. Seit du dich an mich preßtest und ich die Stille des Tempels bei dir erspürte, weiß ich, daß du anders bist als sie. Du bist wie ich.

Jahrhundertelang gab es für mich keine Verständigung mit ihnen, gerade deshalb, weil sie von mir das Unmögliche verlangten. Sie kamen an und drückten mit düsteren, vorgeblich leidenden Mienen ihre Stirn gegen mich, doch in Wahrheit hatten sie es kaum erwarten können, die Leiber anzupressen. Ihre Ruten unter der goldbestickten Seide waren so gnadenlos hart wie ihre Dolche, und Abgründe die Scheiden ihrer Weiber. Wo die Männer darauf zielten, grob in mich einzudringen, wollten sie das Umgekehrte: daß ich ihnen Gewalt antäte. Wilder noch, in fiebriger, verrückter Erwartung, drängten sie ihre Geschlechter gegen mich. Und allesamt wollten sie nicht begreifen, daß ich nicht war, was sie erhofften.

Du bist, mein Teurer, wie ich, deshalb verstehen wir uns. In meinen Poren sitzt die ganze Geschichte des tausendjährigen Staates, der vorhin fiel. Gleich von Ungewittern angeschwemmtem Geröll haben ihre Gedanken überall in mir sich abgesetzt. Als eben das Gehirn des Sultans ein erstes Geistesfünkchen absonderte, spürte er, wie es an den Überresten der anderen sich stieß. Sie sind samt und sonders vom gleichen Schlag, mein Teurer, egal, was für Zeichen sie auf den Gewändern tragen und welche Götter sie verehren.

Ich weiß alles, sogar, daß ich gerade deshalb für sie eine Gefahr bedeute. Schon vor der Tat entdecke ich das Blut auf einem Dolch. Und in dem Holz des Frühlings, wenn ihr euch noch über die Knospen freut, erkenne ich bereits den Sarg...

Oft fürchtete ich, unter dieser Last in tausend Stücke zu zerspringen. Weil sie mich als Bedrohung sehen, haben sie oft darauf gesonnen, mich loszuwerden.

Du magst mich für eine verrückte Säule halten, und doch wirst du, mein Lieber, mich nicht so roh behandeln wie sie. Allenfalls wirst du verlangen, einen Teil von mir mit bronzenen Bandagen einzubinden, so wie man Tobsüchtigen eine Zwangsjacke anlegt. Gleichwohl wirst du genug Edelmut besitzen, um nichts über meinen Wahnsinn zu verlautbaren. Du wirst behaupten, nur weil die alte Säule zu bersten drohe, sei diese Maßnahme nötig. Und die Touristen, die sich um mich versammeln, werden dies glauben, und vielleicht zum ersten Mal in meinem seit neunhundert Jahren währenden Leben werde ich des Mitleids anderer teilhaftig werden...

Ach, weinst du?

DER BLENDFERMAN

I

Bereits in der vorletzten Septemberwoche setzte sich die Erkenntnis durch, daß es sich keineswegs um ein zufälliges Zusammentreffen verwandter Ereignisse handeln konnte. Kaum war nämlich der junge Muezzin Ibrahim die steile Treppe des Minaretts hinuntergefallen, auf dem er kurz zuvor zum allgemeinen Wohlgefallen sein Debüt gegeben hatte, wurde auch schon gemunkelt, der Erbprinz sei ebenfalls nach einem öffentlichen Auftritt ganz unvermutet von einem bösen Leiden befallen worden, und damit nicht genug: In derselben turbulenten Woche kam es auch noch zu einer kleinen Serie weiterer Katastrophen, deren Ende eine ziemlich böse Überraschung für den englischen Gesandten bezeichnete. Als der Gute sich rasch zum Königspalast begeben wollte, um dem Sultan die sehnlichst erwartete Botschaft von der glücklichen Bewilligung einer stattlichen Anleihe durch die britische Regierung zu überbringen, stürzte unglücklicherweise seine Kutsche um.

Eine Frau (wenn es sich nicht um einen vermittels einer Perücke getarnten Mann handelte), die (oder der) im Verdacht stand, der Kutsche einen starren Blick zugeworfen zu haben, als sie unmittelbar vor dem Unglücksfall über die Hamam-Brücke gefahren war, wurde von der Menge ausgemacht und sogar geraume Zeit durch die Gassen verfolgt, ohne daß die Ergreifung glückte. Allerdings stand auch ohne die Auffindung der oder des Verdächtigen für alle fest, daß sowohl die Havarie der Botschaftskutsche, der unglückliche Sturz des jungen Muezzin und die Erkrankung des Erbprinzen als auch alle anderen Fatalitäten einzig durch den bösen Blick verursacht worden sein konnten.

Es war schließlich nicht das erste Mal. In der Erinnerung der Menschen und sogar in den staatlichen Chroniken gab es eine Vielzahl vergleichbarer Fälle, die belegten, daß der böse Blick wie die großen Seuchen, und mindestens so verheerend wie diese, in regelmäßigen Abständen aufflammte. Es war schließlich kein Zufall, daß der Ausdruck *Er ist vom bösen Blick getroffen!* seit unvordenklichen Zeiten im Sprachgebrauch der Menschen seinen Platz hatte.

Wegen des feuchtkalten Wetters und vermutlich auch der wirtschaftlichen Gewitterstürme hinterließ die Attacke der Böseblicker einen besonders starken Eindruck. So war die zornige Erregung der Menschen gewaltig und ausführlicher als sonst die Berichterstattung der Blätter, deren Ausarbeitungen angeblich sogar dem Herrscher vorgelegt wurden.

Seit Tagen wartete man darauf, daß dieser reagiere. Wenn auch nicht gleich ein Dekret, ein Gesetz oder eine Proklamation, so sollte es doch wenigstens ein Rundschreiben sein.

Bis zum Dienstag abend war von der Kanzlei des Sultans nichts zu vernehmen, mit der Folge, daß sich, wie immer in solchen Situationen der Ungewißheit, allerlei neue Spekulationen nebulöser Natur zu den altbekannten gesellten.

Schon bis dahin war der Gebrauch des bösen Blicks ähnlich hart bestraft worden wie Gotteslästerei: die Verurteilten wurden in Gruben mit Branntkalk geworfen, bei lebendigem Leib gehäutet oder unter Steinen begraben. Den Bewohnern der

Hauptstadt war die Häutung der alten Shanisha noch gut er⸗
innerlich, die es geschafft hatte, vermittels eines einzigen Blicks
der Tochter des vorigen Königs, Sultan Abdülaziz, die Fall⸗
sucht anzuhängen, was dem armen Herrscher erst Kummer und
dann ein langes Siechtum verursachte, das schließlich zu seiner
Thronenthebung führte, die wiederum Turbulenzen nach sich
zog, von denen der Staat sich jahrelang nicht erholte.

So also war man früher gegen Böseblicker vorgegangen,
nun aber, nach den großen Reformen zur Modernisierung des
Reichs, betrachtete man solche Strafen als irgendwie barbarisch
und nicht mehr ganz zeitgemäß.

Doch wie sollte man vorgehen? Auf keinen Fall durfte man
die Böseblicker hätscheln, indem man sie einfach frei herum⸗
laufen ließ, bis sie nicht mehr nur Menschen zu Fall brachten,
sondern ganze Gebäude. So äußerten sich die hartleibigen Ver⸗
fechter eines gnadenlosen Umgangs mit den Blickewerfern, zu⸗
mal sie grundsätzlich gegen jede Schwächung der staatlichen
Rechtsordnung waren. Plagen dieser Art konnte man ohne dra⸗
konische Maßnahmen nicht beikommen. Sollte man sich etwa
damit begnügen, die Böseblicker zum Gebrauch dieser neuen
Erfindung aus den Gjaurenländern anzuhalten, dieser abarti⸗
gen Glasdinger, Brillen, oder wie man sie nannte? Oder ihnen
nach Seeräuberart schwarze Augenklappen verpassen?

Nein, das kam gar nicht in Frage! Das böse Auge ver⸗
sprühte sein Gift mindestens in gleichem Maße, wenn man es
hinter einer schwarzen Klappe versteckte, und erst recht beim
Gebrauch der verfluchten Gläser, selbst wenn man diese mit
Ruß beschmierte, wie es seit kurzem bei ein paar Tagedieben
aus der Hauptstadt Mode war.

Viel wurde debattiert, man zermarterte sich die Köpfe, bis
am Freitag endlich das Dekret herauskam.

Wie alle bedeutenden Verordnungen trug es einen kurzen und prägnanten Namen, *Blendferman,* und war gegen alle Erwartung weder besonders hart noch übermäßig milde. Es lag irgendwo dazwischen, stellte also keine der verfeindeten Parteien zufrieden, auch wenn die Unzufriedenheit irgendwie vage blieb und die dahinterwohnende Bewunderung für Staat und Herrscher (trotz allem!) nicht überdecken konnte, vor allem für den letzteren, der erneut die unvergleichliche Fähigkeit bewiesen hatte, sich haushoch über die kleinliche Schaumschlägerei der Leute erheben zu können.

Ungewöhnlich rasch, bereits in der ersten Woche nach dem Erlaß, gelangten Informationen über die Kabinettssitzung an die Öffentlichkeit, auf der am *Blendferman* gefeilt worden war, bis seine endgültige Gestalt feststand. Wie immer hatte es Reibereien zwischen den Clans der Köprülü beziehungsweise des Scheichs ul-Islam gegeben. Zwar hatten die Köprülü das Dekret nicht offen in Frage zu stellen gewagt, jedoch ein nachsichtiges Vorgehen gegen die Böseblicker befürwortet: Verbot der Ausübung öffentlicher Ämter, Hausarrest, allenfalls Internierung beziehungsweise Zusammenführung an besonderen Orten, wie man auch mit Aussätzigen verfuhr. Demgegenüber waren der Scheich ul-Islam und seine Anhänger für die Beibehaltung der traditionellen Strafen eingetreten, während der geduldig zuhörende Sultan für keine der Gruppierungen Partei ergriffen oder vielmehr beiden recht gegeben hatte. Der *Blendferman* in seiner endgültigen Gestalt enthielt Zugeständnisse an beide Clans, mit dem Ergebnis, daß sich die Unzufriedenheit der Gegner barbarischer Strafen gegen den Scheich ul-Islam und der zornige Eifer der Fanatiker gegen die Köprülü richten mußte. Der Sultan hielt sich geschickt heraus und erlangte damit sogar die Sympathie beider Seiten, das besondere Mitgefühl, das man einem Herrscher entgegenbringt, der nicht nur seine eigenen gewaltigen Pflichten zu meistern, sondern auch noch die endlosen Händel rivalisierender Gruppen zu schlichten hat.

Ehe es noch durch Herolde und die Presse bekanntgegeben war, wußten eingeweihte Kreise in der Hauptstadt bereits um die wesentlichen Inhalte des Dekrets. Der *Blendferman* besagte in groben Zügen folgendes:

Da in jüngster Zeit immer mehr Fälle von Unheil bewirkenden Blicken zu registrieren gewesen waren und die Gefahr bestand, daß die Bösäugelei (das Wort war einem Wörterbuch aus dem 16. Jahrhundert entnommen) zu einer echten Plage wurde, sah sich der Staat zum eigenen Schutz und im Interesse seiner Bürger gezwungen, eine Reihe von Maßnahmen zu treffen.

Böseblicker wurden nicht wie früher mit der Todesstrafe belegt, man brachte sie nur um die Fähigkeit, Verbrecherisches zu bewirken, und zwar gleichsam auf dem Wege der Entwaffnung: die schädliche Sehkraft wurde ihnen genommen.

Kurz, dekretiert wurde, daß jedem des bösen Blicks überführten Auge seine Funktionstüchtigkeit zu rauben sei.

Diese Maßnahme, also die Blendung, war mit einer vom Staat übernommenen Entschädigung verbunden, die bei jenen, welche sich ihr freiwillig stellten, beträchtlicher ausfallen sollte als bei den übrigen Betroffenen.

Die Entäugung (der Begriff tauchte zum ersten Mal in einem amtlichen Schriftstück auf), also die zwangsweise, gegebenenfalls sogar entschädigungslose Entfunktionalisierung der Sehorgane, war bei jenen vorgesehen, die sich der Blendung auf die eine oder andere Art zu entziehen versuchten, die sich verbargen oder gar Widerstand leisteten.

An alle Staatsbürger des seit Jahrhunderten bestehenden Reiches erging der Aufruf, offen oder vermittels anonymer Briefe Menschen mit dem bösen Blick anzuzeigen, und zwar unter Angabe des vollständigen Namens sowie von Wohnung und Stand des Beschuldigten. Amtsträger sollten ohne Rücksicht auf ihre Stellung im staatlichen Gefüge genauso betroffen sein wie sogenannte einfache Leute.

Dieser letzte Satz veranlaßte viele Menschen, unwillkürlich den Blick zu heben, als suchten sie im weiten Raum nach einem allerdings unsichtbaren Punkt.

2

Da man sich mittlerweile neben der alten Art der Kundgabe durch Ausrufer auch einer neuen bediente, nämlich durch Zeitungen, gab es Dekrete, die gehört einen stärkeren Eindruck hinterließen, und andere, deren Bedeutung sich eher dem Auge erschloß, was natürlich vom Charakter des Dekrets und der jeweiligen Zielgruppe abhing: den unwissenden Massen oder erwählten Kreisen.

Der *Blendferman* war in beiden Formen seiner Verkündung furchterregend, das merkte man sofort. Eine Zeitlang neigte man sogar zu der Auffassung, er erschließe sich dem Verstand vollständig nur, wenn er diesem vermittels beider Organe, der Augen und der Ohren, zugeführt wurde. Damit wurde auch nachvollziehbar, weshalb Leute, die zuerst durch einen Ausrufer damit Bekanntschaft geschlossen hatten, zum nächsten Zeitungsstand eilten, um ihn sich auch schriftlich einzuverleiben, während umgekehrt jene, die zuerst in der Zeitung auf ihn gestoßen waren, diese auf dem Kaffeehaustisch oder auf der Parkbank liegenließen und zur nächsten Straßenkreuzung liefen, an der die Bekanntgabe durch einen Amtsboten zu erwarten stand.

Etwas Wohlbekanntes, in den letzten Jahren allerdings ein wenig in Vergessenheit Geratenes begann wieder in der Luft zu schweben: Angst. Diese war von besonderer Beschaffenheit, ungleich jener, mit der man es bei Krankheiten, Seeräubern, Gespenstern oder dem Tod zu tun hatte. Es war die Angst vor dem Staat: eiskalt, ohne faßbares Ausmaß, mit einer großen Leere darin, aber dennoch alles ausfüllend, Tage und Stunden, begann sie Hunderttausende in ihren Sog zu ziehen. Vergleichbares war bereits vor sechs Jahren einmal passiert, als man eine breit angelegte Kampagne gegen zwar verbotene, aber wieder an Einfluß gewinnende Sekten organisiert hatte. Oder noch weiter zurück, vor fünfzehn Jahren, als eine Verschwörung in den Streitkräften aufgedeckt worden war, an der anfänglich nur ein kleiner Kreis hoher Würdenträger beteiligt zu sein schien, die dann jedoch Unglück über Tausende von Familien brachte.

Da die Menschen eine natürliche Neigung besitzen, kollektiv erlebtes Unheil aus ihrem Gedächtnis zu verdrängen, war das eigentümliche Klima dort nicht mehr gegenwärtig, das solchen alptraumartigen Erfahrungen vorausgeht: die Erstarrung und wüstenartige Stille in der leeren Zeit zwischen der geäußerten Drohung und dem ersten Schlag, während der die vage Hoffnung, es handele sich vielleicht nur um einen bösen Traum, der schnell wieder verfliegen werde, das Entsetzen nicht etwa dämpfte, sondern noch unerträglicher machte.

Als jedoch nach einem Trommelwirbel die ersten Worte des Ausrufers über den Platz schallten, begriffen die Leute, daß sie nichts vergessen hatten, daß alles in ihnen gewesen war, sorgsam weggeschlossen wie ein Ring mit einer Giftkapsel. Und ehe noch das Gehirn den Sinn erfaßte, spürte man, wie der Gaumen auf die bekannte Art trocken wurde. Danach war alles wie früher, nur, wie man sofort spürte, im Vergleich zur Operation »Verbotene Sekten« und den anderen Kampagnen wesentlich schlimmer. Man hatte es nämlich mit etwas Allgemeinem und Unbestimmbarem zu tun, und was dies bedeutete, wußte man inzwischen, aus eigener schmerzlicher Erfahrung oder weil man es bei Verwandten miterlebt hatte. Hier ging es nicht um einen Schlag gegen ein klar umgrenztes Milieu wie im Falle der Sekten oder einzelne Funktionäre wie bei der Militärverschwörung, sondern um etwas so offensichtlich Ungreifbares wie Gut oder Böse eines Blicks. Alle hatten Augen, also konnte sich niemand unbetroffen fühlen, in der Hoffnung wiegen, die Sache gehe ihn nichts an. Dies bedeutete, daß mit einer nach Umfang und Brutalität noch nie erlebten Kampagne zu rechnen war, die alle in ihren Strudel hineinziehen und gnadenlos umherwirbeln würde, bis sie fix und fertig waren.

Seit Samstag morgen wurde im häuslichen Kreis, in den Ämtern und Cafés nur noch von dem neuen Dekret gesprochen. Doch wie schon bei früheren Staatsaktionen wurden die Unterhaltungen auch diesmal beiläufig geführt, in leichtem und fast fröhlichem Ton, trotz der dumpfen Angst, die in den Gemütern herrschte. Die Menschen meinten offenbar, dies sei der beste Weg, den Eindruck zu vermeiden, sie selbst oder ihre Gesprächspartner hätten etwas von dem Dekret zu befürchten. Die bekannten Sprüche fielen: »Keine Angst, ein gerader Körper wirft keinen krummen Schatten« oder »Nur wer Krähen im Haus hat, muß auf seine Augen achten«. Trotzdem trat inmitten des Plauderns und Lachens stets der schwierige Moment ein, da die Blicke sich in gläserne Lanzen verwandelten und ineinander drangen, und jeder sich die Frage stellte: Wenn er nun glaubt, daß auch meine Augen so beschaffen sind?

Aber das dauerte nur ganz kurz, jemand taute als erster seinen Blick wieder auf, und das Lachen und Spaßen setzte sich fort. Gewöhnlich ging es genau um das Thema, das eigentlich alle vermeiden wollten, das sie aber zu sehr beschäftigte: Was war der böse Blick, und gab es eine zuverlässige Methode, ihn festzustellen?

Dazu wurden die unterschiedlichsten Meinungen vertreten. Jemand verwies auf die Volksweisheit, wonach der böse Blick vor allem bei Grauäugigen, in geringerem Maße auch bei Rotäugigen zu suchen sei. Allerdings war hinreichend bekannt, daß die Augenfarbe zur Entlarvung der Bösäugelei nicht ausreichte, um so mehr, als man in einem Vielvölkerreich lebte, zu dem auch Menschen gehörten, die von Natur aus hellere Augen und Haare als die Mehrheit hatten. Die Farbe lieferte allenfalls einen Hinweis, und fraglos ließ sich ein Verdacht auch nicht darauf stützen, daß jemand schielte, hervortretende, zu große oder zu kleine Augen hatte. Ja, selbst das Zusammentreffen all dieser Gesichtspunkte war nicht der geringste Beweis. Es ging um etwas anderes ... Ein besonderes Wechselverhältnis zwischen der Beschaffenheit des Auges und den Spuren, die sein Blick im Raum hinterließ ... Natürlich war dies schwer zu konkretisieren, zumal das Dekret keine Hilfestellung gab, weil es sich bei den Einzelheiten wenig aufhielt. Immerhin wurden überall Sonderkommissionen eingerichtet, die man gewiß mit genauen Instruktionen ausrüsten würde, um die Gefahr von Irrtümern oder eventuellem Mißbrauch auszuschalten.

Beim Gedanken daran unterdrückten die Menschen gewöhnlich nur mit Mühe einen Seufzer, bevor sie dann das Gespräch lebhaft und vergnügt fortsetzten.

Dies war der übliche Ablauf in den Büros, in den Kaffeehäusern voller Spione oder im Kreis von Gästen zu Hause, doch

fühlten sich die Menschen unbeobachtet, eilten sie zu den Spie‚
geln, um stundenlang in schweren Gedanken davor zu ver‚
harren. Die Dunkeläugigen, um sich davon zu überzeugen, daß
die Färbung ihrer Regenbogenhaut über jeden Verdacht erha‚
ben war. Die Grau‚ oder Rotäugigen um des schrecklichen Ge‚
genteils willen. Am längsten stand vor dem Spiegel, wer
schielte, aufgrund einer entzündeten Leber gelb verfärbte, durch
Bazillen, Bluthochdruck oder ein anderes Leiden gerötete, in‚
folge überreichlichen Alkoholgenusses und Zahnschmerzen ge‚
schwollene oder aus irgendeinem Grund verschleierte Augen
hatte.

Allein die Blinden durften sich also vom Dekret unbetroffen
fühlen, und genau aus diesem Umstand ergab sich, wie man
bald begriff, die einschüchternde Macht des *Blendfermans.*

Doch während ein guter Teil der Leute glaubte, mit lachen‚
der Miene und fröhlichen Schelmereien könne man das Übel
fernhalten, gab es auch manche, die sich unauffällig aus dem
öffentlichen Leben zurückzogen, nicht mehr auf die Straße und
ins Kaffeehaus gingen, weil sie hofften, auf diese Weise allmäh‚
lich vergessen zu werden. Im hintersten Winkel ihrer Woh‚
nungen, oft mit der Decke über dem Kopf im Bett verkrochen,
gingen sie ruhelos die Liste ihrer persönlichen Feinde durch
oder fragten sich, wer im Amt auf ihren Posten aus war und
von einer Denunziation eventuell profitieren konnte. Einzelne
entschlossen sich sogar zur Selbstanzeige, weil sie hofften, dem
möglichen Anschwärzer dadurch den Wind aus den Segeln zu
nehmen oder doch wenigstens die Wirkung des von ihm ver‚
spritzten Giftes abzuschwächen.

Während das neue Dekret unverändert für Gesprächsstoff,
Gerüchte und reichlich Kopfzerbrechen sorgte und man im
verborgenen gewiß auch schon an seiner Umsetzung arbeitete,

etwa durch die Annahme anonymer Anzeigen und die Erstellung von Verdächtigenlisten, wurde endlich auch die Zentrale Kommission mit Filialen im ganzen Land ernannt, der die Leitung der Kampagne obliegen sollte. Gleich darauf richtet man merkwürdige Büros mit noch merkwürdigerem Namen ein. Er war aus *kör,* dem alten osmanischen Wort für »blenden«, und einem blödsinnigen, aus unerfindlichen Gründen der verfluchten Sprache der Franken oder Angelsachsen entnommenen Begriff zusammengesetzt: *Körofis.*

Als die Schilder aufgehängt wurden, bildeten sich davor Menschentrauben, und obwohl auf den meisten unter *Körofis* in Kleinschrift und Klammern auch *Blendungsbüro* geschrieben stand, fragten sich fast alle, die vorbeikamen, nach dem Sinn und Zweck dieser Dienststellen.

Bist du noch von dieser Welt? Das ist doch sonnenklar, was darin gemacht wird! Sag bloß, du hast noch nichts von dem neuen Ferman gehört, den unser großer Sultan – der allmächtige Gott segne ihn mit einem langen Leben – soeben erlassen hat!

Trotzdem war zunächst nicht völlig klar, was die *Körofisis* (wie sie in der Mehrzahl hießen) so treiben würden. Viele meinten, sie dienten nur zur Annahme und Weiterleitung von Anzeigen. Als in den Räumen jedoch Eisenbetten mit Riemen an den Seiten aufgestellt wurden, wie man sie aus den chirurgischen Abteilungen der Spitale kannte, schlossen andere daraus, hier solle auch der eigentliche Blendungsvorgang vollzogen werden. Erst mit der Zeit, die Kampagne hatte nahezu ihren Höhepunkt erreicht, wurde allen klar, was es mit den *Körofisis* auf sich hatte. Nicht nur konnte jeder Bürger, obwohl die Postanschriften der zuständigen Kommissionen überall angeschlagen waren, seine Anzeige nach Wunsch persönlich in einem der *Körofisis* abgeben, sondern es fehlte auch tatsächlich in keinem von ihnen das eiserne Blendlager *(köryatak)*. Diesem haftete allerdings eher eine symbolische Bedeutung an. Mit ganz wenigen Ausnahmen (wenn der betreffenden Wohngegend oder Straße eine Lehre erteilt werden mußte) wurde die Blendung nämlich anderswo durchgeführt.

Während des weiteren Fortgangs der Kampagne erwies sich, daß die *Körofisis* weniger als Anzeigenannahmestellen oder Blendungsstätten dienten, sondern ganz anderen Zwecken: nämlich als Versammlungsstätten, in denen es, was sich zu Anfang wohl niemand hätte vorstellen können, äußerst lebhaft zuging, obwohl sie in der Regel so düster und schäbig waren wie ihr Name. Man kam dorthin, um das Neueste über die Kampagne zu erfahren, sich einzelne Punkte des Dekrets oder die späteren Richtlinien der Zentralen Kommission erklären zu lassen, oder einen aufgeregten Schwatz zu halten, wenn wieder jemand nach langem Zögern sich aus freien Stücken zur Abgabe seines Augenlichts einfand, voller Lobpreisungen an die Adresse des Herrschers...

Manche verbrachten einfach gerne ihre Zeit im *Körofis* und holten sich gelegentlich sogar ein Täßchen Mokka aus dem nächsten Café, um es hier zu schlürfen. Andere, vor allem jüngere Menschen, stellten sich freiwillig für Botendienste zur Verfügung und gingen mit amtlichen Schreiben und Verfügungen ein und aus, und ganz besonders Eifrigen gefiel es, sich vor den übrigen mit leuchtenden Augen und in den höchsten Tönen über die Vorzüge des *Blendfermans* auszulassen, der die von Böseblickern gesäuberte Erde wieder schöner und lebenswerter machen würde.

Einige wollte sich dadurch nützlich machen, daß sie auf Mauern übertrugen, was seit vielen Tagen auf den Titelseiten der Zeitungen prangte: *Diene dem Gemeinwohl, zeige jeden Böse-blicker an!* Oder: *Wer mit den Blinden schläft, wacht schielend auf!* Dieser Spruch war offenbar auf dem besten Wege, zur Leit-losung der Kampagne zu werden.

Gelegentlich wurde das festliche Treiben durch Menschen-trauben gestört, die schnaubend und keuchend aus einer Gasse quollen, irgendeinen auf frischer Tat ertappten Böseblicker mit sich schleppend, manchmal aber auch jemand, der sich abfällig über das königliche Dekret geäußert hatte.

Dann ließen die Beflissenen ihre Kaffeetassen auf dem Tisch stehen und bauten sich feixend vor dem Opfer auf. Hä, hä, hast wohl gedacht, du kannst dich verkriechen, du Tropf, aber wir haben dich trotzdem gekriegt. Dann laß uns mal die Äuglein anschauen, hä, hä, hä. Oh, himmelblau! Das gefällt den kleinen Fräuleins, was? Wollen mal sehen, was noch da-von übrig ist, wenn die Tibeterin sie zum Tanzen bringt. He, du Misthaufen, widerwärtiger Heimlichtuer, Scheißkerl, hast wohl geglaubt, wir würden dir nicht auf die Schliche kommen, was? Hier, da hast du eine.

Das Opfer bat und bettelte, ich habe doch gar nichts getan, das schwör ich euch, fragt in meinem Viertel, fragt in der Apo-theke, wo ich arbeite, bitte, bitte, laßt mir mein Augenlicht! Gnade!

Er drehte den Kopf zur Seite, schlug die Hände schützend vor die Augen, weil er wohl meinte, die Blendung erfolge gleich an Ort und Stelle, worüber die Gaffer sich fast totlachten.

3

Die Aufregung legte sich, und die Menschen merkten, daß sie sich mit dem, was in den ersten Wochen unerträglich erschienen war, allmählich abzufinden begannen. Doch wie gewöhnlich machte jedesmal, wenn man eine gewisse Erleichterung verspürte, etwas, womit man überhaupt nicht gerechnet hatte, das ganze noch schlimmer. Die Zentralkommission hatte eine Maßregel erlassen, in der fünf Methoden der Zerstörung des Augenlichts klar umrissen waren: die byzantinisch-venezianische (mit einem zweizackigen Eisen), die tibetanische (durch große Steine auf dem Bauch, um vermittels der Erzeugung von Druck auf das Zwerchfell ein Hervortreten der Augäpfel zu bewirken), die einheimische Methode (mit Säure oder ätzenden Flüssigkeiten), die römisch-karthagische (durch eine Überdosis Licht) und die europäische Art (durch den Entzug von Licht).

Im gleichen Rundschreiben wurde bekanntgegeben, daß alle, die sich freiwillig den Kommissionen stellten, nicht nur in bar zu entschädigen seien, sondern auch das Recht auf freie Wahl der Methode hätten, was auch für bestimmte andere Personen galt, bei denen die Zentralkommission aus unterschiedlichen Gründen ein Entgegenkommen für angebracht hielt.

Man konnte sich leicht vorstellen, daß die beiden bevorzugten und sogar gleichsam als letzte Ehrbezeugung für die Betroffenen angesehenen Methoden die römisch-karthagische und die europäische sein würden, denn sie garantierten nicht nur die Schmerzlosigkeit der Blendung, sondern auch die äußerliche Schonung der Sehwerkzeuge, so daß leere oder verstümmelte Augenhöhlen vermieden wurden.

Diese beiden Methoden unterschieden sich im wesentlichen

durch die Dauer des nötigen Eingriffs. Während bei der rö-
misch-karthagischen nur sichergestellt werden mußte, daß die
Opfer zwei oder drei Minuten unverwandt in die Sonne blickten, um sie ihres Augenlichts zu berauben, erforderte die europäische Art einen nahezu dreimonatigen Verbleib mit fest
verbundenen Augen, um das Sehvermögen nach und nach zu
eliminieren.

Da die römisch-karthagische Methode dem Unglücklichen
nicht nur anhaltende Seelenpein (monatelanger Aufenthalt in
stockfinsterer Umgebung, Angstzustände, peinigende Erinnerungen usw.) ersparte und zudem infolge der Beteiligung der
Sonne etwas Reines, Strahlendes an sich hatte, wurde sie von
den Freiwilligen wie auch den vom allmächtigen *Blendferman*
betroffenen Angehörigen hoher Kasten deutlich bevorzugt.

Was die anderen, gewaltsamen, mit dem Ruch des Bösen,
Schmerzen, Verstümmelung und fehlender Kompensation behafteten Methoden anbetraf, so ließ sich schwer entscheiden,
welches die entsetzlichste war. Später erklärte man mit diesem
Umstand die Unentschlossenheit vieler Betroffener, die sich oft
im letzten Moment noch einmal anders entschieden oder es unter Verzicht ihres Wahlrechts den Augenentfernern überließen,
wie das Augenlicht zerstört wurde, unter der einzigen Bedin-
gung, daß der Schrecken so schnell wie möglich ein Ende habe.

Nicht nur über die fünf Blendungsmethoden wurde viel
geredet, sondern auch über andere eilige Maßnahmen, die zeigten, daß die Anwendung des *Blendfermans* näherrückte. So
wurde an der Medizinischen Hochschule ein Kurzlehrgang für
Augenlichtzerstörung eingerichtet, während Werkstätten der
Hauptstadt zweizackige Eisen für die byzantinisch-venezianische Blendung oder (in Keramikgefäßen, damit sie die lange
Reise in abgelegene Provinzen unbeschadet überstanden) große

Mengen Säure bereitstellten. Große Steinbrocken, wie sie für die tibetanischen Methode benötigt wurden, gab es überall, so daß keine weiteren Vorbereitungen erforderlich waren.

4

Maria bemühte sich, jenen Teil der häuslichen Verrichtungen, den sie zusammen mit ihrer Schwägerin zu erledigen hatte, so schnell wie möglich hinter sich zu bringen. Dann schützte sie Kopfschmerzen vor und ging auf ihr Zimmer. Die Schwägerin schaute ihr beleidigt nach. Sie war nur ein Jahr älter als Maria, und die beiden hatten sich angewöhnt, nach der Hausarbeit noch eine Weile miteinander zu schwatzen, bis ein strenger Blick von Marias Mutter sie schließlich aufscheuchte. Na ja, sie hat Angst, daß ich dich in die Geheimnisse der Ehe einweihe, spottete die Schwägerin dann mit einem leisen Kichern, und Maria nagte verlegen an ihrer Unterlippe.

Tatsächlich hatte sie in den Wochen seit ihrer Verlobung einiges gelernt. Die Erklärungen nahm sie mit leuchtenden Augen entgegen, wobei sie allerdings beklagte, daß guter Anstand und Schamhaftigkeit nur ein dünnes Rinnsal zuließen, wo ihr Wüstendurst nach einem breiten Strom verlangte.

Doch sehr zum Staunen der Schwägerin hatte Marias Wissensdrang gerade jetzt, da die Hochzeit mit Riesenschritten herannahte, stark abgenommen, und es sah sogar danach aus, als ginge die junge Braut ihr aus dem Weg.

Die Schwägerin zuckte mit den Schultern. In diesem Haus lebten sowieso nur Verrückte. Was konnte man auch anderes erwarten, wenn Angehörige der gleichen Familie verschiedenen Glaubens waren.

Die Erkenntnis, daß die Verwandtschaft ihres künftigen Ehemanns unterschiedlichen oder sogar widerstreitenden Religionen angehörte, war reichlich überraschend für sie gewesen, bis sie erfahren hatte, daß in vielen Sippen albanischer Herkunft in der Hauptstadt ähnliche Verhältnisse herrschten. Ihr Schwiegervater Aleks Ura zum Beispiel bekannte sich weiterhin zum Christentum, hatte aber bewirkt, daß sein einer Sohn, der bei der Flotte diente, zum Islam übertrat, während der andere, ihr Ehemann, Christ blieb. Wahrscheinlich hätte er, wären ihm zwei Töchter beschert worden, auf die gleiche Weise gehandelt, da er in Maria jedoch nur eine besaß, hatte er dieser die entsprechende Zweiteilung auferlegt. Zwar ging er nicht so weit, sie gleichzeitig beiden Religionen angehören zu lassen, obwohl auch dies gar nicht selten vorkam, aber er gab ihr immerhin zwei Namen: für Familie und Verwandtschaft hieß sie nur Maria, für die anderen, den Verlobten eingeschlossen, war sie Meryem.

Die Schwägerin seufzte. Obwohl ihr Mann keine Gelegenheit ausließ, ihr dieses merkwürdige Phänomen zu erklären, das er auf die Geschichte und das Geschick seines fernen albanischen Vaterlands zurückführte, hatte sie die komplizierten Zusammenhänge immer noch nicht begriffen. Sie wußte nur, daß die freundliche Glaubensspaltung innerhalb der Familie nicht erst seit Aleks samt Brüdern herrschte, sondern seit mehreren Generationen.

Damals, als die Verabredung zu ihrer Verlobung getroffen worden war, hatte sie die hartnäckig betriebene Verschwägerung mit dieser von der religiösen Normalität abweichenden Familie erst irritiert, doch bald hatte sie durchschaut, worum es wirklich ging. Die Familie, in die sie einheiraten sollte, war mit den berühmten Köprülü verwandt, entfernt zwar nur, aber

immerhin. Der Nachname Ura, was auf albanisch Brücke bedeutete, war im Grunde sogar identisch mit dem der Köprülü,
nur daß diese ihn aus Staatsräson ins Osmanische übersetzt
hatten.

Eigentlich hatte sie seit ihrer Heirat keinen einzigen Angehörigen der berühmten Familie zu Gesicht bekommen, sieht
man einmal von einem Neffen ab, einem blassen, zehn oder
zwölf Jahre alten Buben, der vor gut einem Jahr mit seiner Mutter zu Besuch gekommen war. Er hieß Mark-Alem und war
sehr schüchtern. Als ihr Schwiegervater Aleks in seiner Manie,
jedem die Herkunft seines Familiennamens erklären zu müssen,
Papier und einen Stift genommen hatte, um eine dreibögige
Brücke zu zeichnen, an deren Standort irgendwo in Mittelalba-
nien angeblich ein Menschenopfer verrichtet worden war, hatte
der Junge angeekelt den Kopf geschüttelt und gemeint, solch
schreckliche Dinge wolle er nicht hören.

Eine Familie von Verrückten, dachte die junge Frau erneut,
wobei sie zur Treppe hinüberschaute, auf der Maria nach oben
verschwunden war. Was tat sie stundenlang in ihrem Zimmer?

Lauschen war nicht ihre Art, aber nach einigen Minuten
des Kampfes mit sich selbst siegte die Neugier, und sie ging auf
Zehenspitzen nach oben. Vor Marias Zimmertür holte sie tief
Luft, schaute sich nach allen Seiten um und legte dann das
Auge ans Schlüsselloch.

Was sie sah, war schon sehr überraschend. Maria stand un-
bekleidet vor dem großen Spiegel und probierte spitzenbesetzte
Seidenschlüpfer an.

Oh, dachte die Schwägerin und schluckte. Eine Frau, die
sich so bewegte, hatte bereits Erfahrung in der Liebe. Aber woher, und so schnell?

Sie hatte wohl ein leichtes Knarren verursacht, denn drinnen wandte sich das Mädchen heftig um, wobei es die Brüste mit den Händen bedeckte. Doch dann sah es offenbar den Riegel vor der Tür und beruhigte sich.

Die Schwägerin ging leise zur Treppe und dann ins Erdgeschoß hinab. Sie haben miteinander geschlafen, das steht fest, dachte sie. Das erklärte auch Marias Mangel an Wißbegierde in letzter Zeit.

Sie sah den glatten Leib mit der geschwungenen, bei jeder Bewegung sich verändernden Linie der Hüften und dachte wieder: Ja, bestimmt, anders ist das nicht verständlich.

5

Die Schwägerin hatte völlig recht. Zwei Wochen zuvor hatte sich zwischen Maria und ihrem Verlobten unvermutet das ereignet, was ihrer festen Überzeugung nach eigentlich der Hochzeitsnacht vorbehalten gewesen wäre.

Zwar waren bei ihr daheim, wie in vielen von der Balkanhalbinsel stammenden Familien, die Umgangsformen im Vergleich zu den muslimischen Häusern der Hauptstadt sehr viel ungezwungener, aber dennoch, und trotz des Rufs als Libertin, in dem ihr Vater Aleks darum stand, wären ein gemeinsamer Aufenthalt mit dem Verlobten in einem verschlossenen Raum und erst recht der vorzeitige Verlust ihrer Jungfräulichkeit für sie bis dahin undenkbar gewesen.

Aber es war wirklich ein ungewöhnlicher Tag gewesen vor zwei Wochen, die Leute im Haus standen unter der Wirkung des soeben erlassenen Dekrets. Von der nächsten Straßenkreuzung her hörte man, begleitet von dumpfem Trommelschlag, den Ausrufer mit gellender Stimme den Text verlesen, und sie mußte immerzu ihren Vater anschauen, der mit kreideweißem Gesicht dasaß.

Sie trat zu ihm hin, streichelte seine Schulter und fragte leise:

»Papa, was bedrückt dich? In unserer Familie gibt es doch keinen solchen Fall, oder?«

Mit einem Schulterschütteln befreite er sich aus seiner Erstarrung.

»Nein, natürlich nicht, mein Mädchen.«

Ihr Blick blieb fragend, doch er war zu bestürzt, um es wahrzunehmen, oder tat doch so.

»Außerdem sind wir doch wenigstens entfernt mit den Köprülü verwandt...«

»Wie?« fuhr er auf. »Was soll das heißen, mit den Köprülü verwandt? Das hat in solchen Fällen überhaupt nichts zu bedeuten.«

Er kniff die Augen zusammen, so daß sich seine Stirn in Falten legte, und sagte mit gesenkter Stimme:

»In Fällen wie diesem wäre es besser, gar keine Verwandtschaft zu haben.«

Gleich darauf klopfte es draußen, und Xheladin trat ein, ihr Verlobter. Seine Miene war so ungerührt, daß ihn Aleks einen Moment lang finster musterte, als wolle er sagen: Bist du noch von dieser Welt? Hast du noch nichts vom *Blendferman* gehört?

Weshalb der künftige Schwiegersohn so gelassen, um nicht zu sagen vergnügt wirkte (doch vielleicht entstand der Eindruck der Heiterkeit nur vor dem Hintergrund des allgemeinen Entsetzens), erfuhr man, noch ehe das Essen aufgetragen war. Er wußte natürlich von dem Erlaß, und zwar, wie sich schnell herausstellte, mehr als jeder andere im Raum, aus dem einfachen Grund, daß man ihn vor ein paar Tagen in seiner Behörde darüber unterrichtet hatte, er sei in die Zentralkommission berufen worden, der die Umsetzung des *Blendferman* oblag.

Die Stimmung unter den Anwesenden änderte sich schlagartig. In die allgemeine Erleichterung mischte sich Anerkennung für den Schwiegersohn, der mit einer so wichtigen Aufgabe betraut worden war, vor allem aber beruhte das Gefühl der
Befreiung auf der noch etwas vagen Ahnung, nun, da man
jemand mitten im Hort des Unheils hatte, sei jegliches Übel
abgewendet.

Nicht nur aus Marias Blicken sprach Bewunderung, sondern auch aus jenen der Mutter, der Schwägerin und sogar des
Bruders, der sich bis dahin dem Verlobten seiner Schwester gegenüber aus irgendeinem Grund recht kühl verhalten hatte.

In seinem Stolz auf den bewirkten Stimmungsaufschwung
strahlte Xheladin besonders viel Verbindlichkeit aus. Am Mittagstisch herrschte ausgelassene Fröhlichkeit, und der dumpfe
Trommelschlag in der Ferne schien nun einer anderen Welt anzugehören.

Nur über Aleks' Gesicht zog gelegentlich ein Schatten.

Dabei schaute er seinen Schwiegersohn an, als versuche er
tief unter der Haut, beim Skelett, etwas zu entdecken. Einmal
legte er seine Hand auf die des jungen Mannes und sagte:

»Du wirst doch hoffentlich sauber bleiben…«

»Wie?« sagte der Schwiegersohn und zog die Hand weg.
»Was soll das heißen?«

Sein Gesicht war plötzlich kalt und mißtrauisch.

»Ach, nichts, gar nichts«, entgegnete Aleks und klopfte ihm
lachend auf die Schulter. »Vielleicht reden wir ein andermal
darüber, mein Junge.«

Man merkte, daß er den unbedachten Satz bereute, und für
den Rest des Mittagessens war er sichtlich bemüht, den Vorfall

vergessen zu machen. Es herrschte erneut eine ungetrübte Stimmung, und der dadurch bewirkten Unaufmerksamkeit war es vermutlich zuzuschreiben, daß, als die Tafel schließlich aufgehoben wurde, Maria und ihr Verlobter nicht von dem durch häufige Wiederholung erworbenen Recht Gebrauch machten, auf der Veranda eine Weile zu schwatzen, sondern heimlich die Treppe hinauf in ihr Zimmer gingen.

Ob man sie nicht sah oder nur so tat, war schwer zu sagen. Mutter und Schwägerin, die den Tisch abräumten, hatten wahrscheinlich wirklich nichts bemerkt, der Bruder befand sich bereits in seinem Zimmer, und der Vater... Nun ja, vielleicht war ihm wirklich nichts aufgefallen, aber wahrscheinlicher schien, daß er einfach weggeschaut hatte, aus Dankbarkeit über die nach Tagen der Angst zurückgewonnene Unbeschwertheit, vor allem aber, um einen neuerlichen Konflikt mit dem Schwiegersohn zu vermeiden.

In der Ferne gab die weiterhin dumpf dröhnende Trommel des Ausrufers allem ein neues Ausmaß... Oben in ihrem Zimmer ergab sich Maria dem Verlobten ohne Gegenwehr. Er küßte sie, dann gestattete sie ihm, sie zu entkleiden und mit ihrem bebenden Leib zu verfahren, wie er wollte. Alles ging verschwiegen zu, ein eiliger Augenblick, in dem sich Schmerz und Lust ablösten. Doch der Schmerz war keineswegs so unerträglich, wie sie es von der Schwägerin gehört hatte, wogegen die Lust sich zwar zaudernd einstellte, dann aber ein einziger Rausch wurde.

In der Woche darauf geschah das gleiche (sie hatten sich heimlich verabredet, als ihre Eltern wegen einer Beerdigung weggefahren waren), und nun, ohne Schmerz, schien es, als erlebte sie ein Märchen.

Maria merkte schnell, daß sie der Unterweisung durch ihre

Schwägerin nicht mehr bedurfte. Ungeduldig wartete sie jedesmal auf ihren Verlobten, doch in dieser Woche war er nur zweimal erschienen, da ihm die Arbeit in der Kommission keine
Zeit ließ, und sie hatten auch keine Möglichkeit gefunden, miteinander allein zu sein.

Am Sonntag, als er sich wie üblich zum Mittagessen einfinden sollte, hatte sie das sichere Vorgefühl, das Wunder werde
sich wiederholen. Sie erledigte zusammen mit der Schwägerin
ihre häuslichen Pflichten, doch als diese offensichtlich erwartete, sie würden sich wie sonst zum Schwatzen in einen Winkel
zurückziehen, ging Maria unter dem Vorwand, sie habe Kopfschmerzen, lieber auf ihr Zimmer.

Dort lief sie eine Weile hin und her, schaute ab und zu hin-
aus auf die Straße, dann fiel ihr Blick auf die Truhe mit ihrer
Aussteuer. Viele Jahre hatte sie daran genäht, und außer linne-
nem Bettzeug gab es auch Kleidungsstücke, darunter seidene
Unterwäsche, leicht und durchscheinend wie ein Nebelhauch
... Wieso nur war sie nicht früher darauf gekommen?

Einmal, schon nach den ersten vertrauten Gesprächen mit
der Schwägerin, war ihr, als sie deren Leibwäsche auf dem hölzernen Gestell über der Kohlenpfanne zum Trocknen aufgehängt sah, irgendwie ganz schwindelig geworden. Diese hauchdünnen Gebilde, die der Verschmelzung der Leiber im Akt der
Liebe stets näher waren als alles andere, schienen ein Geheimnis zu bergen. Wenn sie da an ihre eigene Unterwäsche dachte,
die zusammengefaltet in der Aussteuertruhe lag, kalt und leblos wie in einem Sarg, und darauf wartete, zum Leben erweckt
zu werden...

Auf Zehenspitzen ging sie zu dem Kasten, öffnete ihn und
schaute eine Weile hinein. Dann begann sie vorsichtig darin zu
kramen.

Ja, da lagen sie, durchscheinend, eisig… Doch ihr stand der Sinn danach, sie alle anzuprobieren, gleichsam zu taufen, mit der Wärme, dem Duft, den Säften und dem Stöhnen der Liebe zu segnen.

Eilig zog sie sich aus und begann vor dem Spiegel recht hektisch mit der Anprobe, um für diesen Tag das aufregendste Stück auszuwählen. Hier, das himmelblaue Höschen, nein, vielleicht doch besser das taubengraue…

Dieses war weit geschnitten und gab bei einer nachlässigen Bewegung den Blick auf ihren Schoß frei. Maria ließ sich vor dem Spiegel nieder, die Beine leicht gespreizt. Durch die Seide waren ihre Schamlippen sichtbar, eine Welle des Begehrens überkam sie, und sie schluckte hart. In ihrem Kopf ging es ein wenig verworren zu, die Gedanken schienen aus weiter Entfernung heranzutreiben. Dies war die Pforte zu ihrem Leib… Sie sah schön aus mit den mandelblättrigen Spitzen daneben, gleich dem Blumenschmuck an einem Haustor… Von der Schwägerin wußte sie, daß weibliche Schöße so unterschiedlich aussahen wie Gesichter, und Maria hatte das sichere Empfinden, von der Natur begünstigt worden zu sein. Eine Sünde, hätte er ihn nicht sehen dürfen…

Sie erhob sich und war gerade dabei, den Schlüpfer abzulegen, um einen anderen auszuprobieren, als sie an der Tür ein Geräusch zu hören glaubte. Entsetzt fuhr sie herum, doch der Riegel war vorgelegt, so daß sie sich gleich wieder beruhigte.

Nachdem sie den größten Teil ihrer Unterwäsche durchprobiert hatte, griff sie doch wieder zu dem taubengrauen Höschen und schlüpfte hinein. Dann zog sie sich vollständig an und setzte sich auf die mit einem flauschigen Teppich bedeckte Wandbank. Bei jeder Bewegung vermeldete die Seide angenehm ihre Gegenwart.

Sie versuchte, sich abzulenken, zum Beispiel den Geräuschen draußen auf der Straße zu lauschen, doch es wollte ihr nicht gelingen. Wenn sie nachher, nach dem Mittagessen, mit ihrem Verlobten nicht auf ihr Zimmer gehen konnte, würde sie unerträgliche Qualen empfinden, das wußte sie nun.

6

Wie an jedem Sonntag wurde das Mittagessen am großen Wohnzimmertisch eingenommen. Xheladin traf kurz nach zwölf ein. Er trug einen nach neuester europäischer Mode geschnittenen Anzug, wie sie bei den jungen Männern in der Hauptstadt in letzter Zeit sehr beliebt waren.

»Wie sieht es aus bei der Arbeit?« erkundigte sich Aleks Ura, als alle am Tisch Platz genommen hatten.

Der Schwiegersohn lächelte etwas unsicher.

»Gut... ganz gut.«

Es dauerte eine Weile, bis beiläufig hingeworfene Sätze sich zu dem Gespräch fügten, dem alle die ganze Woche über entgegengefiebert hatten: Was gab es Neues über den *Blendferman?*

»Sind schon viele Anzeigen eingegangen?« wollte Gjon, Aleks Uras Sohn, wissen.

Er war blond wie seine Schwester, doch in angespannter Gemütslage schien sein Haar nachzudunkeln.

Xheladin machte eine vage Handbewegung.

»Wie soll ich sagen? Wenige sind es nicht gerade.«

»Und wie läßt sich feststellen, ob jemand diesen... schädlichen Blick hat?« fragte Gjon weiter.

Der andere lächelte.

»Da gibt es immer eine Möglichkeit.«

»Mir erscheint es, ehrlich gesagt, reichlich schwierig, wenn nicht unmöglich.«

»Kommt darauf an«, antwortete Xheladin. »Zum Beispiel...«

»Zum Beispiel«, fiel Gjon ihm ins Wort, »was tut man denn, wenn jemand aus, sagen wir, persönlichen Gründen behauptet, ein anderer habe den bösen Blick, obwohl sonst niemand etwas bemerkt?«

Xheladins Lächeln begann zu verrutschen.

»So etwas ist natürlich nicht auszuschließen«, antwortete er. »Aber genau deshalb hat die Zentralkommission genaue Richtlinien erlassen, die für alle Zweigstellen verbindlich sind. Alle Merkmale des bösen Blicks sind darin detailliert festgehalten. Übrigens geht es dabei keineswegs nur um die äußeren Merkmale eines Auges, wie viele meinen.«

Er mußte lachen.

»Nehmt zum Beispiel meine Augen. Sie sind so hell, daß jeder Einfaltspinsel mich für verdächtig halten muß. Wenn man danach geht, dürfte ich mich noch nicht einmal in der Nähe der Zentralkommission blicken lassen, geschweige denn dort arbeiten.«

Die meisten am Tisch nickten. Sie hatten gleich nach der Bekanntgabe des *Blendfermans* die Beschaffenheit ihrer Augen einer gegenseitigen Prüfung unterworfen, so daß keiner mehr den Blick vom Teller heben mußte, um sich zu vergewissern, daß Xheladin tatsächlich leicht verschleierte hellgraue Augen hatte, die seinem guten Aussehen eine Nuance kühler männlicher Entschlossenheit verliehen.

»Also, wie gesagt, es geht gewiß nicht nur um die äußeren Merkmale«, fuhr dieser fort. »Man muß alles im Zusammenhang sehen... Wir sind hier im engen Kreis der Familie, aber

ihr werdet verstehen, daß ich mich trotzdem an die Vorschrif-
ten halten muß. Manche Dinge sind zu geheim, um auch nur
angesprochen zu werden... Jedenfalls dürft ihr euch sicher sein,
daß niemand zum Böseblicker erklärt wird, ohne sämtliche Gesichtspunkte sorgfältig zu prüfen, und wenn es nötig ist, wird
der Verdächtige eine Zeitlang heimlich observiert.«

»Heimliche Observation?« sagte Gjon. »Soweit sind wir
also schon.«

»Was meinst du damit?«

»Ich meine damit, daß man nur auf einen Vorwand wartet,
um die Leute bespitzeln zu können.«

Aleks wollte eingreifen, doch die Stimme versagte ihm den
Dienst. Allerdings zeigte sein Schwiegersohn keinerlei Anzeichen von Zorn, sondern lächelte weiterhin gelassen.

»Ich glaube nicht, daß der Staat für etwas, das so leicht zu
bewerkstelligen ist wie die Überwachung der Untertanen, einen solchen Erdrutsch lostreten muß«, antwortete er.

»Das stimmt!« ließ sich Aleks doch noch vernehmen.
»Überwachung gibt es, seit Staaten existieren, und daran wird
sich nichts ändern. Niemand versucht, dies zu beschönigen.«

Gjon hörte mit verkniffenem Gesicht zu. In den Augen des
Schwiegersohns war trotzdem kein Zeichen von Triumph zu
entdecken, wofür Aleks Ura aufrichtige Dankbarkeit empfand.
Er mußte an einen alten Spruch denken, den seine Vorfahren
wahrscheinlich aus Albanien mitgebracht hatten: *Im Haus der
Braut wirft der Bräutigam keinen Schatten.* Auf diesen Bräutigam
hier war er nicht anzuwenden.

»Mag sein, daß ihr recht habt«, meinte Gjon. »Trotzdem
kann ich mir nicht vorstellen, daß es eine zuverlässige oder sogar wissenschaftlich zu nennende Methode zur Bestimmung
den böses Blicks gibt.«

Xheladin antwortete nicht. Durch das Klappern des Geschirrs wirkte das Schweigen, das am Tisch eintrat, noch ein wenig beklemmender. Aleks warf seinem Sohn einen vorwurfsvollen Blick zu, doch dieser ging ins Leere.

»Für mich besteht die Wirksamkeit des *Blendfermans* genau darin«, fuhr Gjon fort.

»Worin?« fragte sein Schwager.

Gjon antwortete nicht sofort. Sein Blick ging über die Köpfe der anderen hinweg zur Verandatür, wahrscheinlich, um dem seines Vaters auszuweichen.

»Es gab bestimmt noch nie ein Dekret, das unser Land so aufgewühlt hat wie der *Blendferman*«, sprach Gjon weiter. »Seine schauerliche Wirkungsmacht fußt auf Nebelhaftigkeit. Jeder verdächtigt jeden, niemand lebt mehr ohne Angst, alle fangen an, Schuldgefühle zu entwickeln. Vor allem in dieser totalen Einschüchterung besteht für mich seine Wirkung.«

»Ich für meinen Teil glaube, daß ein großes Dekret nur wirkt, wenn es auch gerecht ist«, entgegnete Xheladin. Sein Ton war keineswegs ärgerlich, was von allen mit Seufzern der Erleichterung quittiert wurde.

»Stimmt es, daß in anonymen Briefen Muhtar Pascha, der Vetter des Großwesirs, verdächtigt worden ist?« fragte Gjons Frau in einem ungeschickten Versuch, das Thema zu wechseln.

Xheladin zuckte die Schultern.

»Davon weiß ich nichts«, antwortete er. »Kann sein, daß es solche Gerüchte gibt.«

»Bei Wesir Basri letztes Jahr hieß es auch, das seien alles nur Gerüchte«, meinte Gjon. »Am Ende wurde er aufgehängt.«

»Solche Dinge passieren eben«, griff Aleks Ura ein, der die Unterhaltung am Mittagstisch auf keinen Fall ausarten lassen wollte.

Er hatte stets für tolerantere Umgangsformen plädiert und über die hartleibigen Traditionalisten gespottet, die meinten, Frauen hätten sich aus Männergesprächen herauszuhalten. Überhaupt war er gegen diesen asiatischen Fanatismus. Aber alles hatte seine Grenzen. Erst legte sich Gjon mit seinem Schwager an, und nun goß seine Frau zusätzlich Öl ins Feuer.

Xheladins Antworten wurden immer einsilbiger, und womöglich wäre er am Ende doch noch zornig geworden, hätte er nicht ständig Marias besänftigenden Blick auf sich gespürt.

Aleks hatte das Begehren in den Augen seiner Tochter längst entdeckt. Daß ihr der Bräutigam gefiel, hatte man an ihrem leuchtenden Blick bei der Verlobung gesehen, in dem zudem bald darauf ein rätselhafter Schimmer zu entdecken gewesen war. Doch nun hatte sich etwas geändert. Ihre Augen waren gleichsam überdampft mit Verletzlichkeit, so daß es ihm geraten schien, nicht hineinzuschauen, um keine Sprünge darin zu verursachen.

Vor zwei Wochen, gleichfalls nach dem Mittagessen, hatte er geglaubt, die Schritte der beiden auf der Treppe hinauf zu ihrem Zimmer zu hören. Er war sitzen geblieben, ohne den Kopf zu wenden, wie jemand, der lieber wegschaut, wenn es in seinem Haus spukt... Die Hochzeit stand kurz bevor, und er war gerade jetzt froh um diese Verbindung. In schwierigen Zeiten blieb man besser zu Hause und saß im Kreis vertrauter Menschen am warmen Feuer, während draußen der beißende Wind der Angst heulte. Nicht nur, daß der künftige Schwiegersohn sich in angesehener Stellung befand. Durch ihn hatte man auch Zugang zu Informationen aus dem geheimnisvollen inneren Kreis, und zwar in einer Zeit, da die Neugier im gleichen Maße zunahm, wie das Reden gefährlicher wurde... Seinem Sohn und dessen leichtsinniger Frau war dies offenbar egal, sonst hätten sie den Gast nicht ständig provoziert. Doch nun reichte es. Ab jetzt nahm er die Unterhaltung in die Hand.

»Wann wird denn Ernst gemacht mit dem Dekret?«

Aleks Ura hätte sich am liebsten sofort auf die Zunge gebissen. Die Frage war ihm einfach so herausgerutscht. Er hatte durch einen Scherz die Stimmung am Tisch aufheitern, auf keinen Fall aber schon wieder das Dekret erwähnen wollen. Ich werde allmählich senil, dachte er, und kann den Mund nicht mehr halten. Schlimmer als ein Waschweib.

»Ernst gemacht?« antwortete der Schwiegersohn mit einem Achselzucken. »Ich glaube, bald.«

»Sogar sehr bald«, setzte er dann hinzu. »Vielleicht schon diese Woche.«

»So?« erklang es gleichzeitig aus mehreren Mündern.

»Stimmt es, daß man auf unterschiedliche Weise geblendet werden kann?« fragte Gjons Frau. »Angeblich wird mit Adeligen anders verfahren als mit einfachen Leuten.«

»Natürlich werden Unterschiede gemacht«, warf ihr Mann ein. »So ist es doch immer.«

»Angeblich soll auch das Sonnenlicht benutzt werden«, redete sie weiter. »So etwas habe ich noch nie gehört. Ist das eine neue Erfindung?«

Aleks Uka wollte dazwischenfahren, doch zu seiner Verwunderung brach der Schwiegersohn in fröhliches Gelächter aus.

»Neu?« sagte er dann. »Ganz im Gegenteil, das ist wahrscheinlich die älteste aller Methoden.«

Er begann von einsamen Kiesbänken zu erzählen, von luxuriösen Hotels und Villen am Meer, in denen die Verurteilten ihre letzten lichten Tage verbringen würden. An bestimmten Tagen, wenn das Licht besonders sengend wäre, würde man sie in Liegestühle setzen, das Gesicht der Sonne zugewandt, und in wenigen Augenblicken...

»Ein reinliches Verfahren, da kann man nichts sagen«, meinte Gjon. »Kein Blutvergießen, kein glühendes Eisen, nichts von dem üblichen barbarischen Zeug.«

»Für mich ist das erst recht qualvoll«, wandte seine Frau ein. »Strahlende Helle, Himmel und Meer, und plötzlich ist alles weg...«

»Würde es dir besser gefallen, drei Monate lang mit verbundenen Augen in einem Stollen zu hocken?« fragte Gjon.

»Vielleicht wäre das wirklich angenehmer«, gab seine Frau zurück. »Man könnte sich wenigstens an die Dunkelheit gewöhnen.«

»Das meinst du nicht ernst«, sagte Gjon. »Die Leute sitzen die ganze Zeit da und grübeln, bis ihnen der Kopf zerbirst.«

»Um Himmels willen, hört endlich damit auf«, rief die Hausherrin. »Fällt euch kein angenehmeres Thema ein?«

Sie ging und holte den Nachtisch, nicht ohne hervorzuheben, daß er von Maria zubereitet worden war.

Alle lobten diese überschwenglich, und besonders Aleks Uka war voller Bewunderung für die Kornblume im Haus, wie er seine einzige Tochter gern nannte. Nur Gjon schwieg. Er schlang zwei Portionen hinunter, und man merkte, daß er in Gedanken ganz woanders war.

»Man hört alles mögliche«, sagte er schließlich nachdenklich. »Viele halten den Feldzug gegen die Böseblicker für eine Narretei, von der sich selbst die Urheber nichts versprechen.«

»Was redest du da?« rief Aleks. »Bist du denn noch bei Verstand?«

»Das ist nicht meine Meinung, Vater«, antwortete Gjon. »Ich gebe nur wieder, was andere sagen. Daß alles nur ge

macht wird, um von den wirtschaftlichen Schwierigkeiten abzulenken.«

»Genug«, fuhr ihm Aleks ins Wort. »Ich lasse nicht zu, daß
du solche Dinge verbreitest.«

»Sie kommen nicht von mir, Vater.«

»Schon das Zuhören ist eine Sünde!« Aleks Ukas Stimme
bebte vor Empörung.

Sein künftiger Schwiegersohn saß mit undurchdringlicher
Miene da.

»Aha«, stieß Gjon hervor, »eine Sünde! Soweit ich weiß,
gibt es noch kein Dekret gegen böse Ohren... Wie würde man
es wohl nennen, *Täubungsferman?*«

Aleks setzte zu einem weiteren energischen »Genug!« an,
doch das so unerwartete wie dröhnende Gelächter seines
Schwiegersohns umschloß Gjons letzte Worte wie eine Watte-
hülle, so daß sie plötzlich ganz ungefährlich klangen.

»*Täubungsferman,* auf was du nicht alles kommst, Gjon!«

Das Gelächter wurde allgemein, und es entstand der Eindruck, daß jeder sich im Vertrauen auf seine rettende Wirkung
tunlichst bemühte, es hinauszuziehen. Die Anwesenden delek-
tierten sich an vielen Ahs und Uhs, und als das Entzücken ab-
geebbt war, wandte man sich wieder dem Nachtisch zu, wobei
das Bemühen auffiel, so laut wie möglich mit dem Geschirr zu
klappern.

»Tatsächlich gibt es einen seltsamen Zusammenhang zwischen den menschlichen und den staatlichen Organen«, warf
Gjon in das frische Schweigen hinein.

Alle starrten ihn an. In den meisten Augen lag die flehentliche Bitte: Gnade, Gjon, bitte laß uns unversehrt!

Der Schwiegersohn hingegen stellte weiterhin eine gutge-
launte Miene zur Schau. Gjons drollige Einfälle schienen ihn

zu amüsieren. Zwischen den beiden entspann sich eine Unterhaltung, in die niemand sonst einzugreifen wagte. Gjon führte
aus, nach seiner Erkenntnis hätten bestimmte menschliche Organe direkt mit dem Staat zu tun, so etwa der männliche Ho-
den (Maria und ihre Schwägerin konzentrierten sich verschämt
auf ihre Teller), ohne dessen Abwesenheit im Falle der Eunuchen die vielen Tausend Harems im Lande nicht denkbar seien,
die wiederum essentielle Bedeutung für die Existenz des größten Staates der Welt hätten. Da bin ich ganz deiner Meinung,
erklärte Xheladin. Es gebe auch noch andere Beispiele, so die
für das Funktionieren vieler geheimer Dienste des Staates uner-
läßlichen Stummen, von den Taubstummen gar nicht zu reden,
die diesbezüglich ein wahrer Schatz seien... Soweit er wisse,
verzichte der Staat allerdings auf den Einsatz von Blinden, warf
Gjon ein, höchstens falsche Blinde spielten eine Rolle. Das sei
richtig, antwortete sein Schwager, aber ähnliches gelte schließlich für alle Versehrungen. Immerhin leisteten zahlreiche vermeintlich Taubstumme vorzügliche Arbeit, namentlich in den
ausländischen Botschaften.

Angesichts des allmählich schon freundschaftlichen Gedan-
kenaustauschs der beiden jungen Männer löste sich Aleks' Anspannung, und seine Augenlider sanken herab. Auch Maria
fing an zu blinzeln, doch aus einem anderen Grund. Die Unterhaltung über die Funktionsuntüchtigkeit bestimmter menschlicher Organe hatte ihr Begehren keineswegs gelähmt, sondern
im Gegenteil in höchstem Maße angestachelt.

7

Am Freitag erklangen bereits vor Sonnenaufgang erneut die Trommeln, um das Inkrafttreten des *Blendfermans* zu vermelden.

Hinter den geschlossenen Fensterläden versuchten die aus dem Schlaf gerissenen Menschen entsetzt, mit zerzausten Haaren und verschwollenen Augen, die Botschaft des Ausrufers zu erfassen. Was sagt er? fragten sie einander flüsternd. Sei ruhig, ich kann sonst nichts verstehen. Ich glaube, er gibt Namen bekannt...

Wer die ersten Freiwilligen waren, sprach sich bereits am Morgen herum. Überdies meldeten die Blätter in großen Schlagzeilen nicht nur die Inkraftsetzung des Dekrets, sondern auch, wer die ersten gewesen waren, die sich bei den *Körofisis* eingefunden hatten, außerdem die Höhe der sofort ausbezahlten Barentschädigung sowie der zugesprochenen Leibrente.

Einige Zeitungen druckten die Erklärung eines gewissen Abdurrahim ab, der in der Hauptstadt als Protokollbeamter tätig war. Unter anderem hieß es darin: *Meine Sehkraft habe ich aus freien Stücken und freudig hingegeben. Nicht nur bereitete es mir große Befriedigung, dem Staatswohl dienen zu dürfen, ich bin dem Blendferman auch dankbar dafür, daß er mich von den mit der Vorstellung verbundenen Gewissensqualen befreite, meine Augen seien womöglich ein Quell des Bösen.*

Zwar waren in der Presse überall Namenslisten zu finden, doch fehlten Einzelheiten, etwa die genaue Zahl der Betroffenen, ihre Herkunftsorte und die angewandte Methode der *Entsichtung*. Dieser neue Begriff ersetzte seit einigen Tagen das besser vertraute Wort Blendung.

Einige sprachen von Hunderten, andere beharrten auf Tausenden, die auf abseits gelegenen Arealen isoliert seien.

Doch existierte nicht nur die gleichsam festliche, offizielle Seite der Kampagne: daneben ging offen und heimlich die Hatz auf mutmaßliche Böseblicker weiter. Als solche benannt wurden jene, die bislang durch die Netze der wachsamen Menge geschlüpft waren, während man andere, denen nach ihrer Entlarvung die Flucht geglückt war, angestrengt suchte. Es gab gänzlich Unschuldige, die sich aus lauter Verfolgungswahn selber in die Bredouille brachten, weil sie sich verkrochen, als sie angezeigt wurden oder glaubten, angezeigt worden zu sein.

Am Dienstag erneuerten die Ausrufer den Appell an die Böseblicker, sich zu ihrem eigenen Vorteil freiwillig zu stellen. *Nicht, mit dem bösen Blick geboren zu sein, gilt dem Propheten als Vergehen,* schrien sie. *Schuldig macht sich nur, wer es verheimlicht.*

In den Nachrichtenteilen wurden Fälle der Bösäugelei zusammengetragen. Ein gewisser Selim war auf frischer Tat ertappt worden, als er, hinter einem Strauch versteckt, seinen kranken Blick auf eine im Bau befindliche Brücke gerichtet hatte, um deren Einsturz zu bewirken. Die Maurer und zufällige Passanten fesselten und blendeten ihn an Ort und Stelle. In der Zeitung war die Art der Blendung nicht nachzulesen, doch durfte man getrost davon ausgehen, daß es sich um eine der inzwischen »die drei groben« genannten Methoden gehandelt hatte, falls nicht spontan eine diese an Grausamkeit noch übertreffende ersonnen und angewandt worden war.

Doch während es im Presseecho auf den *Blendferman* ein Auf und Ab gab, herrschte in den *Körofisis* gleichbleibend reges Leben. Freiwillige Kuriere brachten Briefe mit Informationen und Anweisungen, um sich sogleich wieder auf den Weg zu machen, meist mit fröhlichen, gelegentlich aber auch angestrengten Mienen, wodurch sie die Bedeutung ihrer Aufgabe zu unterstreichen trachteten.

Die Kampagne zur Ermittlung von Böseblickern hatte ihren Höhepunkt erreicht. Die *Körofisis* lagen in stetem Wettstreit
miteinander, und manchmal, wenn bei einem die Arbeit nicht
so gut lief, gingen die Beamten spätabends beim Licht der Pe-
troleumlampen mit verzweifelten Gesichtern die Bewohner ihres Viertels oder ihrer Straße durch, um womöglich noch jemand zu finden, den sie bisher übersehen hatten.

Häufig waren auch nach Mitternacht die Lichter in den
*Körofisi*s noch nicht gelöscht, und Anwohner, die deshalb
schlaflos in ihren Betten lagen, beschwerten sich flüsternd:
Was, zum Teufel, treiben die so spät noch? Hecken wohl wieder eine ihrer Gemeinheiten aus. Zur Hölle mit ihnen!

Wer es wagte, Einwände gegen den ruhmreichen *Blendferman* vorzubringen, mußte sich weiterhin bedroht fühlen, was
die Leute allerdings nicht hinderte, kräftig vom Leder zu ziehen. Sie ließen keine Beschimpfung aus, zogen ihn durch den
Schmutz und leiteten von seiner Betitelung herabsetzende
Beinamen ab: finsterer Erlaß, verblendetes Dekret oder schwarzer Ferman. Ähnliches galt für die Gerüchte. Je heftiger man
sie bekämpfte, desto mehr griffen sie um sich, und was man zu
hören bekam, trieb einem den Angstschweiß auf die Stirn. Am
Wochenende kam sogar der Großwesir ins Gerede. Angeblich
war auch auf die rechte Hand des Sultans nach einem anonymen Brief der Verdacht der Bösäugelei gefallen. Entsetzt, wenn
auch auf besondere Art, da die Beklemmung durchmischt war
mit Sensationslust und Schadenfreude (Siehst du, es erwischt
nicht nur die armen Schlucker, sondern die hohen Tiere genauso!), erzählten die Leute die Neuigkeit sofort weiter. Schau
an, selbst der Großwesir... Wundert dich das? Es ist ja schließlich nicht das erste Mal...

Es ließen sich sogar Stimmen vernehmen, der ganze Auf-

ruhr um den bösen Blick sei sowieso nur darauf gerichtet gewesen, den Großwesir zu stürzen ... Ach, entschuldige mal,
das ergibt doch gar keinen Sinn. Wenn der Herrscher seinen
Großwesir loswerden will, dann kann ihn keiner daran hindern. Eine Menge Großwesire legten sich abends friedlich
schlafen und hatten am nächsten Morgen keinen Kopf mehr.
Schon, aber heute funktioniert das nicht mehr. Früher hat man
alles mit dem Schwert geregelt, heutzutage ist auch in staatlichen Dingen Feingefühl angesagt. Außerdem, vergiß nicht,
daß der Großwesir sein Amt dem Köprülü-Clan verdankt,
und mit dem ist wahrhaftig nicht zu spaßen. Seine Leute wird
man nur los, wenn man vorher auf die öffentliche Meinung ein-
wirkt, im Land und außerhalb. Die Welt hat immer auch ein
Wörtchen mitzureden...

So war das mit den Gerüchten. Doch nicht nur gegen sie
wurde vorgegangen, als ebenso gefährlich bekämpfte man auch
Witze, Anzüglichkeiten und manchmal sogar doppeldeutige
Bemerkungen.

Eines Samstagnachmittags hatte sich der berühmte Dichter
Tahsin Kourtoglou in einem der *Körofisis* im Zentrum der
Hauptstadt einzufinden. In Gegenwart vieler Schaulustiger
wurde ihm zunächst erklärt, er dürfe sich etwas darauf zugute-
halten, ins *Körofis* und nicht gleich zum Untersuchungsrichter
einbestellt worden zu sein, dann verlangte man von ihm Re-
chenschaft für ein paar Gedichte, die er zwei Wochen zuvor
veröffentlicht hatte. Überdies wurden ihm beiläufige Äußerungen gegenüber Freunden vorgehalten.

Seine Verse verteidigte der Dichter mit großer Entschlossenheit, vor allem jenen, der als gefährlichster angesehen wurde:
Der Bogen versehrte mich, nicht der Pfeil. Hierbei handele es sich
ausschließlich um ein Liebesgedicht an eine Dame mit beson-

ders schön geschwungenen Augenbrauen. Wenn er darin der verächtlichen Hebung des bogenförmigen Haarstreifens über dem Auge mehr Verletzungskraft zuspreche als dem aus diesem selbst abgeschossenen Blick, so habe dies nicht das geringste mit seiner durchaus positiven Einstellung dem großartigen *Blendfer-man* gegenüber zu tun.

Die mit skeptischen Mienen zuhörenden Beschwerdeführer hielten ihm daraufhin ein recht düsteres Gedicht vor, das mit den Versen begann: *Das Leben trennt uns, und das Grab vermengt uns, auf der öden Wiese gackern die blinden Hühner.* Der Dichter verzichtete auf eine genaue Interpretation, beteuerte jedoch mit tieftrauriger Stimme, dies habe überhaupt nichts mit dem Staat zu tun, wofür er Gott als seinen Zeugen anrufe.

In der Befürchtung, die Versammlung werde womöglich Gefühle evozieren, die im Widerspruch zu den vorgesehenen standen, zog einer der Ankläger ein Blatt Papier aus dem Jakkenärmel, auf dem er offenbar zweideutige Bemerkungen des Poeten bei verschiedenen Gelegenheiten notiert hatte. Man merkte gleich, daß der Mensch im Lesen nicht geübt war, doch erstaunlicherweise machte der holprige Vortrag die Anschuldigungen doppelt schmerzhaft, anstatt ihre Wucht zu mindern.

Am Siebten dieses Monats hast du bei einem Abendessen mit Freunden behauptet, daß die Dunkelheit auf dieser Welt mit dieser großen Blendung zunimmt. Am Zwölften hast du im Kaffeehaus gesagt, daß ein Gleichgewicht zwischen Tag und Nacht besteht, zwischen Licht und Finsternis, zwischen Sichtbarem und Unsichtbarem, und daß dieses Gleichgewicht jetzt zerstört wird. Außerdem hast du gesagt, daß es schlimm ist, wenn die allmenschliche Sehkraft, wie du die Gesamtleistung der rund zweimal eine Milliarde menschlicher Augen auf der Welt genannt hast, geschwächt wird, weil man einen Teil der Menschen blendet, und zwar gerade — jetzt paßt auf, ihr anderen — die strahlendsten Augen.

Nach jedem Satz, den der Beamte des *Körofis* vortrug, schüttelte Tahsin Kourtoglou heftig den Kopf. Als der Funktionär schließlich fertig war, stellte der Dichter alles entschieden in Abrede und beharrte darauf, es handele sich ausschließlich um Verleumdungen und Hirngespinste neidischer Berufskollegen.

Seine Worte waren nicht geeignet, die Menge zu besänftigen, sondern steigerten eher noch ihren Zorn, so daß ein großer Lärm entstand und sich schreiende Stimmen vernehmen ließen: Jetzt ist es aber genug, Schluß mit dem Geschwafel, gebt ihm die Tibeterin. Tibeterin, Tibeterin, begannen nun auch andere zu skandieren, bis einer der Beamten der Menge durch ein Handzeichen bedeutete, still zu sein. Als alle schwiegen, hielt er eine kurze Ansprache, die auf den Großmut des Staates abhob, der es im Falle Kourtoglou noch einmal mit einer schweren Rüge bewenden lasse, die er sich allerdings getrost hinter die Ohren schreiben dürfe, als allerletzte Warnung. Seine Worte begleitete er mit einem heftigen Schütteln des Zeigefingers in Richtung des Poeten.

Die Fanatiker, die sich sicher gewesen waren, daß Kourtoglous letztes Stündchen geschlagen habe, waren äußerst erbost über diese Wendung, doch beschränkten sich ihre Möglichkeiten darauf, den Dichter auf seinem Weg zur Tür aufs unflätigste zu beschimpfen. Sie ziehen ihn der Undankbarkeit dem Staate gegenüber; er sei ein Schuft und werde als solcher ein schuftiges Ende nehmen. Draußen riefen sie ihm noch »Hurenbock« nach, »Scheißkerl« und, wegen seiner langen Haare, »Affe«.

Daß der Strom der Anzeigen und anonymen Briefe über die Ufer getreten war, hatte inzwischen jedermann begriffen. Wenn auf der Straße eine Postkutsche vorbeikam, schauten ihr die Passanten beklommen nach, denn sie wußten, daß die Hälfte der Ladung aus derartigen Schreiben bestand.

An einem jener trübseligen Tage trat Maria, nachdem sie die Zimmertür verschlossen hatte, ans Fenster, um zu beobachten, wie ihr Verlobter das Haus verließ. Irgend etwas schien ihn zu bedrücken. Die Unterhaltung beim Mittagessen war trotz aller Anstrengungen ihres Vaters äußerst mühsam verlaufen.

Da kam er. Sie schaute ihm nach, bis seine Konturen im Schatten der Alleebäume verschwunden waren, und dachte wieder: Irgend etwas stimmt nicht mit ihm. Was wohl der Grund sein mochte? War er überarbeitet, gab es Intrigen im Büro, hatte er ihr gegenüber ein schlechtes Gewissen? Schließlich kam sie zu dem Ergebnis, daß sie sich wahrscheinlich unnötig Sorgen machte. Gelegentlich wachte man mit schlechter Laune auf, und mit jeder Frage nach dem Befinden wurde es nur noch schlimmer. Bestimmt hatte er heute so einen Tag erwischt.

Halb entkleidet trat sie vor den Spiegel. Abwechselnd das rechte und das linke Knie hebend, betrachtete sie sich von allen Seiten. Da, am rechten Oberschenkel hatte sie zwei blaue Flecke, eine Erinnerung an den letzten Sonntag. Was heute dazugekommen war, würde sich erst in ein paar Tagen zeigen... Sie sah ihren flachen Bauch, das flauschige schwarze Schamhaar, dann ließ sie sich mit gespreizten Schenkeln vor dem Spiegel nieder und musterte prüfend ihr Geschlecht.

Es ist so ruhig, dachte sie, als ob nichts geschehen wäre.

Da war, leicht geschwungen, die Line zwischen den blaßrosa Schamlippen. Wie der Mund eines Stummen ... Wenn man bedachte, wie unbeherrscht sie noch vor ein Paar Minuten gewesen waren, ganz feucht und schlüpfrig.

171

Wirklich, schwer zu glauben, dachte sie. Womöglich gehörte das weibliche Geschlecht zum Unergründlichsten dieser
Welt. Dieser stumme Mund würde niemals preisgeben, was mit
ihm geschehen war.

Dankbar streichelte sie ihren Bauch, den Haarbusch und
dann die geheimnisvollen Lippen selbst.

Ihr wurde kalt, und sie stand auf.

Trotzdem, irgend etwas stimmt nicht mit ihm, dachte sie
wieder und steckte sich eine Spange ins Haar.

8

Die Kampagne gegen die Bösäugelei schien keine Grenzen zu
kennen. Der bereits über die Ufer getretene Strom schwoll immer weiter an und riß unzählige Menschenschicksale mit sich
fort.

Nicht nur die Böseblicker selbst verfolgte man mit großer
Leidenschaft, sondern auch jene, die ihrer Begünstigung, also
der arglistigen Hintertreibung des *Blendfermans* bezichtigt oder
verdächtigt wurden, dazu Familienangehörige, ferne Verwandte
und Begünstiger von Begünstigern böseblickender Subjekte.
Wieder anderen warf man vor, sie ließen die gebührende Wachsamkeit vermissen, verhielten sich gleichgültig oder zeigten jedenfalls unzureichenden Eifer. Gelegentlich zahlten es derart
Angegriffene ihren Bezichtigern mit dem nämlichen Vorwurf
heim. Verstörtheit hing als dunkle Wolke über dem großen
Staat. Man sprach nun offen von Abrechnungen und Macht-
kämpfen unter den politischen Clans. Manche prophezeiten, es
werde bald zu Repressalien auch gegen jene kommen, die am
unangreifbarsten schienen, also die mit der Durchführung des

Blendfermans befaßten Funktionäre. Böseblicker, so wurde behauptet, hätten in die *Körofisis* einzusickern vermocht, ja sogar in die Zentralkommission, und dort, von ihren Ämtern profitierend, viel Unheil angerichtet.

Aha, dann stimmt also doch, sagten die Leute, was wir vermutet und gelegentlich sogar ausgesprochen haben: daß nicht immer alles mit rechten Dingen zugeht. Fraglos, wurde erwidert, doch der Herrscher ist gerecht. Wer ihm getreulich dient, erhält seinen guten Lohn. Aber wehe, man begeht Fehler, macht sich schuldig, dann zählen alle Verdienste nicht mehr.

Wohl gesprochen! Welch ein Glück, daß wir ihn haben, Allah schenke ihm ein langes Leben, wer sonst könnte uns vor dem Chaos auf der Welt bewahren. Ist euch schon zu Ohren gekommen, was sich gestern vor dem *Tabir Sarayi*, dem Palast der Träume, ereignet hat?

Tag für Tag geschahen Dinge, die einem die Sprache verschlugen. Es war wie bei Blitzen im April: plötzlich wechseln sie die Richtung und schlagen ein, wo man es am wenigsten erwartet, im eigenen Schlot. Getreue Diener des Staates, sogar solche, die in den ersten Tagen jauchzend auf die Böseblicker losgegangen waren, fanden sich unversehens mit Eisen an Händen und Füßen im Kerker wieder. Diese zermürbenden Manöver, welche die einen für ein staatliches Versehen und die anderen für zielgerichtet hielten, damit die Angst gesteigert werde, machten auch die stolzesten Menschen demütig. Man begriff, daß es vor dem Steinschlag keinen Schutz gab.

Es hieß, ein fünfzehnjähriger Junge, der seinen Vater angezeigt hatte und daraufhin von seinem Onkel getötet worden war, solle zum Märtyrer erklärt werden. Besucher aus dem Um-

land wußten zu berichten, daß dort der Vertrauensbruch gewaltig um sich greife und man nichts mehr dabei finde, den
eigenen Bruder oder Ehemann ans Messer zu liefern. Die Einheimischen hörten gleichmütig zu, und die Frage, ob es denn
nicht auch treulose und heimtückische Hauptstädter gebe, erübrigte sich, weil das bittere Lächeln auf den Gesichtern bereits
alles sagte.

Die Journalisten, die erzürnt waren, weil man weder bei der
sogenannten forcierten Augenlichtbeseitigung nach der venezianischen und der landesüblichen Methode noch auf den abgelegenen Kiesbänken, wo die Prominenten geblendet wurden,
ihre Gegenwart duldete, rannten auf der Jagd nach der Tibeterin überall umher. Doch diese Methode kam weit seltener zur
Anwendung als die anderen, und außerdem befanden sich die
Geschädigten, wenn sie beim Augenausreißen nicht ohnehin
das Bewußtsein verloren hatten, danach in einem solchen Pa-
nikzustand, daß sie kein Wort herausbrachten.

So setzten die Schreiberlinge ihre Hoffnung ganz auf die
der Europäerin überlassenen Opfer und standen tagelang vor
den Kellern herum, in denen diese inmitten von Schweigen
und Finsternis allmählich ihres Augenlichts verlustig gingen.
Niemand wußte genau, wie lange es dauerte, bis die Sehkraft
erloschen war, man sprach von fünf oder gar sieben Wochen,
und zynische Stimmen erklärten, ein guter Wein brauche nun
einmal seine Zeit zum Reifen.

Die Reporter bezogen jedenfalls bereits in der vierten Woche vor dem Eingang zum ehemaligen Reisdepot der Armee
Stellung, umgeben von Angehörigen der Opfer und haufen-
weise Gaffern, die es gar nicht erwarten konnten, bis endlich die
Kolonne der Unglücklichen auftauchte.

Die ersten kamen nach fünf Wochen, doch was dann ge-

schah, war derart unerträglich, daß die Mehrzahl der Wartenden völlig die Fassung verlor. Die Blinden tappten mit ausge-
streckten Armen vorwärts, offenbar auf der Suche nach Wänden, an denen sie sich entlangtasten konnten. Manche schlugen
aus irgendeinem Grund die Hände vors Gesicht, andere ver-
renkten ihre Köpfe in die Richtung, aus der all das Schreien,
Schluchzen und Jammern kam. O mein armer Sohn, weinte
eine Frau, weshalb sind deine Augäpfel so weiß? Ringsumher
wurde geklagt und gebetet. Ach hätten sie doch besser meine
Augen genommen, lieber Junge, schluchzte eine andere Frau.
Am lautesten erklangen die Flüche, obwohl sich auf der Kreuzung eine Menge Spione herumtrieben. Teufel sind das, die dir
das Augenlicht genommen haben, Dreck soll ihre Mäuler füllen! Der Schlagfluß möge sie treffen, diese Hunde! Unkraut soll
auf ihren Gräbern wuchern!

Man forschte in der Schar der Blinden nach Angehörigen.
Viele hatten Stöcke mitgebracht, manche waren sogar mit Miet-
kutschen gekommen. Es gab Blinde, die von Dienern getragen
wurden, doch die meisten gingen zu Fuß, an der Hand fortge-
zerrt von ihren Angehörigen. Gelegentlich wurde einer hucke-
pack genommen.

Die Menge rückte zwei Journalisten zu Leibe, die den Opfern Fragen zu stellen versuchten, und als ein dritter eine Maul-
schelle bezog, gaben die Schreiberlinge auf und verdrückten
sich auf die Seite, von wo aus sie auf Geblendete lauerten, die
von keinem abgeholt wurden.

Davon gab es nicht wenige. Man sah, daß einige gar nicht
mit Abholung rechneten und sich sogleich mit gesenktem
Haupt von ihren Füßen davontragen ließen, während andere
den Kopf hin- und herwendeten, in der Hoffnung, irgendwo
bekannte Laute aufzuschnappen. Die Unglücklichen, hörte

man überall sagen, schon jetzt läßt man sie im Stich. Von einem großgewachsenen Mann, dessen Hals durch das ständige
Verdrehen immer dünner zu werden schien, sagte jemand mit
vernehmlicher Stimme: Seine Frau hat ihn verlassen, und der
Unglücksrabe weiß es noch nicht einmal.

Die Gaffer verliefen sich allmählich, und auch die Presse-
bengel meinten, es sei an der Zeit, sich auf den Weg zur alten
Kirche zu machen, aus deren Katakomben wohl bald eine weitere Heerschar Blinder dringen würde. Angeblich war in einer
der Mauern eine Art Kiesel zu finden, der für das versteinerte
Auge einer hohen Dame aus alter Zeit gehalten wurde. Beäng-
stigende und phantastische Neuigkeiten gingen in der großen
Stadt von Mund zu Mund. Wie ein Holzspan schwankte auf
den Wellen des aufgewühlten Meeres der Neuigkeiten so fragil
wie hartnäckig das Gerücht vom Fall des Großwesirs.

9

Natürlich hatten alle seine Anspannung bemerkt, aber niemand fragte nach. Erst als sie in ihrem Zimmer waren, sagte
Maria:

»Du siehst schlecht aus. Gibt es so viel Arbeit?«

»Ja, viel«, antwortete er, und ein paar Sekunden später setzte
er hinzu: »Sehr viel!«

»Komm her, laß dich ablenken...«

Sie hatte all ihre Scheu verloren, und als er sich zu ihr aufs
Bett legte, umschlang sie ihn mit den Armen und dann auch
mit ihren weißen Beinen. Gelegentlich verwandelte sich ihr
schwaches, einförmiges Stöhnen in eine Art Schluchzen.

Als sie ermattet voneinander gelassen hatten, starrte er eine

Weile auf die blauen Flecken an ihrem nackten Schenkel, die wie Stempelabdrücke aussahen. Sie rechnete mit einer Bemerkung dazu, doch statt dessen stellte er eine seltsame Frage:

»Habt ihr die Köprülü schon einmal um einen Gefallen gebeten?«

Sie zuckte mit den Schultern, ohne ihre Verwunderung zu verbergen.

»Ich glaube nicht, nein. Aber warum fragst du?«

»Einfach so... Mir ist aufgefallen, daß ihr sie nie erwähnt.«

»Das stimmt. Schließlich sind wir nur sehr weitläufig mit ihnen verwandt. Außerdem, du weißt ja, Vater hat so seine Eigenheiten...«

»Ich verstehe«, unterbrach er sie, nach wie vor den Blick auf die blauen Flecken gerichtet.

Sie streichelte seine Brust.

»Du hast doch etwas«, sagte sie leise.

Er mied ihren Blick.

»Nein, gar nichts.«

»Belastet dich deine Arbeit?«

Er schüttelte den Kopf.

»Nein, überhaupt nicht. Dafür gibt es keinen Grund... Im Gegenteil...«

»Was heißt das, im Gegenteil?«

»Du stellst aber lästige Fragen!«

»Ach ja?« sagte sie beleidigt und versuchte, die Decke über sich zu ziehen. Er ließ es nicht zu. Ein unnatürliches Flackern in seinen Augen ließ sie die Kränkung vergessen. Sie musterte das Gesicht ihres Verlobten. Er hingegen starrte auf ihren Schoß, als sei der Anblick ganz neu für ihn.

»In drei Wochen heiraten wir«, sagte sie. »Dann bleiben wir stundenlang im Bett.«

»Ja… Also, wahrscheinlich nehme ich mir dann ein paar Tage Urlaub…«

»Oh, das ist ja wunderbar! Dann müssen wir am Morgen nicht früh aufstehen. Es ist herrlich, sich so zu lieben, um Mitternacht, zwischen Schlafen und Wachen, im Dunkeln…«

Er fuhr zusammen.

»Um Mitternacht, im Dunkeln…« Seine Stimme war sehr laut.

»Bitte, sei leise«, sagte sie. »Was hast du?«

»Um Mitternacht, im Dunkeln…«, wiederholte er, diesmal in mattem Ton.

Sie streichelte seinen Nacken, seine Schläfen.

»Was hast du nur?« fragte sie erneut, ganz leise, als seien ihre Worte an einen Schlafenden gerichtet. »Ich glaube, ich verstehe, was du meinst«, flüsterte sie ihm dann ins Ohr. »Aber du mußt dir deshalb keine Gedanken machen… Du tust nur, was das Gesetz vorschreibt… Wenn jemand sich den Kopf zerbrechen muß, dann die anderen, die für diesen Sturm verantwortlich sind… Verstehst du? Die sollten ein schlechtes Gewissen haben… Aber jetzt komm wieder, mein Schatz…«

Wieder schaute Maria ihrem Verlobten nach, bis er auf der Kreuzung verschwand. Ein kalter Wind wehte, und der Himmel war verschlossen und stumm. Ein paar kalte Blitze, die er auszusenden schien, waren nur Reflexe von Kutschenfenstern drunten auf der Straße.

Ein paarmal erwog sie, zum Kamin zu gehen, um sich ein wenig zu wärmen, rührte sich dann aber doch nicht vom Fleck. Aus irgendeinem Grund mußte sie an die Kletten am Rand eines Sumpfes denken, der bis dahin keinen Namen gehabt hatte und den man nun Blindmoor nannte, weil dort die nach der tibetischen Methode entfernten Augen entsorgt wurden. Wenigstens behauptete dies ihr Bruder.

Für jedes Unheil gibt es einen Sumpf, dachte sie. Angeblich hatte ein reicher Jude, den man Hekim nannte, der Arzt, sie zunächst aufkaufen und in Spiritus lagern wollen, um sie später an Krankenhäuser in Europa weiterzuveräußern, doch sei dies verboten worden, weil man den Argwohn gehegt habe, mit Hilfe dieser Augen seien die Fremden womöglich imstande, in die tiefsten Geheimnisse des osmanischen Staates einzudringen.

Draußen bogen sich die Bäume im Wind. Sie versuchte, sich die vor kurzem geführte Unterhaltung zu vergegenwärtigen. Bei einigen Worten hätte sie nicht darauf geschworen, daß sie tatsächlich so gefallen waren, wie sie in ihrer Erinnerung auftauchten. Ob sein seltsames Verhalten mit ihrer Familie zu tun hatte? Drohte ihrem Vater Gefahr? Oder Gjon? Oder... Wieso hatte er nach den Köprülü gefragt?

Tränen strömten aus ihren Augen. Sie wollte es sich nicht eingestehen, doch war sie unschlüssig, mit wessen Unglück sie sich hätte eher abfinden können, mit seinem oder dem ihrer Familie... Sie erflehte bei der heiligen Jungfrau Verzeihung für ihre Zweifel, war einen Augenblick lang zornig auf Gott, der ihr eine so schwere Prüfung auferlegte, dann bat sie auch ihn um Vergebung und weinte erneut.

Danach fühlte sie sich ein wenig erleichtert. Sie mußte wieder an das Blindmoor denken. Gewiß umschwirrten Krähen die Karren, die körbeweise tote Augen dorthin beförderten. Manchmal mochte eines auf den Weg fallen, als Beute für die Vögel.

Vor zwei Monaten, an ihrem Geburtstag, hatte der Vater ihr ein ungewöhnliches Geschenk gemacht: er hatte ein altes

albanisches Lied vorgetragen, in dem ein tödlich verwundeter
Soldat die Adler beschwor, seine Augen zu verschonen.

Maria bat erneut die heilige Jungfrau um Vergebung, dies‑
mal wegen ihrer fleischlichen Sünden, für die sie alle Schuld auf
sich nahm, dergestalt ihren Verlobten entlastend. Dann rief sie
seinen Gott an, Allah, und bat ihn, ihren Geliebten vor Scha‑
den zu bewahren.

Sie spürte, daß es inmitten dieser gnadenlosen himmlischen
Zerrissenheit noch andere Kräfte gab, die sich ihrem Flehen ge‑
wiß nicht verschlossen hätten, doch kannte sie weder ihre Na‑
men noch die Wege, um zu ihnen zu gelangen.

10

Schließlich stürzte der Großwesir. Erst hieß es, er sei abberufen
worden, um eine weniger wichtige Aufgabe zu übernehmen,
dann nur noch, er sei abberufen worden, bis dann am Ende der
Begriff *abberufen* durch *gestürzt* ersetzt wurde. Es ging also we‑
der um eine Zurückstufung oder Versetzung auf einen anderen
Posten noch um die Entbindung von staatlichen Pflichten auf‑
grund unzureichenden Tatendrangs insbesondere bei der Um‑
setzung des *Blendfermans,* man hatte ihn einfach kalt‑ und noch
am gleichen Tag unter Hausarrest gestellt, mit dem so unmiß‑
verständlichen wie unerbittlichen Vorwurf, er besitze den bö‑
sen Blick.

Daß der Großwesir ein wenig schielte, war all seinen An‑
gehörigen und engen Mitarbeitern bekannt. Was die Leute er‑
staunte, war, daß dem gewöhnlich äußerst scharfsichtigen Sul‑
tan dieser Sachverhalt bisher entgangen sein sollte. Nun gut,
so einfach ist das nun auch wieder nicht, wandten andere ein.

Schielen allein war ja bekanntlich nicht schädlich, es sei denn, etwas anderes Garstiges kam dazu. Man hatte ihm da etwas angehängt. Schließlich gab es Dinge, die man nach Belieben hindrehen konnte.

Der Niedergang des Großwesirs ging im Verlauf von etwa sieben Wochen vonstatten. Täglich wurde es dunkler um ihn, und wenn sich einmal ein schwaches Fünkchen Licht zeigte, dann nur, um die Finsternis am nächsten Tag noch tiefer erscheinen zu lassen. Ohnmächtig trieb er auf den Abgrund zu, und genauso ohnmächtig schien er sich davon zu entfernen. Man begriff nicht, ob der Sultan jeden Schritt sorgfältig abwog oder mit dem Opfer nur Katz und Maus spielte. Daß die erste Variante für einige die wahrscheinlichere war, ließ sich nachvollziehen. Schließlich handelte es sich beim Großwesir nicht um irgendeinen Beamten, es war recht mühsam, ihn mit allen Wurzeln auszureißen. Gerade weil es kein gewöhnlicher Vorgang war, gingen die übrigen von einem bösen Spiel des Sultans aus. Schließlich kam es nicht alle Monate vor, daß ein Großwesir abserviert wurde, und der große Sultan konnte sich eine solche Gelegenheit unmöglich entgehen lassen. In seinem Leben gab es wahrhaftig nicht viele freudige Momente, zumal, wie man sich seit geraumer Zeit erzählte, der Harem keinen Reiz mehr auf ihn ausübte.

Beide Mutmaßungen lebten fast gleichgewichtig fort, bis schließlich feststand, daß das Schicksal des höchsten Funktionärs im Staate unwiderruflich besiegelt war.

Als der Hausarrest verhängt wurde, gab es ein großes Aufatmen, sowohl bei jenen, die ihn haßten, als auch bei den anderen, die mehr um sich selbst als um ihn Angst hatten, doch dann war allenthalben der bekannte, nun fatal klingende Spruch zu hören: Mit der Eiche fällt auch ihr Schatten.

Der Großwesir stand nicht wie sein Vorgänger allein, doch wie groß der Schatten war, den die Eiche warf, merkte man erst, als das große Abästen begann. Die Schläge waren im Randbereich des Staates ebenso zahlreich wie im Zentrum. Familienangehörige, Verwandte und Blutsgenossen, aber auch Freunde und Bekannte wurden in den Strudel hineingerissen. Derart groß war die Erschütterung, daß man gelegentlich meinen konnte, es sei der Schatten, der die Eiche hinabgezogen habe.

Auch vier oder fünf Wesire purzelten wie die Puppen. Dann noch einmal zwei, und nach ihnen einer von der Geheimpolizei, wobei jene, die behaupteten, er werde nicht der letzte sein, vollständig recht behielten.

Wenig später – der Großwesir war bereits zu einem Stelldichein mit der Römerin, wie man inzwischen die römische Art der Blendung nannte, zu einer abgelegenen Kiesbank verbracht worden – ließen sich in der Hauptstadt wieder Stimmen vernehmen, die auf den Verdacht hinwiesen, das ganze Erdbeben sei ohnehin nur ausgelöst worden, um ihn loszuwerden.

Wenn dies stimme, wandten andere ein, wieso werde dann die Kampagne jetzt, da das Ziel erreicht sei, nicht eingestellt?

Gründe wurden gesucht. Vielleicht machte man weiter, um den wirklichen Zweck der Aktion zu verschleiern. Außerdem brauchte die Maschinerie des Schreckens, die erst nach und nach in Schwung gekommen war, natürlich auch eine gewisse Zeit, bis sie wieder zum Stehen gebracht werden konnte.

Tatsächlich dauerte es wie nach jedem großen Abriß eine Weile, bis sich der aufgewirbelte Staub wieder gelegt hatte. Eine abschließende Säuberungswelle ging über den Staat hinweg, und die Leute setzten alles daran, um von ihr, die gerade deshalb als besonders bitter empfunden wurde, weil sie voraussichtlich die letzte war, nicht doch noch erfaßt zu werden.

11

Eng umschlungen lagen die beiden da, sie ganz, er halb entꞏ
kleidet. Vor wenigen Augenblicken hatte er ihr ein Geständnis
gemacht, das für sie offenbar nicht überraschend gekommen
war, denn sie hatte weder aufgeschrien noch geweint, sondern
nur kreidebleich zugehört. Nun lag ihre Wange an der seinen,
so daß er ihre Tränen spürte. Würde sich so auch die Säure anꞏ
fühlen, die aus seinen zerstörten Augen rann?

Wenn man ihm die mittelalterliche europäische Methode,
den Verbleib in der Dunkelheit, verweigerte (die römischꞏkarꞏ
thagische Art der Blendung durch Sonnenlicht hatte er aus
Angst, man werde ihn für anmaßend halten, nicht zu beanꞏ
tragen gewagt), würde es am Ende wohl bei der Säure bleiben.
Es gibt Schlimmeres, hatte ihn ein Kollege im Amt zu trösten
versucht, denk nur an die Byzantinerin, von der entsetzlichen
Tibeterin ganz zu schweigen.

»Du hast es schon gewußt, als du damals von Urlaub
sprachst, oder nicht?« fragte sie.

»Ja. An diesem Tag habe ich von meiner Suspendierung
erfahren.«

»Und warum hast du nichts gesagt? Das kann man doch
nicht so einfach zurückhalten«, beschwerte sie sich.

»Ich wollte dich nicht beunruhigen. Es gab ja noch einen
Funken Hoffnung. Man hatte mir befohlen, die Hauptstadt nicht
zu verlassen, bis der Vorwurf geklärt sei. Aber dann kam es,
wie es wohl kommen mußte. Man hat der Anzeige geglaubt.«

»Aber warum denn?« rief sie.

Sie forschte in dem feinen grauen Netz seiner Augen, als sei
dort ein Hinweis zu finden, weshalb das Unglück seinen Lauf
genommen hatte.

»Warum?« Er lächelte bitter. »Keine Ahnung. Schließlich zähle ich mich nicht zu den erlauchten Geistern, deren scharfsichtige Augen weit in die Zukunft zu blicken imstande sind, sehr zum Leidwesen aller tyrannischen Machthaber.«

O Gott, dachte sie. Ihr Vater hatte in einem abendlichen Gespräch fast die gleichen Worte benutzt.

»Trotzdem gibt es natürlich einen Grund. Man will Spuren verwischen.«

»Wie meinst du das?«

»Ganz einfach«, antwortete er. »Wir sind Zeugen einiger Vorgänge, die man lieber der Vergessenheit überlassen möchte.«

»Wer, ihr?« fragte sie.

»Wir Mitarbeiter der Blendungskommissionen. Wir haben mehr gesehen, als gut für uns ist. Begreifst du?«

»Mehr gesehen, als gut für euch ist...« Ihre Stimme war fast unhörbar. »So schlimm war es also.«

»Ja, natürlich. Wir kamen der Maschinerie so nahe, daß wir schließlich in ihr Räderwerk hineingezogen wurden.«

»Du Ärmster«, flüsterte sie. Wieder spürte er ihre Tränen auf seiner Wange, doch der Gedanke an die ätzende Säure durchfuhr ihn diesmal nicht so schmerzhaft, als habe seine Haut inzwischen an Empfindlichkeit eingebüßt.

»Oft kamen die Listen schon fertig von oben«, fuhr er fort. »Erst dann wurde das Verfahren in Gang gesetzt.«

»Das ist ja furchtbar«, sagte sie. »Dann stimmt also, was man über Abrechnungen im inneren Kreis munkelt?«

Er nickte. Sie schmiegte sich noch fester an ihn.

»Und was ist mit den anderen?« fragte sie dann. »Sind alle, die dort arbeiteten, betroffen?«

»Natürlich nicht. Nur die, bei denen man den Verdacht hatte, sie würden den Mund nicht halten.«

»Sie würden den Mund nicht halten«, wiederholte sie. »Aber was hat das mit den Augen zu tun? Warum nicht die Zunge?«

»Ja, dazu könnte es auch noch kommen«, antwortete er heftig. »Wenn jemand durch den Verlust der Augen nicht zur Vernunft zu bringen ist...«

Einmal war beim Mittagessen über derlei Versehrungen gesprochen worden. Beide dachten wohl daran, ohne es zu erwähnen.

»Selbst wenn es keinen konkreten Verdacht gäbe, würde man einen Teil von uns über die Klinge springen lassen.«

Das Mädchen schaute ihn mit einem schmerzlich unverständigen Blick an.

»Das ist vielleicht sogar der Hauptgrund«, fuhr er fort. »Man lenkt einen Teil des öffentlichen Zorns auf uns. Verstehst du, was ich sagen möchte? Die Leute sollen glauben, wir seien schuld an ihrem Unglück.«

Schweigen trat ein. Jeder hörte den anderen atmen.

»Schon als man anfing, von den Fehlern der Kommissionen zu reden, hatte ich ein ungutes Gefühl. Aber damals habe ich es noch verdrängt«, sagte sie.

»Ein Bürokollege hat auch gleich prophezeit, nun seien wir bald an der Reihe«, erwiderte er.

Wieder schwiegen sie. Nur ihre Körper rührten sich gelegentlich, um in der Umarmung eine angenehmere Position zu finden.

»Deshalb deine Frage nach den Köprülü, oder?« sagte sie. »Das war doch bestimmt kein Zufall?«

»Nein, natürlich nicht. Aber ich konnte mir die Antwort schon denken. Außerdem hatten die Köprülü selbst genug Sorgen, das wußte ich. Doch ein Ertrinkender greift nun einmal nach jedem Strohhalm.«

»Jetzt begreife ich auch, wieso du so erschrocken bist, als ich davon sprach, daß wir uns um Mitternacht lieben würden, im Dunkeln…«

»Ja, ich wußte, das würde meine Welt sein.«

Sie streichelte ihn lange.

»Solange ich da bin, bist du hier im Licht.«

Sein Blick war sehr, sehr traurig.

»Gibt es denn gar keine Hoffnung?« fragte sie. »Vielleicht setzt sich jemand für dich ein…«

Er schüttelte den Kopf.

»Wo wird denn darüber entschieden?«

»Ich weiß nicht, vielleicht nirgendwo«, antwortete er. »Als von der Anzeige gegen mich die Rede war, stand alles schon fest.«

»Ach so, ich verstehe: Es sollen Spuren verwischt werden.«

Sie beschloß, mit der unnützen Fragerei aufzuhören, und liebkoste ihn erneut. Träge gab er die Zärtlichkeiten zurück. Nur in seinen Augen war Leben. Sie kannte dieses unruhige, fast kranke Flackern inzwischen. Er starrte gierig auf ihre Brüste, auf ihren Bauch und die blauen Flecken an ihren Schenkeln, die sie ein wenig öffnete, damit er ihren Schoß besser sehen konnte.

Du mußt dir alles gut einprägen, dachte sie.

»Ich werde von der Erinnerung leben«, sagte er, als habe er ihre Gedanken gelesen.

»Ich werde warten«, erklärte das Mädchen mit brüchiger Stimme. »Verstehst du, ich warte, bis du von dort zurückkommst… Und dann werde ich nur noch für dich leben, hörst du. Du mußt mich so in Erinnerung behalten, wie ich jetzt bin, sonst muß ich sterben, das fühle ich… Dann verblasse ich wie ein Schatten, verstehst du? Ich werde nur noch als die Maria existieren, die du im Gedächtnis bewahrst, und wenn du mich vergißt, dann verschwinde ich, wie wenn man eine Zeichnung ausradiert...«

Er antwortete nicht, sondern streichelte nur ruhig den Leib, den er eben so lange betrachtet hatte. Ihre Augen waren geschlossen. Sie möchte wissen, wie es ist, im Dunkeln liebkost zu werden, dachte er.

In Maria stieg ein Schluchzen auf, am liebsten hätte sie laut geschrien. Es war nicht nur wegen des Leids, das ihnen bevorstand, sondern mehr noch wegen etwas anderem, einer vagen Ahnung, einer Furcht, die sie nicht akzeptieren wollte: Was, wenn sie ihr Versprechen nicht einhalten konnte?

»Ich möchte auch blind sein, wie du«, stieß sie aufgeregt hervor. »Laß es uns zusammen tun, an einem sonnigen Morgen auf der Veranda, es ist ganz leicht... Dann gehören wir beide zur gleichen Welt... Dann kann ich dich auch nicht mehr verlassen, selbst wenn ich es wollte...«

Ihre letzten Worte gingen in heftigem Weinen unter, so daß er sie nicht verstand.

»Hör auf«, flüsterte er. »Red nicht so verrücktes Zeug. Was du vorher gesagt hast, hat mir viel besser gefallen.«

Eng umschlungen lagen sie da, dann sagte er:

»Wir werden zusammengehören wie Tag und Nacht. Du wirst mein Tag sein und ich deine Nacht... Ist es nicht so?«

Sie weinte zu sehr, um antworten zu können. Es war ein krampfhaftes, ersticktes Schluchzen, so, wie wenn man etwas Unwiederbringliches beklagt.

Der Reiter mit dem Falken

I

Am 7. April 1939 um sechs Uhr morgens hing das Gemälde »Reiter mit einem Falken« in einem skandinavischen Museum, während in einer rund zweitausend Kilometer entfernten mittelitalienischen Stadt der Architekt Ernesto Mohr nach einer wegen bedenklich heftiger Milzschmerzen größtenteils wachend verbrachten Nacht nun endlich in bleiernem Schlaf lag. Ein Stück weiter im Osten, auf der anderen Seite der Adria, war der siebzehnjährige Albaner Bardh Beltoja, der das humanistische Gymnasium von Durrës besuchte, in der elterlichen Wohnung in der Königstraße 27 ebenfalls noch nicht aus dem Schlaf erwacht. Zur gleichen Zeit flog ein Militärflugzeug an der albanischen Küste zwischen der Vaterstadt des Schülers und dem weiter im Norden gelegenen kleinen Hafen Shëngjin entlang. Es wurde vom italienischen Außenminister Graf Ciano persönlich gesteuert, der durch das Seitenfenster immer wieder auf das mit Wäldern und Sümpfen bedeckte Hinterland des Meeres hinunterschaute. Der ideale Ort für ein Jagdhaus, dachte er. Eine Unterkunft für Freunde, die von weit her angereist kamen, mit zahlreichen Schlafzimmern und geräumigen Sälen für abendliche Banketts im Fackellicht. Er mußte an die weichen Schenkel der Baronesse Scorza denken, vor allem aber an das Geschenk, mit dem sie ihn unlängst überrascht hatte: einen auf die rechte Hüfte tätowierten Skorpion mit aufgerichtetem Stachel. Er lächelte. Dann flog er eine weite Linkskurve, um das Flugzeug wieder über die Kriegsschiffe zu bringen, die binnen kurzem an der albanischen Küste landen würden.

Zwischen Wesen und Dingen auf dieser Welt entstehen und zerfallen häufig Vernetzungen, und so wurden an diesem klaren Morgen des 7. April das aus der Barockzeit stammende Gemälde in einem skandinavischen Museum, der milzkranke Architekt, Graf Ciano und der junge Albaner Bardh Beltoja plötzlich wie durch einen unsichtbaren Faden aneinandergebunden.

Die Verbindung war von einer Art, wie sie nur der Tod zu knüpfen vermag, und sie löste sich binnen sieben Jahren wieder auf.

2

Mit der Errichtung dessen, was später »Jagdhaus von Lezha« genannt werden sollte, wurde im Oktober des nämlichen Jahres begonnen. Anfang 1940 wuchs das Bauwerk aus den Fundamenten. Es wirkte kalt, halb Kloster, halb Wehrturm aus den nordalbanischen Bergen, eine Mischung, die vielen unmöglich erschien.

Im Frühjahr und Sommer unternahm der Architekt Mohr zwei Reisen nach Albanien, um den Stand der Arbeiten zu kontrollieren. Zu seiner Verwunderung reizten die Flüge seine Milz nicht, sondern bewirkten eher das Gegenteil.

Er wählte persönlich die zu verwendenden Steine aus, wobei sein besonderes Augenmerk jenen galt, die für den Eingang und die Kamine zugerichtet werden sollten, alte Steine, die in

ihrer schweigenden Nacktheit auf zögernde Art großartig wirkten, als stammten sie aus einer anderen, unzugänglichen und
mysteriösen Welt. Gerade dies schien dem Grafen zu gefallen.
Die Hölzer, mit denen Wände und Decken vertäfelt werden
sollten, stammten ebenfalls aus den Wäldern der Umgebung.
Die bei den Steinen eher sparsame Düsternis entfaltete sich hier
in aller Selbstverständlichkeit. Dem Grafen gefiel auch dies.

3

Seine dritte und letzte Reise unternahm der Architekt im
Herbst. Nach einer raschen Überprüfung des Innenbereichs
gab er seine letzten Anweisungen. Bei den Sitzmöbeln entschied er sich für das einfachste Modell, eine Art Schemel mit
Rückenlehne, der bei den albanischen Hochländern »Fels«
hieß, und wirklich war eine gewisse Ähnlichkeit mit den Steinbrocken nicht zu verkennen, auf denen sich Wanderer zum Ra-
sten niederlassen. Bei den Kaminen, selbst dem großen im Auf-
enthaltsraum, verzichtete er auf alles Marmorähnliche, weil er,
wie er sich ausdrückte, den »tragischen Charakter« der balkanischen Feuerstätte nicht verwischen wollte. Die Bänke und
Betten ließ er mit schafwollenen Überzügen versehen, weil
diese ihm zufolge direkt auf die Zeit Homers zurückgingen.
Außer in den Bädern ließ er keine Spiegel zu. Sie seien in der
Nachbarschaft von Sümpfen nicht zu empfehlen, meinte er,
ohne jemand dabei anzuschauen. Man rechnete damit, der Graf
werde eine Erklärung für diese kryptische Äußerung verlangen,
doch die Frage blieb aus. Ja, ein etwas verlorenes Lächeln, das
um seine Lippen spielte, wies sogar darauf hin, daß der Architekt einen erneuten Beweis für das wortlose Einvernehmen zwi-

schen ihm und seinem Auftraggeber geliefert hatte, auf das letzterer so etwas wie heimlichen Stolz zu empfinden schien.

Dennoch nutzte der Adjutant bei einem Gang über den Innenhof die zeitweilige Abwesenheit des Architekten dazu, Ciano flüsternd mitzuteilen, er schätze zwar den Architekten, wenn dieser jedoch den »tragischen Charakter der balkanischen Feuerstätte« damit begründe, daß vor ihr Beratungen von oft existentieller Tragweite abgehalten würden, so wolle er den Herrn Grafen nur daran erinnern, daß man es nicht mit der eher kärglichen Unterkunft eines nordalbanischen Hochländers zu tun habe, sondern mit einem *séjour* für die Gäste des Herrn Grafen, also die Creme der transadriatischen Aristokratie...

Bei diesen Worten fuhr Ciano durch den Kopf, daß es wohl nichts Anregenderes gab als den Kontrast zwischen der kalten, düsteren Steinigkeit eines Raumes und der seidenen Unterwäsche von zu Liebeszwecken angereisten Damen. Er gefiel sich im Glauben, der Architekt habe seine sündigen Neigungen durchschaut und dem Ambiente einen Hauch von Frostigkeit verliehen, der nur bei oberflächlicher Betrachtung jede Liebestätigkeit ausschloß, in Wahrheit aber genau das Gegenteil bewirkte.

Ciano verweigerte seinem Adjutanten die Antwort. Inzwischen waren sie im Hauptraum angekommen, dem Bankettsaal. Der Architekt inspizierte der Reihe nach die aus Kupfer und geschmiedetem Eisen angefertigten Leuchter an den Wänden, die jenen am Haupteingang glichen, welche wiederum Gasthauslampen nachempfunden waren, oder genauer: den Kandelabern vor mittelalterlichen Herbergen an gefährlichen Wegen, wie sich der Architekt ausgedrückt hatte.

Er hatte an den Leuchtern weniger auszusetzen als erwartet. Offenbar beschäftigte ihn etwas anderes.

Er trat zu der Wand vis-à-vis dem Kamin, stand eine Weile mit verschränkten Armen davor und sagte dann:

»Hier muß ein Bild hin. Das einzige im Saal.«

Die anderen warfen ihm skeptische Blicke zu: Laß hören, was du dir jetzt schon wieder ausgedacht hast.

Sie warteten, mußten dann aber überrascht feststellen, daß der Architekt zum ersten Mal seine Selbstsicherheit einbüßte. Offenbar erinnerte er sich nicht an den Namen des Malers und den Titel des Bildes, das seiner Meinung nach als einziges für diese Wand in Frage kam. Möglicherweise war es Rembrandt, Rubens oder einem ihrer Zeitgenossen zuzuordnen und hieß, bei allem Vorbehalt, »Der Reiter mit dem Falken«, aber wie gesagt, sicher war er sich da nicht. Er hatte es vor vielen Jahren einmal gesehen, in seiner Jugend, im Museum irgendeiner skandinavischen Stadt, deren Name ihm gleichfalls entfallen war, auf jeden Fall handelte es sich nicht um eine Hauptstadt. Das Bild zeigte... einen Ritter... oder Reiter, der einen Jagdfalken auf der behandschuhten Hand hielt... Es schien sich um einen Jagdgast zu handeln... Seine Miene war geheimnisvoll, schwer zu deuten... Also, soweit ich mich erinnere, will er zur Jagd ... aber sein Gesichtsausdruck ist absolut rätselhaft...

»Ich kann mir kein anderes Gemälde an dieser Wand hier vorstellen«, fuhr der Architekt fort. »Noch einmal, Herr Graf, es geht um einen Jagdgast, verstehen Sie? Das ist der Kernpunkt. Sein so zweiflerischer wie rätselhafter Gesichtsausdruck spiegelt das Geheimnis eines jeden wider, sei es Mensch oder Geist, der sich für die Nacht bei uns einfindet... Kann man je wissen, was im Kopf eines solchen Ankömmlings vor sich geht?«

Ein Wunder, dachte der Graf.

Der Architekt holte tief Atem, bevor er seinen Gedanken

zu Ende brachte. Der Herr Graf werde die Möglichkeit besitzen, das Bild zu beschaffen, schließlich standen ihm Botschaften und Informanten in allen Ländern zur Verfügung. Und wenn es nicht käuflich zu erwerben war, so konnte man eine Kopie anfertigen lassen. Dies sei sein großer Wunsch. Und nun bitte er um die Erlaubnis des Herrn Grafen, sich ein wenig ausruhen zu dürfen. Seine Milz mache ihm mehr zu schaffen denn je.

»Ja, ruhen Sie sich nur aus, mein Lieber«, sagte Ciano, wobei er ihm freundschaftlich die Hand auf die Schulter legte. »Ihr Wunsch wird erfüllt werden, das verspreche ich Ihnen.«

Der Architekt nickte dankbar mit dem Kopf. Sein Gesicht war leichenblaß.

4

Es dauerte drei Wochen, die Schlafzimmer und die übrigen Räumlichkeiten zu möblieren, ebenso wurde die Funktionstüchtigkeit der Schornsteine getestet.

Anfang Dezember war alles fertig. Staatliche Verpflichtungen hinderten Ciano daran, persönlich an der Abnahme dessen teilzunehmen, was man in den gehobenen gesellschaftlichen Kreisen inzwischen die »albanische Marotte des Grafen« nannte.

Sein Beauftragter begutachtete alles äußerst gründlich, von den weißen Flokatidecken in den Privaträumen des Grafen bis zu den Laternen an der hölzernen Bootsanlegestelle.

Die Einladungen zur ersten Jagd waren bereits versandt, und in Rom, das sich seit nunmehr zwei Jahren Hauptstadt des Vereinigten Königreichs von Italien und Äthiopien nennen

durfte, hatten die bei solchen Anlässen unvermeidlichen Ver-
stimmungen Platz gegriffen.

Anders als ursprünglich vorgesehen, traf der Graf nur ein
paar Stunden vor den ersten Gäste ein. Er verzichtete auf eine
Begehung, weil er sich noch ein wenig ausruhen wollte. Nur
das erst zwei Tage zuvor aus Skandinavien eingetroffene Gemälde wünschte er zu sehen.

Lange stand er reglos davor. Gelegentlich warfen die Flam-
men des Kamins gegenüber ihren flackernden Schein auf das
Bild. Der Graf war sich nicht sicher, ob die Wirkung auf das
Gesicht des gemalten Reiters genialer Voraussicht oder bloßem
Zufall entsprach.

Er wurde nicht schlau aus dem Gesichtsausdruck des Jagdgastes. Im wechselnden Licht des Feuers veränderte sich die geheimnisvolle Wirkung ständig.

Ciano bedauerte, daß der Architekt nicht hatte kommen
können, weil er seit drei Wochen ans Krankenlager gefesselt
war, von dem er sich wohl nicht mehr erheben würde. Er vermißte seine Erklärungen, um so mehr, als sich aus dem Repro-
duktionsauftrag neue Fragen ergeben hatten. Das Gemälde
zeigte wahrscheinlich einen Ritter, der, wie dem Ausdruck seiner Augen deutlich zu entnehmen war, den Verdacht hegte,
seine allerletzte Jagd zu erleben.

Es war einer der seltenen Augenblicke, in denen der Graf
das Gefühl hatte, dem verborgenen Sinn der Kunst näherzu-
kommen. Aus dem Blick des Reiters sprach tatsächlich Argwohn, doch auf eine spröde, durch Trauer und Schicksalserge-
benheit veredelte Art. Obwohl er ahnte, daß ihm bei der Jagd,
zu der man ihn geladen hatte, Böses drohte, war er entschlossen, daran teilzunehmen, sich seinem Schicksal zu stellen...

Diese Interpretation hatte den Grafen schon beim ersten

Lesen nicht überzeugt. Solche Geschichten gehörten ins Mittelalter, nicht in die heutige Zeit. Er selbst hatte vor Gott ein reines Gewissen. Nie wäre ihm eingefallen, jemand in die Falle zu locken...

Nein, gewiß nicht, dachte er, und wieder empfand er Bedauern, daß der Architekt nicht kommen konnte. Er allein hätte ihn von dieser närrischen Ungewißheit zu befreien vermocht, indem er ihm zum Beispiel erklärte, woher die Trauer in den Augen des Reiters kam, das heißt, was ihn so furchtbar ernüchtert hatte: eine Frau vielleicht, die Gattin des Jagdherrn, die nach all ihren flammenden Liebesbeteuerungen nun diese Einladung zu nutzen gedachte, um ihn aus dem Weg zu räumen... Diese Enttäuschung ließ ihm den Verlust seines Lebens nicht als besonders großes Unglück erscheinen.

Nein, dachte der Graf erneut. Der aufgestellte Stachel des Skorpions an der rechten Hüfte der Baronesse brachte keinerlei Sinn in dieses Durcheinander. Vermutlich war das Siechtum des Architekten der Schlüssel zur Lösung des Problems. Seine Abwesenheit sagte mehr aus, als wenn er erschienen wäre. Mit dem Gemälde hat er seine Todesangst an uns weitergegeben, und zwar auf die denkbar einfachste Art, wie jemand, der eine Einladung mit dem Vermerk zurückgehen läßt: Leider kann ich nicht unter euch sein. Feiert trotzdem schön!

Genau das war es! Bevor der Graf seinen Blick von den Augen des gemalten Jagdgastes losriß, glaubte er darin noch eine letzte offene Frage zu entdecken: Würde jemand diesen Tod beweinen, oder würde er »verlorengehen«, wie man es im albanischen Hochland ausdrückte?

Plötzlich empfand er Erschöpfung, und gleichsam einem inneren Befehl folgend, wandte er sich von dem Gemälde ab und ging in sein Zimmer, um sich hinzulegen.

5

Die ersten Gäste trafen kurz vor Anbruch der Dämmerung ein. Der Graf lag an das Kopfteil gelehnt auf seinem Bett und konnte so durch die Glastür erkennen, wie sie der schlechten Bodenverhältnisse wegen mit unsicheren Schritten herankamen. Ihre angeregte Unterhaltung zeigte, daß sie etwas beschäftigte, wahrscheinlich die Bootsfahrt vom kleinen Hafen Shëngjin aus bis hierher.

Der Graf blickte auf die Uhr. Das Tageslicht war noch ausreichend, auch wenn die an Pfählen angebrachten Fackeln, die im Sumpf als Wegzeichen dienten, inzwischen wohl schon brannten. Bald, wenn die Dunkelheit vollends hereingebrochen war, würde der Anblick doppelt oder dreifach beeindruckend sein.

Die Scheiben der beiden Türen, die auf die kleine Veranda vor seinem Appartement hinausgingen, waren beschlagen, so daß er die Gesichter der Gäste nur undeutlich erkennen konnte.

Autogeräusche bezeugten die Ankunft weiterer Gäste, welche die Bootsfahrt nicht hatten auf sich nehmen wollen oder aber aus Tirana angereist waren, wobei die einen vermutlich zu den anderen sagten: Schade, daß Sie nicht vom Meer her gekommen sind, sonst hätten Sie die Fackeln im Sumpf sehen können. Was für ein Anblick ... so ... so ... ich kann es gar nicht richtig ausdrücken ...

Draußen hörte man gedämpftes Türengehen. Die Ankömmlinge bezogen ihre Zimmer, paarweise oder allein, und es gab auch solche, die für den folgenden Tag die Ankunft des Ehepartners ankündigten, obwohl sie wußten, daß diese nie eintreffen würden.

Er war sich sicher, daß man auf den schwach erleuchteten

Fluren auch über seine Frau tuschelte: Wißt ihr, ob Edda kommt? Ich glaube nicht, sie hat noch nie etwas für die Jagd übrig gehabt. Außerdem ist sie angeblich verstimmt, weil ihr Mann sein Jagdhaus nicht im Süden Albaniens gebaut hat, in der Gegend von Saranda, wo der Hafen nach ihr benannt worden ist: Porto Edda o Santiquaranta. Wahrscheinlich haben Sie davon gehört. Also, ich finde diese Zimmer hier ziemlich düster...

Wenn man die Räume betritt, werden sie zunächst düster erscheinen, hatte der Architekt gesagt. Die ermüdend einförmige dunkle Holzvertäfelung diene dazu, die Leute daran zu erinnern, daß sie nicht zu einem Ball, sondern zur Jagd hergekommen seien, also zum Töten. Keiner solle so tun können, als wisse er das nicht. Wenn man dann aber später im großen Speisesaal gemeinsam das Abendessen einnehme, werde sich der Druck lösen. Alles werde Wärme verbreiten: die Lampen, das Feuer im Kamin, die Gespräche.

Er ist ein Hexer, dachte der Graf. Daß er dem Architekten restlos in die Falle gegangen war, wußte er inzwischen, und so versuchte er nicht mehr vor sich zu verbergen, daß er Erleichterung empfand beim Gedanken an dessen baldigen Tod, der ihn von dieser ausufernden geistigen Knechtschaft befreien würde.

Keiner soll so tun können, als wisse er das nicht, murmelte er vor sich hin und stand auf. Es wurde Zeit, daß er sich bei den Gästen sehen ließ, um festzustellen, wer noch fehlte.

Im Saal drängten sich inzwischen die Menschen. Manche saßen auf den mit weißen Wolldecken belegten Bänken am Kamin und an den Wänden, andere schauten sich neugierig um. Man sah den Gesichtern an, daß der Alpdruck der klösterlichen Schlafräume allmählich wich.

197

Ciano begrüßte jeden mit Handschlag, nicht ohne sich zu erkundigen, ob das eben bezogenen Zimmer vielleicht zu düster sei. Die Frage schien allen ein wenig peinlich zu sein, wurde aber offensichtlich auch als befreiend empfunden.

Er wies die Gäste darauf hin, daß das Abendessen je nach Wunsch im Speisesaal oder auf dem Zimmer eingenommen werden könne. Morgen, zum Abschluß des ersten Jagdtags, sei allerdings ein großes Begrüßungsbankett geplant.

Dann zog er sich wieder in sein Appartement zurück, wo er sich vor den Kamin setzte. Er fühlte sich leer, seltsamerweise aber auch erholt. Draußen, auf der kleinen Veranda, waren die Konturen seines Leibwächters zu erkennen, und ein Stück entfernt die im Meereswind flackernden Fackeln. Offenbar trafen aus Shëngjin noch verspätete Gäste ein, unter ihnen vermutlich die Baronesse Scorza.

Um neun Uhr erhob er sich, um das Abendessen einzunehmen. In beiden Sälen herrschte reges Treiben. Einige der Gäste hatten wie schon nachmittags am offenen Feuer Platz genommen, andere schlenderten mit Gläsern in der Hand umher, der Rest saß bereits am Tisch, um zu speisen.

Ciano grüßte nach links und rechts einige Nachzügler, denen er noch nicht begegnet war, hörte sich mit höflicher Aufmerksamkeit die im Flüsterton überbrachte Mitteilung über die Unabkömmlichkeit zweier Geladener an und sagte: »Ach, wie bedauerlich!« In Wahrheit galt sein Bedauern dem Fehlen eines anderen, Curzio Malapartes, dem es beim besten Willen nicht möglich gewesen war, durch halb Europa nur für diesen Abend anzureisen.

Gleich einem Fischer, der in seinem Netz neben dem wertvollen Fisch auch alle möglichen anderen Meereskreaturen einholt, bedeutete der Graf durch ein Zeichen der Gruppe, in welcher sich die Baronesse Scorza befand, sich mit ihm an einem der Tische niederzulassen.

Selbst verhielt er sich vorbildlich bei der Befolgung des Hinweises »Ohne jedes Protokoll, ganz unzeremoniell!«, den er an diesem Abend so oft gegeben hatte. Immer wieder begrüßte er winkend einen verspäteten Gast, frisch frisierte Damen kamen zu ihm, um Küßchen zu geben. Unverfroren wie immer setzte sich die greise Marquise Beetz ohne Aufforderung zu ihnen.

Die Baronesse Scorza nutzte die Störung durch die Greisin zu der Frage: »Stimmt es, daß der Vizekönig die Einladung gern angenommen hätte, ihm aber im letzten Moment etwas dazwischenkam?«

Unwillkürlich schaute der Graf zu dem Gemälde hinüber, wandte den Blick aber sofort wieder ab und sagte schulterzuckend:

»Jacomoni? Nun ja, selbstverständlich ist er eingeladen, schließlich ist er Vizekönig von Albanien. Aber letzten Endes bleibt es ihm überlassen, ob er kommt oder nicht.«

Bestimmt wird heute abend auch darüber getuschelt, daß der Duce, mein Schwiegervater, nicht hier ist, dachte er.

Vor dem Gemälde waren ständig Gäste versammelt. Das war kein Wunder, als einziges Bild im Raum mußte es besondere Aufmerksamkeit erregen.

»Hast du es dir angesehen?« fragte er die Baronesse.

»Sicher«, antwortete sie mit einem kurzen Kichern.

»Warum lachst du?«

»Weißt du, es wird so viel darüber geredet.«

»Und was?«

»Ach, dummes Zeug eben, wie immer.«

»Sag es mir trotzdem.«

Der von ständigem Husten unterbrochene, mit krächzender

Stimme vorgetragene Monolog der greisen Marquise war ein guter Schutz, wenn man sich über Dinge unterhalten wollte, die andere nicht hören sollten.

Vor allem, erzählte sie, gehe es um den horrenden Preis, den Schweden oder Island, oder in welchem Land das Bild auch immer herumhänge, aus politischen Gründen verlangt hätten, und daß er deshalb schließlich gezwungen gewesen sei, seine Kaufabsichten aufzugeben und sich mit einer Reproduktion zu begnügen.

»Da schau an«, sagte er mit einem erleichterten Lachen, um dann leise zu fragen: »Und wie geht es der Tätowierung?«

Sie hob kurz die Braue, als erschrecke sie das Aufflackern in seinen Augen.

»Ganz wunderbar«, antwortete sie. »Möchtest du sie sehen?«

»Unbedingt! Gleich heute abend.«

Beide warfen dankbare Blicke zu der greisen Marquise hinüber, deren Gesicht vor lauter Husten puterrot angelaufen war.

Beim Zuhören wanderte sein Blick erneut zu dem Bild hinüber, vor dem nach wie vor Leute standen. Vermutlich erkannten sich alle in diesem Reiter wieder. Er war Jagdgast wie sie, also ein Pendant, ihr Stellvertreter. Sie traten zu ihm hin, dann einen Schritt zurück, bewunderten (aufrichtig oder heuchlerisch) die Farben, den Gesichtsausdruck des Ritters, ohne vermutlich den Zweifel und die Resignation, die sich darin abzeichneten, letztlich deuten zu können.

Er stellte sich vor, wie sich seine Gäste vor dem Spiegel für die Reise zurechtgemacht hatten, ohne auch nur im geringsten an einen bösen Ausgang zu denken. Da war er sich ganz sicher. Es gab viel zu viele Paläste und Banketts, um schlimme Vermutungen zu hegen.

»Du hast doch etwas, Galeazzo«, sagte die Baronesse in sanftem Ton.

Er schüttelte den Kopf. Gegen Mitternacht, wenn hier Ruhe eingekehrt sei, erwarte er sie in seinem Appartement. Sein Leibwächter werde Bescheid wissen.

Sie ließ zum Zeichen des Einverständnisses die Lider sinken. Er schaute ihr einen Moment lang ins Gesicht und entdeckte in ihren Augen mit Verwunderung so etwas wie weibliches Mitgefühl, das ihn allerdings nicht rührte, sondern eher erschreckte.

6

Daß die Nähe von Sümpfen den Schlaf beeinträchtigte, wußte er, aber auch, daß die Menschen beharrlich dazu neigten, ihre Schlaflosigkeit auf äußere Gründe zurückzuführen.

Er schüttete Schlafpulver in ein Glas mit Wasser und trank es langsam aus. Dann hob er die Decke leicht an, unter der die Baronesse zur Hälfte verborgen lag. Sie schlief selig. Was über den negativen Einfluß von Sümpfen gesagt wurde, galt offenbar nur für Männer.

Weil ihre Hüften ein wenig voller geworden waren, wirkte der Skorpion ein wenig aufgebläht und auch heller, jedenfalls lange nicht so gefährlich wie vor sechs Monaten, als sie zum letzten Mal miteinander geschlafen hatten. Er dachte an ihren mitleidigen Blick, und eine Weile beschäftigte ihn die Frage, woher es kam, daß Hader und Freundlichkeit bei den Menschen ohne ersichtlichen Grund wechseln konnten.

Wenn die der Beeinträchtigung des menschlichen Schlafes bezichtigten Sümpfe mit einem Bewußtsein ausgestattet gewesen wären, hätten sie wahrscheinlich umgekehrt argumentiert: es seien die Menschen, deren Nähe Angst und Schrecken verbreite.

Er stellte sich vor, wie die schläfrige Wasseroberfläche bereits jetzt Gänsehaut bekam, wenn sie an die sterbenden Fasane dachte, die in der Morgendämmerung auf sie klatschen würden.

Als ob das ganze Gästerudel nicht schon genug gewesen wäre, gab es da auch noch dieses mysteriöse Gemälde, das nun einsam in dem rasch auskühlenden Saal hing. Der Graf war sich fast sicher, daß der nunmehr unbeobachtete Reiter inzwischen die Maske abgelegt hatte und sein normales Gesicht zeigte.

Fast wäre er aufgestanden und zur Saaltür gegangen, um von dort aus einen heimlichen Blick auf das Bild zu werfen. Vielleicht kam er so hinter das Rätsel ... Wenn der Reiter eine Falle witterte, wieso hatte er sich dann trotzdem zu der Jagd eingefunden? An welchen Strohhalm klammerte er sich? Vielleicht war er aber auch zu einer Einsicht gelangt, die den meisten Menschen unzugänglich blieb: daß der Verlust aller Hoffnung auch einen Zugewinn an Freiheit bedeutet.

Jacomoni war nicht erschienen ... Hegte er wirklich diesen verrückten Verdacht? Nein, unmöglich! Im Kopf des möglichen Opfers konnte kein Argwohn erwachen, wenn vom Gehirn des möglichen Mörders keine Absicht abgestrahlt wurde. Gott war sein Zeuge, daß er so Schreckliches nie erwogen hatte.

Daß er ein wenig neidisch war und ihn das Amt des Vizekönigs reizte, verhehlte er nicht. Er hatte die Hoffnung noch nicht aufgegeben, es eines Tages übernehmen zu können. Aber nicht auf diese Weise. Galleazo Ciano, Graf von Cortellazzo, Vizekönig von Albanien! In dieser Reihenfolge befanden sich die Titel in innerer Harmonie. Er hatte diesen Gedanken auch Edda gegenüber mehrfach geäußert, was soviel hieß, wie ihn Mussolini vorzutragen. Von ihm und niemand sonst hatte er also einen Schuß in den Rücken aus einem Jagdgewehr erwartet, unter dem Jaulen der Hunde…

Nun ja, im sogenannten Unterbewußtsein vielleicht, wo andere Gesetze herrschten… In jenen Zonen waren bekanntlich fast alle schon von der Wiege an Mörder…

Der Graf hatte vom Titel des Vizekönigs bereits an jenem Aprilmorgen geträumt, als er eine Stunde vor der Landung der italienischen Truppen in Albanien mit dem Flugzeug die Küste entlanggeflogen war und Jacomoni noch nicht seine Ernennung erhalten hatte. Mussolinis Erlaubnis zu seinem symbolischen Flug war ihm als eine Art von Versprechen erschienen.

Sein Streben nach dem Titel des Vizekönigs hatte sich an jenem Morgen mit dem Kummer der Königin von Albanien verflochten, die sich, wie die Spione zu berichten wußten, zu dieser Zeit gemeinsam mit dem König bereits auf der Flucht befand. Trunken von dem strahlenden Morgen, der alles überhöhte, sogar den Schmerz, war er zu glauben geneigt gewesen, das Schicksal habe ihm den Verzicht auf die Königin als Preis für die Erlangung des Titels auferlegt.

Fast unvermeidlich war er bereits bei ihrer ersten Begegnung für sie entflammt. Alles war prachtvoll, luxuriös, zart, schillernd. Der Trauung des grobschlächtigsten Königs in Europa, des Albaners Zogu, mit der schönsten Königin des Kontinents, der Ungarin Geraldine, bei der er, der Außenminister Italiens, als Zeuge mitgewirkt hatte. Die in dem samtenen Etui geheimnisvoll glitzernden Eheringe. Der Schwanenhals der gerade zweiundzwanzigjährigen Gräfin Apponyi. Der fahlblonde, gestutzte Schnurrbart des Königs und seine Augen, die so feucht-

kalt waren wie ein Gletscher im Sommer... Krankes Eis...
Doch auf diese Definition war der Graf erst später gekommen.

Daß sie voneinander angezogen waren, erschien ihm natürlich, Bestandteil eines fertigen erotischen Gerüsts. Er, der Graf
und Schwiegersohn des Duce, sie, die Gräfin, und zwischen
ihnen ein undurchschaubarer Balkanmonarch. Und wenn die
gelegentlich gefährlich funkelnden Augen des zweimal (einmal
im Parlament, das zweite Mal vor der Wiener Oper) durch
Schüsse verwundeten Bergbauernkönigs zeigten, daß er zur
Rasse jener gehörte, die in solchen Fällen eigenhändig töten, so
steigerte dies sein Begehren nur.

Also war es in seinen Augen nicht bloß natürlich, sondern
fast schon unvermeidlich, daß er, der Schwiegersohn des Duce
und Außenminister Italiens, die künftige Königin des winzigen Landes, in das sich Italiens Klauen mit jedem Tag tiefer
bohrten, umschwänzelte und umwarb. Es gehörte gewissermaßen zu seinen Pflichten, und hätte er es versäumt, wäre ihm
womöglich später vorgeworfen worden: Du, ein nimmersatter
Schürzenjäger, warst zu bequem, um einer Königin ein bißchen Zeit zu widmen!

Einem Rüffel entging er dennoch nicht. Zwei Jahre später
hielt ihm Mussolini in seinem geräumigen Büro mit verächtli-
cher Miene eine englische Zeitung hin, in der die albanische
Königin in einem Interview »äußerst vulgäre Annäherungs-
versuche des Außenministers eines vermeintlich befreundeten
Landes« beklagte.

Ciano wurde puterrot. Taugenichts, brüllte sein Schwiegervater. Ob des Duces Zorn darauf zurückzuführen war, daß
er es gewagt hatte, einer fremden Frau nachzustellen, oder nur
auf den dabei bewiesenen Leichtsinn, sollte der Graf nie erfahren.

Auf jeden Fall konnte er damit seinen Traum von der Vizekönigschaft wahrscheinlich endgültig begraben. Aber an jenem Aprilmorgen im Flugzeug war ihm die Verachtung der zweiundzwanzigjährigen Königin noch nicht bewußt. Er glaubte sogar, nach der Flucht sei der mögliche Flirt mit ihm eine ihrer letzten Trumpfkarten.

Die Wildente floh vor dem zielenden Jäger... Was blieb, war die Monarchie und mit ihr der Vizekönigtitel. Er tröstete sich damit, daß man nicht alles auf einmal haben konnte. Und vielleicht war die Idee zu dem Jagdhaus ja gerade aus der tollkühnen assoziativen Verknüpfung des albanischen Königsnamens, der übersetzt »Vogel« bedeutete, und des Schwanenhalses der Königin mit dem Krachen eines Jagdgewehrs entstanden.

Er wälzte sich im Bett hin und her. In wahnsinniger Hast und unaufhaltsam wirbelten aus Nordeuropa eingetroffene Gemälde durch sein Gehirn, das Gesicht des Vizekönigs und die Tätowierung auf der Hüfte einer Frau, die von ihrem Mann, nachdem er sie von hinten genommen hatte, grob beschimpft wurde: Hure, der Skorpion ist wohl für diesen...

Es läßt sich viel ertragen, aber Jacomonis Visage nicht, dachte er. Er verabscheute sein Lachen und seine Stoppelhaare, die ihn in Verbindung mit dem feisten Nacken, dessen Speckglanz sich in den gewichsten Stiefeln wiederholte, absolut idiotisch aussehen ließen. Dennoch wäre er niemals auf den Gedanken gekommen... Jemanden in den Rücken zu schießen, unmöglich! Gerade das Reiterbildnis war doch der beste Beweis seiner Redlichkeit. (Er dachte sich schon Antworten aus, als säße er im Verhörraum.) Kein Mensch, der eine solche Tat plante, würde ein solches Gemälde in seinem Jagdhaus aufhängen.

Hexer.

Das Bedürfnis, laut zu schreien, wurde so übermächtig, daß er sein Gesicht ins Kopfkissen preßte. Wie konntest du es wagen, mir so etwas anzutun? haderte er mit dem Architekten. Welcher Teufel hat dich dabei geritten?

All diese abstrusen Behauptungen, daß er sich weder an den Maler noch das Museum, noch das Land erinnere. Woher hatte er den Mut genommen, ihn so hinters Licht zu führen? Und dann auch noch die mitgelieferte Interpretation, diese Schrekkensbotschaft, diese Ankündigung eines Verbrechens ... Die kranke Milz, natürlich! Nur im Angesicht des Todes war jemand zu solcher Tollkühnheit fähig. Welch entsetzliche Vorstellung: Das ganze Königreich überhäuft mit perfiden Einladungen aus allen Richtungen ... Auch dahinter steckte der Tod. Mach schnell mit deinem Brief, ehe dir ein anderer zuvorkommt... Alles hängt davon ab, ob man Einlader ist oder Eingeladener, wer in Verzug gerät, verliert seinen Kopf ...

O du verfluchter Hexenmeister, stöhnte der Graf. Es wurde Zeit, daß er aus dem Bett aufsprang, das Bild von der Wand riß und in den Sumpf schleuderte. Aber seine Glieder versagten ihm den Dienst. Sie waren desertiert, auf die andere Seite übergelaufen, zum Schlaf. Jenseits dieser kummervollen Leere gab es nur trübe Gewässer, ein Niemandsmeer, und darin schwamm die Milz des Architekten.

7

Zwei weitere Fasanen- und Wildentenjagden, eine Mitte Februar und die andere Ende März, brachten Leben in das abgeschiedene Gebäude am Rande des Sumpfes. Eine dritte, die eigentlich für April angekündigt gewesen war, wurde ohne

Angabe von Gründen abgesagt. Man munkelte von einem Geheimtreffen mit Ribbentrop. Dann hieß es, der Duce werde nach der anstrengenden Inspektionsreise an die albanischgriechische Grenze ein paar Tage Urlaub dort einlegen. Doch auch dieses Ereignis fand nicht statt.

Als das Frühjahr zu Ende ging, wurde das Dach mit Ästen und Laubwerk getarnt. Man vermutete, die Engländer hätten von dem Haus Wind bekommen, und ihre Luftwaffe sei bereits auf der Suche.

Der Architekt erlebte den Sommer nicht mehr, und im Jahr darauf wurde Galeazzo Ciano mit Billigung seines eigenen Schwiegervaters füsiliert. Die Hinrichtung fand auf einem Stück Brachland statt. Der auf einer Art Hocker sitzende Körper des Grafen war an einen Pfahl gefesselt. Bei den ersten drei Kugeln regte er sich fast nicht. Allein der Kopf sank ein wenig nach rechts, als schaute er auf etwas drunten bei den Füßen, ein Insekt oder eine verlorene Brosche. Nach der vierten Kugel legte sich ein Schal aus rötlichem Schaum um Cianos Hals, sein Kopf fiel nach vorne, und er bewegte sich nicht mehr.

8

In dem kalten Gebäude, das in seiner Verlassenheit doppelt düster wirkte, nisteten sich für einige Wochen die Ermittler ein. Sie untersuchten, fotografierten und erfaßten alles: Jagdwaffen, Schrotkugeln, zufällig in den Zimmern vergessene Damenspiegelchen, Fläschchen mit flüssigem Kokain, Zigaretten, Puderdosen, Kalenderblätter mit Notizen, Lupen, Arzneien in Tabletten und Pulverform, Spritzen, Präservative, Einladungskarten.

Sie hatten strikten Befehl, nichts außer acht zu lassen. Die Nachforschungen sollten erschöpfend sein, kein Aspekt durfte vernachlässigt werden, denn auch in vermeintlich belanglosen Details konnten sich Hinweise auf eine Verschwörung gegen den Duce verbergen.

Diese Anweisung, die vorbeugend mit einer Rüge wegen angeblicher Indolenz verbunden war, so wie man Kinder für Unartigkeiten ermahnt, die sie noch gar nicht begangen haben, aber immerhin begehen könnten, steigerte die Enthüllungswut ins Unermeßliche. So fiel es einem der Polizeibeamten, als er im Notizbuch des Grafen auf den Vermerk »Heute kommt der Skorpion« stieß, nicht schwer, diesen auf eine Tätowierung an der rechten Hüfte zurückzuführenden Necknamen der Baronesse Scorza zuzuordnen, doch gab er sich mit dieser Entdeckung noch lange nicht zufrieden. Weil er wähnte, die Tätowierung sei ein geheimes Symbol oder Erkennungszeichen der Verschwörer, reiste er mehrmals nach Rom, um den Tätowierer zu ermitteln, was ihm schließlich auch gelang. Der unversehens in die staatlichen Folterkeller geratene Pechvogel gab in seiner Panik bereits in der ersten Nacht die Namen aller seiner Kunden preis und begann überdies Details auszuplaudern, die selbst die robuste Vorstellungskraft eines altgedienten Polizisten fast überforderten, etwa, wie er die Baronesse mit der Begründung zum Beischlaf veranlaßt hatte, er benötige diesen, um die geeignetste Stelle für die Tätowierung ausfindig zu machen, die schließlich das fleischliche Begehren des Bettpartners der Dame steigern solle.

Mit dieser wichtigen Erkenntnis gerüstet, suchte der Polizist erneut die Baronesse auf, und aufgrund seines diesmal deutlich weniger ehrerbietigen Einwirkens ergab sie sich schließlich und eröffnete ihm unter Tränen andere Einzelheiten, die sowohl

ihren und den Körper des Grafen betrafen, als auch jenen seiner Gattin, also der Tochter des Duce. Das brachte die Karriere
des ermittelnden Beamten zum Scheitern und diesen hinter
Gitter, wonach man nie mehr etwas von ihm hörte.

Soviel überschäumender Eifer bei den Ermittlungen konnte
nicht ohne Folgen bleiben. Es hagelte Beschwerden. Als erstes
war ein Ermittlungsverfahren wegen »Mißbrauch angeschosse-
ner Wildenten« betroffen, das gleich gegen zwei Verdächtige
betrieben wurde. Der sachbearbeitende Polizist erhielt Befehl,
die Nachforschungen umgehend einzustellen, da der »patholo-
gische Ausnahmefall« keine Relevanz für die Kernermittlungen
habe.

Die neue Linie der mit besonnener Beharrlichkeit durch-
leuchteten Fakten hätte wahrscheinlich triumphiert, wäre nicht
ausgerechnet der jüngste Ermittler auf einen erschütternden
Sachverhalt gestoßen. Auf der nach langen und mühsamen
Nachforschungen endlich komplettierten Liste der Jagdteilneh-
mer waren mindestens vier, ein Mann und drei Frauen, mit
falschem Namen verzeichnet.

Dies genügte, um den Topf mit Gerüchten wieder zum
Brodeln zu bringen, und diesmal war kein Einhalt mehr möglich. Das Feuer, das im August im Gebäude ausbrach, konnte
nicht schneller um sich greifen als der neue Verdacht. Nicht
vier, wie anfänglich geglaubt worden war, sondern mehr als die
Hälfte der Namen stimmten offensichtlich nicht. Womöglich
war nicht nur die Gästeliste gefälscht, sondern die ganze Jagd
bloß ein Vorwand, ein Tarnmanöver. Von einer »gefährlichen
mystisch-politisch-militärischen Sekte« war die Rede. Einem
»Geheimkomitee zur Schaffung Großalbaniens«. Einer internationalen Erdölgesellschaft, der es allerdings nicht um die Er-
schließung neuer Lagerstätten gegangen sei, sondern die Ver-

tuschung ihrer Existenz. Von einem Netzwerk männlicher Prostituierter. Und so setzte es sich fort.

Allen Ermittlungsansätzen wurde gleichzeitig nachgegangen. Niemand durchschaute, daß sie sich gegenseitig ausschlossen, so daß jeder erbrachte Beweis eigentlich zur Einstellung der übrigen Verfahren hätte führen müssen. So verrannte man sich in der Einschätzung, man habe es mit Bestandteilen eines einzigen Komplexes zu tun, die einander umschlossen wie die Schalen einer (allerdings fauligen) Zwiebel und so das Vordringen zum Mittelpunkt des Labyrinths behinderten: dem Mordkomplott gegen den Duce.

Aber den erfahrenen Ermittlern konnte man nicht so leicht ein X für ein U vormachen, sie würden nachbohren, bis die Wahrheit ans Licht kam, selbst wenn es tausend Jahre dauerte.

Seltsamerweise hatte die Zentrale den Kontakt mit ihnen praktisch eingestellt, man übte weder Druck auf sie aus noch bremste man sie in ihrer Geschäftigkeit. Ihre Versammlungen wurden immer hektischer. Das gleiche galt für die Rekonstruktion bestimmter Ereignisse. Die Tätowierung an der Hüfte des Polizeibeamten, der die Rolle der Baronesse Scorza übernommen hatte, entzündete sich, doch das kümmerte keinen. Seine Kollegen, denen der Part der Vergewaltiger der angeschossenen Enten zugedacht war, konnten ihren Auftritt kaum erwarten. Danach war man bis um Mitternacht mit dem Abwaschen des Blutes beschäftigt.

Einer der Ermittler hatte den Einfall, jemand das Gewissen des Grafen Ciano verkörpern zu lassen. Sie waren sich nicht bewußt, daß sie mit diesem Doppelgänger das antike Theater neu erfanden.

Inzwischen war es September geworden. Die Radiostationen der Welt meldeten Italiens Kapitulation, was unsere Beamten nicht groß bekümmerte. In der festen Überzeugung, alles sei *mise en scène,* eine Inszenierung, die den eigentlichen Kern gleich einer Schale umschloß, erkannten sie darin den Triumph Italiens.

Sie stießen gerade mit Champagner darauf an, als krachende Geräusche davon zeugten, daß die Außentür eingetreten wurde. Grobe albanische Stimmen, in die sich das Blöken von Schafen mischte, waren aus den Nebenräumen zu vernehmen. Schließlich erschienen die albanischen Bauern an der Tür zum Speisesaal. Die in seltsame, kostümartige Gewänder gekleideten, Champagnergläser in den erhobenen Händen haltenden Polizisten schauten perplex in Richtung Tür, in der erst die Hörner eines Hammels, dann der restliche Kopf auftauchten. Es folgten die neugierig blickenden Bauern. Eine Weile lang starrten sich die beiden Lager verständnislos an.

9

Zwei Stunden nach der Ankunft der deutschen Truppen in Lezha knatterte ein von zwei einzelnen Motorradfahrern gefolgtes Kradgespann auf der Autostraße in Richtung Jagdhotel. Im Beiwagen warf Leutnant Werner Wilms immer wieder besorgte Blicke auf die Landkarte, die er auf dem Schoß hielt. Beiderseits der Straße gab es nur trauriges Gesträuch.

Plötzlich tauchte vor ihnen ein Tor auf, das auf den ersten Blick wie der Eingang zu einer verlassenen Farm aussah. Der Leutnant schaut noch einmal auf die Karte, dann befahl er dem Fahrer, anzuhalten. Er erhob sich als erster aus seinem Seitenwagen, dann stiegen auch die anderen ab. Alle zogen ihre Pistolen.

Am Abend nahm der Leutnant den Federhalter zur Hand, um einen Bericht zu verfassen, der zusammen mit anderen Schriftstücken alsbald per Kurier an den Stab in Tirana ab-ging. Er hatte folgenden Inhalt:

»Das Jagdhaus des Grafen Ciano in Lissus (Lezha) und sein Zu-stand«

Das Gebäude steht noch, auch wenn es von den Einheimischen geplündert worden ist. Zwei Brüder aus dem Dorf, die behaupten, als ursprüngliche Besitzer des Anwesens nur die Hälfte des vereinbarten Kaufpreises bekommen zu haben, halten in den bei den Plünderungen stark beschädigten Innenräumen ihr Vieh.

Im Westflügel des Gästehauses hat sich ein Dutzend Italiener ver-schanzt. Außer einem Koch und zwei Bediensteten behaupten alle ande-ren, polizeiliche Ermittlungsbeamten zu sein, doch ist man eher geneigt, an die Theatertruppe eines Irrenhauses zu denken. Ihr Urteilsvermögen scheint beeinträchtigt, und sie reden meistens wirres Zeug.

Das Gemälde »Jagdgast zu Pferde«, das bei der berühmten Ver-schwörung gegen Benito Mussolini eine Rolle gespielt haben soll, an-geblich war es eine Vorwarnung, ist verschwunden. Seine Existenz wird durch viele Aussagen erhärtet, und man kann auch genau die Stelle be-zeichnen, an der es aufgehängt war, wie ein heller Fleck an der Wand übrigens bestätigt.

Das genannte Gemälde dürfte sich wie das wertvolle venezianische Silber und Porzellan noch in den Händen einheimischer Plünderer be-finden, so daß sich das Raubgut bei einer unverzüglichen Durchsuchungs-aktion wenigstens teilweise sicherstellen ließe.

Der Leutnant las die letzten Zeilen seines Berichts noch einmal durch, ohne sich schlüssig zu werden, ob er sie nicht besser wei-ter nach oben setzen sollte. Daß er zufällig erfahren hatte, wel-che Reichsbehörde für solche Angelegenheiten zuständig war, beeinträchtigte seinen Seelenfrieden ganz erheblich. Hob er zu stark auf den genannten Sachverhalt ab, bezichtigte man ihn womöglich, seine Nase in Dinge zu stecken, die ihn nichts angingen, was böse Folgen haben konnte. Gleichgültig darüber hinwegzugehen war aber noch viel gefährlicher.

Er versuchte, Ordnung in das Durcheinander in seinem Gehirn zu bringen, indem er sich Bilder vom Nachmittag ins Gedächtnis zurückrief. Das ungläubige Staunen in den unrasierten Gesichter der verrückten Italiener. Ziegen, die in zerbrochenen Spiegeln verwundert ihre Hörner betrachteten. Zwei Bauern, die in einer Ecke abwechselnd an einem zerrissenen Damenschlüpfer aus Seide schnüffelten, den sie irgendwo gefunden hatten, und dabei masturbierten...

Und dann war bis vor kurzem auch noch das geheimnisvolle Bild dort gewesen, von dem behauptet wurde, es weise auf einen Mord hin... Der Leutnant hielt die Augen halb geschlossen. Erstaunlich, daß ihn solche Dinge nach zwei schrecklichen Jahren im Krieg immer noch berühren konnten.

Eine Botschaft aus der Vergangenheit, die einen Mord betraf, der in der Zukunft lag... Ein Minenfeld, vor Jahrhunderten angelegt... Unsinn, dachte er. Das alles war auf dem Mist von Narren wie den Schauspieler-Polizisten gewachsen.

10

Als zwei Jahre später, es war Mitte Dezember, zwei Geländewagen vor dem Anwesen hielten, begriffen die Dörfler in der Umgebung und wenig später auch die Bürger der Kleinstadt Lezha, daß der kommunistische Staat tatsächlich dabei war, sich des Landes vollständig zu bemächtigen. In den drei bescheidenen Kaffeehäusern des Städtchens gab es kein anderes Gesprächsthema.

Bis dahin war die Existenz der neuen Staatsmacht vor allem an zwei Orten augenfällig geworden, einem öffentlichen, wo auf einem weißgestrichenen Brett am Eingang in schwarzen Lettern »Sondersteuerbüro« geschrieben stand, und einem schwerer zu bestimmenden, nämlich einem Stück Brachland außerhalb der Stadt, wo angeblich die Gegner des neuen Regimes erschossen wurden. Zum »Sondersteuerbüro« wurden die ehemals Vermögenden einbestellt, vor allem vermeintliche Kriegsgewinnler, um das verdiente Geld zurückzuerstatten. Die Bemessung wurde an Ort und Stelle vorgenommen, begleitet von Schlägen und lautem Schreien (»Gnade, ich habe euch alles gegeben, was ich besitze!«), worauf die Betroffenen sich, wenn auch grün und blau geschlagen, mit einer gewissen Erleichterung entfernen konnten oder aber, weil man sie der Unaufrichtigkeit bezichtigte, zu dem einsamen Stück öden Lands verbracht wurden.

Eine dritte Veränderung betraf die Flagge, auf der über dem Wappentier nun ein gelber Stern prangte, doch sie war der Aufmerksamkeit weitgehend entgangen. Mit den Jahren hatte man sich daran gewöhnt, daß auf der Fahne ständig etwas hinzugefügt oder weggenommen wurde, und zwar meistens an der gleichen Stelle, nämlich über dem doppelköpfigen Adler. Die Italiener hatten das römische Liktorenbündel hinzugetan, das allerdings von den Deutschen sofort nach dem Einmarsch in Albanien entfernt worden war, verbrämt als Wohltat, weil man den Albanern ihre ursprüngliche Fahne mit dem schwarzen Doppeladler auf blutrotem Grund zurückgegeben hatte.

Jeden Tag, wenn auf dem Kirchturm des Franziskanerkonvents die Glocken erklangen, bekreuzigten sich die Menschen und dankten dem Schicksal dafür, daß wenigstens der Himmel der gleiche geblieben war. Höchstens das Wetter tat ihm Gewalt an.

Merkwürdigerweise waren die Leute schockiert, als der Staat das Jagdhaus einsackte, wobei sie anfangs ihre Betroffenheit mit Ironie zu überspielen versuchten: Geschieht ihm ganz recht, dem Jagdhäuschen, schließlich hat jeder mitbekommen, daß es sowieso mehr ein Spielkasino oder Bordell war. Als sie dann aber sahen, wie die neuen Einrichtungsgegenstände aus der Hauptstadt abgeladen wurden, welche die verschwundenen Leuchter und Möbel ersetzen sollten, nahm ihre Angst zu, anstatt sich zu legen. Der Grund wurde ihnen von Tag zu Tag klarer: Ein Staat, der sich auf Banketts und Empfänge einrichtete, zeigte damit, daß er sich stark fühlte. Geld zu erpressen und Menschen zu erschießen mochte aus Angst geschehen, aber Festessen und Geheimverhandlungen waren etwas anderes.

Das Jagdhaus wurde zur Außenstelle des »Dajti«, des größten Hotels in Tirana. Die ersten offiziellen Essen wurden gleich nach Abschluß der Instandsetzungsarbeiten im April gegeben. Geheime oder halb geheime Konferenzen folgten. Wenn die größtenteils jugoslawischen und russischen Gäste in den Räumen herumgeführt wurden, stellten sie die immergleichen Fragen: War Ribbentrop hier? Und Göring auch? Ach, das war sein Neffe. Traf man sich nur zur Jagd, oder wurden hier auch geheime Verhandlungen geführt?

Der letzte Punkt schien sehr wichtig für die Besucher. Offensichtlich wollten sie ihre eigenen Geheimsitzungen aufwerten.

Hing hier nicht ein Rembrandt? Nein, soweit ich weiß, handelte es sich um eine Reproduktion. Das Bild hieß »Reiter mit einem Falken« und spielte angeblich eine ausschlaggebende Rolle bei der Aufdeckung einer Verschwörung.

Vielleicht kommt Genosse Ranković zur Jagd. Oder sogar Genosse Tito persönlich.

»Man schläft hier ziemlich schlecht.« Diese Worte wurden von Milovan Đilas erstmals offen ausgesprochen, aber die meisten anderen Übernachtungsgäste kamen zur gleichen Meinung.

Ganz besonders unruhig war der Schlaf eines albanischen Jünglings namens Bardh Beltoja, der sich drei Tage lang als Dolmetscher einer jugoslawischen Delegation im Jagdhaus aufhielt.

Die Verhandlungen waren schwierig, sehr nervös. Alte Geheimabkommen kamen zur Sprache, deren Inhalt einem den Atem stocken ließ. Fragen wir Stalin, er soll sein Urteil abgeben. Dieser Vorschlag wurde abwechselnd von beiden Seiten gemacht. Gut, wenn ihr es wollt, dann fragen wir ihn, natürlich.

Hoffentlich verschlägt es mich nie wieder hierher, dachte ein deprimierter Bardh Beltoja auf der Rückfahrt nach Tirana. Er versuchte, aus seinem Gedächtnis zu verdrängen, was er sich hatte anhören müssen.

11

Vier Monate später kehrte Bardh Beltoja doch in das Jagdhaus von Lezha zurück. Diesmal nicht mit einer Delegation, sondern mit zwei Offizieren aus dem Innenministerium, die er im Clubhaus des Jagdvereins der Hauptstadt zufällig kennengelernt hatte. Sie boten ihm an, ihn zur Entenjagd an einen sonst streng verbotenen Ort mitzunehmen. Bardh mußte lächeln. Ich war schon einmal in diesem Jagdhaus, sagte er, ohne den Grund zu nennen. Die beiden fragten ihn auch nicht danach.

Der Jagdausflug fand im Dezember statt. Der Himmel war so trübselig wie die Unterhaltung im Auto, in der es Pausen wie Abgründe gab.

Im Jagdhaus befanden sich keine anderen Gäste. Es war vorzeitig dunkel geworden, so daß es ihnen nicht schwerfiel, früh ins Bett zu gehen, um gegen drei Uhr morgens zur Jagd aufbrechen zu können, von der sie in der Morgendämmerung zurückkehrten. Zwei von ihnen schleppten den dritten, der nicht mehr lebte, hinter sich her. Der Verwalter des Jagdhauses starrte entsetzt auf seine lehmverschmierten Kleider, auf denen das Blut kaum noch zu erkennen war.

Die beiden verlangten nach dem Telefon und meldeten in abgehackten Worten einen tödlichen Jagdunfall.

Später am Tag trafen Ermittler aus Tirana ein, begleitet von einem Rechtsmediziner und einem Fotografen. Die beiden Offiziere wurden lange verhört, dann begab man sich zu einer Ortsbegehung in den Sumpf, von der alle schmutzbedeckt zurückkamen. Nach zusätzlichen Messungen und fotografischen Aufnahmen unternahm man mehrere Versuche, mit der Hauptstadt zu telefonieren, doch gab es wegen überlasteter Leitungen kein Durchkommen. Angeblich wurden dort gerade wichtige Korrekturen an der politischen Linie vorgenommen.

Am Spätnachmittag fuhren alle zusammen nach Tirana zurück. Die Leiche nahmen sie mit. Der Verwalter des Jagdhauses schaute mit erstarrtem Gesicht zu, wie sie das Auto bestiegen.

Dann ging er die wenigen Schritte nach Hause, wo ihn seine Frau angstvoll erwartete. Gibt es weitere Ermittlungen? Oder Durchsuchungen wie damals?

Eine Weile lang schaute er sie verständnislos an, ehe er mit brüchiger Stimme antwortete: Nein, ich glaube nicht.

Er wußte, was sie meinte. Sie hatte Angst wegen eines Taschenspiegels, des einzigen Gegenstands, der ihnen bei der Plünderung des Jagdhauses vor drei Jahren zugefallen war.

Nein, flüsterte er noch einmal. Es wird wohl keine weiteren Ermittlungen geben... Weißt du, das heute, wie soll ich sagen, war genauso Theater wie damals...

12

Mehr als ein halbes Jahrhundert später, im Dezember des Jahres 1999, landete Bruno Mohr, ebenfalls Architekt und wie sein Vater an einer schwachen Milz leidend, mit einer Maschine der Fluggesellschaft Alitalia auf dem Flughafen von Tirana. Gleich nach der Ankunft im Hotel kümmerte er sich um Fahrtmöglichkeiten nach Lezha und die Reservierung eines Zimmers im Jagdhotel. Man gab ihm bereitwillig Auskunft. Für diesen Monat sei es ungewöhnlich kalt. Es bestehe die Möglichkeit, an Ort und Stelle eine Jagdausrüstung zu mieten. Bezahlen könne er in albanischen Lek oder amerikanischen Dollars. Aus Sicherheitsgründen sei eine Anreise mit dem Taxi zu empfehlen.

Am nächsten Tag war er dort. Er stellte seine Tasche im Zimmer ab und machte sich auf einen Gang durch das Haus. Das Licht des Winternachmittags wurde von den Holzvertäfelungen verschluckt. Mit zusammengekniffenen Augen schaute er sich um.

Eine Äußerung seines Vaters, ein paar Tage vor seinem Tod, fiel ihm ein: Ich habe viele Häuser entworfen, aber diesem fühlte ich mich auf geheimnisvolle Weise verbunden. Das passiert Architekten selten...

Während der gesamten Planungsphase war er inneren An-

fechtungen ausgesetzt gewesen, und in Momenten der Über‐
müdung hatte er sogar Stimmen flüstern gehört: Was tust du
da, wird das ein Jagdhaus oder eine Falle?

Bruno Mohr durchquerte mit langsamen Schritten den In‐
nenhof und ging dann durch den Säulengang zum äußeren
Tor, wo die eisernen Laternen noch nicht brannten. War es
überhaupt möglich, daß ein Gebäude die Ängste des Entwer‐
fers widerspiegelte, wenigstens andeutungsweise, wie in einer
spiritistischen Sitzung? Sobald er meinte, etwas erfaßt zu ha‐
ben, verflüchtigte es sich auf der Stelle wieder.

Wahrscheinlich hatte er deshalb diese Reise jahrelang vor
sich hergeschoben. Du wirst nach Albanien gehen, um zu erfah‐
ren, was damals im Jagdhaus von Lezha geschehen ist, hatte sein
Vater gesagt. Mein Gewissen ist rein, ich habe sie gewarnt...

In den wenigen schmerzfreien Momenten, die seinem Vater
vergönnt gewesen waren, hatte er sich nach dieser Warnung
und ihrem Adressaten erkundigt, war aber stets auf Zurück‐
haltung gestoßen. Er wolle seinen jugendlichen Sohn nicht mit
solchen Dingen belasten, hatte der Architekt gemeint. Außer‐
dem sei die Sache nicht ungefährlich und etwas nicht zu wissen
manchmal der beste Schutz.

Trotzdem erfuhr Bruno Mohr bei jedem Gespräch etwas
Neues. Angeblich hatten die Baumeister der ägyptischen Pyra‐
miden an versteckten Stellen in deren Zentrum geheime Bot‐
schaften hinterlassen. Allerdings, fuhr sein Vater fort, sei nicht
bekannt, in welcher Form, zumal man nie eine gefunden habe.
Bei der Planung des Jagdhauses von Lezha sei er ähnlichen
Verlockungen ausgesetzt gewesen, geistig und seelisch. Aller‐
dings sei alles, und zwar bis heute, etwas konfus geblieben, auch
wenn sich einmal kurz ein Ansatzpunkt geboten habe. Seine
Botschaft sei in einem Bild, das aus dem Norden gekommen sei

und einen Jagdgast zeige, einen Reiter mit einem Falken auf dem Arm. Dieser ahne offenbar die heimtückischen Absichten, die hinter der Einladung steckten, sei aber entschlossen, sich seinem Schicksal zu stellen. Und nun möge der Sohn bitte nicht länger in ihn dringen...

Nach dem Tod seines Vaters begann Bruno Mohr, aufmerksam die Skandalberichte und den Gesellschaftsteil der Zeitungen zu studieren, in der Hoffnung, darin etwas über das Jagdhaus von Lezha zu finden. Zweimal stand er kurz vor der Abreise, doch die Entwicklung der Ereignisse machte ihm einen Strich durch die Rechnung. Für kurze Zeit glaubte er, die Hinrichtung des Grafen, dem das Jagdhaus gehört hatte, sei des Rätsels Lösung. Aber er fand trotzdem keine Ruhe. Irgend etwas stimmte nicht an der Sache.

Mit der kommunistischen Machtergreifung in Albanien schien die Angelegenheit erst einmal erledigt. Alle Brücken zur Vergangenheit waren abgebrochen, und der Wind, der die böse Prophetie antrieb, hatte sich gelegt. Außerdem waren Reisen nach Albanien nun beim besten Willen unmöglich.

Als die Diktatur in Albanien zusammenbrach, lag sein Vater schon fast fünfzig Jahre unter der Erde. Die Tür nach Albanien stand nun offen, und sein Wunsch, endlich das Jagdhaus von Lezha zu sehen, wurde unwiderstehlich.

Lange stand Bruno Mohr vor der Wand, an der das berühmte Bild gehangen hatte.

Der Hotelmanager betrachtete ihn voll Mitgefühl. Er wußte inzwischen, wer der ausländische Gast war, und hatte ihn nicht nur gebeten, sich im Gästebuch zu verewigen, sondern ihm auch jede Hilfe zugesagt. Wenn es zum Beispiel jemand verdiente, im Appartement des Grafen Ciano untergebracht zu werden, was alle prominenten Gäste wünschten, dann er.

Bruno Mohr hatte sich für das Entgegenkommen bedankt, aber nur den Wunsch geäußert, mehr über das Geheimnis des Jagdhauses zu erfahren... Sie wissen schon, dieses Gemälde...

Ach ja, hatte der Manager geantwortet, davon wird viel geredet. Aber Sie sollten vielleicht besser meinen Vorgänger fragen, den damaligen Aufseher des Jagdhauses.

Würde dieser auch reden? War das nicht gefährlich?

Der Manager hatte laut über Bruno Mohrs besorgte Miene gelacht. Wir leben schließlich nicht mehr unter dem Kommunismus. Damals konnte keiner reden. Heute ist das Gegenteil der Fall, die meisten schwatzen unentwegt, egal, ob sie etwas zu sagen haben oder nicht. Albanien war wie ein Schwamm, eine Art schwarzes Loch, und alles, was es damals verschluckt hat, spuckt es nun wieder aus.

Bruno Mohr schaute sich um. Die beiden warteten ein Stück abseits. Er ging hinüber und setzte sich zu ihnen. In seinem altmodischen schwarzen Anzug mit Fliege, der wohl noch aus der Zeit der Staatsbanketts stammte, strahlte der alte Hotelvorsteher zeremonielle Würde aus.

Sie kamen rasch zum Thema. Man hatte heftig nach dem Gemälde gesucht, erst die Deutschen, dann die Kommunisten, aber es war verschwunden geblieben.

Man hat es wohl schon während der großen Untersuchung nach Rom verbracht, um jeden Quadratzentimeter unter die Lupe zu nehmen. Auch das andere Bild, also die Fälschung, ist nie wieder aufgetaucht.

Was für ein anderes Bild? Wieso Fälschung?

Eine für die Ermittlungen aus dem Gedächtnis angefertigte Kopie. Für jede Rekonstruierung der Ereignisse wurde sie hervorgeholt und an der Wand aufgehängt. So hieß es jedenfalls. Ich selbst bekam keine der beiden Versionen je zu Gesicht.

Und warum hat man dem Gemälde eine so große Bedeutung beigemessen?

Ach, das ist die übliche Frage. Meine selige Frau hat sie auch immer gestellt. Warum? Ich habe keine Ahnung! Angeblich gab es einen Hinweis darin. Den Schlüssel zu einem Geheimnis. Wahrscheinlich nichts als Phantasie, aber es wurde behauptet. Die Ankündigung eines Mordes. Wenn etwas ganz sicher geschehen wird, sagt man ja, es sei vorgezeichnet. Hier scheint es vorgemalt gewesen zu sein.

Und? fragte Bruno Mohr mit tonloser Stimme. Ist es zu dem Mord gekommen?

Der ehemalige Verwalter zuckte die Schultern. Nicht, daß ich wüßte. Wir haben zwar in der Nähe gewohnt, aber was sich dort abspielte, bekamen wir nicht mit. Man sah die Festbeleuchtung und manchmal Fackeln im Sumpf, Musik war zu hören, aber ansonsten hatten wir keine Ahnung.

Es ist zwar eine Menge passiert, aber einen Mord hat es doch wohl nicht gegeben, oder? Bruno Mohrs Stimme war immer noch tonlos. Er sei der Sache nachgegangen, habe die Tagespresse durchgesehen, in Archiven gestöbert, aber keine Erwähnung einer Bluttat gefunden. Auch die monatelangen Ermittlungen damals seien ja wohl aus anderen Gründen durchgeführt worden.

Die beiden Albaner hörten mit nachdenklichen Mienen zu.

Das wird wohl stimmen, sagte der ehemalige Verwalter. Damals, ich meine, zu Ihrer Zeit, ist nichts geschehen. Später aber schon.

Bruno Mohr, der ihm eigentlich mit dem Hinweis ins Wort hatte fallen wollen, jene Zeit sei nicht die seine gewesen, griff statt dessen vorsichtig nach der Hand des alten Herrn.

Später? Was meinen Sie damit? Bitte, es geht um den letz-

ten Wunsch meines Vaters … Er soll in Frieden ruhen können…

Er wußte, daß seine Worte ziemlich lächerlich klingen
mußten, doch er fand keine anderen.

Es gab schon einen Mord. Aber später, in unserer Zeit. Der
Bericht des ehemaligen Verwalters hörte sich an, als sei er unter starker Frosteinwirkung eingeschrumpft. An einem düsteren
Dezembermorgen wurde ein Leichnam aus dem Sumpf zurückgebracht. Ein junger Mann, der Monate vorher als Dolmetscher bei Geheimgesprächen schon einmal da gewesen war. Man
hatte den Armen zur Entenjagd eingeladen und im Sumpf umgebracht. Beim Anblick der durchnäßten, schlammbeschmier-
ten Leiche war ihm sofort klargeworden, daß es sich nicht um
einen Unfall handelte, auch wenn die Polizisten das Gegenteil
behaupteten. Fingierte Ermittlungen. Das war am Sumpf schon
immer so gewesen. Wenn Polizisten hier auftauchten, wechselten sie gewissermaßen die Welt. Wie im Theater…

Was für ein Theater? Und wer waren die Zuschauer?

Der alte Mann schüttelte den Kopf, dann richtete er den
Blick zur Decke. Die Zuschauer? Gott vielleicht. Der alles sah
und sich blind stellte.

13

Bruno Mohr fand sich schließlich damit ab, daß er keinen
Schlaf mehr finden würde. Er richtete sich im Bett auf, machte
die Nachttischlampe an und schaute auf die Uhr. Es war drei
Uhr morgens. Genau zu dieser Zeit hatten sich vor einem hal-
ben Jahrhundert die drei Männer aus der Hauptstadt auf den
Weg in den Sumpf gemacht.

Der Lichtschein aus seinem Zimmer zerbrach an der Dunkelheit des Sumpfs. Er starrte lange hinaus, sehnsüchtig, mit einer vagen Hoffnung, hilfesuchend. Es erschien ihm nicht undenkbar, mit dieser Finsternis zu sprechen: Du kanntest
meinen Vater, vielleicht sogar besser als ich. Ihr hattet damals
miteinander zu tun. Ich, sein Sohn, war zu jung, um zu verstehen, was er mir an der Schwelle des Todes mitteilen wollte,
während du, die du älter bist als die Erde, auch noch weißt,
was dem menschlichen Verstand unzugänglich bleibt. Vielleicht gab es einen Moment der Berührung zwischen euch, und
während dieser winzigen Zeitspanne fand ein Austausch zwischen den Welten statt. So kam dann der Plan zu einem Mord,
der seit dem Mittelalter irgendwo umhergeisterte wie ein noma-
disierendes Wesen, zufällig unter die Berechnungen und Zeich-
nungen für sein Projekt.

Das ist doch sinnlos, dachte er. Es brachte wirklich nichts,
ständig herausfinden zu wollen, woher sein Vater die Botschaft
hatte und an wen die Warnung gerichtet war.

Es ist besser, du hörst damit auf, sagte ihm seine Vernunft.
Er war an der Grenze dessen angelangt, was man besser nicht
wissen sollte. Es hatte schon seinen Grund, daß die Einheimischen hier gerne den Ausdruck verwendeten: Nimm deinen
Verstand zusammen! Als gelte es, einem wilden Tier Fesseln
anzulegen.

Er mußte ganz anders an die Geschichte herangehen, viel
unkomplizierter. Das Verbrechen war ein Produkt der Zeit.
Und wenn der Blütenstaub, aus dem es erwuchs, von Epoche
zu Epoche geweht wurde, unzerstörbar, ohne Rücksicht auf
Systeme und Nationen, dann zeigte dies nur, daß sich mit den
Zeiten nicht viel änderte.

Der Mord war um Mussolini gekreist, den Schwiegervater

des glücklosen Grafen, dann um Vizekönig Jacomoni, Zogu, den abgesetzten König der Albaner (die Einladung zu einem Geheimtreffen mit dem bereits Gestürzten befand sich noch in den Archiven des deutschen Außenministeriums), den jugoslawischen Diktator Tito und schließlich den albanischen Diktator, der zweimal seinen designierten Nachfolger dorthin zur Jagd geschickt hatte, in der Erwartung, daß er nach dem von ihm selbst entworfenen Szenario ermordet werden würde.

Das alles kam ihm merkwürdig einfach und faßbar vor. Jede Einladung war mit ein wenig Tod versetzt gewesen.

Als er hörte, wie raschelnd etwas unter der Tür durchgeschoben wurde, erschrak er nicht. Er stand auf, um nachzuschauen, wobei er sich ein wenig umnebelt fühlte, seltsam schwebend, was er auf die Schlaflosigkeit zurückführte. Er riß den Umschlag auf. Es war tatsächlich eine Einladung zur Jagd.

Im Dämmerlicht waren die Buchstaben nur schwer zu entziffern. Jedenfalls war die Jagd einem wichtigen Ereignis gewidmet, dem Balkan-Stabilitätspakt oder vielleicht auch der Beendigung des Kosovo-Krieges. Die Ausstattung war im Hotel zu erhalten. Mein Falke reicht mir, schoß ihm durch den Kopf. Auch den würde es im Jagdhaus geben.

Beim Erwachen erinnerte er sich an den Traum, und sein Blick wanderte zum Spalt unter der Tür. Dort lag tatsächlich etwas Weißes. Er ging langsam hin, hob das Blatt auf und las: »Laut Eintrag im Gästeregister hieß der am 19. Dezember 1947 Getötete Bardh Beltoja.«

Als er am Empfang ein Taxi für die Rückfahrt nach Tirana bestellte, erkundigte sich Bruno Mohr zugleich nach dem Weg zur Franziskanerkirche. Dort zündete er zwei Kerzen an: eine für seinen Vater, die andere für den unbekannten Getöteten.

DER ADLER

I

Es war wohl gegen zehn Uhr am Abend. (Später rief er sich den Augenblick unzählige Male ins Gedächtnis zurück, um sich Klarheit darüber zu verschaffen, ob der plötzliche Gedanke, dies sei eigentlich eine unbedenkliche Zeit, in der man nichts Rechtes anfangen und abschließen konnte, weil alles Wichtige, also Schlechte, entweder bereits begonnen hatte oder erst eine Stunde später zu erwarten stand, fand aber in diesen nachfolgenden Momenten des Grübelns nie heraus, ob er das Warnsignal in seinem Kopf wirklich sofort wahrgenommen hatte oder ob es sich ihm erst im nachhinein so darstellte, weil in seiner Erinnerung einiges ins Rutschen geraten war.)

Es war eine ganz normale, gewöhnlich dunkle Nacht, an den Rändern glitzerten ein paar Sterne, und so gewann das Warnsignal, wenn es ein solches überhaupt gab, nicht das nötige Gewicht, obgleich es von dort zu stammen schien, wo die Finsternis am dichtesten war.

»Wo willst du hin, Maks?« fragte seine Mutter, als er zu seiner Jacke griff.

Seine beiden aus ihrem Schachspiel gerissenen Brüder warfen ihm überraschte Blicke zu. Der besorgte Ausdruck in ihren Augen verschwand weder, als er Finger- und Mittelfinger zu den Lippen führte, um zu bedeuten, daß er Zigaretten brauchte, noch, als er die Tür hinter sich zuzog.

226

Auf der Straße herrschte wenig Betrieb. Vor einem Neubau war das rechte Trottoir verengt. Unter dem Gerüst hatte man einen provisorischen Durchgang für Fußgänger eingerichtet, und geistesabwesend wie immer überflog er die an den Bretter-wänden links und rechts angeklebten Plakate, die für Theater-aufführungen warben. Nationaltheater, 19.30 Uhr: DIE ENT-SCHEIDUNG LÄSST AUF SICH WARTEN. Theater der Jugend, 20.00 Uhr: DIE MÖWE ... Sämtliche Vorstellungen hatten bereits begonnen, manche würden sogar schon bald zu Ende gehen.

Als er ausglitt, streckte er den Arm aus, als wolle er sich an einer der Anfangszeiten festhalten. Eine Planke war unter ihm verrutscht, und noch ehe er sie richtig wahrgenommen und rea-lisiert hatte, was sie bedeckte, eine Grube oder einen geöffneten Abwasserkanal, verlor er schon das Gleichgewicht. Er ver-suchte, sich im letzten Augenblick durch einen Satz von dem treulosen Brett zu retten, aber die Diele, auf der er landete, war noch biegsamer als die erste oder schwankte vielleicht nur des-halb stärker, weil er mit seinem vollen Gewicht daraufgesprun-gen war. Jedenfalls rutschte sie ihm unter den Füßen weg, er griff nach etwas, an dem er sich festhalten konnte, ohne Rück-sicht darauf zu nehmen, ob er sich womöglich an einem von den Zimmerleuten übersehenen Nagel verletzte, doch auf bei-den Seiten gab es nur die platten Wände mit den Plakaten, die für Vorstellungen warben, die wahrscheinlich längst abgelaufen waren. Später konnte er sich nur daran erinnern, »Nicht doch!« gerufen zu haben. Es hatte sich vermutlich auf die eigentliche Unmöglichkeit eines echten Sturzes bezogen, da es sich doch nur um einen Kanal, höchstens aber einen Leitungsschacht handeln konnte. Doch dieser Sturz setzte sich fort, und das »Nicht doch!«, obwohl so jäh und kurz wie ein Vogelschrei, schloß nun auch die Irritation über den Fortgang des Falls ein, insbesondere aber die Angst, ein frisch geöffneter Aufzugs- schacht sei womöglich am erlebten Schrecken beteiligt.

In genau diesem Augenblick verlor er zum ersten Mal das Bewußtsein.

Mehrmals kam er für einen kurzen Moment wieder zu sich, und jedesmal hatte er den Eindruck, weiter zu fallen. Auf jedes Hinunter folgte ein weiteres, Produkt des vorigen und sogleich bereit, ein neues hervorzubringen. Diese ins Vielfache gestei- gerte Abfolge von Schächten, in denen er sich verlor, war be- drückend, jede Hoffnung zerstörend, weil der Verlust so restlos war, und erschöpfte ihn mehr als die ganzen zweiundzwanzig Jahre seines bisherigen Lebens.

Einmal wollte er seine Angst hinausschreien, um sich von ihr zu befreien, aber es gelang ihm nicht. Ein andermal schien ihm, als bremsten seine immer noch ausgebreiteten Arme den Fall wie bei einem in der Luft umgekommenen Vogel, dessen Flügel noch nicht erkaltet waren.

Er glaubte, aus einem Traum erwacht zu sein, als er sich völ- lig unverletzt vor einer Bar stehend wiederfand. Nur hatte er von dem Sturz noch ein Geräusch, eine Art Rauschen im Ohr. Auch hielt er Fetzen von einem Plakat umklammert, an dem er sich wohl hatte festhalten wollen, und an seinen Fingern war Druckerschwärze. Es war zehn Uhr, aber vormittags, und die Bar glich jener, in der er einen Augenblick oder eine Nacht vor- her Zigaretten hatte kaufen wollen. Auf der Glastür stand TIEHIERF RAB, doch konnte er sich an den Namen der Bar um die Ecke nicht entsinnen. Ein junger Mann, möglicherweise der Gehilfe des Barbesitzers, wischte die offenstehende Tür mit einem Lappen. Als Maks sich eben anschickte, in die Bar zu gehen, schloß der Angestellte die Tür, und die Buchstaben er-

hielten ihre richtige Reihenfolge zurück: BAR FREIHEIT.
Ach so ist das, dachte Maks.

»Bitte eine Schachtel Zigaretten«, sagte er zu dem Mann
hinter der Theke, der gleichfalls einen Wischlumpen in der
Hand hielt. »Mit Filter.«

Sein Gegenüber murmelte etwas vor sich hin, bevor er den
Kopf schüttelte.

»Wir sind hier in der Provinz, mein Junge«, verwandelte er
einen Teil seines Gemurmels in vernehmliche Rede. »Hast du
dienstlich hier zu tun? Alle aus der Hauptstadt verlangen als erstes Filterzigaretten.«

Maks hätte sich gerne nach dem Namen der Stadt erkundigt, doch die Frage wäre wahrscheinlich so verdächtig gewesen, daß der Barbesitzer die Polizei gerufen hätte. Er erinnerte
sich dunkel an einen Film, in dem einem Saboteur eine ähnliche
Frage zum Verhängnis geworden war.

»Ich habe gefragt, ob du dienstlich hier bist?«

Maks nickte zögernd.

»Ich mache ein Praktikum bei der Zentralbank... Also, ich
meine, vor der Diplomprüfung.«

»Das habe ich schon verstanden. Es ist inzwischen ja Brauch
geworden, künftige Kader an die Basis zu schicken. Schulter an
Schulter mit dem Volk, so nennt man das wohl. Dagegen kann
man nichts sagen, wirklich. Wenn man es rechtzeitig lernt,
kommt es einem am entscheidenden Tag nicht so schlimm vor.«

An was für einem entscheidenden Tag? wollte Maks fragen.
Statt dessen sagte er:

»Stimmt!«

»Natürlich stimmt das. So etwas hat noch keinem gescha-
det. Das sehen alle ein, und trotzdem verlangen sie als erstes Filterzigaretten.«

Maks' Blick folgte den Handbewegungen des Barmanns. Daß jemand den anvisierten Kauf von Filterzigaretten als persönliche Beleidigung betrachtete, passierte ihm zum ersten Mal. Wäre er nicht in Gedanken anderswo gewesen, hätte er sich wohl entrüstet oder wenigstens den Mann hinter der Theke ordentlich zurechtgewiesen.

»Verzeihung, wenn ich etwas Falsches verlangt habe! Aber ich bin ohnehin nur zufällig hier.«

Die Hand des Barmannes schwebte einen Moment lang in der Luft.

»Ach, dann gehören Sie auch zu denen...«

»Was heißt das, zu denen?«

»Wie, was heißt das? Das versteht sich doch wohl von selbst! Hier landen ständig Leute, die...«

»Sie landen?« sagte Maks mit brüchiger Stimme. »Und woher landen sie?«

Der Barmann schaute ihn mißbilligend an. Die Hand mit dem Lappen geriet erneut in heftige Bewegung, und das Murmeln fing von vorne an, diesmal vernehmlicher.

Aus den Fetzen, die er verstand, rekonstruierte Maks den Sinn. Was soll das, woher sie kommen? Das mußt du doch am besten wissen. Erst stellen sie in der Hauptstadt Dummheiten an, und dann wundern sie sich, wenn sie ins Trudeln geraten. Außerdem, die Richtung ist doch klar: Es geht von oben nach unten, umgekehrt funktioniert es nicht. So ist das nun einmal beim Stürzen. Nur die Seelen der Toten steigen nach oben.

Maks mußte ein Schluchzen unterdrücken. Wahrscheinlich war es sein kummervoller Gesichtsausdruck, der den Barmann besänftigte. Sein Blick wurde milder, und man sah ihm an, daß er tatsächlich die Möglichkeit in Betracht zog, einen Ahnungslosen vor sich zu haben.

»Du fragst mich, warum das passiert? Wer außer dir könnte wohl den Grund kennen? Ich weiß nur, daß es ständig vorkommt. Meistens in mondhellen Nächten, wie sie die Lastwagenfahrer lieben.«

Maks war zwar daran interessiert, möglichst genau informiert zu werden, aber was hatten die Lastwagenfahrer hier zu suchen? Das alles klang ziemlich wirr. Die Straßen seien in miserablem Zustand, wie sein geschätzter Gesprächspartner wohl bemerkt habe, fuhr der Barmann fort, da sei man dankbar für jedes bißchen Mondlicht, das einem half, den Schlaglöchern auszuweichen...

Aber hier ging es doch um Stürze, die gewöhnlich sehr rasch verliefen. Der Barmann kam Maks' Frage zuvor. Sie trudelten herab wie vom Blitz geblendete Vögel. Gewöhnlich landeten sie auf den Wiesen am Stadtrand oder der Kiesbank am Flußufer, gelegentlich aber auch in den Blumenrabatten im Zentrum. Vereinzelt sogar auf Hausdächern... Gestern gegen zweiundzwanzig Uhr habe er das Fenster geschlossen und dabei gedacht, das sei wieder so eine Nacht...

Maks zuckte zusammen: Das war die Zeit, als er das Haus verlassen hatte.

»Ich weiß es selber nicht, ehrlich«, sagte er zu dem Barmann, obwohl dieser die naheliegende Frage gar nicht gestellt hatte. War es eine unbedachte Äußerung an einem Abend mit Bekannten nach dieser schrecklichen Versammlung gewesen? Allerdings neigte er inzwischen eher zu der Auffassung, daß die unglückliche Wendung in seinem Schicksal bereits bei der Zusammenkunft selbst eingetreten war. Drei Mal hatte ihm sein Bürokollege Besim Kazazi den Ellbogen in die Seite gerammt: Warum bringst du nicht endlich wenigstens ein paar armselige Worte über die Lippen? Siehst du nicht, daß der Direktor schon die ganze Zeit herüberschaut? Du bist der einzige, der noch keinen Redebeitrag geliefert hat.

Nicht das fahle Gesicht des Angeprangerten, der ihm reich⸗ lich unsympathisch war, hinderte ihn daran, dem Ritus nach⸗ zukommen. Außerdem wußte er, daß ein paar allgemein gehal⸗ tene Phrasen über schädliche gesellschaftliche Erscheinungen niemandem wirklich weh getan oder genutzt hätten. Trotzdem brachte er den Mund auch dann nicht auf, als sich der Direktor in eisigem Ton direkt an ihn wandte. Und Sie, Maks, haben Sie nichts zu sagen?

Du hast dich ganz falsch verhalten, sagte Besim Kazazi auf dem Nachhauseweg. Alle anderen haben gesprochen. Das legt man dir als Widersetzlichkeit aus.

Zwei Wochen später, er dachte schon nicht mehr an den Vorfall, lud ihn ein ehemaliger Schulkamerad, dem er seit Jah⸗ ren nicht mehr begegnet war, zu einem Bier ein. Und mitten im Austausch von Schwänken aus ihrer Gymnasiastenzeit kam die Frage: Mann, was war denn bei euch in der Bank los?

Maks wollte erst nicht antworten, doch der andere blieb hartnäckig, so daß er schließlich in knappen Worten Bericht er⸗ stattete. Da hast du dich aber ganz falsch verhalten, meinte der Schulkamerad. Wenn sie sich vor aller Augen abspielten, ge⸗ wännen auch Kleinigkeiten große Bedeutung. Allerdings sei ja noch Zeit, den Fehler zu korrigieren. Einen Brief »nach oben« mit einer Selbstkritik für das gezeigte Benehmen halte er für empfehlenswert.

Lassen wir das Thema, sagte Maks und versuchte, die Un⸗ terhaltung wieder auf die Gymnasiastenzeit zu bringen, aber sie wollte nicht mehr richtig in Gang kommen. Als ihn ein paar Tage später ein frisch verlobter Verwandter ins Konzert einlud und ihm bei dieser Gelegenheit flüsternd ähnliche Vorhaltun⸗

gen machte, bekam es Maks zum ersten Mal richtig mit der Angst zu tun. Sie machte sich irgendwo in Magennähe bemerkbar, anfänglich nur schwach, dann aber täglich zunehmend. Besonders schlimm war es morgens beim Aufwachen. Er ging eilig in die Küche, um etwas zu sich zu nehmen, ein Glas Wasser, einen Bissen Brot, einen tiefen Zug an der Zigarette, egal was, nur um gegen die Leere anzukämpfen.

»Sie sind offenbar noch nicht richtig hier angekommen«, sagte der Barmann. »Das geht am Anfang allen so. Aber auch hier läßt es sich leben, Sie werden schon sehen.«

Er sprach leise, übertönt vom Klappern der Gläser, die er noch immer mit seinem Lappen bearbeitete. Zunächst hätten alle den einzigen Wunsch, so schnell wie möglich nach Hause zurückzukommen, doch mit der Zeit lernten sie, dem hiesigen Leben auch ein paar positive Seiten abzugewinnen, bis sie schließlich einsähen, daß Freud und Leid einen Menschen auch in sparsameren Dosen zu bewegen imstande seien.

Während seiner Ansprache war Maks' Blick ständig auf das Telefon gerichtet. Der Barmann, dem dies nicht entging, kam seiner Frage erneut zuvor. »Von oben nach unten, ja. Aber umgekehrt, nein.« Die Zahlen von Anas Telefonnummer schlugen schmerzhaft in Maks' Kopf ein: 5⁄7⁄2⁄6⁄6⁄0⁄8.

»Man sollte das allerdings nicht so wichtig nehmen«, fuhr der Barmann fort. »Tatsächlich ist es so, daß die Leitungen dreimal im Jahr freigegeben werden, zum Nationalfeiertag, an Silvester und am Heldengedenktag, aber ich finde, man sollte lieber auf Anrufe nach oben verzichten.«

Mit jedem seiner Worte schwand bei Maks ein Stück Hoffnung. Wenn der andere wenigstens mit dem Abwischen der Trinkgefäße aufgehört hätte. Von dem Glas, da war sich Maks sicher, ging die Kälte zwischen ihnen aus.

»Schau, Wildenten«, sagte der Barmann und wies mit dem Kinn zum Fenster. »Es sind wohl die letzten, die sich auf den Weg machen.«

Mit müden Flügelschlägen entfernten sich die Vögel. Während er ihnen nachschaute, mußte Maks an die Verläßlichkeit weiblicher Treue denken.

Der Barmann schien die Enten zum Anlaß nehmen zu wollen, das Gespräch auf seinen Sturz und den dabei durchmessenen leeren Raum zurückzubringen.

Maks hatte nicht vor, etwas zu verheimlichen, doch durch den Schock waren nur ein paar blasse Funken in seinem Gedächtnis zurückgeblieben, ferne Sterne oder aus einer ramponierten Krone gefallene Rubine, die seit Jahrhunderten in der Finsternis herumflogen.

Ehrlich, ich kann mich an nichts erinnern, wollte er gerade sagen, doch der Barmann überraschte ihn damit, daß er den Deckel von einer Flasche Kognak schraubte und ihm dann ein gefülltes Glas in die Hand drückte.

»Prosit, und herzlich willkommen hier unten.«

2

Warum man den Gestürzten ausgerechnet dieses Städtchen zugewiesen hatte, war nicht leicht nachzuvollziehen. Sicher, es handelte sich um ein gottverlassenes Nest, dessen öde Felder und halbverfallene Maisschober zwar jeden Neuankömmling deprimierten, das aber auf der anderen Seite erstaunlich wenig abstoßend und bedrohlich wirkte. Offenbar ging man oben davon aus, daß sich Reizlosigkeit nach dem übermäßigen Schrecken des Sturzes beruhigend auf die gequälten Seelen auswirkte.

Maks hatte oft über die Landungsorte der Abgestürzten nachgedacht und Andeutungen des Barmanns so ausgelegt, daß sich der Einfallswinkel des Lichts vor der Bodenberührung stärker auf die fallenden Körper auswirkte als der Luftwiderstand.

Während eines Spaziergangs in der Umgebung der Stadt war er auf eine Tafel mit der Aufschrift »Durchgang verboten!« gestoßen. Doch weil der Wind sie halb heruntergerissen hatte, ließ sich nicht genau feststellen, in welcher Richtung der Durchgang verboten war. Vom Barmann wußte er, daß die eintönige Landschaft bis zu den kahlen Vorhügeln und sogar den Tuffsteinplateaus dahinter reichte und daß die schwarzen Gerippe aufgegebener Erdölbohrtürme darin die einzige Abwechslung darstellten.

Er hatte vom Ausläufer eines Bergsees reden hören, der wohl aber ein gutes Stück entfernt lag, in nordöstlicher Richtung, wenn es ihn überhaupt gab. Der Barmann hatte seine Frage mit einem Schulterzucken beantwortet. Zwar werde viel von diesem Gewässer mit seinen Grotten und dunklen Strudeln geredet, und man behaupte sogar, der Weg zur Rückkehr nach oben führe dort vorbei, doch er halte dies bloß für Geschwätz.

Bei einem anderen seiner ziellosen Gänge war ihm, als verhärte sich der Boden unter seinen Füßen wie in einem Anfall von Wut, und ein Stück weiter hatte er dieses Empfinden erneut. Erstaunt stellte er fest, daß sich unter der dünnen Grasschicht eine betonierte Fläche befand. Er brauchte eine Weile, bis er begriff, daß er es mit einem langen Betonstreifen zu tun hatte, und erst, als er sich einem zerfallenen turmähnlichen Gebäude näherte, das er zunächst für die Ruine eines Hühnerzuchtbetriebs gehalten hatte, wurde ihm klar, daß er sich auf der Startbahn eines stillgelegten Flugplatzes bewegte. Beim

Anblick des über und über mit Vogelkot bedeckten ehemaligen Kontrollturms mit seinen zerbrochenen Fensterscheiben mußte er seufzen. Schwarze Dohlen schwärmten in geringer Höhe über die Piste. Er dachte an seine einzige Flugreise, die nun ein Jahr zurücklag, und seufzte erneut.

»Wir sind hier in der Unterwelt«, meinte der Barmann, als ihm Maks von dem Flugplatz erzählte. »Mit der Zeit paßt sich unser Gemüt an.«

Maks war traurig. Sein Gehirn ging dazu über, ihm Dinge vorzugaukeln. Er würde fortan überall Startbahnen, abwärts führende Schächte oder Aufstiegsinstrumente entdecken, die es gar nicht gab. Von allen Richtungen, in die sich die Welt erstreckte, würde es für ihn nur noch Oben und Unten, Hinauf und Hinab geben.

»Aber ich habe den Flugplatz doch mit eigenen Augen gesehen«, insistierte er.

»Sogar in diesem gottverlassenen Winkel mag einmal ein Flugplatz existiert haben«, meinte der Barmann. »Zumal man sich früher mehr Mühe gab. Zumindest bei hohen Parteiführern und selbst Ministern wurde alles mit viel Bedacht abgewickelt, und die Reise hier herunter dauerte dementsprechend länger. Wahrscheinlich stammt der Flugplatz, den du gesehen hast, aus dieser Zeit. Heute legt man keinen Wert mehr auf die Details. Die ganze Geschichte ist in zwei, drei Tagen erledigt, und manchmal sogar noch schneller. Blitzartig, wie man so sagt.«

Das weiß ich selbst, war Maks geneigt, ihm ins Wort zu fallen, schließlich habe ich es am eigenen Leib erfahren.

»So ist das also, mein Junge«, sprach der Barmann weiter. »Was ich über deine Gemütsverfassung sagte, gilt aber trotzdem.«

Maks lächelte müde. Der Barmann wollte wissen, ob er in dem kleinen Hotel gut untergebracht sei, und Maks nickte. Das Hotel befand sich in unmittelbarer Nähe der Sparkasse, wo er arbeitete, so daß er sich in der Mittagspause auf seinem Zimmer ausruhen konnte.

Tatsächlich spürte Maks, daß er sich schneller als gedacht an das neue Leben gewöhnte. Abends machte er einen Spaziergang auf der Straße vom Postplatz zum Touristenhotel. Der Barmann hatte ihm erzählt, früher, als nur Einheimische hier gewohnt hätten, sei dies eine ganz gewöhnliche Kleinstadt gewesen, mit dem üblichen Touristenhotel, einer Grünanlage, in der samstags die Stadtkapelle gespielt habe, einer Lokalzeitung und einem Wohnungsamt. Und natürlich dem Zoo, dem ganzen Stolz der Bürger, weil es sonst nirgendwo in diesem Teil des Landes etwas Vergleichbares gegeben habe. Doch seit die Stadt zum Landeplatz und Einquartierungsort für Abgestürzte aus der Oberwelt geworden sei, habe sich eine Menge verändert. Anfangs habe man noch gehofft, die Neuangesiedelten würden ein bißchen Leben in das Städtchen bringen, sei aber schnell enttäuscht worden, denn durch sie sei der Ort eher noch weiter ins Abseits gerückt, was man verstehen könne, schließlich handele es sich nicht um normale Leute, sondern um Verbannte.

Sie seien ohne besondere Aufforderung von Anfang an unter sich geblieben, hätten mit niemand Umgang gepflegt und sogar im Café oder im Bierlokal für sich allein gesessen, bis man schließlich begriffen habe, daß von nun an zwei verschiedene Arten, um nicht zu sagen, Rassen von Menschen ohne Kontakt zueinander hier zusammenleben würden.

Das habe zunächst kein großes Kopfzerbrechen bereitet. Zwar seien die Leute etwas erbost gewesen, daß ausgerechnet diese so schlichte wie unschuldige Kleinstadt vom Staat zum

Konzentrationsort für die Gestürzten bestimmt worden sei, hätten sich aber bald in die neuen Verhältnisse gefügt und entschieden, sich ganz einfach um ihre eigenen Angelegenheiten zu kümmern, bis die ungebetenen Gäste eventuell durch einen neuen Befehl von oben anderswohin umgesiedelt werden würden.

Leider habe dies nicht recht funktioniert, denn überall sei Unordnung und Verwirrung entstanden, angefangen beim Wohnungsamt, wo infolge des Zwangs zur Einquartierung der Ankömmlinge Störungen bei der Abarbeitung der Wartelisten aufgetreten seien. Gleiches habe auch für das Arbeitsamt gegolten. Das unzufriedene Murren der Bürger über die vermeintlich bevorzugte Behandlung der Fremden sei staatlicherseits allerdings relativ rasch eingedämmt worden, direkt oder indirekt, durch Versammlungen, mehr aber noch durch Einflußnahme auf die Debatten in den Warteschlangen vor den Milchausgabestellen. Von welchen Privilegien denn hier die Rede sein könne? Die Betroffenen seien vielleicht Vizeminister oder der Flottenkommandeur gewesen, hätten in Villen mit sechs oder sieben Zimmern und einem Auto davor gewohnt, und nun landeten sie in Wohnungen, die eher Hühnerställen glichen. Sei so etwas Bevorzugung zu nennen?

Es habe jedoch auch andere Verwicklungen gegeben, die völlig unvorhersehbar gewesen seien, im Stadion zum Beispiel. Zwar habe sich die einheimische Fußballmannschaft nie besonders hervorgetan und es bislang nicht einmal in die vierte Liga geschafft, in der die Reservemannschaften größerer Vereine spielten, doch die Anwesenheit der Neubürger auf dem Sportplatz habe damals die letzte Hoffnung auf einen Aufstieg beseitigt, weil sie nicht nur einen erkennbaren Mangel an Begeisterung an den Tag gelegt hätten (kein Wunder, schließlich sei es ihnen nicht möglich gewesen, im Laufe vieler Jahre innere Bindungen ans örtliche Team zu entwickeln), sondern von den düsteren Blicken und dem eisigen Schweigen auch eine solche Verunsicherung der Spieler ausgegangen sei, daß sie auf dem Spielfeld die verrücktesten Dinge angestellt hätten, wobei die vielen Eigentore noch das geringste Problem gewesen seien.

Doch verdiene dieser Punkt kaum Erwähnung, wenn man ihn mit dem Ungemach vergleiche, das wenig später über die Stadt gekommen sei. Nach einem kurzen Aufschwung durch die Belebung des Kleinhandels mit Milch und Gemüse und die Gewährung eines Zusatzfonds für den Bau von ein paar bescheidenen Wohnblocks habe ein einziger anonymer Denunziationsbrief genügt, den Beistand für die kleine Stadt in eine verkappte Förderung der Gestürzten umzuinterpretieren. Es sei damals von der Aufdeckung einer Verschwörung im Zentrum des Staates die Rede gewesen, angezettelt von einigen Noch-Machthabern mit dem Ziel, ihren bereits entlarvten und gestürzten Genossen wieder einen Funken Hoffnung zu geben. Dies habe, wie man sich wohl denken könne, gereicht, um einen Steinschlag auszulösen. Nicht nur seien die Zusatzfonds umgehend wieder gestrichen worden, und überhaupt habe man ein allgemeines Zurückschrauben, Aufkündigen und Einschlafen feststellen müssen. Jeder Eifer sei plötzlich verdächtig erschienen, während Saumseligkeit Wohlgefallen erregt habe. So seien die Bauarbeiten an dem neuen Kino eingestellt worden, die Lederfabrik, den einzigen Produktionsbetrieb in der Stadt, habe man unter dem Vorwand, es mangele an Rohstoff, auf unbestimmte Zeit stillgelegt, und auf den Märkten sei kaum noch Fleisch zu finden gewesen.

Auswirkungen seien sogar bei einer Einrichtung festzustellen gewesen, die bis dahin für resistent gegenüber den Stürmen

der Zeit gegolten habe, nämlich dem Zoo. Er sei etwas Besonderes gewesen, bis zu einem gewissen Grad abgekoppelt von den
Sorgen der Stadt (viele Leute hätten sogar jahrelang geglaubt,
er unterstehe gar nicht den städtischen Behörden, sondern der
Zentralverwaltung), und sei wie die alte Festung, in deren Mauern er bis heute seinen Standort habe, gewissermaßen ein Wahr-
zeichen der Stadt gewesen, auch wenn niemand recht gewußt
habe, welchen Umständen diese Vorzugsstellung zu verdanken
gewesen sei. Manche hätten sie mit dem Gastgeschenk des Kaisers von Äthiopien anläßlich eines Jahre zurückliegenden Be-
suchs erklärt, einem kleinen Krokodil, durch das Delegationen
und Botschafter aus dem mit Äthiopien befreundeten Ausland
ihrerseits zu Visiten veranlaßt worden seien, während andere
darin nur eine Flause des Schicksals hätten sehen wollen. Obwohl der zoologische Garten sehr klein sei und deshalb eher die
Bezeichnung »zoologischer Winkel« verdiene, genüge bis heute
das nächtliche Geheul des einzigen Wolfes, um jenen angenehmen Schauder auszulösen, der dem Leben erst seinen Reiz ver-
leihe. Außer dem Wolf und damals dem Krokodil, das seinen
Platz in der ehemaligen Zisterne der Festung gehabt habe, gebe
es noch etwas Federvieh aus dem Gebirge, einen Luchs, zwei
Schlangen, einige Füchse, natürlich ein Bärenpaar und schließlich einen Adler. Die Kosten für den Unterhalt seien stets be-
scheiden gewesen, so daß selbst während der einschneidensten
Sparkampagnen niemand darauf geachtet habe.

Für den Direktor sei dies auch das Hauptargument gewesen, als er mit wehmütiger Miene bei den zuständigen Stellen
vorgesprochen habe, um gegen die Halbierung des Budgets für
»seinen Garten« zu protestieren (»Von keiner der Sparkampagnen waren wir je betroffen, so einschneidend sie auch gewesen
sein mögen...«), begleitet von weiteren wohlbedachten Argu-

menten. Der gute Mann habe den »Garten« als integralen Bestandteil der alten illyrischen Festung gerühmt, die zahlreiche
ausländische Botschafter anlocke, wodurch wiederum die Be-
kanntheit des Landes in der Welt gesteigert werde, und so weiter. Allerdings sei er mit keinem seiner Beweisgründe durchgedrungen, so daß man die Angelegenheit nicht überdacht,
sondern vielmehr endgültig beerdigt habe. Daß der Direktor
danach erkrankt sei, habe niemanden verwundern können. Als
dann auch noch das Krokodil verendet sei, die wesentliche,
gleichsam kaiserliche Tragsäule der Wertschätzung des zoologischen Gartens, habe dieselbe einen fatalen Schlag erlitten, zumal zu allem Unglück der afrikanische Kaiser mittlerweile
nicht nur seines Amtes enthoben, sondern wenig später auch
verschieden sei, weshalb nach dem jahrelangen Leerstand der
Botschaft Äthiopiens keiner mehr den Einfall gehabt habe, dem
Eingehen des Krokodils irgendeine symbolische Bedeutung zu-
zumessen. Für viele Tage und Nächte sei vielmehr die Flucht
einer der Schlangen Anlaß zu höchster Besorgnis gewesen, was
vermutlich auch das Ableben des Direktors beschleunigt habe.
Der Ausbruch sei im Grunde nur logisch gewesen, da angesichts der im Zoo vorherrschenden Lähmung die nicht kre-
pierten Tiere kaum eine andere Wahl gehabt hätten, als die
Flucht zu suchen. Leider sei ausgerechnet die Schlange der erste Profiteur der Sitzungen zur »Kritik am Arbeitsstil« gewesen, und da sich das ganze in der Nacht vor dem Nationalfeiertag zugetragen habe, sei nur ein verhältnismäßig bescheidenes
Maß an Arglist nötig gewesen, um zu der verhängnisvollen
Schlußfolgerung zu gelangen, man habe der Schlange nicht
ohne Hintergedanken gerade vor den landesweiten Feierlich-
keiten das Entkommen gestattet.

Nächtelang sei man bis zur Morgenröte in den Versammlungsräumen am Debattieren gewesen. Man habe den siechen Direktor den endlos quälenden Fragen der Abgesandten aus der Hauptstadt ausgesetzt, bis er schließlich eines Tages ausgerechnet am Rande der Zisterne, der Unterkunft des verendeten Krokodils, leblos in sich zusammengesunken sei.

Der Bericht hatte Maks neugierig gemacht, und er nahm sich vor, den »zoologischen Winkel« besuchen. Viel sei nicht übrig, meinte der Barmann, ein paar Schildkröten vielleicht, die das Krokodil ersetzen sollten, ein Wolf und ein schwarzer Adler von der Gattung »aquila montana«, wenn er sich da nicht irre.

Andere Gestürzte, mit denen er gelegentlich in einem Bierlokal in der Innenstadt ein paar Gläser trank, wußten ebenfalls Interessantes über das Städtchen zu berichten, doch keiner erzählte so lebendig wie der Barmann.

Eines Tages, er kam gerade aus der Sparkasse, stolperte Maks über einen ehemaligen Studienkollegen namens Gazmend Hila, der zwei Jahre zuvor plötzlich von der Bildfläche verschwunden war.

Beide schauten automatisch zur Seite, als sie einander entdeckten, aber es war schon zu spät.

»Gazmend, du hier!«

Der andere zuckte gleichsam entschuldigend mit den Schultern, doch dann erschien ein boshaftes Funkeln in seinen Augen: Du bist doch selbst hier, warum tust du dann so?

»Also, wir haben dort die ganze Zeit geglaubt, du seiest... verschwunden.«

Das Wort »abgehauen« wollte ihm nicht über die Lippen.

Der andere lächelte bitter.

»Das kann ich mir gut vorstellen«, sagte er. Dann setzte er hinzu:

»Das glauben sie jetzt auch von dir.«

»Ich weiß«, antwortete Maks.

Sie kamen auf gemeinsame Bekannte zu sprechen, doch Gazmend Hila wirkte so teilnahmslos, daß Maks sich etwas gekränkt fühlte. Ein Blick in das bleiche Gesicht besänftigte ihn jedoch, und er begann ungefragt von seinem eigenen Sturz zu erzählen. Widerwillig, in trockenem Ton, erstattete Gazmend Hila seinerseits Bericht. Bei einer Fahrt im Aufzug des Rektorats seien die Lichter ausgegangen, es sei immer weiter abwärts gegangen, und am Ende habe er sich hier wiedergefunden.

Maks unterdrückte die Bemerkung, jeder stürze wohl auf die ihm gemäße Art. Aus irgendeinem Grund war ihm die Lust am Reden vergangen.

Ehe sie sich voneinander verabschiedeten, erwähnte Gazmend noch, er sei hier dem Schriftsteller Skënder Bermema über den Weg gelaufen, ohne zu wissen, ob dieser ebenfalls als Gestürzter oder nur zum Betrachten und Erforschen hergekommen sei.

»Ich denke, für ihn gilt immer beides. Ein Doppelzustand, sozusagen«, sagte Maks.

Der andere lächelte vielsagend. Es waren die letzten Worte, die sie wechselten. Maks war zum Weinen zumute.

Seine Beine trugen ihn von ganz allein zur Bar Freiheit, wo er wie üblich am Fenster Platz nahm. Er bestellte ein Glas Kognak und schaute hinaus auf die Straße.

Er dachte an seine Familie, den Rohbau mit den Theaterplakaten und schließlich an Ana. Was sie wohl tat? Er stellte sich ihr seidiges Haar vor, mit dem die Finger eines anderen spielten, und wieder war ihm zum Weinen zumute.

Das Fenster stand offen, und der rechte Flügel berührte fast sein Gesicht. Obwohl ihm klar war, daß er sich wie ein ver-

liebter Gymnasiast benahm, schrieb er mit dem Finger »Ana«
auf die von seinem Atem beschlagene Scheibe.

Sie waren in umwölkter Stimmung auseinandergegangen,
wortlos, wie meistens in solchen Fällen.

Nur wenige Leute kamen auf der Straße vorbei. Die Sonne
verschwand hinter den Wolken, und ein plötzlicher Windstoß
veranlaßte die Passanten, ihre Schritte zu beschleunigen.

Der Gehilfe des Barbesitzers kam, um das Fenster zu
schließen. Er streckte den Kopf hinaus, um einen Blick auf den
Himmel zu erhaschen, und sagte:

»Es zieht ein Sturm auf.«

Maks sah, daß der Mädchenname immer noch auf der
Scheibe stand. Nun, da das Fenster geschlossen war, las er sich
wie »anA«.

Das ist einer der wenigen Namen, die sich selber noch einmal enthalten, dachte er träge. Eine Windbö fegte heran wie ein
heulender Spuk und brachte die Scheiben zum Zittern. Unter
Dachvorsprüngen suchten die Menschen Zuflucht vor den
dicken Regentropfen. Eine junge Frau in einer himmelblauen
Bluse stellte sich vor dem Fenster der Bar unter. Ihr Blick fiel
genau in dem Augenblick auf die Scheibe, als Maks zu der
Einsicht kam, daß er die drei Buchstaben nicht wieder würde
abwischen können. Überrascht trat sie einen Schritt zurück,
um die im Verschwinden begriffene Inschrift besser lesen zu
können, und senkte dann nachdenklich die Stirn. Ein von innen kommendes Lächeln, das sich auflösend und wiererste-
hend die gläserne Barriere überwand, gelangte zu Maks. Sie
wandte den Blick ab, aber das Lächeln sprudelte weiter. Sie
warf einen prüfenden Blick hinaus in den Regen, erwog wohl,
sich hineinzuwagen, unterließ es dann aber und schaute statt
dessen wieder so neugierig und fragend auf die Buchstaben und

Maks, daß dieser unwillkürlich mit den Schultern zuckte, als wolle er ihr bedeuten, er wisse selbst nicht, was da über ihn gekommen sei.

Sie lächelten sich an, und als die junge Frau schließlich hinaus in den Regen trat, war Maks versucht, ihr nachzurufen: Geh nicht weg.

Dann sah er sie durch die Bartür kommen, und sein Herz machte einen Sprung. Ihre Blicke trafen sich. Sie lächelten sich erneut zu, nun mit einer gewissen Vertrautheit. Maks erstarrte in gespannter Erwartung.

Als sie seinen Tisch erreichte, fuhr sie sich mit der Hand durchs Haar und fragte wie nebenbei:

»Waren Sie das, der meinen Namen auf die Scheibe geschrieben hat?«

»Sie heißen ebenfalls Ana?«

»Jawohl, e⸗ben⸗falls«, antwortete sie fröhlich.

Sie ließ sich am Nebentisch nieder.

Maks ärgerte sich, daß er sie nicht gleich aufgefordert hatte, sich zu ihm zu setzen. Er versuchte sein Ungeschick damit zu rechtfertigen, daß er sich nun einmal mit den hiesigen Umgangsformen noch nicht genügend auskenne, schalt sich aber gleich darauf: »Feigling!«, denn in allen möglichen Welten gab es nur eine Art, ein Mädchen an den eigenen Tisch einzuladen.

Als er es nachholte, erhob sich das Mädchen ohne weitere Umstände und ließ sich auf dem Stuhl nieder, den er voll Überschwang zurechtrückte.

»Sind Sie... von dort?« fragte das Mädchen.

»Ja, Sie ebenfalls?«

»E⸗ben⸗falls.«

Beide versuchten, ihr unbeschwertes Lächeln aufrechtzuerhalten, spürten aber, daß es immer bitterer wurde.

Sie ließ sich von Maks zu einem Kaffee einladen.

Der Barmann nahm verständnisvoll zwinkernd die durch ein Zeichen erteilte Bestellung entgegen: Ich sagte dir ja, auch hier läßt es sich leben.

»Zum Glück ändert sich nichts an meinem Namen, wenn man ihn von hinten liest«, meinte das Mädchen.

»Natürlich. Ana. anA«, erwiderte er. »Das kommt aufs gleiche hinaus. Man sieht daran...«

Das Mädchen runzelte die Stirn.

»Was sieht man daran?«

Er zuckte die Schultern.

»Ich weiß nicht.«

Sie blickte ihn fest an.

»Man sieht daran, daß wir uns durch den Sturz nicht verändert haben. Das wollten Sie doch sagen, oder?«

»Ich bin mir nicht sicher, ob das stimmt«, antwortete er.

Er hatte den Eindruck, daß sich ihre Augen gleich mit Tränen füllen würden.

»Ich auch nicht«, sagte sie.

3

Alles ging schneller und einfacher, als Maks gedacht hatte. Sie verabredeten sich für Samstag nachmittag, gingen ins Hotel, und sie gab sich ihm mit einem Seufzer, den man für Schluchzen hätte halten können, hin.

Er beobachtete sie auf dem Weg ins Bad, wo sie sich wusch, und auch, als sie mit den gleichen leichten, sorglosen Schritten zurückkam. Mit gedankenvollem Blick stützte er sich auf die Ellbogen.

Die Unbefangenheit, mit der sie mit ihm aufs Zimmer ge‚
kommen war, hätte ihm eigentlich Selbstgewißheit geben müs‚
sen, doch erstaunlicherweise empfand er genau das Gegenteil:
eine gewisse Unsicherheit, womöglich sogar einen Hauch von
Kummer.

Er küßte sie erst auf die Schläfe, dann auf die Lippen, und
sie erwiderte den Kuß, doch ihr Blick war abwesend wie seiner.

»An was denkst du?« fragte er.

Ein eisiges Lächeln erschien auf ihren Wangen, verweilte
dort einen kurzen Moment und zerschmolz dann. Maks ver‚
spürte erneut stechenden Kummer. Warum fragte sie nicht nach
der anderen, oberen Ana? Sie schien keinen Gedanken an ihre
Doppelgängerin zu verschwenden. Maks empfand Distanz,
sogar noch stärker als vorher, ehe sie miteinander geschlafen
hatten.

»Du mußt doch an irgend etwas denken«, sagte er.

Sie schüttelte den Kopf.

»Nein, an nichts«, antwortete sie. »Wirklich.«

In seiner Brust tat sich eine Höhle auf. Er zündete sich eine
Zigarette an und hielt ihr die Packung hin, doch sie schüttelte
den Kopf.

»Also, du mußt nicht meinen, das hätte mit dir zu tun...
Ich meine, mit uns beiden«, sagte sie nach einer Weile.

Sei besser still, dachte er, doch sie begann schon zu erzäh‚
len. Ihre Stimme klang teilnahmslos, es war, als spreche sie
mehr mit sich selbst als mit ihm. Er versuchte erst gar nicht, sich
zu konzentrieren, denn was sie von der endlosen Fahrt auf der
Ladefläche eines Lastwagens in glühender Julihitze zu berich‚
ten hatte, büßte durch seine Unaufmerksamkeit nichts ein. Die
Möbel schwankten hin und her, die umgekippte Standuhr war
stehengeblieben, und im großen Schlafzimmerspiegel sah man

Bruchstücke des Himmels mit Pappelspitzen dazwischen. Ihr Vater hielt das Bildnis des Führers noch immer fest umklammert, obwohl es abgesehen von vereinzelten Bauernkarren am Straßenrand weit und breit niemand gab. Es sei noch kein Urteil über sie verhängt, die Verbannung noch nicht ausgesprochen gewesen, man habe ihnen bis dahin nur einen anderen Wohnort zugewiesen, trotzdem sei ihr Vater von bösen Vorahnungen geplagt worden. Als ihre Sachen aufgeladen worden seien, habe er das Bildnis ständig mit beiden Händen festgehalten, und zwar so, daß die den Vorgang beobachtenden Nachbarn, vor allem aber die Spitzel, die natürlich überall postiert gewesen seien, es bestimmt nicht hätten übersehen können.

Sie sprach weiter über die kein Ende nehmen wollende Fahrt, den penetranten Asphaltgeruch, der über der Landstraße gelegen habe, und von den Bauern, die, ihrer ansichtig geworden, schnell von den Straßenrändern geflüchtet seien. So hätten sie schließlich den Tunnel erreicht, aus dem sie nicht wieder hervorgekommen seien...

»Was für ein Tunnel?« unterbrach er sie.

»Plötzlich tauchte ein Tunnel vor uns auf. Darin sind wir dann verlorengegangen...«

Maks mußte an den Abend seines überraschenden Sturzes bei den Theaterplakaten denken, der nun schon einige Zeit zurücklag.

»Jeder fällt auf die ihm gemäße Art, hat ein ehemaliger Kommilitone, dem ich hier zufällig begegnet bin, gemeint«, sagte er. »Aber ich würde gerne wissen, ob es auch eine Art gibt, wieder hinaufzukommen.«

anA lächelte.

»Ganz bestimmt«, sagte sie. »Mein Vater jedenfalls gibt die Hoffnung nicht auf.«

»Ach wirklich?«

Sie nickte.

»Woche um Woche verfaßt er Briefe, durchforstet sein Gewissen, denkt sich die absonderlichsten Rechtfertigungsgründe aus und ist bei alledem völlig überzeugt, daß sein Fall irgendwann wieder aufgerollt wird. Hörst du mir überhaupt zu?«

»Natürlich. Wie kommst du darauf, daß ich es nicht tue?«

»Du wirkst so abwesend.«

»Mir geht nicht aus dem Kopf, was du gesagt hast, daß es vielleicht doch einen Weg nach oben gibt ... Man fragt sich natürlich, ob es schon einmal jemand geschafft hat.«

»Wahrscheinlich, wenn auch nur ganz selten.«

»In unserer Verwandtschaft gab es einen Fall«, fuhr Maks fort. »Damals war ich gerade aufs Gymnasium gekommen und habe das alles noch nicht richtig verstanden. Ein Cousin meiner Mutter war plötzlich verschwunden und tauchte zwei Jahre später wieder auf. Danach war er... anders. Man ging ihm aus dem Weg. Als ich einmal meine Mutter fragte, warum jedesmal, wenn er das Zimmer betrat, die Unterhaltung zum Erliegen kam, lachte sie nur bitter.«

»Das ist ja klar«, meinte anA. »Wenn man wieder hinauf will, muß man etwas dafür geben.«

»Und was?« fragte er.

»Woher soll ich das wissen?« antwortete sie. »Aber sie werden etwas dafür verlangen, und zwar bei jedem etwas anderes, abhängig von den jeweiligen Ursachen des Sturzes.«

»Meinst du?«

»Schau dir doch einmal die Gestürzten an. Die meisten sind aus politischen Gründen hier, aber es gibt auch genug andere Ursachen. Bei vielen ist es die Liebe. Und irgendwelche Laster, selbstverständlich. Sexuelles Fehlverhalten, nehmen wir zum Beispiel Inzest. Nervenkrisen. Jedenfalls irgendwelche Sünden. Schließlich sind wir Nachkommen von Adam und Eva.«

Maks dachte an den Rat seines Jugendfreunds. Mußte man wirklich Briefe schreiben?

»Und wer ist dafür zuständig?« fragte er.

»Was meinst du damit?«

Maks rieb sich die Stirn.

»Ich frage mich, ob es hier unten Leute gibt, an die man sich wenden kann. Vielleicht ist ja nicht alles vorbei.«

»Die wird es schon geben«, antwortete das Mädchen. »Genau wie... oben. Nur ist an diesem Ort alles viel schwerer zu durchschauen.«

»Und dein Vater?« fragte er. »Wieso hat er mit seinen Briefen keinen Erfolg?«

»Weil ihn noch keiner dazu aufgefordert hat. Es soll allerdings auch Fälle geben, in denen ungefragt eingesandte Briefe Erfolg haben. Darauf setzt mein Vater. Aber egal, ich habe sowieso beschlossen, hierzubleiben, auch wenn er und alle anderen wieder hochgehen.«

Er wollte sich nach dem Grund erkundigen, brachte aber keinen Ton heraus. Die nicht ausgesprochene Frage breitete sich wie ein Steppenbrand in ihm aus.

»Erinnerst du dich an das Lied, das vor ein paar Jahren von Mund zu Mund gegangen ist?« fragte das Mädchen. »Es kam, glaube ich, aus Rußland und hörte sich an wie ein Sauflied, aber es steckte mehr dahinter. Ich kann mich noch gut an den Refrain erinnern.«

Sie sang ihn mit leiser, trauriger Stimme, wobei sie die albanischen mit den russischen Worten vermischte.

Ganz tief gefallen
Im Abgrund zerschellt
Fühl ich mich erst recht
Wie im Präsidium der Welt.

Maks küßte sie auf die Schläfe.

»Dein Vater will also die Hoffnung nicht aufgeben«, sagte er nachdenklich.

anA nickte. Sie griff nach seiner brennenden Zigarette, zog zweimal daran und gab sie ihm zurück. Als sie weiterredete, schien sie mit ihrer ein wenig schläfrigen Art des Sprechens die Rauchfäden nachzuahmen, die sich langsam nach oben kräuselten. Maks hörte ihr zu, und ihm schien, als werde diese dunstige Art dem Bericht über ihren Vater am ehesten gerecht, der sich in seinem Kummer täglich mehr einredete, er sei, ohne es zu wissen und zu wollen, an einer gescheiterten Verschwörung beteiligt gewesen. Seine Schuldgefühle veranlaßten ihn dazu, unentwegt in seinem Bewußtsein und seiner Erinnerung zu bohren, ohne je auf die Ursache seines Unglücks zu stoßen. Es war naheliegend, sie in Rangordnungskämpfen zu suchen, doch mußte es Details geben, die schwer zu erkennen und deshalb besonders tückisch waren, zum Beispiel eine ungehaltene Äußerung dem Schneider gegenüber, der die neue Uniform nicht rechtzeitig abgeliefert hatte (Du ziehst wohl den Stabschef als Kunden vor!), oder Spannungen bei der Belegung der Ferienvillen, wenn die Zimmer nicht aufs Meer hinausgingen, oder das unnötige Nörgeln der Ehefrau – bestimmt hatten hundert kleine Ereignisse auf den offiziellen Empfang in Warschau hingeführt, bei dem unter Dutzenden von Trinksprüchen auf die Führer der teilnehmenden Staaten auch der eine verhängnisvolle Toast ausgebracht worden war. Dieser Trinkspruch hatte sich so harmlos angehört wie alle anderen (Erheben wir unser Glas, Genossen, auf den Führer des kleinen Landes, das, von allen Seiten von Feinden umzingelt, dennoch...), aber in ihm war ein kleines wildes Tier in Gestalt eines doppeldeutigen, unübersetzbaren Sprichworts versteckt gewesen, eine mit einem behandlungsresistenten Virus verseuchte Ratte, der zehn Jahre später die Krankheit zum Ausbruch gebracht hatte. Hörst du mir überhaupt zu?

»Ja, natürlich.«

Lange bemühte sie sich, den Kreuzweg ihres Vaters darzustellen, bis sie schließlich erschöpft aufgab. In Erwartung zärtlicher Tröstung legte sie den Kopf an seine Schulter.

»Was denkst du?« fragte sie nach einer Weile, wobei sie mit der Fingerspitze eine Falte auf seiner Stirn nachfuhr, als wolle sie dem Fluß seiner Gedanken folgen.

»An seine Briefe«, antwortete er. »Dein Vater weiß wenigstens, an wen er sie richten muß. Die anderen haben es da schwerer.«

»Welche anderen? Ich verstehe nicht.«

»Ich meine... Nehmen wir an, jemand sucht nach einem Weg...«

Sie starrte ihm ins Gesicht. Dann sagte sie:

»Eben hast du mich nach Stellen hier unten gefragt. Ämtern wie oben. Du hast doch nicht ebenfalls im Sinn...«

»O nein«, sagte er in unbeteiligtem Ton. »Nicht, was du wahrscheinlich glaubst. Aber, ehrlich gesagt, ich habe auch keine große Lust, hier unten zu vermodern. Dieses Lied hört sich ja ganz nett an, aber es ist unerträglich, so zu leben.«

»Wer zu Kreuze kriechen will, soll das ruhig tun«, sagte sie. »Meine Großmutter pflegte zu sagen: Man kann niemand bei einer Ehre packen, die er nicht hat.«

»Es ist nicht meine Art, zu Kreuze zu kriechen«, sagte er kalt. »Weshalb, glaubst du, bin ich hier?«

»Entschuldige, ich habe nicht von dir gesprochen.«

Er berichtete von der Versammlung, über die er gestolpert war, und dem Selbstbezichtigungsschreiben, das er verweigert hatte.

»Du weißt also, um was es geht«, sagte das Mädchen.

»Ja, dort oben! Und hier unten, funktioniert es da auch so?«

Sie zuckte die Schultern.

»Von hier aus ist es vermutlich viel schwerer. Zehnmal schwerer.«

Er spürte einen Stich im Herzen, aber es war noch kein Bedauern.

»Ich habe da etwas gehört. Es ist aber reichlich vage. Auf jeden Fall kam es mir so vor.«

»Und was hast du gehört?« fragte sie.

Man sah ihm an, daß er um die richtigen Worte rang.

»Ich bin auf einen verlassenen Flugplatz gestoßen. Und auf einer Treppe waren Papiere verstreut, die das Wappen mit dem Adler trugen. Dazu paßte plötzlich, was jemand, dem ich eines Nachts zufällig begegnet bin, gesagt hat. Ich hielt ihn erst für einen Spinner, aber vom Spinner ist ja bekanntlich nur ein kleiner Schritt zum Propheten, und in vermeintlich wirrem Gerede sind oft Wahrheiten versteckt.«

»Ja und?« sagte sie, als er nicht gleich weitersprach. »Was für wirres Gerede?«

»Er deutete an, es gebe eine Möglichkeit, von hier wegzukommen. Einen Weg hinauf, aber nicht ganz legal... Das hatte ich vorher schon einmal gehört.«

»Flucht?«

»Wie soll ich sagen? Nein, nicht ganz.«

»Es gibt keine nicht ganz legale Flucht«, sagte das Mädchen. »Und der Adler befindet sich auf zwei Dritteln aller offiziellen Dokumente.«

Er rieb sich wieder die Stirn.

»Es ist alles ziemlich nebulös, es scheint kein Durchkommen zu geben. Aber plötzlich lichtet sich der Nebel, und man entdeckt einen Sinn.«

»Wirklich?« meinte das Mädchen. »Aber um was geht es überhaupt? Du hast mich neugierig gemacht.«

»Am Stadtrand gibt es ein Lokal. Eine Fernfahrerkneipe, ein ziemlich schmutziges Loch.«

»Und da gibt es Spinner, die prophetische Äußerungen machen? Vielleicht verstellen sie sich nur.«

»Na ja, kann sein«, meinte er seufzend.

Das Mädchen legte die Fingerspitzen auf seine Stirn.

»Hier hast du zwei ziemlich tiefe Falten. Seltsam. Möchtest du schon wieder rauchen?«

Er legte die Zigarettenschachtel wieder weg.

»Vor ein paar Tagen habe ich einen Bauingenieur kennengelernt, einen von uns«, sagte er. »Er heißt Deda und ist schon jahrelang hier. Erlaubst du mir noch eine Zigarette, bitte? Es ist die letzte, versprochen.«

Das Mädchen lachte. Beide sahen zu, wie sich die Rauchfäden nach oben kräuselten. Maks fuhr fort, von dem Ingenieur zu erzählen. Im Auftrag des Staates hatte dieser ein undurchdringliches Labyrinth geheimer Tunnel gebaut und am Ende begriffen, daß damit sein Schicksal besiegelt war, weil er als Gestürzter und Geheimnisträger schon gar keine Aussicht mehr hatte, von hier wegzukommen.

»Das ist klar«, sagte das Mädchen. »Wenigstens hat er es im Unterschied zu meinem Vater eingesehen.«

»Das dachte ich mir auch. Aber weißt du, was ich bei meinem zweiten Besuch festgestellt habe?«

»Du kannst es mir ruhig sagen«, sagte sie, als er zögerte. »Ich bin keine Verräterin.«

Er küßte sie aufs Haar.

»Also, in seinem Arbeitsraum gab es ein... Gebilde, eine Art Gerüst, an dem er zusammen mit seinem Sohn arbeitete. Angeblich war es ein Auftrag des staatlichen Erdölunternehmens im Rahmen der Maßnahmen zur Wiedernutzung aufgegebener Lagerstätten. Wenn man genau hinsah, entdeckte man im Innern der Konstruktion etwas Ballonartiges.«

Das Mädchen, das mit zerstreutem Blick zuhörte, strich wieder über seine Stirn und hauchte dann einen Kuß auf die beiden Falten.

»Vielleicht ist ja alles nur Einbildung. Wenn man Tag und Nacht an etwas denkt...«

Sein Blick wurde eisig.

»Ich bin noch nicht verrückt«, sagte er. »Und du hast kein Recht, mich zu beleidigen.«

Sie streichelte ihn und flüsterte ihm Zärtlichkeiten ins Ohr. Nach einer Weile sagte sie:

»Natürlich kann man nicht ausschließen, daß jemand an irgendeinem Fluchtgerät arbeitet, die Leute reden ja ständig von seltsamen Fähren oder Fliegern. Vor allem, wenn sie sonst jede Hoffnung aufgegeben haben. Und bitte sei nicht beleidigt, Liebster.«

Sie wartete, bis sein Zorn verflogen war, dann sprachen sie weiter über die Chancen, nach oben zu kommen, und daß hier unten alles umgekehrt war, und daß womöglich der Aufstieg noch tiefer hinab führte, und daß ganz unten vielleicht ganz oben war, wie das Lied mit dem Weltpräsidium behauptete.

Sie begann zu singen, wobei sie wieder beide Sprachen vermischte, aber ihre Stimme klang nun noch trauriger. Er liebkoste ihren Bauch und ihren Schoß.

»Weißt du, ich möchte wirklich ganz tief versinken, aber in dir«, sagte er, und sein Atem ging schneller.

»Laß dich fallen, Liebster«, sagte das Mädchen und umarmte ihn fest.

4

Er fieberte dem Telefongespräch am Silvesterabend entgegen, ohne zu ahnen, daß es ihm nur noch weiteren Kummer bereiten würde.

Die langen Holzbänke in der Halle des Postamts, deren gefliester Fußboden von den vielen Schuhen feucht und schmutzig war, die ausdruckslosen Gesichter der Wartenden und vor allem die eintönigen Ansagen gingen ihm schrecklich auf die Nerven. Ein paarmal war er nahe daran, aufzustehen und wegzugehen, er kam notfalls auch ohne den Anruf aus, und als die näselnde Stimme schließlich seinen Namen nannte (»Maks, Kabine sieben, Maks bitte«), brauchte es tatsächlich einen Augenblick, bis er aufstand.

Die Stimme seiner Mutter klang fremd und unnatürlich. Er hatte damit gerechnet, daß sie schon bei den ersten Worten zu schluchzen beginnen würde, aber nicht mit dem fast unmenschlichen Stöhnen, das durch die Leitung zu ihm drang. Er kam gar nicht dazu, sich zu erkundigen, was es oben Neues gebe, nach dem Menschengewimmel auf den Straßen, den geschmückten Schaufenstern und den mit weißer Watte behängten Tannenbäumen, weil sie ständig nur klagte: Was sagst du,

Maks, ich kann dich nicht verstehen? Er setzte zu einer ironischen Bemerkung an (Das ist kein Wunder, schließlich sitze ich hier in einem tiefen Loch!), unterdrückte sie dann aber, weil er wußte, daß die Leitungen abgehört wurden. Keine Frage nach seinem Befinden, seiner eventuellen Rückkehr, kein Wort von Ana. Eine Weile lang war nur noch das Schluchzen zu hören, vielleicht waren es auch die unterirdischen Windgeräusche, die der Draht auf seinem Weg durch Abgründe und Gräber mitnahm, dann brach die Verbindung vollends ab. Er kam nicht einmal mehr dazu, in den Hörer zu schreien: Du solltest wenigstens um mich weinen!

Er fühlte sich jämmerlich, als er die Kabine verließ. Ziellos lief er durch den Ort, bis er spürte, wie sich der Hohlraum über seinem Magen allmählich mit dumpfem Zorn füllte, auf seine Brüder, denen er offenbar egal war, auf seine Mutter, die so tat, als ginge ihn das, was sich oben abspielte, gar nichts mehr an, auf Ana, deren Kopf sich beim Tanz ins neue Jahr an eine andere Schulter schmiegen würde, und schließlich auch auf die andere, untere anA, die, wie entsetzlich, auch noch Lobeshymnen auf den Abgrund ausbrachte, in dem sie saßen.

Vom wolkenverhangenen Himmel kamen nasse Fäden herunter, weder Schnee noch Regen, sondern eine erbärmlich mißlungene Mischung aus beidem. Der ganze Provinznachmittag erstickte in Verdruß.

An der großen Kreuzung stolperten zwei kleine Jungen über den Platz, weil ihnen die schwere Tasche, die sie schleppten, ständig gegen die Beine schlug. An der Fensterscheibe der Bar Freiheit blinkten zwei Lämpchen, umgeben von fünf, sechs angeklebten Wattefetzen. Gegen seinen Willen stellte er sich den Trubel in der Hauptstadt vor, und zermürbend wie fernes Wolfsgeheul überfiel ihn das Heimweh. Tatsächlich hatte er in einer der vergangenen Nächte den vereinsamten Wolf im Zoo jaulen hören und dabei, weil er sich dem wilden Tier in seinem Kummer nahe fühlte oder einfach auch nur, weil ihm Heinrich Heines Zwiegespräch mit den Wölfen einfiel, das seinerzeit unter den Gymnasiasten sehr populär gewesen war, laut deklamiert:

>>*Ich bin ein Wolf und werde stets*
auch heulen mit den Wölfen...<<

Als er sich unvermutet vor der alten Festung wiederfand, begriff er, daß sein Gedanke an die Wölfe und das Bedürfnis, wie sie zu heulen, nicht ohne Wirkung geblieben waren. Schon immer hatte er den Zoo besuchen wollen, und einen besseren Tag dafür gab es wohl nicht.

Den Holzpfeil mit der Aufschrift >>ZOO<< hatte der Wind gelockert, so daß er zu Boden wies statt auf den Eingang, falls dieser sich nicht unter der Erde befand. War der zoologische Garten an einem Tag wie diesem überhaupt geöffnet? Und war die Bestie womöglich bereits verendet? Diese Befürchtung ließ ihn nicht langsamer, sondern sogar noch schneller gehen. Es konnte schließlich sein, daß der Wolf wirklich in den letzten Zügen lag.

Ein weiteres, noch schiefer hängendes Holzbrett informierte über die Öffnungszeiten.

Maks schaute auf die Uhr. Es war noch genug Zeit für einen Besuch. Der Tiergeruch war schon wahrzunehmen, bevor er an der ersten eisernen Staketentür ankam. Weitere solcher Pforten, manche olivgrün gestrichen wie Kasernentore, folgten. Neben der letzten lag ein großes rundes, vom Rost zerfressenes Metallteil, ein Trichter vielleicht oder ein altes Bootsheck.

Er befand sich nun im abgelegensten Teil der Festung. Wahrscheinlich hatte man diesen Flecken wegen der alten Zisterne, die auch jetzt, lange nach dem Ableben des Krokodils, noch zur Hälfte mit Wasser gefüllt war, zum zoologischen Winkel bestimmt. Ein paar große, glatte, dunkle, mit Algen bewachsene Steine, die sich offenbar seit der Visite des äthiopischen Kaisers hier befanden, boten ein trauriges Bild. Wie an einem Seeufer schwappte das Wasser gelegentlich über sie hinweg, worauf die Algen zu tanzen begannen.

Die eisernen Gitterkäfige, an deren Ecken in lateinischer Sprache die Namen der Tiere verzeichnet waren, umgaben die Zisterne halbkreisförmig. Er ging langsam von einem zum anderen, beginnend beim Luchs. Bei den Füchsen, von denen einer döste, verweilte er, als ihn ein metallisches Quietschen zusammenzucken ließ. Er drehte sich um. Eine der Käfigtüren stand halb offen. Ihm schoß durch den Kopf, was er über den Ausbruch der Schlange gehört hatte. Oder war soeben ein anderes wildes Tier der Haft entsprungen? Hin- und hergerissen zwischen Fluchtreflex und einer Art vorwitziger Neugier, in der sich, wie er später begriff, heimliche Suizidgedanken mit dem immer wieder aufblitzenden Begehren mischten, endlich dem Wolf zu begegnen, entschied er sich schließlich für den Käfig und gegen den Ausgang. Er tat ein paar Schritte auf das Gehege zu. Die Buchstaben auf dem Schild rechts waren fast unleserlich. Doch handelte es sich nicht um »lupus« und auch nicht um »ursus«, sondern einen anderen Namen, »ittskartus« oder so ähnlich. Verblüfft entdeckte er schließlich ein größeres Schild, auf dem »Eintrittskarten« stand. Darunter waren in kleineren Lettern die Preise vermerkt. Sehr witzig! Er war ohne Bezahlung eingetreten, deshalb schaute er sich gründlich um, aber weit und breit war keine Menschenseele zu entdecken. Geistesabwesend studierte er die Preise für den Eintritt an Wochentagen und am Sonntag, einschließlich der Ermäßigungen für Kinder in Begleitung von Eltern, als er eine Stimme vernahm:

»Ich komme schon, ich komme!«

Jenseits der Zisterne kam ein Mensch herbeigeeilt. Seinem etwas schwankenden Gang nach war er gehbehindert, vielleicht sah es aber auch nur so aus, weil er die Arme ausgestreckt vor sich hertrug wie jemand, der seine Kleider nicht beschmutzen möchte.

»Ich habe gerade den Adler gefüttert«, sagte er und wies blutbefleckte Hände vor. »Die Besucher schauen gerne bei den Fütterungen zu, deshalb finden diese über den Nachmittag verteilt statt. Das wundert Sie wahrscheinlich, und stimmt, ich bin mir ziemlich sicher, daß in keinem anderen Zoo auf der Erde so verfahren wird. Aber was soll man tun, schließlich befinden wir uns hier in der Wüste, am Arsch der Welt, wie man so sagt. Also bekommen die Tiere ihr Futter zu unterschiedlichen Zeiten. Der Wolf ist am gefräßigsten, deshalb wird er als erster bedient. Ganz am Schluß, eine halbe Stunde vor der Schließung, kommt der Adler an die Reihe.«

Er stand über die Brüstung der Zisterne gebeugt und wusch sich beim Reden die Hände.

Maks hätte gerne mehr über den Wolf gewußt, zumal der andere ganz begierig darauf schien, Belehrungen zu erteilen, doch gerade als er zu der Bemerkung ansetzte, er sei eigentlich nur des Wolfes wegen gekommen, brach der Zoobedienstete in lautes Gelächter aus.

»Sie haben sich wegen der offenen Tür erschreckt, was? Das ist kein Wunder, den meisten anderen ergeht es um diese Uhrzeit ebenso. Früher war die Kasse am Eingang, aber dann

wurde die Stelle des Kartenverkäufers gestrichen, und der Tier-
pfleger, nämlich ich, mußte seine Arbeit mit übernehmen. Weil
ich außerdem auch noch der Aufseher bin, habe ich die Kasse
einfach hierher verlegt. Das ist doch sinnvoll, finden Sie nicht?«
Er beugte sich wieder vor, um seine Hände abzuspülen.

»Allerdings werden Sie sich fragen, warum die Kasse aus-
gerechnet in einem Tierkäfig ist, und da haben Sie gewiß recht.
Die auswärtigen Journalisten haben diese Frage immer gestellt.
Ich meine, als noch Journalisten zu uns kamen.«

»Stimmt, darüber habe ich nachgedacht«, sagte Maks, als er
merkte, daß sein Gesprächspartner auf eine Antwort wartete.

»Nun ja, zu Anfang sollte dieser Eisenkäfig, obwohl er etwas höher ist, dem gleichen Zweck wie die anderen dienen,
nämlich als Unterkunft für ein wildes Tier. Sie werden sich
nach dem Grund für den Höhenunterschied fragen, und vermutlich stellen Sie auch fest, daß die Eisenstangen im Vergleich
glatter und sorgfältiger eingepaßt sind. Außerdem hat man
noch an verschiedenen Stellen Verzierungen in Form von Eis-
kristallen angebracht.«

Maks trat zwei Schritte vor und nickte dann beipflichtend.

»Das fällt in der Tat ins Auge«, erklärte er.

Der Aufseher lächelte zufrieden.

»Ich habe gleich gemerkt, daß Sie einen scharfen Blick haben«, sagte er anerkennend. »Also, wie ich bereits sagte, war dieser Käfig ursprünglich ebenfalls für ein wildes Tier bestimmt,
einen Gast aus der Ferne sozusagen. Das liegt nun schon etliche
Jahre zurück, aber bis heute kann sich kein Mensch erklären,
wieso damals das Gerücht aufkam, eine wichtige Delegation
aus einem Land weit im Norden werde unserem Städtchen einen Besuch abstatten und habe vor, wie einst der äthiopische
Kaiser, dem zoologischen Garten ein Wildtier zu schenken. Al-

lerdings kein furchteinflößendes Krokodil, sondern ein sanftes Rentier.«

Der Aufseher kniff die Augen zusammen, um sich zu ver-gewissern, daß seine Worte auch die beabsichtigte Wirkung entfalteten, ehe er seinen Bericht fortsetzte. Damals, vor langer Zeit, war in der Stadt über nichts anderes gesprochen worden als über die bevorstehende Ankunft der Abordnung aus dem Norden. Obwohl es keine offizielle Bestätigung gab, erschien alles so selbstverständlich, daß bei der Halbjahresversammlung der Mitarbeiter des zoologischen Gartens die Frage, welche Maßnahmen zur Unterbringung des Rentiers zu ergreifen seien, ganz ernsthaft diskutiert wurde. Es wurde der Bau des neuen Käfigs beschlossen, dessen Abmessungen nach einem ausgiebigen Briefwechsel mit dem Institut für Viehzucht in der Hauptstadt mehrfach geändert wurden.

Die Arbeiter der kleinen Metallfabrik, die mit der Herstel-lung betraut wurden, gaben sich besondere Mühe und brachten sogar auf eigene Initiative die schneekristallförmigen Verzie-rungen an, nachdem der alte Meister Rrema die Meinung geäu-ßert hatte, so werde dem Rentier das Heimweh nach seinem Heimatland im hohen Norden genommen.

Dann wurde der Käfig auf dem freien Platz zwischen den Füchsen und dem Dachs aufgestellt. Vom ersten Tag an wurde er allgemein als »Rentier-Gehege« bezeichnet, und dieser Name wurde die ganzen Jahre über beibehalten. Obwohl die Besucher stets nachdenkliche Blicke auf das leerstehende Objekt warfen, ging die Hoffnung nie verloren.

»Sie werden zu Recht vermuten, daß es eine Abordnung aus dem hohen Norden nie gab«, sagte der Aufseher. »Und natür-lich auch kein Rentier.«

All dies, so fuhr er gedankenverloren zu berichten fort, blieb so, bis eines Tages im Zuge einer Kampagne zur Erhöhung der Wachsamkeit jemand die Rentiergeschichte als Zeichen der Unterwürfigkeit gegenüber nördlichen Mächten geißelte und sich ein anderer sogar noch weiter vorwagte, indem er anstatt von nördlichen von atlantischen Mächten sprach.

Wie üblich verlangten besonders Eifrige sogleich tiefgrei, fende Untersuchungen, die fraglos auch durchgeführt worden wären und dann natürlich nicht nur die Rentierunterkunft an sich, sondern vor allem die daran angebrachten Verzierungen betroffen hätten, wenn nicht Unerwartetes eingetreten wäre: das Städtchen wurde zum Verbannungsort für Gestürzte gemacht.

»Jetzt habe ich Ihnen die Ohren vollgeredet, und dabei ist der Adler bestimmt gleich fertig mit seinem Fleisch«, sagte der Aufseher. »Wenn Sie noch etwas sehen wollen, müssen Sie sich beeilen. Die Eintrittskarte können Sie später kaufen.«

Er zeigte in Richtung des Vogelkäfigs, und Maks ging auf dem gepflasterten Weg hin.

Der Adler bemerkte ihn und krächzte kurz, bevor er seinen Schnabel wieder in den Fleischbrocken schlug.

Maks mußte an Prometheus denken, mit dem sie sich im zweiten Jahr Gymnasium beschäftigt hatten, und griff sich un, willkürlich an den rechten Unterbauch. So wie er nie genau ge, wußt hatte, wo sich beim Menschen Milz und Leber befanden, fiel ihm jetzt nicht ein, welcher griechische Held den Rache, vogel schließlich getötet hatte.

Der Adler warf aus seinen kalten Augen mißtrauische Blicke herüber, während er den Rest des Fleisches verspeiste.

Maks schaute ebenfalls recht starr. Er dachte gerade, daß es auf dieser Welt bestimmt mehr Geier und Adler auf Fahnen und in Staatswappen gab als lebende Tiere dieser Gattungen, da gab der Vogel erneut ein kurzes Krächzen von sich.

Von dem Fleischbrocken war nur eine blutige Rippe übrig, doch der Hunger des Adlers war offenbar noch nicht gestillt. Maks ging durch den Kopf, was der Barmann ihm von der Geschichte des Zoos berichtet hatte, von Sparkampagnen und endlosen Sitzungen über beabsichtige Budgetkürzungen, und dabei merkte er, daß etwas in seinem Gedächtnis hochstieg, von dem er nicht mehr wußte, wo er es gelesen oder gehört hatte, in einer Kindersendung im Radio zum Beispiel, jedenfalls ging es um eine alte Legende von einer Adlerin, die Menschen gegen ein Stück Fleisch als Belohnung auf ihrem Rücken über einen Abgrund trug...

»Hallo, Sie sind ja ganz geistesabwesend«, hörte er hinter sich den Aufseher sagen, der ihm die Eintrittskarte brachte.

Maks lächelte ein wenig schuldbewußt.

»Ich mußte an eine alte Legende denken«, sagte er, »von einem Adler, der Menschenfleisch fraß. Da bekommt man ganz schön Angst.«

»Na ja, Märchen und Legenden gibt es über alle Tiere, die wir hier haben«, erwiderte der Aufseher. »Sogar über den Dachs.«

»Schließen Sie schon?«

»Ich denke, es ist Zeit.«

Vorsichtig, weil er Angst hatte, auf dem Kopfsteinpflaster zu stolpern, ging Maks zum Ausgang. In seinen Gedanken herrschte ein solches Durcheinander, daß ihm das Plätschern des kleinen Rinnsals neben dem Weg manchmal wie Wellenrauschen vorkam.

Hinter sich hörte er es quietschen, als der Aufseher die Eisenriegel vorlegte.

Einen Nachtwächter gibt es offensichtlich nicht, dachte Maks und ging schneller.

5

Das Wochenende war wie immer unerträglich. Als sein Chef am Samstagnachmittag um vier Uhr zur Tür ging und das Pappschild von »Geöffnet« auf »Geschlossen« drehte, spürte Maks einen Druck auf der Brust. Wo sollte er nun die Zeit tot⁄schlagen?

anA hatte ihr Rendezvous für heute abgesagt. Bis Sonntag abend, wenn er in seinem Hotelzimmer ungeduldig auf das Knarren der Holzstufen unter ihren Schritten warten würde, mußte er sich noch über vierundzwanzig gnadenlose Stunden lang gedulden.

In der Bar Freiheit gab es Neuigkeiten: Vergangene Nacht waren neue Gestürzte in der Stadt gelandet, aber bisher hatte sie noch niemand zu Gesicht bekommen. Offenbar gehörten sie zur Kategorie derer, die fürchteten, der Schadenfreude von Leuten zu begegnen, an deren Bestrafung sie beteiligt gewesen waren: Schau einer an, wer da bei uns gelandet ist! Als ihr uns damals mit Schaum vor dem Mund zusammengebrüllt habt, da seid ihr nicht auf die Idee gekommen, daß wir einmal zusam⁄men Mist schaufeln würden, oder?

»In der Hauptstadt geht es wieder drunter und drüber. Aber ich sehe schon, dir ist völlig egal, was dort oben passiert«, meinte der Barmann.

»Da siehst du richtig«, antwortete Maks. »Warum soll ich mir unnötig den Kopf zerbrechen?« setzte er kurz darauf hin⁄zu. »Ich habe nichts mehr mit denen da oben zu schaffen.«

»Verstehe«, meinte der Barmann. »Triffst du dich noch im⁄mer mit diesem Mädchen?«

Maks nickte.

»Ana«, sagte der Barmann. »Ein hübscher Name.«

Maks sah erstaunt auf.

»Alle Achtung«, sagte er in süßsaurem Ton. »Ich wußte nicht, daß du so gut im Bilde bist.«

Ihre Blicke trafen sich kurz.

»Schau mich nicht so einfältig an«, knurrte der Barmann. »Du hast doch ihren Namen auf die Scheibe geschrieben.«

Maks biß sich auf die Unterlippe.

»Tut mir leid«, sagte er.

Lautes Gläserklappern zeigte, daß sich die Wut des Barmanns noch nicht gelegt hatte.

»Überall hinterlaßt ihr Spuren«, murmelte er. »Papiere, Blutflecken, Sperma. Ihr braucht euch wahrhaftig nicht zu beschweren, daß ihr gestürzt seid.«

»Ich beschwere mich gar nicht«, sagte Maks. »Außerdem, ich entschuldige mich noch einmal.«

Der Barmann murmelte etwas vor sich hin. Mit fast flehentlicher Stimme entschuldigte sich Maks zum dritten Mal, bekam aber noch immer keine Antwort, sondern nur ein Glas Kognak gereicht.

»Trink«, sagte der Barmann kühl, »vielleicht beruhigt dich das.«

Danke für den guten Ratschlag, daran solltest du dich lieber selber halten, dachte Maks. Aber keine Sorge, ich kann dir sowieso nichts übelnehmen. Daß der Barmann ihm, ohne lange zu überlegen, sein Kognakglas gereicht hatte, anstatt es selber auszutrinken, rührte ihn.

Er bedankte sich und ging, den Geschmack des Kognaks noch auf der Zunge. Die Straße war fast leer. Seine Beine trugen ihn ganz von selbst zur Trinkhalle »Schlund«, und er begriff, daß er das dringende Bedürfnis hatte, sein Elend im Alkohol zu ertränken.

Der Ausschank kam ihm noch schmieriger vor als bei seinem letzten Besuch. Weil keiner der Tische frei war, machte er kehrt, um wieder zu gehen, hörte dann aber neben sich eine Stimme sagen:

»Setz dich hierher, wenn du möchtest.«

Ein Mensch mit langem, unrasiertem Gesicht schob den zweiten Stuhl am Tisch zurück.

Mark bedankte sich und nahm Platz.

»Du bist wohl ein Westler«, sagte der Unbekannte.

»Wie meinst du das?«

»Weißt du, dieses Lokal ist wie Berlin. Auf der einen, der schlechten Seite sitzen wir, die Bösen. Auf der anderen Seite…«

»Jetzt begreife ich«, sagte Maks und mußte lachen. »Und woran merkst du, daß ich auf diese Seite gehöre?«

»Das habe ich deinem Gesicht angesehen, schon als du hereingekommen bist.«

»Wirklich?«

»Es geht dir offensichtlich lausig, mein Bruder. Noch schlechter als mir.«

»Na ja«, sagte Maks und winkte dem Kellner. »Einen Kognak, bitte.«

»Und was hast du angestellt, wenn ich fragen darf?« erkundigte sich sein neuer Bekannter.

Maks zuckte mit den Schultern.

»Nichts Besonderes. Ich habe auf einer Versammlung den Mund gehalten, als ich besser hätte reden sollen.«

Der andere seufzte.

»Das ist das Übliche. Entweder man sagt zu wenig oder zu viel, aber das Ergebnis ist immer das gleiche. Ich für meinen Teil hatte immer darunter zu leiden, daß ich meine Zunge nicht im Zaum halten konnte.«

»Na ja«, sagte Maks neuerlich. »Irgend etwas gibt es immer, das einen hinunterreißt.«

Der andere trank sein Glas in einem Zug aus. Sein Blick war wehmütig.

»Ein abgestürzter Vogel«, sagte er, wobei er Maks fest anschaute. »Tief gefallen, mit gebrochenen Flügeln. Du träumst bestimmt davon, wieder nach oben zu kommen... Ich bin kein Provokateur, das kannst du mir glauben.«

»Ich glaube dir«, sagte Maks.

»Mir ging es jahrelang genauso. Ich hatte nur einen Gedanken: hier wegzukommen. Aber am Ende habe ich mich mit meiner Situation abgefunden. Du bist da anders, das sehe ich.«

Maks erwiderte den Blick des anderen ruhig.

»Ist es überhaupt möglich?« fragte er mit schwankender Stimme. »Gibt es Fälle?«

Der Langgesichtige murmelte etwas vor sich hin.

»Alles kommt vor, irgendwie«, sagte er nach einer Weile.

Maks wartete vergeblich darauf, daß der andere deutlicher wurde, und konzentrierte sich schließlich auf das Gemurmel, um verständliche Bruchstücke herauszufiltern.

»Das meiste bemerkt man gar nicht ... Der französische Botschafter sitzt am Fenster und schaut auf die Straße hinaus... Alles erstarrt, überall Stillstand... Der japanische Botschafter studiert Berichte und glaubt tatsächlich, sie zu verstehen... Auf den Wachtürmen lassen die Posten ihre Ferngläser kreisen... Keine Fliege schaffte es durch die Zäune... Inzwischen kommt alles in Bewegung ... Die Leute drängeln sich, um wegzukommen, fallen, stehen auf, drängeln weiter ... Zu Fuß, in Schlauchbooten, in Schiffsladeräumen und Lastwagentrailern versteckt, an den Fahrgestellen von Eisenbahnwagen, im Bauchfell von Schafen, auf Schlitten, Adlerrücken oder Hirschgewei

hen festgeklammert... Dieser Ansturm ist innerlich, kein Fern‐
glas erfaßt ihn und auch kein Zyklopenauge... Es spielt sich
in uns ab, in unserem Gehirn... Verstehst du?«

Das Gemurmel wurde immer undeutlicher, doch Maks
wartete geduldig, bis es versiegte, ehe er vorsichtig nachfragte.

»Du hast von Adlern gesprochen«, sagte er. »Ja, ich habe ge‐
träumt, wie du gesagt hast... Es gibt eine alte Legende, in der
ein Adler Menschen an jeden gewünschten Ort bringt, wenn
sie ihn während der Reise mit Stücken von ihrem Fleisch füt‐
tern...«

»Ja natürlich, Bruder«, sagte der andere, »so ist das nun ein‐
mal auf dieser Welt. Alle sind nur darauf aus, dich zu fleddern.
Zuerst ist es ein Arm, dann der ganze Körper und am Ende
deine Seele.«

Maks merkte, daß er betrunken wurde.

»Außerdem habe ich von einem Bergsee gehört«, fuhr er
fort. »Dort soll es einen geheimen Übergang geben, mit einem
ganzen Netz von Schleusern... Angeblich stehen verschiedene
Transportmittel zur Verfügung, einige hast du ja schon er‐
wähnt, moderne, aber auch uralte, Geier, Hirsche... Die älte‐
sten seien die sichersten, heißt es...«

»Natürlich, Bruder. Schließlich dienen sie seit Jahrtausen‐
den der Beförderung von Menschen und Geistern, da kann
man wohl erwarten, daß sie sicher sind.«

Das Durcheinander in Maks' Kopf wurde immer schlim‐
mer.

»Und wie kann man Kontakt aufnehmen?« fragte er. »Wo
soll man suchen?«

»Was stellst du nur für sinnlose Fragen, Bruder? Man muß
nicht suchen, es ist in dir. In deinem Gehirn, verstehst du? Dort
findest du alles.«

»In meinem Gehirn?« wiederholte Maks und verzog die Lippen. Dann leerte er sein Glas und sagte: »Quatsch!«

Als er den Ausschank verließ, war es schon spät. Es kostete ihn viel Mühe, der Anziehungskraft des Straßengrabens zu widerstehen. Präsidium der Welt, ha, ha, sagte er mehrmals laut, wobei er jedesmal ins Taumeln geriet und erst im letzten Augenblick das Gleichgewicht wiederfand.

Aus Dedas Arbeitsräumen drang noch Licht.

Maks stand eine Weile vor der Tür, unschlüssig, ob er anklopfen sollte oder nicht.

Deda, flüsterte er und streichelte dabei zärtlich den eisernen Türgriff in Form einer Frauenhand. Ingenieur Deda Kola, ich weiß, daß du da bist. Ich will dich nicht lange stören, nur eine Frage: Was machst du in deiner Eremitenklause wirklich? Weißt du, ich sterbe fast vor Neugier. Das mit den Erdölförderanlagen ist doch wohl Tarnung, oder? Hör zu, Ingenieur, diese naiven Provinzler kannst du vielleicht hinters Licht führen, aber mich nicht!

Maks' Nase kam dem Türgriff immer näher, und schließlich küßte er die glatte Frauenhand sehnsuchtsvoll. Der Ingenieur brauchte keine Angst vor ihm zu haben. Er war kein Verräter. Aber das rundliche Ding hatte er sofort entdeckt, knospend wie die Brüste eines ganz jungen Mädchens. Das Aluminium funkelte erschrocken, voller Angst vor den rotierenden Eisenteilen und dem rohen, erdölfleckigen Holz.

Deda Kola, flüsterte er wieder, Dädalus. Bitte, bitte, sag mir, an welchem Geheimnis du in deinem Keller arbeitest. Daß du abhauen willst, ist klar, aber sag mir, was für einen Pakt du geschlossen hast, was du für deinen Aufstieg zu bezahlen hast. Zuerst verlangt es nur ganz wenig, dieses Ungeheuer, das Staatsungeheuer mit dem Raubvogel im Wappen... Ein Stück

von deinem rohen Fleisch reicht ihm. Doch mit jedem Krächzen verlangt es mehr... Du mußt ihm deinen Körper geben,
Dädalus, und dann auch noch die Seele...

Er küßte noch einmal die kalte Frauenhand, dann legte er
die Stirn dagegen, gierend nach Zärtlichkeit.

Oder hast du die Absicht, es zu überwältigen, Dädalus, zuerst mit dem Messer zuzustoßen? So werde ich es machen...
Rührung übermannte Maks.

Du kannst es mir ruhig erzählen, Dädalus, um nichts in der
Welt würde ich dich oder deinen Sohn mit dem merkwürdigen
Namen verraten... Ikarus, der Flüchtige.

Ingenieur Deda Kola, es ist unmöglich, daß du dich in diesem Loch hier unten eingerichtet hast. Du bastelst doch etwas
zusammen in deiner Kammer... Für dich, natürlich, aber vielleicht nützt es ja uns allen. Du willst uns verlassen, Dädalus,
oder?

Maks entfernte sich ein Stück von der Tür, drehte sich um
und starrte das Haus an, in dem immer noch Licht brannte, so
verwundert, als erblickte er es zum ersten Mal.

Eisig überfiel ihn der Gedanke, daß es auch ganz anders sein
konnte. Womöglich dachte der Ingenieur gar nicht an physische
Flucht und baute zwar eine Art Aufzug, ein Hebezeug, ein
Fluggerät, aber nicht für den Körper, sondern für die Seele.
Vielleicht ging es tatsächlich um die innere Reise, die der Ver-
rückte in der Trinkhalle erwähnt hatte.

Maks schüttelte heftig den Kopf. Wieso war er nicht früher
darauf gekommen? Je mehr er darüber nachdachte, desto über-
zeugender fand er den Gedanken. Du suchst nach einem für
uns andere nicht vorstellbaren Mittel zum Aufstieg an einen
Ort, wo dich weder die Krallen noch die Schmeicheleien des
Staates erreichen können, dachte er.

Sag mir, wie auf der Erde unten
Der Poet seine Tage besteht,
Wo der Ruhm ihn so wenig gefunden
Wie ihn die Schande umweht.

Weil ihm einfach nicht einfallen wollte, wo er diese Verse gelesen hatte, versuchte er sie mit einer Melodie zu verbinden, ohne
Erfolg, doch immerhin half es ihm, von der verschlossenen Tür
wegzukommen.

Vor der Bar Freiheit blieb er stehen. Er beugte sich zu der
dunklen Scheibe und suchte eine Weile, ehe er sie anhauchte
und den Namen Ana auf die beschlagene Stelle schrieb. Dann
wandte er sich zum Gehen, kehrte jedoch nach ein paar Schritten um, hauchte die Scheibe noch einmal an und schrieb mit
dem Finger anA darauf.

Egal, ob das Fenster offensteht oder geschlossen ist, sie wird
dasein, dachte er erleichtert, während ihn seine Beine zum Hotel trugen.

6

Im Schlaf nahm er das leichte Rauschen ihrer Flügel wahr,
dann merkte er an einem sanften Luftzug, daß sie zusammengefaltet wurden.

Ana, dachte er, ohne die Augen zu öffnen, weil er das Wunder nicht zerstören wollte. Wie bist du hergekommen, Liebste?

Er streckte den Arm aus und tastete mit geschlossenen Augen nach ihrer Hand, bis er sie tatsächlich fand.

Ich wußte, daß du eines Tages herabsteigen würdest, um in
dieser Hölle nach mir zu suchen…

Er preßte bebend ihre Hand. Dann spürte er den Druck ihrer Lippen auf seiner Stirn.

Das sieht Ana nicht gleich, habe ich mir gesagt, daß sie
einen einfach sitzenläßt, wenn man ins Unglück gerät. Jetzt begreife ich erst, welche Sehnsucht ich nach dir hatte.

»Deine Stirn glüht«, sagte sie. »Du hast Fieber. Warte, ich
hole ein feuchtes Tuch.«

Ich habe in dir ja immer zwei Anas gefunden, eine seelen-
volle, himmlische, getreue, wie die Wolken unberührbare, und
eine andere, sehr irdische, in sich selbst gefangene, kleinliche,
engstirnige. Bitte verzeih mir meine Worte, Liebste, aber so erschien es mir oben. Nun, da du zu mir gekommen bist, ist das
alles Vergangenheit.

»Hast du Aspirin im Haus?« fragte sie. »Offensichtlich
nicht. Dann gehe ich kurz in die Apotheke und kaufe welches.
Bleib schön ruhig.«

Er hörte die Tür gehen und ihre Schritte auf der Treppe, ehe
er wieder in eine Art Bewußtlosigkeit versank, aus der ihn ihre
Stimme riß: »Maks, setz dich auf, damit ich dir das Aspirin geben kann. Ich habe es in Wasser aufgelöst, das ist besser für deinen Magen. Du hast ja bestimmt nichts gegessen, mein Lieber.
Ich mache dir schnell etwas, aber erst mußt du das trinken.«

Sie half ihm auf, und als sie ihm das Glas an die Lippen
setzte, öffnete er die Augen. Sein Blick war trübe, unstet. Er sah
das Mädchen fast verwundert an, dann runzelte er zornig die
Stirn.

»Du bist nicht Ana«, sagte er mit erstickter Stimme.

Das Mädchen lächelte und streichelte ihm über das ver-
schwitzte Haar.

»Du kannst dich wieder ärgern. Das ist ein gutes Zeichen,
es geht dir wohl etwas besser.«

»Du bist nicht Ana«, keuchte er. Seine Augen waren kalt und undurchdringlich. »Du bist anA.«

Das Mädchen bemühte sich um ein achtloses Lachen.

»Du bist Ana, du bist nicht anA ... Was ist das denn für ein neuer Tick? Nimm lieber das Aspirin.«

Sie führte das Glas an seine Lippen, und er trank. Eine Weile lang hielt er den Kopf gesenkt, und als er ihn wieder hob, war sein Blick noch trüber als zuvor, und er wiederholte mit müder Stimme:

»Nein, du bist nicht Ana.«

Sie schaute ihn traurig an.

»Du hast Fieber, du bist nicht bei dir«, sagte sie in sanftem Ton. »Ruh dich jetzt aus. Gibt es hier eine Steckdose? Dann könnte ich dir etwas Warmes machen.«

Sie richtete sein Kopfkissen, half ihm, sich bequem hinzu= legen, und küßte die schweißdurchtränkten Haare auf seiner Stirn.

»Nein, du bist nicht Ana«, insistierte er noch einmal, bevor er eindöste.

Ich dachte, sie sei es, die obere Ana, und ich war ganz auf= gewühlt. Liebste, sagte ich zu ihr, hat also der himmlische Teil von dir schließlich doch die Oberhand behalten. Aber die Ent= täuschung folgte wieder einmal auf dem Fuß.

Auf seinem Haar spürte er wieder ihre Hand.

»Setz dich auf und trink. Es ist warme Milch. Bitte, setz dich auf, Liebster.«

In ihrem Blick mischten sich Anteilnahme und Neugier.

»Du hast halluziniert«, sagte sie, als er sich auf die Ellbogen erhob. »Zuerst ergab es keinen Sinn, bis ich merkte, daß es um deine Verlobte dort oben ging, die andere Ana ...«

Sein Blick war müde und verzweifelt.

»Ich habe dich für sie gehalten«, antwortete er. »Ich dachte, sie sei heruntergekommen, so wie in ganz alten Zeiten, als Menschen manchmal in die Unterwelt hinabstiegen. Du mußt mir das nicht übelnehmen.«

»Ach was, wieso auch?« rief sie, doch ihre Finger in seinen Haaren erstarrten kurz.

»Du mußt es mir nicht übelnehmen«, wiederholte er. »In Wahrheit bist du ihr himmlischer Teil. Oben ist nur noch ihr Körper.«

»Ich bin nicht so gern jemandes Stellvertreter, auch wenn es um den himmlischen Teil geht. Oder die Seele«, meinte sie. »Trink besser deine Milch und hör mit dem Philosophieren auf.«

»Ich wollte nicht philosophieren«, erwiderte Maks. »Ich wollte nur sagen, daß die Dinge sich hier umkehren, wie in diesem Lied, du weißt schon. Alles steht auf dem Kopf. Weißt du, sie, die andere, ist nur dein stoffliches Gegenstück, und zu mehr wird es bei ihr auch nicht reichen.«

»Schon gut. Ruh dich jetzt aus. Wir reden später davon. Es ist noch genügend Zeit.«

»Nein«, sagte Maks, »es ist nicht genügend Zeit.«

Seine glühende Hand tastete nach ihrer.

»Wir haben keine Zeit mehr, Ana. Fliehen wir von hier ... Wir müssen so schnell wie möglich heraus aus dieser Hölle.«

»Und wie?« fragte sie. »Wir haben uns oft genug darüber unterhalten, es geht einfach nicht.«

»Doch, es geht. Es gibt die entsprechenden Mittel, alte und neue ... Die alten sind aber zuverlässiger. Die Reise erfolgt im Innern, man durchquert die Schluchten des Bewußtseins, verstehst du? Niemand kann dich auf diesem Weg verfolgen ... und kein Fernglas dich erfassen.«

Sie hatte große Schwierigkeiten, ihm zu folgen.

»Wenn es um das Bewußtsein geht, dann hat man einen hohen Preis zu bezahlen, wie du weißt«, sagte sie leise. »Man kann sich nie mehr davon befreien. Bei der anderen Möglichkeit, ich meine die Flucht, da weiß man wenigstens, was einen an der Grenze erwartet: Stacheldraht, Hunde, Hetzjagden.«

»Ja, das weiß ich«, antwortete Maks. »Aber es gibt andere Wege.«

Er beugte sich zu ihrem Ohr und flüsterte:

»Der Adler verlangt seit tausend Jahren Fleisch. Aber ich denke mir, man kann ihn täuschen. Bevor er sich über die Leber und die Rippen und das Herz hermachen kann, muß man das Messer in seinen Rücken stoßen...«

Sie stieß einen besorgten Seufzer aus und ging, um das Tuch anzufeuchten.

»Ich weiß von einem Bergsee. An seinem Ufer warten alle möglichen Transportmittel. Die Boote der Menschenschmuggler, die Schafe mit dem wolligen Bauch, wo man sich festklammern kann, die Adler, die Fähren und auch die Hirsche mit den reifüberzogenen Geweihen... Ich habe lange nachgedacht und weiß jetzt, wie ich den Vogel übertölpeln kann.«

»Dein Fieber ist wieder gestiegen«, sagte das Mädchen. »Ich löse dir noch zwei Aspirin auf. Du solltest dir jetzt nicht zuviel zumuten, es ist für alles noch Zeit. Ruh dich jetzt aus. Ich muß gehen, mein Vater macht sich Sorgen, wenn ich zu lange weg bleibe, aber ich schaue am Abend noch einmal vorbei. Vielleicht finde ich in der Apotheke etwas Stärkeres. Und ich bringe Zitronen mit. Mach dir keine Sorgen, Liebster.«

Sie küßte seine brennenden Lippen und stand auf.

Er horchte auf das Knarren der Treppenstufen, bis es verklungen war, und dachte: Jetzt sind beide weg.

In Wahrheit hatte es immer nur eine einzige gegeben, aber es war dieser Anstoß nötig gewesen, damit die Erkenntnis in seinem Gehirn hatte aufblitzen können. Sie existierte doppelt in seinem Kopf und zeigte sich ihm, je nachdem, in der einen oder anderen Gestalt. Aber war das nicht bei allen Frauen so?

Er schaute zum Fenster. Draußen wurde es dunkel. Heute ist die richtige Nacht, dachte er, es gibt genug Mondlicht, um die wilden Tiere fernzuhalten.

Er warf die Bettdecke ab, stand auf und ging mit weichen Knien zum Spiegel. Einmal fürchtete er sogar zu stürzen. Er strich sich die Haare glatt, zog seinen Mantel an und verließ das Zimmer.

Die Fleischerei des Viertels war noch offen.

»Sie haben wohl angefangen, selber zu kochen«, sagte der Metzger. »Das ist gut. Die Gaststätten hier sind grauenhaft, und außerdem auch noch teuer. Reicht Ihnen dieses Stück?«

»Nein«, sagte Maks, »ich will mehr.«

»Leider habe ich nur noch ein gutes Stück, der Rest taugt nichts.«

»Egal, ich nehme ihn trotzdem. Ich bin nicht anspruchs- voll.«

»Man verkauft neuen Kunden ungern schlechtes Fleisch. Einen Augenblick.«

Der Metzger verschwand durch einen Perlenvorhang in den Nebenraum. Maks betrachtete die Messer auf der blutigen Mar- morplatte, dann griff er nach einem und versteckte es unter sei- ner Jacke.

»Hier, da ist doch noch ein anderes Stück«, sagte der Metz- ger. »Ich hoffe, das ist dann genug.«

»Geben Sie mir bitte noch ein paar Knochen dazu«, sagte Maks. »Ich möchte mir eine Suppe machen.«

»Ist es so in Ordnung?«

»Noch ein bißchen.«

Einen Moment lang war er versucht zu krächzen. Er nahm das in Zeitungspapier eingewickelte Fleisch und verließ rasch den Laden, weil er fürchtete, der Metzger werde bemerken, daß ein Messer fehlte.

In seinem Hotelzimmer versteckte er Fleisch und Messer unter dem Bett, legte sich hin und wartete auf anA.

Im Halbschlaf hörte er sie kommen und spürte den sauren Geschmack der Zitrone auf den Lippen. Dann sagte sie noch: Morgen geht es dir bestimmt besser.

Als das Mädchen gegangen war, sprang er aus dem Bett, staunend, wie gut er sich plötzlich wieder fühlte. Vom Fenster aus sah er ein Stück der von Pappeln gesäumten Straße. Überall faulte das welke Laub, das sie schon vor geraumer Zeit abgeworfen hatten. Trauriger Mondschein verlieh dem Abend einen feuchten Glanz.

Mehrfach ging er zum Fenster, um sich zu vergewissern, daß die Nacht für seinen Plan geeignet war.

Um Mitternacht stand er auf, zog seinen Mantel an, verbarg das Fleisch und das erbeutete Messer darunter, ging so leise wie möglich die Treppe hinab und verließ das Haus.

Die Straßen waren menschenleer. Das abgefallene Laub profitierte vom Mondlicht, das es golden überhauchte, ehe der Wind die Blätter aufwirbelte und in den Straßengraben warf. An der Kreuzung zeigten Wegweiser in verschiedene Richtungen: »Stadion«, »Illyrische Festung«, »Städtischer Zoo«, »Innenstadt«.

Die wichtigste Richtung fehlt natürlich, dachte er. So ist es immer, vertrocknete Rindenstücke und Muschelreste im Kies, während das Leben schon lange weitergeflossen ist. Doch er

würde den Bergsee finden, auch wenn er auf keiner Karte verzeichnet war.

Unterwegs hatte er immer wieder Fieberanfälle. Seine Stirn
glühte, die Schläfen pochten, und zwischen den Schlägen ließ
er sich immer wieder die Verhaltensregeln durch den Kopf gehen: Du mußt dem Adler regelmäßig sein Fleisch geben, Spar-
maßnahmen kennt er nicht. Jedesmal, wenn er krächzt, gib ihm
ein Stück, sonst schleudert er dich in den Abgrund.

Ich weiß, ich weiß, antwortete er seiner inneren Stimme. So
war es schon immer, seit es die Legende gibt.

Richtig, und so wird es auch immer bleiben. Sollte dir das
mitgebrachte Fleisch ausgehen, mußt du notfalls etwas von deinem Körper nehmen, von den Schenkeln, den Rippen...

Auch das weiß ich. Das ist, wenn ich es richtig begriffen
habe, sogar der wesentliche Teil der Botschaft.

Seine Schläfen pochten immer heftiger. Manchmal war ihm
nicht klar, ob er durch Nebel ging oder ob das Fieber seinen
Blick trübte. Egal, ich finde meinen Weg, dachte er. Im Halbdunkel tauchten gelegentlich feucht glänzende Schemen auf.
Einmal glaubte er den Kontrollturm des aufgegebenen Flugplatzes zu erkennen, dann war es eine Ruine, die er kannte,
ohne daß ihm einfiel, woher.

Man merkte, daß der Bergsee nicht mehr weit war. Er hatte
ein paar erste Hindernisse zu überwinden, wahrscheinlich die
Eisentore auf dem Weg zur früheren Anlegestelle. Manche waren durch große, verrostete Riegel gesichert, doch sie gingen
leicht zu öffnen. Ein Stück weiter lag ein Stück Bootsrumpf
oder ein weggeworfener Hubschrauberpropeller. Schon bevor er
die Wellengeräusche hörte, nahm er fauligen Tanggeruch wahr,
und plötzlich rutschte er auf schwarzen, naßglatten Steinen aus.
Er holte tief Luft. O Gott, ich habe es geschafft!

Die Wellen plätscherten nun direkt vor ihm. Das dunkle Ufer war felsig, voller Kavernen. Drüben an der verlassenen Anlegestelle glaubte er die Fahrzeuge der Menschenschmuggler zu erkennen, Gummiboote, Fährkähne, alte Schiffswracks mit geschnitzten Vogelköpfen auf dem Bugspriet. Einige waren an den verrosteten Pollern vertäut.

Mit vorsichtigen Schritten, um nicht auszugleiten, machte er sich auf die Suche nach dem Transportmittel, für das er selbst sich entschieden hatte. Er bereute seine Wahl nicht, schließlich galten die ältesten Mittel allgemein als die besten. Deshalb bewahrte man sie auch geschützt hinter eisernen Gittern auf.

Es dauerte eine Weile, bis er den richtigen Käfig gefunden hatte. Der Adler lag auf dem Boden, den Kopf unter einem Flügel verborgen. Er ruhte sich vor der langen Reise noch einmal aus. Dazu wirst du noch genug Zeit haben, sagte er grimmig und fest entschlossen, sich des Vogels zu bemächtigen.

Mit bebenden Händen machte er sich daran, den Käfig zu öffnen. Der Adler erwachte durch das Geräusch und stieß ein kurzes Krächzen aus.

Ich bin gleich da, sagte er. Ich muß nur diesen Mist hier aufbekommen.

Er hatte seine liebe Mühe mit dem Schloß. Zweimal stach er sich mit dem Messer in die Finger, ehe es aufging.

Als er sich über den Adler beugte, krächzte dieser erneut.

Warte, sagte er und warf ihm einen Brocken von dem Fleisch vor, das er bereits im Hotel in Stücke geschnitten hatte.

Während der Vogel seinen Schnabel in das Fleisch schlug, streichelte er ihm über die Flügel. Er hatte noch nie mit einem leibhaftigen Adler zu tun gehabt, sondern nur mit dem Abbild auf Schriftstücken und Fahnen, die sich im Luftzug bewegten.

Sei ganz ruhig, sagte er, als der Adler sich gegen die Berührung wehrte. Wir haben etwas vor zusammen, Vogel.

Der Adler krächzte.

Keine Sorge, wir werden uns schon verstehen, sagte er.
Dann legte er sich auf den Adlerrücken.

Der Adler bewegte sich wild, kreischte und schien sogar
mit dem gebogenen Schnabel nach ihm hacken zu wollen.

Womöglich ist es seine erste Reise, dachte Maks, und ihm
fehlt noch die Fügsamkeit. Doch eigentlich konnte er nicht glauben, daß man ihm einen ungezähmten Adler überlassen hatte.

Seine Angst legte sich sofort. Vögel wie dieser legten die
Strecke bereits seit tausend Jahren zurück. Wie der Orientie-
rungssinn bei den Zugvögeln wurde auch bei ihnen alles, was
nötig war, in den Genen weitergegeben.

Der Adler beruhigte sich nicht und schien ihn sogar ab-
werfen zu wollen.

Halte dich gefälligst an die Abmachung, herrschte Maks
ihn an.

Er gab ihm noch ein Stück Fleisch. Als er sich an ihm fest-
klammerte, krächzte der Adler wieder.

Achtung, Vogel, sagte er leise. Es ist kein Spaß, jemanden
abzuwerfen.

Der Vogel erstarrte einen Moment, doch nur, um danach
desto wilder zu toben. Heftig schlug er mit den Flügeln, so daß
Maks gezwungen war, seine Augen zu schützen.

Ach, es ist soweit, rief er plötzlich. Als er schon die Hoffnung hatte aufgeben wollen, war der Adler endlich losgeflogen.
Offenbar hatte er mit seinem Toben nur Schwung für den Start
geholt.

Der Bergsee mit seinen plätschernden Wellen blieb unter
ihnen zurück, dunkel und sorgenvoll.

Der Vogel neigte sich nach links und gleich darauf nach rechts. Wie im Flugzeug, dachte Maks. Erschöpft, wie er war, beschloß er, ein wenig zu schlummern.

Auch bei seiner bisher einzigen Flugreise, die ihn als Mitglied einer Delegation der Tirana-Bank nach Zürich geführt hatte, war er eingeschlafen und erst wieder aufgewacht, als er die Stewardeß mit freundlicher Stimme fragen hörte: Möchten Sie etwas trinken, mein Herr?

Er war damals sehr glücklich gewesen. Das Flugzeug erhob sich hinauf bis über die Wolken, und immer aufwärts schien es auch in seinem Leben zu gehen. Ein einziges Mal hatte er von dem Flug geträumt, aber trotz seiner stetigen Erwartung war der Traum nie wiedergekommen. Nun zwang er ihn gleichsam von außen in das dösende Gehirn, und nur die Stewardeß mit der freundlichen Stimme fehlte noch. Sie würde aber bestimmt gleich kommen. Ja, da war sie schon, und obwohl er ihr Gesicht nicht erkennen konnte, fühlte er ihr Lächeln. Anstatt der Frage »Möchten Sie etwas trinken, mein Herr?« vernahm er allerdings ein lautes Krächzen. So schnell geht das, dachte Maks. Du hast doch gerade erst etwas bekommen.

Er warf einen Blick nach unten, da war immer noch der See. In seiner rechten Hand lag das Fleischmesser. Du bist wohl schon scharf auf meine Leber, um möglichst rasch an meine Rippen und mein Herz zu kommen. Vorsicht, Vogel!

Das Krächzen des Adlers wurde immer wilder, und immer heftiger flatterte er mit den Flügeln, so daß Maks um seine Augen fürchtete. Hatte der Vogel etwa seine List durchschaut? Wenn er etwas unternehmen wollte, durfte er keine Zeit mehr verlieren. Noch befand sich der Bergsee unter ihnen, und auf jeden Fall war es besser, ins Wasser zu stürzen als in Felsenklüften zu zerschellen.

Er umklammerte den Hals des Vogels noch fester und flüsterte aufgeregt: Wir müssen uns einig werden, Adler, das ist die einzige Möglichkeit.

Doch dieser krächzte nur noch wilder und hackte Maks seinen Schnabel direkt unter dem Auge in die Wange.

Der wich einem zweiten Hieb aus und schrie: So ist das also, Bestie? Wenn du es nicht anders willst...

Er stieß das Messer, das sich noch immer in seiner rechten Hand befand, zwischen die Schultern des Adlers, der, anders als erwartet, nicht wütender wurde, sondern mit einem Zittern zur Ruhe kam.

Bedauernd streichelte Maks die Stelle zwischen den Flügeln, an der das Messer getroffen hatte. Die Schwingen des Vogels bewegten sich gleichmäßig, und er spürte, daß sie gut vorankamen. Mit geschlossenen Augen bat er die Jungfrau Maria um Beistand.

Als er die Augen wieder aufschlug, hatte sich die Umgebung verändert. Sie flogen durch einen finsteren, abgrundtiefen Raum, in dem er auch noch andere Adler zu entdecken glaubte. Die in Weite gegossene Trauer, allem Diesseitigen unähnlich, machte ihn ganz starr. Sie befanden sich nun wohl auf der großen Straße nach oben, und alles zuvor schien bloß der Beginn der Reise gewesen zu sein, unruhig wie die Startphase eines Flugzeugs.

Da sich seine Augen allmählich an die Dunkelheit gewöhnten, konnte er die anderen Adler mit ihren Reisenden jetzt besser erkennen. Einige konnten sich offenbar kaum auf den Vögeln halten. Erschöpft und voller Angst hatten sie ihre Köpfe zwischen die Flügel sinken lassen, während die Arme seitlich herunterbaumelten.

Verwundert nahm Maks wahr, daß einige der Adler in der

Gegenrichtung unterwegs waren. Befanden sie sich auf dem Rückweg? Er begriff erst, als er auf dem Rücken eines vorüberkommenden Adlers ein menschliches Skelett entdeckte, dessen Arme, einer schmückenden Kette gleich, noch immer um den Hals des Vogels geschlungen waren. Maks glaubte gar, ein Klappern von Knochen zu vernehmen.

Es war fürchterlich. Schnell ging er in Gedanken durch, was er über solche Fälle gelesen und gehört hatte. Dauerte die Reise zu lange, war das mitgebrachte Fleisch irgendwann aufgebraucht, und dem Körper des Menschen mußten Stücke entnommen werden, Leber, Rippen, Herz ... Das blühte auch ihm, wenn er sich nicht vorsah.

Für solche Sorgen ist es noch zu früh, redete er sich gut zu. Kommt Zeit, kommt Rat. Traurig schaute er sich in dem ausgedehnten, finstern Schlund um. Manchmal hatte er das Gefühl, ganz allein in dieser öden Weite zu sein, aber diese Angst war unbegründet. Unversehens füllte sich die Schlucht wieder mit himmlischen Trägern, die samt ihrer Beute in einer der beiden Richtungen unterwegs waren. Hoffnungsfrohe Reisende kamen vorbei, aber auch andere, die ohnmächtig zusammengesunken waren, und manche hingen gar völlig leblos auf den Vogelrücken. Jemand an der Kleidung zu erkennen war unmöglich, und auch Zeitungsfotos, an die er sich zu erinnern versuchte, brachten ihn nicht weiter. Bestimmt waren jedoch viele berühmte Künstler, Bankiers, Huren, Astrologen, Minister mit blutbefleckten Händen, internationale Moderatoren, Schurken und falsche Propheten darunter.

Manche schauten nachdenklich, bei anderen war vor lauter Anstrengung die Herrscherkrone verrutscht oder sogar ganz heruntergefallen, so daß man auf dem Kopf die tiefen Druckstellen vom vierzigjährigen ununterbrochenen Tragen sah.

Er wunderte sich immer wieder, wie viele es waren. Eine ganze Generation schien sich auf die gefiederten Pferde geschwungen zu haben, um der eigenen Epoche zu entrinnen, und ritt nun voll Hoffnung und Trauer durch das Dämmerlicht.

Unten und oben aber wußte man von alledem nichts. Man ging in die Schule, lernte etwas über Julius Cäsar, ägyptische Pyramiden, Kreuzfahrer, Atombombenabwürfe, Dschingis Khans oder Adolf Hitlers Kriegszüge und glaubte, dies sei die Realität. Von der wirklichen Welt mit ihren ganz anderen Kronjuwelen, Folterqualen oder namenlosen Monarchen hatte man nicht die leiseste Ahnung. Er selbst war jetzt Teil dieser geheimen Seite der Welt, wenn auch nur als einsamer Versprengter inmitten endloser Horden.

Wieder schlummerte er ein, und sein Kopf sank zwischen die beiden Flügel, genau an die Stelle, wo sich die Messerwunde befinden mußte. Verzeih, sagte er zu dem Vogel, ohne zu wissen, ob er damit die Vergangenheit oder die Zukunft meinte. Für ihn war beides eins geworden.

Nach einem neuerlichen Schlummer fand er den Anblick verändert vor. Ein bescheidener Glanz mit lila Zentrum quälte sich herzzerreißend durch die Finsternis.

Ihm schien, sie hätten ihr Ziel fast erreicht. Drunten war verschwommen eine Küste zu erkennen, die irische womöglich. Der Adler vermied sie seitlich und drang für eine Weile wieder ins Chaos ein. Als sie die dunklen Schwaden verließen, waren sie, da täuschte er sich bestimmt nicht, auf Höhe Gibraltars und der Säulen des Herkules. Das mit Kriegsschiffen schwarz befleckte Wasser war von entsetzlich dunkelblauer Farbe.

Wir sind da, dachte er. Vor ihnen ragten drohend Albaniens Berge auf, wo sie ihn gewiß zu zerschmettern planten.

Nirgends kann ein Sturz leidvoller sein, dachte er.

Der Adler legte sich leicht in die Kurve. Du freust dich, daß du es geschafft hast, dachte Maks. Kein Wunder, spricht man hier doch vom Land der Adlersöhne.

Zwischen Nebelschwaden war immer wieder die Meeres\
oberfläche zu sehen. Alles mußte erledigt sein, solange sich un\
ter ihnen noch Wasser befand. Er hatte vor, den Kadaver des Vogels als eine Art Fallschirm zu benutzen, um den Aufprall zu mildern.

So verzeih denn deinem Sohn! Er versuchte, sich mit der Hand, die das Messer hielt, zu bekreuzigen, dann stieß er mit schrecklicher Gewalt zu. Schriller denn je kreischte der Vogel auf. Beim zweiten Stoß schrie er selbst. Er hatte seinen eigenen Arm getroffen, der den Hals des Adlers umklammert hielt. Er spürte, wie das Blut aus der Wunde strömte, und stellte sich so\
gar vor, wie es in den grauen Nebel hineintropfte.

Der Adler geriet ins Trudeln, und gleich darauf stürzten beide, sich heftig überschlagend, in die Tiefe, als saugte sie ein Strudel hinab. Der Himmel mit seinen Wolkenschwaden war manchmal über und manchmal unter ihnen, es gab überhaupt kein Oben und kein Unten mehr, sondern nur schwindelnde Bewegung, die ihm gleichzeitig Sturz und Emporstieg zu sein schien. Blutbesudelte Flaumfedern taumelten träge über und unter ihm durch die Luft. Da erst begriff er, daß wirklich Blut geflossen war.

Er hatte gehört, der Mensch sehe an der Schwelle des Todes sein ganzes Leben an sich vorbeiziehen, deshalb kniff er die Augen zusammen, um die Bilder von sich fernzuhalten. Doch vergebens. Da waren die Nationalbank am Vormittag, die zu\
gefrorenen Fenster, der Gruß des Ministers, als schon über ihn geflüstert wurde, die rosarote Müdigkeit von Anas Geschlecht,

die Eifersucht der Brüder, der Schnee, den sich alle zu Weih-
nachten wünschten, das Schimmern des Mondes um zehn Uhr
nachts, als er losgegangen war, um Zigaretten zu kaufen, und
schließlich die Plakate mit den Anfangszeiten von Stücken, die
inzwischen längst vom Spielplan gestrichen waren.

Alles ist vorherbestimmt, dachte er und ließ das Messer fallen. Tage seines Lebens tröpfelten ein Stück abseits an ihm vorbei. Er sah die beiden AnAs, die listig ineinander verschwam-
men, und der Verdacht, es sei die gleiche Frau gewesen, in zwei
zerspalten von seinem Gehirn, bereitete ihm nur noch Müdigkeit. Noch jetzt, in den letzten Momenten seines Lebens, fielen
sie ihm mit ihrer Frage zur Last, die erst die eine, dann die andere und endlich, als sie sich vereinigt hatten, beide gemeinsam
stellten: Steigst du hinauf, mein Herz?

7

Der Betreiber der Bar Freiheit schaute ein weiteres Mal aus dem
Fenster. Obwohl es draußen auf der Straße aussah wie immer
(ein Regen, der so fein war, daß die Hälfte der Passanten noch
nicht einmal die Schirme öffnete, verstärkte an diesem Sams-
tagmorgen in der Provinz noch den Eindruck des Gewöhnlichen), hatte er das Gefühl, daß irgend etwas vor sich ging.

Da draußen ist etwas los! Der Satz wäre wahrscheinlich
wirklich gefallen, hätte er nicht die entzückte Miene seines Gehilfen gefürchtet: Endlich, nach all den Jahren!

Als das Auto des Polizeichefs, das vor etwa einer Stunde
gleichsam im Windschatten des Krankenwagens vorbeigerast
war, zurückkam und am Gehsteig hielt, verflog auch noch der
letzte Zweifel.

Gefolgt von zwei seiner Untergebenen, betrat der Polizeichef mit mürrischem Gesicht das Lokal.

»Drei Kaffee, aber starke«, sagte er, ohne jemanden dabei
anzusehen.

»Was ist passiert?« fragte der Barmann, als er die Kaffeetassen vor sie hinstellte. »Entschuldigen Sie, Chef, vielleicht
dürfen Sie über die Sache ja nicht reden, aber als ich vorhin Ihr
Auto und den Krankenwagen sah, habe ich mir gesagt, wenn
der Chef schon so früh rausmuß, ist bestimmt etwas vorgefallen. Aber bitte, wenn es geheim ist, dann entschuldigen Sie
meine unbedachte Frage.«

Der Polizeichef quittierte den umständlichen Vortrag mit
einem spöttischen Blick.

»Geheim ist es überhaupt nicht«, sagte er mit einer Stimme,
der man die kurze Nacht anmerkte. »Aber ziemlich ungewöhnlich, würde ich sagen.«

»Um Gottes willen!« rief der Barmann.

»Ich glaube zwar nicht an Gott, aber der Ausdruck paßt«,
antwortete der Chef. »Ich bin ziemlich lange in diesem Geschäft, doch so ein Tötungsdelikt ist mir noch nicht vorgekommen.«

»Tötungsdelikt?« rief der Barmann.

»Was hast du denn geglaubt? Schlimmer sogar. Wie nennt
man es, wenn zwei Lebewesen sich gegenseitig massakrieren?
Oder noch komplizierter, ein Mord mit anschließendem Selbstmord oder ein Doppelmord mit unbekanntem Täter. Jedenfalls
eine dieser undurchsichtigen Geschichten, die einen ganz verrückt machen.«

»Um Gottes willen!« sagte der Barmann erneut. »Und wo
hat es sich zugetragen, wenn ich fragen darf?«

»Habe ich das nicht schon gesagt? Im Zoo, wo sonst?«

Der Barmann schaute ihn entsetzt an. Schon wieder, dachte er. Die Serie der Skandale mit dem geschenkten Krokodil, dem nie angekommenen nordländischen Elch und der schnöden Flucht der Schlange ging also weiter. Oder nein, denn was in dieser Nacht vorgefallen war, übertraf alles andere bei weitem. Er erfuhr, daß es zu einem Kampf zwischen Mensch und Adler gekommen war, in dessen Verlauf sich die beiden gegenseitig die Augen ausgehackt und tiefe Wunden zugefügt hatten, an denen sie verschieden beziehungsweise krepiert waren, je nachdem. Auf alle Fälle gab es zwei blutbesudelte Leichen.

»Und wer war der Verrückte, falls ich das wissen darf?« erkundigte sich der Barmann.

»Einer aus der Hauptstadt, einer von den Rotierten«, antwortete der Chef. »Ich glaube, du hast ihn gekannt, er kam zum Kaffeetrinken hierher.«

»Ein Blonder, der bei der Sparkasse arbeitete?«

»Genau!«

»O nein!« rief der Barmann. »Maks!«

»Ja, so hieß er wohl, Maks«, antwortete der Polizeichef und stand auf. »Diese Wahnsinnigen! Bisher brachten sie aus Eifersucht ihre Frauen oder Freundinnen um, und jetzt fangen sie auch noch an, sich mit Federvieh herumzuschlagen. Gut, daß es in unserer Stadt keine Umweltschützer gibt, sonst würden die auch noch ihren Senf dazugeben.«

Der Barmann wartete, bis die Polizisten draußen waren, ehe er seinen Schurz ablegte und zu seinem Gehilfen sagte: Ich geh mal und schau mir das an, es dauert nicht lange.

Zwischen den Eisenkäfigen und der Zisterne war alles schwarz von Schaulustigen. Eine Stimme rief immer wieder »Geht weg!«, doch dies schien eher das Gegenteil zu bewirken.

Die Leute drängten sich vor zum Adlerkäfig, um dann mit

bleichen Gesichtern zurückzukommen. Ungläubig schüttelten sie den Kopf, als wollten sie das Gesehene aus ihren Gehirn-windungen vertreiben.

Zwei Fotografen, einer von der Presse, der andere von der Staatsanwaltschaft, umkreisten unter den gleichgültig blicken-den Augen des Gerichtsmediziners pausenlos den Käfig.

Soll die Hauptsache, also der Kampf zwischen Mensch und Adler, gleich in der Überschrift erscheinen, oder soll dort nur Appetit aufs Weiterlesen gemacht werden? fragte der Reporter der Lokalzeitung seinen Chefredakteur. Das kannst du halten, wie du willst, aber gebrauche gefälligst nicht dauernd das Wort »rätselhaft«, hast du verstanden? antwortete der Angespro-chene.

Der Barmann hatte es inzwischen bis ans Gitter geschafft, an dem er sich festklammern mußte, weil seine Knie nachga-ben. Das Bild, das sich im Käfiginneren bot, war unerträglich. Maks war auf dem Rücken ausgestreckt, den einen Arm vor das Gesicht gewinkelt, um das unversehrt gebliebene Auge zu schützen, während der andere Arm, vom Körper abgetrennt, in einer Blutlache lag. Etwas abseits, neben den ausgebreiteten Schwingen des Adlers, dessen verbliebenes Auge eiskalt zum Himmel starrte, lag das Messer. Überall waren blutige Federn verstreut.

»Irgend etwas werden Sie uns doch für die Zeitung sagen können«, drang ein Journalist in den Gerichtsmediziner, wobei er ihm ein Mikrophon unter die Nase hielt. »Natürlich interes-siert unsere Leser vor allem Ihre Meinung, Doktor, das werden Sie verstehen.«

»Was ich sagen kann, ist, daß ich keine Erklärung habe«, er-widerte der Arzt. »Das haben Sie inzwischen schon zehnmal von mir gehört. Kapieren Sie es doch endlich! Der Vorfall ist völlig unerklärlich. Seit ich Gerichtsmediziner bin, habe ich so etwas noch nie erlebt.«

»Glauben Sie, das Tier hat den Menschen angegriffen, oder war es eher umgekehrt? Das zerstörte Auge des Mannes spricht ja dafür, daß der Adler sich nicht gerade friedlich verhalten hat.«

»Trotz der erkennbaren Schnabelhiebe ist es ausgeschlossen, daß der Vogel den Tod des Menschen herbeigeführt hat«, erwiderte der Gerichtsmediziner mit müder Stimme. »Das Tier hingegen weist Messerstiche in Hals und Rücken auf.«

»Woran ist dann der Mensch gestorben?«

»Dies ist ungefähr das einzige, was feststeht«, erklärte der Arzt. »Bei seinem heftigen Eindringen auf den Adler hat er mit dem Messer versehentlich den eigenen Arm im Bereich der Arterie getroffen und sich dabei die tödliche Verletzung zugefügt. Schließlich handelte es sich um ein Fleischermesser, und die sind gewöhnlich sehr scharf.«

»Und warum hat er den Adler mit dem Messer traktiert?«

Der Arzt zuckte die Schultern.

»Verlangen Sie bitte nichts Unmögliches von mir. Das wird sich wahrscheinlich nie aufklären lassen.«

»Noch eine letzte Frage. Glauben Sie, der Tote hat an einer psychischen Beeinträchtigung gelitten? An Delirium tremens zum Beispiel?«

»Auszuschließen ist es nicht.«

Er war überhaupt nicht krank, hätte der Barmann fast gesagt. Wir sind die Kranken, wir alle. Doch der Kummer schnürte ihm die Brust zusammen, so daß er die Worte auch bei entsprechendem Mut nicht herausgebracht hätte.

Warum hast du das getan? wandte er sich in Gedanken an den Toten. Uns so aufzuwühlen. Was wir brauchen, ist Betäubung.

»Verschwindet endlich, damit wir unsere Arbeit tun können«, war die Stimme des Polizeichefs zu hören.

Mit Mühe gelang es zusätzlich herbeigeschafften Polizisten,
die Menge zurückzudrängen.

Der Barmann warf noch einen letzten Blick auf den Toten
und hatte auf einmal den Eindruck, der über dem Gesicht liegende Arm sei weniger ein Schutz vor Angriffen als vor dem
Eindringen in sein Geheimnis.

Leb wohl, mein Junge, dachte er und unterdrückte mit
Mühe ein Schluchzen.

Die hinausströmende Menge stieß auf die Traube derer, die
unter allen Umständen hineinwollten und sich weder von den
Polizisten noch den Eisentoren, welche die Helfer des Staatsanwalts zu schließen versuchten, abweisen ließen. Die Leute verhielten sich überaus rüpelhaft. Manche wiesen, gewissermaßen
als Beleg für die Rechtmäßigkeit des Wunsches nach Unter-
richtung, ihre vom Regen durchnäßten Haarschöpfe vor, die
Krücken, an denen sie sich hergeschleppt hatten, und in allen
Augen war ein kaltes Entsetzen zu entdecken, das aus dem eisigen Jahrtausend zu stammen schien, als beide Rassen, Mensch
und Vogel, der ursprünglichen Finsternis noch sehr nahe gewesen waren.

Am Nachmittag lagen die toten Körper immer noch dort. Der
Gerichtsmediziner hatte verlangt, vor seiner abschließenden
Untersuchung einen Blick auf die von der Polizei aufgenom-
menen Zeugenaussagen werfen zu dürfen.

DER AUFSEHER DES ZOOLOGISCHEN GARTENS:
Ich weiß nicht, was ich sagen soll, ganz ehrlich. Ich habe das
alles noch nicht richtig verarbeitet, also nehmt mir nicht übel,

wenn ich etwas Falsches sage. Ich habe schon gemerkt, daß es ihn zu dem Adler hinzog, aber daß es so weit gehen würde, daran hätte ich nicht im Traum gedacht. Er lebte noch, als ich ihn morgens in der Frühe fand. Dieser höfliche junge Mann, man erkannte ihn kaum, blutüberströmt, es war entsetzlich. Er tastete nach dem Messer, das ihm aus der Hand gefallen war, und redete dabei wirres Zeug. »Er wollte mein Herz.« Er, das war der Adler. Er sagte diesen Satz noch mehrmals, bevor er starb. Ich brachte es nicht fertig, ihn zu fragen, was er damit meinte. Das sollte man verstehen, ich war so erschüttert, daß ich kein Wort herausbrachte.

DER METZGER: Daß er plötzlich ankam, um Fleisch zu kaufen, hat mich schon etwas gewundert, aber viel gedacht habe ich mir, ehrlich gesagt, dabei nicht. Schließlich hat jeder so seine Launen. Was das Messer angeht, so habe ich den Verlust gar nicht bemerkt, wie ich zugeben muß. Aber diesen höflichen jungen Mann hätte ich garantiert nicht verdächtigt.

DIE BIBLIOTHEKARIN A. H.: Er war, glaube ich, zweimal bei uns in der Bücherei und wollte etwas über alte Legenden haben. Ich fand dann ein Volkskundebuch aus den dreißiger Jahren. Als ich es ihm gab, funkelten seine Augen richtig furchterregend. Darin befand sich wohl, was er suchte, nämlich die Geschichte eines Menschen, der mit Hilfe eines mythologischen Vogels der Unterwelt entflieht. Aber ansonsten wirkte er höflich, wenn auch etwas melancholisch. Man merkte gleich, daß er aus der Hauptstadt kam.

EIN EHEPAAR: Wir wohnen schon vierzig Jahre neben dem Zoo und kennen uns aus mit den Tiergeräuschen. Vor allem in schwülen Nächten geht es sehr laut zu. Aber die vergangene Nacht werden wir nie vergessen. Man hörte gleich, daß etwas nicht stimmte. Bis drei Uhr morgens hat der Adler gekrächzt und gekreischt. Wir dachten, er sei vielleicht krank, oder ein anderes Tier hätte sich in seinen Käfig verirrt. Oder daß ihn jemand zu stehlen versuchte. Als wir dann hörten, was wirklich geschehen war, konnten wir es kaum glauben. Gegen vier Uhr hörte das Krächzen auf, danach gab das arme Tier keinen Laut mehr von sich.

Die letzte Zeugenaussage befand sich in einem Extrahefter. Unter dem Namen ANA hatte der ermittelnde Beamte vermerkt, daß es offensichtlich zwei Frauen dieses Namens gebe, die der Verstorbene in seinen Aufzeichnungen durch eine unterschiedliche Schreibweise, Ana und anA, auseinandergehalten habe. »Trotzdem ist nicht auszuschließen, daß es sich um ein und dieselbe Person handelt.«

Der Arzt las den Kommentar des Polizisten mehrfach durch, ehe er sich der eigentlichen Aussage zuwandte.

ANA: Ich habe ihn nie wirklich verstanden. Daß er sich manchmal Sachen einbildete, stimmt auf jeden Fall. Besonders schlimm war es am Nachmittag und Abend, bevor die Sache passierte. Er hatte die ganze Zeit Fieberphantasien. Zum Beispiel redete er von einem Bergsee, einem heiligen Ort, einer Art Tempel oder so, der, wenn ich es richtig verstanden habe, als Startplatz nach oben diente. Aber ich nahm das nicht so ernst, schließlich kannte ich seine Höhenflüge inzwischen. Außerdem hatte er so schlimmes Fieber, daß er mich doppelt sah. Selber behauptete er ständig, es gebe irgendwo noch eine andere Ana, aber das habe ich natürlich nicht geglaubt.

Hubschrauberlärm lenkte den Arzt von seiner Lektüre ab. Er suchte eine Weile lang den Himmel ab, doch über der Stadt lag noch immer eine dichte Wolkendecke. Wahrscheinlich ist es der gleiche wie heute mittag, dachte er, und sofort danach: Der kann uns getrost gestohlen bleiben.

Als der Hubschrauber am Mittag über der Stadt gekreist war, bis er endlich in einer Grünanlage einen Landeplatz gefunden hatte, war sofort klargewesen, daß dieser Vorgang eine Menge neuer Gerüchte auslösen würde. Sie ließen dann auch nicht lange auf sich warten. Die meisten hatten mit dem ungeklärten Todesfall zu tun (Sollte der Leichnam rasch in die Hauptstadt überführt werden, war man auf der Suche nach dem versteckten Bergsee?), und aus ihnen resultierten weitere Tuscheleien (Gab es womöglich schon wieder eine Verschwörung, traf eine neue Verordnung ein oder kam sogar der Generalstaatsanwalt persönlich?).

Der Arzt öffnete die Käfigtür und kniete neben dem toten Adler nieder, um seine Verletzungen erneut in Augenschein zu nehmen. Dann untersuchte er den abgetrennten Menschenarm mit der durchschnittenen Arterie und das von Schnabelhieben zerstörte Auge. Er drehte Leichnam und Kadaver um und ließ sie nochmals fotografieren, während jemand vom Kriminallabor an dem beschädigten Schloß Fingerabdrücke abnahm.

»Ihr könnt sie jetzt mitnehmen«, sagte der Mediziner schließlich mit einer Kinnbewegung in Richtung der toten Körper. »Ich bin fertig.«

Als sich der Käfig leerte, fühlte er sich ein wenig befreit, mußte jedoch immer wieder auf den blutgetränkten Boden schauen. Die purpurroten Flecken schienen zu verblassen, als gelte es, ein Geheimnis zu hüten, doch gleich darauf gewannen sie ihren Glanz zurück.

Er bedeckte seine Augen mit den Händen, doch als er sie wieder wegzog, war das aggressive Glitzern immer noch da. Erschrocken schüttelte er den Kopf, doch im gleichen Augenblick wurde die Tönung des Blutes wieder kalt und stumpf. Er warf einen Blick nach oben und begriff, daß alles von dort kam. Das Blut schien mit dem Himmel zu kommunizieren. Dieser änderte sein Erscheinungsbild ständig, war erst bedrohlich wild und dann noch bedrohlicher, wenn die Wolken aufrissen und er ein eisiges Lächeln zeigte. Der Arzt bedauerte in diesem Augenblick schmerzlich, daß er nicht ein urzeitliches Wesen war, ein prähumanoides Geschöpf, halb Affe, halb Mensch, denn dann hätte er es besser verstanden, den Himmel zu lesen, der sichtlich erbost war über die Ermordung eines seiner Bewohner.

Immer noch verbreiteten die Motoren des Hubschraubers ein Knattern und Dröhnen, das aus den endlosen Tiefen des Raums zu stammen schien. Er mußte an die geheimnisvoll zehrende Wirkung vergossenen Blutes denken, unter der manchmal selbst die brutalsten Mörder zusammenbrachen, und für einen kurzen Moment wäre er vielleicht sogar bereit gewesen, jemanden zu töten, nur um diese schreckliche Erfahrung am eigenen Leibe erproben zu können.

Irgend etwas stimmt nicht mit mir, dachte er. Noch nie hatte ihn ein Verbrechen so mitgenommen. Er versuchte, seine Gedanken auf die Realitäten seines Berufs zurückzubringen, die möglichen Motive und Umstände der Tat, die tödliche Wunde. Er konnte sich nicht entsinnen, jemals von einer Adlerphobie gehört zu haben, und erst recht galt dies für das Gegenteil, eine Adlerphilie, welche zu sexuellen Übergriffen auf das Tier hätte führen können. Am wahrscheinlichsten war Selbstmord, vollzogen in unmittelbarer Nähe eines Vogels, der im Staats-

wappen enthalten war, was eigentlich nur noch eine weiterfüh-
rende Auslegung zuließ: daß ein Bürger durch seinen Suizid
das Symbol des Staates hatte beleidigen wollen.

Er versuchte sich zusammenzunehmen, merkte aber, daß
seine Phantasie bereits in Flammen stand. Hier war es zu einer
Konfrontation des Menschen, des Albaners, mit dem mythologischen Vogel gekommen, von dem er nach altem Glauben ab-
stammte. Ein Elternmord wie in der Antike! Hatte er von dem
Vogel etwas verlangt und nicht bekommen? Oder hatte sich
umgekehrt der Mensch einem Befehl des Vogels verweigert?
Hatte jeder Unmögliches vom andern verlangt?

»Er wollte mein Herz!« Er mußte wieder an die letzten
Worte des Menschen denken. Unmöglich! Der Doppelsinn des
Satzes ließ keine vernünftige Auslegung zu. Es hätte zur Aufklärung des Geheimnisses einer Aussage der Gegenpartei bedurft, doch war vom Adler als letzte Äußerung nur ein Krächzen belegt, das einzige sprachliche Ausdrucksmittel, das ihm
die Natur vor ein paar tausend Jahren zur Verfügung gestellt
hatte.

Unmöglich, für immer und ewig unmöglich, stöhnte der
Arzt. Er stand vor einer Wand, über die sein Verstand nicht
hinwegkam. Immer noch starrte er auf die Stelle, an der das
miteinander vermischte Blut der beiden Wesen von innen heraus zu funkeln und den Betrachter in sich hineinzusaugen
schien.

Er war überzeugt, daß sie es mit einem jener unfaßbaren
Vorgänge zu tun hatten, die in den Chroniken und Zeugnissen
der Menschheit niemals auftauchten. Jeder Versuch, ihm einen
Sinn zu entreißen, war vergeblich, denn gerade, wenn man seiner habhaft zu sein glaubte, verflüchtigte er sich wieder und
ließ dabei die peinigende Erkenntnis zurück, daß die größten

Wahrheiten der Welt auf alle Ewigkeit in tiefer Finsternis begraben waren.

Wahrscheinlich machen sie die eigentliche Geschichte der Menschheit aus, dachte er, während er bekümmert die blutbeschmierten Federn betrachtete, die der Wind im Käfig aufwirbelte.

Vielleicht verbirgt sich in dem Ereignis ja noch mehr, dachte der Arzt. Mensch und Vogel hatten vielleicht gar nicht gewußt, welchen Befehlen sie in ihrem blinden Kampf gehorchten. In den Zeugenaussagen war von einer Art Tempelstätte die Rede, die dem Opfer als Ausgangspunkt eines Aufstiegs habe dienen sollen. Des Aufstiegs in die Unmöglichkeit, das war sicher.

Diese Erkenntnis tauchte sein Gehirn in ein kaltes Licht, das nur aus Sphären stammen konnte, die allem Lebendigen nachgelagert waren. Vielleicht war die Menschheit in diesem Winkel des Weltalls eingekerkert, gefesselt vom Trieb zur Selbstzerstörung, und wurde nur ganz gelegentlich und nicht länger, als ein kurzes Aufschrecken aus dem Schlaf dauert, vom sündigen Bedürfnis befallen, den Käfig zu verlassen. Es war ein fiebriges Erwachen, quälend und unbeschreiblich. Denn der Menschheit, so vollkommen sie sich auch wähnte, waren in den Jahrtausenden nur ein paar wenige Laute und Worte mehr zugewachsen als dem krächzenden Adler, und ein Teil davon war ganz ohne Sinn.

DER RAUB DES KÖNIGLICHEN SCHLAFS

I

Am Dienstagabend, vier Wochen nach seiner Thronbesteigung, überflog der neue Sultan Cem den vertraulichen Bericht über die Ereignisse des Tages in der Hauptstadt (dies war einer der wenigen angenehmen Bestandteile seines Herrscherlebens), und während er seinen Blick träge über die Seiten gleiten ließ, die trotz eines scharfen Verweises an die Schreiber noch immer mit übermäßig großen Lettern bedeckt waren, eine schlechte Gewohnheit, die von der Sehschwäche seines unlängst dahingegangenen Vaters Turhan während der letzten Jahre seines Lebens herstammte (schon jetzt legte sich Sultan Cem den Rüffel zurecht, der morgen auf den Oberschreiber herabsausen würde: Hör zu, bei aller Wertschätzung für meinen seligen Vater, wenn du absolut nicht kapieren möchtest, daß ich auf jeden Fall besser sehe als er, dann wanderst du gleich morgen in das Bergwerk von Karakorum), fiel seine durch den Unmut geschärfte Aufmerksamkeit auf ein kleines Detail in dem Bericht. Es ging um den Diebstahl eines Dossiers im Palast der Träume.

Was soll das, fragte er sich. Ganz abgesehen davon, daß das grobschlächtige Gekrakel dem Ereignis noch den letzten Hauch von Geheimnis raubte, erschien ihm der Vorfall auch zu ordinär, um in den Bericht aufgenommen zu werden, zumal er unmittelbar auf den Selbstmord der jugendlichen Gattin von

Irfan Pascha folgte, der eine Woche zuvor seines Amtes als Außenminister enthoben und in Konya interniert worden war.

Er schob das Blatt von sich weg (die übergroßen Buchstaben erschienen ihm als boshafter Hinweis darauf, daß man von ihm erwartete, von Änderungen an der politischen Linie seines Vaters abzusehen, die halbe Hauptstadt redete von nichts anderem), er schob also das Blatt von sich weg, wobei er sich in die Weltsicht seines Vater hineinzudenken versuchte, und aus irgendeinem Grund blieb sein Blick an Punkt siebzehn des Berichts hängen, der dem Diebstahl des Dossiers gewidmet war.

Schläfrig überlas er ihn noch einmal, um zu überprüfen, ob ihm bei der flüchtigen Durchsicht vielleicht etwas entgangen war: In den frühen Morgenstunden der Nacht von Montag auf Dienstag wurde im Palast der Träume das dem Schlaf von Sultan Aziz gewidmete Dossier entwendet. Es handelt sich um den ersten Diebstahl dieser Art seit dem Jahr 1701.

Aha, so ist das also, dachte der neue Herrscher, sagte aber vernehmlich: »Natürlich nicht!« Natürlich sah die Sache nicht so einfach aus, wie es ihm zunächst vorgekommen war. Eigentlich hätte der Schlaf seines Großvaters ganz oben in den Bericht gehört, wenigstens aber vor die Gerüchte über seinen Vetter Remzi und unbedingt vor den Fauxpas des Wesirs Mazlum bei der Hochzeit des Sohnes von Patriarch Athanasis, als er, nachdem er angeblich irrtümlich in die Frauentoilette eingedrungen war, auch noch die Gattin des maltesischen Botschafters zu vergewaltigen versucht hatte.

Je nun, murmelte er vor sich hin. Es klang, als wolle er sich bei seinem Großvater für die Respektlosigkeit der Beamten entschuldigen. Hätte es sich um das Dossier seines Vaters gehandelt, wäre der Vorfall bestimmt ganz oben, wenn nicht gar in der Überschrift des Berichts erwähnt worden.

Dennoch fand er es irgendwie beruhigend, daß nicht dem Schlaf seines Vaters Gewalt angetan worden war.

Der Diebstahl des Dossiers war unverzüglich dem Innenministerium, der militärischen Aufklärung sowie den beiden Geheimpolizeien der Hauptstadt gemeldet worden.

Wie immer, wenn es irgendwem oder irgend etwas gelang, ihn zu überraschen, schürzte der Sultan die Lippen. Er warf die Blätter auf die Bettdecke und schaute aus dem Fenster.

Draußen glitzerten die Lichter der Hauptstadt, auch wenn es zu dieser späten Stunde nicht mehr viele waren. Es fiel ihm leichter, sich einen Haufen Schmuck oder eine Dame in der Hand von Räubern vorzustellen als den Schlaf eines vor langer Zeit verstorbenen Monarchen.

Was mögen sie wohl damit vorhaben? überlegte er träge. Seine Lider wurden schwer, und er läutete nach Ibrahim, seinem greisen Diener, damit er ihm beim Auskleiden helfe und die Wolldecke über seine Füße breite.

Während der alte Mann sein Kopfkissen aufschüttelte, dachte der neue Sultan wieder an die Räuber. Was sie mit dem gestohlenen Dossier angestellt hatten, lag in seiner Vorstellung irgendwo zwischen dem Zählen erbeuteter Goldstücke und der Entehrung einer entführten, inzwischen nackten Frau.

»Ibrahim, was geschieht, wenn das Schlafdossier eines Herrschers gestohlen wird?« fragte er gähnend.

Der greise Diener brauchte eine Weile, bis er die Frage seines Herrn begriffen hatte. Sein ganzes Leben lang hatte er sich einzig mit dem Bett seines Gebieters befaßt, wöchentlich die Wollfüllung der Matratze gelockert, die Bettücher instand gehalten und das Deckbett ausgelüftet. Verwirrt und vorwurfsvoll schaute er seinen Herrn an, der ihn, den Armen, der bereits mit einem Fuß im Grabe stand, so quälte.

»Meine Schuld, ich hätte nicht fragen sollen«, sagte der Sultan echauffiert. »Verschwinde ins Bett, aber schicke vorher noch Jusuf zu mir.«

Der Greis strich noch einmal über das Kopfkissen, um sich zu vergewissern, daß wenigstens von dorther kein Ungemach drohte, und verbeugte sich leicht.

»Wie Ihr befehlt, Hoheit!«

Gleich darauf trat Jusuf mit entsetzter Miene ins Schlafzimmer. Er war noch betagter als Ibrahim, aber in seiner ganzen endlos langen Zeit als königlicher Traumaufzeichner hatte man ihn noch nie zu solch später Stunde gerufen, um einen Traum festzuhalten. Der vor kurzem verschiedene alte Sultan war gleich allen seiner Vorgänger, wie Jusuf sich hatte berichten lassen, dem guten Brauch gefolgt, seine Träume nach dem Morgenkaffee zur Niederschrift zu geben.

So hatte Jusuf seit vielen Jahren jeden Morgen mit seinen Schreibutensilien in einem der Nebenräume des königlichen Schlafgemachs gewartet, bis einer der Diener kam und ihn holte oder aber den Kopf schüttelte, was bedeutete, daß der Herrscher diesmal ohne Traum geblieben war.

Der kürzlich verblichene Sultan hatte in seiner letzten Zeit immer weniger geträumt, und wenn doch, konnte er sich meistens nur noch an den Anfang oder das Ende des Traums erinnern. Am Schluß war gar nichts mehr geblieben, so daß man ihn regelmäßig hatte sagen hören: Ich habe schlecht geträumt, aber ich kann mich nicht entsinnen, was. Und so wurde es dann auch im Heft vermerkt: Schlechter Traum, keine Erinnerung.

Jetzt aber ließ ihn der neue Sultan plötzlich zu einer derart ungewöhnlichen Stunde rufen, und auch noch voll Ungeduld, obwohl er sich in den letzten vier Wochen überhaupt nicht gemeldet hatte, als seien alle seine Nächte schlaflos verlaufen. Jusuf war seine tiefe Betroffenheit anzumerken. Teils aus Müdigkeit, teils aus Furcht zitterten seine Hände so heftig, daß die Schreibgeräte darin klapperten.

»Du Tölpel«, schnaubte ihn der Sultan an, »warum hast du dieses ganze Zeug angeschleppt? Bin ich denn ein Tattergreis, der mit den Hühnern zu Bett geht, so daß es jetzt schon Zeit zum Traumaufschreiben wäre? Du hast wohl wirklich geglaubt, ich hätte dir was zu diktieren, alter Trottel!«

Jusuf stammelte etwas Unverständliches, wobei er mit der freien Hand das Tintenfaß festhielt, damit es auf dem Tablett nicht ins Hüpfen gerate. Derweilen nahm sich der immer noch erzürnte Sultan vor, von allen angeschimmelten Bräuchen zuallererst die dumme Sitte abzuschaffen, jeden Morgen die herrscherlichen Träume auf Papier festzuhalten.

Während des langen Siechtums seines Vaters, als seine eigene Thronbesteigung immer absehbarer wurde, hatte er eine Menge zusammengetragen, das ihm verstaubt, sinnlos oder lächerlich vorkam, und die Vorfreude darauf, es abzuschaffen oder wenigstens gründlich zu ändern, war immer größer geworden. Doch seit er tatsächlich das Herrscheramt ausübte, war dieser Eifer merklich abgeklungen, auch wenn er ihn noch nicht gänzlich abgelegt hatte. Jedesmal, wenn er an die ursprünglich geplanten Neuerungen dachte (manchmal wurde er durch die Berichte der Geheimpolizei daran erinnert, in denen das unzufriedene Getuschel der Untertanen festgehalten war: »Wie dumm, daß wir uns vom neuen Sultan etwas erhofft haben, er ist genau wie sein Vater, alles nur leere Versprechungen!«), jedesmal also, wenn ihm klar wurde, daß er die Enttäuschung selbst gesät hatte, sagte er sich: Es bleibt noch genügend Zeit dafür, das läuft uns nicht davon!

In den ersten Tagen seiner Regentschaft hatten ihm die unumgänglichen Amtsenthebungen und Neubestallungen unerwartetes Kopfzerbrechen bereitet. Alles ließ sich weitaus schwieriger an, als er sich das vorgestellt hatte. Der Freitod der Gattin des bisherigen Außenministers war nur der Beginn einer ganzen Selbstmordwelle gewesen. Wenn so etwas erst einmal angefangen hatte, dauerte es angeblich mindestens zwei Jahre, bis es wieder aus der Mode kam.

Der Traumaufzeichner fiel ihm wieder ein.

»Nun, was hast du mir zu sagen?«

Der Greis verbeugte sich leicht.

»Wenn mir Ihro Hoheit die Gnade erwiese, kundzutun, weshalb ich gerufen wurde.«

Sultan Cem merkte, daß die Frage, die er im Sinn hatte, noch gar nicht gestellt war.

»Hör zu«, sagte er, wobei er mit dem Zeigefinger auf die vor ihm auf der Bettdecke verstreuten Blätter des Berichts wies. »Ich mußte soeben erfahren, daß aus dem Palast der Träume das Dossier meines Großvaters Aziz gestohlen wurde.«

Dies sagte er leichthin und sogar mit einem schwachen Lächeln auf den Lippen, doch er ließ dabei den anderen nicht aus den Augen.

»Also, was sagst du dazu?« fragte er, wobei er sich auf den einen Ellbogen erhob.

In dem erstarrten Gesicht spiegelte sich die düstere Gemütsverfassung des Greises wider. Ein dunkler Schatten stieg von seinen Lippen über die Wangen bis zu den Augen empor, die sich mit Furcht und Trauer füllten.

»Das ist eine schlimme Sache, Ihro Hoheit«, sagte er leise. »Eine sehr schlimme Sache!«

»Und weshalb?« fragte der Herrscher in der stillen Hoffnung, die Sorglosigkeit seines Tons werde die Sorge vertreiben, die von dem alten Mann auf ihn übergegangen war.

»Es fällt mir schwer, es zu erklären, Ihro Hoheit«, erwiderte der Schreiber mit matter Stimme. »Doch ich weiß, daß es eine schlimme Sache ist.«

Sultan Cem wechselte den Ellbogen, auf den er sich stützte.

»Nun, was ist schon geschehen«, sagte er, immer noch lächelnd. »Wenn irgendein Verrückter ein paar Träume stiehlt, kann das doch nicht so gefährlich sein.«

»Von Gefahr habe ich nicht gesprochen...«

»Ach was, schlimme Sache, Gefahr, das ist doch das gleiche«, unterbrach ihn der Sultan. »Außerdem, wir reden vom Dossier meines Großvaters. Ich meine, wenn es um meinen Vater ginge...«

Die Kümmernis wich nicht aus Jusufs Blick.

»Um wen es geht, ist nicht von Bedeutung«, sagte er. »Es ist ein Schlaf ... Ein offenes Dach ... Als ob ein Gehirn offenstünde, so daß man hineinblicken kann... Ein Schlaf vom gleichen Stamm... vom gleichen Blut...«

Was der Schreiber redete, wurde immer konfuser.

»Ich verstehe nicht, was du meinst«, sagte der Sultan streng. »Werde bitte deutlicher.«

Der alte Mann schüttelte hilflos den Kopf. Die Falten auf der Stirn des Herrschers vertieften sich bedrohlich.

»Ich wollte sagen ... Nun ja, der Schlaf ist wie das Blut. Alles ist darin enthalten. Noch nach tausend Jahren kann man Hinweise darin finden... Botschaften... einfach alles.«

»Alter Mann«, rief der Sultan, »ich glaube, du bist übergeschnappt.«

Aus müden Augen schaute ihn der Schreiber traurig an.

»Bestraft mich, mein Herrscher«, sagte er leise.

»Und weshalb?« fragte dieser in etwas milderem Ton. »Warum soll ich dich bestrafen, Jusuf?«

Er mußte die Frage noch zweimal wiederholen, bis der Schreiber antwortete:

»Ich weiß nicht.«

Wie sollte er wissen, was einen Herrscher bewegte? Und bedurfte es immer eines Grundes, um jemanden zu bestrafen?

»Alter Mann, du verheimlichst mir doch etwas«, sagte Sultan Cem nach kurzem Schweigen. »Sag die Wahrheit, und ich garantiere, daß dir nichts passiert. Also, verbirgst du etwas vor mir?«

Jusuf nickte.

»Das ist ja eine schöne Überraschung«, sagte der Sultan mit einem Blick auf die Wanduhr. Es war bald Mitternacht, bekanntermaßen die bevorzugte Stunde für hochnotpeinliche Verhöre. »Immerhin bist du der erste, der zugibt, daß er mir etwas verheimlicht. Das weiß ich außerordentlich zu schätzen, Jusuf. Und damit ich vollends zufrieden bin, sage mir nun auch noch, was es ist, das du mir verheimlichst.«

Melancholie ließ die Augen des Sultans heller erscheinen als sonst.

»Alles, Hoheit«, erklärte der Schreiber nüchtern.

Der Sultan wechselte wieder den Ellbogen.

»Zum Beispiel?« sagte er freundlich, als gelte es zu vermeiden, daß der Greis reuig von seinem Geständnis abrückte. Doch diese Befürchtung war unnötig, er mußte nicht zweimal fragen. Der Schreiber hob mit monotoner Stimme zu einem flüssigen Vortrag an. Schließlich sei die ganze Welt mit nichts anderem beschäftigt, als etwas zu verheimlichen. Am liebsten verheimlichten die Menschen etwas vor sich selbst. Und wenn sie schon der eigenen Person gegenüber nicht ehrlich seien, könne man nicht erwarten, daß sie sich den anderen gegenüber anders verhielten. Die Entscheidung, alle königlichen Träume aufzuschreiben, habe sich bald als Gefahr für den Staat erwiesen, käme doch auf diese Weise zufällig so manche Wahrheit zutage, die besser verborgen geblieben wäre. Deshalb hätten die ausländischen Botschaften stets den Palast der Träume im Visier gehabt. Vor vielen Jahren, vielleicht habe Ihro Hoheit ja davon gehört, sei drei Tage nach der Beisetzung von Sultan Aziz ein Versuch gescheitert, seinen Leichnam zu stehlen. Die ergriffenen Übeltäter seien geständig gewesen. Sie hätten es hauptsächlich auf das Haupt des Verblichenen abgesehen gehabt, um es in ein europäisches Land zu verkaufen, wo beabsichtigt gewesen sei, es zu öffnen und das Gehirn eingehend zu erforschen. Dabei handele sich um einen grauenhaften Brauch der Christen, Autopsie genannt. Dergleichen schlimme Sitten gebe es ja viele bei ihnen. Man habe also in das Gehirn des Herrschers schauen wollen, um hinter die Geheimnisse zu kommen, die ihrer gewaltigen Armee von Spionen verborgen geblieben seien. Und nun, fast vierzig Jahre später, stellten sie König Aziz immer noch nach. Weil sie damals seines Gehirns nicht habhaft geworden seien, hätten sie nun seinen Schlaf gestohlen.

Es fiel Sultan Cem überraschend leicht, sich vorzustellen, wie sie sich mit schauerlich blitzenden Skalpellen über das Schlafdossier beugten. Was sie wohl damit vorhaben? überlegte er und merkte im gleichen Augenblick, daß er eingedöst war.

»Also gut, dann geh jetzt«, sagte er zu dem Schreiber. »Ich möchte schlafen.«

So ein Blödsinn, dachte er, als der Diener das Zimmer verlassen hatte. Diese senilen Greise! Hatten sie nichts Besseres zu tun? Deshalb ging es mit den Staatsgeschäften seit Jahren bergab. Es war richtig gewesen, daß er in den ersten vier Wochen seiner Amtszeit keinen einzigen Traum zu Protokoll gegeben hatte, obwohl so manches zusammengekommen war. An einen konnte er sich sogar erinnern: Beim Verlassen der Blauen Moschee nach dem Abendgebet hatte er unter den Schuhen von vielen hundert Gläubigen seine eigenen nicht herausfinden können.

Er drehte sich auf die andere Seite. Es wurde Zeit, daß er schlief, denn morgen war ein anstrengender Tag. Er mußte den englischen Botschafter zu einem wichtigen Gespräch über die Modernisierung der Armee empfangen. Der Großwesir hatte bei den Deutschen wegen einer neuerlichen Anleihe angefragt. Mit Rußland galt es die Zukunft der kaukasischen Grenzvölker in einem Geheimabkommen zu regeln... Und da wagten diese Dummköpfe, ihm seine wertvolle Zeit zu stehlen! Die Träume seines Großvaters, von dem unter der Erde bestimmt noch nicht einmal mehr die Knochen übrig waren! Weil irgendein Verrückter auf die Idee gekommen war, das Dossier mitzunehmen!

Er sah wieder die Diebe vor sich. In weißen Arztkitteln beugten sie sich über den Schlaf seines Großvaters. Doch diesmal wirkte alles ganz natürlich. Selbst als einer von ihnen, offenbar der Anführer, mit einem blitzenden Skalpell die dunkel wabernde Wolke schnitt, überraschte ihn das nicht.

Sultan Cem schlief.

2

Während der gesamten letzten Maiwoche schaffte er es, nicht nach dem Traumdossier zu fragen, ja, noch nicht einmal daran zu denken. Er verscheuchte es aus seinem Gedächtnis wie eine

lästige Wespe, bis am Donnerstag morgen alles in sich zusam/
menbrach. Vielleicht lag dies daran, daß ihm der Wind aus den
Ebenen jenseits der Krim und mehr noch das verwaiste Heulen
der Steppenwölfe, das er wahrscheinlich in einem Anfall von
Mitleid oder bloß aus einer Laune heraus aufgelesen und über
das Schwarze Meer herangetragen hatte, die ganze Nacht gräß/
lich auf die Nerven gegangen waren.

»Das Dossier!« brüllte er ohne Vorwarnung den Großwesir
an, als dieser auf der Schwelle seines Arbeitszimmers erschien.
Zwar beherrschte er sich soweit, daß er dem Verdutzten nicht
auch noch das Tintenfaß an den Kopf warf, doch stellte er sich
immerhin mit Vergnügen vor, wie die herabrinnenden blauen
Tintenfäden dessen Gesicht in eine komische Maske verwan/
delten. Einige meiner Vorfahren pflegten sich in solchen Fällen
des Dolches zu bedienen, dann war die Maske blutig, dachte er.
Offenbar würdigte der Großwesir diese Zurückhaltung nicht,
denn seine Augen waren kalt, die Pupillen Eisbrocken. »Das
gestohlene Traumdossier meines Großvaters«, brüllte der Sul/
tan. »Warum höre ich nichts davon?«

»Gerade deshalb bin ich hier«, antwortete der Ankömm/
ling, öffnete seine Aktentasche und holte ein Bündel Papiere
heraus. Rechts oben auf den Blättern war das Auge des Dach/
ses aufgedruckt, das Symbol der Geheimpolizei. Der Sultan
wußte, daß es bereits ein Jahrhundert zuvor nach einer Ver/
schwörung eingeführt worden war, sonst hätte er angesichts der
eklatanten Ähnlichkeit vielleicht geglaubt, der Regierungschef
sei kühn genug gewesen, seine eigenen Sehorgane in ein staat/
liches Emblem einzuschmuggeln.

Verächtlich musterte er die Unterlagen.

»Und, was ist herausgekommen?« fragte er.

»Noch gar nichts, Hoheit. Aber die Aussichten auf eine Er/

greifung der Schuldigen haben sich verbessert. Auf jeden Fall finden Sie hier ein paar interessante Fakten.«

Verblüfft stellte der Sultan fest, daß der andere lächelte. Wie konnte er es wagen, im Angesicht des zornigen Herrschers Erheiterung zu zeigen? Ein Alarmsignal in seinem Hinterkopf verhinderte indessen einen neuerlichen Ausbruch.

»So?« sagte er statt dessen mit brüchiger Stimme.

Der Wesir stand in Erwartung seiner Entlassung oder eines neuerlichen Gebrülls geraume Zeit da. Doch zu seiner Überraschung erkundigte sich Sultan Cem am Ende, ob er das Heulen in der vergangenen Nacht ebenfalls gehört habe.

»Nein, Hoheit«, antwortete der Großwesir. »Ich war sehr erschöpft und habe geschlafen wie ein Stein.«

Der Sultan glaubte erneut die Andeutung eines Lächelns zu erkennen, und noch stärker als vorher ertönte das Alarmsignal in seinem Hinterkopf.

»Und nun laß mich lesen«, sagte er mit ruhiger Stimme.

Der Bericht über das entwendete Dossier war sehr ausführlich. Im Palast der Träume waren Verhaftungen vorgenommen worden, die ausländischen Botschaften wurden verstärkt überwacht. An den Grenzstationen hatte man die Zahl der Kontrollen verdoppelt. Untertanen, die eines abweichenden Gedankenguts verdächtig waren, wurden überraschenden Hausdurchsuchungen unterworfen. Solche hatten auch in den Büros des Erdölunternehmens, vierzehn Bordellen in Galata, dem Sitz der Bektashi-Sekte, der Kanonenfabrik und der armenischen Kirche, wo angeblich wieder Waffen gefunden worden waren, stattgefunden.

Die Lektüre nahm den Sultan immer mehr gefangen. Es fanden sich in dem Bericht diverse Straftaten aufgelistet, die im Zuge der Observation von Verdächtigen im Fall des berühmten Dossiers aufgeklärt worden waren. Beispielsweise hatte man die Übeltäter entlarvt, die für den Überfall auf die Islamische Bank verantwortlich gewesen waren, desgleichen die Urheber einer Reihe weiterer, sonst wahrscheinlich ungelöst gebliebener Straftaten, etwa der Einbrüche in die Neuen Herberge und das Büro der Schwarzmeersaline sowie des Diebstahls der Schlange der Prinzessin Meryem, des Liebesbriefes eines Hodschas, den dieser, von Reue übermannt, selbst gebeichtet hatte, außerdem von Schmuckstücken, gegerbtem Leder, einer Knute, mit welcher der dahingegangene Sultan einen Tag vor Unterzeichnung des Abkommens mit dem Vatikan seinen Außenminister verprügelt hatte, und schließlich der Entwendung der Einbruchswerkzeuge einer Diebesbande durch einen konkurrierenden Haufen, was indessen nicht weitere Fahndungserfolge, sondern nur weitere Komplikationen nach sich gezogen hatte, weil man im Zuge der Ermittlungen die Räuber verwechselte, so daß die Polizeibeamten einander zu verdächtigen begannen, bis man alle abgelöst und durch andere ersetzt hatte, die bereits vorher einmal von dem Fall abgezogen worden waren.

Besonders erheiternd fand Sultan Cem einige Erfolgsmeldungen im Zusammenhang mit der Überwachung von Kaffeehäusern, fragwürdigen Absteigen und ausländischen Botschaften. Er konnte nur mit Mühe ein Jauchzen unterdrücken, als er unter anderem auf den Namen der schönen und eleganten Gattin des italienischen Botschafters Pepé stieß, die nach jedem heimlichen Stelldichein mit Wesir Ali den Arzt Elahim Hakim konsultiert hatte. Letzterer gab vor der Geheimpolizei an, die Unglückliche habe sich jedesmal wegen eines wunden Hinterns infolge der grob zugreifenden Finger des Wesirs in Behandlung begeben müssen. Mehrmals wischte sich der Sultan die Lachtränen ab, als er an den grobschlächtigen Wesir dachte,

der es noch nicht einmal fertiggebracht hatte, sich vor der körperlichen Ergötzung die Fingernägel zu schneiden oder wenigstens die Ringe abzunehmen. Er schrieb auf den Seitenrand:
Die Überwachung des Wesirs wird angeordnet, wobei sein
ganzer Leib, vor allem aber die Schultern vor Lachen bebten.

Endlich zerfloß die Heiterkeit auf seinem Gesicht und
machte Erschöpfung und dann Mißmut Platz. Er dachte an das
Heulen in der vergangenen Nacht, den Großwesir, der angeblich nichts gehört hatte, und erneut erklang das Warnsignal in
seinem Hinterkopf.

Voll Argwohn blätterte er weiter. Irgend etwas bereitete
ihm Unbehagen, doch er fand nicht heraus, was es war. Vielleicht die Unermüdlichkeit, mit der man ihn zu erheitern trachtete. Das überschäumende Vergnügen, das er noch vor kurzem
verspürt hatte, ging ihm nun gegen den Strich. Sie wollen mich
hinters Licht führen, dachte er. Der Bericht enthielt eine Menge
Unfug, nur zum Kern der Frage, nämlich aus welchem Grund
das Schlafdossier gestohlen worden war, stand nichts darin.

Er warf die Blätter auf den Tisch und lief eine Weile lang
um diesen herum. Sein Blick blieb an den Blumen und den
Schutzgittern vor den Fenstern hängen. Wer es auf ihn abgesehen hatte, mußte nicht Wände hochklettern oder die Wachen
töten, um zu ihm zu gelangen. Es gab offenbar einen viel zu-
verlässigeren Weg, um dorthin vorzustoßen, wo wahrscheinlich nicht einmal sein eigener Verstand hingelangen konnte: in
den abgeschlossensten Winkel seines Gehirns…

An diesem Punkt, in diesem Augenblick, als er sich sein
Gehirn in zwei Bereiche eingeteilt vorstellte, wovon der eine
vom anderen umschlossen war, und als er sie vor sich sah, wie
sie vermittels des Drahtes, den sie im Schlaf seines Großvaters
gefunden hatten, durch einen Kanal unter dem Schädeldach

dorthin vorzudringen versuchten, entglitt ihm alles, und Müdigkeit und Trauer überwältigten ihn vollends.

3

Im Regen wirkten die eisernen Gitter vor seinem Fenster noch
dunkler als sonst. Wieder einmal ging er zur Tür und drückte
die Klinke, doch wieder (das wieviel hundertste Mal war es
wohl?) ging sie nicht auf.

Durch das Fenster war der immer gleiche Teil des Bosporus
zu sehen, über dem eisenschwarze Vögel schwebten.

Er hatte alle denkbaren Fragen bereits gestellt (Wer hat
mich hier einsperren lassen? Warum darf ich im Palast bleiben
und werde nicht ins Gefängnis gebracht? Weshalb ...), bis er
endlich begriff, daß die Diener, die ihm das Essen brachten,
taubstumme Mitarbeiter der Vierten Direktion waren.

Wenn ich wenigstens wüßte, welche Regierung an der
Macht ist, hatte er einmal schmerzlich ausgerufen.

Daß draußen Frühling herrschte, war nicht zu übersehen,
doch weder das Flattern der Vögel noch die Farbe der Meeres-
wellen sagten etwas über die Regierung aus, und selbst die wehenden Kreuzbanner an den Masten der christlichen Schiffe in
der Meerenge ließen keine Schlüsse zu.

Als eines Morgens der Großwesir mit drei Ministern erschien, um ein Dekret unterzeichnen zu lassen, wunderte er
sich mehr über die eigene Ruhe als über sie.

Gefaßt unterschrieb er, und erst, als sie sich zum Gehen
wandten, fragte er mit schwankender Stimme:

»Bin ich noch Sultan?«

Die Minister schauten zu Boden, während der Großwesir

lächelte wie damals bei ihrem Gespräch über das Heulen des Windes.

»Ja und nein«, antwortete er und öffnete die Tür. Erst als sie wieder zugefallen war, begann Cem zu toben. Er verfluchte die ganze Welt, nannte die Menschen undankbar und treulos, verwünschte, drohte, bat um Gnade.

Als sie ihm bei anderer Gelegenheit wieder ein Dekret zur Unterzeichnung brachten, wiederholte sich das Spiel. Erst unterschrieb er das Schriftstück mit ruhiger Hand, dann fragte er mit leiser Stimme:

»Ist das Dossier inzwischen erforscht?«

Der Großwesir schaute ihn wortlos an. Eher als »ja« oder »nein« schien sein Blick »noch nicht« zu bedeuten.

Sultan Cem war sich nun sicher, daß man das Dossier gefunden hatte und Tag und Nacht an der Entschlüsselung der Träume arbeitete.

Großvater, keuchte er, nachdem er eines Nachts aus dem Schlaf aufgefahren war, hast du womöglich mich im Traum gesehen? Und ein wenig gefaßter setzte er hinzu: Warum konntest du mir das nicht ersparen?

Gelegentlich keimte Hoffnung in ihm auf: Ganz bestimmt würde ihn eine gewissenhafte Untersuchung reinwaschen. Doch es gab auch Tage tiefer Niedergeschlagenheit. Man brauchte Jahre, wenn nicht Jahrzehnte, um den Schlaf eines Menschen zu ergründen. In den Klöstern Tibets gab es angeblich hilfreiche Bücher, doch waren sie in unverständlichen Schriftzeichen verfaßt, und die Mönche, die diese verstanden, hatten durch den blendenden Schnee längst ihre Sehkraft eingebüßt.

Als sie zu Beginn des Sommers wieder einmal mit einem Bündel Dekrete ankamen, war auch Wesir Ali unter ihnen.

Beim Unterschreiben schaute Cem mehrmals auf die Ringe an den langen Fingern des Ministers. Sein Blick war so eindringlich, daß Wesir Ali unruhig wurde. Auch die anderen rechneten mit einem Wutausbruch des Sultans.

Dieser näherte sich tatsächlich dem Minister, doch anstatt sich zu erregen und wegen der Ringe oder etwas Ähnlichem ein großes Geschrei anzufangen, schaute der Sultan mit fröhlicher, fast kindlicher Neugier auf die Schmuckstücke. Dann beugte er sich noch tiefer über die Finger, an denen sie steckten, als gäbe es an diesen etwas Besonderes zu entdecken, und brach plötzlich in gellendes Gelächter aus. Es war einer jener Lachanfälle, nach denen Menschen entweder ohnmächtig zu Boden sinken oder in Tränen zerfließen.

DIE GESCHICHTE DES ALBANISCHEN
SCHRIFTSTELLERVERBANDS IM SPIEGEL
EINER FRAU

I

Es liegt mir fern, den Schriftstellerverband Albaniens mit einer Hure zu vergleichen. Das wäre eine jener reichlich vulgären und abgedroschenen Metaphern der Zeit des Nach-kommunismus. Wenn ich mir allerdings überlege, wie eine Ge-schichte des Verbandes auszusehen hätte, muß ich, wenigstens, wo es um die Jahre 1962 bis 1967 geht, unweigerlich an eine Frau namens Margarita denken. Es ist wie ein Duft aus der Ver-gangenheit, den man nicht aus der Nase bekommt.

Margarita war eine Prostituierte. Ihr Haus befand sich in einer kurzen Nebengasse der Dibraner Straße gegenüber der Einmündung des Sträßchens, in dem ganz vorne der Schrift-stellerverband seinen Sitz hatte.

Ein französischer Architekt hat bei Planung eines moder-nen Gebäudes berücksichtigt, daß sich die gegenüberliegende Kathedrale in der Glasfront spiegeln würde. Aus dieser Idee ist inzwischen eine Mode geworden. Trotzdem bleibt die Herstel-lung eines gleichnishaften Zusammenhangs zwischen einer In-stitution und einer zufällig gegenüber wohnenden Frau proble-matisch, um so mehr, als die Räume des Schriftstellerverbands, ehe dieser in die Villa des vormaligen königlichen Innenmini-sters eingezogen war, sich in einem Hinterhaus zwischen der

Nationalbibliothek und dem alten Prinzessinnenpalast in der Carnarvon-Straße befunden hatten. (Als der Verband später noch einmal umzog, diesmal in das Gebäude in der Kavajer Straße, in dem 1938 König Zogu seine Hochzeit gefeiert hatte, wähnten viele Leute, die hyperkommunistische Kultureinrichtung werde von einem geheimnisvollen königlichen Gespenst verfolgt, ein rechtes Hirngespinst, das – unlogisch, wie es war – denn auch bald wieder zerstob.)

Außer Zweifel steht allerdings, daß meine, sagen wir, Bekanntschaft mit Margarita ausschließlich auf den Umstand zurückzuführen war, daß sich der Sitz des Schriftstellerverbands in der Fortsetzung des Gassenstumpfs, in dem sie ihr Haus hatte, auf der anderen Seite der Dibraner Straße befand.

Auf deren rechter Seite gab es ein kleines Frühstückslokal, in dem die beim Schriftstellerverband beschäftigten Jungjournalisten an heißen Tagen ein Glas Bier zu trinken pflegten, und direkt daneben ein privates Obstgeschäft. Dort sah ich Margarita zum ersten Mal. Wir waren gerade am Gehen, als einer leise sagte: »Das ist die Margarita von gegenüber.«

Ich hatte bereits von »so einer« reden hören, die mit ihrer Mutter ein kleines Haus in der Gasse bewohne und jenem altmodischen Gewerbe nachgehe, aber nicht mehr daran gedacht.

Die Frau, die ich nun sah, paßte überhaupt nicht in meine Vorstellungen. Sie war um die dreißig, wirkte aber in ihrem dünnen Sommerkleid um einiges jünger, hatte blasse Haut und kastanienbraunes Haar, das in weichen Locken über ihren Nacken fiel. Vor allem aber ließ sie jedes Anzeichen von Vulgarität vermissen. Sie war eine Art Anna Karenina, ohne Wronskji und ohne den Sturz vor einen Eisenbahnzug, soweit man nicht dem Geschick einer »lasterhaften Frau« in einem kom-

munistischen Balkanstaat Anfang der sechziger Jahre die gleiche Wertigkeit zumessen wollte.

Auf dem Rückweg zur Arbeit hörte ich mir die Geschichten eines Kollegen über sie an. Sie galt als die einzige Prostituierte mit Klasse in Tirana, und wieso sie es überhaupt noch
hier aushielt, war keinem so recht verständlich. Ihr Kunden-
stamm war handerlesen, man empfahl sie weiter. Wer zu ihr
kam, blieb die ganze Nacht. Morgens um drei servierte die
Mutter Kaffee. Den Liebeslohn in Höhe von tausend Lek hinterließ der Kunde diskret unter dem Kopfkissen.

Noch selten war ich so begierig auf Einzelheiten gewesen.

Das überraschte mich selbst, denn bis dahin wäre ich bei der
Vorstellung, daß eine dieser gestrigen Frauen, wie sie sich mit
Hut und schwarzem Lochschleier neben einer venezianischen
Gondel stehend in den Fotoalben altbürgerlicher Familien ab-
gebildet fanden, mich so bezaubern könnte, sofort in lautes Gelächter ausgebrochen. Du bist doch ein seniler Trottel, hätte
ich mich ausgeschimpft, ein sentimentaler Schafskopf in modi-
schen Hosen. Deinen Pullover mit dem eingestrickten Doppel-
X für das zwanzigste Jahrhundert und den ganzen anderen
Schnickschnack, mit dem du den Mädchen imponieren möchtest, kannst du ruhig wegwerfen!

Allerdings hielt ich mich keineswegs für altmodisch, im
Gegenteil. Ein vages Gefühl sagte mir, daß dieser Faszination
etwas sehr Echtes, dazu überaus Neues und Modernes inne-
wohne. Ich hatte bereits in Moskau, von wo ich vor einem Jahr
zurückgekehrt war, eine ähnliche Krise durchgemacht, doch
diesmal lagen die Ursachen tiefer. Es ging um den Frauentyp,
den ich anziehend fand.

Fröhlich krachend wie Eis trat in meinem Verstand eine
Klärung ein, die sich wahrscheinlich lange angebahnt hatte:

Die auf Bergtouren und in Badeanstalten ertüchtigten, flach-
bäuchigen Körper der Mädchen, die ich kannte, erschienen mir
verglichen mit Margaritas imaginiertem Leib geheimnis- und
reizlos.

Irgendwann nach Mitternacht, um wieviel Uhr genau,
weiß ich nicht mehr, vielleicht gerade zu der Zeit, als Margaritas Mutter den zweiten Kaffee ans Bett servierte, wachte ich einmal auf und versuchte mir den schwarzen Strumpfhalter und
den Seidenschlüpfer vorzustellen, die nach der Liebe ermattet
über dem Fußteil des Bettes hingen.

Ein schwarzer Strumpfhalter
Aus anderer Zeit
Sinkt gleich der Dämmerung
In meine Gedanken

In letzter Zeit hatte ich dauernd solche gleichsam in Marmor
gemeißelten Verse, Titel oder Epitheta im Kopf. Ich behielt sie
lieber für mich, denn man wird, wenn man solche Geheimnisse
enthüllt, leicht für überspannt gehalten.

Es war schwer genug, mit mir selber ins reine zu kommen,
denn diesen trüben Tümpel gab es schon lange, und er hatte
auch nicht nur einen, sondern bestimmt mehrere Zuflüsse, die
so schwer zu ermitteln waren wie die Rinnsale, die einen Bach
zustande bringen. Fest stand, daß ich an den marmornen Grab-
steinen eines der Friedhöfe von Tirana Fotografien solcher
Frauen gesehen hatte. Und vor kurzem war ich an der Kreuzung vor dem Café Ora Zeuge geworden, wie der berühmte
Linguist E. Ç. eine Dame vermittels eines kurzen Lüftens seines schwarzen Borsalinohuts begrüßt hatte. Dieser für die albanische Hauptstadt sehr ungewöhnliche Vorgang veranlaßte

mich, dem Wissenschaftler in der Hoffnung, er werde die ein-
drucksvolle Geste wiederholen, ein Stück weit nachzugehen.
Aber offenbar gab es zu wenige Damen auf den Straßen Tiranas.

Mir war bekannt, daß E. Ç. wegen eines ähnlichen Vorfalls
schon seit geraumer Zeit nicht mehr an internationalen wissen-
schaftlichen Kongressen teilnehmen durfte. Er hatte der Vertreterin eines Landes, das bei uns als feindlich galt, die Hand
geküßt. Bestimmt war es für ihn eine echte Tortur, sich solche
Gepflogenheiten abzugewöhnen. Wir jüngeren Intellektuellen
hatten ihm gegenüber den großen Vorteil, daß wir überhaupt
nicht wußten, wie man einer Frau die Hand küßt. Wir hätten
uns im Falle eines äffischen Versuchs schrecklich blamiert oder,
noch schlimmer, zarte Hände mit unseren Zähnen verletzt. Dafür konnten wir auf Versammlungen unserer Forderung nach
Teilnahme an internationalen Kongressen Nachdruck verleihen, indem wir den maßgeblichen Parteivertretern unsere bevorstehenden Triumphe plastisch ausmalten: in wilde Flucht
geschlagene feindliche Damen, während uns die Reste ihrer
schwarzen Tüllhandschuhe zwischen den Zähnen hervorhin-
gen.

Bei der Verfolgung des Gelehrten wurde mir klar, daß so
wohl ihre Kunden ausschauten, obgleich ich mir den würdigen alten Professor nicht in der Gasse vor ihrer Tür vorstellen
konnte. Es mußte noch andere geben… Aber woher sollten sie
kommen? Vielleicht existierten sie überhaupt nur in meinem
und Margaritas Kopf.

Der Vorsatz, in das Gäßchen gegenüber zu gehen, pulsierte lebhaft in mir, doch umgab ihn ein hindernder Nebel. Wie sollte ich den Kontakt mit Margarita herstellen? Wie fand ich Zugang zu dem Netzwerk, das ihr die Kunden verschaffte?

Eigentlich erschien mir die Existenz eines solchen Netzes zu riskant, aber man konnte sicher auch nicht einfach so, ohne Verabredung, bei ihr erscheinen. Wahrscheinlich verschaffte ihr die Mutter in Zusammenarbeit mit verschwiegenen alten Freundinnen, von denen es in Tiranas Sträßchen sicher genug gab, die Freier.

Wahrscheinlich hätte sich meine Schwäche für Margarita wie so viele lasterhafte Gedanken zuvor allmählich in Luft aufgelöst, wäre ich ihr nicht wieder vor dem Obstgeschäft über den Weg gelaufen. Ich stand auf dem Trottoir und unterhielt mich mit einer jungen Dichterin, die ich ohne große Mühe hätte herumkriegen können, da sie zu der Sorte Mädchen gehörte, die herablassende Behandlung und großspurige Reden überaus reizvoll finden. Ich erzählte ihr gerade von den kastrierten Hindus, die am Gorki-Institut in Moskau studierten, was genau, weiß ich nicht mehr, weil es derart an den Haaren herbeigezogen war, als ich Margaritas ansichtig wurde, die vorsichtig, fast ängstlich die Kreuzung überquerte. Man merkte, daß sie selten auf die Straße ging.

Mein Vortrag verlor an Lebhaftigkeit und gewann an Aberwitz. Die Hindustudenten waren bereits in Indien kastriert worden, auf einen Appell Jawaharlal Nehrus hin, der damit einer Forderung der UNO-Kommission für die Begrenzung des Bevölkerungswachstums Folge geleistet hatte, und alles geschah mit Orchesterbegleitung, um so den patriotischen

Eifer zu steigern, so daß bei den Jodgeruch ausströmenden Ba-
racken, vor denen die Männer in langen Reihen anstanden, Tag
und Nacht die Musik spielte…

Das Mädchen wagte endlich, mich zu unterbrechen: Was
ich erzähle, sei außerordentlich faszinierend, doch könne sie
nicht verstehen, weshalb meine Stimme immer schriller werde
und der Bericht immer zusammenhangloser.

Ich war versucht, sie anzufahren: Kein Wunder, du einfäl-
tige Gans, wie soll man auch nicht das Konzept verlieren, wenn
jemand wie Margarita vorbeikommt?

Am Ende merkte sie dann doch etwas. Aus den Augenwinkeln beobachtete sie die näher kommende Frau und schürzte
im Zeichen des Begreifens verächtlich die Lippen. Mir war
egal, was sie dachte. Ich achtete nur auf die Frau, die dabei war,
die Straße zu überqueren, auf der sich dröhnend ein mit Gips
bespritzter Lastwagen näherte. »Es lebe der Fünfjahresplan!«
stand auf seiner Kühlerhaube.

Margarita erreichte schließlich das Trottoir, auf dem wir uns
befanden. Sie hatte das gleiche Sommerkleid an wie beim ersten
Mal, als ich ihr begegnet war, und auch wieder diesen schwal-
benartigen Wimpernschlag, der sie ein wenig entrückt erscheinen ließ. Die Frisur war gleichfalls unverändert: glatte Haare,
die ihr locker auf die Schultern fielen. Ich wußte nicht genau,
ob ich sie eher für altmodisch oder für modern halten sollte. Jedenfalls erinnerte mich ihre ganze Erscheinung an Greta Garbo,
aber es war eine Greta Garbo anderer Art, gleichsam ein Reflex
auf die Langeweile der albanischen Provinz.

Als sie den Obstladen betrat, nahm sie meinen Blick wahr
und erwiderte ihn freundlich, ohne jede Koketterie. Ein Lächeln in ihren Augen bezeugte diskretes Verstehen.

In meinem Kopf lief ein Film ab wie im Moment eines Autozusammenstoßes, alle möglichen Vermutungen ergossen sich. Wie wir von ihr, hatte auch sie von uns, den jungen Auslands⸗ rückkehrern beim Schriftstellerverband, gehört. Die langen Tage vor ihren Nächten verbrachte sie lesend. Sie war neugie⸗ rig auf die Literaten und Künstler, die denen von damals gänz⸗ lich unähnlich waren, nicht Französisch oder Italienisch par⸗ lierten, sondern in den Sprachen des Ostens zu Hause waren, Polnisch, Mongolisch, Russisch, Ungarisch … Jedoch durfte man nicht vergessen, daß die Frauen unberechenbar waren, so daß ihnen gefallen mochte, was uns selbst inakzeptabel vorkam. Zum Beispiel ein ungarisches »Ich liebe dich!« Oder Rezepte für die Zubereitung von Kobrafleisch.

Margarita kam mit einem Netz voller Äpfel wieder aus dem Laden heraus. Wahrscheinlich waren sie für den Verzehr vor dem Dreiuhrkaffee vorgesehen.

Erneut warf sie mir einen freundlichen Blick zu, doch war er nur kurz und keineswegs so bedeutungsvoll, wie wir es uns gewünscht hätten. Möglicherweise war auch sie neugierig, hatte jedoch ein wenig Angst vor dem Unbekannten, das uns um⸗ waberte wie Nebel, so wie wir vor den schwarzen Strumpfhal⸗ tern, zwischen denen man sich rettungslos verlieren konnte.

Als sie schließlich die Straße überquert hatte und in ihrem Gäßchen verschwunden war, atmete ich, als sei die Verantwor⸗ tung, sie sicher hinüberzugeleiten, nun von mir genommen, er⸗ leichtert auf. Dann meinte ich, die junge Dichterin angelächelt zu haben, doch war der Versuch wohl so ungenügend ausge⸗ fallen, daß sie nicht auf ihn einging. Vielmehr starrte sie mich an, als sei ich ein bröckelndes, wenn nicht gar schon einge⸗ stürztes Piedestal. Margaritas Abgang hatte mir jedoch meine Sicherheit zurückgegeben, und so fing ich wieder an, von jod⸗ besprengten Orchestern und der Präsenz Titos, Nassers und an⸗

derer in lange weiße Hemden gekleideter Narren bei der sich hinziehenden Kastrierungszeremonie zu fabulieren, zu der sich sogar chinesische Beobachter eingefunden hatten, um Lehren aus dieser Erfahrung zu ziehen.

Sie schenkte mir nach wie vor ihre Aufmerksamkeit, schien aber einen guten Teil ihrer Gutgläubigkeit verloren zu haben. Mein Blick wanderte unwillkürlich zur Straßenkreuzung, als hätten dort veilchenblau lackierte Zehennägel ihre traumgeborenen Spuren hinterlassen.

Plötzlich überkam es mich. »Hör zu«, sagte ich zu der jungen Dichterin. »Hast du vielleicht, also ich meine von deiner Großmutter oder bei deinem Onkel, wenn du ihn besuchst, wie soll ich sagen, etwas über Frauen erfahren, die... nicht gerade tugendhaft sind... Herumtreiberinnen, wie man so sagt, obwohl das Wort überhaupt nicht paßt, weil sie eigentlich fast nie aus dem Haus gehen, und außerdem... na ja, ihre Kundschaft scheint ziemlich erlesen zu sein... Also, was ich meine, hast du vielleicht gehört, wie man... Kontakt herstellt?«

Sie brauchte eine Weile, bis sie begriff, was ich von ihr wollte. Ein empörter Zug trat auf ihr Gesicht, der ihr erstaunlicherweise gut stand, dann brauste sie vollends auf:

»Sag mal, für wen haltet ihr Typen mich eigentlich?«

Ich beeilte mich, zu erklären, daß hier ein Mißverständnis vorliege, daß es mir als Schriftsteller und Journalist, aus rein beruflichen Gründen also, darum gehe, einige sonderbare Lebensgewohnheiten zu erkunden, doch sie hatte genug. Mit einem schroffen »Auf Wiedersehen!« wandte sie sich zum Gehen. In ebendiesem Augenblick kam schon wieder ein mit Kalk bespritzter Lastwagen lärmend herangefahren, womöglich der gleiche wie vorher, denn auch hier wurde in roten Buchstaben dem Fünfjahresplan gehuldigt. Anders als bei unseren früheren

Begegnungen wandte sich die junge Dichterin diesmal nicht noch einmal nach mir um. Sozrealistische Henne, murmelte ich und verdrängte sie aus meinen Gedanken.

3

Ich war fest entschlossen, Margarita aufzusuchen. Mein ganzer Körper stand hinter dieser Entscheidung, vom Kopf bis zum Unterleib. Auch wenn ein Teil ins Schwanken geriete, würde der Rest mich in die Sünde treiben.

Anders als bei einer gewöhnlichen Liebesaffäre, wo die erste Phase (Kennenlernen, gemeinsamer Spaziergang oder Kaffee-hausbesuch, eventuell Austausch von Briefen) in der Regel leicht zu bewältigen war, während der erfolgreiche Abschluß, das »Flachlegen«, wie man es ordinär ausdrückte, niemals als gesichert betrachtet werden konnte, bestand in diesem Fall Klarheit über den Ausgang, wogegen die erste Phase, also die Kontaktaufnahme mit Margarita, fast unlösbare Probleme auf-zuwerfen schien. Es gab wohl neben dem üblichen Stadtplan von Tirana auch noch einen zweiten, mit anderen Adressen und Codes, die unsereinem leider unbekannt waren.

Eines Abends, wir kamen von einem Glas Bier in der Bar Voza zurück, trugen mich und meinen Redaktionskollegen, die einzige Person, mit der ich mich über M. (mit diesem Kürzel bezeichneten wir sie mittlerweile) unterhalten hatte, unsere Beine gleichsam von alleine in Richtung ihres Hauses. Von der Straße der Barrikaden bogen wir in die Dibraner Straße ein, und von dort aus konnte ich das Gäßchen, in dem beim letzten Mal die traumfarben lackierten Fußnägel verschwunden waren, nicht mehr verfehlen.

Es war eine stille Nacht mit einem Hauch von Mondschein, wie geschaffen für solche Gäßchen, die sich mitten im Zentrum der Hauptstadt abgesondert zu haben schienen, um ein unbe- helligtes Leben außerhalb der Kraftfelder des Sozialismus zu führen. Wir betrachteten die verzierten steinernen Torbögen mit den kleinen Gärten dahinter, in denen Dattelpflaumen- bäume wuchsen. Die Häuser waren zweistöckig, größtenteils mit weit vorspringenden Dächern. In den meisten der blaß er- leuchteten Fenster standen Topfblumen, und bei jedem, an dem wir vorbeikamen, dachten wir, gerade dies müsse Margaritas Haus sein.

Ich schlief sehr schlecht. Träume wie zerklüftete Berghänge, auf denen man sich nur schwer fortbewegen konnte, erschöpf- ten mich mehr, als wenn ich gar nicht geschlafen hätte. Jedes- mal, wenn ich aufwachte, sah ich mich durch das verlassene Gäßchen gehen, nur daß ich jetzt als Kunde kam, auf der Su- che nach Margaritas Tür.

Sorgen machte mir die Frage, ob es in dem Sträßchen wirk- lich so friedlich zuging, wie man den Eindruck hatte. Schließ- lich war kaum anzunehmen, daß ausgerechnet Margarita und ihre Gäste dem scharfen Auge des albanischen Staatssicher- heitsdiensts entgangen waren, dessen Allgegenwart jedermann unterstellte. Vielleicht gehörte sie sogar zu seinem Spitzelnetz.

Eigentlich mußte man schon ziemlich naiv sein, um etwas anderes anzunehmen. Im Nu kühlte mein Begehren merklich ab, und der veilchenblaue Nagellack, die schwarzen Strumpf- halter, der frühmorgendliche Kaffee sowie die Anrede »mein Herr« büßten ihre Verführungskraft ein. Von einer Last be- freit, schlief ich ein, doch nur, um nach einer Stunde wieder aus dem Schlaf zu schrecken. Die Worte eines beim Innenministe- rium beschäftigten Verwandten klangen mir in den Ohren: Du denkst wohl, wir überwachen alles? Soll ich dir etwas sagen, das stimmt überhaupt nicht. Einen Scheiß überwachen wir. Diese Legende wurde bloß in die Welt gesetzt, um die Leute einzuschüchtern, und komischerweise funktioniert das. Was weißt du schon, was in diesem Land vorgeht...

Die Erinnerung erwärmte mein Herz. Was weißt du schon, was in diesem Land vorgeht... Nun ja, mindestens wußte ich sicher, daß einer der kompliziertesten Vorgänge mit Margaritas Unterleib zu tun hatte.

Ich redete mir also ein, daß die Furcht vor dem Staatssicherheitsdienst völlig überflüssig sei. Und außerdem, selbst wenn er etwas herausfand, was machte das schon? Der Staat mochte schockiert sein, wenn er erfuhr, daß ein Minister oder General Margarita aufsuchte, aber nicht bei einem jungen Schnösel von Schreiberling. Vor allem nicht, wenn dieser Schreiberling in seinen Gedichten vielfach einen signifikanten Mangel an Seriosität bewiesen hatte und wegen moralischer Defizite bereits heftig kritisiert worden war. Unter diesen Voraussetzungen konnte es wahrhaftig nicht als Katastrophe betrachtet werden, wenn er einer Hure nachlief.

Einigermaßen empört dachte ich an den Roman, den ich als Student in Moskau geschrieben hatte, und setzte in Gedanken meine Rechtfertigungsrede vor den versammelten Kritikern fort: Ich leugne ja gar nicht, daß ich Huren anziehend finde. In meinem ersten Roman, den ich wegen euch nicht veröffentlichen darf, springt das überall ins Auge. Ich schreibe euch ja auch nicht vor, mit wem ihr ins Bett geht, den Genossinnen vom engen oder meinetwegen auch erweiterten Vorstand des Frauenverbands zum Beispiel. Genauso habe ich das Recht, dorthin zu gehen, wo es mich hinzieht, nämlich zu den Huren...

Als ich am nächsten Morgen beim Frühstück mit meinem Bürokollegen davon berichtete, mußten wie beide lachen. Dann wurde er wieder ernst. In letzter Zeit, meinte er, sei eine gewisse Nachsicht in solchen Dingen wahrzunehmen, auf jeden Fall verfolge man sie nicht mehr so hart wie früher.

Das stimmte. Erst zwei Wochen zuvor hatte der Führer selbst mit einer völlig unerwarteten Geste einen schlagenden Beweis dafür geliefert: Er hatte einer Frau die Hand geküßt, und zwar in aller Öffentlichkeit, bei laufender Kamera, vor versammeltem Parlament.

Dieser einer Vertreterin der griechischen Minderheit in der Volksversammlung verabreichte Handkuß hatte unter den Intellektuellen eine Woge der Bewunderung ausgelöst: Ein echter Gentleman, der Genosse Enver! Damit läßt er nicht nur Chruschtschow und Gottwald wie Bauern aussehen, sondern auch Torres, und der kommt immerhin aus Paris!

Ich erfuhr aus den Abendnachrichten im Fernsehen von dieser Großtat und mußte sogleich an den armen Sprachgelehrten E. Ç. denken, dem die gleiche Geste eine Menge Schwierigkeiten eingebracht hatte. Ich überlegte mir, daß der Parteichef wahrscheinlich bewußt dem Beispiel von E. Ç. gefolgt war. Diese Annahme wirkte nur auf den ersten Blick weit hergeholt. Immerhin hatte der große Führer vor kurzem im Kreise von Intellektuellen zum ersten Mal seit siebzehn Jahren ein paar würdigende Worte für E. Ç. gefunden. Wahrscheinlich war ihm bei der Suche nach Gelegenheiten zu einer öffentlichen Demonstration von Großmut das Dossier E. Ç. in die Hände gefallen, in dem der berühmte Handkuß sicherlich ständig erwähnt wurde. Heimlicher Neid, der menschliche Nachahmungstrieb, nostalgische Rückbesinnung auf die in Frankreich verbrachten Jugendjahre oder vielleicht eine nicht völlig durchschaubare Mischung aus allem hatte ihn dazu bewegt, die Handkußkopie als Botschaft gesteigerter Nachsicht zu verwenden.

Davon war ich so fest überzeugt wie von der künftigen Ungefährlichkeit eines Besuches bei Margarita.

Die Milderung des politischen Klimas war seltsamerweise von einer Abdichtung der Grenzen begleitet. Auf dem Flughafen Rinas landeten immer weniger Flugzeuge, doch da die ausbleibenden Maschinen ausschließlich aus dem Osten stammten, sahen die Leute kein großes Unglück darin. Schau an, die Russen und Ostdeutschen fliegen uns nicht mehr an! Aber das macht nichts, sollen sie bleiben, wo sie sind!

Auch wenn es niemand offen auszusprechen wagte: Alle träumten davon, daß anstelle der östlichen andere Flugzeuge landeten.

Mit dem Rückgang der Flüge sank auch die Zahl der Bürger aus dem sozialistischen Ausland in Albanien. Bis dahin waren wir eine große Familie gewesen, nun galten sie uns als Fremde.

Mit diesem ganzen Durcheinander hatte Margarita nichts zu tun. Körperlich gesehen, war und blieb sie uns fremder als alle Ungarinnen, Russinnen, Lettinnen oder Israelitinnen, mit denen unsere Generation Umgang pflegte, zusammen. Sie gehörte in eine andere Galaxie, deshalb wagte man es nur zaudernd, von ihr zu träumen, wie von der Überschreitung einer Schwelle.

4

Die Redaktion der wöchentlichen Literaturzeitung des Schrift⁄
stellerverbands war in zwei Räumen im Obergeschoß unterge⁄
bracht. Das kleinere Zimmer gehörte dem Chefredakteur, im
anderen saßen wir. Es hatte drei Fenster, wovon das größte auf
den Garten hinausging, der zur Straße hin von einem Staketen⁄
zaun mit zweiflügeligem Tor begrenzt wurde. Es bot sich uns
sowohl an sonnigen Tagen wie auch bei Regen ein hübscher
Ausblick, der gleichermaßen gut zu euphorischen Stimmungen
wie zu Seelenschmerz paßte. Man konnte überdies gut beob⁄
achten, wer das Gebäude betrat und verließ. Von oben aus be⁄
trachtet, wirkten die meisten Besucher krumm, und ihre Bewe⁄
gungen, ob langsam oder eilig, so unnatürlich, daß sich nicht
daran ablesen ließ, ob sie frohgemut oder verstimmt davongin⁄
gen. Reger Publikumsverkehr herrschte vor allem im Herbst,
wenn, wie man wußte, die ausländischen Delegationen kamen.
Allerdings war ihre Zahl gegenüber früher deutlich zurückge⁄
gangen. Nur China und Korea waren noch übriggeblieben,
Vietnam natürlich, außerdem Kuba und das eine oder andere
afrikanische Land. Dazu gab es gelegentlich Abordnungen al⁄
banischstämmiger Italiener, der sogenannten Arbereshen, aber
etwa so häufig, wie Kometen am Himmel erschienen.

Ich stand am Fenster und schaute leicht benommen auf den
herbstlich kühlen Garten hinaus, wobei ich mir vorkam wie der
Bauer im Kindermärchen, dem eine gute Fee die Auswahl zwi⁄
schen zwei Wünschen läßt. Das waren in diesem Fall, ins Aus⁄
land zu gehen oder eine Nacht mit Margarita zu verbringen.
Natürlich hätte ich mich im Zweifelsfall für die erste Möglich⁄
keit entschieden, allerdings nicht ohne eine gewisse Kompensa⁄
tion für den Verzicht auf die andere.

Weder ich noch mein Kollege hatten Margarita wiedergesehen, und offenbar waren wir auch unfähig, den Pfad zu finden, der uns zu ihr führte. Vielleicht machte uns aber auch nur das Unterbewußtsein einen Strich durch die Rechnung.

Nach den vielen Feiertagen im November hatte sich ein Winter eingestellt, der ganz allgemein verdrießlich war, vor allem aber bei uns im Schriftstellerverband. Es tat sich überhaupt nichts. Oder mindestens nichts von dem, was wir eigentlich erwarteten.

Ich hatte einen Roman angefangen, auf dessen Titel ich sehr stolz war: »Der kranke Ägypter«. Dumm war nur, daß ich außer dem Titel und einer Idee, wegen der ich eine ganze Nacht lang kein Auge zugetan hatte, so überaus fortschrittlich und wegweisend erschien sie mir, noch gar nicht wußte, um was es gehen sollte.

Die besagte Idee betraf den Rhythmus des Romans, den ich dem Verlauf der Krankheit des Protagonisten anzupassen plante. Mit anderen Worten, wenn die Körpertemperatur des Ägypters stieg, beschleunigte sich der Erzählrhythmus mit dem Pulsschlag. Fiel er aber zum Beispiel ins Koma, geschah das Gegenteil. Entsprechend gedachte ich mit Schüttelfrösten, Nierenkoliken und dergleichen umzugehen.

Ich hatte bisher nur das erste Kapitel niedergeschrieben, in dem der Ägypter den Arzt aufsuchte, und den Beginn des zweiten Kapitels, in dem er auf das Ergebnis der Analysen wartete. Bei dieser Frage war ich steckengeblieben, weil ich mich einfach nicht für eine Krankheit entscheiden konnte. Auch mein Kollege, dem ich mich als einzigem anvertraute, sah darin den entscheidenden Punkt, weil der Umfang des Romans direkt damit zu tun hatte. Wenn ich mich für ein umfangreiches, sagen wir, zweibändiges Werk entschied, wie es gerade Mode war, war ein langes Siechtum erforderlich. Sollte das Buch indessen kurz werden, mußte ich den Ägypter rasch in die Grube bringen.

Hin- und hergerissen, hatte ich das Schreiben eingestellt, obwohl ich so noch mehr litt.

Eines Tages teilte mir mein Kollege mit, er sei auf die Spur von M. gestoßen. Es lief in etwa so ab, wie wir es uns vor- gestellt hatten, nur erheblich einfacher. Man wurde bei einer Nachbarin vorstellig, die Aufträge für handgestrickte Pullover und Stickarbeiten annahm, und erkundigte sich nach einer be- sonderen Stricktechnik, die (wie man natürlich wußte) nur Margarita und ihre Mutter beherrschten. So kam ein direkter Kontakt zustande, weil die Nachbarin natürlich Mutter und Tochter mit dem Kunden bekanntmachen mußte, indem sie die beiden zu sich rief oder den Interessenten einfach hinschickte. Es wurde dann die entsprechende Vereinbarung über Datum und Uhrzeit sowie die genauen Bedingungen getroffen.

So war das also. Margarita hatte tatsächlich die Möglichkeit, sich ihre Kunden auszusuchen. Das gefiel uns sehr, da wir fest davon überzeugt waren, alle Voraussetzungen für die Visums- erteilung zu erfüllen. Ebenso verlockend war der Gedanke, ei- nen von ihrer Hand gefertigten Pullover zu besitzen, in meinem Fall mit dem Doppel-X für das zwanzigste Jahrhundert, im Falle meines Kollegen mit dem ihm zusagenden Symbol.

Da es in der Redaktion fürchterlich langweilig zuging, ver- trieben wir uns die Zeit mit Plänen und Vorbereitungen für den »Stricktag«, wie wir die Vorsprache bei Margaritas Nachbarin zu nennen pflegten. Um einen seriösen Eindruck zu machen, empfahl es sich, in weißem Hemd mit Krawatte zu erscheinen. Von hier aus war es nicht weit bis zur Altersfrage. Natürlich mußten wir befürchten, das Bild unreifer Kindsköpfe abzuge- ben, weshalb wir über einen Haarschnitt nachdachten, der uns älter machte. Auch zogen wir Hüte in Betracht und nahmen uns vor, im geeigneten Augenblick lässig Zigarillos anzustek- ken, wie sie seit kurzem im Hotel Dajti verkauft wurden. Ich erwog, wie zufällig das Gedichtbändchen mitzuführen, das ich als Student in Moskau veröffentlicht hatte, zumal im Vorwort schwarz auf weiß zu lesen stand, ich stünde unter dem Einfluß der dekadenten Literatur. Es war schon verlockend, allerdings auch einigermaßen gefährlich, so daß mich nach der ersten Be- geisterung gewisse Zweifel am Nutzen befielen. Schließlich war es, wie das Sprichwort sagt, besser, im Haus des Erhäng- ten den Strick nicht zu erwähnen. Auch Gespräche über Greta Garbo, den Beklemmung auslösenden Franz Kafka oder Bene- detto Croce erschienen uns mittlerweile fehl am Platze. Wir mochten als Provokateure erscheinen oder, noch schlimmer, als Zuchthauskandidaten. Also setzten wir lieber auf unsere Spon- taneität.

5

An einem kalten Märztag rief uns der eben von einer Sitzung beim Zentralkomitee zurückgekehrte Chefredakteur zu sich ins Büro. Seine Miene war mürrisch, was auch für seine Worte galt. Wir saßen mit eingezogenen Köpfen da. Die Partei hatte eine Menge an der Presse auszusetzen, vor allem aber an der Wo- chenzeitung des Schriftstellerverbands. Und am Schriftsteller- verband ganz allgemein, doch das sollte auf einer besonderen Zusammenkunft erörtert werden. Nicht erst seit gestern durch- wehe die Zeitung ein liberaler Geist, ein Nachlassen der revo- lutionären Wachsamkeit sei festzustellen, eine Lethargie, die so gar nichts mit dem Optimismus des sozialistischen Lebens zu tun habe. Er führte einige Beispiele an und wandte sich dann an mich:

»In der Auslandsrubrik, die du ja betreust, gibt es viel zu wenig Beiträge über die Erfolge der Literatur und Kunst in China, Vietnam und Kuba, und auch die Zahl der Berichte über das fortschrittliche und revolutionäre Kunstschaffen auf der Welt läßt sehr zu wünschen übrig, während zum Beispiel auf den amerikanischen Schriftsteller Ernest Hemingway, der sich erschossen hat, ausführlich eingegangen wird, ganz zu schweigen von den Gerüchten über den angeblichen Selbstmord von Marilyn Monroe. Ich würde schon ganz gerne wissen, warum dich dieses Thema, ich meine die Suizide, so fasziniert? Nicht einmal bei Wladimir Majakowskis Poem ›Wolke in Hosen‹ konntest du es beim bloßen Abdruck belassen, nein, du mußtest auch noch ›Zum Jahrestag des Freitods des Dichters‹ dazuschreiben.«

Ich wußte nicht, was ich antworten sollte. Normalerweise hätte ich damit argumentiert, die häufigen Selbstmorde westlicher Schriftsteller seien schließlich ein typischer Ausdruck der vom kapitalistischen System in der Phase seines Niedergangs produzierten seelischen Krisen, doch mich brachte Majakowski aus dem Konzept, der sich immerhin zu Stalins Lebzeiten umgebracht hatte.

Also beschränkte ich mich auf ein Schulterzucken.

Aber auch die anderen Rubriken der Zeitung wurden kritisiert, etwa für den Abdruck hermetischer Gedichte und romantischer Liebesgeschichten sowie von Buchkritiken ohne erkennbare Parteilichkeit.

Schließlich wurden wir zur Weiterarbeit entlassen und kehrten mit schuldbewußten Mienen in unser Büro zurück.

Entsprechende Sitzungen, das erfuhren wir noch am glei

chen Tag, waren überall abgehalten worden, in der benachbarten Oper, im Filmstudio, im Volkstheater und natürlich in den
Verlagen. Eine Vollversammlung des Schriftstellerverbands
sollte bereits in der kommenden Woche stattfinden.

Zwei Tage vor der Vollversammlung wurde ich zum Kaderchef des Schriftstellerverbands bestellt, der mir eine Rüge
verpaßte. Sie betraf eine Dienstreise nach Shkodra, die schon
einige Zeit zurücklag. Ihm sei zu Ohren gekommen, ich hätte
mich dort in einem dekadenten Milieu herumgetrieben. Ich
sprang auf, um zu protestieren: Dies sei Verleumdung, mir sei
in Shkodra keine einzige Prostituierte bekannt. Das stimmte
absolut. Ich war trotz Minustemperaturen im Hotel zum Ona-
nieren gezwungen gewesen.

Der Kaderchef grinste ironisch. Schließlich unterbrach er
meinen Redefluß:

»Nun mach aber mal halblang, mein Junge. Du hast wahrhaftig keinen Grund, dich wie ein Gockel zu spreizen. Außerdem besteht das dekadente Milieu keineswegs nur aus Nutten.
Aber wenn du schon so tust, als ob du nicht wüßtest, von was
ich rede: Du warst in Shkodra in einem dieser sogenannten ›Literarischen Salons‹, einem dieser Schmutzlokale, wo sich die
traurigen katholischen Überbleibsel mit ihrer Nostalgie für die
Vergangenheit versammeln.«

Das war eine echte Ohrfeige, und meine vorgespiegelte
Selbstsicherheit verflog vollends. Es ließ sich nicht leugnen, der
humoristische Dichter Pashk Tr., ein ausgemachter Schlingel,
hatte mir eines Abends erklärt: »Jetzt gehen wir in einen literarischen Salon, einen von der alten Sorte, wie sie sich nur noch
das liebe Mütterchen Shkodra leistet.«

Ich war recht neugierig. Schließlich betraten wir das im
traditionellen Stil der Stadt erbaute Haus, in dem alles gestrig

wirkte: das mit Teppichen ausgelegte geräumige Empfangszimmer, der Kamin und das Glutbecken im osmanischen Stil, der
kleine Marienschrein in der Ecke und natürlich die Leute, die
sich dort versammelt hatten. Neben der Gastgeberin, die von allen »Fräulein Bimbli« gerufen wurde, obwohl sie bestimmt auf
die Siebzig zuging, und Pashk Tr., der alte Scherzbold, der steif
und fest behauptete, sie sei seine Geliebte, waren noch eine fein-
gliedrige Greisin, Frau Pituke, die kein einziges Mal den Mund
aufmachte, sowie der blinde Dichter Llesh Huta anwesend.

Erst tranken wir Tee und Kognak, dann trug Pashk sein
jüngstes Sonett vor, das »Frühling im Herbst« betitelt war und
Fräulein Bimblis sich stets erneuernde Jugendlichkeit besang,
obwohl ihr fülliger Leib keinerlei Anzeichen einer solchen erkennen ließ. Tief bewegt bedankte sich die Gastgeberin bei
Pashk für seine Schöpfung, worauf der blinde Poet ebenfalls ein
Gedicht vortrug, das in schroffem Gegensatz zu dem Sonett
stand, da es von verschmähter Liebe handelte. Am Ende beklagte sich der Dichter bei der Herzlosen mit folgenden Worten:

> *Deiner Liebe zu entbehren ist schwerer*
> *Als der Blindheit rohes Los*

Ich mußte natürlich an all dies denken, und offenbar war mein
Gesicht deshalb ein wenig gerötet, denn der Kaderchef sagte:
»Sieh an, offenbar ist es dir peinlich.«

Nur mühsam bekam ich mich wieder in den Griff. Zwar,
erklärte ich, habe alles etwas angestaubt gewirkt, die ganze At-
mosphäre und so, andererseits seien aber auch keinerlei nostalgische Seufzer oder anzügliche Bemerkungen über die Gegenwart zu hören gewesen...

Der Kaderchef blätterte kopfschüttelnd in der Akte, die vor

ihm auf dem Tisch lag. So möge es vielleicht bei oberflächlicher Betrachtung aussehen, aber ich könne ja nicht wissen, was sie im vertrauten Kreis miteinander redeten. Außerdem sei völlig unwichtig, was am betreffenden Tag dort gesagt oder nicht gesagt worden sei, maßgeblich sei der Geist als solcher.

»Ist dir klar, wovon ich rede? Die Partei signalisiert uns, daß sie ein Erlahmen des revolutionären Geistes feststellt. Auf nichts anderes wartet der Feind. Jedes Zugeständnis, jedes vermeintlich humane Verhalten betrachtet er als Zeichen unserer Schwäche. Wo wir schlafen, gewinnt er an Boden. Wenn der Feind die Vergeblichkeit offener Attacken erkennt, greift er zu indirekten Maßnahmen: Alkohol, Frauen, westliche Musik, Religion, hermetische Gedichte, modischer Schnickschnack. Schließlich hat er es ja besonders auf die Jugend abgesehen. Damit meine ich vor allem euch, die ihr eben erst vom Studium im Ausland zurückgekehrt seid.«

Seine Augen glühten wie Holzkohle, und ich rechnete jeden Augenblick damit, daß er das sowjetische Vorwort zu meinem Gedichtband erwähnte, vor allem die dekadenten Einflüsse in meiner Lyrik. Doch Gott sei Dank kam er nicht darauf zu sprechen. Offenbar zählte die Meinung der Sowjets nicht mehr, zumal von ihnen die ganze albanische Führung als »dekadentes Pack, das sich für dreißig Silberlinge an den Westen verkauft hat« bezeichnet worden war.

Und vom »kranken Ägypter« konnte er eigentlich nichts wissen. Ich war mir ziemlich sicher, das Geheimnis gut gehütet zu haben, obwohl ich mich eines Abends im Café Voza beim Bier mit ein paar jungen Dichtern über das Neuerertum in der Literatur unterhalten und dabei gebrüstet hatte, daß sie schon noch staunen würden, wenn sie erst meinen Roman läsen, vor allem an der Stelle, wo dem Ägypter die Haut juckte und infolgedessen die Sprache eine derart meisterliche Komplexität gewänne, daß selbst Dermatologen den Hut ziehen würden.

»Es gibt keine literarischen Salons außer denen der Partei«, fuhr er fort. »Ich meine damit die Massenversammlungen, die Beratungen mit der Arbeiterklasse, die Plenartagungen und so weiter. Das sind die großen Kunstsalons und nicht ein paar muffige Bürgerwohnungen. Ich glaube, wir haben uns verstanden, mein Junge.«

Er erhob sich von seinem Stuhl, um mir zu bedeuten, daß unser Gespräch beendet war. Bevor ich ging, zwinkerte er mir zu, was gewöhnlich bedeutete, daß er einer Aussage Nachdruck verleihen wollte:

»Und achtet mehr auf die Schriften und Ratschläge der chinesischen Genossen. Klar?«

Ich nickte, etwas eingeschüchtert durch seine Wortkaskaden und vor allem das Augenzwinkern.

»Übermorgen auf der Vollversammlung werden wir mit den Genossen über all dies sprechen«, sagte er noch, als ich die Türklinke schon in der Hand hielt. »Ich gehe davon aus, daß ihr Jungen auch etwas zu sagen habt.«

6

Die Vollversammlung fand in einem der Säle des Kulturpalastes statt. Anders, als wir es gewohnt waren, saßen die teilnehmenden Parteiführer mit finsteren Mienen da. Ich konnte mich noch gut erinnern, wie wir Witze über den Optimismus und das feierliche Lächeln der Sowjets gerissen hatten. Du wolltest es finster, sagte ich mir. Na bitte, da hast du es, und sogar in der übelsten, nämlich albanischen Form.

Der Ton des Hauptreferats war mehr als schroff. Unter den Bedingungen der allseitigen brutalen Einkreisung, während das albanische Volk mit den Kommunisten an der Spitze für die Durchbrechung der Blockade arbeitete und kämpfte, lieferten die Schriftsteller und Künstler Albaniens bedauerlicherweise ein übles Beispiel für Wankelmütigkeit und Zurückweichlertum.

Kein Stereotyp wurde ausgelassen: Wir hatten uns von den Massen gelöst, den Rückzug in den Elfenbeinturm angetreten und strebten danach, das Leben der Bourgeoisie zu führen.

Ein siecher Geist, der nichts gemein habe mit den Idealen des Kommunismus, sei unter uns verbreitet, meinte der Vorsitzende. Im Saal herrschte unerträgliche Stille. Alle warteten darauf, daß Namen genannt wurden. Doch offenbar sollten, ehe Namen fielen, alle unsere Laster und Sünden abgearbeitet werden. Säufer, Hurenböcke, homosexuelle Opernträllerer, moralische und politische Zuhälter, Glücksspieler, Nostalgiker, Mystiker, Hermetiker seien wir, die alles täten, um den erwähnten schlechten Geist zu verbreiten.

Mein Herzschlag stockte. Ich litt an wenigstens drei der erwähnten Todsünden. Und dabei war die Faszination am Suizid, die mir der Chefredakteur unterstellt hatte, so wenig angesprochen wie meine Leidenschaft für schwarze Strumpfhalter, von der allerdings nur mein Bürokollege wußte.

Der hörte ebenfalls mit erstarrter Miene zu, nur daß sein eines Auge, das linke, gefährlich zu blitzen schien. Verrat mich ruhig, dachte ich. Du wärest weder der erste noch der letzte.

Der Redner berührte mit dem Mund inzwischen fast das Mikrophon, so daß er mit dem zweimal wiederholten Wort »aufrütteln« wirklich ein kleines Beben im Saal auslöste.

»Die Partei will von den Schriftstellern und Künstlern, daß

sie sich von der sozialistischen Wirklichkeit aufrütteln lassen«, brüllte er schon wieder. »Deshalb sind wir zu dieser Vollver⸗ sammlung zusammengekommen. Und darüber müssen wir nun reden.« Wie ein Haufen Blinder, drängend und stolpernd, verließen wir den Saal.

Für die Nachmittagssitzung rechneten wir mit allem, und es kam noch schlimmer. Die Redner überboten sich gegenseitig an wütendem Sarkasmus. Pausenlos wetterten sie gegen kranke intellektualistische Selbstüberhebung, Egoismus, Ruhmsucht, Geldgier, eitle Kleingeisterei. Bevor er sich zum »Aufrütteln« bekannte, rief einer zweimal: »Schämt euch!«, während bei ei⸗ nem anderen, weil ihm offenbar nichts Besseres einfiel, von »auf⸗ rütteln und noch einmal aufrütteln« tobend die Rede war.

Die danach das Wort ergriffen, waren nicht gnädiger. Nichts vom fröhlichen Optimismus früherer Vollversammlun⸗ gen. Die albanische Arbeiterklasse, nein, das ganze albanische Volk war zutiefst empört über die Schreiberlinge. Kein gutes Haar wurde an uns gelassen. Alle auf der Welt noch nie dage⸗ wesenen Errungenschaften, die ideologische Reinheit, um die uns die Feinde beneideten, der unerschütterliche Glaube an den revolutionären Fortschritt, unsere Poeme wie Bomben und Ban⸗ ner: alles vergessen!

Wie konnten wir nur so tief sinken? Mit tränenerstickter Stimme sprach diese Worte ein Schriftsteller⸗Veteran aus, der bereits seit dem Ersten Weltkrieg Kinderstücke schrieb, die al⸗ len Regimen willkommen gewesen waren, weil stets das Gute triumphierte. Wir sind ja völlig verkommen! Im Erdboden soll⸗ ten wir versinken!

An der Saaltür und im Präsidium entstand Unruhe. Die Frau des großen Chefs war zum Zuhören gekommen. Ich tauschte einen kurzen Blick mit meinem Bürokollegen.

Nach dem Veteranen bekam ein Literaturkritiker das Wort, und nach ihm war die junge Dichterin an der Reihe, die ich zwei Monate zuvor mit der Geschichte von den kastrierten Hindus aufs Glatteis geführt hatte.

Das Beben in ihrer Stimme und der helle Glanz ihrer Augen zeugten von einer gefährlichen Aufrichtigkeit.

»Wir jungen Schriftsteller, die wir mit den reinsten Empfindungen das Haus der Literatur betreten, sind von den bürgerlichen Verhaltensweisen unserer Vorgängergeneration tatsächlich sehr enttäuscht. Wir waren verzweifelt, konnten aber gar nicht ermessen, wie weit diese geistige Krankheit schon fortgeschritten war. Die heutige Versammlung hat uns die Augen geöffnet!«

Wieder stockte mein Herzschlag. Gleich stellt sie mich an den Pranger, dachte ich und in mich hinein: Idiot, Angeber, Pflaume, überleg dir das nächste Mal genau, wem du Kastrationsgeschichten erzählst!

Die junge Dichterin fuhr in rasiermesserscharfem Ton mit ihrer Ansprache fort. Junge Menschen, die den Weg der Literatur wählten, seien vielleicht ein wenig naiv, vor allem die Mädchen, doch Naivität sei kein Vergehen. Schimpflich verhielten sich jene, die ihre jugendliche Lauterkeit mißbrauchten.

Der Himmel stürzte über mir zusammen. Mittlerweile war im Saal kein Laut mehr zu hören, denn jeder mußte davon ausgehen, das Mädchen werde Beispiele verderblicher Handlungen liefern. So würden, da war man sich sicher, all jene mit Namen benannt werden, die als Belohnung für die Veröffentlichung ihrer Verse Liebesdienste verlangt hatten. So weit war ich nicht gegangen, doch kämen die kastrierten Hindus zur Sprache, wäre jeder überzeugt, daß dies nur der erste Schritt in meinem Plan gewesen sei.

Das Mädchen erging sich weiter im Lob der jugendlichen Unbedarftheit, wobei allerdings auch selbstkritische Töne zu vernehmen waren. Nicht einmal sich selbst sparte sie aus. Gewiß gebe es Fälle, wo man Naivität im Übermaß an den Tag lege, so wie sie selbst im Umgang mit einem jungen Schriftsteller, der ihr habe einreden wollen, demnächst werde ein Parfüm mit dem Namen des bäuerlichen Freischärlers Haxhi Qamili auf den Markt kommen, und ein anderes namens »Genossenschaftlerschweiß« sei in Vorbereitung. Die heutige Versammlung habe sie gelehrt, daß solche Spötteleien keine harmlosen Streiche seien, sondern viel tiefer wurzelten.

Ein dumpfes Murmeln durchlief den Saal, durchsetzt mit ein paar unterdrückten Lachern, auch wenn die finstere Miene der Chefgattin sogleich wieder für Ruhe sorgte. Dennoch heiterte sich meine Stimmung auf. Seit Tagen war ich bedrückt, doch nun zeigte sich plötzlich ein Hoffnungsschimmer. Es gab also doch noch ein paar vernünftige Menschen in diesem Land. Ich war dem Unbekannten wirklich dankbar für seinen feinen Scherz mit den Parfüms.

Die Diskussionsbeiträge wurden zunehmend aggressiver.

»Wer, zum Teufel, sind wir, Genossen?« brüllte jemand vom Rednerpult herunter. Die Menschen vollbrachten wahre Heldentaten bei der Arbeit, bezahlten ihre Aufopferung mit dem Kältetod oder stürzten sich ohne Zögern in die lodernden Flammen, um ihre Genossen zu retten, während wir verweichlicht an Weiberröcken hingen und neben dem Küchenherd hockten, ohne uns über irgend etwas den Kopf zu zerbrechen.

»Der Diskussionsbeitrag der jungen Dichtergenossin hat mich begeistert. Wie sie richtig hervorhob, brauchen wir keine Hollywood-Parfüms und kein Coca-Cola. Ich würde mir wünschen, daß man den Taugenichts, der unsere Genossenschaftsbauern verhöhnt hat, zur Strafe in eine Kooperative oder ein Bergwerk schickte, damit er endlich lernt, was Arbeit und Schweiß bedeuten.«

Die Frau des Führers und gleich nach ihr einige Präsidiums‹mitglieder nickten zustimmend.

Tiefe Betroffenheit war im Saal wahrzunehmen. Einige Zu‹hörer hatten gerötete Augen. Zwei oder drei schienen sogar vor sich hin zu schluchzen.

Gab es Vergebung für diese Sünden, wie konnte man Buße tun?

Der Vorsitzende schien Gedankenleser zu sein, denn ehe er die Sitzung schloß, sprach er genau diesen Punkt an. Es ging nicht darum, zu jammern, man mußte Lösungen finden. Die Versammlung ist für heute geschlossen, sagte er. Morgen früh um sieben geht es weiter.

Mein Kollege und ich schauten uns an. Wenn eine Sitzung morgens um sieben Uhr begann, waren weitere Worte über‹flüssig.

7

Als ich mit verquollenen Augen vor dem Kulturpalast ein‹traf, waren die meisten anderen Schriftsteller und Künstler schon da. Es war sechs Uhr dreißig, die Glasturen noch ge‹schlossen.

Ich schaute mich nach meinem Kollegen um. Da stand er, an eine der Säulen gelehnt, und rauchte eine Zigarette. »Ich bin schon seit sechs Uhr da, weil ich nicht mehr schlafen konnte«, sagte er leise. »Aber ich war lange nicht der erste.«

Sieben Uhr als Anfangszeit, das hatte ich gestern als skan‹

dalös empfunden, und ich tat es auch jetzt noch, aber im umge-
kehrten Sinne.

Schließlich wurden die Türen geöffnet, und die Leute
strömten in ernstem Schweigen hinein.

Nach wie vor von tiefer Stille umgeben, nahmen die Mitglieder des Präsidiums an ihrem Tisch Platz. Seit gestern hatte
sich dort nichts geändert, nur schien das Blumenbukett heute
ein wenig größer zu sein.

Der Vorsitzende eröffnete die Sitzung und erteilte dem Parteisekretär des Schriftstellerverbands das Wort. Was er sagte,
war von Optimismus getragen, doch war dieser nicht hoff-
nungsfroh, sondern einschüchternd. Wenigstens wirkte es so
auf mich. Ich schalt mich selbst einen Schwarzseher, doch
dann lehrte mich ein Blick ins Gesicht meines Bürokollegen,
daß er nicht anders empfand. Als ein weiterer Redner in der
Diskussion über mögliche Auswege die Frage der Honorare an-
sprach, lobte ich mich für meine Scharfsicht: Der optimistische
Ton war tatsächlich eine Falle gewesen. Als die Zuhörer das
Wort »Honorarsenkung« vernahmen, erstarrten erst alle, doch
einen winzigen Augenblick später ging merkwürdigerweise ein
erlöstes Aufatmen durch den Saal. Auch ich glaubte eine gewisse Erleichterung zu verspüren, trotz eines kurzen Stichs im
Herzen. Hier also lag der Hund begraben! In Ordnung, zum
Teufel damit! Sollten sie unsere kärglichen Honorare ruhig
noch weiter beschneiden oder meinetwegen auch ganz für sich
behalten, Hauptsache, wir kamen endlich aus dieser Folterkam-
mer heraus.

Die anderen waren offenbar der gleichen Meinung, denn
erst zögernd, dann merklicher kehrte das Leben in den Saal zurück. »Um unsere Honorare geht es ihnen also«, hörte ich hinter mir jemand sagen. »Meinetwegen, scheiß drauf!«

Ein gewisses Hochgefühl, durchsprenkelt mit nachgelasse-
ner Trauer, griff um sich. Es war, als hätten wir uns von etwas
gleichermaßen Lustvollem wie Lasterhaftem zu trennen. Mit
anderen Worten, wir nahmen Abschied von unseren Honora-
ren wie von einer Hure.

Noch herrschte diese angeregte Stimmung, als ein Schriftsteller, der gerade erst reüssiert hatte, ans Rednerpult trat und
mit klangvoller Stimme, ohne den eher larmoyanten Tonfall
des Vortags, verkündete, er jedenfalls werde unabhängig von
den Beschlüssen der Vollversammlung das Honorar für seinen
bereits im Druck befindlichen nächsten Roman dem Staat
überlassen.

Der Saal applaudierte, obschon die Gesichter am Präsidiumstisch ernst blieben. Nun, da der Druck ein wenig gewichen war, spürte ich wieder Herzstiche. Aus irgendeinem
Grund fiel mir Margarita ein. Erschöpft von der langen Liebes-
nacht, schlief sie bestimmt noch, während unter dem weißen
Kopfkissen neben ihr der Tausend-Lek-Schein des bereits ge-
gangenen Kunden auf sie wartete. Ach, so oft hatte ich mir aus-
gemalt, wie ich mein frisch verdientes Honorar unter diesem
Kissen deponieren würde. Daher war sie mir also eingefallen.

Im Saal herrschte wieder Schweigen, denn ein parteitreuer
Poet mit schroffer Miene hatte das Wort ergriffen. Da er ein
wenig stotterte, klang sein Vortrag noch barscher. »Wir reden
hier dauernd von unseren Romanen und Gedichten, aber ich
habe, verdammt noch mal, noch kein Wort von dem gewaltigen Poem gehört, das gerade erst in Albanien erschaffen
wurde.«

Es dauerte eine Weile, bis alle begriffen hatten, daß er von
der Großrede des Führers sprach, mit der dieser jüngst eine
Stadt im Norden beglückt hatte.

Der Saal erstarrte abermals, und die kaum verspürte Erleichterung wurde von einer Betroffenheit verschlungen, die noch düsterer dräute als zuvor.

Die Augen der Führersgattin, kalt, forschend, waren auf die Reihen der Zuhörer gerichtet. Was wollte sie nur von uns?

Ein Romancier mit Milchgesicht, der auf Versammlungen selten etwas sagte, hatte gleich nach dem Poeten das Wort verlangt. Noch ehe er das Mikrophon erreicht hatte, stieß er einen Schrei aus: »Jetzt oder nie!«

Wir trauten unseren Ohren kaum. Er hatte bisher als vernünftiger Mann gegolten und war mehrmals wegen Intellektualismus und ideologischer Laschheit kritisiert worden. Nun auf einmal fühlte er sich berufen, uns aufzurütteln, und zwar in einem Ton, der alles bisher Gehörte in den Schatten stellte. Am Ende blieb vor allem das verhängnisvolle Wort »Rotation« in den Köpfen hängen.

Ach ja! Es war bereits in der soeben zum »Poem« ernannten Rede des Führers gefallen.

Die aufmerksamen Augen der Gemahlin des Chefs ruhten weiter auf dem Saal.

Wie fahrlässig war doch unsere Annahme gewesen, dieses böse Wort beträfe nur dem Bürokratismus verfallene Kader und Funktionäre. Nein, zusammen mit den Honorarkürzungen sollte auch die Rotation unserer Heilung dienen.

Nach einer Weile war selbst beim Einfältigsten der Groschen gefallen.

8

In dieser Woche spielte sich Unvorstellbares ab. Noch nie hatte der Sitz des Schriftsteller- und Künstlerverbands einen solchen Publikumsverkehr erlebt.

Von unserem Bürofenster blickten wir auf lauter nasse, teilweise vom Wind umgedrehte Regenschirme hinunter.

Der Vorsitzende empfing zusammen mit dem Parteisekretär alle Mitglieder, um sich anzuhören, wohin sie am liebsten rotiert werden wollten. Eigentlich gingen wir davon aus, daß trotz der einhelligen Selbstverpflichtung nur ein Teil von uns die Hauptstadt würde verlassen müssen. Bei den anderen würde es heißen: Bravo, daß ihr eure Bereitschaft bekundet habt, aber wir brauchen euch hier in Tirana!

Was sich im Büro des Vorsitzenden abspielte, war in der Regel folgendes: Die Künstler benannten ein Dorf oder ein Städtchen, in das sie zwecks Vertiefung ihrer Kenntnis des wirklichen Lebens zu gehen bereit waren, um dann die Beschwernisse vorzutragen, die sie vorläufig daran hinderten, die Reise dorthin anzutreten, fest darauf vertrauend, daß ihnen die Partei in ihrer bekannten Weitherzigkeit entgegenkommen werde.

Es war schon erstaunlich, welche bis dahin verborgenen Sorgen die Schriftsteller und Künstler zu Hause festhielten, und geradezu unglaublich, daß der ganze Stolz des albanischen sozialistischen Realismus, all diese vor Gesundheit strotzenden und von der Frühlingssonne durchstrahlen Werke von solch hinfälligen, mit den beschwerlichsten Leiden und körperlichen Gebresten geschlagenen Menschen verfaßt worden sein sollten. Das benigne Prostatasyndrom, Hämorrhoiden, Fettleibigkeit und Bettnässerei gehörten noch zu den ehrenhafteren Erkrankungen, verglich man sie mit eitrigen Pusteln und entzündungsbedingtem Darmfluß sowie verschiedenen Formen der Krätze, die seit der Regierungszeit des letzten Königs als ausgerottet gegolten hatte.

Gewöhnlich wurde von den Betroffenen um eine zweite Anhörung nachgesucht, bei der sie noch schwerwiegendere Gründe vortrugen, die sie »wegen des verfluchten bürgerlichen Stolzes« beim ersten Mal leider verschwiegen hatten. Manche ließen gar die Hosen herunter, um grauenvolle Ausschläge, nicht weniger entsetzlich anzuschauende Leistenbrüche oder sonstige schrecklichen Dinge vorzuweisen. Einer begann seinen Vortrag mit der Unfruchtbarkeit seiner Ehegattin, um dann unter Tränen zu beklagen, daß sie ihn mit einem Nachbarn betrog. Ein weiterer Kulturschaffender wurde von seinem Sohn geschlagen, und ein dritter legte ein ärztliches Zeugnis vor, das ihm Geistesschwäche attestierte.

Ein Gerücht, die westliche Presse habe von der Vertreibung der Schriftsteller aus der albanischen Hauptstadt Wind bekommen, nährte Spekulationen, nur ein Drittel werde von der Rotation betroffen sein. Ein zweites Gerücht, nicht die westliche Presse, sondern eine albanische Emigrantenzeitung habe davon berichtet, ließ die Hoffnung verblassen. Trotzdem klammerte man sich an der Vermutung fest, selbst im schlimmsten Falle werde höchstens die Hälfte rotiert.

Schließlich wurde bekannt, daß weder die Westpresse noch die Emigranten großes Bedauern über das Unglück der albanischen Schriftsteller und Künstler bekundet hatten. Im Gegenteil, in einer der Emigrationszeitungen war sogar schadenfroh geäußert worden, den albanischen Schriftstellern sei im Grunde recht geschehen, sie müßten nun die Suppe auslöffeln, die sie sich selbst eingebrockt hätten.

Am Wochenende war schließlich die Erkenntnis allgemein verankert, daß es nicht lohnte, einander die Hucke vollzulügen. Alle würden rotieren, in einer endlosen, vom Vorsitzenden persönlich angeführten Marschkolonne, bekannte und unbekannte Künstler, Kommunisten und Nichtkommunisten, Fehlleister und Fehlerfreie, solche eingeschlossen, denen man Verstöße immerhin zutraute, aber auch jene, die dazu gar nicht in der Lage waren.

In der Hauptstadt war der Auszug der Schriftsteller Hauptgesprächsthema. Manchen taten sie leid, die übrigen meinten, diese bourgeoisen Typen hätten verdient, was ihnen widerfuhr. Die einen glaubten, durch diese Maßnahme sei der Zorn des Staates erst einmal abgeleitet, während die anderen meinten, wenn die Lawine erst einmal losgetreten sei...

Ganz am Schluß wurden wir Verbandsangestellte ins Büro des Vorsitzenden gerufen. Dieser wirkte äußerlich ruhig, doch an den dicken Tränensäcken unter seinen Augen sah man, was er durchmachte.

Wir wurden aufgefordert, auf dem Kanapee Platz zu nehmen.

»Nun sind also wir an der Reihe, die aus dem Haus«, sagte er mit unbewegter Stimme. »Wahrscheinlich habt ihr es schon erfahren: Ich selbst gehe nach Rubik zu den Bergarbeitern.«

Mein Kollege und ich nickten, ja, wir hatten es schon mitbekommen. Während er redete, überlegte ich angestrengt, wieso ich mit diesem Mann nie warm geworden war. Er hatte in den dreißiger Jahren in Frankreich studiert, war stets gut gekleidet, trug eine Baskenmütze und rauchte Pfeife wie die französischen Schriftsteller, die wir von Fotos kannten. Das gefiel mir sehr, und erst zwei Wochen zuvor, als ich wieder einmal über einen Besuch bei Margarita spintisiert hatte, war ich tatsächlich auf die Idee gekommen, mir von ihm Barett und Pfeife für die Kennenlernzeremonie auszuleihen.

Daß etwas zwischen uns stand, hatte ich bereits bei unserer ersten Begegnung gespürt. Wie alle Neulinge hatte er mich nach meinem Arbeitsantritt beim Schriftstellerverband zu einem Kaffee eingeladen. Er war mit Baskenmütze und Pfeife ausgerüstet, aber das Gespräch wollte und wollte nicht in Gang kommen, woran ich schuld war, wie ich rasch merkte. Leider bewirkte diese Erkenntnis keine Befreiung, sondern eher das Gegenteil. Ich war von jeher ziemlich wortkarg gewesen, aber diesmal war es besonders schlimm, und er ließ sich durch meine Einsilbigkeit offenbar verunsichern. Immer wieder ging ihm die Pfeife aus, was ihn jedesmal einige Zeit kostete, um sie neu zu stopfen. Zweimal erkundigte er sich nach meiner Zeit am Gorki-Institut und wiederholte daraufhin, was er mir über seine frühen Jahre in Frankreich bereits erzählt hatte.

Im Umgang mit ihm beeindruckte, daß er sich anders als einige seiner Altersgenossen, die ebenfalls in Frankreich studiert hatten, gerne an diese Zeit zurückzuerinnern schien. Ich glaubte, den Grund für diese Kühnheit erkannt zu haben. Vor einigen Jahren, noch vor meiner Zeit, hatte es im Schriftstellerverband heftige Auseinandersetzungen gegeben, und er war mehrfach schwer unter Druck geraten. Man hatte sogar seine Absetzung gefordert. Seine Feinde fühlten sich deshalb so stark, weil sie wenigstens zum Teil Partisanen gewesen waren, ihre Biographien jedenfalls keinerlei »bourgeoisen Makel« aufwiesen. Das war sein schwacher Punkt, auf den sie ihre Angriffe konzentrierten, und seine Schriftstellerkarriere, die er in Frankreich begonnen hatte, schien eben daran zu scheitern. Doch dann kam es umgekehrt: just Frankreich war es, das ihn rettete.

Einer seiner Gegner, ein Dichter, der soeben vom Studium in Leningrad zurückgekehrt war, stellte auf einer Versammlung unter Außerachtlassung jeglicher Vorsicht die Frage: Ist es denn normal, daß dem albanischen Schriftstellerverband ein Mann vorsteht, der im bourgeoisen Frankreich studiert hat?

Das erwies sich als fatal, allerdings für den Angreifer selbst. Daß die Frage falsch gestellt und gefährlich war, daß man sie sogar als staatsfeindlich interpretieren konnte, sah man nämlich schon auf den ersten Blick. Schließlich hatte der angeblich proletarische Flügel in der Parteiführung kurz zuvor gegen den großen Chef die gleiche heimtückische Anschuldigung erhoben...

Damit waren alle Attacken hinfällig, und am Ende des Herbstes saß unser Vorsitzender fester im Sattel als je zuvor.

Ich kannte diese Geschichte, und damals beim Begrüßungskaffee hatte ich mir sogar überlegt, ob er mir, dem Moskauheimkehrer, womöglich die gleiche wütende Karrieresucht unterstellte wie seinem in Leningrad gestählten Feind.

Allerdings traute ich ihm eine solche Einfältigkeit nicht wirklich zu, so daß sich meine Sorge in Grenzen hielt.

Ein vages Gefühl sagte mir bereits an jenem Tag im Café, daß unsere gegenseitige Reserviertheit auf einen anderen Grund zurückzuführen war. Er hatte sich vom Westen losgesagt, um sich in den Osten einzufügen, wogegen in mir, der ich von dort kam, die Sehnsucht keimte, die Gegenrichtung einzuschlagen. In diesem Land, das sich Albanien nannte, kreuzten sich unsere Wege, und weil unsere Weichen so unterschiedlich gestellt waren, mußten wir einander wahrscheinlich mißtrauen.

Er zerstörte bei mir einen Traum, und ich tat offensichtlich bei ihm das gleiche. Deshalb kamen wir nicht miteinander zurecht.

»Also, Jungs«, sagte er, wobei er die Ellbogen auf die Platte des massiven Tisches stützte. Ich schaute auf die Stelle, an der er Baskenmütze und Pfeife zu deponieren pflegte, aber sie waren nicht da. Er schien die Hoffnung aufgegeben zu haben, sie auch über diese Krise hinwegretten zu können. »Also, Jungs«, wiederholte er und reichte jedem die Hand. »Viel Glück am neuen Ort.«

9

Meine erste Woche in der Kleinstadt B. war fast vorbei. Ich führte gewissermaßen ein Doppelleben. Jeden Tag mußte ich in die Textilfabrik gehen, um als Nachwuchsschriftsteller das wirkliche Leben kennenzulernen, zugleich schrieb ich aber als Journalist weiter für die literarische Wochenzeitung.

Die Vormittage in der Fabrik verliefen angenehm. Viele der Ingenieure und Verwaltungsangestellten stammten aus Tirana und hatten in Ländern Osteuropas studiert. Einen nicht unwesentlichen Teil ihrer Zeit verbrachten sie in der Fabrikkantine, wo sie unzählige Kognaks kippten. Ich war vom ersten Tag an gerne in ihrer Gesellschaft, da sie lustig waren und alles auf die leichte Schulter nahmen. Jeder hatte seinen Spitznamen, der auf den jeweiligen Auslandsaufenthalt zurückging. Taxh Paholli, das Herz der Gruppe, wurde »Pan« genannt, weil er in Polen studiert hatte, Liko Ibrahimi dagegen, der in Ostdeutschland gewesen war, hieß bei allen »Herr«.

Moskau, wo ich einige Zeit verbracht hatte, galt in ihren Augen aus unerfindlichen Gründen als ein bißchen rückständig. Um unserer neuen Freundschaft willen unternahm ich nichts zu seiner Verteidigung und stand sogar für meine Zugehörigkeit zum ganz und gar rückständigen Sektor Literatur ein. Unmöglich konnte ich allerdings mit ihnen in ihrer Leidenschaft für Kognak mithalten, wodurch ihre Überzeugung, Literatur sei nicht mehr zeitgemäß, endgültig bestätigt wurde.

Am dritten Tag begegnete ich zum ersten Mal dem Parteisekretär der Fabrik. Es war elf Uhr, wir saßen im Kasino bei unserem dritten oder vierten Kaffee, als plötzlich einer wisperte: »Er kommt!« »Herr« wandte sich an mich: »Jetzt machen wir dich mit dem Sekretär bekannt.«

Ich rechnete mit dem üblichen Typ: Schiebermütze, entschlossene Kiefer, durchdringender Blick. Doch der Mann, der zu uns an den Tisch kam, war ganz anders: jung und mürrisch, aber mit der aufgesetzten Bärbeißigkeit eines Komödianten. Schau dir sein linkes Auge an, sagte Taxh, das Lid hängt. Wirklich furchtbar, ergänzte »Herr«.

Das linke Auge des Neuankömmlings war tatsächlich halb geschlossen. Nachlässig gab er mir die Hand. Dann wandte er sich an die anderen: Na, was treibt ihr so, ihr Scheißkerle?

Die Ingenieure lachten, während ich mit offenem Mund dasaß. Dann flüsterten sie mit ihm, ohne daß ich verstand, um was es ging, und er grinste geschmeichelt.

Er stürzte ein Glas Kognak hinunter, dann noch eines, und weg war er.

»Einen solchen Parteisekretär gibt es im ganzen sozialistischen Lager nicht mehr«, meinte »Herr«.

Ich konnte immer noch nicht ganz folgen. Daß er von der üblichen Norm abwich, ließ sich nicht übersehen. Er war aus Erseka geholt worden, um den aus Gjirokastra stammenden, für »liberalistisch« erklärten früheren Sekretär zu ersetzen, der seinerseits den Platz eines für »konservativ« befundenen Kollegen eingenommen hatte. Aber für die Ernennung zum ungewöhnlichsten Parteisekretär des sozialistischen Lagers reichte das noch nicht.

Sie schauten einander an. Sollten sie das Geheimnis lüften? Offenbar zählten sie mich inzwischen zur Familie, denn ich wurde schließlich eingeweiht.

Etwas verblüfft war ich schon. Der Parteisekretär hatte mit den Ingenieuren gewettet, mit einer Chinesin zu schlafen, und am Vortag die Wette tatsächlich eingelöst. Gott allein wußte, wie er die unbeugsame Chinesin herumbekommen hatte, die nebst drei anderen Spezialisten hier war, um die einheimischen Mädchen in den Gebrauch der Webmaschinen einzuweisen. Er hatte nur ein Detail preisgegeben. Die chinesische Fachkraft habe in ihrer Angst, schwanger zu werden, mit dem Finger auf ihren Bauch gezeigt und geflüstert: »Genosse Kristaq, aber nix da, bitte, Genosse Kristaq.«

Den ganzen Nachmittag über mußte ich an die Geschichte denken. Irgendwie kam der unmögliche Parteisekretär mit seinem Unterfangen, das eigene Sperma in einem fremden, verbotenen Raum abzusetzen, meiner Leidenschaft für altmodische schwarze Strumpfhalter nahe. Leider gelang es mir nicht, den etwas vagen Zusammenhang gedanklich zu fixieren.

An Regentagen waren die Nachmittage in der Kleinstadt äußerst verdrießlich, und die Abende noch mehr, vor allem samstags, wenn meine neuen Freunde, die Ingenieure, in unendlich langen Sitzungen feststeckten.

Zum Schreiben hatte ich keine Lust. Den angefangenen »Ägypter« hatte ich zwar mitgebracht, doch lag das Manuskript noch immer unangetastet ganz unten im Koffer.

Ich schlenderte die Hauptstraße hinunter bis zum einzigen Hotel der Stadt und von dort zum Kino. Meine Hoffnung, der Film, der schon die ganze Woche lief, sei endlich durch einen anderen ersetzt worden, wurde natürlich enttäuscht. Also lief ich weiter durch die Straßen.

Nur wenige Passanten waren unterwegs. Das schmierige Speiselokal, in dem ich mein Abendessen einzunehmen pflegte, hatte noch nicht auf. Eingehakt und mit wiegenden Hüften näherten sich zwei Schwestern, die im Ort für leichtlebig gehalten wurden, weil sie den Umgang mit Hauptstädtern suchten, die es hierher verschlagen hatte. Ihr Anblick steigerte wie schon am Vortag meine schlechte Laune. Haut ab, verdammte Arschwacklerinnen, schnaubte jemand auf dem Gehsteig.

Endlich öffnete das Restaurant. Ich setzte mich in eine Ecke und bestellte eines der beiden Gerichte auf der Speisekarte: dicke Bohnen mit Fleisch. Am Nebentisch fing jemand an, Selbstgespräche zu führen. Verpiß dich endlich, du Furzer, sagte er wiederholt. Wahrscheinlich meinte er sich selbst. Er bestellte einen doppelten Raki und leerte das Glas in einem Zug.

»Hast du auch die Bohnen genommen?« erkundigte er sich bei mir. Als ich nickte, fuhr er fort: »Kennst du das Gedicht über den vorbildlichen Bohneneintopf der Landwirtschaftlichen Genossenschaft Bushat? Ich war letztes Jahr in Shkodra, da habe ich es gehört:

> *Es weiß die Genossin Tale,*
> *Es weiß der Genosse Male:*
> *Die Bohnen sind prächtig,*
> *Die Fürze doppelt mächtig.«*

Auch das noch! Pflichtschuldigst rang ich mir ein kurzes Lachen ab.

Erst als ich wieder draußen auf der Straße stand, verspürte ich eine gewisse Erleichterung. Es nieselte. Obwohl es schon auf neun Uhr zuging, ließen sich die Ingenieure immer noch nicht blicken, so daß die Hoffnung, beim Kartenspiel einen leidlich erträglichen Abend zu verbringen, dahinschwand. Am Samstag zuvor hatte ihre Versammlung bis um Mitternacht gedauert.

Die beiden Schwestern unternahmen offensichtlich ihren letzten Rundgang. Als wir uns begegneten, überfiel mich unvermutet eine Welle von Stolz, als ob ihre armselige Vorliebe für Hauptstädter so etwas wie eine Aufwertung meiner selbst bedeutete. Dabei konnten diese lächerlichen Provinzgören überhaupt nicht ermessen, was ich dort zurückgelassen hatte. Die Leere in mir füllte sich mit einer Art Trunkenheit. Also, ihr müßt wissen... Was mußten sie wissen? Nichts mußten sie wissen! Ich benahm mich wie jemand, der in einer verqualmten, dreckigen Kneipe, umgeben von lauter Halunken, Trost im Gedanken an seine edle Abkunft oder doch im aristokratischen Schmerz des Verlustes sucht. Allerdings mußte ich überrascht feststellen, daß sich meine Nostalgie weder von den Mimosenbäumen des großen Boulevards noch den Treffen mit Freunden im Café Flora, noch den Besuchen in der Kunstgalerie, noch der Arbeit im Schriftstellerverband, noch irgendeiner Liebesaffäre nährte, sondern von einer Fiktion, einem nicht zustande gekommenen Besuch bei einer Luxushure namens Margarita. Wahrscheinlich kam das daher, daß die beiden »leichtlebigen« Backfische zum Vergleich mit ihr aufriefen, oder von der seelischen Leere, die einen bekanntlich empfänglich macht für Hirngespinste. Womöglich steckten aber auch ganz andere, dunklere, schwer faßbare Gründe dahinter.

Jedenfalls vermochte ich das Zeichen nicht zu entschlüsseln. Eine Hure als ausschlaggebender Faktor meiner hauptstädtischen Identität! Ich wußte nicht, ob ich darüber lachen oder weinen sollte.

10

Nach Tirana kamen wir selten. Und wenn wir dort waren, versuchten wir, möglichst wenig aufzufallen. In vermittels der Presse verbreiteten Führerverlautbarungen waren die Rotierten nachdrücklich aufgefordert worden, ihre ganze Aufmerksamkeit auf die Verschmelzung mit der Basis, also dem Volk zu richten, anstatt ständig von der Hauptstadt zu träumen. Die angedrohte Umsiedelung ihrer Familien, der einzigen Verbindung mit Tirana, die sie noch hatten, lastete als Alptraum auf allen.

Im Herbst benachrichtigte man uns, es werde eine zentrale Veranstaltung geben. Erstmals waren wieder alle an einem Ort versammelt. Wir schauten einander verblüfft an. Es war wie ein Blick in den Spiegel. Wir sahen miserabel aus, vor allem waren wir gealtert. Unsere Kleider saßen schlecht, unsere Augen blickten unterwürfig, unsere Stimmen waren klanglos, als ob die Stimmbänder nicht richtig funktionierten.

Wir hatten uns mit gewissen Erwartungen zu dieser Versammlung eingefunden. (Genossen Schriftsteller und Künstler, die Probe ist bestanden! Euer Leiden in der Provinz war nicht vergebens! Seid willkommen in der Hauptstadt!) Doch wir wurden bitter enttäuscht, denn das Klima hatte sich weiter verschlechtert. Wir kamen uns vor wie Aschenputtel. Kein Mitleid, der Ingrimm gegen uns war sogar noch gewachsen.

Wer einen kritischen Diskussionsbeitrag in der Tasche hatte, ließ ihn dort und sagte das Gegenteil. Man rühmte überschwenglich die Partei, dank derer man endlich zur Einsicht gekommen war, und berichtete, welche Werke man sich vorgenommen hatte. Ich selbst mußte entsetzt feststellen, daß zwei andere sich mit dem gleichen Plan trugen wie ich, nämlich eine

Novelle mit Protagonisten aus der Arbeiterklasse zu verfassen, voll sprühender Lebenslust, mit einem reinen, wolkenlosen Frühlingshimmel, jedenfalls ohne den verfluchten Regen, von dem ich bisher einfach nicht losgekommen war.

Obwohl sämtliche Redner ihre Entschlossenheit bekundeten, für eine durch und durch sozialistische Literatur zu sorgen, blieben am Präsidiumstisch die Mienen düster. Als schließlich der Parteisekretär von Tirana das Wort ergriff, wurde der Grund klar. Die Partei war weiterhin unzufrieden mit den Kulturschaffenden. Sie hatte ihnen ihre warme Hand gereicht, doch ohne auf das entsprechende Entgegenkommen zu stoßen. Zwei Dramatiker hatten erneut Stücke vorgelegt, die von ideologischen Fehlern nur so strotzten. Das jüngste Werk eines Romanciers rückte die Realität in ein düsteres Licht. Die Farben einiger Maler wiesen Anzeichen der Entartung auf. All dies bewies die Notwendigkeit, den Klassenkampf auf dem Gebiet der Kunst und Literatur zu verschärfen. Schließlich übte der internationale Kapitalismus und Revisionismus zunehmend Druck aus. Es gab genügend Beispiele für die festgestellte Fehlentwicklung, und eines davon stammte wieder einmal von dem Sprachwissenschaftler E. Ç. Die Großzügigkeit der Partei und des Führers, die ihm trotz allem ein weiteres Mal die Teilnahme an einem Linguistenkongreß gestattet hatten, war von ihm mit Undank belohnt worden, indem er seinen bereits bekannten Fehler störrisch wiederholt und der Dame aus dem feindlichen Land erneut einen Handkuß verabreicht hatte.

Im Saal wurde es immer stiller, denn alle wurden von tiefen Schuldgefühlen befallen.

Endlich kam die Pause, und alle drängten zum WC. Die Falten auf den Stirnen wirkten wie durch eine Lupe vergrößert. Noch mehr fiel auf, daß fast alle den Hemdkragen geöffnet

hatten. Eine Weile betrachtete ich die schlecht um ausgemer⁄
gelte Hälse geknoteten Krawatten. Es war etwas Unerträgliches
in diesem Verhältnis von Hals und Krawatte. Die Knoten
machten unseren Niedergang augenfälliger als alles andere.

Im Café gegenüber dem Sitzungssaal hielt ich Ausschau
nach meinem Bürokollegen und machte dabei eine überra⁄
schende Entdeckung. Nicht alle Gesichter waren bedrückt, wie
ich bis dahin gemeint hatte. Es gab auch fröhliche Menschen,
und sogar Scherze waren zu vernehmen. Ich fragte mich, wo⁄
her all die unbekannten Gesichter kamen. Waren aus der Ar⁄
beiterklasse tatsächlich so rasch junge Talente erwachsen, wie
man jetzt immer behauptete? Das mußte es sein! Wie man hörte,
rekrutierte die Staatssicherheit ihre Spione besonders gerne aus
den Reihen dieser Aufsteiger, denen man vorheuchelte, sie seien
die Hoffnungsträger der albanischen Literatur und dazu be⁄
stimmt, die Taugenichtse zu ersetzen, die von der Partei zum
Studium ins Ausland geschickt worden und als aufgeblasene,
mit allen möglichen Lastern behaftete Gockel zurückgekom⁄
men seien.

Je länger man sie anschaute, desto deutlicher erkannte man
das selbstzufriedene, höhnische Feixen auf ihren Gesichtern.
Gerade glaubte ich unter ihnen die junge Dichterin ausgemacht
zu haben, als ein Klingeln das Ende der Pause anzeigte und die
Leute zur Tür drängten.

Die Versammlung dauerte bis gegen Mitternacht. Am näch⁄
sten Morgen machte ich vor meiner Rückreise nach B. noch
einen zweistündigen Spaziergang durch Tirana. Ein leichter
Nebel lag über der Stadt. Auf den großen Boulevard regnete
es welke Blätter. Die Straßencafés waren bereits geschlossen,
wirkten aber immer noch einladend. Ich mußte an das erbärm⁄
liche Speiselokal in B. denken, wo ich einsam wie ein Hund

mein Abendessen zu mir nehmen würde. Das alles war total verrückt!

Das Gebäude aus Sinnlosigkeit, in dessen Schatten ich apathisch dahinlebte, stürzte wieder einmal polternd ein. Diese stumme Unterwürfigkeit war unerträglich. Kein Widerspruch, kein verzweifelter Akt des Aufbegehrens. Wir sanken leiser dahin als das welke Laub, hoffnungsloser.

Ich schlenderte durch die Elbasaner Straße, als ich eine Frauenstimme meinen Namen rufen hörte. Vom Gehweg gegenüber winkte mir die junge Dichterin zu.

Sie kam, und wir begrüßten uns. Sie machte einen wesentlich selbstsichereren Eindruck auf mich als früher, wie sie ging, sprach und lachte. Ich glaubte an ihr sogar den Ausdruck höhnischer Überlegenheit zu entdecken, der mir in der Versammlung aufgefallen war. Kein Wunder, ich war ja bloß ein Rotierter. Jetzt konnte sie mir heimzahlen, daß ich sie auf den Arm genommen hatte.

Ich wurde wütend. Du irrst dich, Täubchen, wenn du glaubst, du könntest einen Narren aus mir machen! Es stimmte schon, ich war auf die Nase gefallen, aber einen Vorteil hatte ich wenigstens hinzugewonnen: Jeder Versuch, bei ihr Eindruck zu schinden, war nun überflüssig.

»Ich habe gestern auf einen Redebeitrag von dir gewartet«, sagte ich zu ihr. »Was du damals über das Parfüm namens ›Genossenschaftlerschweiß‹ gesagt hast, war ja äußerst interessant.«

»Ach ja?« meinte sie und kniff die Augen zusammen. Ich merkte, wie das frisch erworbene Selbstbewußtsein, die neue Resistenz gegenüber albernen Anbändelungsversuchen wegschmolzen und der früheren Arglosigkeit Platz machten.

»Diese verantwortungslosen Elemente denken ja gar nicht daran, ihre niederträchtigen Umtriebe einzustellen«, fuhr ich fort. »Wenn wir schon von den Parfüms reden, weißt du, was mir dieser Tage zu Ohren gekommen ist? Ein junger Ingenieur, der in der neuen Kondomfabrik arbeitet, soll sich den Namen ›Skanderbeg‹ für das erste albanische Präservativ ausgedacht haben.«

Sie wurde rot und schaute zur Seite.

»Ist der übergeschnappt?« sagte sie. »Was denken sich diese Leute bloß? Es wird Zeit, daß man sie zur Vernunft bringt.«

»Genau das habe ich auch gesagt. Andererseits soll er seinen Vorschlag damit gerechtfertigt haben, daß ein Kondom fest und widerstandsfähig sein müsse, und gibt es ein besseres Symbol für Zähigkeit und Widerstandskraft als Skanderbeg?«

Sie war immer noch puterrot, als sie mir die Hand zum Abschied gab. Ich sah ihr eine Weile nach, dann tat mir mein kleiner Racheakt leid, und ich ging eilig in die Gegenrichtung davon.

Am Nachmittag fuhr ich mit dem Zug nach B. Auf den Feldern lag der erste Reif. Ich versuchte, das Denken abzuschalten. Gerade, als ich meinte, es geschafft zu haben, fiel mir (es war wie ein Schlangenbiß) der giftige Satz eines hohen Würdenträgers ein: Wir sind selbst schuld, schließlich haben wir euch zu Schriftstellern gemacht! Er war auf einer jener Geheimsitzungen parteitreuer Autoren gefallen, wo für gewöhnlich die grauenhaftesten Dinge gesagt wurden.

In einem Moment unbeherrschter Wut hatten sie preisgegeben, wie sie wirklich über uns dachten. Anstatt mich zu ärgern, befiel mich müde Resignation. Vielleicht waren wir tatsächlich keine Schriftsteller, sondern lediglich ein Surrogat davon, so etwas wie Malzkaffee in Kriegs- und Krisenzeiten. Immerhin umgab uns dieses Phänomen in vielhundertfacher Ausprägung.

Das monotone Rattern des Zuges wirkte einschläfernd. Ein Täßchen Kaffee um drei Uhr morgens versuchte erfolglos, sich im Gebäude eines Traums einzunisten. Irgend etwas war im Wege.

11

Der Winter verlief so verdrießlich wie noch selten. In meinem Zimmer war es ständig eiskalt, doch nicht nur die feuchte Kälte quälte mich. Die Novelle, an der ich arbeitete, kam mir vollkommen steril vor. Wie ein übereifriger Konvertierter hatte ich das frostige Klima mit frühlingshafter Lindheit übertüncht, und der Herr des Winters rächte sich dafür. Meine Nase war verstopft, ich nieste andauernd und wurde meinen Husten einfach nicht los.

Die Nachmittage schleppten sich endlos hin, und die Abende mit den unvermeidlichen Schwestern, dem ausgekühlten Restaurant und der ständig enttäuschten Hoffnung auf ein entspannendes Kartenspiel waren noch schlimmer. Die Ingenieure hatten eine Rüge erhalten. Angeblich hockten sie abends zu oft zusammen.

Dazu waren die Nachrichten, die aus der Hauptstadt eintrafen, alles andere als ermutigend. Die Rotationen wurden nicht etwa zurückgenommen, sondern sogar noch ausgeweitet, während die Weltpresse und die Emigrationszeitungen noch immer keine Notiz von der Lage der albanischen Schriftsteller nahmen. Das letzte privat betriebene Café in Tirana war geschlossen worden. Für Ende Dezember rechnete man mit einer neuen Welle von Rotationen.

Eines Nachts wachte ich plötzlich auf. Niemand klopfte an

die Tür, und auch andere Geräusche, die mich hätten wecken können, waren nicht zu hören. Also war es das schamlos nackte, kalkige Mondlicht, das durchs Fenster hereindrang, so fremd, als sei es nach tausend toten Jahren wieder zum Leben erwacht. Ich ging ans Fenster und schaute zum Himmel hinauf. Es war Vollmond.

Ich warf einen Blick auf die Uhr. Drei Uhr morgens. Ohne lange nachzudenken, zog ich mich an, öffnete leise die Tür und ging die Treppe hinab. Noch nie war ich um diese Stunde alleine unterwegs gewesen. Leblos lag die Stadt da, überpudert mit glitzerndem Staub. Das Mondlicht wirkte immer noch erdrückend, aber nicht mehr so bedrohlich wie zuvor.

Ich ging die Straße hinunter bis zu der steinernen Brücke, die, überschäumt von einem wundersamen Glanz, sich von unserer Welt gelöst zu haben schien.

Ich fühlte mich plötzlich leicht, fast trunken. Dieses Gefühl hatte ich noch nie erfahren, es stieg aus tiefster Seele auf, ohne seine Ursachen zu offenbaren, und umkreiste meine Gedanken, bis es schließlich davonsprang wie ein erschreckter Rehbock. Zurück blieb ein Hauch von Hoffnung. Unsere Qual würde ein Ende haben. Das letzte Café von Tirana war gefallen, doch es gab noch andere Türme, Wappen.

Verblüfft blieb ich stehen und fragte mich: Wie kam ich bloß darauf? Was für Türme, was für Wappen?

Man sah sie nicht, doch ich wußte, sie waren da, irgendwo im Nebel, und warteten auf ihre Zeit. Die Bilder und Menschen um uns herum mochten Gespenster sein, doch dahinter gab es bestimmt andere, anders gestaltete, mit anderen Codes zu entschlüsselnde Bilder... Das letzte Café existierte nicht mehr, aber noch wurde um drei Uhr morgens an Margaritas Bett Kaffee gereicht: »Bitte, mein Herr!«

In meinem Kopf erschien, gleichsam beleuchtet vom Flammenschein eines katastrophalen Feuers, eine Fahne auf dem Turm eines Präsidentenpalastes, umkreist von vielen Wappen, Adlern und schwarzen Strumpfhaltern. Allmählich löste sich das Gewirr auf. In Tirana, der Hauptstadt des Staates, dessen Bürger ich war, zeigte keine Fahne auf dem Turm des Präsidentenpalastes an, ob sich der Präsident im Haus befand, und mir fehlten all die Embleme edler Geschlechter, der Dukagjinen, der Kastrioten, der Angjevinen, mit ihren weißen, schwarzen, blauen, einköpfigen, doppelköpfigen Adlern, geschnäbelten Schlangen, Lilienkränzen oder Kreuzen, doch dafür hatte mir der Zufall ein neues Wappenzeichen offeriert: Margaritas schwarzen Strumpfhalter.

Ich spürte, wie die extreme Anspannung in mir wegschmolz, und ging zurück in mein Zimmer und ins Bett. Weil ich es nicht mehr schaffte, den Vorhang zuzuziehen, spürte ich beim Einschlafen das kalkige Licht des Mondes auf meinem Gesicht. Es war, als wollte er mir die Totenmaske abnehmen.

12

Zwei Tage vor Silvester kehrte ich nach Tirana zurück.

Die Stadt kam mir fremd vor, sie schielte irgendwie. In der Hoffnung, Bekannten zu begegnen, spazierte ich durch ein paar kleine Seitenstraßen, traf aber niemand. Sie versteckten sich bestimmt alle.

Von einem Postamt aus, das ich nie zuvor betreten hatte, rief ich meinen Bürokollegen an. Vielleicht war er ja ebenfalls gekommen, um den Jahreswechsel mit der Familie zu verbringen. Seine Mutter (ich erkannte sie an der Stimme) behauptete

zunächst, er sei nicht da, und holte ihn erst nach langem Über-
reden ans Telefon.

Kurz darauf standen wir auf der Straße, beide in lange
Mäntel gehüllt wie Verschwörer, schniefend und niesend, und
tauschten mit heiserer Stimme aus, was wir über die Rotationen
wußten. »Kein Zeichen von Mäßigung«, meinte mein Kollege,
»im Gegenteil, es wird immer schlimmer.«

Als ich gerade meine zweite Zigarette anzündete, fragte er:
»Hast du gehört, was mit Margarita passiert ist?«

»Nein«, antwortete ich, »was ist denn passiert?«

Wir hatten schon ewig nicht mehr von ihr gesprochen. Böse
Vorahnungen befielen mich.

»Sie haben die beiden deportiert, Mutter und Tochter«,
sagte er.

Die Frage nach dem Warum erübrigte sich. Man war dabei,
alle Menschen aus Tirana fortzuschaffen, die man für lasterhaft
hielt, Prostituierte, Glücksspieler, Homosexuelle.

O Gott, dachte ich.

»Aber das ist noch nicht alles«, fuhr er fort. »Das ganze endete in einer Tragödie.«

»Was für einer Tragödie? Könntest du dich bitte deutlicher
ausdrücken?«

»Die beiden haben sich umgebracht«, sagte er.

Ich brachte kein Wort heraus. Mit müder Stimme begann er
zu erzählen.

Man hatte die beiden mit ihren Sachen auf einen Lastwagen geladen und in ein gottverlassenes Dorf bei Lushnja gebracht, wo man ihnen eine heruntergekommene Baracke als
Wohnung zuwies und sie in schroffen Worten informierte, sie
seien zur Umerziehung durch landwirtschaftliche Arbeit hier.

Sie ließen alles wortlos über sich ergehen. Am Nachmittag,

nachdem sie ihre Sachen in die Baracke gebracht hatten, begaben sie sich in den Genossenschaftsladen, um ein paar Dinge einzukaufen. Dazu gehörten Seife und ein Strick.

Sie nahmen ihr Abendessen ein, tranken noch einen Kaffee und erhängten sich dann. Einfach so. Margarita half wohl noch ihrer Mutter, ehe sie sich selbst die Schlinge um den Hals legte.

Beim Zuhören versuchte ich, die Tage nachzurechnen, um den Zeitpunkt des Selbstmords zu bestimmen, doch mein Gehirn gehorchte mir nicht. Bestimmt war es aber in jener Nacht gewesen, an welcher der Vollmond jeden Punkt des kleinen Albanien in sein kalkweißes Licht getaucht und mich so tief in der Seele berührt hatte.

Plötzlich sah ich die abgezehrten Hälse mit den schlecht um aufgerissene Hemdkragen geknoteten Krawatten am Tag der letzten Versammlung vor mir und dachte: Von den Schriftstellern hat sich keiner umgebracht!

Für uns hatten zwei Frauen es getan.

Zwischen Margaritas marmornem Hals und unseren offenen Kragen gab es ein geheimnisvolles Band, das mich später dazu veranlaßte, in dieser Frau gleichsam den Spiegel zu sehen, vor dem der Verband der Schriftsteller und Künstler Albaniens damals stand.

Als ertrage er dieses Spiegelverhältnis nicht, zog der Schriftstellerverband wenig später in die Kavajer Straße um, wo er sich noch heute befindet.

13

Vor dem modernen Gebäude stehend, in dessen Glasfront sich die Kathedrale von Amiens spiegelte, konnte ich nicht anders, als an die Frau aus dem fernen Tirana zu denken. Innerlich war ich schon seit langem auf diesen Moment vorbereitet.

Wie alles, das keine eigene Seele besitzt, borgt sich der tote Bau dafür etwas aus: das Spiegelbild der Kirche. Es ist wechselnden Stimmungen ausgesetzt wie alles Lebendige. Morgens und in der Abenddämmerung, im April, Herbst und den Winter über bietet es sich mal düster, mal heiter dar, je nachdem.

Man sollte meinen, daß ein Bauwerk, das dem Schloß der Poeten und Künstler gegenübersteht, von ihm Licht und Beseelung bezieht.

In unserem Fall war es umgekehrt: Nicht die Heimstatt der Schriftsteller befand sich in der Rolle der Kathedrale, sondern Margaritas bescheidenes Haus.

Man kann sich kaum vorstellen, daß die vereinsamte Margarita in ihren traurigen Stunden bei der albanischen Literatur Trost gefunden hätte, im Gegenteil. Sie, die immer nur zu geben hatte, tat es auch hier.

Für dich, Margarita, dieses späte Totenamt!

DER ABSCHIED DES ÜBELS

Besir Ali, Gouverneur von N., bemerkte die Kutsche sofort, die erst als kleiner Käfer und dann als schwarze Kiste auf der Landstraße herangeflogen kam.

Allah, beschütze mich, dachte er, als er das Emblem auf der Karosse erblickte. Nicht grundlos war er also während des ganzen endlosen Mittoktobernachmittags, den er trotz allen Aberglaubens mehrfach ohne rechten Anlaß verwünscht hatte (wie er von seiner Mutter wußte, durften Tage, selbst wenn sie eher Nächten glichen, auf keinen Fall verflucht werden), von einer bohrende Angst gequält worden.

Vom Fenster aus schaute er zu, wie der Wagen sich dem Hoftor näherte, der Kutscher abstieg und anklopfte, sein Oberdiener die beiden Flügel öffnete und dann die Treppe herausgestürmt kam.

Weil er ganz außer Atem war, sprach er ziemlich abgehackt, doch Besir Ali verstand: Ein hoher Würdenträger aus dem Dolma Bahce Sarayi, dem Palast des Sultans, sei eingetroffen.

Beschütze mich, o Allah, dachte Besir Ali erneut. Obgleich er sich bemühte, ohne Benutzung des Geländers die Treppe hinabzuschreiten, mußte er doch zwei oder drei Mal danach greifen. Der Ankömmling stand wartend in der Mitte der großen Halle. Besir Ali merkte sofort, daß ihm diesmal seine reiche Erfahrung nicht helfen würde, den Rang des Abgesandten zutreffend zu ermitteln. Was dessen staubige Pelerine be-

hauptete, wurde durch sein herrschaftliches Auftreten wider
legt, und dieses wiederum stellte der Blick in Frage, der aus
zwei tief in den Höhlen liegenden, müden, fast schlaftrunkenen
Augen kam. Besir Ali hatte schon bei anderen Gelegenheiten
wahrgenommen, daß die Höhlenhaftigkeit eines Blicks vom
Grad der Erschöpfung abhing.

»Ich komme in wichtigem Auftrag direkt aus der Haupt
stadt«, sagte der Fremde, wobei er einen Brief aus seinem Ge
wand zog.

Besir Ali nahm das Schreiben entgegen und entfaltete es, ge
wahrte aber in seiner Aufregung kaum mehr als die Worte
»Dolma Bahce Sarayi, Generalkanzlei« und das berühmte Sie
gel am Ende. Mit einer leichten Verneigung küßte er die Stelle,
an der sich das Siegel befand, faltete das Blatt wieder zusammen
und gab es dem Besucher zurück.

»Willkommen in meinem Konak, Exzellenz. Die Reise
wird Euch ermüdet haben.«

Sein Gast breitete die Arme aus.

»Die Fahrt war in der Tat recht anstrengend. Und die Gast
häuser verdienten ihren Namen nicht.«

»Da habt Ihr gewiß recht«, antwortete Besir Ali. »Wenn
mich eine Pflicht nach Stambul ruft, weiß ich schon, was mich
unterwegs erwartet. Außer dem Alten Han in der Vorstadt von
Joannina und einer Herberge bei Kavala gibt es nur gräßliche
Absteigen, in denen einem Wanzen und Läuse das Blut aus
saugen.«

Besir Ali merkte, daß er zuviel redete, doch seine Zunge zu
zügeln überstieg seine Kräfte. Es gab Menschen, deren gewich
tige Erscheinung durch ihre Schweigsamkeit noch unterstri
chen wurde. Der Ankömmling gehörte fraglos dazu.

Unwillkürlich vermied es Besir Ali, den Fremden anzu

schauen, als er fortfuhr, über den elenden Zustand der meisten Straßen zu lamentieren, über die Derwisch-Ulema-Türbe, die trotz fortwährender Beteuerungen noch immer nicht instand gesetzt war, und über das Zollhaus in Ibriktepe, das mitsamt den dort tätigen Zöllnern dem Reich zur Schande gereichte, vor allem in den Augen der durchreisenden Ausländer...

Er erschrak, weil er meinte, zu weit gegangen zu sein, und stoppte seinen Redefluß abrupt, doch dann nahm er wahr, daß sein Zuhörer so gleichgültig blieb, als habe er die Strecke noch nie in seinem Leben zurückgelegt.

Besir Ali verlor den Faden. Glücklicherweise fiel ihm der Hamam ein.

»Ich glaube, ein Bad würde Euch nach der langen Reise wohltun...«

»Ach ja, gerne!« antwortete sein Gast.

Um ein wenig frische Luft zu schnappen, begab sich Besir Ali auf die Veranda. Im Haus war leises Rumoren zu vernehmen. Ein Diener war dabei, die beiden Begleiter des Fremden unterzubringen. Aus der Küche kam Töpfeklappern. Besir Ali stieß einen tiefen Seufzer aus. Dieser Nachmittag wollte einfach kein Ende nehmen.

Er dachte an die erschöpften Augen und das staubige Gewand des Gastes, in dessen verborgenen Taschen allerlei geheime Schreiben stecken mochten, und murmelte erneut: Allah, beschütze mich!

Ein Stück weit ging er auf Zehenspitzen, dann wechselte er in sachte Schritte über, ging durch den engen Flur, öffnete an seinem Ende eine Tür und betrat ein langes, schmales Gemach, das durch ein kleines Dachfenster Licht erhielt. Jenseits der Stirnwand hörte man Wasser plätschern. Besir Ali nahm einen dort aufgehängten Kupferteller ab und legte sein Auge an das kleine Loch, das dahinter zum Vorschein kam. Im dichten Dampf wirkten die Bewegungen des Mannes träge und sehr mühsam. Besir Ali spürte, wie seine Knie zu beben begannen. Er pflegte alle Abgesandten aus der Hauptstadt, denen er mißtraute oder deren angeblichen Reisezweck er bezweifelte, durch dieses Loch zu belauschen, im instinktiven Glauben, daß vielleicht Augen und Zunge lügen konnten, nicht aber ein nackter Körper.

Auf den kahlen Fliesen, vom Dampf umwabert, gab ein Mensch mehr von sich preis als sonst: Begierde und Leidenschaft, Zaudern und Rücksichtslosigkeit, verborgene Ängste, ein schlechtes Gewissen und die Bereitschaft, über Leichen zu gehen.

Besir Ali hielt mit Mühe einen weiteren Seufzer zurück. Dem Körper dieses Gastes war überhaupt nichts anzusehen, allenfalls ein unterdrückter Schmerz, als träfen nicht Fäden heißen Wassers seine Glieder, sondern Peitschenhiebe.

Dieser Mensch ist entweder verrückt oder ein Heiliger, dachte Besir Ali. Seine Bewegungen drückten nichts anderes aus als ein einziges Fragen, Suchen. Dieser Leib verriet auch nicht, was Besir Ali stets auf den ersten Blick erkannt hatte: Ob jemand Frauen behagten oder Knaben. Oder ob es ihm gefiel, selber Lustknabe zu sein. Gerade diese Neigung hatte Besir Ali oft dazu gedient, hohe Funktionäre, die unverführbar rechtschaffen schienen, in Versuchung und daraufhin in seine Hand zu bringen.

Er nahm das Auge erst von der Öffnung, als man den Fremden drüben in warme Tücher hüllte.

Wenig später saßen beide auf den Polstern im Empfangszimmer, dessen Fenster auf die Vorhalle hinausgingen. Besir Ali fühlte sich unwohl. Seine Hausherrenpflicht, das Gespräch im Gang zu halten, bereitete ihm viel Mühe, zumal der andere keinen Hehl daraus machte, daß er Schweigen bevorzugte. Das ist kein Gast, das ist ein Sauertopf, fluchte Besir Ali in sich hinein. Aus Augen, die nach dem Bad noch müder wirkten, schaute der Fremde nachdenklich hinaus in den zu Ende gehenden Tag.

»Das also ist Albanien«, sagte er leise vor sich hin.

»Seid Ihr zum ersten Mal hier?« fragte der Hausherr.

Der Gast nickte, fuhr fort zu nicken und hörte gar nicht mehr damit auf, als müsse er eine ganze Reihe von Fragen beantworten, die ihm wahrscheinlich der Teufel stellte. Als er endlich fertig war, sagte er leise:

»Schade.«

Besir Ali merkte, wie es ihn eiskalt überlief. Was hatte das zu bedeuten? Erst schwieg er die ganze Zeit, und dann dieses »Schade!«? Schade um wen?

Er wartete und wartete, doch der Gast geruhte nicht, sich zu erklären. Er schaute nur gleichgültig aus dem Fenster, mit einem erloschenen, hoffnungslosen Blick, der es einem in der Seele kalt werden ließ. Nicht nur einmal war Besir Ali versucht, ihn an der Kehle zu packen und anzubrüllen: Um wen ist es schade? Um mich vielleicht? Weil du eine Unglücksbotschaft für mich im Gepäck hast? Rede endlich, du schwarze Krähe!

Besir Ali wußte gut genug, daß hochgestellte Reisende aus der Hauptstadt nicht selten kamen, um den örtlichen Gouverneuren ein Strafdekret des Sultans zu überbringen. Es konnte leicht geschehen, daß sie in Ehren empfangen wurde, speisten und tranken, ehe sie um Mitternacht den Hinrichtungsferman aus einer geheimen Tasche ihres Gewands zogen. Der Sultan will deinen Kopf! Dem Verurteilten blieb dann nichts weiter übrig, als sich in sein Schicksal zu fügen und seinen Kopf selbst in die seidene Schlinge zu stecken, die ihm den Kehlkopf eindrückte und die Luft abschnürte, ehe ihm schließlich das Haupt abgeschnitten wurde.

Wie oft hast du diese Arbeit schon getan, dachte er. Dabei maß er den Fremden mit einem starren Blick, doch dieser schaute durch ihn hindurch, als gäbe es gar keinen Besir Ali.

Vielleicht läßt er beim Abendessen endlich etwas heraus, hoffte dieser.

Tatsächlich begann der Ankömmling bei der Abendmahl- zeit zu reden, doch seine Worte hatten keineswegs die ersehnte beruhigende Wirkung auf den Hausherrn, sondern brachten diesen nur noch mehr durcheinander.

Der Sultan mache sich große Sorgen um Albanien. Bei je- dem Bissen, den Besir Ali zu sich nahm, hallte dieser Satz in seinem Kopf wider. Er ließ wahrhaftig nichts Gutes erwarten. Nach einer solchen Einleitung wurde meistens die Strafe ver- kündet. Absetzung war dann noch das Geringste.

Ach, mach dir nicht soviel Gedanken, redete sich Besir Ali zu. Du bist schließlich nicht der oberste Regent in Albanien, sondern nur eine kleiner Provinzgouverneur. Über ihm standen noch fünf oder sechs andere, die für den Zustand Albaniens unmittelbar verantwortlich waren. So schnell kam er also nicht an die Reihe...

Aber auch diese Selbstbeschwichtigung verfing nicht. Großregenten rissen bei ihrem Sturz gewöhnlich Dutzende Un- tergebene mit in den Abgrund.

Vorsichtig versuchte er das Gespräch auf den Grund der Sorge des großen Sultans zu bringen. In den vergangenen bei- den Jahren hatte es ja Gott sei Dank keine Aufstände gegeben, und die ihm auferlegten Steuern hatte Albanien seines Wissens immer korrekt entrichtet, so wie auch die vorgesehene Zahl von Soldaten einberufen worden war.

»Nun, Besir Ali«, unterbrach ihn der Fremde schließlich. Offenbar war er endlich gewillt, den Mund aufzumachen. Seine Augen waren auf die Blumenschalen am Fenster gerichtet, und er wiegte nachdenklich den Kopf.

»Blumen im Herbst kündigen den Winter an. Sagt man hier nicht so?«

»Wie? Ja, natürlich, so sagt man hier.«

Vergeblich wartete Besir Ali darauf, etwas über die Sorgen des Sultans zu erfahren. Offenbar hatte sein Gast nicht im Sinn, sich zu diesem Punkt zu äußern. Es war, wie wenn man mit einer Wand redete. Und wenn er einmal etwas von sich gab, waren es nur dunkle Bemerkungen, bei denen es einem kalt über den Rücken lief. Schlaf und alte Kleider gibt es mehr als genug, sagte er einmal. Es klang, als setze er ein Gespräch mit jemand fort, der sich weit weg befand. Vergeblich bemühte sich Besir Ali, in diesen Worten einen Sinn zu entdecken.

Als er schließlich einsah, daß er so nicht weiterkam, gab er alle Vorsicht auf und fragte ganz direkt, weshalb denn der große Padischah um Albaniens willen so besorgt sei, wobei er nicht vergaß, erneut die entspannte Lage, die pünktlich entrichteten Steuern und die aufgebotenen Soldaten zu erwähnen.

Der Gast sah ihn erst fragend an, doch dann fiel ihm offenbar wieder ein, daß er das Thema selbst aufgebracht hatte.

»So einfach ist das alles nicht, Besir Ali«, sagte er leise. »Es geht nicht um Aufstände, Steuern und dergleichen. Das Problem liegt viel tiefer... Schließlich vermag das Auge des Sultans viel weiter zu blicken als das seiner armseligen Untertanen...«

Wäre es nicht um den Herrscher gegangen, Besir Ali hätte

sich wahrscheinlich furchtbar geärgert wie immer, wenn er solche Sprüche hörte. Er konnte es nicht ausstehen, wenn jemand
von tieferen Ursachen, Gründen oder Problemen faselte. Was
soll das heißen? pflegte er seinen Gesprächspartnern dann ins
Wort zu fallen. Tief ist nichts auf dieser Welt außer der Grube,
in die wir uns einmal legen. Was soll also dieses ganze Gerede?

»Jedenfalls, Besir Ali«, fuhr der Gast fort, »hat der Sultan
nächtelang kein Auge zugetan aus lauter Sorge um Albanien.«

»Allah!« rief der Hausherr aus, weil ihm nichts Besseres
einfiel. Da schnarchten also Hunderte hoher, Tausende mitt-
lerer und Hunderttausende niedriger Staatsbeamter wie die
Schweine, während das strahlende Licht der Welt kein Auge
zubekam! Er schaute neidisch auf die Sehwerkzeuge seines
Gastes, die schon von weitem von dauerhafter Schlaflosigkeit
zeugten. Vielleicht war ihm eben wegen der tiefdunklen Ringe
darunter die herrscherliche Gunst zuteil geworden, während
die übrigen Höflinge mit ihren schlaftrunkenen Augen den
heimlichen Unwillen oder gar Zorn des schlaflosen Padischah
auf sich gezogen hatten.

»Ein Gebiet auf dem Balkan nach dem anderen hat sich
vom Reich losgesagt«, fuhr der Beamte mit schleppender, müder Stimme fort. »Nur Albanien ist uns noch geblieben. Wie
ein spätes Kind liegt es dem Sultan besonders am Herzen.«

Besir Ali stieß einen Seufzer aus. Nun verstand er, weshalb
der Herrscher nächtens keinen Schlaf fand, und mehr oder weniger auch, weshalb der Hauptstädter angereist war. Gott sei
Dank, es geht nicht um mich, dachte er erleichtert, nahm einen
Löffel Halwa und begann zu kauen. Welch ein Glück!

Sie hatten das Abendessen beendet und waren bereits beim
zweiten Glas Scherbett angelangt. Draußen rauschte leise der

Regen. Besir Ali war schläfrig, wollte sich aber vor seinem Gast nichts anmerken lassen, zumal sie ja eben erst von der dauerhaften Schlaflosigkeit des Herrschers gesprochen hatten. So unterdrückte er mit viel Mühe seinen ständigen Gähndrang.

Eine Weile lang hatte er auf den Hof hinausgeschaut, wo die Diener mit Laternen in der Hand ihre üblichen Gänge taten, doch war seine Müdigkeit davon keineswegs gewichen, im Gegenteil. Einmal verdichtete sich, was er sah, in seinem Gehirn sogar zum Beginn eines Traums. Die Diener eilten zu einem siechen Pferd, das unter einem seidenen Plumeau im Bett lag. Hinten im Stall hörte man tatsächlich Pferdewiehern, und Besir Ali schüttelte benommen den Kopf.

»Ihr seid müde, nicht?« sagte der Gast.

»Nein, nein... Was soll das bedeuten, Schlaf und alte Kleider gibt es mehr als genug? Ha, ha, diesen Spruch habe ich noch nie gehört.«

Warum er sich danach entschuldigte, war Besir Ali selbst nicht klar.

»Aber nicht doch. Ich werde auch aufstehen. Müde bin ich zwar nicht, aber die Reise hat mich doch ein wenig erschöpft.«

Besir Ali war etwas durcheinander. Belangloses Zeug redend, rückte er den flachen Tisch beiseite, damit sein Gegenüber sich ungehindert erheben konnte. Dann leuchtete er ihm mit einer Kupferlampe voran. Was ihm schon die ganze Zeit im Kopf herumgegangen war, vor dem Loch in der Wand ebenso wie das ganze Abendessen über, nämlich ob es sich nicht gehörte, dem vornehmen Nachtgast ein wenig Belustigung in Gestalt eines zärtlichen Mädchens oder Knaben, je nachdem, anzubieten, wurde nun, da sie sich der Tür des Schlafgemachs näherten, zu einer ernsthaften Frage.

Rasch rief er sich noch einmal das verwischte Bild des von Höllendampf umwaberten Leibes ins Gedächtnis zurück, vermochte jedoch immer noch keinen Hinweis daraus zu gewinnen, mit was er ihn am ehesten ergötzen konnte.

Müde sei er nicht, hatte der Fremde erklärt. Dann mußte ihm die Nacht doch recht lang werden. Dieser Erkenntnis wichen Besir Alis letzte Zweifel.

Er hob die Lampe, vermeintlich, um die Zimmertür besser zu beleuchten, in Wahrheit aber, um ihre Gesichter in den Schatten zu rücken, und sprach leise:

»Allahs Nächte sind lang und beschwerlich, wenn sie ohne Inhalt bleiben...«

Wenn der hohe Gast also den Wunsch habe, sich etwas zu entspannen, um so mehr, als er ja keine Müdigkeit verspüre, dann werde er, Besir Ali, es als Ehre empfinden, ihm ein Mädchen oder einen Knaben zuführen zu dürfen.

Der andere legte die Hand auf den Türgriff.

»Tatsächlich, Besir Ali?« sagte er mit ausdrucksloser Stimme, öffnete, ohne sich noch einmal umzudrehen, die Tür und ging hinein.

Die Kupferlampe in des Hausherren Hand wog plötzlich doppelt schwer. Tatsächlich, Besir Ali? Selbst die Hellseher von Samarkand drückten sich klarer aus. Was war ihm da bloß für ein Wiedergänger ins Haus geschneit?

Langsamen Schritts begab er sich in das Empfangsgemach zurück und schaute eine Weile den Dienern zu, die den Tisch abräumten. Seine Müdigkeit war inzwischen völlig verflogen und würde sich wahrscheinlich auch nicht wieder einstellen. Welcher Teufel hat mir den bloß ins Haus geschickt? schimpfte er vor sich hin. Dann beschloß er, sich nicht mehr zu ärgern. Wenn der Kerl partout nicht reden wollte, bitte, Besir Ali hatte

Besseres zu tun, als sich wegen seines Schwengels den Kopf zu zermartern. Andere Besucher waren in diesem Punkt aufrichtiger gewesen. Ehrlich gesagt, Besir Ali, ich würde einen Knaben vorziehen. Oder: Ein Bübelchen? Ich bin scharf auf Weiberfleisch, und daran wird sich nichts ändern. Dagegen war nichts einzuwenden, jedem das seine, so wie ihn Allah geschaffen hatte. Aber dieser hier: Tatsächlich, Besir Ali? Welch ein hochnäsiger Heuchler. Aber dem werde ich es zeigen, schnaubte Besir Ali. Sein Hochmut wird ihm noch vergehen!

Der Oberdiener, der ihn aufmerksam beobachtete, kam auf einen Wink heran.

»Ist Meryem bereit?«

»Ja, Bey. Und Leyla auch, wenn er Hellhaarige bevorzugt.«

»Ach was, Hellhaarige! Man weiß ja bei ihm noch nicht einmal, ob ihm Frauen oder Männer lieber sind. Für alle Fälle soll sich auch Mehmet bereithalten.«

»Zu Befehl, Bey!«

Besir Ali dachte kurz nach.

»Aber was Leyla angeht, hast du recht. Vielleicht gefallen ihm Hellhaarige.«

Auf Zehenspitzen ging Besir Ali über den Dielenboden in einen dem Zimmer seines Gastes benachbarten Raum. An der Wand hing ein Gobelin, in den eine Koransure eingewirkt war. Er schob ihn beiseite, um ein Guckloch freizulegen.

Der Fremde verweilte, in ein langes Nachtgewand gehüllt, reglos auf dem Bett. Besir Ali wußte inzwischen, daß die Belauschten stets unbewegter wirkten, als sie es waren, vermutlich deshalb, weil ihre Ruhe im Kontrast zur innerlichen Erregung des Beobachters stand und deshalb deutlicher wahrgenommen wurde. Doch diesmal war der Eindruck stärker als je zuvor. Wäre nicht die Gebetskette gewesen, die rastlos durch die Fin-

ger der rechten Hand glitt, hätte man an eine Wachsfigur denken mögen.

Er rührte sich auch nicht, als die Tür mit einem leichten
Knarren aufging und Leyla ins Zimmer trat. Nur die Augen
begleiteten das Mädchen, als es mit aufreizenden Bewegungen
zum Bett ging und sich neben dem Fremden niederließ.

Das Flittchen, wie sicher sie sich ihrer Sache ist, dachte
Besir Ali, und eine Spur von Eifersucht nagte in ihm. Man sah
auf den ersten Blick, daß es sie bedeutend mehr reizte, den
Hauptstädter zu umgarnen als ihn, den Provinzgouverneur.
Wer weiß schon, was im Kopf einer Frau vor sich geht, dachte
er. Aus der Hauptstadt kamen nun einmal außer Dekreten,
Gerüchten und dem letzten Schrei in der Mode auch allerlei
neuartige Liebesbräuche, die gewiß auf dem Mist der Giauren
gewachsen waren. Er und seine Freunde hatten im Kaffeehaus
oft genug darüber geschimpft, geflucht und Witze gerissen, gelegentlich sogar angeekelt ausgespuckt, doch ihre Frauen träumten wahrscheinlich davon, es auszuprobieren. Leyla, die beim
Hereinkommen so schamlos ihren Hintern geschwenkt hatte,
erhoffte sich bestimmt etwas von dem Hauptstädter.

Mit der gleichen ruhigen Selbstverständlichkeit löste sie mit
einer einzigen Bewegung den Knoten, der ihr dünnes Gewand
zusammenhielt, und es glitt auf den Boden. Nackt streckte sie
sich neben dem Fremden aus, ein Bein angewinkelt, das andere
ausgestreckt, was ihr seltsamerweise etwas Damenhaftes verlieh.
Und nicht genug, sie wagte es auch, den ihr gänzlich Unbekannten anzusprechen, und schenkte ihm sogar ein kokettes
Lächeln, dessen Aufforderung sie selbst nicht weniger ein-
schloß als den Adressaten.

Flittchen du, schimpfte Besir Ali vor sich hin. Er merkte,
daß bei allem, was sich zwischen den beiden noch abspielen

mochte, ihr vertrauliches Reden mit dem Fremden ihn am eifersüchtigsten machte. Was hattest du ihm denn zu sagen, Flittchen? murmelte er erzürnt vor sich hin.

Er verpaßte in seinem Ärger, ob es eine Antwort gab. Immerhin nahm er wahr, daß der Blick des Fremden mehrmals von den blonden Locken zum dunklen Schamhaar des Mädchens wanderte (Besir Ali glaubte aus Erfahrung zu wissen, daß dieser Kontrast fast alle Männer reizte), doch sein Blick blieb unbeteiligt.

Er schaute sie lange aus matten Augen an, dann ließ die rechte Hand die Gebetskette los und wanderte zu ihrem Unterleib. Er streichelte eine Weile den Haarbusch, und zwar mit der gleichen freundlichen Geistesabwesenheit, mit der man einem Kind über den Kopf streicht, weil man sich nicht dem Verdacht aussetzen will, Kinder nicht zu mögen.

Verdammtes Flittchen, das geschieht dir recht, schnaubte Besir Ali vor sich hin, als das Mädchen sich nach der offensichtlichen Zurückweisung vom Bett erhob und gekränkt das Zimmer verließ, ohne sich vorher die Mühe gemacht zu haben, das Gewand wieder überzustreifen.

Jetzt schauen wir einmal, wie sich der kleine Mehmet anstellt, dachte der Hausherr händereibend. Er war sehr neugierig, wie die Sache ausgehen würde.

Puh, was für ein Gast, murmelte er wiederholt vor sich hin. Ganz ehrlich, mit einem Känguruh konnte man sich leichter verständigen.

Mehmet, der ein wenig Wangenrot aufgelegt hatte, kam anders als Leyla gesenkten Kopfes ins Zimmer. Besir Ali hatte der Junge immer gefallen. Er wirkte schüchterner als ein kleines Mädchen, und daß die Freier ganz wild auf ihn waren, hatte ihn weder hochnäsig noch kokett gemacht.

Der Fremde betrachtete den Körper des Knaben mit der gleichen Teilnahmslosigkeit wie Leylas Leib. Nur ließ er diesmal die Kette aus Elfenbeinkugeln nicht los, so daß sie sich beim Streicheln in schlangengleichen Windungen über die weiße Haut bewegte.

Bald zog er die Hand zurück, seine Augen fielen noch tiefer in die Höhlen, ihr Blick verlor sich in der Ferne, und die Perlen glitten wieder gleichmäßig durch die hoffnungslosen Finger.

Er will nicht, dachte Besir Ali. Doch solange der Knabe neben dem Fremden lag, bestand noch eine gewisse Hoffnung, die allerdings vollends zerstob, als der Gast den Jungen leicht mit den Fingerspitzen an der Schläfe berührte und etwas zu ihm sagte. Mit fließenden Bewegungen, so wie er sich hingelegt hatte, erhob sich Mehmet, steckte erst das rechte, dann das linke Bein in die Pluderhosen und verließ gesenkten Hauptes das Zimmer, so wie er hereingekommen war.

Er kann gar nicht, das sieht man, dachte Besir Ali. Und weil bei ihm nichts mehr geht, schicken sie ihn in geheimen Missionen herum. Herzlichen Glückwunsch zu deinem Rang. Und viel Spaß bei deinen Sonderberichten.

Obwohl sein Auge langsam müde wurde, nahm er es nicht vom Guckloch.

Wahrscheinlich war es nicht angebracht, ihn verächtlich zu beurteilen. Bestimmt litt er sehr unter seiner Beschränkung, sonst hätte sein Gesicht nicht so verhärmt ausgesehen.

Früher, da war alles ganz anders gewesen. Die hohen Würdenträger hatten sich ihren Ruhm nicht nur auf dem Schlachtfeld und in der Politik, sondern auch im Bett erworben. In seinen jüngeren Tagen hatte Besir Ali einmal eine Woche in der Hauptstadt verbracht, die ihm unvergeßlich geblieben war, ob wohl er sich später in wichtigen dienstlichen Angelegenheiten oder zu festlichen Anlässen noch oft dort aufgehalten hatte. Er konnte sich ganz genau an alles erinnern.

Die Hauptstadt bereitete sich darauf vor, die Nacht der Kraft zu begehen. Kein anderer Staatsfeiertag beflügelte Besir Alis Phantasie stärker. Nach altem Brauch wurde dem Sultan in dieser Nacht eine Jungfrau zugeführt. In der ganzen Haupt- stadt gab es nur dieses Thema, und wer nicht davon sprach, dachte daran. Es herrschte allgemeine Hochstimmung. Sämt- liche hohen Würdenträger machten sich bereit, dem Beispiel des Sultans zu folgen. Die Hamams waren früher als sonst be- heizt worden. Fröhlich flackerten die Fackeln...

Besir Ali ging lange durch die Straßen. Häuser und Paläste waren hell erleuchtet. Ihre Besitzer rüsteten sich zur Liebe, je nach Neigung, die einen mit Frauen, die anderen mit Knaben.

Welch gesegneter Staat, dachte Besir Ali bewundernd, welch schöne, welch großartige Bräuche. Zum ersten Mal in seinem Leben spürte er etwas vom besonderen Fluidum der Macht. Im alltäglichen Sprachgebrauch gab es dafür den arm- seligen Begriff Karriere, doch es ging dabei nicht um die köst- lichen Speisen bei den Banketten, das stolze Gefühl, über eine Dienstkutsche zu verfügen, oder dergleichen. Es war etwas Tiefgreifenderes, das einen Menschen heiß durchpulste wie die Leidenschaft und ihn noch hemmungsloser machen konnte als diese.

Weder vorher bei der Liebesbegegnung mit einer Giaurin noch später im Honigmond hatte Besir Ali ein derart starkes Begehren empfunden wie in dieser Nacht, und die gleiche Er- regung glaubte er auch in den Augen der Passanten zu entdek- ken. Die Verbindung, welche die gewaltige Leidenschaft des Herrschers mit den bescheidenen Leidenschaften der Untertanen einging, schien diesen immerhin ein ungewöhnliches Maß zu verleihen. Womöglich lag hier sogar der Grund für die Einführung des gesegneten Festes: daß die Untertanen sich einmal im Jahr dem großen Padischah ganz nahe fühlen konnten.

In solch schwärmerischen Gedanken überquerte Besir Ali gerade einen der geräumigen Plätze in der Innenstadt, als Kanonendonner traditionsgemäß den Vollzug der Entjungferung durch den Sultan vermeldete.

Unter den Passanten entstand sogleich Unordnung. Man blieb stehen und schaute in Richtung Sultanspalast, von wo die Böllerschüsse zu hören waren.

»Eh, also, dieser ... «, lallte ein Betrunkener. Als ihm niemand Beachtung schenkte, verlor er seine Hemmungen und wiederholte den Ausspruch unter Ergänzung eines ordinären Wortes.

Ringsum herrschte freudige Erregung.

»Na, Jüngelchen, hast du Lust?« wurde Besir Ali von einer verschleierten Frau flüsternd angesprochen. Der Akzent verriet die Zigeunerin. Welche andere Frau hätte sich um diese Zeit auch noch draußen aufhalten können?

Wortlos folgte ihr Besir Ali. In einem dunklen Winkel verlangte sie vor der Umarmung Geld, und Besir Ali gab es ihr, ohne nachzudenken.

»Na, wie war's?« fragte Besir Ali, als sie aufstanden.

»Na ja«, meinte sie, »einigermaßen.«

Verfluchte Zigeunerin!

»Nun, ich bin auch nicht der Padischah«, sagte er.

»Wie? Was sagst du da?« rief die Zigeunerin und fing lauthals zu lachen an.

»Was soll das Gekichere?« fragte Besir Ali beleidigt.

Doch sie ging einfach weg. Aus der Dunkelheit war noch

ein letztes helles Auflachen zu hören, und Besir Ali machte sich ein wenig schuldbewußt davon.

Er fühlte sich erleichtert, aber auch etwas traurig. In den am Straßenrand hoch aufragenden Wohngebäuden schliefen nun auf seidenen Laken die weißhäutigen, duftenden Damen mit ihren Herren, während er wie ein Gassenjunge mit einer Zigeunerin hatte vorliebnehmen müssen.

Besir Ali fühlte sich unrettbar leer, alles an ihm war unterdrückter Jammer. Wenn er später an diese Nacht zurückdachte, schien ihm, dieser wühlende Ehrgeiz, sein bedinnungsloses Karrierestreben, dem er sogar seine Mutter geopfert hätte, wäre sie dabei ein Hindernis gewesen, sei damals geboren worden.

Während er ziellos durch die Straßen ging (mit den Lichtern der Paläste erlosch nach und nach auch seine Erregung), fiel ihm ein, was er in schmierigen Hafenkneipen über die Zahl der Frauen in den Harems hoher Würdenträger hatte reden hören. Es hatte ihm großen Eindruck gemacht, und etwas davon war bis heute geblieben.

Damals hatten sie noch Macht, dachte er, als er den Platz am Guckloch räumte. Inzwischen war auch in dieser Hinsicht nicht viel davon übrig.

Er war erfüllt von einer unbestimmten, ihre möglichen Gründe an Gewicht überschreitenden Melancholie. Wer sich so fühlte, seufzte gewöhnlich: Was ist nur mit mir?

Daß die einst perfekt arbeitende Maschinerie des großen osmanischen Staates nur noch stockend lief, daß Beamte, Dekrete, die Staatsgeschäfte überhaupt von Phlegma und Faulheit angehaucht waren, das merkte jeder, auch wenn er nicht wie Besir Ali seit über zwanzig Jahren in der hohen Beamtenschaft diente. Daß jedoch auch die einfachen Menschen tief davon durchdrungen waren, ließ sich schwer nachvollziehen.

Die Spitzel, denen die Überwachung der Kaffeehäuser oblag, wußten zu berichten, daß die Leute im allgemeinen den
Giauren die Schuld gaben, daß es so schlecht um den Staat bestellt war. Die einen meinten, das Reich müsse sich die Erfahrungen der christlichen Staaten zunutze machen, auch wenn es
zu Recht im Kampf mit dem Christentum stünde, während die
anderen in den Beziehungen zu den Giauren das Hauptübel sahen und deshalb für deren uneingeschränkten Abbruch eintra-
ten. Diese Position vertraten hauptsächlich getreue Anhänger
des Staates und der Religion, die sich bereits im Ruhestand befanden. In teils namentlich gezeichneten, teils anonymen Briefen beklagten sie den stärker werdenden Einfluß der Giauren
und die Wehrlosigkeit des Staates angesichts der offenkundigen
Auflösungserscheinungen.

Innerlich neigte Besir Ali ihnen zu, auch wenn er nicht
leugnete, daß die Ansichten der anderen gelegentlich eine teuf-
lische Versuchung darstellten. Er verdammte diese Ideen nicht
vorschnell, aber noch weniger kritisierte er die Pensionisten für
ihre besorgte Wachsamkeit. Kurz, er verhielt sich abwartend, so
daß ihn beide Parteien nicht mochten und sich in Briefen an die
Hauptstadt bestimmt über ihn beschwerten.

Schon lange hatte sich Besir Ali angewöhnt, den Kaffee-
hausklatsch ernst zu nehmen. Nun, da er auf dem Diwan im
Empfangszimmer saß und über den schleichenden Verlust der
Manneskraft bei den hohen Funktionären nachdachte, zog er
deshalb die Möglichkeit in Betracht, daß auch dafür die Giauren die Ursache waren. Ganz neue, aus dem verfluchten Europa
importierte Sitten, hieß es, hielten Einzug in der Hauptstadt.
Angeblich hatten Frauen angefangen, Liebesbriefe zu verfassen, und wenn die armen Männer lasen, ich liebe dich, ich
warte sehnsüchtig auf dich und dergleichen Blödsinn mehr,

drehten sie vor Freude durch, und wenn es umgekehrt hieß, ich liebe dich nicht, dann waren sie völlig am Ende und ließen den Kopf hängen, anstatt sich bei einer anderen Frau zu ergötzen.

Nun ja, seufzte Besir Ali. Ein sanftes Rauschen riß ihn aus seinen Gedanken. Es hat zu regnen angefangen, dachte er.

Eine Weile lang lauschte er auf das monotone Geräusch. Es war ein friedlicher, verschwenderischer Regen. Ich liebe dich, ich warte sehnsüchtig auf dich, murmelte er vor sich hin, und obgleich er es verachtenswert fand, träumte er insgeheim davon, einen solchen Brief zu bekommen.

Als sein Kopf hochruckte, merkte er, daß er eingenickt war. Draußen vor den Fenstern war immer noch das sanfte Rauschen zu vernehmen. Er versuchte sich wieder auf die allgemeine Erschöpfung zu konzentrieren, den unaufhaltsamen Niedergang auf allen Gebieten, und erstarrte plötzlich: Und wenn es in diesem Fall gar nicht so war? Wenn der Hauptstädter sich seinem Angebot nicht aus den vermuteten, sondern ganz anderen Gründen verweigert hatte, zum Beispiel, weil er etwas im Schilde führte?

In kürzester Zeit hatten die Zweifel wieder Besir Alis Gehirn überschwemmt. Was war er doch für ein leichtgläubiger Einfaltspinsel! Wie hatte er die Mitteilung, der Sultan finde wegen Albanien keinen Schlaf, nur als beruhigend empfinden können? Ein Glück, es geht nicht um mich, sondern um Albanien! So ein Unsinn! Sicher, er gehörte nicht zu Albaniens mächtigsten Verwaltern, aber immerhin stand er im Range eines Gouverneurs. Es wäre nicht das erste Mal gewesen, daß der große Sultan in seinem Unmut alle seine Statthalter in einem Land über die Klinge springen ließ, hochgestellte wie unbedeutende.

In Besir Alis Hals bildete sich ein dicker Kloß. Konnte

man sich denn königliche Schlaflosigkeit ohne Blut und Leichen am nächsten Morgen vorstellen?

Besir Ali sah sich plötzlich mit durchschnittener Kehle auf der Seite liegen, doch das Werkzeug war weder Axt noch Jatagan, sondern eine Schere. (Erst später fiel ihm ein, daß vor kurzem ein Mann von seiner Frau auf diese Weise umgebracht worden war.)

Ein Wiehern riß ihn aus seinen Gedanken. Besir Ali erkannte auf der Stelle, daß das Pferd, von dem es stammte, fremd in seinen Ställen war, und obwohl es keinen rechten Grund gab, stand er auf und ging, ohne sich etwas überzuwerfen, die Treppe hinunter und über den Hof in das Stallgebäude.

Eine einzige Petroleumlampe verbreitete auf dem Hof ein schwaches Licht, das ihm, als er die Stalltür öffnete, half, wenigstens die Konturen der Pferde zu erkennen. Der Geruch von Heu und Mist, das Schnauben und Stampfen der Tiere, die auf die Anwesenheit des Menschen reagierten, all das war überaus vertraut für Besir Ali. Anders war nur, was er im Kopf hatte.

Ach, Allah, weshalb hast du die Menschen so schlecht gemacht, seufzte er. Sein müdes Gehirn schaffte es nicht, den Gedanken Form zu geben. Alle strengen Maßregeln wurden von Pferden befördert, doch die Tiere wußten nichts davon. Ob die Botschaft gut oder todbringend war, sie trabten gleichermaßen munter dahin.

Besir Alis Hand strich über einen der Köpfe. Kein Pferd auf dieser Welt hat je den Stab über ein anderes gebrochen, dachte er. Das Trachten der Menschen dagegen ist auf nichts anderes gerichtet...

Erschöpft verließ er den Stall und kehrte ins Haus zurück,

wo er sich mit unbedecktem Haupt ins Bett legte, um das Rauschen des Regens draußen hören zu können, das ihm gewöhnlich beim Einschlafen half. Doch jetzt war ihm zum Weinen
zumute. Wir sind nur einmal auf dieser Welt, Allah, dachte er.
Warum schenkst du uns nicht für die paar elenden Tage, die
wir hier zubringen, ein bißchen Freude?

Es war gewiß schon weit nach Mitternacht, bald würde es
zu dämmern beginnen, aber der Schlaf wollte sich nicht einstellen. Es lag erst zwei Jahre zurück, daß er viele Nächte so
verbracht hatte, gepeinigt von Furcht. Großwesir Jusuf war gestürzt worden, und täglich gab es neue Amtsenthebungen und
Hinrichtungen. Um der Angst zu entfliehen, fuhr er eines
Samstags für das Wochenende zu einem Vetter aufs Dorf, doch
dort war alles nur noch schlimmer. Er hatte das quälende Gefühl, das Verhängnis werde durch seine Abwesenheit erst recht
zur Suche nach ihm angestachelt. Die ganze Nacht tat er kein
Auge zu. Im Morgengrauen nickte er ein wenig ein, doch bald
darauf schreckte ihn ein entfernter Ruf wieder auf. War das
nicht sein Name, Besir Ali? O Allah, sie holen mich, dachte er.
Wachsbleich stand er auf und ging zum Fenster, um nach den
Gendarmen Ausschau zu halten. Doch als er den Hausherrn
von seinem Schlafzimmerfenster aus fragen hörte: Was ist los,
guter Mann? und dann die Antwort: Munir Ali ist gestorben,
fiel ihm ein Stein vom Herzen. Es war das erste Mal, daß Besir
Ali die Nachricht vom Tode eines Verwandten Erleichterung
verschaffte.

Allah, nach all der Zeit war die Angst noch ganz leben-
dig ... Aber was war das, spielten ihm seine Ohren einen
Streich, oder rief da schon wieder jemand? Ja, es war sein
Name: Besir Ali, o Besir Ali.

Er fuhr im Bett hoch. Nein, es war kein schlechter Traum.

Er horchte. Wieder war die Stimme zu hören, etwas leiser, als es ihm anfänglich erschienen war, doch dafür ganz nahe, vielleicht sogar direkt vor seiner Tür: Besir Ali, o Besir Ali.

Jetzt erkannte er sie. Es war sein Nachtgast. Erstaunlicherweise verspürte Besir Ali keinerlei Furcht. Trotzdem murmelte er: Ich begebe mich in deine Hand, o Allah!

Er ging zur Tür und öffnete sie. Auf der Schwelle stand tatsächlich der Fremde, hochgewachsen und noch bleicher als sonst, was aber vermutlich dem Nachtgewand zuzuschreiben war.

»Habt Ihr schon geschlafen? Bestimmt habt Ihr fest geschlafen. Ich bitte um Entschuldigung, Besir Ali.«

»Was ist?«

»Nichts, Besir Ali. Noch einmal, vergebt, daß ich Euch geweckt habe...«

»Keine Ursache... Aber worum geht es denn?«

»Um nichts, gar nichts. Eigentlich gibt es keinen Grund... Ich wollte nur schauen, ob Ihr vielleicht Lust habt, Euch noch ein wenig mit mir zu unterhalten.«

Besir Alis Blick war nicht auf das Gesicht des Störenfrieds gerichtet, sondern auf das Nachtgewand, als suche er es auf Taschen ab, aus denen man einen Hinrichtungsferman ziehen konnte.

Was für ein verrückter Einfall, will sich um diese Stunde unterhalten, dachte Besir Ali. Aber gut, daß mir Allah einen Irren geschickt hat und nicht...

»Ich komme schon, Exzellenz«, sagte er in lebhaftem Ton. »Wartet, bis ich mir etwas übergezogen habe, dann können wir uns unterhalten.«

»Vergebt mir, Besir Ali«, sagte der Gast erneut, als sie an dem flachen Tischchen neben der Feuerpfanne Platz nahmen, die vom Oberdiener mit einem irgendwo im Haus gefundenen Rest glühender Holzkohle gefüllt worden war.

»Ach, was sagt Ihr da!« antwortete Besir Ali. »Es ist mir ein Vergnügen. Hätte ich gewußt, daß Ihr noch wach seid, wäre ich selbst deswegen gekommen.«

»Leider kann ich selten schlafen, das habe ich ja bereits gesagt. Vor allem auf Reisen, wenn man von einem fremden Bett ins nächste wechselt. Und durch Allahs Willen sind die Herbstnächte nun einmal sehr lang. Also beschloß ich, noch ein paar Zeilen zu meinem Traktat hinzuzufügen, doch es ging mir nicht von der Hand.«

»Was für ein Traktat, wenn es zu fragen erlaubt ist?« sagte Besir Ali mit dünner Stimme.

»Ach, habe ich Euch das nicht gesagt? Dies ist der Zweck meiner Reise: ein Traktat auszuarbeiten, oder eine Studie, wie man heute wohl sagt, über die Lage Albaniens.«

Besir Ali schaute ihn verblüfft an.

»Wie? Geht es um seine Zukunft?«

Der Gast nickte.

»So ist es. Wie Ihr Euch wohl vorstellen könnt, lieber Besir Ali, sind dem großen Sultan in jüngster Zeit viele Vorschläge unterbreitet worden, was Albanien anbetrifft, doch keiner hat ihm behagt.«

Besir Ali nickte zustimmend. Wäre denn sein Gast auf eine so lange und beschwerliche Reise geschickt worden, wenn dem Sultan die Vorschläge zugesagt hätten?

»Eurer Studie soll mit Allahs Hilfe Erfolg beschieden sein«, sagte er.

»Das kann man leider nicht wissen«, entgegnete der Fremde. »Das Traktat, ich meine, die Studie, wird etwas Außergewöhnliches sein, und Außergewöhnlichem, das wißt Ihr

so gut wie ich, lieber Besir Ali, ist nicht immer Erfolg beschieden, sondern ebensooft auch bittres Mißgeschick.«

»Ach, ich bitte Euch!« rief der Hausherr.

»Doch habe ich«, fuhr der Fremde fort, »ein ruhiges Gewissen. Was immer auch geschehen mag, ob mein Traktat nun
Gefallen findet oder nicht, ich bin und bleibe ein treuer Diener
meines Landes und des Islam. Bedeutung hat für mich allein,
daß ich einmal mit reinem Herzen vor Allah treten kann.«

Puh, dachte Besir Ali, dem durchaus nicht gefiel, welche
Richtung das Gespräch nahm. Sein Unbehagen wich erst, als
der Fremde fortfuhr, von seinem Traktat zu berichten. Er habe
ja beim Abendessen wenigstens beiläufig erwähnt, welcher
Auffassung man in der Hauptstadt sei. Der Zeitpunkt, da Heer
und Verwaltung des osmanischen Staates genötigt sein würden,
sich aus Albanien zurückzuziehen wie vorher schon vom Rest
der Halbinsel, rücke näher. Unter diesen Umständen sei das
wichtigste Problem, wie man Albanien auch nach der Loslösung vom Reich an seiner Seite halten könne.

Besir Ali schürzte die Lippen. Diese Überlegungen mißfie-
len ihm ungemein. Am besten, man ließ es gar nicht dazu kommen, aber wenn sich ein Gebiet trotzdem vom Mutterland los-
sagte, was für eine Rolle spielte es dann noch, wie nah oder fern
es diesem danach stand? Sollte man sich etwa verhalten wie
diese wehleidigen Memmen, die ihre Frauen auch nach der
Scheidung nicht in Ruhe lassen konnten: Sag mir, mit wem du
schläfst, denkst du noch an mich und so weiter? Welch ein Unsinn! Wenn einem die Frau davonlief, mußte man sie aus seinem Gedächtnis streichen. Sollte sie zum Teufel gehen! Und
zum Teufel sollte auch Albanien gehen, wenn es das Reich sit-
zenließ.

Doch der Besucher aus der Hauptstadt war offenbar ande-

rer Meinung. Der osmanische Geist, setzte er seine Ausführungen fort, sei zwar inzwischen auch in Albanien tief verwurzelt
(die halbe Bevölkerung hänge nunmehr dem islamischen Glauben an, die einheimischen Paschas seien durch viele Fäden mit
dem Sultan verbunden, es gebe eine Schicht gebildeter Menschen mit proislamischer Einstellung, dazu die mächtige Gesellschaft »Dum Baba«, die bereit sei, gegebenenfalls einen
protürkischen Aufstand zu entfesseln, und so weiter), doch dies
sei keineswegs genug, um das Land bei der Stange zu halten.

Der Gast nahm endlich wahr, daß Besir Ali etwas sagen
wollte.

»Erscheint Euch dies absonderlich?«

»Nun, wie soll ich sagen? Natürlich... ist es das erste Mal
daß ich so... komplizierte Dinge höre. Ich bin ja nur ein einfacher Provinzgouverneur. Aber, um die Wahrheit zu sagen,
das mit dem osmanischen Geist kommt mir wirklich ein wenig
sonderbar vor. Wenn dieses Land sich von uns lossagt, was interessiert es uns dann, welcher Geist dort herrscht, der osmanische oder sonst einer, wie zum Teufel er auch heißen mag.«

Dem Fremden war anzusehen, daß er diesen Augenblick
kaum hatte erwarten können, denn er begann fast gelöst zu lachen.

»Das ist der entscheidende Unterschied zwischen Euch, Besir Ali, und mir«, sagte er, als er sich endlich wieder beruhigt
hatte (er dauert nach diesem so gar nicht zu ihm passenden Lachen eine Weile, bis er sein Gesicht in den alten Zustand zurückversetzt hatte, gleich jemand, der sich nach dem Essen Lippen und Wangen mit einer Serviette abtupfen muß). Besir Ali
sei nun einmal Amtsträger, ein Bürokrat, wie man inzwischen
in der Hauptstadt sage, er selber dagegen ein Ideologe.

»Ein schwieriges Wort, nicht?«

»Nun…«, sagte Besir Ali.

»Ich betrachte die Dinge wesentlich gründlicher, Besir Ali. Der Staat, das ist etwas ganz Oberflächliches, man kann ihn in einem Land ohne Mühe errichten und wieder beseitigen. Beim Geist ist das anders, wenn er erst einmal verwurzelt ist, läßt er sich so leicht nicht wieder ausreißen. Dem Geist gilt seit Jahren mein ganzes Sinnen und Trachten, Besir Ali. Und um den Geist geht es auch in meinem Traktat. Doch möchte ich mich bemühen, es ein wenig besser zu erklären.«

Er legte eine ziemlich lange Pause ein, bat dann um einen Schluck Wasser und begann zu trinken, ohne den Blick von den dunklen Fensterscheiben zu nehmen. Als er schließlich weitersprach, schweifte er erst ein wenig ab. Er klagte über die Gicht, bekundete sein Einvernehmen mit den Alten, die zu sagen pflegten, der Schlaf des Tages und die Wässer der Nacht wögen schwer, holte noch einmal tief Atem und sagte dann:

»Und nun hört zu, Besir Ali!«

Der Hausherr begriff, daß er so schnell nicht wieder zu Wort kommen würde.

»Ich sagte ja schon, daß ich ein tiefgläubiger Mensch bin, Besir Ali.«

Er wischte sich mit der Hand über Wange und Mundwinkel, ehe er weitersprach.

Gläubig, meinte er, sei in seinem Fall wahrscheinlich noch untertrieben. Er sei gläubiger als gläubig, dazu Asiate mit Leib und Seele. Schon von frühester Jugend an seien ihm Europa und die Europäer auf den Tod verhaßt gewesen: ihre Städte, Frauen, Kirchen, Kaffeehäuser, Zeitungen, ihre Sucht, die Nase stets in fremde Angelegenheiten zu stecken, ihre Wahlen und Parlamente, ihr kaltes Abwägen, die Art, wie sie gingen, sich kleideten, urteilten, ihr widersprüchlicher Charakter, ihre Anma-

ßung, ihr Aufrührertum, das ganze Gerede über die sogenannten Menschenrechte, die in Wahrheit nichts anderes seien als ein
den gesunden Schlaf störender Dämon. Während er all dies also
hasse, verzehre er sich nach der gesegneten Verschlafenheit Ana-
toliens, nach der nackten, endlosen Steppe, über deren Städte
und Dörfer nur ein einziger Mensch herrsche, von dem das tau-
sendfach mit dem Mysterium vernetzte eigene Geschick ab-
hänge, so daß man nicht wisse, woher Gut und Böse, Aufstieg
oder Fall kämen, wo alles nur zur Hälfte im Leben wurzele, zur
anderen Hälfte aber im Traum, wodurch man von den Ursachen und Folgen der Vorgänge zur Gänze befreit sei und so
schlaftrunken, wie man auf die Welt komme, sie auch wieder
verlasse, ohne je richtig aufgewacht zu sein...

»So habe ich also die Welt der Europäer schon in früher
Jugend zu hassen gelernt, Besir Ali, und seit damals von nichts
anderem geträumt, als sie zu vernichten, ihre Tempel zu zerstören, ihren Übermut und ihre Freiheitsgläubigkeit auszurot-
ten, auf daß unser friedensspendendes Königreich ihre Stelle
trete, was in kurzen Worten bedeutet, alle Länder, in denen das
Kreuz herrscht, dem islamischen Raum einzuverleiben. Das ist
doch unmöglich, mochte mancher sagen. So schien es vielleicht, und womöglich wäre dieser Traum auch gar nicht entstanden, hätte es nicht ein vorbildliches Beispiel gegeben. Und
dieses Beispiel, lieber Besir Ali, ist ausgerechnet Albanien.«

Er klopfte mit der Faust auf das Sitzpolster, als gelte es, den
Besitzanspruch auf ein Grundstück anzumelden, und einen
Augenblick lang kreiste in Besir Alis Kopf eine dieser einfälti-
gen, abwegigen und sinnlosen Fragen herum, die so offensichtlich hirnverbrannt sind, daß niemand auf die Idee käme, sie
auszusprechen: Waren, da der Grund und Boden, auf dem sein
Haus stand, zu Albanien gehörte, auch die aus Anatolien ein-

geführten Sitzpolster und Teppiche, auf denen sie saßen, albanisch zu nennen?

Der Gast klopfte immer noch auf das Polster.

»Der Traum, von dem ich sprach, ist schon einmal wahr
geworden... Nach eintausendfünfhundert Jahren der Evange-
lisierung kam das nur ein paar hundert Meilen vom Vatikan entfernte, mitten im Meer der Giauren liegende christliche Albanien zu uns, also zu Asien. Erfaßt Ihr, Besir Ali, wie ungeheuer
bedeutsam das war? Konnte uns Allah einen deutlicheren Hinweis geben, daß der Islam berufen ist, die Welt zu erobern? Vor
vierhundert Jahren wurde ein Traum zur Wirklichkeit, aber
nun geht es darum, daß... es damit kein Ende habe. Begreift
Ihr, was ich sagen möchte, Besir Ali? Es geht darum, daß der
Traum sich fortsetzt, daß also Albanien bei Asien bleibt.
Darum verbringt unser großer Sultan schlaflose Nächte.«

Besir Ali unterdrückte mit gnadenloser Entschlossenheit ein
Gähnen, das teuflischerweise ausgerechnet in diesem Augenblick aus seinem Oberkörper aufstieg.

»Es wird schwierig werden, daran besteht kein Zweifel«,
fuhr der Fremde fort. »Daher denken wir rastlos über Lösungen nach, und in der Kanzlei des Herrschers treffen täglich
Ströme von Ausarbeitungen ein. Die Stunde der Wahrheit
naht, Besir Ali. Das christliche Europa rüstet sich, Albanien
wiederzuerlangen. Gebt zurück, sagt es, was mir gehört. Der
Augenblick der Wahrheit ist, wenn die schützende Schale, also
unsere Armee und unsere Beamten, sich aus diesem Land zurückziehen. Jeder weiß, was passiert, wenn man eine Nuß-
schale aufbricht: Man sieht, was sich darin befindet, ein gesun-
der Kern oder bloß Wurmstaub. Nicht anders ist es am Ende
einer Fremdherrschaft. Macht nicht so ein Gesicht, Besir Ali,
unsere Armee und unsere Verwaltung werden sich bald aus die-

sem Land zurückziehen, das steht außer Zweifel, auch wenn ich auf die Gründe nicht näher eingehen will. Also, wenn die Schale aufgebrochen wird, werden wir sehen, was sich darin befindet: ein gebändigtes, asiatisiertes oder ein fremdes, unberechenbares Albanien? Eigentlich hätte ich mir gedacht, daß Albanien, nachdem es nun bereits seit vierhundert Jahren unter unserer Regierung steht, von uns so angetan sei, daß es sich nach unseren Erwartungen verhalten werde. Es wäre in der Tat wunderbar, wenn ein Land, dem man mit so viel Mühe Zügel angelegt hat, sich am Ende unterordnete und, wenn die Zügel endlich abgenommen werden, nicht davonliefe, sondern einem weiter folgte. In diesem Falle könnte man wirklich sagen, daß man dieses Land für sich gewonnen hat.«

Er schüttelte mit betrübter Miene den Kopf.

»Leider kann man nicht davon ausgehen, daß es sich mit Albanien so verhält. Auch nach vierhundert Jahren des Zusammenlebens sind uns die Albaner immer noch abgeneigt, das wißt Ihr besser als ich, Besir Ali.«

Besir Ali nickte.

»Zwar glaube ich immer noch an unseren alten Traum«, sagte der Gast. Er stocherte mit dem Schürhaken in der Glut, so daß die Ringe an seiner Hand zu funkeln begannen. »Das heißt, ich glaube weiterhin an Albaniens Asiatisierung, meine allerdings einschränkend, daß alles von den Albanern selbst ausgehen muß, ohne Druck von außen, und am wenigsten von uns. Das erscheint Euch seltsam? Das erscheint Euch unmöglich? Nun ja, es ist auf dieser Welt schon vieles geschehen, was man eigentlich für unmöglich gehalten hätte.«

Mit dem Schürhaken hantierend, beugte er sich über die Schale mit der glühenden Holzkohle, deren Lichtschein es jedoch nicht bis zu seinem Gesicht hinauf schaffte.

»Darum vor allem geht es in meinem Traktat, also um die Selbstasiatisierung der Albaner, mit der, sollte sie eintreten, Asien erst richtig in Albanien anlangen würde, so daß man schließlich das Recht hätte, die vierhundertjährigen albanisch‚ türkischen Beziehungen einzig als blutiges Vorspiel eines dauer‚ haften Friedens zu betrachten. Es wäre mir verständlich, Besir Ali, wenn Euch, was ich sagte, nicht sehr glaubhaft erschiene, deshalb möchte ich es nun ein wenig ausführlicher erklären.«

Er sprach und sprach, ohne dabei aufzuhören, in der Glut zu stochern, und das unstete Blitzen der Ringe an seiner Hand löste bei Besir Ali ein Gefühl aus, das sehr dem Vorgeschmack von Unglück glich.

»Ein einziger Mensch könnte verrichten, was weder unserer Armee noch unseren Hodschas, noch unseren Wesiren gelang«, sagte er nach einer kurzen Pause, »aber nur unter der Bedin‚ gung, daß er Albaner wäre und die Albaner ihn als ihren Füh‚ rer annähmen.«

Schon wieder griff er nach dem Schüreisen, verzichtete dann aber darauf, in der Feuerschale zu stochern. Besir Ali dachte: Ein Glück!

»Vierhundert Jahre liegt es nun zurück, daß einer unserem Reich eine Wunde schlug, die bis heute nicht verheilt ist. Ihr werdet wohl wissen, von wem ich spreche: dem verwünschten Georg Kastrioti. Er ist längst eins geworden mit der Erde, und man kennt nicht einmal sein Grab, doch die Erinnerung an ihn lebt fort, und mit der Erinnerung sein Plan. Er ist der Dämon, der in diesem Land das Rad der Geschichte in seinem segens‚ reichen Lauf anhielt und es zurückdrehte zum verfluchten Eu‚ ropa. Ihr wißt ja selbst, daß er den edlen Namen Skanderbeg aufgab und wieder Georg wurde, um sich hiernach feiern zu lassen als Athlet Christi im Kampf gegen unsere gute Sache.«

Ach ja, seufzte Besir Ali und hätte wahrscheinlich dem plötzlich sich meldenden Wunsch nachgegeben, ebenfalls in der Glut zu stochern, wäre nicht das Schüreisen in der Hand des Gastes gewesen.

»Doch was geschehen ist, ist geschehen, und fürs Jammern ist keine Zeit«, fuhr dieser fort. »Das Gebot der Stunde heißt, einen Mann zu finden, einen anderen Führer, der sich in jeg‑ licher Hinsicht unterscheidet von Georg Kastrioti, also einen Antigeorg, wie die Giauren wohl sagen würden.«

Den Antichrist, dachte Besir Ali. Ihm fiel ein, im Dossier des Dichters N. B. auf ein Denunziationsschreiben gestoßen zu sein, in dem dieser Begriff verwendet wurde. Die Augen des Fremden kamen ihm immer näher, doch zum Glück war die Glut bereits zu schwach, um sie zu bescheinen.

»Einen Hodscha, keinen Fürsten braucht dieses Land«, fuhr der Fremde fort. »Manche behaupten ja, das Weltall be‑ fände sich in ständiger Schrumpfung und werde einst die Größe einer Nuß erreichen. Sollte solches auch Asien wider‑ fahren, ich meine, hier in diesem Land, dann müßte es dieser Mann in sich aufnehmen und bergen. Man könnte sich aus der Abhängigkeit lösen, unsere Gesetze abschaffen, die Minarette niederreißen, es wäre genug, daß alles im Gehirn dieses Men‑ schen weiterlebte. Denn es würde der Tag kommen, da sich das geschrumpfte asiatische Universum wieder blähte und alles wie‑ derbrächte, die Fesseln, die Furcht, die Selbstherrschaft. In ei‑ nes Mannes Gehirn müssen wir unsere Hefe, unser Lab hinter‑ lassen, nirgends sonst.«

Besir Ali stand das Erstaunen ins Gesicht geschrieben. Seit so vielen Jahren war er nun schon Provinzgouverneur und wußte um alle Heimlichkeiten und Schliche, die ein Regie‑ rungsamt jemand lehren konnte, aber so etwas hörte er zum er‑

sten Mal. In eines Mannes Gehirn und nirgends sonst, was soll denn das heißen? dachte er.

»Ihr werdet Euch fragen, wie dieser Mann beschaffen sein müßte, Besir Ali. Genau das ist der Punkt. Deshalb verbringe ich meine Nächte schlaflos.«

Er stocherte noch andauernder als vorher in der Glut. Die blassen Flämmchen flackerten müde und so höhnisch wie das Grinsen des Todes.

»Daß sein Antlitz furchtbar sein, Schauder erregen muß, versteht sich von selbst«, sagte der Gast. »Aber ist das genug?«

Lange dachte er nach, ohne das Schüreisen aus der Hand zu legen, schüttelte mehrfach heftig den Kopf, als verwahre er sich entschieden gegen einen Einfall, nickte dann aber zögernd. Wenigstens zum Teil schien ihn der Gedanke doch zu überzeugen.

»Vor fünfzig Jahren hat es der Eremit Hadschi Halil Ruholak auf sich genommen, vier Monate lang von seiner Höhle in die Hauptstadt zu wandern, um dem Herrscher sein Erachten über eine Provinz zu unterbreiten, deren Namen ich hier nicht in den Mund nehmen möchte. Zu jener Zeit war die betreffende Provinz das Sorgenkind Nummer eins unseres Reiches, denn seit Jahren betrieb sie die Loslösung, in dieser Forderung unterstützt von einigen benachbarten europäischen Mächten. Im großen und ganzen war die Politik unseres Staates auf den Ausgleich mit diesen fremden Reichen angelegt, doch tat es dem Sultan auch leid um seine Provinz, so wie heute um Albanien. Was also war zu tun? Lange Zeit schwankte man hin und her, doch dann traf der Eremit Hadschi Halil Ruholak in der Hauptstadt ein, bat um eine Audienz beim Herrscher und harrte eine volle Woche lang vor dem Dolma Bahce Sarayi aus, bis man ihn endlich vorließ. Der Vorschlag, den er dem Sultan machte, wirkte auf den ersten Blick sehr seltsam.«

Der Gast senkte die Stimme, und sein Tonfall hatte sich verändert, als er sie wieder anhob, wie wenn sich die Empfehlung
des Eremiten nur mit einer ganz unnatürlichen Stimme wie-
dergeben lasse. Dieser Vorschlag betraf den Anführer der Unabhängigkeitsbewegung in der erwähnten Provinz. Solange der
osmanische Staat dieses Land noch unter Kontrolle hatte,
konnte er dafür sorgen, daß jemand nach seinem Geschmack
die Führung der Rebellion übernahm.

»Vermutlich werdet Ihr denken, diese Idee könne ohne weiteres auch einem Kleinkind zugetraut werden, und Euch fragen, weshalb der Eremit Ruholak die Beschwernisse einer vier
Monate dauernden Wanderung auf sich nehmen mußte, nur
um dem Sultan einen derart schlichten Vorschlag zu unterbreiten. Das kann ich nachvollziehen, denn auch ich habe so empfunden, als man mich zum ersten Mal davon unterrichtete.
Doch sage ich, langsam, Besir Ali, denn der Einfall des Mystikers war durchaus nicht von kindlicher Einfalt.«

Der Tonfall des Fremden klang immer mehr nach Märchen-
erzähler, aber ein verwirrter Besir Ali mußte allmählich ein-
sehen, daß der Plan des Eremiten tatsächlich alles andere als in-
fantil war. An die Spitze der Unabhängigkeitsbewegung sollte
durchaus kein treuer Gefolgsmann des osmanischen Reiches
treten, denn der Eremit war der festen Meinung, sosehr sich jemand auch zu verstellen versuche, irgendwann komme man
ihm immer auf die Schliche. Zum Anführer tauge in solchen
Fällen nur ... wie sollte man es sagen: eine ganz andere Sorte
von Mensch.

Was er zu hören bekam, verschlug Besir Ali fast die Sprache. Der Anführer in spe sollte jemand sein, der etwas zu verbergen hatte. Dessen Vergangenheit mit einem unerträglichen
Makel belastet war, zum Beispiel dem Mord an der eigenen

Mutter, einer abstoßenden Krankheit oder einem Laster wie der gleichgeschlechtlichen Liebe, die ja in manchen Ländern bei Führern noch weniger geduldet wurde als bei normalen Leuten.

»Ihr werdet an Erpressung denken, Besir Ali. Ich bin mir ganz sicher, daß Ihr daran denkt.«

Der Hausherr lächelte schuldbewußt. Es stimmte, er hatte an Erpressung vermittels belastender Unterlagen gedacht. Selbst verfügte er über zehn oder zwölf solcher Dossiers, und sie betrafen nicht nur Gegner, sondern auch Mitarbeiter.

»Aber ich habe Euch ja vor voreiligen Urteilen gewarnt, Besir Ali.« Der Gast schüttelte vorwurfsvoll den Zeigefinger.

»Erpressung? Bei Allah, sorglose Bubenstaaten mögen sich mit so etwas abgeben. Sie halten jemand ein Bündel Papiere unter die Nase: Hör zu, wir können beweisen, daß du von den Gerberinnung Bestechungsgelder angenommen und deine Tante geschwängert und in der Moschee ausgespuckt hast, deshalb tust du gefälligst, was wir sagen, sonst wird es dir übel ergehen.«

Der Fremde schüttelte lange verächtlich den Kopf.

»Nein, Besir Ali, wie ich schon sagte, so verhalten sich nur ganz und gar unreife Staaten. Unser Reich wird sich zu solchem Handeln nie herablassen. Wir legen die Dinge in die Hand des Schicksals. Wenn wir den passenden Menschen ans Ruder gebracht haben, ziehen wir uns zurück und warten ab, bis sein Dämon Gewalt über ihn gewonnen hat, um am Ende, wie die Giauren sagen, unsere Hände in Unschuld zu waschen. Aber laßt uns zu dem Eremiten zurückkehren und an der erwähnten Provinz seinen Vorschlag exemplifizieren.«

Der Vorschlag, berichtete der Fremde, sei vom Herrscher angenommen und getreulich befolgt worden. Man habe einen mit einem schweren Makel behafteten Menschen gefunden und

alle Hebel in Bewegung gesetzt, um ihn an die Spitze der Bewegung zu bringen, obwohl der Erwählte keinen besonderen
Eifer gezeigt habe, in die ihm zugedachte Rolle zu schlüpfen,
vermutlich aus Scham über seine frühere Verfehlung. Aber
man habe nicht lockergelassen, bis er am Ende zum Führer auf-
gestiegen sei. Wenig später habe sich die Provinz tatsächlich
vom Reich losgesagt, doch der einst besorgte Sultan sei bei der
Nachricht ganz gefaßt geblieben.

»Es hat wieder zu regnen begonnen«, sagte der Gast, ehe er
weitersprach. Nun versuchte er den märchenhaften Stil seiner
Erzählung gar nicht mehr zu verbergen, sondern gebrauchte sogar einige Male Ausdrücke wie »als endlich der Herbst vorüber
war und der Winter herannahte« oder »da erhob sich der Prinz
und sprach«, die Besir Ali an die Gutenachtgeschichten seiner
Großmutter in den Tagen seiner Kindheit erinnerten.

»Und so erwies sich bald, daß der Ratschlag des Mystikers
Ruholak gute Früchte trug. Kaum waren die vergnügten Wochen des Feierns vorüber, begann der neue Führer sein unheil-
volles Werk. Es wird wohl so gewesen sein, daß in ihm das alte
Laster wühlte, jedenfalls fand er keine Ruhe. Den Schandfleck
hatte er aus seinem Leben getilgt geglaubt, doch nun als Führer
fürchtete er, er sei womöglich doch nicht in Vergessenheit geraten. Tag und Nacht nagte an ihm der Zweifel. Erst zermarterte
er sich den Kopf, wer womöglich davon wußte und sich hinreißen ließ, anderen etwas zu erzählen. Die Vorstellung war
ihm unerträglich, daß seine Gefährten nach dem gemeinsamen
Mahl am Abend sich seinetwegen die Seele aus dem Leib lachten, ha, ha, was für ein gewaltiger Führer, habt ihr gesehen, wie
er sich ziert und brüstet, wenn die Truppen vor ihm paradieren,
wie er in der Regierungsrunde herrisch mit der Faust auf den
Tisch schlägt? Was wäre wohl, wenn die Leute wüßten, was

sich vor ein paar Jahren in der Hinterstube der Schenke des Wirtes X zugetragen hat?«

Der Gast schwieg einen Moment. Dann fuhr er fort:

»Aber halten wir uns nicht länger bei den unwürdigen Einzelheiten ihres eitlen Gesprächs auf. Jedenfalls konnte der Führer die folternden Zweifel nicht ertragen, und nach einer schlaflos verbrachten Nacht beschloß er mit grämlich bleichem Gesicht, endlich etwas zu unternehmen. Dem Getuschel ein Ende zu setzen. Die Gerüchteschmiede zu bestrafen. Wenn es sein mußte, mit dem Tod.«

Wieder schwieg der Gast einen Moment.

»Sie also zu töten«, fuhr er dann fort. »Zuerst diejenigen, die schwatzten. Dann jene, die schwatzen konnten. Schließlich alle, die etwas wußten. Oder etwas wissen konnten.«

Fast schmerzlich sehnte sich Besir Ali danach, daß die Stimme seines Gastes den schläfrigen Tonfall eines Märchen-erzählers zurückgewänne.

»Gefoltert vom Argwohn, begann der neue Herrscher sein wütendes Werk. Doch es war nicht leicht herauszufinden, wer um sein Geheimnis wußte. Also rottete er die ganze Familie aus. Dann den Freundeskreis. Dann das weitere Umfeld. Dann das noch weitere Umfeld... Wenigstens am Anfang bedurfte es dazu eines Rechtfertigungsgrundes, und man verfiel auf jenen, der in solchen Fällen stets angeführt wird: Es sei eine Verschwörung gegen den Staat im Gange. So griffen die Greuel immer weiter um sich. Das Verbrechen ist ja wie ein Wolf, es folgt dem Geruch des Blutes. Doch um zu gewährleisten, daß Angst und Einschüchterung zum dauerhaften Zustand wurden, mußte der ganze Apparat des Staates dem angepaßt werden.

Allerdings, das wißt Ihr, Besir Ali, ist Europa weniger als wir geneigt, solches zu dulden. Dort hat man furchterregende

Begriffe dafür gefunden wie Tyrannei oder Diktatur, und man scheut sich mehr davor als vor der Pest. So wußten wir, daß Europa mit dem einstmals Verhätschelten hart ins Gericht gehen würde, wogegen für uns nicht die geringste Not bestand, ihn gegen Europa einzuschwören. Er würde sich gegen dieses schon von ganz alleine auflehnen.«

So sei es dann auch erst zu einer merklichen Abkühlung und dann zum offenen Streit des Führers mit Europa gekommen, wußte der Gast zu berichten, und schließlich zu der erwarteten Anlehnung an Asien.

»Wir wußten, er würde von selbst kommen, Besir Ali, denn so hatte es der heilige Mystiker prophezeit, dessen Seele dort, wo nun ihr Platz ist, in Frieden ruhen möge. Wir waren nämlich die einzige Zuflucht für ihn. Unser Standpunkt war von Beginn an so einfach wie unmißverständlich gewesen: Nun, da du Herr bist, geh auf die andere Seite, wenn du willst, doch wisse, daß es nicht für lange sein wird. Uns bist du stets willkommen. Und so brachte er uns tatsächlich das Land zurück, das er bis zum Ende seiner Tage regierte.«

»Möge seine Seele leuchten«, sagte Besir Ali und versuchte, einen Seufzer zu unterdrücken, als stünde vor ihm ein Kerzlein, dessen Flamme im Luftzug hätte erlöschen können.

»Es hat zu regnen aufgehört«, sagte der Fremde gedankenverloren.

Besir Ali hatte das unstillbare Bedürfnis, endlich das Feuereisen zu ergreifen und damit wieder und wieder in die glühende Kohle zu fahren. Es war genauso, wie wenn jemand einen üblen Juckreiz verspürt, aber nicht die Hand auszustrecken wagt, um sich zu kratzen. Ein vages Gefühl warnte ihn davor, das Eisen zu nehmen, weil er sonst womöglich das Unerhörte getan und es dem Gast über den Kopf geschlagen hätte, anstatt damit in der Glut zu stochern. Er haderte mit seinem Gott ob der Versuchung, betete, seufzte in sich hinein.

»Ihr mögt Euch fragen, ob es denn noch tugendhaft genannt werden kann, wenn unser gesegneter Staat sich seinen Verbündeten auf so häßliche Art beschafft.«

Er schaute Besir Ali forschend ins Gesicht.

»Nun, wie soll ich sagen? Nein, eigentlich nicht...«, murmelte Besir Ali.

»Es wäre wohl verzeihlich, wenn Ihr diese Frage stelltet. Alle tun das. Die Antwort, Besir Ali, ist jedoch ganz einfach. Nichts, was unseren Triumph begünstigt, ist unerlaubt. Versteht Ihr?«

Besir Ali nickte. Das Schüreisen lag jetzt in der Feuerschale, aber er wagte nicht, danach zu greifen.

»Ach ja«, seufzte der Fremde tief. »Doch gestattet, daß ich zu den albanischen Angelegenheiten zurückkehre. In diesem Land, denke ich, muß das gleiche geschehen. Oder doch etwas Ähnliches, versteht Ihr, Besir Ali? Wenn wir einen Mann fänden, der dem entspricht, was ich gesagt habe, würde uns Albanien für immer gehören. Es würde uns mehr lieben als wir uns selbst. Und wenn es uns gar gelänge, eine ganze Reihe solcher Verbündeter zu gewinnen, damit ein Sperring um das Reich entstünde, dann ließe sich sagen, wir hatten den Kampf gegen das Christentum gewonnen. Wie bereits gesagt, ist dies die Kernaussage meines Traktats. Aus dem Plan des Mystikers Ruholak möge ein ganzes Gebäude erwachsen. Etwas, das man heutzutage Doktrin nennt. Wenn meine Schrift das Wohlgefallen des Herrschers findet, dann wird es Euer aller Aufgabe sein, den Menschen zu suchen, von dem ich sprach. Und vielleicht seid Ihr, Besir Ali, dann der erste, der auf ihn stößt.«

Ihre Blicke verhakten sich für einen Augenblick ineinander.

Ich soll also den Antichrist finden, dachte Besir Ali. Aus Berichten und Prozeßakten wußte er ein wenig Bescheid über die Geschichte des Christentums.

Der Gast starrte eine Weile nach draußen, als fordere etwas vergebens Zugang von dort.

»Ich glaube, es wird hell«, sagte er.

Besir Ali nickte.

»Es ist erst Mitte Oktober und doch schon kalt wie im Winter.«

Die Augen des Fremden waren noch immer auf die dunklen Fensterscheiben gerichtet.

»Wißt Ihr, wie die Giauren die Zeit nennen, in der wir leben?« fragte er nach einer Weile. »Zwanzigstes Jahrhundert...«

»O ja, den Traumtänzer hier, den Poeten, gefällt dieser Ausdruck sehr...«

»Zwanzigstes Jahrhundert...« wiederholte der Gast. »Klingt das nicht lächerlich? Angeblich währt es schon seit einigen Jahren... Nun, wenn ich mich recht erinnere...«

Besir Ali rechnete damit, daß der Fremde in Gelächter ausbrechen werde, doch seine Miene wurde eher noch düsterer.

»Nun, da das Gift endlich aus mir heraus ist, spüre ich, daß ich werde schlafen können«, sagte er, schlüpfte in seine Pantoffeln, suchte Halt am Tischrand und stand auf. »Gute Nacht, Besir Ali.«

»Gute Nacht, Exzellenz«, antwortete der Hausherr.

Die Dielen schienen noch zu knarren, als der Fremde bereits verschwunden war.

Besir Ali schickte erneut ein Stoßgebet zum Himmel, erhob sich dann mit steifen Gliedern und trat an das Fenster, auf das eben noch der Blick des Gastes gerichtet gewesen war. Durch die Scheiben drang die Kälte der Nacht. In der Ferne waren ein paar blasse Lichter zu sehen, wahrscheinlich die Fenster von Häusern, deren Bewohner aus irgendeinem Grund bereits zu so früher Stunde munter waren.

Immer noch ging ihm im Kopf herum, was er von der Geschichte der Christenheit wußte. König Herodes' Befehl, das Christuskind zu finden. Die Ankunft der Heiligen Drei Könige. Pilatus, der sich die Hände in Unschuld wusch...

Müde schloß er die Augen. Vielleicht war ja alles, was er sich eben hatte anhören müssen, nur das wirre Gerede eines Verrückten ... Aber einmal angenommen, das Traktat des Fremden fand die Billigung des Sultans, wie um alle Welt sollte man den schwarzen Hodscha, den kleinen Liebhaber Asiens ausfindig machen?

Er konnte sich nicht mehr erinnern, was genau König Herodes unternommen hatte, um das Christuskind in seine Gewalt zu bekommen, doch er, Besir Ali, würde gewiß nicht weniger tun, um den Mann zu finden. Das hieß, sich keine Ruhe zu gönnen, Polizeiberichte und die Protokolle von hochnotpeinlichen Verhören noch einmal durchzugehen, vielleicht in den Kerker hinabzusteigen, wo einer dieser Verseschmiede einsaß, um nützliche Einzelheiten der alten Geschichte aus ihm herauszufragen, die Tatsache nicht geachtet, daß es Herodes' Ziel gewesen war, Christus zu beseitigen, während er selbst das Gegenteil bezweckte: dem Antichrist zum Aufstieg zu verhelfen.

Doch war das nicht das gleiche? Er zauderte einen Moment, dann murmelte er vor sich hin: Ist das nicht das gleiche, Allah? Ihm wurde schwindlig, und er mußte an der Wand Halt suchen.

AGAMEMNONS TOCHTER

I

Von der Straße draußen wehten festliche Klänge herein, und gedämpft waren Gesprächsfetzen und die Schritte einer großen Zahl von Menschen zu hören, typisch für eine Menge, die zum Sammelplatz einer Parade unterwegs ist.

Bereits zum zehnten Mal schob ich den Vorhang zur Seite und schaute durch den Spalt hinaus. Der Anblick war unver⁄ ändert: Träge floß der Menschenstrom in Richtung Stadtmitte, und wie schon wie im letzten Jahr und all die Jahre davor schwankten darüber Spruchbänder, Blumengebinde und Ta⁄ feln mit Brustbildern von Politbüromitgliedern, deren Gesich⁄ ter über dem Durcheinander von Schöpfen und Händen noch verkniffener wirkten als sonst. Gelegentlich, bei bestimmten Bewegungen der Schildträger, meinte man, die gemalten Por⁄ träts schielten einander von der Seite an, aber wenn sie sich di⁄ rekt anschauten, schienen sie einander nicht zu erkennen.

Ich ließ den Vorhang zurückfallen und stellte fest, daß ich die Einladung zur Feier in der Hand hielt. Zum ersten Mal war ich am 1. Mai auf die Tribüne geladen, und daß mein Name auf der Karte stand, konnte ich auch jetzt noch sowenig fassen wie in dem Moment, als der stellvertretende Parteisekretär sie mir ausgehändigt hatte. Sein Blick war nicht weniger ungläu⁄ big gewesen als meiner, nicht direkt mißgünstig, sondern eher ehrlich überrascht, was ich ihm sogar nachfühlen konnte, ge⁄

hörte ich doch nicht zu denen, die man gewöhnlich an Präsidi-
umstischen und auf Festtribünen sah. Später erfuhr ich, daß ich
von ihm auf die Liste gesetzt worden war, als das Bezirkspar-
teikomitee über den Kreis der regelmäßig Eingeladenen hinaus
weitere Namen verlangt hatte, doch offenbar war er nicht davon ausgegangen, daß diese neue Liste auch Beachtung finden
würde. So ist das schließlich jedes Jahr, hatte er wahrscheinlich
gedacht, aber am Ende gehen sowieso immer die gleichen hin.

»Glückwunsch!« sagte er, als er mir die Einladung übergab,
und ich glaubte, neben Mißgunst und echter Überraschung
auch noch etwas anderes zu entdecken, genau im Zentrum seines Lächelns, aus diesem geboren, aber doch von anderer Art.
Man könnte vielleicht von einem konzentrierten, fragenden,
leicht herausfordernden, aber dennoch wohlwollenden Grinsen
sprechen, wie es Menschen austauschen, die ein Geheimnis ver-
bindet. Es schien sagen zu wollen: »Zufällig kommt diese Einladung bestimmt nicht, du wirst sie dir schon verdient haben.
Glückwunsch, Schlitzohr!«

Was in seinem Kopf vorging, war so offensichtlich, daß ich
rot wurde. Das verdrießliche Gefühl verließ mich auf dem
ganzen Heimweg nicht. Ununterbrochen zerbrach ich mir den
Kopf, welchem Dienst ich diese Einladung zu verdanken hatte.

Wegen der relativ lauten Geräusche draußen wirkte die
Wohnung noch stiller als sonst. Still und leer. Die meisten Teilnehmer an der Parade hatten sich bereits auf den Weg zum
Sammelplatz gemacht, und meine Schritte kamen nicht gegen
diese Stille und Leere an, die wie alles an jenem Tag von besonderer Beschaffenheit war.

Ich wartete auf Suzana. Was auf meine Brust drückte, war
nicht die angespannte Erwartung vor der Begegnung mit einem Mädchen. Das Gefühl war gewichtiger, gesteigert, wie es

schien, durch den mit Musik durchsetzten und deshalb besonders strapaziösen Lärm von draußen. Gelegentlich hatte ich
den Eindruck, ein Plakat überrage seinen Träger so weit, daß
das gemalte gemalte Gesicht mit den leblosen Augen vorwurfsvoll durch mein Fenster hereinblickte: Worauf wartest du
noch? Willst du tatsächlich wegen eines Mädchens auf deinen
Tribünenplatz verzichten?

Wenn ich um halb neun noch nicht da bin, brauchst du
nicht länger zu warten, hatte Suzana gesagt.

Immer, wenn ich daran dachte, wanderten meine Augen
automatisch zum Sofa, wo unser letztes Gespräch stattgefunden
hatte. Suzana war sehr niedergeschlagen gewesen, und halbnackt wie sie selbst ihre Worte. Sie sprach in Fragmenten, deren Sinn sich schwer erschloß. Sich mit mir zu treffen werde
täglich schwieriger für sie. Ihr Vater steige die Karriereleiter
immer weiter empor, deshalb müsse sich die ganze Familie zunehmend vorsehen. Bei der zwei Wochen zurückliegenden
Plenartagung des Zentralkomitees habe es einen weiteren Kar-
rieresprung gegeben. Dies bedeute selbstverständlich, daß sie
ihren Lebensstil, ihre Kleidungsgewohnheiten, ihren Bekanntenkreis überprüfen müsse. Sonst schade sie ihm womöglich.

Ob er dies (ich hatte noch keinen Begriff dafür) von ihr ver-
lange, oder ob sie von sich aus so entschieden habe, fragte ich.

Sie starrte mich an.

»Er«, sagte sie nach einer Weile, »aber…«

»Was, aber?«

»Er hat es mir erklärt, und ich war einverstanden.«

»Ach so!«

Meine Augen fühlten sich an, als hätte jemand eine Handvoll Sand hineingeworfen. Bestimmt waren sie gerötet. Schuldbewußt lehnte Suzana den Kopf an meine Schulter. Ihre Fin-

ger, gesprungene, kalte Reagenzgläser, spielten in meinem Nak-
kenhaar.

Wieso gerade sie? Die Kinder der anderen profitierten von
der Stellung ihrer Eltern, ihr Leben war viel weniger einge-
schränkt als das ihrer Altersgenossen. Sie hatten Autos und
Strandvillen für Partys zur Verfügung. Ich hätte die Frage gestellt, wäre sie mir nicht zuvorgekommen. Die anderen hatten
ihren Kindern gewisse Freiheiten eingeräumt, ihr Vater allerdings ... Er war tatsächlich komisch ... Was er sich immer
dachte! Aber vielleicht war komisch doch nicht der richtige
Ausdruck. Es ging um sein Pflichtgefühl. Genau dadurch
zeichnete er sich gegenüber den anderen aus. Jedenfalls, wenn er
am Maifeiertag zur Rechten des Führers stand, war zwischen
uns alles zu Ende.

Weil ich schwieg, glaubte sie, ich hätte nicht richtig verstanden. Du mußt das verstehen, sagte sie schluchzend. Für
ihn, das hieß, für die öffentliche Meinung, war inakzeptabel,
daß sie mit einem jungen Mann schlief, der mit einer anderen
verlobt war. Weil das eines Tages auf jeden Fall herauskommen
würde. In der jetzigen Situation sei die Gefahr besonders groß.
Verstehst du? Es kommt bestimmt heraus.

Ich wußte keine Antwort. Mein Blick war an ihren nackten Beinen festgefroren.

»Und dir würde es ebenfalls schaden«, sagte sie nach einer
Pause.

»Das ist mir egal.«

»Das sagst du heute, aber später würdest du es bedauern.
Gerade jetzt, wo du die Chance hast, ein Aufbaustudium in
Wien zu machen.«

Meine Augen ruhten immer noch auf dem entblößten Teil
ihres weißen, glatten, gleichermaßen fraulichen wie mädchen-

haften Körpers. Das rosa Feuer des Triumphbogens auf den Champs-Élysées ihrer Schenkel gegen etwas einzutauschen, und sei es Wien, erschien mir unvorstellbar.

Wie der Widerschein eines sublimen Traumes erhellte bei der Liebe ein Lächeln ihr Gesicht. Dergleichen hatte ich noch nie bei einer Frau erlebt. Von den Wangen floß es auf das weiße Kissen, das, wenn sie schon gegangen war, einen leichten Schimmer bewahrte wie ein abgeschalteter Bildschirm. Man spürte, mit welcher Sehnsucht und Ernsthaftigkeit sie sich der Liebe ergab.

2

Ständig umspült von der fernen Festmusik, betrachtete ich das leere Sofa, und durch die samtene, alles erhöhende Dämmerung meiner Selbstverlorenheit schaukelten Gesprächsfragmente.

Wenn ich am 1. Mai... Aber du darfst auf keinen Fall bekümmert sein... es ist nicht leicht für mich, das kannst du mir glauben... Ich weiß, was du jetzt sagen wirst... Aber dieses Opfer ist notwendig... Ich werde dich nie vergessen...

Opfer, das ist wohl das richtige Wort, hatte ich damals gedacht.

Ich glaubte ihr jedes Wort, denn sie war in allem sehr ernsthaft und sagte nie etwas einfach so dahin, aus Koketterie oder Heuchelei. Wenn sie von der Notwendigkeit dieses Opfers überzeugt war, konnte man sich den Versuch, sie umzustimmen, getrost sparen.

Daran hielt ich mich. Nachdem sie gegangen war, lief ich stundenlang deprimiert im Zimmer auf und ab. Am Ende fand ich mich vor dem Bücherregal wieder. Ich nahm das Buch

»Griechische Mythologie« von Robert von Ranke-Graves, das ich kurz zuvor gelesen hatte, heraus und begann darin zu blättern.

Ich kann mir bis heute nicht erklären, wieso in den Windungen meines Gehirns das Wort »Opfer« plötzlich seiner alltäglich banalen Bedeutung (Genossen, die Zeit verlangt Opfer an der Erdölfront, in der Viehzucht…) entkleidet und auf seinen weit in der Vergangenheit liegenden, so großartigen wie blutigen Ursprung zurückgebracht wurde. Es war jedenfalls der entscheidende Schritt, denn die Parallele von Suzanas Opfer zu Iphigenies Opferung im alten Griechenland drängte sich geradezu auf.

Stellte ich die Parallele her, weil Suzana selbst das ominöse Wort verwendet hatte, weil es sich bei ihrem Vater wie bei Agamemnon um einen hochrangigen Würdenträger handelte oder einfach, weil ich durch die Lektüre von Graves' Buch empfänglich für das Mythologische geworden war?

Wie gesagt, ich kam selber nicht dahinter. Im Stehen las ich voll fiebriger Ungeduld die Stelle nach. Die möglichen Beweggründe für die furchtbare Tat des griechischen Oberbefehlshabers wurden ausgebreitet, aber auch die Möglichkeit nicht ausgeschlossen, daß es sich um eine Inszenierung zur Hebung der Wehrkraft, ein Scheinopfer gehandelt hatte und das Mädchen im letzten Augenblick durch eine Hirschkuh ausgetauscht worden war.

> *Im Feldzug gegen Troja*
> *Opferten die Griechen*
> *Agamemnons Tochter*
> *In der Iliade der Revolution*
> *Habe ich dich geopfert*

Hatte ich mir diese Verse während meiner deprimierten Wanderung durch die Wohnung zurechtgelegt, als das Buch bereits
wieder im Regal stand, oder stammten sie aus einer lange zurückliegenden, weit hinten im Gedächtnis abgelegten Lektüre?
Kummer bewirkte bei mir häufig Erschöpfung, so auch an jenem Tag: Ich war müde und unfähig, die Dinge auf den Punkt
zu bringen. Zum Beispiel gelang es mir nicht, herauszufinden,
wessen Worte in diesen Versen wiedergegeben wurden, wer sie
also opferte, ich oder ihr Vater. Wahrscheinlich waren wir es
beide.

Der Lärm draußen nahm deutlich ab. Man merkte, daß
sich die Straße allmählich leerte. Die Masse der Paradeteilneh-
mer war wohl inzwischen am Sammelplatz eingetroffen. Doch
die Stille war nicht weniger drückend und aggressiv. Man
wurde ständig daran erinnert, daß man seinen Platz eigentlich
inmitten des festlichen Treibens hatte und nicht hier, abgesondert von den anderen.

Mittlerweile war es bereits nach halb neun. Ich rechnete
nicht mehr mit Suzanas Kommen. Sie war stets äußerst pünktlich, und zum ersten Mal verfluchte ich diese schätzenswerte
Eigenschaft, da sie mich um den letzten Funken Hoffnung
brachte. Ich legte mir Erklärungen für die ersten fünf Minuten
Verspätung zurecht. Wahrscheinlich hatte sie sich auf das weibliche Vorrecht der Unpünktlichkeit zurückbesonnen, außerdem
waren Verkehrsstörungen an solchen Feiertagen nichts Ungewöhnliches. Leider tröstete mich das alles nicht, im Gegenteil.
In den zweiten fünf Minuten wurde es noch schlimmer, und
mehrmals war ich drauf und dran, die Wohnung zu verlassen.

Ich hatte entschieden, bis Viertel vor neun zu warten und
mich dann auf den Weg zur Feier zu machen. Wenn schon Suzana nicht kam, wollte ich wenigstens die Veranstaltung nicht

versäumen. Ich wußte nicht genau, was passieren würde, wenn mein Fernbleiben auffiel, hatte aber beschlossen, es im Falle ih- res Kommens in Kauf zu nehmen. Es gab schließlich Ausre- den: Ich habe den Weg nicht gefunden, die Wachposten haben mich nicht durchgelassen und dergleichen. Hauptsache, sie kam. Es gab allerdings keinerlei Grund, mir durch mein Nicht- erscheinen Schwierigkeiten einzubrocken, wenn ich sie ohne- hin verloren hatte. Überdies bestand die Chance, daß ich sie auf der Haupttribüne beziehungsweise am üblichen Standort der Führerkinder auf dem Podium daneben wenigstens zu se- hen bekam.

Dieser Gedanke überzeugte mich vollends. Um fünf vor neun verließ ich die Wohnung.

3

Die Straße war so ausgestorben wie das Treppenhaus, nur ein paar vereinzelte Passanten waren zu entdecken. Die Leere rings- um wirkte beruhigend auf mich. Ich hatte das Gefühl, jemand schaute mich an, und ich hob den Kopf. Tatsächlich stand mein Nachbar mit seiner üblichen Leichenbittermiene auf dem Bal- kon und überschaute die Straße. Ich ging ein wenig zur Seite, um seinem Blickfeld zu entkommen. Angeblich gehörte er zu denen, die an Stalins Todestag mit fröhlichem Gesicht umher- gegangen waren, wodurch seine glänzend begonnene wissen- schaftliche Karriere ein jähes Ende gefunden hatte. Nach all den Jahren trug er seinen Schmerz darüber immer noch zur Schau. Es gab wohl eine beträchtliche Anzahl von Menschen, die da- mals auf den Trauerkundgebungen gelacht hatten, und zwar ohne bestimmten Grund, einfach so, weil irgend etwas den Mechanismus der Heiterkeit in Gang gesetzt hatte, ein durchaus bekanntes Phänomen, im gegebenen Fall aber völlig unverzeih‚ lich. Die Folgen für sie waren verheerend, und für den Rest ih‚ rer Tage würde man sie an den gramerfüllten Mienen erkennen, mit denen sie für ihre Unbeherrschtheit bezahlten.

Du solltest auf dein Gesicht achten, ermahnte ich mich selbst. Es war bestimmt nicht weniger schmerzvoll.

Wie um das öffentliche Auge über meine trübe Laune hin‚ wegzutäuschen, zog ich die Einladung hervor und betrachtete mit gespielter Aufmerksamkeit die Rückseite, auf der sich die Zugangswege zur Tribüne verzeichnet fanden.

Die meisten Leute, die noch unterwegs waren, hatten ver‚ mutlich Einladungen wie ich, wie man nicht nur an ihrer fest‚ lichen Kleidung, sondern auch an ihrem ganzen Auftreten, ih‚ rem selbstbewußten Gang und ihrem stolzen Lächeln erkannte. So hoben sie sich deutlich von den übrigen Passanten ab, die wohl hofften, an irgendeiner Straßenecke ein Plätzchen zu fin‚ den, von dem aus sie der Parade zuschauen konnten, oder die den Anschluß an die Belegschaft ihres Betriebs verloren hatten und nun mit schuldbewußter Miene umherirrten.

Auf der parallel zum Boulevard verlaufenden Straße der Barrikaden gab es mehr Menschen. Gelegentlich wehte von ir‚ gendwoher, wahrscheinlich von den Tribünen, Orchestermu‚ sik herüber, und jedesmal ging ich schneller, obwohl es gerade neun vorbei war und es keinen Grund zur Eile gab.

Noch waren die Geladenen mit den anderen Passanten ver‚ mischt, doch ein Stück weiter setzte eine nunmehr auch phy‚ sikalische Trennung ein. In der Elbasaner Straße hielt sich die Allgemeinheit auf dem einen, linken Trottoir, während das an‚ dere, rechte denen vorbehalten war, die eine Einladung besa‚ ßen. Die eigentlichen Kontrollen begannen zwar erst sehr viel

später, doch fand hier schon eine erste Auslese statt. Der Mehrheit der Geladenen gefiel es nämlich, sich schon jetzt von den
gewöhnlichen Fußgängern zu sondern, was diese mit neidvol-
len Blicken quittierten.

Ich setzte meinen Weg auf dem gewöhnlichen Gehsteig fort,
und zwar ganz in Gedanken, weil mir eingefallen war, daß Suzana womöglich ebenfalls auf der Tribüne »C-1« sein würde,
als ich mit B. L. fast zusammenstieß.

Ich hatte ihn seit Jahren nicht mehr gesehen. Er war hochgewachsen und umarmte mich voll stürmischer Freude (einer
allerdings ganz anderen, als sie die festlichen Fähnchen ringsum vermittelten), und zwar sogar zweimal in Folge. Dieser Ge-
fühlsausbruch erschien mir, ehrlich gesagt, nicht ganz ange-
messen. Zwar hatten wir vor Jahren, als ich Jura studierte und
er die Kunstakademie besuchte, im gleichen Bekanntenkreis
verkehrt, ohne allerdings eng befreundet gewesen zu sein, so
daß wir uns danach aus den Augen verloren hatten.

»Wie läuft es so?« erkundigte er sich. »Wie geht es dem Jour-
nalismus? Fernsehen, Kameras, immer am Puls des Lebens, was
weiß ich, wie man es ausdrücken soll.«

»Und du?« fragte ich zurück. »Immer noch in N.?«

»Ach, lassen wir das lieber«, erwiderte er mit unverändert
fröhlichem Gesicht. »Bei mir sieht es nicht so gut aus. Na ja, am
Anfang ging es noch, aber dann haben sie mich wegen eines
Fehlers aufs Dorf geschickt, zur Arbeit mit Amateurtheater-
gruppen.«

»Ach?«

»Ja, so ist das. Ich hatte ein Drama mit zweiunddreißig
ideologischen Fehlern auf die Bühne gebracht. Zweiunddreißig, kannst du dir das vorstellen? Aber egal, ich bin ja noch
glimpflich davongekommen.«

Aus meiner Miene muß ungläubiges Erstaunen gesprochen haben, denn er fuhr fort:

»Du glaubst wohl, ich reiße Witze, aber es stimmt.«

Er zählte die zweiunddreißig ideologischen Fehler auf, mit völlig gleichgültiger Stimme, ohne jedes Lamento oder Naserümpfen. Ich würde sogar meinen, daß aus seinen Worten eine gewisse Heiterkeit, wenn nicht sogar heimliche Bewunderung sprach, die allerdings schwer zu erklären war: Galt sie den begnadeten Augen der Sittenwächter, die all den Fehlern auf die Spur gekommen waren, oder ihm selbst, der sich mit einem gewöhnlichen Fehler, einem Fehlerchen sozusagen, nicht begnügt, sondern gleich eine kolossale Katastrophe angerichtet hatte, oder beiden Aspekten gleichermaßen?

»So ist das«, sagte er. »Sechsundzwanzig waren sie, sechsundzwanzig, ihre Gräber kann der Sand uralter Zeiten nicht decken.«

Mir ist bis heute ein Rätsel, wie er in diesem Zusammenhang auf Sergej Jessenins »Ballade von den 26« kam.

Wir hatten mittlerweile fast die Kreuzung erreicht, an der die endgültige Scheidung der Geladenen von den gewöhnlichen Passanten stattfand. Normalerweise hätte ich dem gemaßregelten Exfreund niemals meine Einladung gezeigt, aber unter den obwaltenden Umständen war ich dazu gezwungen, zumal er auch noch die Frage stellte: »Und was hast du jetzt vor?« Mit einem verlegenen Lächeln antwortete ich:

»Na ja, da ist diese Einladung hier, deshalb muß ich...«

Mir war nicht klar, wie ich den Satz zu Ende bringen sollte, launig, ernsthaft oder auch ironisch, wobei ich nicht gewußt hätte, gegen wen diese Ironie zu wenden gewesen wäre, gegen mich, ihn oder das Schicksal. Doch zu meiner Erleichterung stieß er sogleich einen begeisterten Schrei aus.

»Ach, du bist eingeladen! Herzlichen Glückwunsch! Ich freue mich für dich. Aber mußt du dich nicht beeilen?«

Weder seine Miene noch sein Tonfall ließen Häme oder heimlichen Neid erkennen, und die letzten zwanzig Meter bis zu der Stelle, an der sich unsere Wege trennten, legte ich mit sehr schlechtem Gewissen zurück.

Kurz vor dem ersten Polizeikordon auf der anderen Seite der Kreuzung schaute ich mich noch einmal um. Mit freude- strahlendem Gesicht stand er da und winkte mir zu.

Diese Gutmütigkeit fand ich ziemlich absonderlich, und wahrscheinlich hätte ich sie letztlich als unangebrachtes, ja wür- deloses Kokettieren mit dem eigenen Unglück verurteilt, wäre nicht der negative Eindruck von einer Woge der Sympathie und Freude weggeschwemmt worden, die es mir zudem erleichterte, den ersten Kontakt mit der Ordnungsmacht zu bestehen.

»Den Ausweis!«

Aus den Augenwinkeln beobachtete ich, wie der Blick des Geheimdienstlers zwischen dem Bild im Ausweis und meinem Gesicht hin und her wanderte, wobei er offensichtlich nach Merkmalen mangelnder Vertrauenswürdigkeit und schlechter Gesinnung beziehungsweise fehlenden Respekts suchte. Als ich gleich darauf weiterging, schalt ich mich selbst für meine hirn- verbrannte Furcht vor den Gefühlen, die mein Gesicht, mein Name und meine Einladung bei einem x-beliebigen Zivilpoli- zisten auslösen mochten, dem ich wahrscheinlich in meinem Leben nie mehr begegnen würde.

Der Marcel-Cachin-Boulevard war zwischen der Elbasa- ner Straße und dem großen Boulevard für normale Fußgänger gesperrt, so daß nur Geladene einzeln oder in Gruppen auf die- sem Stück unterwegs waren, darunter auch Kinder, die Fähn- chen oder Buketts mit Plastikblumen trugen. Manche Teilnehmer hatten imposante Orden angelegt, deren Glanz sich auf ihren Gesichtern widerspiegelte. Vor mir ging mit lebhaften Schritten ein kleingewachsener Mann, der links und rechts je ein kleines Mädchen an der Hand führte, eine mit einem roten, die andere mit einem blauen Haarband und beide mit einem Gesichtsausdruck, wie man ihn aus Dokumentarfilmen über derartige Anlässe zur Genüge kannte.

Der zweite Absperrgürtel befand sich nicht weit hinter dem ersten. Ich rechnete eigentlich mit einer etwas ernsthafteren Überprüfung, doch es war die gleiche Prozedur, vermutlich sehr zur Enttäuschung aller, die zum ersten Mal hier waren und auf eine überaus gründliche Kontrolle hofften, weil dies eine Aufwertung ihrer Einladung bedeutet hätte. Tatsächlich war die Unzufriedenheit des Mannes mit den beiden kleinen Töchtern vor mir ganz offenkundig, als zwei Polizisten auf die freiwillig gegebene Mitteilung, er sei, was die Mädchen angehe, durch mitgebrachte Geburtsurkunden leicht imstande, seine Vaterschaft zu belegen, nur mit einem grob-verächtlichen »Weitergehen!« reagierten.

Der Mann schüttelte heftig den Kopf: Das soll Wachsamkeit sein? Fast hätte ich mich eingemischt, um ihn zu trösten: Keine Sorge, vor der Tribüne gibt es bestimmt noch andere, sehr viel schärfere Kontrollen.

Dieser Abschnitt des Marcel-Cachin-Boulevards verlief in einer Biegung, so daß man ihn gut überschauen konnte. Gruppen von Geladenen folgten einander im Schein der Frühlingssonne in gemäßigter Eile, so daß die Orden und Medaillen, Fähnchen und lauter werdenden Orchesterklänge unter all den Unbekannten eine heitere Solidarität schufen. Schließlich waren wir alle vom gleichen Gönner (dem Staat) zum gemeinschaftlichen Genuß festlicher Freude ausersehen worden, und

Mitglied dieser goldenen Allianz zu sein war Grund genug, miteinander zu lachen und zu scherzen. Die anderen, gewöhnlichen, ungeladenen Mitbürger waren hinter den Kontrollkordons zurückgeblieben und konnten uns nicht mehr mit ihren betretenen, fragenden, herausfordernden Blicken belästigen. Was ging es sie an, warum man gerade uns eingeladen hatte?

Ich schämte mich für diesen festlichen Frieden, und plötzlich verspürte ich den heftigen Wunsch, B. L. wiederzusehen, dem ich mit schäbiger Gleichgültigkeit gegenübergetreten war, während er, der von allen Vergnügungen seit langem Ausgeschlossene, mir nicht nur edelmütig die peinliche Frage erspart, sondern sich sogar an meiner Statt gefreut hatte.

Bei der dritten Kontrolle stieß ich auf einen gesellschaftlichen Aktivisten aus unserem Viertel. (Erst jetzt wurde mir richtig klar, daß wir es nicht nur mit Polizisten zu tun hatten, sondern auch mit sonstigen Beamten des Innenministeriums sowie Stadtteilaktivisten, die gewiß als informelle Mitarbeiter dienten.) An anderen Tagen hätte ich ihm höchstens einen verächtlichen Blick zugeworfen, doch hier, inmitten des zusammenschließenden und vergessen machenden Festglanzes, fiel es mir ein, ihn mit einem Lächeln zu begrüßen. Er allerdings verzichtete nicht nur darauf, es zu erwidern, sondern gab sogar vor, mich nicht zu kennen. Mit kalter Miene blätterte er meinen Ausweis durch, als begegnete er mir zum ersten Mal, obwohl wir uns doch täglich in der Schlange vor dem Milchladen sahen, und sagte dann, ohne mich anzuschauen: »Gehen Sie weiter!«

Erst röteten sich meine Wangen von der Schmach, doch dann merkte ich, daß sein kühles Verhalten in mir ein vages Gefühl der Befriedigung weckte. Immerhin bewies es, daß ich, obwohl ich an diesem Tag zu den Auserwählten zählte und mir dies zugegebenermaßen nicht nur Scham, sondern auch eine gewisse Genugtuung bereitete, dennoch nicht zu ihrer Gemeinde gehörte. Oder wenigstens nicht zum schlechten Teil dieser Gemeinde. Der gesellschaftliche Aktivist meines Viertels hatte mich scheel angeschaut und dabei wahrscheinlich in sich hineingeflucht: Was will denn dieser Scheißkerl hier? Wer sucht bloß solche Leute für die Tribüne aus?

Das reichte, um mich anfällig für vermeintliche und wirkliche Signale der Mißgunst zu machen, und zwar mit jedem Schritt, den ich mich dem Boulevard näherte, mehr. Doch das war das geringere Übel. Gerade, als ich endlich zu glauben bereit war, ich hätte mich fortan nur noch mit dem Neid der anderen auseinanderzusetzen (daß Neulinge auf der Liste der Geladenen von den Dauergästen mit einer gewissen Feindseligkeit betrachtet wurden, war ja durchaus verständlich), wogegen die Frage, mit welchem dubiosen Dienst ich mir die Einladung verdient hatte, unter Gleichgestellten oder gleichermaßen Besudelten unerheblich sei, wurde ich unerwartet wieder mit ihr konfrontiert. Zwei in Trenchcoats gekleidete junge Männer mit Gesichtern, die einem bekannt vorkommen, ohne daß einem einfällt woher, warfen mir nämlich im Vorbeigehen einen Blick zu, in dem ich ein ironisches Funkeln zu entdecken glaubte. Ich schaute mich nach ihnen um, um mich des Gegenteils, also ihres Desinteresses an mir zu vergewissern, damit ich mich nicht unnötig verrückt machte, mußte aber betroffen feststellen, daß es sehr wohl ich war, den sie ins Visier genommen hatten. Nicht nur, daß sie mich weiterhin auf diese merkwürdige Art anschauten, sie flüsterten auch noch miteinander, wobei das höhnische Grinsen auf ihren Lippen immer breiter wurde.

Ich merkte, daß ich rot wurde. Der Anreiz, schneller zu gehen, verwandelte sich umgehend in sein Gegenteil, ich wollte

stehenbleiben und sie zur Rede stellen: Was feixt ihr so, ihr Gift-
zwerge? Was euch betrifft, darf ich ja wohl von der gleichen
Annahme ausgehen, oder?

Statt dessen ging ich weiter und versuchte, allerdings vergeblich, nicht mehr an sie zu denken. Eine fröhliche Men-
schenschar in meiner Nähe lenkte mich ein wenig ab. Der klein-
gewachsene Mann und seine beiden blau- beziehungsweise
rotbeschleiften Töchter gehörten auch dazu.

Ich ärgerte mich noch immer über die beiden Unbekannten.
Hatten sie etwa das Monopol auf Verdächtigungen? Ihre Selbst-
gerechtigkeit konnten sie sich getrost an den Hut stecken!

Das änderte nichts daran, daß ich ihre ironisch grinsenden
Gesichter ständig vor mir sah. Plötzlich glaubte ich des Rätsels
Lösung gefunden zu haben: Im Vorteil war, wer zuerst verdächtigte. Der andere mochte noch so reinen Gewissens sein, er hatte
die Initiative aus der Hand gegeben und war deshalb weitgehend wehrlos.

So etwas Verrücktes, dachte ich. Ich versuchte mich zu erinnern, was ich über kollektive Schuldgefühle gelesen hatte,
aber es fiel mir nicht ein.

Die beiden haarschleifengeschmückten Mädchen mit ihren
Zwitscherstimmen wollten ständig etwas wissen. Ihr Vater beantwortete alle Fragen geduldig und sparte dabei nicht an Ko-
senamen.

Eine wahre Familienidylle: der Musterpapa mit den beiden
Töchterlein an der Hand unter dem sozialistischen Maihimmel.
Aber welchen Preis hast du dafür bezahlt? dachte ich. Wen hast
du ins Internierungslager gebracht?

Ich war selbst befremdet über diesen Zornesausbruch, was
mich allerdings nicht davon abhielt, drohende Blicke nach links
und nach rechts zu werfen, ein Terrorist im Blutrausch, der

blindlings in die Menge schießt. Ich mußte ihrer Attacke zu-
vorkommen. Wer zu lange zauderte, hatte schon verloren.

4

Ich merkte, daß kalter Schweiß auf meiner Stirn stand. Die
beiden Männer in den Trenchcoats hatte ich ebenso aus den
Augen verloren wie die Idylle mit roten und blauen Haarschleifen. Inmitten von Unbekannten ging ich voran, die ich
eben noch haltlos verdächtigt und heimlich mit Schmutz be-
worfen hatte, ohne zu überlegen, daß sie vielleicht mit mir das
gleiche taten.

Es war nicht mehr weit bis zum großen Boulevard. Bist du
wirklich mit dir im reinen? unterzog ich mich einer Gewissens-
prüfung. Diese Frage hatte ich mir bereits vor sechs Monaten
beim Verlassen des örtlichen Parteigebäudes gestellt, wohin ich
mit zwei Bürokollegen zur gemeinsamen Einvernahme gerufen
worden war. Wie damals schüttelte ich den Kopf: Nein, ich
hatte mir nichts vorzuwerfen. Wenn die beiden zur Strafe aufs
Dorf geschickt worden waren, so hatte ich vielleicht den Anlaß geliefert, aber es war nicht meine Schuld. Sie hatten sich
durch ihr leichtfertiges Verhalten selbst hineingeritten. Wir sind
das Parteikomitee, und hier wird nicht gelogen, sagte der Sekretär und schaute uns durchbohrend an. Dann wandte er sich
an mich: Woher hast du die tückische Behauptung, Gerüchte
über den bevorstehenden Sturz eines bestimmten hohen Funktionärs stammten nicht von kleinbürgerlichen Elementen, sondern würden vom Staat selbst ausgestreut, das heißt, von einem
eigens dafür geschaffenen Geheimbüro, um den Boden für die
tatsächliche Absetzung der betreffenden Person zu bereiten?

Ich befand mich im schlimmsten Dilemma meines Lebens. Die Äußerung stammte von meinem mit starrer Miene neben mir stehenden Büronachbarn, der dies, was ich nicht wußte, inzwischen auch schon zugegeben hatte. Kurz entschlossen behauptete ich, diesen Gedanken in einem Buch über die sowjetische Besetzung der Tschechoslowakei gelesen zu haben. Prüfend musterte der Sekretär mein Gesicht, doch das störte mich nicht, denn bei der Wahrung meiner Unschuldsmiene half mir der Umstand, daß ein solches Buch nach abgeschlossener Lektüre tatsächlich noch auf meinem Nachttisch lag und ich mir inzwischen genügend eingeredet hatte, es enthalte mehr oder weniger die inkriminierte Äußerung.

Trotzdem bleibt mir schleierhaft, weshalb sich der Sekretär mit meiner Antwort zufriedengab. Normal wäre gewesen, wenn er die opferbereite Aufrichtigkeit meines Kollegen honoriert und mich argwöhnisch beurteilt hätte. Ohne den beiden noch eine Rechtfertigungschance zu geben (Welch ein Glück, sagten sie später, was hätten wir auch vorbringen sollen?), wurden sie als gefährliche Großmäuler gebrandmarkt, als Kretins, Mythomanen, Aufschneider, die über Politik schwadronierten, obwohl sie nicht das geringste davon verstünden. Verluderte Gerüchtemacher seien sie, die auf leichtfertige Weise abstoßende Erscheinungen, wie sie typisch seien für die bürgerlichen und revisionistischen Länder, auf unsere glänzende sozialistische Wirklichkeit übertrügen. Und so weiter. Dagegen klang die Rüge, die für mich abfiel, eher wie ein Lob. Ein Mangel an Wachsamkeit wurde mir vorgeworfen, schließlich hätte ich wissen müssen, daß sich aus Unterhaltungen mit leichtsinnigen und politisch ungeformten Menschen wie meinen Bürokollegen leicht Mißverständnisse ergeben könnten.

Und jetzt marsch, zurück an die Arbeit, und zu nieman-

dem ein Wort, habt ihr verstanden?! Damit waren wir entlassen. Ich rätselte noch lange über sein Auftreten und die überraschend beiläufige Erledigung der Angelegenheit. Hatten wir
es mit einem jener Fälle zu tun, in denen sich ein Zahnrad im
staatlichen Räderwerk plötzlich in die falsche Richtung dreht
und dergestalt folgewidrige Ergebnisse hervorruft, oder war es
für den Sekretär einfach am bequemsten, die Sache unter Rück-
griff auf den »äußeren Faktor« (also die Tschechoslowakei) aus
der Welt zu schaffen? Vielleicht hatte er am betreffenden Tag
aber auch einfach zuviel am Hals gehabt, von oben Kritik
wegen Nichterfüllung der Plandaten oder ähnlichem gekommen, und diese lächerliche Geschichte störte ihn bei Wichti-
gerem.

Damit ließ sich der fast dankbare Blick erklären, den er mir
zuwarf, als wir gingen. Ich hatte ihm eine Eselsbrücke gebaut.
Als ich mich zur Tür wandte, glaubte ich sogar seine Hand auf
meiner Schulter zu spüren, es war wohl diese gönnerhafte Geste, wie man sie ständig in Filmen aus dem Kinostudio Neues
Albanien zu sehen bekam. Schulterklopfen hin oder her, jedenfalls machte ich mir tagelang Gedanken, was die Leute wohl
über mich sagten. Schließlich war ich von den drei in diese
Sache involvierten Personen als einziger ohne Blessuren davongekommen. Glücklicherweise erzählten die beiden anderen, ehe
sie den Weg in irgendeine Staatsfarm antraten, überall herum,
mich treffe keinerlei Schuld, sie selbst hätten sich einfach blöd-
sinnig verhalten und könnten froh sein, daß es ihnen nicht
schlimmer ergangen sei.

Später mußte ich immer wieder an die Worte »Und jetzt
marsch, zurück an die Arbeit, und zu niemandem ein Wort,
habt ihr verstanden?!« denken. Langsam wurde mir klar, weshalb es der Parteisekretär so eilig gehabt hatte, die Angelegen-

heit vom Tisch zu bekommen, wieso er mir in gewisser Weise dankbar sowie geneigt gewesen war, das ganze als unbedachte Handlung, als Werk von Kretins, Mythomanen und Aufschneidern zu behandeln. Nichts war rätselhaft oder das folgewidrige Ergebnis sich falsch drehender Zahnräder, und noch weniger ging es darum, daß der Sekretär zuviel am Hals gehabt hatte. Vielmehr handelte es sich um eine zielbewußte Maßnahme, vielleicht die einzig mögliche, um Gerüchtemacherei vorzubauen. An nichts war der Staat weniger interessiert als an solchem Gerede.

Folgerichtigerweise wurde bei der Bekanntgabe der Sanktionen gegen die beiden der eigentliche Grund nicht erwähnt, vielmehr schob man banale berufliche Versäumnisse vor.

Logisch wäre es eigentlich gewesen, wenn der Staat ein Auge zugedrückt und auf eine Bestrafung verzichtet hätte. Doch ein bestimmter Mechanismus bewegte sich unaufhaltsam auf bedingungslose Maßregelung zu. Oder hatte ich etwas übersehen?

All dies ging mir auf meinem Weg zum großen Boulevard durch den Kopf. Nach all den Monaten fürchtete ich immer noch, jemand könne ein falsches Bild von den Ereignissen haben. Wenn mich Bekannte auf der Tribüne entdeckten, mußte in ihnen geradezu zwangsläufig ein böser Verdacht erwachen. Ich selbst hatte mich oft gefragt, ob ich nicht nur ein willfähriges Werkzeug bei der Kaltstellung meiner Kollegen gewesen war. Schließlich hatte ich mit meiner Tschechoslowakeigeschichte den Vorwurf der Übertragung revisionistischer Fehlentwicklungen auf unsere glänzende sozialistische Wirklichkeit erst möglich gemacht. Wie würden die beiden Unglücksraben wohl reagieren, wenn sie mich heute im Fernsehen sahen? Bestimmt würden sie sagen: Er hat so getan, als wolle er uns helfen, doch in Wahrheit wollte er uns in die Pfanne hauen, und jetzt wird er großzügig dafür belohnt.

Zum Teufel mit dieser verdammten Einladung, dachte ich. Aber natürlich hätte ich, wie mit Suzana geplant, auch einfach wegbleiben können. Suzana. Sie war nicht erschienen. Zentnerschwerer Kummer überfiel mich. Es kam immer alles zusammen.

Kurz vor der Kreuzung der beiden Boulevards gab es neuerliche Kontrollen, die schärfer waren als die zuvor. Es war mir inzwischen egal. Heimliche hoffte ich sogar, mit meiner Einladung sei etwas nicht in Ordnung und man werde mich zurückschicken.

Diese Hoffnung war natürlich unsinnig. Es gab Verrichtungen in diesem Staat, bei denen Nachlässigkeit nicht geduldet wurde. Die Ausarbeitung von Einladungslisten gehörte dazu.

Auf beiden Gehsteigen des großen Boulevards standen dichtgedrängt die Menschen. Dort war der Platz für die Mehrzahl der Geladenen, wie auch auf ihren Einladungen vermerkt war: »neben den Tribünen«. Wir, die Tribünengäste, waren gezwungen, uns einen Weg durch das Gewühl zu bahnen. Daß ich bis hierher vorgedrungen war, machte mich schon zum Objekt von Haß, Mißgunst und Unterstellungen, und mir war klar, was mich erwartete, wenn man merkte, daß es für mich noch weiter ging, höher hinauf. Überhaupt wurde es nun erst richtig gefährlich. Ich rechnete jeden Augenblick damit, unter lauten Alarmrufen am Ärmel gepackt und festgehalten zu werden.

Wie von selbst verlangsamten sich meine Schritte. Es schien mir von Vorteil, den Eindruck zu erwecken, ich hätte mein Ziel bereits erreicht und sei wie alle Ankömmlinge nur noch auf der Suche nach einem guten Platz.

Das breite Trottoir glich einer Promenade. Die Plätze, von denen aus man am besten sah, waren längst besetzt, deshalb schlenderten die Zuspätgekommenen umher, begrüßten Bekannte, lachten und scherzten. Häufig sah man Medaillen glänzen, seltener den Stern der Helden der sozialistischen Arbeit. Für die Ausgesperrten, die uns auf dem Weg zur Tribüne neidisch nachgeschaut hatten, mußte dieser Ort wie ein Ausläufer des Paradieses erscheinen. Die Elite der sozialistischen Gesellschaft feierte unter der strahlenden Maisonne bei göttlicher Musik...

Nun ja, ein Ausläufer des Paradieses war es nicht, aber gewiß auch nicht das Gegenteil, also der Vorhof zur Hölle, wie ich bis vor kurzem noch gedacht hatte. Vermutlich war ich durch mein schlechtes Gewissen dazu verleitet worden, alles ein wenig zu dramatisieren.

Ein wenig erleichtert schaute ich auf meine Armbanduhr. Es war kurz vor halb zehn, wahrscheinlich genau die richtige Zeit, um sich zur Tribüne zu begeben. Tatsächlich formierte sich inmitten des Menschengewimmels eine Art Einerkolonne, die sich in Richtung Podium bewegte. Zu meiner Verwunderung waren in keinem der Gesichter Zeichen von Schuldbewußtsein, Scham oder Skrupel zu entdecken, im Gegenteil, nicht wenige hielten ihre Einladung mit demonstrativem Stolz gut sichtbar in der Hand. Gelegentlich taten sie so, als müßten sie nachschauen, auf welche Tribüne sie eingeteilt waren, als ob sie dies zu Hause nicht schon oft genug getan hätten, und schritten dann mit ernster Miene voran.

Ich war entschlossen, mich ihrem Gänsemarsch anzuschließen, ohne mir noch unnötiges Kopfzerbrechen zu machen. Diese Leute kamen schon seit Jahren hierher, ich dagegen zum ersten und wahrscheinlich auch letzten Mal.

Vorwärts, vorwärts, mutig voran…

sang es ermutigend oder höhnisch aus dem nächststehen-
den Lautsprecher. Ein Lächeln, zu dem ich ansetzte, gefror mir
auf den Lippen. Zur Rechten, inmitten einer Gruppe von jungen Männern, von denen ich die meisten kannte (die meisten
arbeiteten bei der Zeitung »Volksstimme«, der Rest im Apparat des ZK), entdeckte ich R. Z. Ausgerechnet in dieser gewaltigen Menschenmenge mußte er mir über den Weg laufen.

Für mich war er eine einzige Plage, der Inbegriff von Du-
biosität und Unbelehrbarkeit. Ein schwarzer Abgrund, ein
Sturz, ein Todeszucken im Chaos… Das war das alte Märchen
vom gefallenen Qeros.

Eines Nachts, als er in der Dunkelheit umherging, stürzte
Qeros in ein Loch und fiel, fiel, fiel, bis er in der Unterwelt landete…

5

Ich kannte R. Z. aus der Zeit, als er ebenfalls beim Fernsehen
gearbeitet hatte, und verabscheute ihn seit je. Er war farblos,
nein grau, gleichsam ungewaschen, was zu seinen schmuddeli-
gen Hemden genauso paßte wie zu seiner unablässig beteuerten
Vorliebe für die Einfachheit, die nichts anderes war als die An-
betung der Armut, und der auf Versammlungen regelmäßig
hervorgehobenen Waisenschaft (Ich, Genossen, bin eine Waise,
die Partei ist wie eine Mutter für mich …), was die Vertreter
höherer Parteiorgane in Rührung, einen meiner Kollegen jedoch in nackte Wut versetzte (Mein Gott, was ist das bloß für
ein Scharlatan, sein Vater ist zwar gestorben, aber seine Mutter
ist putzmunter, wieso sagt er nicht wenigstens, die Partei sei wie

ein Vater für ihn…), kurz, man hatte das unwiderstehliche Bedürfnis, ihn einen Schmutzfinken zu schimpfen. Oder sogar
Schlimmeres!

Doch genau darauf hatte er seine Karriere aufgebaut. Denn,
pflegte einer meiner Freunde zu sagen, wenn man Karriere machen will, braucht man außer Ehrgeiz und Dienstbeflissenheit
auch eine besondere Gabe, die auf eine geringfügige Unregel-
mäßigkeit im genetischen Code zurückgeht. Bei manchen ist es
Gefühlsarmut, angeborene Heimtücke, Arschkriecherei oder
was zum Teufel auch immer, während es bei R. Z. seine absei-
tige, schmutzige Waisenschaft war, die Funktionären aus irgendeinem Grund die Gewißheit gab, daß er sich, wenn man
es von ihm verlangte, rücksichtslos über alles und jeden hin-
wegsetzen würde.

Er hatte sich damit tatsächlich bis zu einem gewissen Grad
emporgearbeitet, erst beim Rundfunk, dann beim Nationaltheater, wo er angeblich in der Gunst sehr hoch stand. Sein
Karrierehunger war gleichermaßen unerträglich wie unstillbar,
so daß man noch mit einigem rechnen mußte. Doch dann in
einer Nacht wurde ein enger Verwandter von ihm verhaftet…

Eines Nachts stürzte Qeros in die Unterwelt…

Daß eine Null wie R. Z. mich dazu veranlaßte, das berühmte alte Märchen in Bezug zu aktuellen Erscheinungen zu
stellen, überraschte mich selbst. Aber wie pflegte unser Abtei-
lungsleiter immer zu sagen: Gelegentlich regt auch ein Mist-
käfer zu Kunstwerken an, wie man an den ägyptischen Skara-
bäen sehen kann.

Nach seinem elenden Sturz unternahm Qeros alles, um wieder in die Oberwelt hinaufzukommen. Er suchte vergeblich
nach Methoden, bis ihm ein alter Mann den Weg wies. Es gab
einen Adler, der Gestürzte auf seinem Rücken hinauftrug,

wenn er während des Fluges ständig mit Fleisch versorgt
wurde. Das erschien Qeros nicht allzu schwierig.

(Wessen Fleisch hatte man wohl von R. Z. als Preis für seine
Rückkehr in die Oberwelt verlangt?)

Eine Zeitlang war R. Z. wie von Sinnen. Er rannte von
Stelle zu Stelle, distanzierte sich von seinem Verwandten,
schwärzte ihn an, erklärte sich bereit, ihn mit eigenen Händen
zu erwürgen, flehte die Partei an, ihm eine Probe seiner Loya-
lität abzuverlangen. Einige, die ihn näher kannten, behaupteten, seine Affekte seien nicht gespielt, was ihn in ihren Augen
aufwertete. Ich hingegen sah darin den Gipfel der menschlichen Infamie und Würdelosigkeit.

Er rannte also von Pontius zu Pilatus, vernarrt in seine eigene Servilität und Dienstbeflissenheit, wobei ihn womöglich
selbst überraschte, welche Reserven an Devotion gegenüber der
Partei in einem Menschen schlummern konnten. Er zog also
durch die Korridore, klopfte an einer Bürotür nach der andern
an, bis ihm am Ende jemand den Weg zurück nach oben wies.
Er kannte jemand, aber es gab da eine Vorbedingung... Sie zu
erfüllen, erschien R. Z. nicht allzu schwierig.

Niemand vermochte je in Erfahrung zu bringen, was von
R. Z. verlangt worden war.

In der Unterwelt besorgte sich Qeros reichlich Fleisch,
setzte sich auf den Adler und trat seine Reise in die Oberwelt
an. Jedesmal, wenn der Adler Fleisch verlangte, schnitt Qeros
ein Stück für ihn ab.

Man hatte R. Z. ein Publikationsverbot erteilt, ihn aber
beim Theater nicht hinausgeworfen. Engen Freunden gegenüber hatte er eine rasche Klärung der ihn betreffenden Angelegenheit angekündigt. In zwei oder drei, höchstens aber fünf
Wochen werde er sich vom Los seines Cousins abgekoppelt ha-

432

ben, zumal dieser sowieso von einem anderen Großvater stamme... Hier allerdings irrte er sich, denn weder nach zwei oder drei noch nach fünf Wochen war eine Klärung in Sicht.

Der Flug in Richtung Oberwelt dauerte länger, als Qeros angenommen hatte. Das Fleisch war ihm ausgegangen, und besorgt schaute er sich um in dem finsteren, nicht enden wollenden Abgrund, durch den sie flogen.

Der Adler krächzte, krau, krau, was bedeutete, daß er schon wieder Hunger hatte. Qeros fuhr zusammen. Was konnte er tun? Gab er dem Vogel kein Fleisch, schleuderte ihn dieser in den tiefen Schlund, wie man ihm gesagt hatte.

Der Adler krächzte schon wieder. Ohne lange zu überlegen, nahm Qeros das Messer und schnitt sich ein Stück Fleisch aus dem Arm.

Niemand erfuhr genau, was R. Z. alles tun mußte, um die Prüfung schließlich zu bestehen. Bekannt wurde, daß er auf einer Parteiversammlung einen bekannten Dramatiker auf provokante Weise angriff. Außerdem ließ er den Kindern des Führers mit Hilfe eines befreundeten Leibwächters Verse zukommen, in denen ihr Vater hymnisch gepriesen wurde, nicht ohne zu beklagen, daß es ihm aus den bekannten Gründen leider verwehrt sei, diese Gedichte der Öffentlichkeit zu präsentieren. Den vorläufigen Höhepunkt stellte die Verhaftung eines jungen Filmemachers dar, nachdem R. Z. eines seiner Drehbücher beurteilt (sprich denunziert) hatte.

Ich preßte die Handflächen gegen die Schläfen, weil mein Kopf schmerzte. Hier endete die Übereinstimmung zwischen den beiden, denn Qeros fütterte den grausigen Adler immerhin mit seinem eigenen Fleisch, während R. Z. sich darauf beschränkte, ihm andere zum Fraß vorzuwerfen. Die Selbstverstümmelung sprach von einer tragischen Größe und feierlichen

Würde, über die Typen vom Schlage eines R. Z. nur lachten. Sie gaben nie etwas ab...

Krau, krau, krächzte der Adler nach einer Weile wieder, und Qeros schnitt notgedrungen ein Stück Fleisch aus seinem Schenkel. Traurig schaute er hinaus in den finsteren Abgrund, der sich unendlich auszubreiten schien, und dann auf seinen Körper, um zu entscheiden, wo er das Messer ansetzen würde, falls der Adler erneut krächzte. Schmerzen bereitete es überall.

Der Adler flog unentwegt durch die dämmrige Kälte. In regelmäßigen Abständen krächzte er, und jedesmal gab ihm Qeros ein Stück von seinem Körper. Ihm dünkte, die Reise werde nie ein Ende nehmen. Zwar glaubte er, in der Ferne manchmal einen leichten Schimmer zu entdecken, doch es waren nur seine erschöpften Augen, die ihm einen Streich spielten.

Krau, krau... Er gab dem Vogel etwas von seiner Brust, da auf dem Rest des Körpers kein Fleisch mehr war. War das dort in der Ferne nicht doch ein heller Schimmer?

Man konnte nicht sagen, ob er noch bei Bewußtsein war, als ihn der Adler schließlich in der Oberwelt absetzte. Fest steht allerdings, daß Passanten dort ihren Augen nicht trauen wollten, als sie einen großen Raubvogel mit einem menschlichen Skelett auf dem Rücken vorbeifliegen sahen. Schaut nur, riefen sie einander zu, ein Adler mit einem Knochengerüst... Was soll das denn bedeuten?

6

Ich hatte ihn dann aus den Augen verloren und keine Lust, noch einen Gedanken an ihn zu verschwenden. Es gab auch andere, die Stücke vom eigenen Fleisch gegeben hatten, um

nicht vom Schicksal unwiderruflich in den Abgrund geschleu-
dert zu werden...

Ich gehörte wahrscheinlich ebenfalls dazu. Wir hatten einen
Weg angetreten, ohne zu wissen, wohin er uns führen würde,
und als wir merkten, daß wir in die Irre gegangen waren und
eine Umkehr nicht mehr möglich war, hatte jeder etwas von
sich selbst geopfert, um nicht von der Finsternis verschlungen
zu werden.

Erneut rieb ich mir die Schläfen. Das Getöse um mich herum war mit der Festmusik verschmolzen. Ich fühlte mich verloren, weit weg in dem unendlichen schwarzen Abgrund, durch
den wir alle auf unseren Adlern irrten, jeder für sich allein.

»Ach, schau an, du bist auch hier? Hallo, komm zu dir. Immer in Gedanken, mein Neffe. Also, frohes Fest!«

Vor mir stand mein Onkel. Er schien sich über die Begegnung zu freuen, war aber auch sichtlich erstaunt.

»Das ist mein Neffe, er arbeitet beim Rundfunk«, erklärte er
nicht ohne Stolz seinen Begleitern.

Ich konnte meinen Onkel nicht leiden. Es gab keine Frage,
bei der wir einer Meinung waren, und seit Jahren stritten wir
uns jedesmal, wenn wir einander zu Gesicht bekamen. Es ging
um das Versagen der Führungskader, das Fehlen marktwirt-
schaftlicher Elemente, Stalin, das Fernsehprogramm, die Ko-
sova-Frage, eigentlich alles. Selbst das Wetter, gewöhnlich ein
unfehlbares Mittel zum Spannungsabbau, brachte uns nicht zusammen. Ihm waren heiße Temperaturen lieber, mir kühle, was
er auf ideologische Ursachen zurückführte. Ich bevorzugte seiner Meinung nach das gemäßigte europäische Klima, weil ich
sowieso immer nur an Europa dachte. Ja, und woher kommst
du? gab ich zurück. Aus Bangladesch, aus Asien? Ein Viertel-
jahrhundert lang hat Skanderbeg darum gekämpft, Albanien

nach Europa zurückzuführen, und was tut ihr, du und deine
Genossen? Es kann euch gar nicht schnell genug gehen, nach
Asien zu kommen.

An diesem Punkt kamen gewöhnlich die Chinesen ins
Spiel, und alles geriet außer Kontrolle. Er schäumte vor Wut
und hieß mich einen Liberalen, einen Revisionisten, und als er
merkte, daß mich diese Epitheta nicht sonderlich bekümmerten, versuchte er, gröberes Geschütz aufzufahren, doch es fiel
ihm nichts ein, und weil die ursprünglichen Schimpfnamen
für ihn ohnehin den Gipfel der Verwerflichkeit bezeichneten,
kehrte er zu ihnen zurück: Revisionist, unverbesserlicher Liberaler... Ich hielt mit Chinesenfreund dagegen, pries den Umstand, daß unser Land nicht mit einem Fahrgestell versehen
war, weil wir uns sonst wahrscheinlich schon Gott weiß wo befunden hätten, in der Wüste Gobi oder in Tibet. Dort würdet
ihr euch sicher fühlen, sagte ich. Endlich kein Kontakt mehr
zum verfluchten Europa.

Wir hatten uns bereits über die Chinesen gestritten, solange
wir noch mit ihnen befreundet gewesen waren, und es wurde
nicht weniger, als sich der Bruch mit ihnen abzeichnete. Als das
Gerücht aufkam, das Verhältnis zwischen den beiden Ländern
sei nicht mehr das beste, kam er mit enttäuschter, grüblerischer
Miene zu mir. In ein paar Dingen magst du recht gehabt haben,
Neffe, sagte er. Diese Chinesen waren nicht, für was sie sich
ausgegeben haben. Allerdings führte diese Bekundung nicht
zum Friedensschluß, sondern zum schlimmsten aller unserer
Streite. Zum ersten Mal vergriff ich mich im Ton und nannte
ihn Idiot, während er drohte, mich anzuzeigen.

Ich war schuld an der Eskalation. Er zeigte sich verwundert,
daß ausgerechnet ich, der Weltmeister im Chinesenhaß, mich
nicht über die Abkühlung im Verhältnis zu ihnen freute. Du

bist schon ein komischer Kerl, Neffe, sagt er, total verquer. Seit Jahren meckerst du über die Chinesen, und jetzt, wo die Sache in Ordnung gebracht wird, läßt du die Nase hängen, anstatt zu jubeln.

Ich geriet außer mir. Und warum sollte ich mich freuen? fuhr ich ihn an. Das ganze ist zum Heulen. Begreifst du das nicht, du Idiot?

Ich ließ mich in meiner Kanonade nicht aufhalten.

»Wir brechen ja nicht mit den Chinesen, weil sie üble Brüder sind, sondern weil sie anfangen, sich zu bessern. Wir trauern ihren Schändlichkeiten nach, weil sie der Grund dafür waren, daß wir uns mit ihnen anfreundeten. Das ist das eigentlich Bejammernswerte. Aber so haben wir es schon immer gehalten. Wir sind mit den Jugoslawen befreundet gewesen, als sie sich am brutalsten verhielten, und als sie sich ein wenig besannen, haben wir uns von ihnen losgesagt. Mit den Sowjets waren wir in den Jahren des stalinistischen Terrors am besten befreundet, als sie anfingen, sich etwas zivilisierter zu verhalten, waren wir beleidigt und haben die Brücken abgebrochen. Das gleiche gilt jetzt für die Chinesen. Alle kamen mit der Zeit auf den Trichter und ließen die Finger von den schlimmsten Schweinereien. Wir dagegen, es ist eine Schande, gefallen uns als Museum der Scheußlichkeiten, als Abnormitätenkabinett. Das wäre nirgends sonst auf der Welt möglich. Verdammtes Land!«

Seine Augen waren weit aufgerissen, Verwirrung, Haß und Angst sprachen daraus. Mehrmals setzte er an, mir ins Wort zu fallen, brachte aber keinen Laut heraus. Erst als ich »Verfluchtes Land!« sagte, schaffte er es, mir stammelnd anzudrohen, er werde mich anzeigen. »Dann zeig mich doch an«, antwortete ich, »du solltest aber nicht vergessen, daß dann auch auf dich ebenfalls ein Schatten fällt.«

Wie immer in solchen Fällen langte er nach seinem Tablettendöschen und schluckte ein Trinitrin.

Das war unser vorletzter Streit, danach kriegten wir uns
noch einmal wegen der Führerlosung »Wir werden die Prinzipien des MarxismusLeninismus verteidigen, selbst wenn wir
deshalb Gras essen müssen!« in die Wolle. Ich hielt sie für absurd, eine Herabsetzung des Volkes in seiner Würde. »Was sind
das denn für Prinzipien, um derentwillen wir uns zu Vieh machen lassen sollen? Und wer hat in der Zukunft noch etwas
davon, außer den Hirten?«

Er wurde gelb im Gesicht, seine Kiefer mahlten, es fiel ihm
keine Antwort ein.

»Nun sag schon«, insistierte ich. »Zu was sollen diese Prinzipien gut sein, wenn sie uns nach Art der Circe in Schweine
oder anderes Viehzeug verwandeln?« Dabei dachte ich: ER
würde uns sowieso am liebsten auf das Niveau von Wiederkäuern herunterbringen. Fügsame Idioten, so will er uns haben.
Und das alles im Namen des Marxismus! Was für eine Posse!

»Kapierst du eigentlich nicht, was das für ein Trauerspiel
ist?« brüllte ich ihn an. »Wir sollen uns für ein paar alberne
Prinzipien aufopfern, und der Rest der Welt schaut uns dabei
zu und genießt das Leben. Außerdem, wenn, wie du sagst, alle
anderen den MarxismusLeninismus über Bord geworfen haben, wieso soll dann ausgerechnet das arme, ausgepowerte albanische Volk für sie in die Bresche springen? Haben wir denn
diese Prinzipien in die Welt gesetzt? Sollen ausgerechnet wir die
Verantwortung für die Zukunft der Welt übernehmen? Weil
die Pariser, die Londoner, die Wiener vom Weg des Gerechten
abgewichen und der Gewinnsucht, der seichten Musik und
dem Laster verfallen sind, sollen wir Albaner uns für ihre Rettung aufopfern und Gras fressen? Was für eine makabre Farce!«

Endlich gelang es ihm, mich zu unterbrechen.

»Jetzt reicht's aber! Du bist verrottet bis ins Mark, deshalb verstehst du diese Dinge nicht. Auch wenn Albanien vom Erdboden verschwindet, ist dies zu verschmerzen, Hauptsache, die Ideen seines Führers leben weiter!«

Dieser Satz traf mich wie ein Hammerschlag. So etwas hatte ich noch nie gehört. Erst später erfuhr ich, daß die Formulierung bei einem Geheimtreffen des Innenministers mit Parteikadern gefallen war.

Meine entsetzte Miene betrachtete er wohl als Beweis, daß er mich nun mit dem Rücken an der Wand hatte, denn er schaute mich triumphierend an. Bis ich mit einem Argument zurückschlug, mit dem er überhaupt nicht gerechnet hatte.

Du wagst es, dem Führer so etwas zu unterstellen? rief ich. Was für eine Unterstellung, das ist doch lächerlich, ha, ha, ha, gab er zurück. Kein Mensch redet vom Führer. Doch, du, redete ich weiter. Schon daß du Albanien und den Führer auseinanderdividierst, ist verwerflich. Du stellst sie in einen Gegensatz und behauptest, für beide sei auf dieser Welt kein Platz. *Mors tua vita mea.* So siehst du das wohl!

Das habe ich nie gesagt, kreischte er, dreh mir nicht das Wort im Munde um. Doch, genau das hast du gesagt, schrie ich zurück, Wort für Wort: Albanien soll ausgelöscht werden, damit die Ideen des Führers überleben!

Plötzlich wurde mir ganz heiß. War es womöglich wirklich der heimliche Wunsch des Führers, daß Albanien von der Landkarte getilgt wurde, dieses verdrießliche Stückchen Erde, dessen jämmerliche Bevölkerung ihm zwischen den Füßen herumlief, ernährt und regiert werden wollte? Welch saubere Lösung, und wie bequem, wenn es, vom Erdboden verschwunden, nur noch in seinen Büchern und Ideen weitergelebt hätte. Keine

Wirklichkeit mehr, an der seine Verlautbarungen gemessen werden konnten, keine dunklen Flecken, keine Blutspur des Verbrechens. Bloß Bücher, Ideen, *lumière.*

»Ich habe das nicht gesagt«, schrie er wieder. »Du Teufel,
du hast mir das in den Mund gelegt.«

Unser Streit ging seinem üblichen Ende zu: Ich zeige
dich an, zeig mich doch an, aber dann fällt auch auf dich ein
Schatten, Trinitrin, die ganze Routine, mit dem einzigen Unterschied, daß diesmal auch ich brüllend androhte, ihn den
Behörden zu melden, gefolgt von der boshaften Bemerkung
(Sarkasmus gegenüber war mein Onkel hilflos, was mich jedesmal aufbaute), mir täte bloß leid, daß dann auch auf mich
ein Schatten falle...

An dieser Stelle geriet er vollends außer sich, und unser
Streit endete in einer grotesken Szene, weil ich mich nach all
den gegenseitigen Drohungen mit der Polizei ebenfalls aus seinem Trinitrindöschen zu bedienen genötigt sah.

Daß gewiß auch meinem Onkel all dies gut in Erinnerung
war, erklärte den ungläubigen Ausdruck in seinen Augen, in
dem leiser Triumph mitschwang: Hat man dich endlich zur
Vernunft gebracht, Neffe! Willkommen zurück im Stall!

»Du hast also eine Einladung erhalten«, sagte er und klopfte
mir auf die Schulter. »Glückwunsch, ich freue mich für dich.«

Unter vier Augen hätte er vermutlich eine andere Wortwahl
getroffen: Hast du endlich deinen Verstand zusammengenom-
men! Aber es war auch so klar, seine Haltung, sein triumphie-
render Blick, das gönnerhafte Schulterklopfen à la Kinostudio
Neues Albanien sprachen für sich.

Ich reichte ihm die Hand, um endlich wegzukommen, doch
er rief freudig bewegt: »Wo willst du denn hin? Bleib doch hier.
Man hat einen guten Blick von hier aus.«

»Aber ich...«

Mein Selbsterhaltungstrieb warnte mich, doch unter den gegebenen Umständen kam ich nicht darum herum, ihm zu sagen, daß mein Platz auf der Tribüne war.

Sein Unterkiefer sackte herab, als habe er plötzlich entdeckt, daß ich keine Einladung, sondern eine Todesanzeige in der Hand hielt.

Er nahm die Karte, oder besser, er entriß sie mir wie ein Raubvogel und starrte sie argwöhnisch an, als gelte es, eine unentschuldbare Verwechslung aufzuklären. Die Finger, die sie hielten, begannen zu zittern, sein Gesicht verfiel, auf der Stirn erschienen Schweißtropfen, und die Medaillen an seiner Brust hüpften. Kurz, alles an ihm schrie: Das muß ein Mißverständnis sein! Das ist unmöglich! Du auf der Tribüne, trotz deiner verwerflichen Einstellung zu den Kadern, Stalin, dem Geldfluß... Abwechselnd flackerten Mißgunst und Argwohn in seinen Augen. Wahrscheinlich wäre er unter anderen Umständen zum Telefon gelaufen, um bei den maßgeblichen Instanzen Erklärungen einzufordern beziehungsweise die unerläßliche Denunziation vorzunehmen. Er ist zwar mein Neffe, aber die Interessen der Partei gehen vor...

»Stimmt etwas nicht?« fragte einer seiner Genossen, der ziemlich rauhbeinig aussah.

»Ach nein... Nein!«

Endlich gab er mir die Einladung zurück. Sein Gesicht war plötzlich schlaff und überaus müde. Doch plötzlich tauchte ein teuflisches Funkeln in seinen verwunderten Augen auf, die immer kleiner und durchbohrender wurden und mich mit unerträglicher Intensität fixierten. Sein aus den Fugen geratenes Gesicht wurde durch das zurückgewonnene Gefühl der Überlegenheit reorganisiert, und die Frage, die ich am meisten fürch tete, war deutlich davon abzulesen: Sag, was mußtest du tun, um diese Einladung zu bekommen? Zum Triumph gesellte sich Ironie: Na ja, die späte Einsicht ist immerhin besser als gar keine...

Nun war es meine Stirn, auf der die Schweißtropfen standen.

Du hältst dich für einen Querdenker und hackst ständig auf uns herum, aber wir haben uns die Einladung wie alles andere wenigstens ehrlich verdient. Also, was hast du hier zu suchen? War es vielleicht nur der Karriereneid, der dich auf alles hat schimpfen lassen? Und bei der ersten besten Gelegenheit ist plötzlich alles vergessen... Klar, wenn man sich einen Traum erfüllen möchte, darf man nicht zimperlich sein. Aber wirklich, eine starke Leistung, Neffe, wie du es geschafft hast, alle anderen gleich zu überholen. Sehr stark. Wir werden uns in Zukunft wohl vor dir vorsehen müssen.

Ich bin mir ziemlich sicher, daß genau dies in seinem Kopf vorging. Am liebsten hätte ich ihn angefaucht: Du irrst dich, alter Trottel, ich habe nichts von dem getan, was du denkst. Bis vor einer Stunde wäre ich sogar bereit gewesen, meinen Tribünenplatz gegen ein Stelldichein einzutauschen. Und weißt du, mit wem? Aber das wirst du nie begreifen, senil, wie du schon auf die Welt gekommen bist.

Er gab mir die Einladung zurück und sagte:

»Geh jetzt, sonst kommst du zu spät.«

Es klang wie »Hau ab, du Pest!«. Sein Blick war eisig.

Geh doch zum Teufel, Tattergreis, schnaubte ich in mich hinein und ging weg, ohne ihm die Hand zu geben.

Gleich darauf tappten ich und andere Geladene im Gänsemarsch zur Tribüne, begleitet von neidischen, bewundernden, zornigen, jedenfalls aber verstohlenen Blicken aus Augen, in

denen ein Lächeln lag, das ebensogut als Antilächeln hätte bezeichnet werden können. Warum hatte ich die Einladung nicht
zerrissen und war zu Hause geblieben? O Suzi, was hast du mir
nur angetan?

7

Der Schmerz darüber, daß ich sie verloren hatte, wühlte in mir.
Bei Anfällen von Verlustangst flackerte stets ihr Name in mei-
nem Bewußtsein auf: Suzana. Er war apart und drückte zu-
gleich den Anspruch aus, der sich mit ihrer Herkunft aus der
Führungsschicht verband. Was hast du mir angetan, Suzi?
Und wieso ausgerechnet an diesem Tag?

Elend würde ich mich lange fühlen, aber heute war es besonders schlimm, und deprimiert, wie ich war, fiel ich inmitten
der Feststimmung bestimmt auf.

Plötzlich entdeckte ich einige Schritte vor mir ein bekanntes Gesicht. Es war der Maler Th. D., der sich offensichtlich
auch auf dem Weg zur Tribüne befand. Er führte ebenfalls ein
Kind an der Hand, seine kleine Tochter. Allerdings fehlten die
bunten Haarschleifen.

Ich ging schneller, um in seine Nähe zu kommen, weil ich
die vage Hoffnung hatte, in seinem Schatten weniger aufzufallen, also gleichsam von der unbestreitbaren Berechtigung seiner
Anwesenheit zu profitieren. Ihm konnte man nicht vorwerfen,
er habe sich die Einladung durch einen schäbigen Dienst erkauft.

Während ich, Abstand haltend, neben ihm ging, musterte
ich verstohlen sein Gesicht, vermutlich das einzig mürrische außer meinem eigenen in dem ganzen Festgewimmel. So kannte

ich ihn von der Übertragung offizieller Anlässe im Fernsehen. Offenbar hatte er sich inzwischen das feste Recht auf die Zurschaustellung einer unwirschen Miene erworben, was wahrscheinlich mehr wert war als die Honorare, die man ihm zubilligte.

In unserer Sozialistischen Volksrepublik gab es außer ihm vermutlich niemand, den man mit gutem Recht sowohl privilegiert als auch verfolgt nennen konnte. Es kam bei abendlichen Gesprächen im Freundeskreis nicht selten vor, daß er für beides erklärt wurde, und sogar vom gleichen Disputanten. Einigkeit bestand allerdings darin, daß sein Verhältnis zum Staat unvermindert rätselhaft war. Gelegentlich hieß es, er sei wieder einmal heftiger Kritik und schweren Vorwürfen ausgesetzt, wie sie normalerweise keiner heil überstand, doch spielte sich mit Ausnahme einer Plenartagung des Zentralkomitees alles hinter verschlossenen Türen ab. Dann erschien er mit gewohnt mürrischer Miene plötzlich wieder auf einem Podium und gab damit der Diskussion neue Nahrung, ob er dem Untergang geweiht oder im Grunde genommen längst unantastbar sei.

Welcher Preis war dafür zu zahlen gewesen? Denn auch er hatte seinen Adler, vielleicht den gefräßigsten von allen, der ihn durch die Finsternis trug.

In den Cafés, vor allem aber abends in den Wohnungen wurde viel über ihn diskutiert. Es hieß, insbesondere durch seine Ausstellungen im Ausland wecke er in hohen, sehr hohen Sphären Neid und Eifersucht. Überhaupt wurde viel geredet, aber am meisten gingen die Ansichten auseinander, wenn es um die Frage ging, welcher Beitrag, welche Rolle im öffentlichen Leben von ihm erwartet werden dürfe. Einige meinten, er spiele sie in ausreichendem Maße vermittels seiner Bilder, was andere zu heftigem Protest veranlaßte, weil ihrer Überzeugung nach gerade von ihm mehr, sehr viel mehr verlangt werden mußte. Dies um so mehr, als man ihm, wie er gut genug wisse, sowieso nichts anhaben könne, was er gefälligst auszunutzen habe.

Wie kommst du darauf, daß sie ihm nichts anhaben können? widersprach jemand. Offen, unmittelbar vielleicht nicht, aber hintenherum sehr wohl. Es läßt sich alles mögliche einfädeln, ein Verkehrsunfall, eine Vergiftung, angeblich durch verdorbene Lebensmittel, dann noch eine großartige Beerdigung, und finita la commedia. In dem Unmut, den er immer wieder erregt, schwingt meiner Meinung nach sogar die Frage mit: Was will er denn noch mehr? Er sollte uns dankbar sein, daß wir ihn überhaupt am Leben lassen!

Na ja, daran habe ich nicht gedacht, erwiderte mit entsetztem Blick der andere.

So redete man über ihn, doch im Augenblick interessierte mich nur, daß niemand sagen konnte, er habe sich die Einladung durch eine verwerfliche Handlung erkauft, weil ich hoffte, auf meinem Kreuzweg zur Tribüne davon profitieren zu können.

Er begrüßte einige hohe (wie ihrer Kleidung deutlich anzusehen war) Funktionäre, die allesamt dem kleinen Mädchen den Kopf tätschelten.

»Das ist der Chef der Presseabteilung, und das hier der Außenminister«, sagte er lächelnd zu seiner Tochter. Es war, als führte er ihr ein neues Spielzeug vor. Jedenfalls schienen die Sätze spöttisch von einer Höhe herabzutröpfeln, von der aus ein Mensch, der um seine Unsterblichkeit wußte, auf die schnelllebige Welt herabschaute.

»Wer ist wichtiger, der Außenminister oder der Innenminister?« hörte ich das Mädchen fragen, als sie weitergingen.

Ich ging näher heran, weil ich die Antwort hören wollte.

»Nun, wie soll ich sagen? Was im Innern vorgeht, ist immer wichtiger.«

»Aber die äußeren Sachen sind schöner«, widersprach das Mädchen.

Er lachte.

»Du meinst Kleider. Na ja, da hast du recht.«

Wir hatten die Tribüne fast erreicht. Der Kontrollkordon, der uns dort erwartete, wirkte respekteinflößender als die anderen.

Ich zog meine Einladung hervor und näherte mich ihm. In meinen Ohren rauschte es.

»Ausweis!«

»Ach ja. Entschuldigung...«

Ein paar Meter weiter begann eine andere Klimazone. Mitglieder ausländischer Parteidelegationen standen in Gruppen herum, Diplomaten suchten ihre Plätze, überall waren Fernsehkameras aufgebaut.

Mit ein paar raschen Schritten durchquerte ich das Niemandsland und war da. Meine Bewegungen waren fahrig, mein Gesicht, oder vielmehr das Lächeln darauf, vermutlich zerstreut. Jemand erklärte mir, wie ich zur Tribüne C-I kam, doch ich vergaß seine Anweisungen sofort wieder, so daß ich mich noch einmal erkundigen mußte. Von allen Seiten wurde ich angerempelt.

Was hat der hier oben zu suchen? Diese Frage glaubte ich in sämtlichen Augen zu entdecken, doch gleich darauf wurde mir klar, daß sie nur in meinem Kopf existierte. Das freudige Lächeln, das alle auf den Lippen trugen, war die gleichmacherische Tunke, die dem ganzen einen einheitlichen Geschmack verlieh. Wir sind hier oben unter uns. Wir haben etwas dafür getan, was, spielt keine Rolle. Jeder muß seinen Weg gehen.

Wir sind den unsern gemeinsam gegangen, und er hat uns hier herauf geführt. In die Nähe der Macht, auf den Olymp, zum göttlichen Licht.

Zwei zänkische Augen schauten mich scheel an, offensichtlich paßte ihrem Besitzer nicht, daß ich auch da war. Ein Niemand an diesem Ort der Erwählten? Er hat gewiß angezeigt und denunziert, d'accord, trotzdem ist es viel zu früh, ihm den Zugang zu erlauben. Da könnte man ja halb Albanien…

Ich ärgerte mich, aber nur kurz. Vor der Tribüne spielte das Orchester festliche Marschmusik, und als ob sie spürten, daß es bald zehn Uhr war, flatterten die Fähnchen noch eifriger als zuvor. Ich entdeckte Th. D., verlor ihn aber gleich wieder aus den Augen. Wahrscheinlich mußte er noch weiter, zur Tribüne B oder sogar A.

8

Ich fühlte mich immer noch benommen, fast schwindlig. Vermutlich machte die Nähe zur Macht mich trunken. Kein Wunder, wozu hatte man all die Embleme und Fanfaren auch erfunden…

Bestimmt hätte ich mich nicht nur betrunken, sondern sogar besoffen gefühlt, wäre nicht der Geschmack von Beerdigung auf meiner Zunge gewesen. Von Suzanas Beerdigung. Ich hatte Suzana an diese Tribüne verloren. Die Blumen, die Musik, der roten Banner, alles paßte zu ihrer Opferung.

> *Ihr Bitten nicht, nicht ihr »Vater« Rufen,*
> *Nicht ihre jungfräulich süße Jugend*
> *Erbarmte der Feldherrn wilden Mut…*

447

Überhaupt mußte ich ständig an das denken, was ich in den letzten Tagen über die Opferung von Agamemnons Tochter gelesen hatte. Der festliche Tumult ringsum, die Marschmusik und die Parolen auf roter Kunstseide verstärkten den Eindruck des Déjà-vu-Erlebnisses. Zweitausendachthundert Jahre vorher hatte sich wie heute die große Menschenmenge zu einem wahrscheinlich rot drapierten Altar bewegt.

Wo eilt ihr hin, was ist geschehen? Hast du nicht gehört, man sagt, Agamemnons Tochter soll geopfert werden...

Agamemnons Tochter?

Gerüchte zirkulierten bereits seit Tagen im von Soldaten überquellenden Aulis. Tatsächlich war kein Nachlassen des Windes festzustellen, Wellen umtosten unentwegt die an der Küste ankernden Schiffe, aber viele waren dennoch mißtrauisch, was die Gründe für den verzögerten Aufbruch nach Troja anbelangte. Der Wind hatte während der Anfahrt vielleicht sogar heftiger geweht. Wenn Uneinigkeit unter den Feldherrn herrschte, wie gemunkelt wurde, warum gab man es dann nicht offen zu?

»Wieviel Uhr ist es, bitte?«

Ich war so perplex, daß ich, wenn der Fremde seine Frage nach der Uhrzeit mit einem Griff an meinen Ellbogen begleitet hätte, wie es so oft geschieht, gewiß furchtbar zusammengezuckt wäre. Von einem schlimmen Verdacht ganz zu schweigen.

Ich hatte das Gefühl, es lächele mich jemand an, und schalt mich für meine Unfähigkeit, mir Gesichter zu merken, bis ich begriff, daß das Lächeln jemand anderem galt. Ein zerfurchtes Gesicht, das an eine getrocknete Feige erinnerte, erweckte meine Aufmerksamkeit. Seiner vielen Runzeln wegen sah der Mann aus, als lächelte er ständig ungläubig, ironisch oder doch undurchschaubar. Dann fiel mir ein, wer das war: der engste

Berater von Suzanas Vater. Ja, ganz bestimmt. Vor einem Jahr hatte er an einer Versammlung der Mitarbeiter des Fernsehens teilgenommen, und ich erinnerte an die flüsternd übermittelte Mitteilung eines Kollegen, dies sei ein Vertrauter des Genossen X.

Ich starrte ihn eine Weile lang feindselig an. Wußte er über die Veränderungen in Suzanas Leben Bescheid? Mit Sicherheit, immerhin war er der wichtigste Mitarbeiter ihres Vaters. Und nicht nur das. Vielleicht stammte von ihm sogar die Idee zu ihrer Opferung. Er, Calchas?

Meine Gedanken wanderten wieder zurück zum alten Hafen von Aulis. Die Brandung tobte unentwegt, die Soldaten ließen es sich gutgehen, was die Wehrkraft merklich schwächte. Viele träumten davon, das Kriegshandwerk aufgeben zu können, um zu ihren Frauen oder Verlobten zurückzukehren. Und schon wurde herumerzählt, der Feldzug werde abgeblasen... Doch da, wie ein Blitz aus heiterem Himmel, verbreitete sich eine ganz andere Neuigkeit: Agamemnon, der Oberbefehlshaber, will seine Tochter opfern, um die Winde zu besänftigen.

Die meisten wollten es zuerst nicht glauben. Die Anhänger des Flottenchefs empfanden Mitgefühl. War ein solches Opfer wirklich nötig? Seine Widersacher trauten ihm einen solchen Akt der Selbstaufopferung nicht zu. Und erst recht nicht begeistert war, wer die Annullierung des Feldzugs herbeisehnte.

Nein, das ging nicht. Es war verrückt und überdies völlig unnötig. Die alten Seebären hielten die Unbilden des Wetters nicht für schwerwiegend genug, um einen solch grausamen Akt zu rechtfertigen. Außerdem konnte niemand sicher sein, daß sich der Wind danach wirklich legte. Und schließlich genoß der Seher Calchas, von dem der Vorschlag stammte, einen mehr als zweifelhaften Ruf.

Ich schaute mich nach dem Ratgeber von Suzanas Vater um, entdeckte ihn aber nirgends. Das war wahrscheinlich gut so, denn wer weiß, ob ich mich in meinem Zustand nicht mit ihm angelegt hätte: Du hast ihrem Vater doch diesen Mist eingeredet! Was bezweckst du damit?

Graves ging in seinem Buch ausführlich auf Calchas ein. Was von ihm überliefert war, deutete auf eine mehr als rätselhafte Persönlichkeit hin. Man wußte, daß er ein Trojaner war, den Priamos zu den Griechen geschickt hatte, damit er den feindlichen Feldzug sabotiere. Er lief jedoch über und ging als Renegat in die Geschichte ein. Allerdings kam man um die Frage nicht herum: War der Frontenwechsel womöglich nur vorgetäuscht? Auch ließ sich nicht ausschließen, daß der hin- und hergerissene Calchas im Verlauf des kein Ende nehmenden Krieges zum Doppelagenten mutierte.

Der Rat an Agamemnon, seine Tochter zu opfern, war fraglos ein Schlüsselmoment in seiner Seherkarriere, zumal die Weissagungen eines Renegaten stets auf Mißtrauen stoßen mußten. Wenn er Priamos die Treue gehalten hatte, dann sollte die Opferung der Tochter des obersten Feldherrn die bestehenden Unstimmigkeiten unter den Griechen weiter vertiefen. War seine Unterstützung für die Griechen echt, so stellte sich die Frage, ob er tatsächlich glaubte, durch das Mädchenopfer die Winde (beziehungsweise die leidenschaftlichen Kontroversen) besänftigen und somit den Aufbruch der Flotte erleichtern zu können.

Ob es sich bei ihm nun um einen Überläufer, einen Scharlatan, einen Agent Provocateur oder einen Doppelagenten handelte, sein Vorschlag war in jedem Fall äußerst gewagt. Als Seher machte man sich in einer derartigen Situation unvermeidlich eine Menge Feinde, und diese würden jeden seiner Ausrutscher gnadenlos ausnützen. Er saß also zwischen allen Stühlen.

Deshalb ließ sich vermuten, daß es gar keinen Vorschlag von Calchas gegeben hatte und die Idee mit dem Opfer auf Agamemnons eigenem Mist gewachsen war, auch wenn sich seine Motive schwer erschließen ließen. Calchas' Name wäre dann erst nachträglich ins Spiel gebracht worden, weil Agamemnon seine Untat vor dem liberalen Teil der Öffentlichkeit rechtfertigen mußte, ohne seine wirklichen Gründe offenzulegen. Das konnte heißen, daß bei dem Flottenaufmarsch die Windfrage überhaupt keine Rolle spielte und das Opfer demnach ohne erkenntlichen Grund dargebracht wurde...

Die Schar der Krieger, zu der sich die Bürger von Aulis gesellt hatten, begab sich an den Ort, wo der Altar aufgebaut worden war. Um Störungen zu vermeiden, hatte man womöglich sogar Einladungen ausgegeben. Jedermann suchte nach einer Erklärung für das Opfer, und man spürte deutlich, wie die Unsicherheit immer mehr in Angst umschlug.

Nein, Calchas hatte keinen Rat erteilt. Eine solch prekäre Weissagung aus seinem Mund wäre bloß auf Argwohn gestoßen. Wie also war Agamemnon auf die gewagte Idee gekommen, seine Tochter zu opfern?

Auf der Tribüne entstand ein leichtes, anhaltendes Gedränge. Jeder suchte nach einem Platz, von dem aus er einen besonders guten Blick auf die Parade oder die Mitteltribüne hatte, auf der sich die Führung postieren würde.

Ich unterzog mich gerade der nämlichen Prozedur, als ich Suzana entdeckte. Sie befand sich auf C-II, etwas unterhalb von uns, inmitten von Söhnen und Töchtern aus der Schicht der Führungsfunktionäre.

Sie wirkte ein wenig blaß, und ihr Gesicht, das ich im Profil sah, vermittelte den Eindruck einer gewissen Gleichgültigkeit, den das Funkeln einer Haarspange noch zu verstärken schien. Sie schaute nach vorne auf das Orchester.

Weshalb wollen sie dich opfern, Suzana? Welche Winde gilt es zu besänftigen?

Einen Moment lang fühlte ich mich völlig leer, Überdruß stieg in mir hoch, und ich fragte mich, ob es nicht reichlich über-spannt war, ständig diese historische Analogie zu bemühen.

Wahrscheinlich hatte ich es mit einem ganz banalen Sach-verhalt zu tun, einer bei jungen Mädchen nicht ungewöhn-lichen Verhaltenskorrektur angesichts der bevorstehenden Ver-lobung, den ich zum tragischen Ereignis aufgebauscht hatte.

Verführt vom Begriff »Opfer«, hatte ich mich in diese Ana-logie verstiegen wie ein Nachwuchsdichter, der, hingerissen von einer mit Gewalt erzwungenen poetischen Figur, Schicht um Schicht darüberhäuft, bis er merkt, daß das ganze Werk auf Sand gebaut ist.

Daß Suzanas Schicksal dem der Iphigenie ähnelte, war einer jener flüchtigen Gedankenblitze, wie sie das menschliche Gehirn täglich tausendmal hervorbringt, doch angesichts seiner seltsamen Verfestigung in meinem Kopf hätte es mich vermut-lich nicht gewundert, wenn im Radio, Fernsehen oder auf der Theaterbühne von »Suzana, Agamemnons Tochter« die Rede gewesen wäre. Fast neigte ich dazu, mir Suzana und ihren Vater als die eigentlichen Protagonisten des antiken Dramas vorzu-stellen. Alles sah ich in diesem Zusammenhang, das Verhältnis des Oberbefehlshabers zu den anderen Feldherrn, die Macht-kämpfe in der Führung, die zu Positionsgewinnen und -verlu-sten führten, die Durchsetzung der Staatsräson, die Herstellung einer eisernen Disziplin, gegebenenfalls Terror...

Offenbar wollte mein Gehirn derlei Lasten loswerden, denn es wechselte die Denkrichtung, um eine Entdramatisierung einzuleiten. Doch plötzlich geriet der Mechanismus ins Stocken und begann sich dann mit einem furchtbaren Ächzen rück-wärtszubewegen.

Nein, so einfach konnte es nicht sein, das spürte ich trotz meiner Erschöpfung, meiner Verstörtheit deutlich. Es hatte nichts mit dem Begriff »Opfer« oder Graves' Buch zu tun. Et-was anderes, das noch im Nebel lag, dessen Nähe ich aber spürte, hatte mich auf diese Analogie gebracht. Man mußte es nur aus seinem Dämmerschlaf wecken, um es für alle sichtbar zu machen. Stalin hatte seinen Sohn Jakov geopfert, um sagen zu können, jeder russische Soldat sei gleich und werde gleich behandelt. Doch was waren vor zweitausendachthundert Jah-ren Agamemnons Beweggründe gewesen? Und was trieb heute Suzanas Vater an?

Ihr Profil tauchte kurz zwischen zwei Schultern auf, und der Fluß meiner Gedanken stockte. Ich mußte an unser erstes Ren-dezvous denken. Mädchenporträt mit Blutfleck... So war es in mein Gedächtnis eingestanzt. Es war ein Nachmittag im Spät-herbst. Nach dem ersten Kuß auf dem Sofa hatte sie mir lange in die Augen geschaut und in ruhigem Ton gesagt: Ich liebe Sie. Dann wurde ihr Blick fragend, offenbar erwartete sie ein Zeichen der Bestätigung meinerseits. Im Gefühl des leichten Siegs und trotzdem mit unsicherer Stimme erwiderte ich: Le-gen wir uns hin? Sie stand sogleich auf und begann sich mit der gleichen selbstverständlichen Ruhe auszukleiden.

So diskret wie möglich schaute ich ihr zu, sah, wie nach dem Ablegen des Rocks ein weißes Spitzenunterhöschen zum Vorschein kam, dann glatte, weiße Beine, als sie die Strümpfe auszog. Schließlich stand ich vom Sofa auf und nahm sie vor-sichtig in den Arm, wie eine Schlafwandlerin, die nicht erwa-chen sollte, und spürte ihr Haar an meiner rechten Wange. Ich mag großzügige Frauen, sagte ich. Bis heute ist mir nicht klar, ob ich damit ihre Dessous aus dem Westen und die teure Haarspange meinte oder die generöse Art, sich mir hinzugeben.

Auf dem Sofa ließ sie sich ohne das geringste Sträuben den zarten Schlüpfer abstreifen, und alles wäre ein ruhiges Stilleben in Aquarell gewesen, hätte sich nicht plötzlich etwas bebend Erdhaftes zwischen uns geschoben. Eine Mühe, ein Widerstand, der die bisherige Leichtigkeit in Frage stellte, obgleich sie ihn zu verbergen trachtete, war zu spüren.

»Was ist, Suzana?« fragte ich schwer atmend.

Sie antwortete nicht, aber ich spürte, wie eine Art Krampf sich vom Zentrum des Körpers überallhin ausbreitete, und begann zu begreifen. Trotzdem war ich perplex, als sie tonlos flüsterte: Ich war noch Jungfrau.

Lange lagen wir schweigend auf dem Sofa, ehe sie mit einem Lächeln, das eher einem über ihre Wangen huschenden Schimmer glich, sagte: »Das war unangenehm für dich, nicht?«

Mir fiel keine Antwort ein, und sie sprach weiter: »Deswegen habe ich es dir vorher nicht gesagt.«

Ich konnte nichts sagen. Das Glück war mir in einem hauchdünnen Schmerzensgewand begegnet, und der vermeintlich leichte Sieg hatte sich am Ende als einer meiner schwersten erwiesen. Bitte, zerstör mich nicht, Suzana! seufzte ich in mich hinein.

9

Das Orchester verstummte, und ein Krachen im Mikrophon, gefolgt von einem Jubelsturm, führte dazu, daß sämtliche Köpfe sich der mittleren Tribüne zuwandten. Die Parteiführer trafen ein. Von meinem Platz aus konnte ich nicht alle sehen, weder der oberste Chef noch Suzanas Vater, der vermutlich neben ihm ging, tauchten in meinem Gesichtsfeld auf. Von C-I aus waren nur vier Köpfe richtig zu erkennen. Sie wirkten ungewöhnlich massig, so daß sich tatsächlich der Begriff »Grobschädel« aufdrängte, für den ein Kollege aus der Musikredaktion ins Bergwerk geschickt worden war. Er hatte es bei einem Abendessen wohl gewagt, die Frage zu stellen, weshalb in einem Land, in dem seit mittlerweile vierzig Jahren der Sozialismus regierte, die meisten Politbüromitglieder immer noch aus den ungebildeten Schichten kamen. Manche behaupteten allerdings, er sei noch weitergegangen: Die Regierung der albanischen Liga von Prizren vor hundert Jahren habe mehr Kultur besessen als die heutige. Auf der Versammlung, bei der seine Entlassung verfügt wurde, kam diese Äußerung allerdings nicht zur Sprache. Sie galt wohl als zu gefährlich, man nahm so etwas nicht in den Mund, noch nicht einmal, um es zu verurteilen. So wurden ihm wie damals auch bei uns ein paar berufliche Unzulänglichkeiten angelastet, vor allem seine angeblich zu tolerante Einstellung gegenüber westlicher Musik, und außerdem ein spöttischer Kommentar zu dem für alle Geistesarbeiter obligatorischen Monat in der Produktion.

Die Erschaffung des neuen Menschen, der größte Erfolg unserer Partei ... Glückliches Albanien: keine Kredite, keine Steuern ... Das einzige sozialistische Land der Welt ...

Bruchstücke der Eröffnungsrede schwirrten an meinen Ohren vorbei, abgedroschen, todlangweilig, hoffnungslos siech. Wie in einem Schattenspiel sah ich die Gesichter von Bekannten vor meinem inneren Auge auftauchen, die wegen der eben heruntergeleierten Formel bestraft worden waren. Überhaupt waren wir von Parolen, Floskeln oder Führerbildern umgeben, die Menschen zum Verhängnis geworden waren. Da ging es um die Verfassung, die eine Kreditaufnahme im Ausland verbot, den Reichtum (also Mangel) an Fleisch, den dekadenten Sartre, die Lidspalte der Augen Mao Tse-tungs.

Immerhin hatte der Kollege aus der Musikredaktion mehr Glück als ein junger Mann aus der Technik, dem eine Bemerkung über die Privilegien der Führer und ihrer Kinder herausgerutscht war, ihre Villen und Auslandsreisen. Dies bekam er, als man ihn aburteilte, natürlich nicht vorgehalten, dafür andere Dinge, so seine Ansichten über die freie Liebe, die ihn den Arbeitsplatz kosteten, und ein flüchtiges Gespräch mit einem ausländischen Touristen, das ihm vollends das Genick brach. Aber damit war es noch nicht genug. Man erzählte sich, er habe während der Verhöre nicht nur alle Äußerungen über den »Hof« zugegeben, sondern sich überhaupt gnadenlos Luft gemacht. Daß Gold und Diamanten bei ausländischen Banken deponiert wurden wie zur Zeit des Königs, Menschen heimtückisch umgebracht wurden und so weiter. Nichts und niemand sparte er aus, bis hin zum Führer und erst recht dessen Gattin, der er vorwarf, die treibende Kraft hinter den Verbrechen zu sein, eine echte Lady Macbeth, die Tschiang Tsching Albaniens...

Er wurde zu fünfzehn Jahren Gefängnis verurteilt, überlebte aber noch nicht einmal das erste Viertel seiner Strafe. Man wußte von aufgelassenen Schächten in den Kupferbergwerken, in die politische Gefangene, natürlich ganz aus Versehen, von ordinären Häftlingen hineingestoßen wurden. So beendete ein Sturz, der den Monate und Jahre währenden Niedergang auf wenige Sekunden verdichtete, sein Leben.

Um die Privilegien der Nomenklatura samt Kindern und Kindeskindern ging es auch häufig in den Debatten zwischen mir und meinem Onkel. Allerdings erregte er sich bei diesem Thema weniger als sonst. Auch ihm schien in dieser Hinsicht nicht alles zu gefallen, selbst wenn er dies niemals zugegeben hätte. Als ich Suzana kennenlernte, hörte ich auf, mit meinem Onkel über diesen Punkt zu streiten. Ihr Verhalten überraschte mich. War etwa falsch, was man sich über die Führerkinder erzählte, oder bildete Suzana nur eine Ausnahme? Letzteres stimmte, wie ich schnell begriff. Suzana war in jeder Hinsicht eine Ausnahme.

Genau deshalb haben sie dich als Opfer ausgesucht, dachte ich. Aber gleich darauf überfielen mich Zweifel: Und wenn die Opferung nur vorgetäuscht war? Wenn sich Suzana nur in der Öffentlichkeit als das bescheidene, unkomplizierte Mädchen ausgab, im abgeschlossenen Wohnviertel der Führungsriege und in den für sie reservierten Strandvillen ein Luxusleben mit Partys, alkoholischen Getränken und Sex führte?

Beißende Eifersucht überkam mich. Hatte ich nicht gelesen, daß auch die Opferung von Agamemnons Tochter wahrscheinlich vorgetäuscht gewesen sei? Man hatte wohl im letzten Moment an ihrer Stelle eine Hirschkuh auf den Altar gelegt. Eine typisch herrscherliche Problemlösung: Man veranstaltet ein klassisches Spektakel, um der Menge Sand in die Augen zu streuen.

Meine Suzana in einer winterlichen Strandvilla, hemmungslos tanzend, halbnackt auf dem Kanapee, vor Lust stöhnend... Nein, dann lieber geopfert, fertig, aus!

Einmal hatte ich ihr Liebeskeuchen heimlich auf Tonband aufgezeichnet und mich damit spät nachts, als alle schliefen, in die Küche eingeschlossen. Dieses vom Akt, von ihrem Anblick losgelöste Keuchen hörte sich befremdlich an. Es klang einförmig, porös, nichts als Atem und Raum. Die anderen Geräusche auf dem Band, Straßenlärm, ein Pfeifen draußen, eine ferne Autohupe, verliehen ihrem Stöhnen kosmisches Ausmaß, so wie Sternschnuppen einer Sommernacht.

Ich spulte die Kassette mehrmals zurück, doch das Gefühl endloser Verlassenheit in mir nahm nicht etwa ab, sondern wurde sogar noch dominierender. Sie war so weit weg. Erst schien sie unter der Erde zu liegen, während ich oben am Grab saß und horchte, wie sie sich mühte, dann war ich der Bestattete, der durch die Lehmschicht hindurch aus dem Lärm der Epoche ihr Stöhnen heraushörte.

Einmal drehte ich den Lautstärkeregler bis zum Anschlag, als gelte es, die ganze Welt mit diesem Atemholen zu füllen, und mir fiel ein, daß ich die wahre Quelle dieser Töne, ihr Geschlecht unter dem dunklen Schamhaar, noch gar nicht gesehen hatte.

Bei unserem nächsten Treffen nahm sie, ernsthaft wie in allen Dingen der Liebe, eine Stellung ein, die es mir möglich machte, die blaßrosa Schamlippen in dem Haarbusch zu betrachten, und überrascht wie ein Jäger, der ein wildes Heulen vernommen hat, entdeckte ich, daß sich im Gebüsch keine wilde Bestie verbarg, sondern ein harmloses Tierlein.

Im Vergleich zu ihrer reichen, vielschichtigen Natur erschien mir ihre Vagina wirklich recht gewöhnlich. Unwillkürlich mußte ich an meine Exverlobte denken, deren Genital gewichtig war, barock, könnte man sagen, ein komplizierter Mechanismus der Liebe. Doch vielleicht war diese Qualität erst durch den Gebrauch hinzugewonnen. Viel Sperma hatte sich hineinergossen, und nicht nur meines, denn vor mir hatte sie andere, etwas rätselhafte Beziehungen gehabt, die sie in meinen Augen interessant machten. Suzana stand noch am Anfang, und ihr Schoß würde durch das Mysterium vielleicht noch an

Mannigfaltigkeit gewinnen. Irgendwann, wenn ich nichts mehr davon hatte...

10

Plötzliches Fanfarenschmettern ließ mich zusammenzucken. Die Parade hatte begonnen.

Alles entsprach genau der alljährlich abgespulten Routine, die ich aus dem Fernsehen kannte. Turner, die an langen Stöcken Fahnen schwenkten, Blumensträuße und Kränze in den Händen regsamer Gymnastinnen. Dann bunte Marschblöcke junger Sportlerinnen und Sportler. Nach ihnen durfte man die Kolonne der Belegschaften diverser Betriebe erwarten, angeführt wie immer durch die Hüttenarbeiter, auf welche die Bergleute folgten, die Textilarbeiter, die Handelsangestellten, die Kulturschaffenden, schließlich Abordnungen der Stadtviertel, der Schulen... Über ihnen schwankten schwerfällig große Tafeln mit den Abbildern der Politbüromitglieder. Mein Blick hing an einem Porträt, es zeigte Suzanas Vater. Warum hatte er von seiner Tochter verlangt, ihre Kleidung und ihr Gebaren zu verändern? Sollte dies eine Botschaft sein? Ein Symbol?

Wäre die Forderung der Angst vor einem drohenden Karriereknick entsprungen, hätte man sie verstehen können, doch der Mann befand sich nicht auf dem absteigenden Ast, sondern war auf dem Weg nach oben. Gerade dieser Umstand bestimmte den Stellenwert der Suzana abverlangten Änderung ihres Lebensstils und verlieh der Bezeichnung »Opfer« Gewicht.

Sein Porträt befand sich nun genau vor der Tribüne. Immer noch zermarterte ich mir den Kopf, was dieses Zeichen bedeuten sollte.

Die ein paar Jahre zurückliegende Schreckenskampagne gegen die »liberalen Erscheinungen in der Kultur« hatte genauso
begonnen, verhalten, fast unmerklich. Aus dem Bezirk Lushnja
war ein Brief beim albanischen Rundfunk eingetroffen, in dem
das Kleid der Ansagerin des alljährlichen Liederfestivals heftig
beanstandet wurde. Die Musikredaktion hatte ihn mit Grinsen und ironischen Kommentaren (Schau an, das bodenlange
Kleid hat Eindruck gemacht! So sind sie eben, die Provinzler,
ein bißchen zurückgeblieben und begriffsstutzig. Kein Grund
zum Ärger, außer, da treibt jemand ein Spiel) zur Kenntnis genommen und dann an einen der Radiovizedirektoren weiterge-
leitet. Dieser hatte ähnlich reagiert und war eher der Kuriosität
wegen als aus Sorge damit zum Radiodirektor gegangen, der,
von Natur aus etwas ängstlich, zwar nicht gelacht, aber auch
kein großes Problem entdeckt hatte. Allerdings, meinte er,
müsse man mit solchen Sachen vorsichtig umgehen, weil nicht
selten Ungemach daraus erwachse. Diese Worte ernüchterten
den Vizedirektor einigermaßen. Als sie aber tags darauf mit
dem Generaldirektor der Anstalt (dem »großen Chef«, wie
man ihn nannte) Kaffee tranken und dieser sich lachend nach
dem »berühmten Brief aus Lushnja« erkundigte, war der Vizedirektor wieder ganz beruhigt. An ihrem Tisch im Kasino hatten sie gemeinsam gescherzt, er, der Fernsehdirektor, der Sekretär des Parteibüros und selbst der furchtsame Radiodirektor.

Doch das Lachen verging ihnen schnell. Eine Woche später bekam der Generaldirektor einen Anruf aus dem Apparat
des Zentralkomitees. Man wollte wissen, weshalb es keine Reaktion auf den Brief gegeben habe. Der Direktor wehrte sich,
man könne doch vom Staatsfernsehen nicht verlangen, jeden
Zuschauerbrief zu beantworten, schon gar nicht, wenn es sich
um einen solchen Schwachsinn handele.

Alle, einschließlich der kleinen Chefs, die sich mit dem großen Chef nicht allzu gut verstanden und deshalb nicht traurig gewesen wären, wenn man ihm einmal die Ohren langgezogen hätte, gaben ihm in diesem Fall recht. Überhaupt waren sie der Ansicht, daß mit derlei Briefen aus dem Volk viel zuviel Mißbrauch getrieben wurde.

Ein paar Tage später wurde der Generaldirektor zum Apparat des ZK bestellt, von wo er mit finsterer Miene zurückkehrte. Für den Nachmittag wurde eine Versammlung einberufen, auf der vom Sekretär des Parteibüros Selbstkritik wegen mangelnder Beachtung von Beschwerden aus dem Volk geübt wurde. Nach ihm ergriff der Generaldirektor kurz das Wort. Er unterstrich gleichfalls die Schädlichkeit eines nachlässigen Umgangs mit Rügen von unten und schloß sich (ein unglaublicher Vorgang) der Selbstkritik bezüglich des Briefs aus Lushnja an.

Uns Belegschaftsmitgliedern erschien dieser Schritt reichlich übertrieben. Tagelang wurde heftig diskutiert, ob es wirklich nötig gewesen war, wegen dieser Bagatelle die Autorität des Generaldirektors zu beschädigen. Die große Mehrheit hielt es für falsch, zumal er Mitglied des ZK war und im vorliegenden Fall nur die Interessen der staatlichen Rundfunkanstalt geschützt hatte.

Allerdings sei nicht verschwiegen, daß wir alle (den Direktor sicherlich eingeschlossen) uns nicht nur ärgerten, sondern auch einigermaßen erleichtert waren. Man hatte schließlich jemandes Marotte (als solche wirkte das sture Beharren auf der Angelegenheit für uns) nachgegeben, und dem Generaldirektor war, wie beabsichtigt, gehörig der Kamm gestutzt worden. Ein paar platte Parolen, wie sie überall die Wände zierten (Vom Volke lernen, Üben wir uns in Bescheidenheit...), und

die Sache war erledigt. Selbstkritik war in der Regel eine Wunder wirkende Arznei.

Wie irrten uns, wie sich herausstellen sollte. In der darauf-
folgenden Woche fand eine weitere Parteisitzung statt, auf der,
wie zu erfahren war, der Generaldirektor und alle anderen
Chefs noch einmal Selbstkritik geübt hatten, diesmal ernsthaft
und gründlich, und danach wurde eine Belegschaftsversamm-
lung einberufen. (Geht es womöglich wirklich schon wieder
darum? Das glaubt doch kein Mensch! Wieso tritt man diese
Lappalie vor dem ganzen Kollektiv breit?)

Es ging bei der Versammlung tatsächlich um das erwartete
Thema. Ein Abgeordneter des ZK schickte bohrende Blicke in
die Runde. Ihr habt diese Angelegenheit mehr als oberflächlich
behandelt, Genossen. Anstatt an die Wurzeln zu gehen, hat
man sich mit ein paar seichten Selbstkritiken zufriedengegeben.
Aber so einfach läßt die Partei sich nicht hinters Licht führen!

Die Augen des Generaldirektors blickten müde. Erschöpfung lag auch in den Gesichtern der anderen. Dabei war dies
nur der Anfang, die Versammlungen jagten sich, es war ein
Kreuzweg für uns alle, aus dem wir voller Blessuren an Leib
und Seele hervorgingen.

Was wir anfangs über die Autorität und Integrität des Generaldirektors gesagt hatten, schien inzwischen einer lange
zurückliegenden Epoche anzugehören. Nun ging es um etwas
ganz anderes: Wie wir dem Unwetter, das sich zusammen-
braute, entgehen konnten. Nichts in unserem Kopf und unserer Seele hatte noch Bestand. Was uns gestern noch als völlig
widersinnig, unfaßbar und unvorstellbar erschienen war, war
heute schon Realität und ließ uns für morgen mit noch viel
Schlimmerem rechnen.

Der erste, den es erwischte, war der Direktor des Radios.

Er hatte mit der Bemerkung Pluspunkte zu sammeln gesucht, der Brief aus Lushnja habe ihn durchaus beunruhigt, zumal man ja (was inzwischen alle wußten) angesichts der innewohnenden Gefahren mit solchen Dingen äußerst vorsichtig umgehen müsse. Aha, und wenn du beunruhigt warst, weshalb hast du dann nicht dafür gesorgt, daß man die Sache problematisiert? Weil du es dir mit dem Generaldirektor nicht verderben wolltest? Oder steckte noch mehr dahinter als Servilität? Rede, Genosse, geh der Sache auf den Grund! Leute wie du sind noch viel gefährlicher als die Indifferenten, denn sie sehen das Übel und finden sich mit ihm ab!

Er wurde erst aufs Dorf und dann in ein Bergwerk geschickt, und die meisten nahmen an, durch dieses Bauernopfer sei der Sturm nunmehr besänftigt. Das war ein Irrtum. Nichts änderte sich an der zerstörerischen Frequenz der Versammlungen. Am schrecklichsten war, daß wir gefühlsmäßig zu akzeptieren begannen, was uns vorher als Horror erschienen war. In jeder Grube tat sich ein neues Loch auf, immer neue Grenzen wurden überschritten, und bald waren wir so abgestumpft, daß uns nichts mehr Eindruck machte. Schlimmer noch, das angeschlagene Gewissen begann nach Rechtfertigungen zu suchen.

Wir merkten, daß wir täglich mehr in ein Räderwerk hineingezogen wurden, das uns alle zu Schuldigen machte. Ständig mußten wir uns äußern, angreifen, mit Schmutz bewerfen, erst uns selbst, dann die anderen. Es war ein teuflisches Geschäft: Mit der Zeit erwarb man sich eine gewisse Perfektion im Handwerk der Verunglimpfung, und alles ging leichter. Moralische Werte bedeuteten uns immer weniger. Wir verfielen in eine Art morbiden Rausch, das Delirium des Zugrunderichtens, des In-den-Dreck-Ziehens. Verkauf mich ruhig, Bruder,

das ist egal, ich habe dich schon zehnmal verkauft! Schuld fes-
selte uns aneinander.

Auf den ersten Blick glaubte man es mit einer Maschinerie
des Hasses zu tun zu haben, die durch Boshaftigkeit, Karrie-
rismus und Revanchedenken in Bewegung gehalten wurde,
doch bei genauerer Betrachtung zeigte sich, daß es komplizierter war. So, wie nützliche Mineralien in taubes Gestein ein-
gesprengt sind, war auch hier vermischt, was miteinander un-
vereinbar schien: Roheit, Mitleid, Reue, die nicht ungetrübte
Freude, davongekommen zu sein, verbunden mit der abergläu-
bischen Angst, dafür eines Tages büßen zu müssen. Fatalismus
und der Verlust des seelischen Gleichgewichts wurden dadurch
verstärkt, daß in den Maßnahmen kein System mehr zu erkennen war. Es traf solche, die sich der Hysterie verweigert hatten, was mit einem seltsam zornigen Bedauern quittiert wurde.
(Die Unglücklichen, aber irgendwie geschieht ihnen recht, die
glaubten tatsächlich, sie könnten sich aus allem heraushalten.)
Überraschenderweise traf es aber auch die ganz Hysterischen,
die am lautesten gebrüllt und ein unnachsichtiges Durchgreifen
gefordert hatten, und ihr Los wurde zufrieden zur Kenntnis genommen. (Das haben sie verdient, auf dieser Welt hat man für
alles zu bezahlen.) Es erwischte solche, die sich zuviel Zeit mit
der Selbstkritik gelassen hatten, aber in gleichem Maße, wenn
nicht noch schlimmer, kamen jene unter die Räder, die in ihrem
Selbstkasteiungseifer unverzüglich darangegangen waren, Ma-
terial gegen sich selbst zusammenzutragen.

Man wußte nicht genau, ob es besser sei, sich irgendwo zu
verkriechen oder sich aufzulehnen, bekannte Persönlichkeit
oder gewöhnlicher Mensch zu sein, Parteimitglied oder partei-
los. Wie bei einem Erdbeben hasteten die Menschen auf der Suche nach einer Zuflucht umher, doch was eben noch wie ein

sicherer Unterschlupf ausgesehen hatte, erwies sich gleich darauf als das Gegenteil. Alles war in Bewegung, verrutschte, und diese Unberechenbarkeit schlug sich auch in der Mentalität der Menschen nieder. Überzeugungen verkamen, jede oppositionelle Neigung zerbröselte, von Aufbegehren gar nicht zu reden. Keiner fragte noch, weshalb das ganze geschah, und sich darüber zu empören erschien so unsinnig, wie zornig auf ein Gewitter zu sein.

War die Maschinerie womöglich so konstruiert, daß sie nach dem Grundsatz des alles verschlingenden Mahlstroms arbeitete, über dem unanfechtbar wie das Schicksal selbst der Staat thronte, oder funktionierte sie nach dem Zufallsprinzip und bezog gerade daraus ihre Perfektion? Jedenfalls war festzustellen, daß die Plötzlichkeit der Einschläge, die Unmöglichkeit, die Richtung der Blitze vorherzusehen, und vor allem die blinde Auswahl der Opfer nicht nur Angst und Schrecken schufen, sondern auch eine morbide Bewunderung für den Staat.

Wir liefen von Versammlung zu Versammlung, krank, seelisch ermattet, und spürten, wie die Zerrüttung in uns mit jedem Tag voranschritt. Von einem Freund, der bei der Ermittlungsbehörde gearbeitet hatte, wußte ich, daß Isolationshaft vor allem in der ersten Phase der Ermittlungen solche Erschöpfungserscheinungen auslöst. Offenbar waren wir inmitten des ganzen tumultösen Schiebens und Drängens draußen genauso einsam wie in der Zelle. Wenn nicht noch einsamer.

Der Brief aus Lushnja lag inzwischen schon so weit zurück, daß man ihn nur noch als unheilvoll flackerndes Lichtlein in Erinnerung hatte. Wo mochte er sich wohl befinden, in welcher Archiv- oder Museumsschublade? Und in welchem Requisitenschrank war das ein wenig zu lange Kleid der Ansagerin versteckt, das Anlaß für den fatalen Brief gegeben hatte?

Wäre damals von irgend jemand behauptet worden, der Brief, über den der Generaldirektor vor hundert gefühlten Jahren beim Kaffee im Kasino gescherzt hatte, werde ihn eines Tages seine Position kosten, man hätte den Betreffenden ausgelacht. Aber als es dann soweit war, wunderte sich keiner darüber. Man spürte sogar eine gewisse Erleichterung. Nun, nachdem es endlich geschehen war, würden sich alle wieder beruhigen, den Betroffenen eingeschlossen. Eine noch schlimmere Strafe als die Abschiebung auf den Posten des Direktors der Kommunalbetriebe des Städtchens N. konnte man sich für ein Mitglied des Zentralkomitees wirklich kaum vorstellen. Trotzdem gab es einzelne Stimmen, die meinten, so schlimm habe es ihn gar nicht erwischt. Er verfüge schließlich nach wie vor über ein Auto, ein altes zwar, aber immerhin. Das sei hundertmal besser als die zerstörerische Ungewißheit und Angst.

Dieser Standpunkt war nachvollziehbar, zumal die Gewitterfront, nachdem sie über den Staatsrundfunk hinweggezogen war, sich nun mit der gleichen Wut über den restlichen Kultureinrichtungen entlud. Liberale Fehler, so hieß es nun, seien überall gemacht worden, im Verlagswesen, in der Kinematographie, beim Schriftsteller- und Künstlerverband.

11

Der Rhythmus meiner Gedanken wurde durch die Festfanfaren beeinflußt. Eine Weile lang hatte ich das grelle Schmettern nicht wahrgenommen, doch nun wurde mir klar, daß es nie zur Ruhe gekommen war. Versunken in die Erinnerung an das, was beim Rundfunk geschehen war, hatte ich die Klänge wohl unbewußt in mich aufgenommen und mit dem fiebrigen Geschehen damals verknüpft, allerdings im gegenteiligen Sinne, als Antifestmusik.

Nach und nach waren Schriftsteller, Minister, für »rechts-abweichlerisch« erklärte Ideen, Filme, hohe Parteifunktionäre, Theaterstücke in den Mahlstrom hineingezogen worden. Aus dem ganzen gräßlichen Geräuschsalat hatte man zum ersten Mal den Ausdruck »rechte Abweichungen in der Kultur« her-aushören können, zu dem wenig später die noch viel verhäng-nisvollere Bezeichnung »parteifeindliche Gruppe« kam.

Verglichen mit den Vorgängen in der Hauptstadt wirkten die von vielen für erniedrigend gehaltenen Verhältnisse, unter denen der ehemalige Generaldirektor des Staatsrundfunks in der Kleinstadt N. lebte, geradezu idyllisch. Wie beschaulich stellte sich doch die Beaufsichtigung von Anstreichern, die Überwachung der öffentlichen Badeanstalten und die Freigabe der Installation von Naßzellen in neuerbauten Wohnblocks vor dem Hintergrund der sich überschlagenden Ereignisse in den Sektoren Ideologie und Kunst dar. Damals werden ihn nicht wenige beneidet haben ... Doch Idylle und Beschaulichkeit währten nicht lange. Eines Tages tauchte in N. ein ZK-Bevoll-mächtigter auf, um an der eigens einberufenen Sondersitzung der Grundorganisation teilzunehmen, in welcher der Expatron von Radio und Fernsehen sein kümmerliches Parteileben fri-stete. Was habt ihn der Partei im Lichte der jüngsten Ereignisse an Neuem zu berichten?

Die Versammlung, an deren Ende er alles verloren hatte, was ihm noch geblieben war, die Mitgliedschaft im Zentral-komitee, das Parteibuch, den Posten als Direktor der Kommu-nalbetriebe und das Auto, dauerte nicht lange. Vielleicht emp-fand er nun, da er ganz unten angekommen war, sogar eine gewisse Erleichterung. Jedenfalls meldete er sich am Morgen des

folgenden Tages an seiner neuen Arbeitsstelle als Hilfskraft bei
den Kommunalbetrieben, die er bis gestern noch geleitet hatte,
in alten Kleidern und mit einem Papierhut auf dem Kopf, wie
sie Anstreicher zum Schutz vor tropfender Farbe tragen. Doch
wie es wirklich in ihm aussah, erfuhr niemand, weil er von diesem Tag an mit keinem mehr ein Wort wechselte. Er führte
Hilfsarbeiten aus, mal als Maler, mal als Fliesenleger bei der
Einrichtung von Naßzellen, stets den zunehmend fleckiger werdenden Hut auf dem Kopf, ganz und gar verloren und an-
onym.

Vermutlich hätte er früher oder später den Zustand schläfrigen Friedens erreicht, den Farbeimer, weiße Majolikafliesen
und vor allem die taubstumme Anonymität unweigerlich her-
beiführen, und das Klopfen an der Wohnungstür frühmorgens
am Tag seiner Verhaftung wird ein traumatisches Erlebnis für
ihn gewesen sein. Gerade, als er geglaubt hatte, hier auf dem
Grund des Kraters sei ein weiterer Sturz nicht mehr möglich,
war es ihm bestimmt, die ganze Angst neu zu durchleben.

Die verfluchte Frage nach dem Warum, die ihn während
aller Etappen seines Niedergangs begleitet hatte, bis man ihm
dann Handschellen anlegte, schien endlich eine Antwort zu
finden. Doch in Wahrheit verwirrte sich während der Ermittlungen, die er einsam in einer engen Zelle erlebte, alles noch
mehr. Er hörte, wie die Anklageschrift verlesen wurde, und
dann die bleischweren Worte »fünfzehn Jahre Haft«.

Möglicherweise empfand er danach eine echte, weil durch
nichts mehr bedrohbare Erleichterung, die sogar einen ganz leisen Beigeschmack von Glück hatte ... Schließlich wußte er
nichts von dem schwarzen, namenlosen Loch irgendwo in einem Chrombergwerk, und als er dann im Halbdunkel den
Stoß im Rücken spürte, hatte er keine Zeit mehr zum Nach-

denken. Der Sturz ging so schnell vonstatten, daß keine Zeit blieb für Fragen, Zweifel oder Bedauern. Vielleicht verabschiedete er sich mit einem Schrei von der Welt, aber dieser war dann so instinktiv wie das Ausstrecken der Hände im vergeblichen Versuch, sich an den Schachtwänden festzuhalten. Dieses hoffnungslose Wedeln mit den Armen, das der Überlebensinstinkt aus den Tiefen der Erinnerung an eine Zeit hervorholte, als Menschen und Vögel noch Angehörige der gleichen Spezies gewesen waren, sah kein menschliches Auge. Daß seinen Fall niemand beobachtete, verlieh ihm eine unwirkliche Dimension, die ihn in die Nähe des Sturzes in die Hölle (oder Unterwelt, wie es in dem alten Märchen hieß) rückte.

Aber gab es auch Adler, die einen zurückbringen konnten, und wenn ja, würde der Verlust an Fleisch nicht so groß sein, daß nur noch Gerippe oben ankamen?

12

Noch immer wurden fröhliche Märsche gespielt. Bergleute mit Plastikhelmen, die sie deutlich kleiner machten, zogen an der Tribüne vorbei. Vielleicht kommen sie aus einem Chrombergwerk, dachte ich. Obwohl ich nicht mehr an diese Geschichte denken wollte, ging sie mir nicht aus dem Kopf. Bestimmt hatten sich auch andere außer mir unzählige Male gefragt, ob der Brief wirklich aus Lushnja stammte oder ob er nicht ganz woanders geschrieben und heimlich in einen x-beliebigen Briefkasten an einer Straßenecke eingeworfen worden war.

Unmittelbar nach der Kulturkampagne war mit Säuberungen in der Armee begonnen worden. Den Anlaß gab, wie gesagt wurde, die Auffindung einer Kartenskizze mit dem Plan für einen Panzeraufmarsch vor dem Parteikomitee des Bezirks X. In der Wirtschaft gelangte eine Handvoll Mineralien mit einem verdächtigen Glanz, der angeblich auf Sabotage hinwies, auf irgendeinem Weg bis zum Zentralkomitee und zog gleich dem bodenlangen Kleid der Ansagerin und der Panzerskizze eine Menge Särge nach sich.

Genug jetzt, wies ich mich selbst zurecht. Ich wollte weg von den Erinnerungen, allein sein mit meiner Trauer. Aber das Kleid, die Skizze und das ungewöhnlich schimmernde Mineral wollten mir nicht aus dem Kopf gehen. Welchen Glanz konnte es überhaupt haben, wenn nicht den der jenseitigen Welt?

Was im Versammlungssaal des Rundfunks als Hin und Her zwischen Menschengruppierungen und Schicksalen abgelaufen war, hatte sich landesweit in großem Ausmaß wiederholt. Die Militärs, die gewissermaßen von der Zuschauertribüne aus eben noch Witze über die Künstler gerissen hatten (Schau an, wie sie schwitzen, diese verwöhnten Freigeister!), zitterten wie Espenlaub, als sich das Gewitter über sie entlud, und gleich darauf verging den Wirtschaftsleuten, die sich ständig über das hohle Gehabe der Armeespitze mokiert hatten, das Lachen, als die dunkle Wolkenfront sich auch auf sie zubewegte.

Im Rhythmus der Fieberschübe eines Malariakranken traten nun die üblichen psychischen Beeinträchtigungen auf: Orientierungsverlust, Depression, Selbstvorwürfe wegen mangelnder Zivilcourage, feigen Zukreuzekriechens und Solidaritätsverweigerung (Es wird schon seinen Grund haben, wenn man sie so schwer bestraft!). Bald war in allen Apotheken das Valium ausverkauft, obwohl es inzwischen schon verdächtig war, danach zu verlangen, und am Ende stand eine ungewöhnliche Häufung von Ehescheidungen, Nervenzusammenbrüchen und Fällen akuter Paranoia.

Angekündigt worden war alles durch die fatalen drei Vorzeichen, das tödliche Stilleben aus Ansagerinnenrock, Lageskizze und Mineralien. Und in der *nature morte* war noch Platz.
Für Suzana.

Ich ließ meinen Blick über die Menschenmenge wandern,
bis ich sie fand. Was kündigst du an, Sternenhafte, Unheilbrin-
gende?

Wenn vor den großen Säuberungskampagnen jemand auf
die Idee gekommen wäre, aus den Veränderungen im Verhalten
und in der Garderobe einer Führertochter auf bevorstehende
politische Gewitterstürme zu schließen, um sodann in Büchern
über antike Mythen nachzuschlagen, ob es nicht irgendwelche
Parallelen gab, hätte man ihn für verrückt erklärt, zum Psych-
iater geschickt, als überspannten Hysteriker abgestempelt, der
in der Dramatisierung von Banalitäten Erregung sucht.

Inzwischen hatte das Unwetter aber stattgefunden, und obwohl das Hochwasser schon lange zurückgegangen war, hatte
sich das hinterlassene Schwemmgut in allen von uns schicht-
weise abgelagert. Jetzt reichte ein winziger Anlaß, um Kopf
und Gemüt in Alarm zu versetzen. Die schlummernden Gespenster erwachten zu einem wilden Tanz, fast abergläubisch
achtete man auf Symbole, krankhaft übertriebene Wachsamkeit löste eine Welle von Zweifeln und Mutmaßungen, uralte
Ängste aus.

Es lag also weder an Graves' Buch noch daran, daß Suzanas
Vater zur obersten Führungsschicht gehörte, wenn mein Gehirn Parallelen zu einem antiken Schauspiel herstellte, und es
war auch kein Zufall. Nein, wir alle standen noch unter dem
Eindruck dessen, was uns vor Jahren von der Diktatur zugefügt
worden war. Sonst wäre, was Suzana über die Notwendigkeit
gesagt hatte, ihren Lebensstil zu ändern, wirklich nur als banale

moralische Korrektur im Hinblick auf die bevorstehende Verlobung aufzufassen gewesen.

Auf der Tribüne entstand Bewegung, gefolgt von einem
Wispern auf allen Seiten: »Was ist passiert?« Es dauerte nur
einen Augenblick, bis man wahrgenommen hatte, daß auf der
Tribüne D oder B die Diplomaten aus den osteuropäischen
Ländern im Begriff waren, ihre Plätze zu verlassen. Das geschah jedes Jahr, wenn im Demonstrationszug Losungen gegen
den Warschauer Pakt auftauchten. Als kurz ein kräftiger, groß-
gewachsener junger Mann mit dem Schild »Die Theorie der
drei Welten ist reaktionär« vorbeikam, gingen auch die Chinesen.

Unterdrücktes Gelächter war auf den Tribünen zu hören.

Die Spruchbänder und Schilder, die den Grund für den
Aufbruch der östlichen Diplomaten geliefert hatten, befanden sich nun direkt vor uns, doch mein Blick hing an ganz anderen Sprüchen: »Führen wir ein Leben wie im Belagerungs-
zustand!« »Disziplin, militärisches Training, Produktionsarbeit.«

Aus den Augenwinkeln musterte ich meine Umgebung.
Nun hätten eigentlich Einheimische die Tribüne verlassen müssen. Für jeden war es irgendwann Zeit, aus der Festloge zu verschwinden...

Ich schaute zur Tribüne B hinüber, wo ich Th. D. vermutete. War er schon weg, oder hatte er den passenden Moment
versäumt, weil ihm entgangen war, was die Uhr geschlagen
hatte?

Und du? fragte ich mich selbst. Du meinst, über andere urteilen zu können, aber weißt du denn, wann es für dich Zeit
wird?

Ein Funkeln von Suzanas Haarspange saugte meine Gedanken an. Es war bestimmt keine moralische Korrektur im Sinne eines zeitlich begrenzten Nonnendaseins kurz vor der Verlobung, und auch nicht Konsequenz einer Ermahnung des Führers an ihren Vater (Ein wenig Bescheidenheit wäre schon nötig, wenigstens vorübergehend. In letzter Zeit wird zuviel über deine Kinder geredet!).

Ich sah Särge und das blutige Beil auf dem Altar. Kassandra hätte es nicht besser gekonnt.

Stalin näherte sich, leicht schwankend im Rhythmus der Schritte der Träger. Das spöttische Lächeln in seinen Augen beherrschte alles. Warum hast du deinen Sohn Jakov geopfert?

Ich mußte das große, im Wind leicht flatternde Transparent unentwegt anschauen. Dein Sohn Jakov, er ruhe in Frieden!

Seltsam, daß ich diese in meiner Generation nicht mehr übliche Wendung benutzt hatte. Dutzende gütiger, anrührender, die Vergänglichkeit des Lebens beschwörender Redensarten wie diese waren ebenso aus dem Alltag verjagt worden wie Kirchenglocken, Gebete und Kerzen, und zusammen mit alledem auch Mitgefühl und Reue. Ach, sie waren gegangen, und das Verbrechen hatte leichtes Spiel gehabt.

Jakov, dein Sohn, er ruhe in Frieden! Warum gabst du ihn hin? Täglich versuchten die Marschälle, dich umzustimmen. Der Austausch von Kriegsgefangenen war nichts Ungewöhnliches, und im Falle deines Sohnes ging es nicht allein um deinen Seelenfrieden, sondern auch um das Allgemeinwohl. Aber du lehntest kategorisch ab. Was spielte sich dabei in deinem Kopf ab, Sphinx?

Nicht weit von Stalin entfernt tauchte bestimmt schon das zehnte Bild von Suzanas Vater auf. In seinem Blick las ich: Versuche erst gar nicht, Suzanas verändertes Verhalten zu verstehen. Du magst ihren Leib erobert haben und vielleicht sogar ihr Herz, aber was noch nicht einmal sie selbst weiß, wirst du erst recht nicht begreifen.

Noch immer wälzten sich die Kundgebungsteilnehmer in dichten Reihen vorüber. Es fehlte nur ein Bild. Das Porträt des Politbüromitglieds Genosse Agamemnon der Atride, des Begründers und Klassikers der Lehre des taktischen Opfers, des großen, bis heute unübertroffenen Mentors einer Vielzahl von Nachahmern.

13

Die Parade neigte sich ihrem Ende zu. Traditionell wurde sie von den Werktätigen des Kulturbereichs beschlossen, von Oper und Ballett, dem Kinostudio, der Universität von Tirana ... Als ich vor der Tribüne meine Kollegen von Rundfunk und Fernsehen entdeckte, verkroch ich mich hinter den Rücken meiner Vorderleute. Dann kam das technische Personal, die Maskenbildner, die Ansagerinnen des Abendprogramms, in lange Gewänder gehüllt wie Vestalinnen...

Ein paar Minuten später war alles vorbei. Die hintersten Marschblöcke stießen noch ein paar Jubelrufe aus, ehe sie leichten Schritts in Richtung Skanderbeg-Platz davongingen, während sich die Tribünen schneller leerten, als ich es für möglich gehalten hätte. Mit dem leicht geistesabwesenden Ausdruck, der gewöhnlich nach lange herbeigesehnten Banketten, Gerichtsverhandlungen oder dem Liebesakt auf den Gesichtern zu entdecken ist, tappten die Geladenen die wenigen Stufen hinunter. Zwei oder drei Mal sah ich Suzana, verlor sie aber gleich wieder aus den Augen.

Gleich darauf befand ich mich inmitten des Menschenstroms, der auf dem großen Boulevard unter einer plötzlich wärmer scheinenden Sonne träge dahinfloß. Überall lagen zerfetzte Kränze und kaputte Kunstblumen herum, zerplatzte, von vielen Füßen zertretene Luftballons schmachteten im Staub. Nunmehr achtlos getragen, waren die großen Porträttafeln verdreht, so daß die Augen schielten oder, noch schlimmer, auf den Boden schauten. Schweißgeruch lag in der Luft, und neben Ermattung war auch eine allgemeine Erleichterung zu spüren.

Auch zweitausendachthundert Jahre zuvor waren die griechischen Krieger so von der Opferstätte zurückgekehrt, die Gesichter fahl wegen des vielen Blutes auf dem Altar und mit einer vermutlich irreparablen Leere in ihrem Innern. Sie sprachen nicht und dachten sogar wenig, immer die gleichen trägen Gedanken. Dem Soldaten Teocharis, der eigentlich beschlossen hatte, noch vor dem ersten Gefecht zu desertieren, kam diese Idee nun abwegig vor. Gleichermaßen unsinnig erschien einem anderen Soldaten namens Idomeneos der Vorsatz, seinem Kommandeur brutales Verhalten heimzuzahlen, und Astianax, den es zu seiner Verlobten zog, war die Zuversicht, es auch ohne Erlaubnis zu schaffen, ganz und gar abhandengekommen. Alles Leichte und Fröhliche, das ein klein wenig Heiterkeit in den verdrießlichen Kriegsalltag bringen konnte, die Spötteleien, die kleinen Undisziplineiertheiten, die lustigen Abende im Bordell, zerbröckelte und verschwand. Wenn der oberste Feldherr Agamemnon noch nicht einmal seine eigene Tochter schonte, würde er mit anderen erst recht keine Gnade kennen. Die Axt war ohnehin schon blutig...

Auf einmal schien mir, ich hätte das Rätsel gelöst. Ich blieb stehen und schloß die Augen, damit das Bild der realen Welt nicht wieder verwischte, was mir gerade erst klar wurde... Jakov, Ehre seinem Angedenken, war nicht geopfert worden, weil

man eine Bevorzugung gegenüber den anderen russischen Soldaten vermeiden wollte, wie der Diktator behauptete, sondern
um diesem das Recht zu geben, jedermanns Tod zu verlangen.
So wie Iphigenies Opferung Agamemnon das Recht gegeben
hatte, das angestrebte Gemetzel zu veranstalten…

Es ging nicht um die Besänftigung der hinderlichen Winde,
es ging nicht um den hochmoralischen Grundsatz, daß alle jungen Männer Rußlands gleich zu behandeln seien. Es ging nur
um die zynischen Rechenspiele von Tyrannen.

Und was hatte er mit Suzana im Sinn? Vielleicht würde
nicht gleich Blut über die Axt spritzen, aber auch so war der
Schlag noch hart genug.

Im Grunde hatte ich es bereits gewußt oder wenigstens ge-
ahnt, als mich Suzana über ihre Entscheidung informierte. Was
ihr vom Vater abverlangt wurde, erschien im Vergleich gering-
fügig, war aber äußerst folgenschwer. Auch wenn kein Blut
floß, es kam einem Blutopfer gleich und war vielleicht furcht-
barer als all die Särge, für die der Brief aus Lushnja, das glänzende Mineral und die fatale Skizze gesorgt hatten. Wogen
Abertausende von strangulierten Stunden menschlichen Lebens soviel weniger als ein Berg von Leichen? Und all die ver-
stümmelten Spätherbsttage, die gleichsam im Giftgas erstickten abendlichen Gespräche, das Verschwinden des Schnees und
der winterlichen Aromen, der blaubemalten Bänke in den
Schwimmbädern, der lärmerfüllten Studentencafés, der Tango-
lokale, der vormitternächtlichen Bronzestunden in den Woh-
nungsfluren, der Frisierkommoden, der Perlenketten, Pelze, des
müden Puders…

Wie ein Kaktus in der Wüste hatte das Leben wenigstens
einen Rest von Saft in sich bewahrt. Nun, das war Suzanas
Botschaft, würde es vollends austrocknen.

Die Pest soll euch holen, fluchte ich in mich hinein. Was mit dem Brief aus Lushnja, den Mineralien und der Lageskizze begonnen hatte, wurde nun fortgesetzt. Kein Calchas hatte dazu geraten, und auch Suzanas Vater war nicht von alleine darauf gekommen. Der große Führer, von dem er als Nachfolger auserkoren worden war, hatte es ihm abverlangt. (Mein Vater hat im Grunde ein weiches Herz, das ist nicht seine Art. Das waren Suzanas Worte gewesen.)

Möglicherweise hatte ihm der Führer im Wissen um seine nachgiebige Wesensart zu verstehen gegeben: Du hast die Wahl zwischen den beiden Äxten, entscheide dich. Wenn du vor der blutigen zurückschreckst, nimm die blanke! Aber ich will, daß du dich der Prüfung unterziehst, solange ich noch lebe. Also, schlag zu! Die blanke Axt kann, richtig gebraucht, wirksamer sein als die blutige.

Der Fall Suzana annoncierte die blanke Axt. Dem erschöpften Land, das eben noch die blutige zu spüren bekommen hatte, stand ein neuer Schlag bevor.

O Herr, erhalte uns das Leben, sandte ich ein Stoßgebet zum Himmel. Sorge dafür, daß es nicht ganz verkohlt, denn wir schicken uns an, vollends zu verbrennen, was die asiatische Glut noch von unserem Land übriggelassen hat...

Auf den Schultern der erschöpften Kundgebungsteilnehmer taumelten die Plakate umher. »Revolutionieren wir das ganze Leben!« »Stählen wir uns durch Produktionsarbeit und militärisches Training!«

Die ganze Kundgebung war voll von solchen Losungen gewesen, schon seit Jahren hämmerte man sie uns ein. Was sie beinhalteten, sollte das Liebeskeuchen, die glasige Melancholie der Abenddämmerung ersetzen, Walzerklänge, Schmuck und spitzenbesetzte Dessous auf glatter Frauenhaut. Produktions-

arbeit, militärisches Training, das Studium der Werke des Führers... Und weil das Ziel noch immer nicht erreicht war, stieß
man jetzt eine weitere Kampagne an.

»Arbeiten, leben und denken wir als Revolutionäre!« »Revolutionieren wir alles!« Wie viele Jahre würde es noch dauern,
bis das Leben keimfrei, eine unfruchtbare Einöde und so, ver-
welkt, vertrocknet, ohne Mühe zu beherrschen war?

Meine Schläfen hämmerten, aber ich konnte nichts tun gegen das Chaos meiner Gedanken. Wie konnte man die Vagina
einer Frau revolutionieren? Das war nämlich nötig, wenn man
bis zum Ursprung des Lebens vorstoßen wollte... Man mußte
das Aussehen modifizieren, die feuchte Linie der Schamlippen
mit dem dunklen Delta darüber. Sie umerziehen, ihr die kapitalistischen Überreste austreiben, den Orgasmus, die vieltau-
sendjährige Erfahrung der Lust.

Fast hätte ich gelacht, trotz meiner trüben Laune.

»Das revolutionäre Dreieck – Lernen, Produktionsarbeit,
militärisches Training!« Und was würde aus dem dunklen
Dreieck des weiblichen Geschlechts werden? Ein ausgetrock-
netes Delta, schrundig, jämmerlich, mit ein paar armseligen
Halmen Steppengras darauf...

So viele Parolen waren noch nie im Umlauf gewesen. Die
berühmt-berüchtigte mit dem Gras, das wir als Lohn für die
Verteidigung der marxistisch-leninistischen Prinzipien essen
sollten, gehörte auch dazu.

War ich denn blind gewesen? Ich hatte dreitausend Jahre in
der Vergangenheit nach Zeichen gesucht, in Büchern geblät-
tert, mein Gehirn zermartert, obwohl die Wahrheit direkt vor
meinen Augen gewesen war.

Und was macht das schon aus? dachte ich dann. Hauptsache, Suzanas unmißverständliches Signal war zu mir gelangt.

Iphigenie hatte mit ihrem Blutopfer nichts vereitelt, im Gegenteil!

Was damals geschehen war, wiederholte sich nun, nur vielleicht noch schlimmer.

Vor Aulis' Küsten setzt sich die griechische Flotte in Bewegung, das Ziel ist Troja. Das Wasser schäumt, ein Schiff nach
dem andern macht den Anker aus großen Steinen los. Mit jedem Anker schwindet ein Stück Hoffnung.

Der Trojanische Krieg hat begonnen.

Was soll noch verhindern, daß unser Leben vertrocknet?

INHALT